独角兽书系

Wiedźmin
猎魔人

湖中女士 | 卷七 修订本

[波兰] 安杰伊·萨普科夫斯基 著

乌兰 小龙 译

PANI JEZIORA
BY ANDRZEJ SAPKOWSKI

重庆出版集团 重庆出版社

PANI JEZIORA
Copyright © 1999 by Andrzej Sapkowski
Published in agreement with Andrzej Sapkowski c/o Patricia Pasqualini Literary Agency,
through The Grayhawk Agency Ltd.
Simplified Chinese translation copyright © 2020 by Chongqing Publishing House Co.,Ltd.
All rights reserved.

版贸核渝字（2020）第27号

图书在版编目（CIP）数据

猎魔人. 卷七, 湖中女士 / (波) 安杰伊·萨普科夫斯基著；乌兰，小龙译. —修订本. —重庆：重庆出版社, 2020.8
书名原文：PANI JEZIORA
ISBN 978-7-229-15147-8

Ⅰ.①猎… Ⅱ.①安… ②乌… ③小… Ⅲ.①长篇小说-波兰-现代 Ⅳ.①I513.45

中国版本图书馆CIP数据核字（2020）第118992号

猎魔人　卷七：湖中女士（修订本）
LIEMOREN JUANQI：HU ZHONG NÜSHI (XIUDINGBEN)
［波兰］安杰伊·萨普科夫斯基　著　乌兰　小龙　译
联合统筹：重庆史诗图书信息咨询有限责任公司
责任编辑：邹　禾　许　宁　方　媛
责任校对：李春燕
封面绘画：陈越林
封面设计：谢颖设计工作室

重庆出版集团 出版
重庆出版社

重庆市南岸区南滨路162号1幢　邮政编码：400061　http://www.cqph.com
重庆出版社艺术设计有限公司 制版
成都国图广告印务有限公司 印刷
重庆出版集团图书发行有限公司 发行
E-mail:fxchu@cqph.com　邮购电话：023-61520646
全国新华书店经销

开本：890mm×1230mm　1/32　印张：19.25　字数：450千
2020年8月第1版　2020年8月第1次印刷
ISBN：978-7-229-15147-8
定价：128.80元

如有印装问题，请向本集团图书发行有限公司调换：023-61520678

版权所有　侵权必究

Pani Jeziora

湖 中 女 士

目录 Spis treści

第一章　　..........　1

第二章　　..........　13

第三章　　..........　61

第四章　　..........　120

第五章　　..........　171

第六章　　..........　234

第七章　　..........　273

第八章　　..........　320

第九章　　..........　380

第十章　　..........　457

第十一章　..........　518

第十二章　..........　562

他们继续骑行,最后来到一座广阔而美丽的湖边,湖水清澈透明。在湖中央,亚瑟看到一条裹着白衣的手臂,高高举起一把美丽的剑。

"看啊,那便是我说过的剑。"梅林伸手一指。

突然,他们看到一个女孩行走在湖面上。

"那个女孩是谁?"亚瑟问道。

"是湖中女士。"梅林回答。

——《亚瑟王之死》

托马斯·马洛礼爵士　著

第一章

这是片魔法之湖。这一点毋庸置疑。

首先,它坐落于魔法山谷库姆·普卡的谷口。这道神秘的山谷终年被迷雾笼罩,以其魔力和神奇的现象而闻名。

其次,只要看一眼就够了。

湖面呈深蓝色,光滑如镜,仿佛打磨过的青玉。湖中倒映着伊怀德法山脉的影子,比耸立在旁的高山本身更加秀丽。湖面方向吹来的凉风令人心旷神怡,任何事物都无法扰乱这庄严的寂静——无论是鱼儿溅起的水花,还是鸟儿的啾鸣。

骑士震惊地摇摇头。他没再沿着山脊继续骑行,而是牵着马走到湖边,仿佛沉眠在深邃湖水下的魔力吸引了他。马儿胆怯地踏在碎石之间,不时喷出鼻息,说明它也发觉了此地的魔法灵光。

到了岸边,骑士下马,握住公马的缰绳,牵着它走向那片被湖水拍打的彩色卵石。

他跪了下来,铠甲叮当作响。他用双手舀起湖水,惊动了像针一样细小的鱼苗。他缓慢而谨慎地喝着,冰凉的湖水麻痹了他的舌头和嘴唇，让他的牙齿隐隐作痛。

等他第二次俯身掬水时，有个声音越过湖面，传了过来。他抬起头。马儿嘶鸣一声，代表它也听到了。

他侧耳聆听。不，不是错觉。他听到了歌声。唱歌的是个女人。或者说，是个女孩。

就像所有骑士一样，他也听着吟游诗人的骑士故事长大。在故事中，唱歌或求救的女孩十有八九是诱饵，循声而去的骑士将无可避免地遭到伏击，下场往往便是悲惨的死亡。

但最后，还是好奇心占了上风。骑士只有十九岁，非常勇敢，也非常愚蠢。他以前者著称，又以后者闻名。

他确认自己的剑还在鞘中，然后牵着马，沿着湖岸，朝歌声传来的方向走去。他没走太远。

岸边散落着黑色的巨石，都被风与水打磨得闪闪发光，仿佛巨人玩耍后粗心遗忘的玩具。几块巨石沉在黑色的湖水之下。另外几块突出于湖面，小小的水花冲刷着石面，活像沉睡的海中巨兽的脊背。但大部分巨石都留在岸上，从岸边直到森林边缘。有些埋在沙子里，只露出一小部分，让人忍不住想象这些石头究竟有多庞大。

骑士听到的歌声就从巨石后方传来。唱歌的女孩依然不见踪影。他牵过马，捂住它的鼻口，免得它发出嘶鸣或喷出鼻息。

女孩的衣服就放在平坦浅滩处的一块巨石上，人则一丝不挂地站在齐腰深的水里，一边清洗身体，一边放声歌唱，泼洒着水花。骑士听着她的歌声，却听不懂歌词。

但这不足为奇。

他敢用自己的脑袋打赌，这个女孩绝非人类——她苗条的身体、陌生的发色和奇怪的嗓音便是证明。他敢肯定，如果她转过身，他一定会看到一双杏仁状的大眼睛；如果她撩起银灰色的头发，他一定会看到一对尖耳朵。

她是仙境的居民，是位仙子，是妖精的一员。皮克特人和爱尔兰人称其为Sidhe Daoine，也就是"山岭之民"。撒克逊人则称之为"精灵"。

女孩暂时停止了歌唱，将脖子以下的部位浸入水中，开始喘息、怒吼和咒骂。但骑士没上当。人人都知道，同人类一样，仙子也会骂人。有人说，她们的脏话就像马夫一样下流。这种咒骂往往是某个恶毒把戏的开端，仙子们也正是以此闻名——比方说，将某人的鼻子变得像黄瓜一样大，或将他的男性器官变得像豆子一样小。

骑士对这两个选项都没什么兴趣，因此决定悄然离开。但马匹暴露了他的行踪。不是他自己的马——他的马仍被捂着口鼻，无法出声——而是那位仙子的马。它站在几块巨石中间，骑士方才没能发现。此时此刻，漆黑的母马踩踏着碎石，发出欢迎的嘶鸣。骑士的公马摇摇头，做出礼貌的回应。嘶鸣的回音一直传到湖水那边。

仙子跳出水面，让骑士一时间将美景尽收眼底。她纵身扑向放着衣服的石头，但没抓起衣服遮住身体，而是抄起一把剑，并以老练得惊人的动作拔剑出鞘。但仙子只将这姿势保持了一瞬间，立刻又将鼻子以下的部位藏进湖水，只将握剑的手臂伸出水面。

骑士惊讶地眨眨眼，丢开缰绳，弯曲膝盖，跪倒在潮湿的沙地上。他立刻明白了自己面前的人是谁。

"向您致敬，伟大的湖中女士。"他低声说道，伸出双手，"我很荣幸……无比荣幸……我愿意接受您的剑。"

"我更希望你站起来,转过身去。"仙子将下颌探出水面,"你能不能别再盯着我看了?能不能让我穿上衣服?"

他遵命行事。

他听到她离开湖水的哗啦声、衣物的沙沙声,还有她将衣服套上潮湿身体时的抱怨声。他忙着注视那匹黑母马,它的毛皮松软闪亮,就像鼹鼠的皮。它肯定血统高贵,跑起来快得像风。它毫无疑问是匹魔法马,就像它的主人一样,也是仙境的居民。

"你可以转过来了。"

"湖中女士……"

"然后说清楚你是谁。"

"我是凯尔·贝尼斯的加拉哈德,亚瑟王座下骑士。吾王是卡米洛特之主,夏之王国的统治者,同时也是杜姆诺尼亚、德芬特、波伊斯、德维德……"

"还有泰莫利亚?"她插嘴问道,"瑞达尼亚、利维亚、亚甸?以及尼弗迦德?你打算说的地名里包括这些吗?"

"不。我从未听过这些地方。"

她耸耸肩。她手里除了那把剑,还有一双靴子,和一件洗过又拧干的衬衣。

"我想也是。今天是什么日子?"

"今天,"他惊讶地回答,"是五朔节后的第二个满月……您……"

"我叫希瑞。"她不假思索地回答,然后扭动肩膀,换了个能让贴在皮肤上的衣服干得更快的姿势。她说话时带着陌生的口音,还有双绿色的大眼睛……

她本能地拂开湿漉漉的头发,骑士不由倒吸一口凉气。不光因为她的耳朵和普通人类一样，与精灵没有半点相似之处，更因为她脸上那道长长的丑陋伤疤。她受过伤。但仙子怎么可能受伤？

她注意到他惊讶的视线，于是眯起眼睛，皱起鼻子。

"没错，是伤疤！"她带着明显的口音回道，"你干吗这么害怕？伤疤对骑士来说有这么罕见吗？有这么丑吗？"

他缓缓掀起链甲的兜帽部分，用双手拂开头发。

"对骑士当然不算罕见。"他用年轻气盛的口气说道，露出一道从太阳穴延伸到下巴、才刚刚愈合的伤疤，"而丑陋的疤痕恰恰是荣誉的象征。我是加拉哈德，凯尔·贝尼斯的领主，我父亲是兰斯洛特，母亲是佩莱斯王之女伊莲恩。这道伤疤出自'残酷的'布里乌尼斯刀下，他因欺侮女性而声名狼藉，但我在一场公平决斗中击败了他。我很荣幸能从您手中接受这把剑，湖中女士……"

"什么？"

"这把剑，我很乐意接受。"

"这是我的剑。我不允许任何人碰它。"

"可是……"

"可是什么？"

"可是湖中女士总会……从水中现身，将她的剑赠予别人。"

她沉默了一会儿。

"我明白了。"最后她说，"好吧，毕竟世界不同，风俗也不同。抱歉，加拉哈德，或者爱谁谁吧，但我不是你听说过的什么女士。我不会赠予你任何东西，更不会允许你抢走它。这点我得跟你解释清楚。"

"可是，"他壮着胆子开口，"您的确来自仙境，对吧，女士？"

"我……"她停了一下，绿色的双眸仿佛注视着时间与空间的深渊,随后再次开口,"我来自利维亚,来自与之同名的城市,来自洛赫·艾斯卡洛特湖边。我坐着小船来到此地。这里雾气很重,我看不清视野边缘的湖岸。后来我听到嘶鸣声。凯尔比……我的母马跟着我来了。"

她把湿透的衬衣铺在一块石头上。骑士又吃了一惊。衬衣经过清洗,但洗得不够干净。他能看到残留的血迹。

"河水把我带到这儿。"女孩续道。她没发现他在看什么,或者假装没发现。"河水和独角兽的魔法……你们怎么称呼这片湖?"

"我不知道,"他承认,"格温内斯有很多湖……"

"格温内斯?"

"当然。那边是伊怀德法山脉。如果你让山脉位于你的左边,然后穿过森林,走上两天的路,便会抵达戴纳斯·戴勒乌,然后是凯尔·达萨尔。还有那条河……离这儿最近的河……"

"河的名字不重要。加拉哈德,你有吃的吗?我快饿死了。"

※ ※ ※

"你干吗这么看着我?担心我会消失?带着你的香肠和饼干飞走?别担心。我在自己的世界留下了好多烂摊子,短时间内是不会回去了。我会暂时留在你们的世界。我曾在这个世界的夜空徒劳地寻找天龙座和七山羊座。你说今天是五朔节后的第二个满月之夜,而我们那里的叫法是'五月节'。我说,你干吗总盯着我?"

"我不知道仙子也吃东西。"

"仙子、女术士、女精灵……她们也要吃,要喝,还要干些别的事。"

"您最后那句是什么意思？"

"这不重要。"

他盯着她看得越久，便越觉得她那不可思议的气质在减少，人也越像普通人类——平凡无奇的人类。但他知道，这并非事实，这不可能是事实。平凡女孩不可能独自出现在伊怀德法山脚和库姆·普卡谷口，不可能在山地湖泊间裸浴，清洗染血的衬衣。无论这女孩长相如何，她都不可能是凡间的生物。尽管清楚这一点，加拉哈德却能用冷静且不迷信的目光看着她鼠灰色的头发——令他惊讶的是，她的头发已经干了，其中还夹杂着闪亮的银丝；她双手纤细，鼻子小巧，嘴唇苍白，身着样式古怪、面料精致的男装；她的剑——尽管造型和装饰都很陌生，但那确实是把实战用剑；她的赤脚则粘满了干燥的沙子。

"澄清一下，"她用一只脚擦去另一只脚上的沙子，"我不是仙子，也不是精灵。我是个女术士，只是……有点不太寻常。呃，也不算不寻常。"

"我很抱歉。真的。"

"你抱歉什么？"

"他们说……"他涨红了脸，结结巴巴地说，"他们说，仙子在碰巧遇见年轻男人时，会把他们带去精灵国度，然后……在森林的灌木下，以苔藓为床，向他们展示……"

"我懂了。"她瞥了他一眼，咬了一大口香肠。"说到精灵国度，"她一边吞咽一边说，"我前不久才从那儿逃出来，所以并不急着回去。至于以苔藓为床……说真的，加拉哈德，我不是你想象的那种人。但你对我有兴趣，让我很是感激。"

"女士！我无意冒犯……"

"不用道歉。"

"都是因为您太美丽。"

"再次感激。但这什么也改变不了。"

他们沉默了一会儿。天很热，正午的太阳烤得石头暖洋洋的。一阵微风吹皱了湖面。

"那么……"加拉哈德突然用古怪的兴奋语气开口道，"那么，尖端染血之矛是什么意思？国王为何会被刺伤大腿，疼痛难忍？带着银制圣杯的白衣女士又是……"

"等等，等等，"她打断了他，"你没事吧？"

"我只是想问问看。"

"我听不懂你的问题。那是什么暗语吗？用来识别新门徒的暗号？替我说明一下吧。"

"我没法说得更详细了。"

"那你干吗要问？"

"因为……"他吞吞吐吐地说，"因为……我有一位同袍在有机会时没能问出口。也许是一时词穷，也许是羞于启齿……反正他没能开口，所以才导致了后来的不幸。所以我能问的时候就会问。以防万一。"

"这个世界有巫师吗？你知道的，就是能使用魔法的家伙。法师。先知。"

"梅林就是。还有莫甘娜。但莫甘娜很邪恶。"

"梅林呢?"

"正邪参半吧。"

"你知道去哪儿找他吗?"

"当然!他在卡米洛特,亚瑟王的宫廷。我正要去那儿。"

"离这儿远吗?"

"从这里去波伊斯,到哈芬河边,然后顺流而上,一直到格莱文和沙柏纳海。那里就在夏之王国的平原附近。骑马的话,大概要十天左右。"

"太远了。"

"您也可以,"他结结巴巴地说,"穿过库姆·普卡山谷,这样就能缩短路程。但那是道魔法山谷。它很可怕。那里住着'Y Dynan Bach Têgdwell',邪恶的矮人……"

"你那把剑是摆设吗?"

"面对魔法时,剑有用武之地吗?"

"有,当然有,不要怀疑。我是个猎魔人。你听说过猎魔人吗?哦,你当然没听说过。而且我不怕矮人。我有很多矮人朋友。"

那当然,他心想。

—————◆—————

"湖中女士?"

"我叫希瑞。别叫我湖中女士。这个称呼会让我想起不愉快的事——痛苦的事。你说我来自……那个地方叫什么来着?"

"仙境。或按德鲁伊的叫法,'安汶'。撒克逊人则叫'精灵国度'。"

"精灵国度……"她用一条格子花纹毛毯盖住肩膀,"你知道吗?我去过那里。我走进雨燕之塔,然后'砰'的一声,我就置身于精灵之间了。他们也这么称呼我——湖中女士。我刚开始挺喜欢这个称呼的。它让我受宠若惊。直到我意识到,在那片土地,在湖上的高塔里,我并非什么女士,而是囚犯。"

"您就是在那儿,"他没法掩饰自己的好奇心,"让衬衣染上了鲜血?"

她沉默良久。

"不,"等她开口,声音似乎在微微颤抖,"不是在那儿。你眼力真好。好吧,就算把脑袋埋进沙子,事实也无法改变……没错,加拉哈德。我最近经常浴血。被我杀死的敌人的血。我试图拯救的朋友的血……死在我臂弯里的朋友……你干吗这么看着我?"

"我不知道您是女神,是凡人,还是诞生在这个世界的超然存在……"

"麻烦说重点。"

"我想听听您的故事。"加拉哈德的两眼闪闪发亮,"女士,您能讲给我听吗?"

"说来话长。"

"我们有时间。"

"而且结局没那么美好。"

"我可不信。"

"为什么?"

"在湖里洗澡时，您一直在唱歌。"

"你很善于观察。"她转过头去，抿住嘴唇，额头突然浮现出皱纹，"没错，善于观察。只是太天真了。"

"请告诉我您的故事吧。"

"既然你想知道，"她叹了口气，"我会告诉你的。"

她舒舒服服地坐了下来。他们的马在森林边缘走动，啃食青草和香草。

"从头讲吧，"加拉哈德催促道，"从最开始讲起……"

"我越来越觉得，"过了一会儿，她用那块花格毛毯紧紧裹住自己，开口道，"我的故事没有'最开始'。我甚至不确定它有没有真的结束。过去和现在完全混淆了。有个精灵告诉我，这就像条咬住自己尾巴的蛇。要知道，那条衔尾蛇叫乌洛波洛斯。而它咬住自己的尾巴，也就代表了一个封闭的环。每一个瞬间都隐含着过去、现在和未来。每一个瞬间都蕴藏着永恒。你明白吗？"

"不明白。"

"那也没关系。"

的确，我要说，相信梦境就如捕风捉影。如同被曲面镜里的虚假影像欺骗，或是相信被虚伪女人曲解的真相。只有傻瓜才会相信梦境，并行走于虚假之道。

即便很少做梦之人，也不该相信梦境。但如果梦真没有任何含义，那么诸神又为何赋予我们做梦的能力？

——《先知雷比欧达智慧集》34 章 1 节

我们所见或似见的一切，
难道只是一场梦中之梦？

——埃德加·爱伦·坡

第二章

一阵微风吹皱了沸腾大锅般的湖面,吹散了稀薄的晨雾。桨架发出有节奏的嘎吱声和辘辘声,船桨掀起一片明亮的水花。

康德薇拉慕斯手扶护栏。小船正在慢速航行,水面在她手边起起落落。

"哦哦,"她努力让语气透出讽刺,"真快啊!我们就像在湖上飞翔。我的头都要晕了!"

正在划桨的是个又矮又壮的男人,他恼火又含糊地咆哮一声,长着浓密头发的脑袋连抬都没抬。康德薇拉慕斯已经习惯了他的嘟囔、嘀咕和咆哮。对于她的问题,他每次都这么回答。

"当心,"她尽力维持平静的语气,"划太快会翻船的。"

这一次,男人抬起头,露出晒得黝黑的脸。他嘟囔一句,咳嗽一声,然后用留着灰色胡楂的下巴指了指装在栏杆上的木制线轴。线轴上系着一条绳索,另一头消失在水中,随着小船的前进不时绷紧。他显然觉得这样的解释就足够了。然后他继续划桨,步调和先前完全一致:扬起船桨。停顿。将船桨半沉进水。长长的停顿。划桨。随后是更长的停顿。

"哦,"康德薇拉慕斯看向天空,冷淡地说道,"我懂了。你要让拖在船后的诱饵保持适当的速度和深度。钓鱼是很重要,所以别的事全都无所谓。"

男人显然觉得这事理所应当,索性连嘟囔都省了。

"哦,谁又在乎我是在连夜赶路呢?"康德薇拉慕斯继续独白,"谁又在乎我饿不饿呢?谁又在乎我的屁股因这湿漉漉、硬邦邦的凳子而又痛又痒呢?谁又在乎我想解手呢?不,只有钓鱼才是要紧事。虽然这事根本毫无意义。拖在后面的鱼饵位于水流中央,任何鱼都不可能咬钩。"

男人抬起头,恶狠狠地看她一眼。康德薇拉慕斯龇牙露出坏笑。那人依然慢吞吞地划着。他很生气。

她无力地坐在船尾的凳子上,搭起二郎腿,让衬衣的开口正对那个男人。

男人嘟囔一声,用长着老茧的双手划桨,装作正在凝视拖在船尾的绳索。当然了,他划桨的速度仍未加快。康德薇拉慕斯听天由命地叹了口气,继续看着天空。

桨架嘎吱作响,明亮的水珠自船桨洒落。

迅速消散的雾气里,出现了一座岛屿的轮廓。岛上耸立着一座圆顶的黑色高塔。尽管背对着岛屿,男人却意识到他们快到了。他把桨不慌不忙地收进船里,站起身子,缓缓收起线轴上的绳索。康德薇拉慕斯依然坐在那儿,两腿交叠,吹着口哨,看着天空。

那人缓缓卷起钓鱼线,察看诱饵——那是一只闪闪发亮的黄铜勺子,上面绑着用染了色的羊毛掩饰的三曲钩。

"哦，什么也没抓到。"康德薇拉慕斯用甜美的语气说道，"太可惜了。真不明白你为何如此不幸？难道因为船走得太快了？"

男人向她投去充满恶意的眼神。他坐下来，咳嗽一声，朝船舷外吐出一口痰，然后用粗糙的双手抓起两支船桨，弓起强壮的脊背。船桨溅起水花，在桨架里搅动着，小船像离弦之箭一般穿过湖面，船首浪花翻涌，船尾留下道道涟漪。他们离岛的距离大概相当于十字弓射程的四分之一，而在两声嘟囔的时间里，小船便越过了这段水域，重重地撞上沙滩，将康德薇拉慕斯甩下了凳子。

那人嘟囔、咳嗽、吐了口痰。康德薇拉慕斯明白，他的举动翻译成文明人的语言就是："*滚下我的船，烦人的女巫！*"她也知道不能指望他扶自己下去，于是脱下鞋子，将裙摆挽到令人心猿意马的高度，跳下船舷。岸边几块贝壳深深嵌进她的脚心，但她把一声咒骂生生咽回了肚里。

"谢谢，"她咬着牙说，"谢谢你载我这一程。"

她没等下一声嘟囔，也没回头，就这么光着脚走向石阶。艰辛和痛楚消散无踪，被她不断升腾的兴奋抹去。她正站在洛克·布雷斯特湖中的伊尼斯·维特里岛上。这里可谓传奇之地，有资格造访的人寥寥无几。

晨雾已彻底散去，通红的太阳在苍穹闪耀强光。湖面上方，海鸥在高塔的雉堞周围盘旋，鸣叫不休。

在岸边那段石阶顶端的平台上，倚靠着蹲伏在地、龇牙咧嘴的奇美拉雕像之人，正是妮妙。

也就是湖中女士。

◆―◆―◆

她纤细而娇小,身高不超过五尺。在小时候,康德薇拉慕斯曾听人称她为"拇指姑娘",现在她才明白这个绰号名副其实。但她敢肯定,起码有半个世纪,没人敢如此称呼这位小女术士了。

"我是康德薇拉慕斯·提利。"她点点头,拎着鞋子,有些困窘地做了自我介绍,"湖中女士,您能邀请我来您的岛做客,真让我荣幸之至。"

"叫我妮妙。"小女术士纠正道,"只叫妮妙就好。把头衔和绰号都省掉吧,提利女士。"

"这样的话,您可以叫我康德薇拉慕斯。只叫康德薇拉慕斯就好。"

"既然你允许,那么,康德薇拉慕斯,我们早饭时再谈吧。我猜你饿了。"

"我并不否认。"

◆―◆―◆

早餐包括黑面包、配有香葱奶油的白软干酪,还有鸡蛋和牛奶。两名沉默不语的年轻女仆端上饭菜,身上散发出淀粉的气息。用餐时,康德薇拉慕斯感受到小女术士的视线。

"这座塔共有六层,"妮妙注视着访客的一举一动,以及她吃下的每一口食物,"地下还有一层。你的房间在三楼,各项用品一应俱全。底楼供仆人居住,他们负责打理这座塔。地下一层是实验室,二楼和四楼分别是图书室和画廊。无论何时,你都可以自由进出这些楼层,并使用其中的任何设备。"

"我明白了。谢谢。"

"最高两层是我的私人房间和办公室。我不希望那里有任何人打扰。为了避免不必要的误会,请记住,我在这方面非常敏感。"

"我会尊重你的隐私。"

妮妙转头望向窗外,发现粗暴的渔夫已将康德薇拉慕斯的所有行李都搬下了船,现在正将线轴、渔网和其他捕鱼器具装进船里。

"也许我有点守旧,"她续道,"但我用惯的东西都专属于我。比如我的牙刷、我的私人房间、我的图书室、我的浴室。还有渔夫王。请不要打渔夫王的主意。"

康德薇拉慕斯差点被牛奶呛着。但妮妙的神情全无变化。

"如果……"没等康德薇拉慕斯缓过劲儿来,她又说道,"如果他想打你的主意,拒绝他。"

康德薇拉慕斯终于咽下牛奶,点点头,忍住了没开口。尽管她很想用尖刻的语气回答,那个粗俗的渔夫并不是自己喜欢的类型,尤其他已头发花白,还表现出一副孤僻的模样。

"那好,"妮妙用不容置疑的语气说,"我们彼此介绍过自己,现在是时候讨论具体事务了。你知不知道,候选人那么多,为何我只选中了你?"

康德薇拉慕斯本打算选择不那么傲慢的回答。但她最后得出结论:就算她的谦逊里只掺杂了一点点虚伪,妮妙也一定听得出来。

"我是学院里最优秀的解梦者。"她用冷静、客观且毫不夸耀的语气答道,"第三学年时,我在解梦术上得到了全学院第二的评价。"

"那我完全可以找第一的来。"妮妙用不容置疑的语气说,"顺便一提,是别人向我推荐你的。而且是颇为强烈的推荐,似乎因为你是某个大人物的女儿。要知道,亲爱的康德薇拉慕斯,解梦术可是难以捉摸的技巧。即便最优秀的解梦者,也有可能遭遇失败。"

康德薇拉慕斯没把轻佻的回答说出口:我失败的次数一只手都能数过来。毕竟与她说话的人可是魔法方面的大师。就像学院里某位教授的口头禅:识时务者为俊杰。对于她的沉默,妮妙赞许地点点头。

"我这里有关于你的详细报告,"她说,"我知道你无需借助药物就能入梦。这点让我很满意,因为我容忍不了药物。"

"我不需要药物,"康德薇拉慕斯自豪地确认道,"对我来说,只要有锚定物就能解梦。"

"什么?"

"呃,锚定物,"康德薇拉慕斯清了清嗓子,"就是跟我解梦对象有关的物件。比如私人物品,或者画像……"

"画像?"

"呃,对。只要有画像,我就不会弄错。"

"哦,"妮妙笑道,"既然有画像就可以,那就没问题了。等你吃完,我们就可以起身了,全学院第二、同时又最优秀的解梦术士。我会向你解释选你为助手的其他原因。"

石墙散发出阵阵寒气,就连深色的木制墙板和地毯都无法阻挡。透过鞋跟,康德薇拉慕斯的双脚甚至感受到了寒意。

"这些门后,"妮妙指了指,"就是实验室。正如我先前所说,你想怎么用都没问题。当然了,我建议你谨慎些。尤其是在驱使扫帚搬运水桶时,还是见好就收吧。"

出于礼貌，康德薇拉慕斯大笑起来，虽然这个笑话已经很老了。看来给她上过课的教授都一样：他们都喜欢讲传说中的巫师学徒的笑话。

楼梯像海蛇一样蜿蜒向上，仿佛没有尽头。阶梯又高又陡，没等她们抵达目的地，年轻的解梦者便开始喘息和流汗，妮妙却完全不受影响。

"请这边走。"她推开一扇橡木门，"留意门槛。"

康德薇拉慕斯走进门，随后发出一声惊叹。

门后是间画廊。从地板到天花板之间的墙壁上挂满了画作。有巨大的油画、老旧开裂的微型画、版画、发黄的木刻画、褪色的水彩画与乌贼墨汁画。这里还挂了些较新的画作——色彩鲜艳、符合现代风格的蛋彩画与水粉画，线条分明的飞尘法版画与腐蚀法版画，对比鲜明的石印版画与网线铜版画，上面的黑点十分吸人眼球。

妮妙在一幅挂在门边的画前停下脚步：上面描绘的是一群聚在树下的人。她看着画布，然后沉默地看着康德薇拉慕斯，目光意味深长。

"丹德里恩。"康德薇拉慕斯说道，她明白自己不能迟疑，"他正在巨橡树'伯琉赫里斯'下面唱歌。"

妮妙微笑点头，迈出一步，站到另一幅画前。那是一幅象征主义画风的水彩画。一座小山上有两个女性身影，海鸥在她们头顶盘旋，下方的山坡上，有支阴影组成的队伍。

"希瑞和特莉丝·梅利葛德。凯尔·莫罕的预言幻景。"

微笑，点头，迈步，另一幅画。画上是跨着奔马的骑手，两旁奇形怪状的赤杨树正将手臂——也就是枝条——伸向那人。康德薇拉慕斯感到一股寒意流过身体。

"希瑞……唔……正在夜晚骑马前往半身人霍夫梅耶的农庄,去跟杰洛特见面。"

下一幅是深色调的油画,描绘着战斗的场面。

"杰洛特和卡西尔正在守卫雅鲁加河上的大桥。"

接下来越来越快。

"叶妮芙和希瑞,梅里泰莉神殿的初次碰面。丹德里恩和树精艾思娜,地点是布洛克莱昂森林。杰洛特一行人在马卢尔山口遭遇暴风雪……"

"非常好,"妮妙赞扬道,"你在传说故事方面的知识很丰富。现在你该明白我选择你的另一个理由了。"

◆──◆──◆

在她们所在的乌木桌上方,挂着一幅描绘战争场景的巨大油画:似乎是布伦纳之战,而且是战斗中的关键时刻,也就是众所周知的"英雄之死"那一幕。这幅画无疑是尼古拉斯·塞托西的作品。从它给人的印象,从细节的完美表现和光影的刻画上就能看出来。

"的确,我很了解女术士和猎魔人的传奇故事,"康德薇拉慕斯说,"甚至了如指掌。我小时候就喜欢这则故事,听过也读过很多次。我梦想成为叶妮芙。但说实话,即便他们一见钟情,即便他们激情似火……那也并非永恒的爱。"

妮妙扬起眉毛。

"我从前所学的历史,"康德薇拉慕斯说,"是针对年轻人的流行缩略版本。后来我读了几本所谓'完整且严肃'的历史书。那些书内容冗长，有些更是长得离谱。于是我热情消退，取而代之的是冷静的反思，热情之火也转变成权宜婚姻。你明白我的意思吧？"

妮妙用难以察觉的幅度点点头。

"简而言之，我更喜欢传说故事：它们总是循规蹈矩，不会混淆虚构和现实，也不会将简单直接的童话寓言与无关道德的历史事实结合起来。我更喜欢那些没有百科全书编撰者、考古学家和历史学家作序的传说故事。我喜欢它们不证自明的约定俗成。我喜欢看到王子登上玻璃山顶，亲吻睡美人，等她苏醒过来，两人从此幸福地生活在一起，直到白发千古。没错，传说中故事的结局就该是……这幅希瑞的肖像是谁画的？我是说，画架上那幅。"

"这不是希瑞的肖像画。"小女术士冷冷地说，"这个世界上就不存在她的肖像画。那些亲眼见过希瑞、记得她的样貌的人描绘的肖像画，如今一张也没留存下来。画架上的人物是帕薇塔，希瑞的母亲。作画者是矮人鲁伊兹·多里特，为辛特拉王室服务的宫廷画师。根据文献记载，多里特为十岁的希瑞画过肖像，但那张画未能保存下来。我们还是说回传说故事，以及你跟传说故事的关系吧。在你看来，传说故事的结局应该是怎样的？"

"应该是美好的。"她坚定地说，"善良必须获胜。邪恶必须得到惩戒，以儆效尤。有情人将厮守一生。见鬼，正义的英雄也不会被人遗忘！可希瑞的传说呢？它的结局是怎样的？"

"问得好。是怎样的呢？"

康德薇拉慕斯片刻无言。她没料到会有这种问题：她嗅到了考验、测试与陷阱的味道。她闭上嘴巴，免得落入圈套。

希瑞和杰洛特的传说故事是怎样结束的？这一点所有人都知道。

她盯着那幅色调偏暗的水彩画。画上描绘了一条笨重的驳船，正在迷雾笼罩的湖面上航行，有个人站在船上，但只能看到黑色的轮廓。

这就是传说的结局。没错。

妮妙看穿了她的想法。

"这可不一定，康德薇拉慕斯。这可不一定。"

◀━━┥━━▶

"相关的传说，"妮妙说，"我最初是从某个云游说书人那儿听来的。我出身于农家，是贫穷佃农的第四个女儿。我童年最美好的记忆，就是云游说书人博格沃兹来到我们村子。我可以暂时忘掉农活儿，在脑海里想象难以置信的奇迹，想象广阔的世界……美丽而神奇的世界……它比九里外的城镇神奇得多……

"我当时只有六七岁。我姐姐刚刚十四岁，便被持续的劳作压弯了腰。这就是女人的宿命。我们从小就在为这一刻做准备。我们总是弯着腰。弯腰干活，弯腰照顾孩子，除非你挺着大肚子。是啊，刚从产床下来，你男人就迫不及待地叫你怀上下一个……

"而正是听了那老人的故事之后，我才开始梦想劳作与驼背、嫁人与生子之外的生活。我卖掉了在森林里采来的蓝莓，用这些钱买下的第一本书，就是希瑞的传奇故事。也就是你生动形容过的针对年轻人的版本。但那版本对我正合适，因为我那时很穷。很快我就知道自己想做什么了。我想成为菲丽芭·艾哈特，或者席儿·德·坦沙维耶，还有艾希蕾·瓦·阿纳兴……"

两人同时看向一幅水粉画。画上有张桌子，位于某间城堡大厅，周围坐着许多女性。许多传奇女性。

"在我考进的学院里——事实上,我考了两次——"妮妙续道,"我只研究有关集会所的传说,以及它在魔法历史上扮演的角色。刚一开始,我没时间为了消遣而读书;我必须把所有时间用来……跟上那些伯爵或银行家之女的步调,因为对她们来说,一切都那么轻松,她们还会嘲笑来自乡下的女孩……"

她顿了顿,掰了掰手指。

"终于到后来,"她续道,"我有了阅读的时间。但我随即发现,我对杰洛特和希瑞的冒险故事已经不像小时么感兴趣了。这种表现跟你很相像。你是怎么形容来着?权宜婚姻?这种状况一直持续到……"

她停下来,用双手抹了把脸。康德薇拉慕斯惊讶地发现,小女术士的手在颤抖。

"那件事……发生时,我十八岁。那件事让希瑞的传奇故事在我心底复苏了。我开始以严肃和科学的态度对待它,彻底投身其中。"

康德薇拉慕斯专心地听着,沉默不语。

"别装出一副不知情的样子。"妮妙尖锐地说,"每个人都知道,湖中女士对希瑞的传说有着近乎病态的痴迷。每个人都在背地里说,我原本无害的兴趣逐渐成了瘾,甚至成了种狂热。这些传闻大都是实情,我亲爱的康德薇拉慕斯,大部分都是!至于你,如果愿意协助我,最终你也会陷入狂热与成瘾。因为我会要求你这么做。至少到你的实习期结束为止。你听明白了吗?"

康德薇拉慕斯点点头。

"你似乎明白了。"妮妙控制着自己的情绪,"但我会一点点解释给你听。等那个时刻到来，你便会知晓一切。不过现在……"

她顿了顿，看向窗外的湖面，看向站在小船上的渔夫王。他黑色的轮廓与闪闪发光的金色湖面形成鲜明的对比。

"现在，休息一下吧。在画廊四处看看。在橱柜里和书架上，你能找到各种与希瑞有关的印刷品。在图书室里，有传说的各种版本和变体，以及几乎全部的研究文献。花点时间在它们身上。察看，阅读，集中精神。我希望你能找到做梦的灵感。也就是你所说的锚定物。"

"我会的。妮妙女士？"

"我听着呢。"

"那两幅肖像画，并排挂着的那两幅……难道都不是希瑞？"

"希瑞的肖像画并不存在。"妮妙耐心地重复一遍，"后世画家只在某些场景里刻画过她，相貌也完全出自他们自己的想象。至于那两幅肖像画，左边那幅也与希瑞息息相关，她是精灵劳拉·朵伦·爱普·希达哈尔。画师的名字是莉迪亚·凡·布雷德沃特，你对她应该比较熟悉。她留存下来的画作中，有一幅仍挂在学院里。"

"我知道。另一幅呢？"

妮妙盯着那幅画看了很久。画上是位眼神悲伤的金发少女，身穿一件绿袖的白色长裙。

"这幅画的作者是罗宾·安德里达。"她转过身，直视康德薇拉慕斯的双眼，"至于画中人是谁……就要靠你这位解梦术士来查明了。梦见它吧。然后把你的梦讲给我听。"

罗宾·安德里达大师首先看到走上前来的皇帝，于是深鞠一躬。史黛拉·康格里夫——也就是里德塔尔伯爵夫人——起身行了个屈膝礼，然后飞快地示意雕花椅子上的女孩照做。

"两位女士，你们好。"恩希尔·瓦·恩瑞斯点点头，"也向你致意，罗宾大师。你的作品怎么样了？"

罗宾大师尴尬地嘟囔一声，又鞠一躬，在围裙上紧张地擦着手指。恩希尔知道，这位画家患有严重的广场恐惧症，而且害羞到病态的程度。但这不重要。重要的是他的绘画技巧。

就像外出旅行时一样，皇帝穿着帝国亲卫旅的军官制服——黑色的铠甲和斗篷，后者绣有银色火蜥蜴的图案。他走上前去，仔细察看那幅肖像画。他看看画，又看看模特。那是个身材苗条的女孩，一头金发，眼神悲伤，身穿绿袖的白色长裙，戴着一条样式简朴的项链。

"非常好，"他特意面朝空气说道，让人没法猜测他在赞扬哪一方面，"非常好，大师。请继续，别在意我。不介意的话，我想跟你说句话，伯爵夫人。"

他朝窗边走开几步，迫使她跟在身后。

"我得离开了，"他轻声道，"要去处理国事。多谢你的招待。还有那位公主。做得好，史黛拉。你的表现值得赞扬。当然，她也是。"

史黛拉·康格里夫深深地行个屈膝礼，动作十分优雅。

"皇帝陛下对我们实在太好了。"

"别在日落前赞美这一天。"

"哦……"她略微抿住嘴唇,"是这样吗?"

"是。"

"恩希尔,出什么事了?"

"我也不知道。"他说,"十天之内,我们会重新进攻北方。这恐怕会是一场艰难的战争——非常非常艰难。瓦提尔·德·李道克斯又捣毁了几桩针对我的阴谋行动。政治理性会迫使我做出许多艰难的选择。"

"但这女孩是无辜的。"

"我说过了,政治理性。政治理性与公正无关。归根结底……"他摆摆手,"我想跟她谈谈。单独谈谈。过来,公主。走快点儿。靠近些。这是皇帝的命令。"

女孩深深地行个屈膝礼。恩希尔打量着她,回想起洛克·格瑞姆宫那场命中注定的接见仪式。他对史黛拉·康格里夫满心赞赏,甚至是钦佩:因为在那之后的六个月里,她成功地将这笨拙的丑小鸭改造成了贵族仕女。

"先退下吧,"他下令,"去休息会儿,罗宾大师,比如清洗一下画笔。至于你,伯爵夫人,请去前厅等待。你,公主,跟我去阳台。"

昨晚落下的湿雪在晨光中消融,但达恩·罗万堡的屋顶和塔楼依然湿漉漉的,在阳光下像火焰一样闪耀。

恩希尔走到扶手边。女孩遵循宫廷礼仪,跟在他身后一步远。他不耐烦地打个手势,示意她靠近。

皇帝沉默良久,双手扶栏,眺望着远处的山丘,以及生长其上、四季常青的紫杉。林间的白色石灰岩清晰可见。在他们下方,蜿蜒穿过峡谷的河水泛动着白银般的光泽。

风带来了春天的气息。

"我很少来这儿。"恩希尔说。女孩保持沉默。

"我很少来这儿,"他重复一遍,转过头去,"这地方美丽又安静。环境很漂亮……你说对吧?"

"是的,皇帝陛下。"

"甚至能闻到春天的味道。你注意到了吗?"

"是的,皇帝陛下。"

下方庭院传来喧闹的谈笑声,其中夹杂着歌声与马蹄铁的鸣响。接到出发命令的护卫队正匆忙做着离开的准备。恩希尔想起其中一个护卫喜欢唱歌,且经常不顾时间场合。

> 那双碧蓝的眼睛
>
> 懊悔地俯视着我
>
> 优雅地赠予我
>
> 你护身的咒符
>
> 在幽深的夜里
>
> 懊悔地想起我
>
> 请不要优雅地否认
>
> 埋在你心中的欲望

"这歌谣很动人。"他用手指拂过沉重的皇帝金链,思忖道。

"是很动人。皇帝陛下。"

瓦提尔向我保证,说他发现了威戈佛特兹的踪迹。还说再过几天——最多几周——就能找到他的藏身之地。叛徒的首脑将会落网,而真正的辛特拉公主希瑞菈也将被护送至尼弗迦德帝国。

在真正的辛特拉公主希瑞菈抵达尼弗迦德之前，我必须对这冒牌货做点什么。

"抬起头。"

她照办了。

"你有什么愿望吗？"他板着脸问道，"比如请求？或者不满？"

"没有，皇帝陛下，我没什么愿望。"

"是吗？那可有趣了。但话说回来，我也没法强迫你有愿望。抬起头，像个公主的样子。你的宫廷礼仪是史黛拉教的？"

"是的，皇帝陛下。"

说实话，他心想，他们把她教得很好。先是里恩斯，然后是史黛拉。他们把这个身份灌输给她——想必还动用了酷刑和死亡的威胁。他们提醒她说，她必须在残酷无情的观众面前扮演好这个角色。在可怕的尼弗迦德皇帝恩希尔·瓦·恩瑞斯面前。

"你叫什么名字？"他突然发问。

"希瑞菈·菲欧娜·伊伦·雷安伦。"

"你的真名。"

"希瑞菈·菲欧娜……"

"别考验我的耐心。你的名字！"

"希瑞菈……"女孩的嗓音就像折断的芦苇，"菲欧娜……"

"看在伟大日轮的分上，够了。"他咬着牙说，"够了！"

她用力吸了吸鼻子，这是个违反礼节的动作。她的嘴唇也在颤抖，虽然礼仪并不禁止这一点。

"冷静点。"他命令道，但这次压低了嗓音，几乎算得上温柔，

"你在害怕什么？羞于提起自己的名字？不敢告诉我？因为这会勾起你不愉快的回忆？我问你这些，只是因为我想用真名称呼你。我必须知道你的真名。"

"我的名字不足挂齿，"她的大眼睛突然像烛光里的翡翠一样闪烁起光芒，"因为它平凡无奇，皇帝陛下。叫那名字的人无足轻重。只要我还是希瑞菈·菲欧娜，我就有存在的意义……只要我……"

她的声音迅速卡在喉咙里，而她本能地用双手捂住了脖子，仿佛她戴的并非项链，而是绞索。恩希尔继续打量着她，心里依然对史黛拉·康格里夫赞不绝口。但与此同时，他也感到了愤怒。毫无来由，也因此更加强烈的愤怒。

*我对这孩子做了什么？*他心里想道，感受着心头涌现的愤怒。它沸腾翻涌，仿佛一锅煮沸的汤。*我对这孩子，做了什么……*

"要知道，你被绑架与我无关。"他语气尖锐地说，"我跟这事毫无关系。我没给出过类似的命令。我也是被人欺骗……"

他对自己很恼火，因为他意识到自己正在犯错。他早该结束这场对话，以优雅、有力且凶狠的方式收尾，这才是皇帝应有的态度。他必须忘记这个长着绿色眼眸的女孩。这个女孩并不存在。她只是个替身。是个冒牌货。她连名字都没有。她无足轻重。**皇帝不该请求他人的宽恕，不该用道歉的口吻对她这种……**

"请原谅。"他说。他的声音听起来很陌生，而这些字眼仿佛黏在他的嘴唇，不愿离去。"是我弄错了。是的，的确，我对你的遭遇心怀愧疚。愧疚。但我向你保证，你不会再遇到任何危险、任何不公、任何伤害、任何威胁。不用怕。"

"我不怕。"她抬起头，不顾礼仪，与他目光交接。恩希尔缩了缩身子,她眼中的坦诚与信任让他吃了一惊。他立刻挺直身体,又变回了骄傲而高贵的皇帝。

"告诉我你的要求。"

她再次看向他,而他不由自主地想到,他早已习惯通过弥补自己的卑劣造成的伤害,来获得心灵的平静。在内心里,他甚至为自己付出的代价之小而庆幸。

"告诉我你的要求。"他又重复一遍,语气也平和了些,"我会满足你的任何愿望。"

别这么看着我,他心想。我受不了这种眼神。应该是别人害怕看我才对。我有什么好怕的?

让瓦提尔和他的政治理性都见鬼去吧。只要她开口,我就把她送回原来的家。就算用六匹马拉的金马车也行。只要她开口。

"告诉我你的要求。"他再三重复道。

"感谢您,皇帝陛下。"女孩垂下目光,"陛下您真是既高尚又慷慨。如果您允许我提出要求的话……"

"尽管说。"

"我想留下。留在达恩·罗万堡。留在史黛拉女士家里。"

他并不吃惊。他早就有所察觉了。

理智阻止了他问出那些会让双方蒙羞的问题。

"我向你保证,"他冷冷地说,"我会说到做到。"

"感谢您,陛下。"

"我向你保证,"他重复道,"我也会遵守诺言。但我觉得你选错了。你选择的并非你真正想要的东西。如果你改变想法……"

"我的想法不会改变。"直到确认皇帝没打算把话说完,她才开口道,"我干吗要改变想法?我选择了史黛拉夫人,这是我一生从未体验过的事……住处、温暖、善意……还有爱。选择这些东西不会有错。"

可怜又天真的小家伙,恩希尔·瓦·恩瑞斯——迪斯温·雅丹·伊恩·卡恩·爱普·蒙路德,"在敌人坟墓上起舞的白焰"——心想。**这种欲望往往蕴藏着最可怕的错误。**

但出于某种理由,或许是他早已忘却的回忆,皇帝没能把这句话说出口。

◆━━━━◆━━━━◆

"有趣,"听完故事后,妮妙说,"这梦真的很有趣。你还做了别的梦吗?"

"做了!"康德薇拉慕斯用刀背迅速而精准地敲开鸡蛋壳,"简直是梦境大游行,让我一直头晕到现在!但这也正常。在新地方睡觉的头一晚,梦境总是很混乱。你要知道,妮妙,据说我们的能力其实只能看到类似梦境的幻景。我们的手段并非催眠或进入恍惚状态,但我们看到的幻影和其他人的梦境毫无分别,无论从清晰度、丰富度和满足度来看都是如此。不同之处在于,我们记得自己的梦。我们很少会忘记自己梦到的事……"

"因为你的内分泌腺功能有些异常。"湖中女士打断她说,"你们的梦——我这么说也许显得有些轻蔑——跟被内啡肽操控的身体做的梦一模一样。就像大多数先天性魔法才能一样,你们这种才能的起源也是平凡的生理现象。可我为什么要说明这些呢?毕竟你早就知道。你还记得别的梦吗?"

"有个少年，"康德薇拉慕斯皱起眉头，"扛着一只袋子，在田野中穿行。时值早春，田野里空空荡荡。柳树……长在路边。弯曲、中空又丑陋的柳树……树上光秃秃的，但还留着几片叶子。男孩向前走，不时四下张望。天色很暗。天空中有星辰。其中一颗在动。那是颗彗星。一颗泛红的彗星，闪烁着、倾斜着，掠过夜空……"

"很好，"妮妙欣喜地说，"虽然我不知道你梦见了什么，但我能确定那天的日期。在'辛特拉和约之年'的春天，能看到红色彗星的日子只有六天。更确切地说，就是三月的最初几天。你在其他梦境里见到过类似的时间标签吗？"

"我的梦，"康德薇拉慕斯哼了一声，捏起煮鸡蛋蘸了蘸盐，"又不是日历。没有附注的日期。但实话实说，我梦到了布伦纳之战，或许因为在你的画廊里，我盯着尼古拉斯·塞托西的油画看了一会儿。布伦纳之战的日期众所周知。如果我没弄错的话，跟那彗星出现是在同一年。"

"对，你没弄错。你梦里的战斗有什么特别之处？"

"没有。只有混乱的马匹、士兵和武器。人们在嘶喊和杀戮。有个人——想必是个疯子——在尖叫什么'老鹰！老鹰！'"

"还有什么？你说过的，昨晚简直是梦境大游行。"

"我不记得……"康德薇拉慕斯突然闭了嘴。

妮妙笑了。

"好吧，"解梦术士缩了缩身子，抢在湖中女士出言讽刺前开口道，"对，有时候我也会忘记。没人是完美的。我重复一遍，我做的梦只是些幻景，不是图书馆里分门别类的书架……"

"我知道，"妮妙说，"我们做这些事，不是为了测试你做梦的能力,而是为了分析传奇故事。分析其中的谜团,以及空白的部分。目前进展顺利,因为你在第一个梦里就查明了画中女孩的身份,她是冒牌的希瑞,威戈佛特兹打算用她欺骗恩希尔皇帝……"

她闭了嘴,因为渔夫王走进了厨房。他鞠了一躬,嘟囔一句,从橱柜里拿出一条面包、一只瓶子,还有用布包的什么东西。然后他转身离开,但没忘记躬身行礼和继续嘟囔。

"他是个瘸子,"妮妙的语气带着毫不掩饰的同情,"在一次狩猎中受了重伤,被一头野猪的獠牙刺穿了腿。所以他才总是待在小船上。只要有桨,能钓鱼,他就会忘记自己的伤痛。他是个非常正派的好人。而我……"

康德薇拉慕斯礼貌地保持沉默。

"我需要男人。"小女术士直白地说。

我也一样,解梦术士心想。见鬼,等回到学院,我就找个人来勾引我。独身很好,但持续超过一个学期就不好了。

妮妙哼了一声。

"如果你吃完也幻想完了,我们就去图书室吧。"

"说回你的梦吧。"

妮妙翻开一本文件夹,拿出几张乌贼墨汁画。康德薇拉慕斯立刻认出了画中的场景。

"洛克·格瑞姆宫的接见仪式?"

"没错。冒牌货被带进皇宫。恩希尔假装上当,摆出一副满意的样子。你看，这边是北方诸国的大使，他演这场戏就是给他们看的。而这边是尼弗迦德的公爵。他们觉得受到了羞辱，因为皇帝拒绝了他们血统高贵的女儿，对他们联姻的提议不屑一顾。他们站在一旁，窃窃私语，谋划复仇、阴谋与暗杀。冒牌货低着头站在王座前。画师这么画是为强调她的神秘，将她的五官都隐藏在面纱之后。这基本上就是我们对假希瑞所知的一切。在任何版本的传说故事中，都未提及她后来的遭遇。"

"不难想象，"康德薇拉慕斯悲伤地说，"命运对这女孩并不友善。恩希尔得到真货之后——我们都知道他最后找到了——就摆脱了这个冒牌货。在梦里，我没感觉到悲剧的气氛。按理说，如果最后是那种结局，我应该会……不过话说回来，我在梦里看到的景象未必就是事实。我的梦跟其他人一样，会反映我的欲望、憧憬……以及恐惧。"

"我知道。"

———◆———

她们翻看文件夹和印刷图画，一直讨论到午餐时分。渔夫王今天的成果应该不错，因为午餐是烤鲑鱼。晚餐也是。

那天晚上，康德薇拉慕斯没睡好。她吃太多了。

她什么也没梦到。她有些气恼和羞愧，但妮妙似乎并不在意。

"我们还有时间，"妮妙说，"还有很多个夜晚等着我们呢。"

伊尼斯·维特里岛的塔里有好几间浴室，内部陈设堪称奢华：墙壁铺着大理石，黄铜闪闪发亮，通过管道送来的热水在地下室某处升过温。康德薇拉慕斯能在浴室里耗上几个钟头，但今天，她在洗蒸汽浴时遇见了妮妙。蒸汽浴室是栋小木屋，位于湖面上方的平台。在用水冲刷滚烫的石头而形成的蒸汽里，她们并肩坐在长凳上，用桦木刷轻轻拍打身体。咸咸的汗水流进她们的眼睛。

"如果我的理解没错，"康德薇拉慕斯擦了把脸，"我在伊尼斯·维特里岛的这段日子，最终目的是为解答女术士和猎魔人的传说中所有的谜团和空白？"

"没错。"

"在白天，我们会欣赏画作并讨论，好为晚上做准备：这一来，我就能梦见彻底被人遗忘但又真正发生过的事实，是这样吗？"

这一次，妮妙似乎觉得没必要加以确认。她站起身，把桶里的水倒在石头上。热腾腾的蒸汽一时让她们难以呼吸。妮妙把桶里剩下的水倒在自己身上。康德薇拉慕斯欣赏着她的身体。尽管娇小，女术士的身材却异常匀称。她的身体和吹弹可破的肌肤足以让任何年轻女孩燃起嫉妒心。康德薇拉慕斯才二十四岁，但她同样羡慕对方。

"可就算梦到了什么，"她又擦了擦汗水淋漓的脸，续道，"我又如何确认自己梦到的就是真相？我真不知道……"

"讨论先暂停一下。"妮妙打断道，"我们出去吧。我已经厌倦坐在这口锅里慢炖了。我们去呼吸一下新鲜空气，然后再谈。"

就像仪式的一部分,她们跑出蒸汽浴室,光脚啪嗒啪嗒地踩在平台木板上,大喊着跳进冰凉的湖水。泡过身体之后,她们游到平台边,拧干头发。

听到水花声和叫喊声,小船上的渔夫王转过头,手搭凉棚,但马上又将目光转回到他的渔具。

康德薇拉慕斯觉得他的举动非常无礼,理应受到谴责。但她对渔夫王的评价比先前高了许多,因为她注意到,他在钓鱼之外的时间总会读书。他走路时拿着书,连去方便都带着书,而且那书还是《金镜》,一本既有深度又考验读者智力的著作。如果说刚到伊尼斯·维特里岛的几天里,康德薇拉慕斯曾觉得妮妙的喜好令人费解,现在她也都释然了。渔夫王只是看起来粗鲁而已。他的举止只是用来掩饰自己的假面具。

但不管怎么说,康德薇拉慕斯心想,面对两位身姿堪比宁芙、足以让人目不转睛的女性裸体,他却选择转头去看鱼竿和诱饵,这显然是不可原谅的侮辱和冒犯。

"就算我梦到什么,"她用毛巾擦拭双乳,继续刚才的话题,"谁能保证那就是事实?我知道相关传说的所有书面版本,从丹德里恩的《诗歌的半世纪》,到安德烈·拉维克斯的《湖中女士》。我知道雅尔修士关于那些流行版本的所有论文——有些我甚至提都不想提。这些阅读都留下了痕迹,产生了影响,而我的梦不免会受其左右。我真有可能打破虚构,梦见真实吗?"

"有。"

"可能性有多高?"

"跟渔夫王钓到鱼一样高。"妮妙朝湖上的小船点点头,"你也看到了，他总是不知疲倦地检查鱼钩。那只鱼钩会钩到水草、草根、淹没在水下的树桩、树干、旧靴子，还有天知道什么鬼东西。但他时不时也会钓上鱼。"

"那就祝他钓得愉快。"康德薇拉慕斯叹了口气，开始穿衣服，"我们也串好鱼饵，开始钓鱼吧。就像在旧衣箱的内衬里翻找，希望发现隐藏的夹层一样。可如果根本没有夹层呢？恕我直言，妮妙，最先尝试钓鱼的人恐怕不是我们。历史学家和研究者们在我们之前就钓过鱼，他们遗漏细节的可能性又有多大？现在没准连一条小鱼都没了。"

"有的。"妮妙梳着头，语气坚定，"那些空白部分充斥着无意义的辞藻和虚构。要不就是通篇沉默。"

"比如呢？"

"比如猎魔人在陶森特度过的冬天。每个版本的传说故事都一笔带过：'英雄们在陶森特过了冬。'就算在公国写完两章冒险故事的丹德里恩，他在提到猎魔人时也格外神秘。这还不足以让你好奇那个冬天发生了什么？他逃离了贝哈文，又在提尔·纳·贝亚·艾林尼的地底洞穴群与精灵阿瓦拉克碰了面。他在凯德·米克维德森林经历了战斗，又与德鲁伊展开一场冒险。可然后呢？在十月到次年一月的这段时间里，猎魔人在陶森特做了什么？"

"做了什么？不就是过冬嘛！"解梦术士不屑地说，"在春来雪融之前，他没法穿过山口，所以只能无聊地打发日子。难怪后世的作者会用'冬天过去了'概括那段无聊的时光。但如果你觉得有必要，我就试着梦点儿什么吧。你有相关的绘画吗？"

妮妙笑了。

"多得不能再多。"

这幅岩壁画描绘的是狩猎的场景。简洁随意的笔触画出了用弓和矛狩猎大水牛的矮小人类。那头水牛是紫色的，身上有老虎一样的斑纹，在它弯曲双角上方的空中，悬停着一只像是蜻蜓的东西。

"这幅画，"雷吉斯点点头，"是精灵阿瓦拉克的作品。那个知道很多事的精灵。"

"没错，"杰洛特用冷淡的语气确认道，"是他的画。"

"问题在于，我们已经彻底探索了这些洞穴，那个精灵和你提到的生物却踪影全无。"

"他们曾经在这儿。现在他们躲起来了。要不就是离开了。"

"这是无可争辩的事实。别忘记，你是在女贤者的斡旋下才得以和他见面的。显然他觉得，见你一次就足够了。既然女贤者明确拒绝合作，我真不知道你还能做什么。我们已经在洞穴里转悠一整天了。我担心我们在白费力气。"

"我也一样。"猎魔人苦涩地说，"我也有这种感觉。我一直搞不懂这些精灵。但至少我现在知道，为什么大多数人类都不同情精灵了。因为你很难摆脱被他们嘲笑的印象。他们做的每一件事，说的每一句话，脑子里的每一个想法，都像在讽刺和讥笑我们。"

"你的拟人化修辞真是用得活灵活现。"

"也许吧。但那印象确实挥之不去。"

"现在我们怎么办？"

"回凯德·米克维德森林去找卡西尔，德鲁伊肯定已经治好了他头上的伤。然后我们骑上马，接受安娜·亨利叶塔公爵夫人的好意邀请。别这么看着我，吸血鬼，米尔瓦肋骨断了，卡西尔的脑袋负了伤，在陶森特休息一下对他们都有好处。我们还得帮丹德里恩解决他的烂摊子，因为我担心，他这次惹的麻烦有点儿大。"

"好吧，"雷吉斯叹了口气，"就按你说的做吧。但我必须躲开镜子和狗，还得留神巫师和传心咒……如果最后我还是暴露了，那就只能指望你了。"

"你可以指望我，"杰洛特严肃地说，"我从不抛下落难的朋友。"

吸血鬼笑了笑，考虑到周围没有别人，他没有隐藏自己的獠牙。

"朋友？"

"拟人化修辞嘛。来吧，离开这洞穴吧，我的朋友。再待下去，唯一的收获也只有风湿病。"

"也许吧。除非……杰洛特，你亲眼见到这堵墙后是精灵墓地提尔·纳·贝亚·艾林尼？如果想去，我们可以……你明白的，我们可以打穿这堵墙。你考虑过这个办法没有？"

"没有。我连想都没想过。"

渔夫王又有了收获，因为那天的晚餐还是鲑鱼。鱼肉格外鲜美，让康德薇拉慕斯把之前的教训抛到了九霄云外。她又吃撑了。

———◀▶———

康德薇拉慕斯打了个嗝儿。**该睡觉了**，她心想。她已经第二次发现自己在机械地翻动书页，却完全没看进去内容了。**该去做梦了**。

她打个呵欠，放下书，把枕头由方便读书的靠背改换成适合睡觉的摆法。她用咒语熄灭提灯，房间立刻陷入蜜糖般浓稠的黑暗。厚实的天鹅绒窗帘将窗户遮得严严实实，因为康德薇拉慕斯发现，在彻底的黑暗中最适合做梦。该怎么选择呢？她心想，在被单和床单之间伸了个懒腰。是顺其自然地做梦，还是设法找个锚定物呢？

尽管夸下海口，但解梦术士能记住的预言梦境连半数都不到。留在他们记忆中的，有相当一部分只是无意义的画面，色彩和形状就像万花筒——用镜子和玻璃做成的儿童玩具——一样变幻不定。只要梦境般的幻景失去了表面上的秩序与意义，他们就有理由置之不顾。按他们的说法，"既然我不记得了，就代表它不值得记住。"在解梦术士看来，那种都是"垃圾梦"。

更麻烦也更令人难堪的则是"幽灵梦"。解梦术士只能记住梦中事件的零散片段，次日早晨却只有种"接受到了什么信息"的模糊印象。如果幽灵梦重复多次，那就说明它确实很重要。然后解梦术士会通过集中精神和自我暗示，迫使自己再做同样的梦，而且要更加清晰。最好的办法是强迫自己醒来后立刻再次入梦——这种手法被称为"挂钩"。如果那个梦没能带来"钩子"，他们会通过睡前的专注和冥想，试图在随后的梦中见到幻景。这种强迫式的做法称为"锚定"。

在岛上度过十二个夜晚后，康德薇拉慕斯列出了三张梦境列表。

其中一张让她引以为傲，因为那是她经过"挂钩"或"锚定"才得到的"幽灵梦"的列表。有关于仙尼德岛叛乱的梦，也有关于猎魔人及其同伴在暴风雪中穿过马卢尔山口的梦，还有关于春天的倾盆大雨让苏杜兹峡谷的道路变得柔软泥泞的梦。另一张表上列出了妮妙认为失败的梦，它们无论如何都无法加以解读。最后那张表则是"待办事项"，列出了等待她们去研究的梦境。

其中有个古怪却非常美妙的梦，每次回顾都零碎不堪，还伴之以柔和的触感和难以捉摸的声响。

但那确实是个令人愉快的美梦。

好吧，康德薇拉慕斯闭上双眼。*顺其自然吧*。

———◆—❘—◆———

"我知道猎魔人在陶森特过冬时做什么了。"

"哎呀哎呀，"妮妙的目光越过她正在读的皮革装订魔法书，"这么说，你终于梦到什么了？"

"当然，"康德薇拉慕斯洋洋自得地说，"我梦见了！我梦到猎魔人杰洛特和一个黑色短发、绿色双眸的女人在一起。但我不清楚那人是谁。也许是丹德里恩在回忆录里提到的公爵夫人？"

"你肯定读得不够仔细。"女术士冷静地说，"丹德里恩对安娜叶塔[①]公爵夫人的描写非常详细，而且所有资料都证明，她的头发就像他写的那样，是'闪着金色光晕的栗色'。"

[①] 安娜·亨利叶塔的简称。——译注

"也就是说，不是她。"解梦术士承认，"我看到的女人是黑发，像炭一样黑。而且那个梦……唔……很有趣。"

"我洗耳恭听。"

"他们在聊天。但那场对话并不普通。"

"什么地方不普通？"

"大部分时间里，她的双腿都架在他肩上。"

◆——◆——◆

"告诉我，杰洛特，你相信一见钟情吗？"

"你呢？"

"我相信。"

"那我知道我们为什么在一起了。异性相吸。"

"别这么愤世嫉俗。"

"为什么？据说愤世嫉俗的人显得更有智慧。"

"没这回事。愤世嫉俗者那伪装出来的智慧虚伪得令人作呕。既然说到这个……告诉我，猎魔人，你最爱我哪一点？"

"这一点。"

"你从愤世嫉俗换成轻浮和迂腐了。重新回答我的问题。"

"我最爱你的理性，你的智慧和深邃的内在，你的独立和自由，你的……"

"真不明白你哪来的这么多讽刺。"

"这不是讽刺，而是玩笑。"

"我受不了这种玩笑。何况时机也不对。亲爱的，任何事都讲究时机，苍穹下的一切都有适合的时候。有些时候适合沉默不语，有些时候适合侃侃而谈，有些时候适合哭泣，有些时候适合欢笑，有些时候适合播种，有些时候适合采摘——抱歉，是收获——有些时候适合开玩笑，有些时候适合严肃……"

"有些时候适合爱抚，有些时候适合克制？"

"哦，别这么较真！你就把现在当做适合赞美的时候吧。没有赞美的爱会变成不经大脑、只为满足身体需要的行为。对我讲话，恭维我吧！"

"从布伊纳到雅鲁加，没人有你这漂亮的屁股。"

"你又拿北方那些我没见过的蛮荒河流跟我做对比。你的比喻水平姑且不论，你就不能说从维尔达到阿尔巴吗？或从阿尔巴到杉斯雷托？"

"我没见过阿尔巴河。我只是避免用缺乏实际经历的说法来调情而已。"

"哦，是吗？那我猜，你见过也'经历'过很多屁股，所以才有资格评头论足喽？是不是啊，白发男？在我之前，你有过多少女人？嗯？我在问你话呢，猎魔人！拿开你的手，别想逃避回答。你有过多少女人？"

"一个也没有。你是头一个。"

"总算……"

妮妙盯着某幅明暗对比相当微妙的画作沉思良久：画上是十位坐

在桌边的女性。

"可惜我们不知道她们真正的长相。"她最后开口道。

"你说伟大导师们?"康德薇拉慕斯哼了一声,"她们的画像可有好几十幅呢!光在艾瑞图萨学院……"

"我是说'真正的'长相,"妮妙打断道,"不是美化过的想象,何况那些想象还是以他人的想象为基础的。你可别忘了,曾经有一段时期,女术士的画像遭到大规模销毁。我说的正是这些女术士。后来到了可以大肆宣传的时代,伟大导师们必须为自己树立起受人尊重、钦佩和敬畏的形象。等到女术士协会重新成立,描绘桌边这十位美丽迷人的女性的画作也随之问世。但其中并没有真正可信的作品,除了两幅例外:仙尼德岛艾瑞图萨学院的玛格丽塔·劳克斯-安蒂列的画像,它在大火中奇迹般地幸存下来;还有席儿·德·坦沙维耶在朗·爱塞特的恩塞纳达宫的画像。"

"那么挂在温格堡的画廊,由不知名精灵画师绘制的法兰茜丝卡·芬达贝的画像呢?"

"那是假货。世界之门开启时,精灵带走或摧毁了所有艺术品,连一幅画作都没留下。我们不知道'山谷雏菊'是否真如他们讲述的那般美丽。我们不知道艾达·艾敏的长相。尼弗迦德女术士的画像也被有计划地彻底毁掉,所以我们完全不清楚艾希蕾·瓦·阿纳兴和芙琳吉拉·薇歌的真正外貌。"

"就让我们假设,"康德薇拉慕斯叹了口气,"她们的长相就像后世的画作一样吧。庄严、高贵、善良、睿智、诚实又慷慨,而且美丽,美丽到令人目眩……就这么假设吧。这么想的话,我们的生活还能轻松一些。"

在伊尼斯·维特里岛的日常工作逐渐成了乏味的例行公事。对梦境的分析于早餐后开始，通常会持续到中午。午餐前，康德薇拉慕斯会去散散步，但散步很快也变得无聊起来。这也不足为奇，因为只要一个钟头就能绕岛两圈，能看的风景也不外乎岩石、山松、沙滩、蛤蜊和海鸥。

在午饭和长长的午睡过后，她们会开始讨论、翻阅书本、卷轴和手稿，察看画作、肖像和地图。而到晚上，她们会就传说与事实间的关联展开漫长的争论。

等到入睡，梦境便会到来。各种各样的梦境。她渐渐察觉到自己独身的事实。近些天来，康德薇拉慕斯梦到的并非猎魔人的传说之谜，而是渔夫王，对应的场景则不一而足，有的毫不色情，有的却极端淫荡。在那些与色情无关的梦里，渔夫王会把她捆住，并将绳索另一头系在船尾，用小船拖着她走。他划桨的动作懒洋洋、慢吞吞，于是她沉进湖里，大口吞咽湖水，满心惊恐：因为她发觉有东西从湖底浮起，庞大而饥饿，想把她像鱼饵一样吞掉。就在那东西快咬住她时，渔夫王用力划桨，绳索随之绷紧，将她拖离了看不见的捕食者的血盆大口。她感到难以呼吸，随后惊醒过来。

在某个无疑十分色情的梦里，她跪在摇摇晃晃的小船上，手扶船沿，渔夫王则从背后钩住她的脖子，充满激情地与她交欢，同时不断嘟囔、咆哮、吐口水。除了身体上的欢愉，康德薇拉慕斯还能感受到一股忧虑，令她浑身发冷：*万一妮妙发现了呢？* 突然，她在荡漾的湖水中看到了小女术士表情凶狠的脸……她再次汗流浃背地惊醒。

她坐起身，打开窗户，感受着凉爽的夜风，看着月光落在湖面的薄雾上。

然后她回到床上，继续做梦。

━━━◆━━━

伊尼斯·维特里岛的高塔有个能够俯瞰湖面的阳台。康德薇拉慕斯起先没在意，但随着时间流逝，她也有了好奇的理由。那个阳台非常特别，因为它进不去。她所知的任何房间都无法通向那个阳台。

康德薇拉慕斯明白，女术士的住处少不了秘密，所以她也没多问。在湖边散步时，她曾见到妮妙站在那个阳台上。看起来，她没法登上阳台，只是因为她没得到授权和邀请而已。她有点儿生气，因为这很不礼貌，但她假装什么都没看见。

不过没多久，谜团就解开了。

那是威尔玛·韦斯利的水彩画勾起她连番梦境之后的事了。这位画家显然对希瑞的冒险故事及雨燕之塔非常着迷，因为她的全部作品都与之相关。

"我做了个怪梦。"某天早上，她抱怨道，"我梦到了……画面。不是场景，而是画面。希瑞和一座塔……那个画面是静止的。"

"就这样吗？只有视觉体验而已？"

妮妙当然知道，像康德薇拉慕斯这样优秀的解梦术士能利用全部的感官能力。她与大多数人不同，不但能通过双眼接收梦境蕴含的讯息，还可以通过听觉、触觉、嗅觉，甚至味觉去体会。

"对。"解梦术士说,"只是……"

"什么?"

"我有个想法。一个挥之不去的想法。在这座塔里,我不是客人,而是个囚犯。"

"跟我来。"

正如康德薇拉慕斯的猜测,只有穿过女术士的私人房间,才能踏上那个阳台。房间里干净整齐,弥漫着檀香、没药、薰衣草和樟脑球的香气。她们穿过一扇小小的暗门,沿着一段螺旋楼梯向下走去。

然后她们到达了目的地。

那个房间与别的房间不同,墙上没有木制镶板,只是刷成了白色,显得非常明亮。房间里的光线也很充足,因为那扇高大的三重窗——或者说是玻璃门——直接通向俯瞰湖面的阳台。

房间里家具不多,只有两把椅子、一面椭圆形的大镜子、一套红木支架——上面挂了张挂毯。挂毯大约五尺七寸长,底穗碰到了地板。挂毯上的图案是面俯瞰高山湖泊的断崖。有座城堡嵌在山崖里,看起来就像石壁的一部分。康德薇拉慕斯很熟悉那座城堡,她在许多画作上都见过。

"威戈佛特兹的老巢,也是他囚禁叶妮芙的地方。传说就在那里结束。"

"没错,"妮妙语气冷漠,"传说就在那里结束,至少传统版本里是这样。我们看过这些记载,所以知道结局是个什么样子。希瑞逃出了雨燕之塔——根据你的梦境,她被人囚禁在那里。等她明白他们想做什么,她就逃走了。这次逃脱,不同的传说给出了不同的解释……"

"就我个人来说,"解梦术士插嘴道,"我最喜欢的是她丢下东西的版本。梳子、苹果、手帕。但是……"

"康德薇拉慕斯。"

"请原谅。"

"我说过了,那次逃亡有许多版本。但还是没人清楚希瑞是如何从雨燕之塔径直逃去威戈佛特兹的城堡的。如果你没法梦见雨燕之塔,就试试去梦见那座城堡吧。仔细看看这张挂毯……你在听吗?"

"这面镜子……是魔法镜,对吗?"

"不对。我用它挤粉刺。"

"抱歉。"

"这是哈特曼之镜。"妮妙看到解梦术士皱起的鼻子和阴沉的表情,开口道,"想看的话,你可以靠近看看。不过请当心。"

"据说,"康德薇拉慕斯的语气因兴奋而颤抖,"用哈特曼之镜可以转移到其他……"

"世界?的确可以。但不能心急,首先你要进行长时间的准备、练习和冥想,还有其他许多事要做。而我敦促你当心,指的是另一件事。"

"什么?"

"哈特曼之镜是双向的。某人或某物钻出镜子的可能性始终存在。"

"你要知道,妮妙……我看着这块挂毯时……"

"你昨晚做梦了吗?"

"做了。但那梦很怪。是鸟瞰视角。我变成了一只鸟……我从外面看着那座城堡。我没法进去,有什么东西在守卫入口。"

"看看这块挂毯,"妮妙命令道,"看看这座城堡。仔细看,留意每一个细节。集中精神,把画面铭记在脑海。如果你再梦见这座城堡,我希望你进到里面去。这很重要。"

暴风雪在墙外肆虐,但在城堡里,壁炉内的木柴却烧得正旺。叶妮芙享受着这份温暖。她目前的牢房确实比过去两个月的水牢好多了,但即便如此,她还是冻得牙齿打战。

被囚禁期间,她已经失去了时间概念,他们也没有告诉她日期的打算。但她肯定现在是冬天,可能十二月,也可能是一月。

"吃吧,叶妮芙。"威戈佛特兹说,"别害羞了。"

女术士连害羞的权利都没有。她吃得很慢,因为她刚刚痊愈的手指僵硬而笨拙,很难握住餐具。她也不愿意用手抓东西吃,因为她不想向威戈佛特兹和他的客人们示弱。虽然那些客人她一个都不认识。

"我非常遗憾地通知你,"威戈佛特兹抚摸着杯脚,开口道,"你的监护对象希瑞已经离开了这个世界。这只能归咎于你,叶妮芙,你的顽固不化。"

其中一名宾客是个黑发矮子。他打了个响亮的喷嚏,然后用麻纱手帕擦了擦鼻涕。他的鼻子又红又肿,无疑还有鼻塞症状。

"祝你健康。"面对威戈佛特兹的惊人之语,叶妮芙不为所动,"尊敬的先生,你这么重的感冒是怎么得的?洗澡之后吹风了吗?"

另一位客人大笑起来。他个子更高,岁数更大,身材也较瘦削,有双异常苍白的眸子。感冒那位尽管气得涨红了脸,却向女术士短促地鞠躬致谢,并给了个带着浓重鼻音的简短回应。但这没能掩饰他的尼弗迦德口音。

威戈佛特兹转头看着她。他脸上没有了金制框架,眼窝里的水晶也不见了,但外表却比她夏天刚看到他毁容的样子时更可怕。他的左眼球已成功再生,只是比右眼小得多。他的模样让人难以呼吸。

"你,叶妮芙,"他慢吞吞地说,"多半以为我在骗你。可我干吗要这么做?女孩的死讯对我和你的打击一样大,我这边可能更甚。毕竟我为她安排了那么多意义长远的计划,能决定我未来的计划。希瑞死了,现在我的计划也分崩离析了。"

"很好。"叶妮芙勉强捏住餐刀,笨拙地切开第二块夹心猪排。

"恰恰相反,"巫师续道,"对你来说,希瑞只是一种愚蠢的情感,其成因一半来自你不能生育,一半来自你的内疚。没错,没错,叶妮芙,她是你内疚的产物!因为你积极参与了基因实验,希瑞才会诞生在这个世界上。顺便一提,那场实验之所以失败,是因为实验者缺少必备的知识。"

叶妮芙回以沉默,但在心里祈祷杯子不要脱手。她渐渐得出结论:她至少有两根手指会僵硬很长时间。也许一辈子。

看到她的反应,威戈佛特兹嗤之以鼻。

"已经太迟了。"他咬牙切齿地说,"你必须明白,叶妮芙,我拥有足够的知识。如果我能得到那个女孩,我会利用这份知识。事实上,你没什么可后悔的:尽管你的生育能力贫瘠得有如沙漠,但我会加强你虚弱的母性本能,送给你一个女儿,甚至孙女。至少是个人造的孙女。"

叶妮芙轻蔑地哼了一声,心里却怒火中烧。

"很抱歉,亲爱的,我要破坏你的好心情了。"巫师冷冷地说,"因为我得到一个悲伤的消息:那个猎魔人,利维亚的杰洛特,也死了。没错,没错,就是那个猎魔人杰洛特,他同希瑞一样,跟你那些令人难堪和反胃的愚蠢情感有关。要知道,叶妮芙,我们的猎魔人好友以炽热而壮观的方式告别了这个世界。这次你无需自责。对于猎魔人的死,你连一丁点儿罪过都没有。一切都归功于我。尝尝这蜜梨吧,真的很美味。"

叶妮芙紫罗兰色的双眼燃烧着恨意。威戈佛特兹大笑起来。

"希望你喜欢这个消息。"他说,"哎呀,要不是那副阻魔金手铐,你的眼睛都能把我烧成灰了。但阻魔金还在生效,所以你没法烧死我,只能看着我。"

得了感冒的家伙打个喷嚏,擤了擤鼻子,又咳嗽起来,直到双眼泛出泪水。高个子男人用令人不快的死鱼眼看着她。

"那么,里恩斯先生去哪儿了?"叶妮芙刻意着重地念出这个名字,"那位发誓要对我做很多事的里恩斯先生,还有踢我打我时从不失手的斯奇鲁先生又去哪儿了?你的看守又粗俗又野蛮,可他们最近为什么对我又敬又怕?不,不用回答,威戈佛特兹。我想我知道答案。你在对我撒谎。你跟丢了希瑞。杰洛特也成功逃脱,并且屠杀了你的喽啰。那现在呢?你的计划已经分崩离析,你也承认自己的权力美梦已经消散如烟。女术士和迪杰斯特拉正在逼近。你停止拷问我并非毫无理由,也并非出于怜悯。恩希尔皇帝手下的情报网也在加紧运作,情况非常非常不妙。Ess a tearth, me tiarn? A'pleine a cales, ellea?"

"我听得懂上古语。"得了感冒的尼弗迦德人说,"我的名字是史提芬

·史凯伦。我还没到焦头烂额的程度。我相信我的处境比你好得多,叶妮芙女士。"

说完这番话,他吸了口气,再次咳嗽起来,用湿透的手帕擤了擤鼻子。威戈佛特兹一巴掌拍在桌上。

"别再玩游戏了。"威戈佛特兹说道,翻起他那只可怕的小眼睛,"你要知道,叶妮芙,我已经不需要你了。说实话,我该把你塞进麻袋,丢到湖里淹死,但我非常讨厌这样的手段。等到状况允许我或迫使我做出另一种决定之前,你会与世隔绝。但我警告你,别给我惹任何麻烦。如果你想再来一次绝食抗议,我可不会浪费时间再用软管喂你,就像十月份那时一样。我会任由你饿死。如果你试图逃脱,看守得到的命令也很明确。那么,再会吧。除非你还没吃饱……"

"不必了。"叶妮芙站起身,揉皱了桌子上的餐巾,"也许因为我吃的东西,也许因为你们的陪伴,总之我的食欲已经没了。再见了,先生们。"

史提芬·史凯伦打个喷嚏,咳嗽起来。苍白眼睛的高个子男人打量着她,脸上挂着愤怒而邪恶的微笑。威戈佛特兹转过头去。

像以往一样,在牢房与牢房之间移动时,叶妮芙会试图弄清自己身在何处,同时收集有助于逃脱的零散信息。但像以往一样,她再一次失望了:他们领着她穿过的走廊没有窗户,所以她没机会看到周边的环境,就连能判断方位的标志物都没有。那对沉重的手铐和她脖子上的金属项圈都用阻魔金打造,有效地阻止了她运用魔法,让她无法使用传心术。

囚禁她的房间冰冷又单调,就像隐士的小屋。但叶妮芙还记得,当他们把她从地牢带去那里时,她的心里别提多高兴了。地牢深处永远有一摊臭水,墙壁上满是凝结的盐巴和硝酸盐。在地牢里,他们喂她的是剩饭,而老鼠总能毫不费力地从她残破的手指间将之夺走。两个月的苦难过后,他解开锁住她的铁链,带她离开地牢,允许她洗澡、更衣,令叶妮芙欣喜若狂。他带她去的小房间,在她看来就像国王的卧房;他让人送来的浑浊的燕窝汤,在她看来足以端上皇帝的餐桌。但她随即弄清了状况。没过几天,那汤就让她难以下咽,那张床也显得硬邦邦的。小房间也是个牢房,狭小而冰冷的牢房,只要四步就能从一头走到另一头。

叶妮芙咒骂一声,叹了口气,坐在凳子上。除了床,这是小房间里仅有的家具。

他悄无声息地走了进来,她几乎没听到他的脚步声。

"我的名字是邦纳特。"他说,"希望你记住这个名字,女巫。把它铭刻在你的记忆里。"

"去你妈的,蠢猪。"

"我是个赏金猎人。"他恶狠狠地说,"三个月前,九月份的时候,我在艾宾抓住了你的小杂种,也就是你们提到的著名的希瑞。"

叶妮芙竖起耳朵。*九月份。艾宾。抓住了她。但她不在这儿。也许他在撒谎?*

"那个银发女猎魔人在凯尔·莫罕受过训练。我把她扔进竞技场,叫她在观众的嘶吼声中杀人。慢慢地、慢慢地,我把她变成了野兽。我用鞭子、拳头和靴子帮她熟悉自己的新角色。她学了很久。但她随后就从我手里逃脱了,那条绿眼睛的小毒蛇。"

叶妮芙用难以察觉的动作松了口气。

"她逃去了另一个世界。但我们还会再见面的,这点我敢肯定。要知道,女巫,我遗憾的只有一件事:你的情人,那个叫杰洛特的猎魔人,被他们活活烧死了。该死的变种人,我真想让他尝尝我的剑。"

叶妮芙哼了一声。

"听着,叫邦纳特还是什么的家伙,别逗我笑了。你连给猎魔人提鞋都不配。你不是他的对手。你能狩猎的只有小狗,只有狗崽子。"

"瞧这个,女巫。"

他猛地扯开衬衣,拉出一条连着三块银徽章的项链。其中一块的形状是猫脑袋;另一块是鹰头,或者狮鹫的头;第三块她看不清,但她觉得应该是狼头。

"这样的小饰品,"她装出满不在乎的口气,"随便哪个集市都买得到。"

"这些不是集市上买来的。"

"随你怎么说吧。"

"曾经有一段时期,"邦纳特嘶声道,"比起怪物,老百姓更怕猎魔人。毕竟怪物都待在森林和洞穴里,猎魔人却厚着脸皮走在大街上,跑进旅店,在圣地、神殿、学校和娱乐场所徘徊。体面人觉得受到冒犯,于是开始找人收拾那些粗野的猎魔人。他们找到了要找之人。算不上轻松,也算不上愉快。但他们确实找到了。你瞧,我已经杀了三个。这附近再没有变种人会来滋扰诚实的市民了。就算有些家伙又来了,我只要用老办法对付他们就好。"

"说真的,"叶妮芙说,"你是躲在角落用十字弓,还是下毒?"

邦纳特把徽章塞进衬衣,朝她走近一步。

"你在侮辱我,女巫。"

"我是这么打算的。"

"哦,是吗?那我让你瞧瞧,女巫。在任何方面,我和你的猎魔人情人都能相提并论,甚至比他更强。"

守卫们站在门边,听到碰撞声、敲打声、怒吼声和呜咽声从牢房里传来。如果他们听过豹子落入陷阱的声音,他们肯定会认定牢房里关了只豹子。

然后他们听到牢房里传来一声可怕的咆哮,仿佛一头受伤的狮子——他们看守这里时从没听过类似的声音,也只在自己的纹章上见过狮子。他们对视一眼,摇摇头,走进屋内。

叶妮芙坐在房间一角,置身于凳子的残骸之间。她头发凌乱,裙子和衬衣被从当中撕开,双乳随着沉重的呼吸上下起伏。鲜血从她的鼻孔流出,脸上浮现出一块瘀青,右臂也有抓伤的痕迹。

邦纳特坐在房间另一角,双手抱头,身旁是凳子的碎块。他的鼻子也在流血,鲜血将他的小胡子染成深红。他脸上有几道血淋淋的伤口。叶妮芙尚未痊愈的手指算不上可怕的武器,但那副阻魔金手铐的边缘却相当锋利。

邦纳特的脸颊上,贴近颧骨的位置,深深嵌进一把叉子,那是叶妮芙在用餐时悄悄藏起来的。

"你只能猎到狗崽子。"女术士喘着粗气,努力用破碎的衣裙盖住胸口,"别靠近大狗,因为你太弱了,杂种。"

她没法原谅自己的失手:她瞄准的是他的眼睛。但她的靶子毕竟是活物,而且说到底,人无完人嘛。

邦纳特大吼一声，站起身，抓住那把叉子，然后痛呼着连连后退。他破口大骂起来。

与此同时，又有两名守卫走进房间。

"嘿，你们！"邦纳特擦去脸上的血，咆哮道，"过来！把这婊子按在地板上，分开她的双腿，别让她动弹！"

守卫们对视一眼，看看地板，又看向天花板。

"你还是走吧，先生。"一名守卫说道，"我们不会帮你按住她，也不会分开她的腿。这不是我们的工作。"

"另外，"第二名守卫轻声补充道，"我们可不想落到里恩斯和斯奇鲁的下场。"

康德薇拉慕斯放下那张印有牢房画面的纸：有个女人垂着头坐在牢房里，戴着镣铐，被铁链锁在石墙上。

"她被人囚禁，"她喃喃道，"猎魔人却在陶森特跟某个黑发女人鬼混。"

"你是在谴责他吗？"妮妙语气尖锐地问，"谴责一无所知的他？"

"不。我不是谴责他，只是……"

"没有'只是'。麻烦安静点儿。"

她们静静地坐在那里，翻阅文件夹里的印刷图画，就这么过了好一会儿。

"所有版本的传说故事，"康德薇拉慕斯审视着其中一张图画，"都将这里——莱斯-鲁恩城堡——描述成善恶决战之地和故事的终点。所有版本都是。只有一个例外。"

"只有一个例外，"妮妙点点头，"只有作者不详、鲜为人知的《艾尔兰德黑皮书》例外。"

"《黑皮书》声称，传说是在斯提加城堡结束。"

"没错。那本书里记载的某些事件与主流版本大相径庭。"

"我很想知道，"解梦术士抬起头，"这张图里的城堡是哪一座？你的挂毯上又是哪一座？哪幅画才是真的？"

"我们也许永远不会知道。传说中结局所在的城堡已被毁去，不留丝毫痕迹，这一点得到了所有版本的证实，其中也包括《艾尔兰德黑皮书》。其他推测的地点也都不够可信。我们不知道，恐怕也永远不会知道那座城堡是个什么样子，又位于何处。"

"但真相……"

"历史的真相并不重要。"妮妙语气尖锐地打断她，"别忘记，我们不清楚希瑞真正的长相。但在这里，在威尔玛·韦斯利的这幅画里，以孩童的可怕雕像为背景、与阿瓦拉克展开激烈争吵之人，正是希瑞。这一点毫无疑问。"

"可是，"康德薇拉慕斯没有放弃，"你的挂毯……"

"上面是传说终结的那座城堡。"

接下来是长长的寂静，只能听到翻阅图画的沙沙声。

"我不喜欢，"康德薇拉慕斯开口道，"《黑皮书》版本的传说故事。它实在……实在……"

"现实得可怕。"妮妙摇摇头，替她说完。

康德薇拉慕斯打个呵欠，放下手中的《诗歌的半世纪》——这是由小埃弗雷特·登霍夫教授撰写后记的增补版。她把四散的靠垫摆放成适合睡觉的形状，打个呵欠，伸伸懒腰，熄灭了提灯。房间被黑暗淹没，光线只剩下穿过窗帘缝隙的月光。今晚该如何选择呢？她在被单下扭动着身体。顺其自然？还是设法锚定某个梦？

　　片刻后，她决定选择后者。

　　有个模糊而不断重复的梦，她记不清梦的结尾了，因为它总是消失在别的梦境之间，就像织进鲜艳布料里的一根线。那个梦在躲避她，却又顽固地不肯离去。

　　她立刻便睡着了。她才刚刚闭上双眼，梦境就随之到来。

　　梦里有片无云的夜空，能看到月亮和星辰。在一道白雪覆盖的山坡上，她看到了葡萄园。建筑物黑色的轮廓棱角分明，有锯齿状的墙壁与角楼。还有两位骑手。两人骑马进入空无一人的庭院，下了马后朝大门走去。但只有一个人走进了黑暗的入口。

　　那人长着一头白发。

　　康德薇拉慕斯辗转反侧，在梦中呻吟起来。

　　白发男人顺着楼梯走向深深的地底。他穿过黑暗的走廊，每走一段路就会停下脚步，点燃铁支架里的火把。阴影在墙壁和天花板上翩翩起舞。

　　走廊、楼梯，然后又是走廊。途中有间圆顶的地窖，靠墙的位置放着木桶。还有碎石，以及一堆砖块。然后走廊出现分岔。两条路的前方都是黑暗。白发男人又点燃一支火把。他从背后的鞘里拔出剑，犹豫起来，不知该走哪边才好。最后他选择了左边。那条走廊一片漆黑，蜿蜒曲折，地上满是碎石。

康德薇拉慕斯在睡梦中发出呻吟，极度的恐惧占据了她的心。她知道白发男人选择的路非常危险。但与此同时，她也知道那正是白发男人的目的。

因为这是他的工作。

康德薇拉慕斯在床上扭动身体，连连呻吟。她是个解梦术士，正处于解梦的恍惚之中。突然间，她预料到了接下来会发生的事。

小心！她想尖叫，但她知道自己叫不出声。小心，在你身后！

当心，猎魔人！

怪物从他身后的暗处悄无声息、满怀恶意地袭来。它突然从黑暗中现身，仿佛骤然燃起的火焰。仿佛一道火舌。

黎明时分，猎鹰抖动双翼，
出于愉悦，也出于高贵的习惯，
歌唱之时，乌鸫的翅膀也会摇曳，
接纳伴侣，与其绒羽交织，
哦，欲望之火在我心中肆虐，
作为情人，我愿欣然展现于你。
让你看到写满这一页的爱意：
即便终结到来，我们也不会分离。

——弗朗索瓦·维庸

虽然心急如焚，几乎不眠不休地赶路，猎魔人却在陶森特度过了几乎整个冬天。他的理由是什么？我不会写在这里。毕竟木已成舟，我没理由为此绞尽脑汁。至于想要谴责猎魔人的人，请记住，爱有许多名义，但唯独没有论断。因此不要论断他人。

——《诗歌的半世纪》
丹德里恩　著

在那些日子，狩猎愉快，睡得也好。

——鲁德亚德·吉卜林

第三章

怪物从黑暗中的藏身之处袭来，悄无声息，且蓄谋已久。它自黑暗中爆炸般地现身，仿佛一道火舌。

尽管吃了一惊，杰洛特却本能地做出反应。他躲向侧面，背脊擦过地牢的墙壁。那怪物从旁掠过，像球一样在石壁上弹开。它摆动翅膀，再度跃出，嘶鸣着张开骇人的鸟喙。

但这次，猎魔人准备好了。

他手肘发力，对准怪物喉咙间红色的砂囊，短促有力地刺出一剑。他成功了。他感觉到剑刃刺穿了怪物的身体。这一击带来的冲击力将怪物打倒在墙壁附近的地板上。斯考芬兽发出人类般的叫喊声，撞进破碎的砖块间，拍打翅膀，口吐鲜血，像甩动鞭子一样胡乱甩着尾巴。猎魔人以为战斗已经结束，但那恶毒的怪物却给了他一份让人高兴不起来的惊喜。它尖声嘶鸣，张开利爪，闭紧鸟喙，出人意表地扑向他的喉咙。杰洛特跳了起来，肩膀撞向墙壁，利用反弹的力道由下至上刺出一剑。他又一次命中了目标。斯考芬兽再次倒向破碎的砖块堆，恶臭的血液在地牢的墙壁上洒出离奇的图案。怪物摇晃身体，连声尖叫，抓挠着长长的脖子和肿胀的喉咙。鲜血飞快地自伤口涌出，消失在它身下的砖块间。

杰洛特可以轻易结果它的性命，但他不想弄坏它的皮。他选择静静等待斯考芬兽流血至死。他退开几步，解开腰带，用口哨吹着怀旧的小曲，撒了泡尿。

斯考芬兽沉默下来，不再动弹。猎魔人走上前去，小心翼翼地用剑尖拨了拨。确定它死透了，他才抓住怪物的尾巴，将它拎了起来。他抓着斯考芬兽的尾巴根部，提到齐腰的高度：锋利的鸟喙碰到地面，它的翼展才刚过四英尺。

"你还真轻。"杰洛特晃了晃重量还不及肥火鸡的怪物，"幸好我的报酬不按重量算。"

◀—┃—▶

"哇哦！"列那·德·波伊斯-菲涅斯吹了声口哨。杰洛特知道，对他来说，这就代表最大程度的惊讶和钦佩了。"我还是头一次亲眼见到这东西。我敢用荣誉起誓，这是货真价实的怪物。它就是可怕的石化蜥蜴吗？"

"不。"杰洛特将怪物提高一些，好让骑士看清楚，"不是石化蜥蜴。它是石化鸡蛇。"

"有什么区别？"

"本质上的区别。众所周知，石化蜥蜴是爬行动物。而石化鸡蛇又名斯考芬兽，属于翼龙目——也就是说，半是爬行动物，半是鸟类。它是对应亚纲中唯一的代表生物，科学家们称其为'爬行鸟兽'，而经过长时间的争论之后……"

"这两种怪物中，"列那·德·波伊斯-菲涅斯插嘴道，他显然对科学家的争论毫无兴趣，"哪种能用目光把人变成石头？"

"都不能。那只是传说而已。"

"那人干吗害怕它们？这东西也不大。它有那么危险吗？"

"这东西，"杰洛特晃晃死掉的怪物，"喜欢从人身后发起袭击，且会精准无误地攻向椎骨之间、主动脉或左肾下方。通常来说，只要一刺，它的鸟喙就能要了你的命。至于石化蜥蜴，无论被它咬到哪儿，你都会一命呜呼：因为它的毒性是所有已知毒素里最强的，那是一种能迅速取人性命的神经毒素。"

"呵……那你告诉我，这两种怪物，哪种能用镜子杀死？"

"哪种都行。只要用镜子砸它们的脑袋，用力还要足够猛。"

列那·德·波伊斯-菲涅斯大笑起来。杰洛特却没笑。凯尔·莫罕有位导师经常讲石化蜥蜴和镜子的笑话，就像讲处女跟独角兽的笑话一样。另外还有个很蠢的故事，讲凯尔·莫罕有个年轻猎魔人跟人打赌，说自己能跟龙握手。

这时他才微笑起来。真是美好的回忆。

"我更喜欢你微笑的样子，"列那仔细打量他，"就像现在这样。跟去年十月我们在德鲁伊森林初遇时不同。那时的你又阴沉又尖刻，像个被人骗了钱的放债人一样怨恨着全世界。最严重的时候，你就像个一整晚都在床上徒劳无功的男人，甚至包括第二天早上。"

"我真是那副样子？"

"真的。所以说，我更欣赏现在的你，你应该不会意外吧。你变了。"

"这叫工作疗法。"杰洛特又晃晃手里的石化鸡蛇,"运动对心理健康确实有好处。为了继续治疗,我们直接谈生意吧。这只斯考芬兽能换到的钱比活捉的酬劳还高。它的皮几乎没有损坏,你可以把它交给标本师去做填充,卖价千万别少于两百金币。如果你想零卖,记住,它最值钱的羽毛位于尾巴上方,尤其是中间这些。它的羽毛比鹅毛柔软得多,写起字来又干净又漂亮,而且不易磨损。经验丰富的抄写员会为每支笔掏出五枚金币,丝毫不会犹豫。"

"我的客户会来收走这具尸体,"骑士笑着说,"修桶匠公会的人。他们在拉韦洛堡见过那个丑陋怪物的标本,我不记得它叫什么了……就是你在万圣节之后那天去地窖里杀死的那头。"

"我记得。"

"修桶匠见到那只丑八怪的标本,然后请我弄来同样的珍品装饰他们公会的墙壁。在陶森特,修桶匠没法抱怨工作太少,因此他们都非常富有,就算这只石化鸡蛇要价二百二十金币,他们也不会犹豫多久。如果我们还下价,兴许还能多要点儿。至于那些羽毛……就算我们从那东西的屁股上摘掉几根,卖给公国档案馆,他们也不会知道的。档案馆不会自己掏钱,但公国会用现金支付,用不着跟他们讨价还价:收购价也不是每支五金币,而是十金币。"

"我要向你的机智致敬。"

"这叫人如其名。"列那·德·波伊斯-菲涅斯露出快活的笑容,"家母很有先见之明,所以洗礼时才会拿童谣里那只狡猾的狐狸给我命名。"

"你应该当商人,而不是骑士。"

"是啊,"骑士赞同道,"但你生为骑士之子,死时也会是骑士之子，外加另一位骑士的父亲。就算你破了产，这点也不会改变。你懂得算术，杰洛特，还有市场文化。"

"不，算不上文化。我懂这些的原因跟你差不多。唯一的区别在于，我不会成为任何人的父亲。我们先离开这地牢吧。"

在城堡外，墙根结着寒霜。风从群山那边吹来，夜空清澈无云，满天星斗，月光洒在新雪之上。

等待的马匹喷起鼻息，欢迎他们。

"我们可以直接去见我的顾客，跟他们做完这笔买卖。"骑士说，"但你是不是该去鲍克兰城堡了？去那儿的某间卧室？"

杰洛特没答话，他的原则是不回答类似的问题。他把石化鸡蛇绑在洛奇的背上，跨上马背。

"我们去见见你的顾客。"他说，"夜色尚早，我也饿了。我还想喝点东西。我们去镇上吧。到鸡舍酒馆去。"

骑士大笑起来，正了正挂在高高的马鞍上、金红相间的菱形花纹盾牌，方便自己爬上马背。

"如你所愿，我的朋友。我们去鸡舍酒馆。马儿们，前进。"

他们顺坡而下，来到旁边有排白杨木的道路上。

"要知道，列那，"杰洛特突然开口，"我喜欢现在的你。你现在说话很正常。我们初次见面时，你说起话来像个讨人厌的傻瓜。"

"以我的荣誉起誓，猎魔人，我是个游侠骑士。"列那·德·波伊斯－菲涅斯咯咯笑道，"你忘了吗？骑士说起话来本来就像个傻瓜。那是他们的特征之一，就像这块盾牌。凭借说话方式和纹章，我们才能知道谁是同行。"

"以我的荣誉起誓，"菱形纹章的骑士说道，"你的担心毫无必要，杰洛特阁下。你的同伴肯定已经痊愈，并把伤痛抛到了脑后。公爵夫人有很多宫廷医师，能治好任何疾病。以我的荣誉起誓，你没必要牵肠挂肚。"

"我也持相同观点。"雷吉斯说，"放轻松吧，杰洛特。毕竟那位女德鲁伊治过米尔瓦的伤……"

"那位女德鲁伊精通治疗，"卡西尔插嘴道，"最好的例子就是我的脑袋。你瞧，跟新的一样。米尔瓦肯定已经痊愈了，你真的没理由担心。"

"希望如此。"

"她肯定已经痊愈了。"骑士重复一遍，"我敢打赌，等我们回去，会发现她正在舞会上跳舞！或者参加宴会！在鲍克兰，在安娜叶塔公爵夫人的宫廷里，舞会和宴会络绎不绝。哈哈，以我的荣誉起誓，既然我已经实现了自己的骑士誓言，那我……"

"你达成了誓言？"

"命运之神眷顾了我！我要解释一下：我发过一个誓。那不是普通的誓言，而是向苍鹭立下的。春天时，我发誓要在幽乐节前将五百名罪犯绳之以法。我已经达成了目标，所以我解放了。我又可以喝酒吃肉，也不需要再隐瞒姓名了。请容我介绍自己。我是列那·德·波伊斯-菲涅斯。"

"很荣幸认识你。"

"你刚才说舞会?"安古蓝催马走到他们身边,"希望那儿的食物和饮料够我们吃喝。我也很乐意跳舞!"

"以我的荣誉起誓,在安娜·亨利叶塔公爵夫人的宫廷里,食物和饮料都多得很。"列那·德·波伊斯-菲涅斯说,"你们可以唱歌,参加宴会,观赏杂耍艺人表演,以及戏剧和音乐,每晚还有舞会和诗歌朗诵。你们是丹德里恩的朋友……我是说,朱利安子爵。我们亲爱的公爵夫人非常重视他。"

"他都吹嘘好久了!"安古蓝说,"他们真有过一段情吗?骑士大人,你知道他们的故事吗?跟我们说说吧!"

"安古蓝,"猎魔人说,"你有必要知道吗?"

"没必要。但我就想知道!别抗议了,杰洛特。也别怒气冲冲的,不然采蘑菇工人就该没活儿干了,因为你光凭目光就能让路边的蘑菇全烂掉。还有你,骑士大人,告诉我吧。"

其他游侠骑士正骑马走在队伍前列,唱着一首副歌部分不断重复的歌谣。歌词蠢得难以置信。

"那件事发生在六年前。"骑士开口道,"那年的冬天和春天,诗人在宫廷做客,弹奏他的鲁特琴,唱着浪漫歌谣,朗诵诗歌。雷蒙德公爵当时正在辛特拉参加大会,也不急着回家,谁都知道他在辛特拉养了个交际花。安娜叶塔公爵夫人和丹德里恩先生……哦,鲍克兰是个神奇又特别的地方,爱情在这里就像强力的咒语……相信你们迟早也会发现的。公爵夫人结识了吟游诗人。也许连他们都没意识到——诗歌、恭维、花朵、话语、眼神与叹息……简而言之,他们太亲近了。"

"有多亲近?"安古蓝大笑着问。

"我没亲眼见过，"骑士用生硬的语气说，"散播流言蜚语也有失妥当。另外，亲爱的，以你的年纪，你应该明白爱有许多种名义，但到头来，男人和女人还是会被彼此的身体吸引。"

卡西尔轻轻地哼了一声。安古蓝没多说什么。

"他们密会了大概两个月，"列那·德·波伊斯-菲涅斯续道，"从五月节到仲夏。然而，随着时间流逝，他们把谨慎抛到了脑后。谣言开始流传，恶毒的言论与他们如影随形。丹德里恩先生无法忍受，于是匆忙离开了公国。事实很快证明，他的做法非常明智。因为他刚刚离开，雷蒙德公爵就从辛特拉回来了，有个仆人把一切都告诉了他。可想而知，公爵听说后大发雷霆。他把汤碗摔在桌子上，用刀割断了告密者的喉咙，大声吼出不雅的字眼。他一拳打在司仪官脸上，打断了他的牙齿，又当着许多人的面砸碎了一块从柯维尔送来的漂亮镜子。公爵夫人被软禁在自己的房间，公爵还威胁说，要用酷刑逼她讲出实情。他下令让士兵去追赶丹德里恩先生，要他们毫不留情地杀死他，再把他的心脏挖出来。他从几首老歌谣里得到灵感，甚至考虑油煎他的心脏，再强迫安娜叶塔公爵夫人当着整个宫廷的面吃下去。呸，简直令人作呕！幸好丹德里恩先生及时消失在了国境另一边。"

"谢天谢地。后来公爵死了？"

"他死了。听说那事让他气得中了风，然后就瘫痪了。将近半年时间里，他像木头一样躺着，动弹不得。但他后来痊愈了。他又能用双脚站立并行走了，但从此只能眯着眼睛，就像……"

骑士在马鞍上转过身，眯缝双眼，扮了个活像猴子的鬼脸。

"雷蒙德公爵，"他续道，"一向有花花公子的名声，而在眯眼看人之后，他在勾引人方面更加得心应手，因为每个女人都觉得他在向自己暗送秋波。我没说陶森特的女人全都水性杨花，但由于公爵几乎一刻不停地'眉目传情'，那类女人中的大部分便浮出了水面。不过到头来，他的胡闹终于惹来了祸事，有天晚上，他又中了风，最终咽了气。在他的卧室里。"

"在某个姑娘身上？"安古蓝大笑着说。

"的确，"骑士平时总板着脸，此刻却在小胡子后面浮现出笑容，"事实上，在她身下。不过细节就没必要深究了。"

"不去深究也合乎情理。"卡西尔严肃地说，"不过我发现，哀悼雷蒙德公爵的人似乎不多。你的讲述让我觉得……"

"不忠的妻子比出轨的丈夫更受人爱戴。"吸血鬼一如既往地插嘴道，"或许这就是她如今能统治公国的原因？"

"这是原因之一，"列那·德·波伊斯-菲涅斯的语气带着令人宽心的真挚，"但不光是这样。就算用委婉的方式讲，雷蒙德公爵也是个恶棍，而且——请原谅——他还是个狗娘养的。魔鬼跟他相处六个月也会得溃疡，而陶森特在他的统治下受了七年的苦。安娜叶塔公爵夫人却始终受人爱戴。"

"也就是说，"杰洛特酸溜溜地说，"我们用不着担心已故的雷蒙德公爵的部下为了替他报仇，会一刀捅死我们的朋友丹德里恩喽？"

"您用不着担心。"骑士向他投去理解的眼神，"以我的荣誉起誓，他不会有事的。我已经说过了，我们的安娜叶塔夫人深爱着诗人，任何对他不利的人都会被她剁成肉泥。"

战争结束时，

骑士回到他的家乡，

却未曾料想，

挚爱成了别人的新娘，

嘿，呵，呵，

骑士的宿命就是这样。

骑士的歌声惊起了一群乌鸦。它们拍打着翅膀，飞离了路边的树枝。

没过多久，他们离开森林，进入一片宽阔的山谷，而在两旁的山岭上，能看到在蓝天映衬下显得格外洁白的城堡塔楼。肉眼可见的范围内，和缓的山坡上覆盖着修剪整齐的树篱和灌木。灌木下方的地面上铺着红色与黄色的树叶。

"那是什么？"安古蓝问，"葡萄藤？"

"葡萄藤。"列那·德·波伊斯-菲涅斯确认道，"著名的杉斯雷托山谷。全世界最好的葡萄酒便是用这里的葡萄酿造的。"

"的确，"一如既往无所不知的雷吉斯说，"由于这里的土质是火山土，本地的微气候又提供了理想的阳光和降水量，再加上葡萄园工人的专业知识与细致培育，其最终产物便是品质超凡的美酒。"

"说得好，"骑士笑着说，"品质超凡。哦，你们瞧，城堡下面的山坡是我们给葡萄酒和葡萄园命名的地方。那座城堡叫做拉韦洛堡，那里的葡萄园盛产艾佛露丝、费奥拉诺、宝米诺，以及著名的东之东红酒。你肯定听说过。不管是希达里斯，还是尼弗迦德的阿尔巴葡萄园出产的酒，东之东红酒的价格都是它们的十倍。还有那儿，哦，瞧啊，你们还能看到其他城堡和葡萄园，但你们恐怕没听过它们的名字——维蒙蒂诺、托力赛拉、卡斯泰尔达恰、杜佛、努拉古斯、科罗纳塔，最后是白鸦葡萄园，精灵称之为 Gwyn Cerbin。这些名字对你们来说应该很陌生吧？"

"陌生，哈！"安古蓝说，"这些知识可是必须掌握的，不然无良的酒馆老板会用这些名酒替代普通的劣酒给你端上来，考虑到东之东红酒的价格，我会不止一次抵押掉我的马。领主老爷们也许觉得这些玩意儿很棒，可对我们普通人来说，越便宜的酒才越好。我还可以告诉你一件事——因为两种酒我都喝过——不管你喝的是东之东红酒还是廉价酒，呕吐的时候都没啥分别。"

"别因为安古蓝的玩笑话就轻视我们。"列那坐在一张餐桌边的长凳上，"猎魔人，今天我们就尝尝好年份的良酒。我们付得起钱，这也是我们应得的。我们可以尽情犒劳自己。"

"没错，"杰洛特朝酒馆老板招招手，"丹德里恩说，赚钱不该只有这一种动机，但他又想不出别的动机是什么。我很想尝尝正在厨房里散发出诱人香味的东西。话说回来，都这个时候了，没想到鸡舍酒馆还有这么多客人。"

"今天是幽乐节前夜，"酒馆老板听到他的话，解释道，"大家都在庆祝。寻欢作乐，还有算命。根据传统……"

"我知道，"猎魔人打断他，"你在厨房里准备了什么样的传统？"

"熏舌头和辣根。加了肉丸的阉鸡肉汤。烤肉、汤团和泡白菜……"

"赶紧端上来吧，老兄。至于……列那，我们该点什么酒？"

"配肉的话,"骑士思忖道,"我们应该来瓶'伤痛海岸'。年份嘛,就要卡罗伯塔公爵夫人翘辫子那年。"

"绝妙的选择,"酒馆老板点点头,"愿意为各位效劳,先生们。"

一条槲寄生树枝越过邻桌某个女孩的肩头,落在杰洛特的膝盖上。欢庆的人群大笑起来,女孩脸上泛起迷人的红晕。

"想都别想,"骑士把树枝丢了回去,"这位不是你的真命天子。热情的女士,他已经忙不过来了。一双绿色的眸子早已俘虏了他……"

"闭嘴,列那!"

酒馆老板端来了他们点的食物和饮料。二人在沉默中吃喝,看着庆祝的人群。

"幽乐节。"杰洛特把杯子放到桌上,思忖道,"秘底温。冬至日。我被困在这儿两个月了。整整两个月。"

"是一个月,"列那冷静地纠正道,"就算你真的损失了什么,也只有一个月而已。积雪堵住隘口,你想离开陶森特根本不可能。你只能等幽乐节过去,或许还得等到开春,因为就算为了不可抗力而流泪也是白搭。总而言之,悲伤和懊悔都要适可而止。我可不觉得它们会同情你。"

"你又知道什么,列那?你又知道什么?"

"我知道的确实不多,"骑士倒了杯酒,"反正不比我看到的多。而我见过你和她的初次相遇。在鲍克兰城堡。还记得酒桶节吗?记得那件白色内衣吗?"

杰洛特没答话。他在回忆。

"我们的鲍克兰城堡有种魔力,对人的影响尤其强大。"列那嘀咕道,他呷了口葡萄酒,用舌头卷起酒液,"光是它的外观都令人着迷。

我还记得十月那天,你目瞪口呆看着它的样子。卡西尔也露出了同样的表情。"

"好一座壮观的城堡,"卡西尔语带钦佩,"以我的灵魂起誓,它不仅赏心悦目,而且令人赞叹。"

"公爵夫人的住处可真美。"雷吉斯说,"我们肯定是在这儿落脚吧。"

"这地方真他妈漂亮。"安古兰补充道。

"这是鲍克兰城堡,"列那·德·波伊斯-菲涅斯自豪地说,"它由精灵建造,只稍微做过修整和改造。听说建造者就是法拉蒙本人。"

"毫无疑问,"吸血鬼道,"法拉蒙的风格再明显不过了。看看那些塔楼吧。"

雷吉斯所指的白色方尖塔耸立在红色屋顶上方,直指天际。乍看之下,它们就像一根根蜡烛,烛泪流淌而下,落在装饰精美的底座上。

"城市就在鲍克兰城堡下方。"骑士列那解释道,"当然了,城墙是后来才加上的,精灵可不会在城市周围建造墙壁。让马跑快些吧,先生们,我们还有很长的路要走呢。鲍克兰城堡看起来近,但这片山脉会影响距离感。"

"我们走吧。"

前往城市途中,他们超过许多货车和马车,那些车上全都装满了葡萄。入夜时分,他们踏上了散发着葡萄香气的嘈杂街道:这里是城市公园,到处都是白杨、紫杉和伏牛花。他们在蔷薇花丛旁边经过,其中大部分是品种各异的野蔷薇。最后,他们来到了那座城堡,来到它雕有花纹的圆柱与入口前方,身穿制服的士兵与侍从正伫立在那里。

丹德里恩也在欢迎他们的人群当中。他整理过仪容,打扮得像个王子。

◆──┤◇├──◆

"米尔瓦在哪儿?"

"没事的,别担心。她正待在为你们准备的房间里,完全不想出来。"

"怎么了?"

"回头再说这个。现在跟我来吧,公爵夫人正等着呢。"

"这就要去?"

"这是她的要求。"

他们走进的大厅里人头攒动,每个人的服饰都像天堂鸟一样色彩斑斓。但杰洛特没有四下张望的时间,因为丹德里恩推着他走向一座大理石高台,高台上站着两个女人,看起来与周遭的众人截然不同。

高台上本就很安静,现在就更静了。

第一个女人长着微翘的尖鼻子,敏锐的蓝色双眼透露着兴奋。她的赤褐色头发系着丝带,梳理成充满艺术美感的完美样式,额前的新月形发卷毫无瑕疵。她衣裙的领口开得很低,浓黑的底色配上淡蓝与绚紫的条纹,绣有密集而均匀的金色菊花图案。装饰她脖颈的是件做工复杂的饰品——一条用翡翠、缟玛瑙与天青石制成的项链,链坠是个玉制的十字架,恰好落在她被紧身胸衣裹住的双乳之间。从外表看,女人纤弱的双肩似乎并不足以支撑她丰满的胸脯，而她的双乳仿佛随时都会跳出胸衣。然而，凭借裁缝的独到技巧与泡泡袖的缓冲效果，它们仍能乖乖地留在衣服里。

她的女伴身高与之相仿，唇膏的色彩也一般无二，但这就是她们仅有的相似之处了。她留着短发，戴着一顶花边帽，连着帽子的面纱一直垂到鼻尖。面纱上的花朵图案没能掩盖她硕大而明亮、涂着绿色眼影的双眼。她那条长袖黑裙的领口开得相当得体，周围是同样的花朵图案。裙身上装饰着金色的星星，其中镶嵌着切割过的细小海蓝宝石与水晶。

"这位是开明的公爵夫人安娜·亨利叶塔。请跪下吧，阁下。"有个人在杰洛特身后说道。

不知道哪个才是，杰洛特心想。他费力地弯曲痛楚的膝盖，行了一礼。我发誓，她们二位看起来都像贵族。

"起来吧，杰洛特阁下。"赤褐色头发、鼻子微微上翘的女士解答了他的疑问，"欢迎来到陶森特公国的鲍克兰城堡。我很乐意招待担负光荣使命的诸位。何况你还是亲爱的朱利安子爵大人的朋友。"

听到这番话，丹德里恩深鞠一躬。

"子爵大人，"公爵夫人续道，"已将你们的姓名、旅行的理由与目的告诉了我，也说明了你们来到陶森特的原因。他的故事触动了我。我会私下召见你的，杰洛特阁下。不过这事得稍稍延后，因为眼下我还有国家事务要考虑。收获已经结束，按照传统，我们必须出席酒桶节的宴会。"

戴着面纱、站在公爵夫人旁边的女人身子前倾，飞快地低声说了句什么。安娜·亨利叶塔看看猎魔人，笑着舔了舔嘴唇。

"我希望,"她抬高了嗓门,"在节日期间,利维亚的杰洛特和朱利安子爵能为我们二人服务。"

朝臣与骑士们开始窃窃私语,听起来就像吹过松林的沙沙的风声。公爵夫人安娜叶塔瞥了猎魔人最后一眼,带着她的同伴和随从离开了大厅。

"见鬼,"象棋骑士说,"真让人吃惊。这可是无上的荣耀,杰洛特阁下。"

"我还没明白状况,"杰洛特说,"我该为公爵夫人陛下做些什么?"

"是'殿下'。"有个像是甜点师的贵族纠正道,"抱歉纠正你的说法,但这是我的职责所在。我们陶森特人坚持传统与规矩。我是宫廷总管兼司仪官,塞巴斯蒂安·勒·果夫。"

"很高兴认识你。"

"安娜·亨利叶塔女士的官方头衔,"不仅看起来像甜点师,身上甚至还带着糖衣香味的宫廷总管续道,"乃是'开明的女士',在宫廷外使用的非官方头衔则是'公爵夫人女士'。但你无论何时都可以称她为'殿下'。"

"谢谢,我会记住的。那另一位女士呢?我该怎么称呼她?"

"她的官方头衔是'可敬的女士',"宫廷总管严肃地向他说明,"不过你可以直接叫她'女士'。她是公爵夫人的亲戚,名叫芙琳吉拉·薇歌。按照开明的女士的旨意,你要在节庆时为芙琳吉拉女士服务。"

"具体要做什么呢?"

"不是什么复杂的事。要知道,我们从很久以前就开始用机器榨汁了,但传统要求……"

庭院里回荡着笛子与竖琴的嗡鸣与颤音,以及皮鼓与铃鼓激烈的响声。庭院中央的舞台上放着一只硕大的桶子,杂技艺人正在桶子周围翻着筋斗。庭院和走廊里挤满了观众——贵族、骑士、廷臣、商人与百姓。

塞巴斯蒂安·勒·果夫举起一根缠绕藤蔓的木杖,在地上敲了三下。

"嗨,嗨!"他大喊道,"贵族老爷与夫人们,骑士们,乡亲们!"

"嗨,嗨!"人群回应道。

"嗨,嗨!这是古老的传统!让葡萄藤茁壮生长吧!嗨,嗨!让葡萄在阳光下成熟!"

"嗨,嗨!让它们成熟!"

"嗨,嗨!让它们发酵!让它们汲取木桶的力量与风味!让它们酿成美酒!让美酒流进我们的杯子,然后向我们的公爵夫人,向美丽的女士们,向英勇的骑士和勤劳的酿酒师们举杯致敬!"

"嗨,嗨!干杯!"

"有请佳人上前!"

从庭院另一边的锦缎帐篷里走出两个女人——公爵夫人安娜·亨利叶塔和她的黑发同伴。两人都用鲜红色的长斗篷裹住身体。

"让年轻人上前来!"

他所说的"年轻人"已经事先知道要做的事了。丹德里恩来到公爵夫人身旁，杰洛特上前迎接那位黑发女子，也就是芙琳吉拉·薇歌。

两位女子脱下斗篷，人群立刻传来雷鸣般的喝彩。杰洛特咽了口口水。

她们穿着无袖的白衬衣，其面料就像纤薄的蛛网，长度甚至连大腿都盖不住。她们下身穿着花边内裤，除此之外不着寸缕。连珠宝都没有。她们走路时光着双脚。

杰洛特向芙琳吉拉伸出手臂，而她欣然抱住他的脖子。她散发着蔷薇与琥珀的味道。她的身体温暖而柔软。

他们把两位女子抱到酒桶边，杰洛特抱着芙琳吉拉，丹德里恩抱着公爵夫人。二人帮她们在酒桶里站直身子。人群欢呼起来。

"嗬，嗬！"

安娜叶塔和芙琳吉拉面对面站着，双手按在对方肩头，以便在没过膝盖的葡萄堆里保持平衡。葡萄汁喷洒飞溅。两个女人在酒桶里旋转不停，像孩子一样大笑。

芙琳吉拉冲猎魔人调皮地眨眨眼。

"嗬，嗬！"人群大喊，"让它们发酵！"

葡萄汁流过两个女人的小腿周围，泛起气泡。

宫廷总管用木杖敲敲地面。杰洛特和丹德里恩走上前去，帮助两位女子离开酒桶。杰洛特看到，丹德里恩用双臂抱起安娜叶塔时，她轻轻咬了诗人的耳朵。她的双眼闪烁着危险的光辉。杰洛特也感觉到芙琳吉拉的嘴唇拂过自己的脸颊，但他不确定那是意外还是故意的。浓烈的葡萄气息令他头晕目眩。芙琳吉拉站在舞台上，用鲜红的斗篷裹住自己。这位黑发美女用力捏捏他的手。

"古老的传统，"她说，"有时也挺让人兴奋的，对吧？"

"对。"

"谢谢,猎魔人。"

"这是我的荣幸。"

"不只是你的,我向你保证。"

"倒酒吧,列那。"

邻桌那群人正在进行更有节日气息的占卜——丢出一条削下的苹果皮,根据与其形状相似的字母猜测他们将来的配偶。尽管每次掷出的字母几乎都是"S",但他们依然乐此不疲。

骑士倒了酒。

"后来我们发现,"陷入沉思的猎魔人说,"虽然米尔瓦的肋部仍然缠着绷带,但她已经恢复了健康。可她却待在房间里,拒绝离开,因为她不想穿那些愚蠢的裙子。这场冲突眼看就要演变成破坏规矩时,又是无所不知的雷吉斯出来打了圆场。他引用了一百来个先例,迫使宫廷总管给她找来了男装。安古蓝倒是很乐意换掉她的裤子和马靴。她用肥皂洗过身子,梳好头发,穿上裙子之后,看起来漂亮多了。洗澡更衣后,我们的心情都好了不少。包括我在内。我们去见公爵夫人时,我的心情相当不错……"

"稍等一下,"列那打断他的话,朝酒馆另一边点点头,"金币就要送上门了。哈,不是一家葡萄园,而是两家。我们的顾客马拉泰斯塔带来了他的邻居……兼竞争对手。简直是奇迹中的奇迹!"

"另一位是谁?"

"波默罗葡萄园的人。我们刚才喝的'伤痛海岸'就出自那里。"

维蒙蒂诺葡萄园的负责人马拉泰斯塔挥了挥手臂,匆忙走到他们面前。他领来的人有一头茂密的黑发,留着黑色的八字胡,外表比起正派公民更像是法外之徒。

"请允许我介绍,先生们,"马拉泰斯塔说,"这位是阿尔喀德斯·费耶拉布拉,波默罗葡萄园的负责人。"

"请坐。"

"稍等一下。猎魔人先生,说到我们地窖里的怪物……既然您坐在这儿,我猜那怪物已经死了,对吗?"

"死透了。"

"说好的酬金,"马拉泰斯塔向他保证说,"会在今天稍后汇到您的户头。非常感谢您,猎魔人先生。没有几家大型酒庄的地窖有这么大、这么深、这么宽敞,而且面朝北方,不算太干燥也不算太潮湿——非常适合储存葡萄酒。不能用的话就太可惜了。您也看到出现怪物的那部分地窖了吧?鬼知道它是从哪儿爬出来的……也许根本就是从地狱来的……"说着,他往地上啐了一口。

"火山凝灰岩洞穴往往是各种怪物的栖息地。"列那得意洋洋地做着说明。他和猎魔人同行超过一个月,而且善于聆听和学习。"没错,只要有凝灰岩洞穴的地方,都能找到怪物。"

"也许是跟凝灰岩有关吧。"马拉泰斯塔眯起眼睛看着他,"我听人说过,我们的地窖跟通往公国中心的地底洞穴相连。类似的洞穴在公国还有很多……"

"用不着去别处找。"留着八字胡的波默罗葡萄园管家说道,"我们地窖下面就有绵延好几里的通道,没人知道它们通往何处。前去探险的人全都一去不回。还有人看到可怕的怪物。所以我想请求……"

"我能猜到你想请求什么。"猎魔人说,"我接受。我会去察看你的地窖。收取的费用取决于遇到的怪物。"

"您不会后悔的。"留着八字胡的男人说,"呃,呃……还有一件事……"

"说吧。我听着呢。"

"在夜晚出没、折磨男人的魅魔……就是开明的公爵夫人大人命令你杀死的那个……我认为没必要杀了她。说实话,她没打扰过任何人……呃,有时我们喝醉了还会去找她……跟她找点儿乐子……"

"但仅限成年人。"马拉泰斯塔迅速补充道。

"我正想这么说呢,好邻居。就像我说的,那个魅魔没伤害任何人。最近她好像被猎魔人先生您吓着了。所以干吗要追捕她呢?说到底,您也不需要那笔赏钱。但如果您觉得受到了冒犯……"

"你可以为我在锡安凡尼利银行的户头提供资助。"杰洛特板着脸说,"那是猎魔人的养老基金。"

"我会的。"

"那个魅魔的金发脑袋不会跟身体分家的。"

"那就再会了。"两位葡萄园管理人站起身,"我们就不打扰你们了。今天是节日。是传统。而在陶森特,传统是……"

"我知道,"杰洛特说,"传统是神圣的。"

邻桌那群人正在为全新的占卜方式大呼小叫:那种占卜会用到一

块馅饼面团和一根鱼骨头。酒馆老板和女招待们端着酒杯匆忙奔走，自己还不忘喝上几口。

"那位著名的魅魔，"列那往自己的盘子里又舀了些卷心菜，"是你来陶森特后接下的第一份猎魔人合约。之后的一切都发展得那么快，而你的主顾多到赶都赶不完。说来有趣，我不记得是哪家酒庄先来委托你的了……"

"你当时不在场。那件事发生在公爵夫人和我会面的第二天。那次会面没邀请你。"

"这也难怪。毕竟是私人会面。"

"私人？哈。"杰洛特不禁失笑，"出席的差不多有二十人。还不算像雕像一样站立的士兵、男仆、侍童，外加一个无趣的小丑。那二十人里包括勒·果夫，很像甜点师的宫廷总管。也包括几位被金链子压弯腰的贵族。以及几位身穿黑衣的亲信，看起来像是议员，也可能是法官。还包括我在凯德·米克维德森林遇见的公牛头纹章的男爵。当然了，还有芙琳吉拉，她显然和你们的公爵夫人很亲近。然后就是我们一行人，包括身穿男装的米尔瓦。哦，我的表述不够准确。我们这边的人里不包括丹德里恩。丹德里恩，或者朱利安子爵，当时正闲坐在安娜叶塔公爵夫人旁边的椅子里，像孔雀一样神气活现。他可是公爵夫人身边的红人。只有安娜叶塔、芙琳吉拉和丹德里恩坐着，其他人都没有坐下的资格。但光是不必跪拜，我就很高兴了。公爵夫人听我讲述时非常专心，但幸好她只在那期间被吓了几跳而已。等我简短地复述过我同女贤者的对话，她紧张地绞起手指，动作既真诚又夸张。或许听起来很矛盾，但相信我，列那，事实就是如此。"

"哦，哦，哦，"公爵夫人安娜·亨利叶塔绞着双手，叹了口气，"你的故事真令人难过，杰洛特先生。它让悲伤占据了我的心。"

她吸了吸鼻子，伸出手，丹德里恩立刻将一块绣着首字母的麻纱手帕放到她手中。公爵夫人用手帕轻轻碰了碰脸颊，以免擦去妆容。

"哦，哦。"她重复一遍，"这么说，那些德鲁伊对希瑞的事一无所知？他们帮不上你的忙吗？你的所有努力和这趟旅行都白费了吗？"

"当然没白费。"他答道，"我承认，我没能从德鲁伊那里得到具体的信息，也没能找到希瑞为何遭受迫害的线索——哪怕是模糊不清的线索也好。那些德鲁伊不能或是不愿帮我。从这一点来说，我的确没有什么收获，但……"

他停顿片刻。他不是故弄玄虚，而是犹豫该不该在这么多人面前坦言相告。

"我知道希瑞还活着。"他干巴巴地说，"或许受了伤，处境依然危险。但她还活着。"

安娜·亨利叶塔又叹了口气，再次从丹德里恩手里接过手帕。

"我承诺向你提供帮助和支持，"她说，"你想在陶森特待多久都没问题。要知道，我过去经常去辛特拉拜访，我跟帕薇塔成了朋友，也很喜欢小希瑞。我全心全意站在你这边，杰洛特先生。有必要的话，你可以让我们的学者和占星师提供协助。我们的图书馆和书店的大门永远向你敞开。我相信，我们能找到某些线索、某种征兆或迹象，让你们找到正确的方向。不要草率行事，也不要操之过急。只要有必要，作为贵宾,你可以一直留在这儿。"

"感谢您的友善和慷慨,殿下。"杰洛特鞠了一躬,"但我们必须继续赶路才行。希瑞还没脱离危险。我们也一样。如果我们在同一个地方停留太久,危险不但会增加,还会威胁到我们身边的人。我不会允许这种事情发生。"

公爵夫人沉默了一会儿,开始有节奏地抚摸丹德里恩的前臂,就像摸一只猫。

"你的话语高尚且诚恳。但你在这儿用不着担心。我的骑士已经击溃了追踪你的恶棍,根据朱利安子爵的报告,连一条漏网之鱼都没有。敢跟你作对的人才应该当心才是。如今你在我的庇护之下。"

"感谢您,"杰洛特又鞠一躬,暗骂自己疼痛的膝盖,"但我不能隐瞒丹德里恩忘记告诉您的一些事。追着我来到贝哈文,并在凯德·米克维德被英勇骑士击败的那些匪徒,不但来自某个臭名昭著的匪帮,而且还是尼弗迦德的士兵。"

"那又如何?"

他们是尼弗迦德的军队,在二十天内就征服了亚甸,只要他们想,只消二十分钟就能征服您的公国。这句话已经跳上了他的舌尖,但一张嘴……

"这意味着战争,"他改口道,"发生在凯德·米克维德和贝哈文的事,或许会被帝国视为叛乱并瓦解其殿后部队的行为。类似事件通常会导致镇压。在战争时期……"

"战火,"公爵夫人抬起鼻子,打断他道,"无疑已经平息了。我在给我堂兄恩希尔·瓦·恩瑞斯的信里提到过这件事。在信里,我坚定地要求他停止毫无意义的杀戮。战争已经结束,和平条约也已签署。"

"但事实并非如此。"杰洛特平静地说,"在雅鲁加河对面,刀剑与火焰横行无忌,鲜血四处泼洒。战争结束的迹象并不存在。不如说,恰恰相反。"

他立刻为自己的发言后悔了。

"这怎么可能?"公爵夫人的鼻子抬得更高了,嗓音也变得刺耳,"我没听错吧?战争还在继续?为什么没人告诉我?特朗布莱大臣?"

"殿下,我……"一位戴着金链子的贵族跪倒在地,"我只是不想让您担心……让您不安……殿下……"

"守卫!"公爵夫人殿下大吼道,"把他带去塔楼!你失去我的青睐了,特朗布莱先生!你失宠了!宫廷总管!书记官!"

"听候您的差遣,开明的女士……"

"让我们的外交大臣立刻写信给我堂兄尼弗迦德皇帝。我们要求他立刻——我是说,立刻——停止战争,签订和约。因为战争和冲突都是邪恶的!冲突只会削弱国力,破坏和谐!"

"殿下,您真是太睿智了。"宫廷总管答道。他的身上依旧散发出糖粉的味道,但如今,他的脸上有了血色。

"先生们,你们还愣在这儿干吗?我已经颁布了命令。赶快行动!"

杰洛特小心翼翼地四下张望。贵族和官员们依然面无表情,仿佛类似的事在宫廷里早已屡见不鲜。他决定从现在开始,不再反驳公爵夫人的任何话。

安娜叶塔接过手帕,碰了碰鼻尖,向杰洛特露出微笑。

"如你所见,"她说,"你的担心是多余的。你没什么可害怕的,想留多久都没问题。"

"好的，公爵夫人殿下。"

随之而来的寂静中，他甚至能听见蛀虫啃咬古董家具的声音。还有远处庭院某个马夫照料马匹时的咒骂声。

"我们也想请求你一件事，杰洛特先生。"安娜叶塔打破了沉默，"毕竟你是位猎魔人。"

"尽管吩咐吧，公爵夫人殿下。"

"这是陶森特许多位贞洁女子的共同请求。噩梦正在滋扰她们的家园。某个怪物，某个化作女性形体的恶魔，某个无耻到无法形容的魅魔，正在折磨她们忠诚而贞洁的配偶。她会在夜晚进入他们的卧室，做出种种卑劣可憎、让人耻于描述的堕落行径。你是这方面的专家，想必知道具体情况。"

"是的，公爵夫人殿下。"

"陶森特的女士们请求你结束这下流的行径。我向你保证，我们会无比感激。"

"感谢您的信任，公爵夫人殿下。"

◆━━◆━━◆

安古蓝在城堡公园里找到了猎魔人和吸血鬼。他们正一边散步，一边轻声交谈。

"你们不会相信的，"她说，"听完我要说的话，你们肯定不会相信。但这是彻头彻尾的事实……"

"说吧。"

"列那·德·波伊斯－菲涅斯，那个象棋骑士——还有别的骑士

——正在公国金库前排队。知道为什么吗？为了拿这个月的薪水！队伍起码有半个射箭场那么长，纹章多到我眼花缭乱。我去问了列那，他回答说：'游侠骑士不该挨饿。'"

"这有什么奇怪的？"

"你开玩笑吧！想当骑士的人，为的该是崇高的理想！而不是每月的薪水！"

"相信我，安古蓝，"雷吉斯严肃地说，"这两者并不矛盾。"

"相信他吧，安古蓝。"杰洛特干巴巴地说，"别在城堡里到处闲逛了，去陪陪米尔瓦吧。她心情很差，最好别让她一个人待着。"

"是啊。大妈来了月事，所以比黄蜂还暴躁。我觉得……"

"安古蓝！"

"我这就去，这就去。"

雷吉斯和杰洛特在一坛有些枯萎的蔷薇前停下脚步，但他们的对话没能继续。某栋花房后面走出一个男人，身穿优雅的赭色外套。

"早上好。"他鞠了一躬，用四角帽擦擦膝盖，"赞美神明，请问两位先生，你们哪一位是大名鼎鼎的猎魔人杰洛特？"

"我就是。"

"我的名字是让·卡蒂隆，托力赛拉葡萄园的管家。事情是这样的：我们需要猎魔人去地窖跑一趟。我想问问您愿不愿意……"

"怎么了？"

"哦，"卡蒂隆开口道，"因为这场该死的战争，商人来的次数屈指可数，存货也越来越多，地窖里已经放不下新酒桶了。我们打算扩建城堡下面的洞穴和隧道——据说那些隧道连通着整个公国的地底。我们找到一个合适的洞穴——高顶、宽敞、不太潮湿也不太干燥，很适合存放葡萄酒……"

"所以呢?"猎魔人不耐烦地问。

"洞穴里似乎栖息着一头怪物。它烧伤了两个人,其中一个烧得只剩骨头,另一个眼睛瞎了,阁下,那怪物会吐出类似烧碱液的东西……"

"一只溶涎怪,"杰洛特说,"又名毒液怪。"

"好了,"雷吉斯笑着说,"你也看到了,卡蒂隆先生,你面前是一位专家。一位从天而降的专家。你没向大名鼎鼎的本地骑士求助过吗?公爵夫人手下有一整团的骑士,而这正是他们的使命,他们存在的理由。"

"这不是他们存在的理由,"管家卡蒂隆摇摇头,"他们存在的理由是保护大小道路与隘口,因为嘛,如果商人到不了这儿,我们很快就会破产。另外,我们的骑士英勇善战,但前提是在马背上。他们无论如何也不会到地下去的。而且他们要价不……"

他闭了嘴,沉默下来,露出欲言又止的表情——后悔的表情。

"他们要价不菲。"杰洛特替他说完,但语气并不怎么尖刻,"记好了,老兄,我的要价比他们更高。这行讲究竞争。如果我们签订合约,我就会下马到地下去。好好考虑吧,但别考虑太久,因为我在陶森特不会待太长时间。"

"你真让我吃惊。"葡萄园管家离开后,雷吉斯说,"你的猎魔人本性突然复活了吗?你要接受这份合约吗?你要去追捕那个怪物吗?"

"我自己也吃了一惊,"杰洛特坦率地承认,"我的反应是下意识的。他的提议对我有莫名的吸引力。但出价太低也不行。我们说回刚才的话题吧。"

"稍等一下，"雷吉斯的目光越过他的肩头，"依我看，你要有新工作了。"

杰洛特低声咒骂一句。在一条两旁种着柏树的小路上，两位骑士正朝他们这边走来。他立刻认出了前面那个，毕竟他盾牌上的纹章——白色雪原里的硕大牛头——实在太有特点了。后面的骑士个子高大，一头灰发，高贵的五官棱角分明，仿佛以花岗岩雕成，纹章图案是蓝色背景里的十字架与金百合。骑士们按照传统，在两步外停下，鞠了一躬。杰洛特和雷吉斯也躬身回礼：根据骑士传统，四人在十次心跳的时间内沉默不语。

"先生们，请允许我向你们介绍，"盾牌上有牛头图案的骑士说，"这位是帕尔梅林·德·郎佛尔男爵。你们应该还记得，我的名字是……"

"德·佩拉克-佩兰男爵。想忘记都难。"

"我们有件事想委托猎魔人。"德·佩拉克-佩兰男爵说，"可以说，这件事跟您的本行有关。"

"说吧。"

"要私下说。"

"我跟雷吉斯先生之间没有秘密。"

"但这是贵族大人们的秘密。"吸血鬼笑着说，"那么，请允许我去看看那座漂亮的凉亭——它多半是个隐蔽式的厕所。失陪，德·佩拉克-佩兰大人……还有德·郎佛尔大人……"

他们相互鞠躬。

"我洗耳恭听。"杰洛特打破了沉默。他完全不打算等待十次心跳的时间。

"是这样的，"佩拉克-佩兰压低嗓音，提心吊胆地四下张望，"那个魅魔……出没于夜晚的怪物，就是公爵夫人和女士们要求您消灭的那一个。能告诉我杀死那头怪物的酬劳是多少吗？"

"抱歉，先生们，这是商业机密。"

"我们理解，理解。"纹章是十字架与百合花的骑士说，"我们面对的显然是个正派人。说实话，我担心这样的人会觉得我们的提议是种侮辱，但我不得不说，请放弃这份合约吧，猎魔人阁下。拜托别去伤害那个魅魔。我们不会告诉公爵夫人和女士们的。以我的荣誉起誓，我们陶森特的男人数量比女人多得多。我们的慷慨程度会让您大吃一惊的。"

"你的提议，"猎魔人冷冷地说，"的确与侮辱相去不远。"

"杰洛特先生，"帕尔梅林·德·郎佛尔的脸既严肃又认真，"我会告诉您，为什么我们敢于做出这种提议。因为关于您有个传闻。据说您只杀那些有威胁的怪物。真正的威胁。并非出于想象，也并非出于无知或成见。让我告诉您吧：那个魅魔没威胁过任何人，也没伤害过任何人。哦，她是会时不时地……拜访睡梦中的男性……来些小小的恶作剧……"

"但仅限成年人。"佩拉克-佩兰迅速补充道。

"陶森特的女士们如果知道这场对话，"杰洛特四下张望，"恐怕会很不高兴。公爵夫人也一样。"

"我们完全同意。"帕尔梅林·德·郎佛尔低声道，"所以我们建议您千万小心。没必要惹恼那些顽固的道德卫士。"

"给我在本地的某家矮人银行开个户头，"杰洛特缓缓又平静地说，"然后用你们的慷慨让我大吃一惊吧。但要记住，想让我吃惊并不容易。"

"我们会试试看的。"佩拉克-佩兰信心十足地说。

他们鞠躬道别。

杰洛特回到雷吉斯那边。当然了,后者凭借他的吸血鬼听力已经听到了一切。

"好了,"雷吉斯板着脸说,"你可以争辩说这是本能反应和莫名的冲动。但银行开户的事怎么解释?"

杰洛特看着柏树林上方的某个位置。

"谁知道呢,"他说,"也许我们会在这儿待上好几天。考虑到米尔瓦折断的肋骨,可能还不止。没准儿我们得待上好几周?如果在此期间,我们能保持经济独立,那也没什么坏处嘛。"

◆━━◆━━◆

"所以你在锡安凡尼利银行的户头是这么来的。"列那·德·波伊斯-菲涅斯摇摇头,"哦,如果公爵夫人得知此事,后果将是一场地位变动和权力洗牌。哈,说不定我还能得到晋升?以我的荣誉起誓,你没去告密实在太可惜了。跟我说说那场让你愉快的著名宴会吧。我也想去宴会吃喝啊!可他们却派我去了边境的瞭望塔,去了冰冷灰白的群山之间。真令人失望,但骑士的宿命就是这样……"

"那场备受期待的大型宴会,"杰洛特说,"准备得非常努力和用心。而我们所要做的,就是找到躲在马厩里的米尔瓦,让她相信出席宴会至关重要,甚至能决定希瑞乃至全世界的命运。我们强迫她穿上女装,然后让安古蓝发誓表现得像个彬彬有礼的年轻女士,尤其要避免使用'妈的'和'蠢货'之类的字眼。等到准备停当,为了确保一切顺利,我们喝了一杯酒。就在这时,甜点师勒·果夫出现了。他身上一股子糖霜味,看起来上气不接下气。"

◆━━◆━━◆

"作为司仪官,"勒·果夫喘着气说,"我向各位保证,在节庆宴会上,公爵夫人殿下安排的荣誉特殊席位只有寥寥几个,以免有人认为分配不公。但在陶森特,我们对传统和习俗尤其重视……"

"说重点,阁下。"

"宴会就在明天。我要根据出身和地位安排所有宾客的席位。"

"当然,"猎魔人严肃地说,"我们当中最重要的人物是丹德里恩。从出身和地位来说都是。"

"朱利安子爵大人,"宫廷总管皱起鼻子,"是位非同寻常的贵宾。因此,他会坐在可敬的公爵夫人殿下的右手边。"

"当然。"猎魔人一本正经地回答,"他没说明我们的地位、头衔和丰功伟绩吗?"

"他说明了,"宫廷总管咳嗽一声,"但他只说你们是匿名旅行的高贵绅士与淑女,因此不能透露姓名、地位与头衔。"

"的确如此。有什么问题吗?"

"我必须知道!你们是我们的客人,也是子爵大人的同伴,所以你们会坐在靠近首席的位置……和男爵们坐在一起。但各位先生女士的地位或许更高,有权坐在离公爵夫人更近的位置……"

"他,"猎魔人毫不犹豫地指了指吸血鬼,后者正在不远处欣赏一块占据了大半墙壁的挂毯，"是位伯爵。但千万别说出去。这是个秘密。"

"我明白。"胖总管激动地喘着气，"这样的话……我会把他安排在诺杜娜伯爵夫人旁边，她是公爵夫人的姑妈，为人高尚又亲切。"

"你们不会后悔这么做的，无论是你还是那位姑妈。"杰洛特板着脸向他保证，"伯爵大人的艺术造诣与对话技巧无人可及。"

"这话真令人欣慰。至于您，利维亚的杰洛特大人，我会把您安排在可敬的芙琳吉拉女士旁边。这是传统。您把她抱到酒桶旁边，所以您就是她的……呃……骑士，因为……"

"我明白。"

"太好了。哦，至于伯爵大人……"

"怎么了？"吸血鬼出人意表地开了口。他从挂毯——上面描绘着人类与独眼巨人战斗的场景——那边走了过来。

"没什么，没什么。"杰洛特笑着说，"我们只是在聊天而已。"

"啊哈，"雷吉斯点点头，"不知二位注意到没有……这块挂毯上的独眼巨人，拿着木棒那个……瞧瞧它的脚趾。恐怕它长了两只左脚。"

"的确，"勒·果夫总管半点也不惊讶，"鲍克兰城堡里还有许多类似的挂毯。那位织工是个真正的大师。但他经常酗酒。艺术家都这样。"

"是时候了，"猎魔人努力避开在邻桌一边玩着占卜游戏、一边借

醉意偷看他的女孩们的目光,"我们走吧,列那。付账,牵马,去鲍克兰城堡。"

"我知道你着急的理由。"骑士露齿而笑,"别担心,绿眼睛会等着你的。午夜还没到呢。跟我讲讲那场宴会吧。"

"讲完我们就走。"

"那就讲吧。"

巨大的马蹄状宴会桌显然在提醒他们,秋天已经结束,冬天即将到来。装着食物的碗碟之间,是盛着鹿肉和各类野味的大浅盘。其中有整只的野猪和鹿,还有火腿和粉红色的切片熏肉,以及馅饼。每道菜都装饰着调过味的蘑菇、蔓越莓和花楸浆果。还有秋天常见的鸟儿:松鸡、野鸡和鹌鹑,用加了榛子与槲寄生烤制的翅膀和尾巴作为装饰。桌上的菜肴里还包括鱼——从山涧捕来的鲑鱼与梭鱼。

尽管时值深秋,桌上也不缺少符合节日气氛的绿色。包括用新雪时采摘的生菜做成的沙拉。只是槲寄生替代了鲜花。

在马蹄形餐桌中央的荣誉席位那里——那是安娜叶塔公爵夫人和她的客人要坐的地方——放着一只大号银托盘,里面盛满了装饰菜。在花朵、柠檬片、洋蓟心和松露之间,有一条硕大的鲟鱼,鱼背上伫立着一只苍鹭。它抬起的鸟喙上固定着一枚金戒指。

"我向苍鹭起誓!"佩拉克-佩兰,那位纹章是公牛头的著名男爵站起身,举起酒杯,大声说道,"我向苍鹭起誓,我会维护骑士的荣耀,绝不抛弃职责!"

听到他的誓言,众人回以嘈杂的喝彩,然后开始吃喝。

"我向苍鹭起誓!"另一位骑士大喊道,他的小胡子歪歪扭扭的,看起来就像一把扫帚,"我发誓捍卫安娜·亨利叶塔殿下的边疆,直到流干最后一滴血!为了证明我的忠诚,我发誓会将苍鹭画在盾牌上,在一年之内隐姓埋名,自称'白苍鹭的骑士'!祝我们的公爵夫人殿下健康长寿!"

"健康!幸福!干杯!公爵夫人殿下万岁!"

安娜叶塔略微点点戴着钻石冕状头饰的脑袋,表示感谢。她戴着那么多钻石,似乎单单从窗边走过都会划伤玻璃。丹德里恩坐在她旁边,傻乎乎地笑着。爱米尔·雷吉斯坐在稍远处的几位贵妇之间,身穿黑色天鹅绒夹克,看着就像个吸血鬼。他和贵妇们侃侃而谈,对方听得如醉如痴。

杰洛特拿过一只盛着鲈鱼和欧芹的大浅盘,递给坐在他左边的芙琳吉拉·薇歌。她穿着蓝色的绸缎礼裙,戴着一条漂亮的紫水晶项链。她用长长睫毛下的双眼看着他,举起酒杯,露出神秘的笑容。

"祝你健康,杰洛特。你能坐在我旁边真是太好了。"

"别在日落前赞美这一天。"他回以微笑,因为他心情很好,"宴会才刚刚开始。"

"恰恰相反。宴会已经开始这么久了,你还没赞美过我一句。我还得等多久?"

"你的美丽太过耀眼,让我词穷。"

"悠着点儿。"她大笑起来,而他发誓那句话出自真心,"照这个速度,天知道宴会结束时,我们会发展到什么程度。就先从……好吧,先从我的裙子很优雅,蓝色也很适合我开始吧。"

"蓝色很适合你。但我必须承认,我更喜欢你穿白色。"

他在她的绿色双眸里发现了挑战的神色。他不敢接受。他的心情没好到这种程度。

卡西尔和米尔瓦在桌子两侧面对面坐着。卡西尔坐在两位年轻贵族女性——或许是男爵的女儿——之间,她们一直在跟他说话。与此同时,和女弓手做伴的却是位上了年纪的贵族男性。他肤色黝黑,寡言少语,岩石般的脸上满是天花留下的疤痕。

安古蓝坐在稍远处,正在给年轻骑士们讲故事,不时引起一阵阵骚动。

"这算什么?"她挥舞着一把银刀子,尖叫道,"一把钝刀子?他们害怕我们在宴会上打架吗?"

"这些刀子,"芙琳吉拉解释道,"从卡罗琳娜·罗伯塔公主——也就是安娜·亨利叶塔的外祖母——的时代起就开始在鲍克兰城堡使用了。卡罗伯塔①最痛恨客人用刀子剔牙,从此以后,餐桌上用的就都是圆头刀子。"

"不会吧,"安古蓝露出顽皮的笑容,"幸好他们给了我叉子!"

她假装要把叉子放进嘴里,但杰洛特凶恶的眼神让她停了手。坐在她右边的骑士用嘹亮的假声大笑起来。

杰洛特拿起一罐花色鸭肉冻,端给芙琳吉拉。他看到两位年轻的男爵女儿用虔诚的目光看着卡西尔,而他老老实实地将自己的注意力平均分给二人。他看到年轻的骑士们在安古蓝周围东奔西跑,给她端来食物,为她愚蠢的笑话发笑。

---

① 卡罗琳娜·罗伯塔的简称。——译注

他看到米尔瓦撕碎面包，盯着桌布。

芙琳吉拉似乎看穿了他的想法。

"太不幸了，"她凑近身子，低声道，"我是说你那位不爱说话的朋友。好吧，安排座位时经常会发生这种事。骑士精神可不是德·特拉斯塔马拉男爵的强项。"

"或许这样更好，"杰洛特轻声说，"对她大献殷勤只会更糟。我了解米尔瓦。"

"你确定吗？"她瞥了他一眼，"你会不会在用自己的标准来衡量她？说实话，你的标准有点严苛。"

他没答话，而是倒了些酒。他发现是时候弄清某件事了。

"你是个女术士，对吧？"

"是啊。"她巧妙地掩饰着自己的震惊，"你是怎么知道的？"

"我能感觉到魔法灵光。"他没有细说，"我有过这方面的经验。"

"我要澄清一下，"她说，"我没打算欺骗任何人。但另一方面，我也没义务卖弄自己的职业，或者招摇地戴上尖帽子，穿上黑斗篷。干吗要让他们拿我来吓小孩呢？我有保持低调的权利。"

"我没否认你的权利。"

"我之所以来鲍克兰城堡，是因为这儿有已知世界最大、藏书也最丰富的图书馆。我是说，除了牛堡大学图书馆以外。但大学不允许别人随便取阅藏书，而在这里，我是安娜叶塔的亲戚和朋友，想做什么都没问题。"

"真令人羡慕。"

"召见你时，公爵夫人曾暗示说，你可以在图书馆或档案室里找到有用的信息。但别被她兴奋的模样欺骗了，她总是这样。你的确能在这里的藏书中找到些东西。但你必须知道去哪儿找。"

"听起来很简单。"

"你的热情真的很有感染力,我都等不及想把对话继续下去了。"她绿色的双眸闪现精光,"我猜你并不相信我,对吧?"

"要再来点儿花尾榛鸡肉吗?"

"我向苍鹭起誓!"在马蹄形餐桌的另一头,有位年轻骑士站起身,将邻座递来的饰带系在头上,遮住一只眼睛,"我发誓,在杀死塞万提斯隘口的所有匪徒之前,不会取下这条饰带!"

戴着闪亮头饰的公爵夫人冲他点点头。

杰洛特希望芙琳吉拉不会追问下去。但他错了。

"你既不相信我,也不信任我,"她说,"这对我真是双重打击。你不但质疑我想帮忙的诚意,还不相信我能帮上你。哦,杰洛特!你严重伤害了我的自尊和抱负。"

"听着……"

"不!"她举起刀叉,仿佛在威胁他,"别辩解了。我受不了给自己找借口的男人。"

"那你受得了怎样的男人?"

她眯起眼睛,但仍举着餐具,做出攻击的架势。

"那张名单很长,"她缓缓地说,"我可不想让你为了细节费神。我就只说排在最前面的男人吧:他们愿意跟随所爱之人前去世界尽头,从不屈服于恐惧,藐视一切危险。而且不会在看似穷途末路时放弃。"

"那名单上的其他人呢?"他忍不住发问,"都是你喜欢的男人吗?他们也都是疯子吗?"

"真正的男子汉气概,"她讽刺地摇摇头,"不就是把疯狂和风度用适当的比例调和而成的吗？"

"女士们先生们，男爵们还有骑士们！"宫廷总管勒·果夫大声说道，站起身来，用两只手捧着一只巨大的玻璃酒杯，"在此时此地，我要向安娜·亨利叶塔公爵夫人殿下敬一杯酒，祝我们的女士身体健康！"

"健康又幸福！"

"万岁！"

"公爵夫人万岁！"

"好了，女士们先生们，"宫廷总管放下酒杯，朝仆人们做个手势，"现在……上巨兽！"

四名魁梧的仆人将一只大托盘抬进了大厅，托盘里是一头烤制过的庞大野兽。

"巨兽！"其他宾客异口同声地高喊，"万岁！巨兽！"

"那是什么鬼东西？"安古蓝大声表达自己的疑问，"在弄清楚之前，我才不会吃那东西。"

"是鹿。"杰洛特说，"一头烤全鹿。"

"不是普通的鹿，"米尔瓦清了清嗓子，"这头鹿大概有七百磅重。"

"差不多。它有七百四十磅重。"她邻座的男爵用沙哑的嗓音说。这是宴会开始后他说的第一句话。这本该是一场对话的开始，但女弓手却涨红了脸，盯着桌布，继续撕起面包。

但芙琳吉拉的话让杰洛特耿耿于怀。

"男爵大人，"他问道，"莫非您就是杀死这头野兽的猎手？"

"不，"他答道，"猎杀它的是我女婿，他是个神射手。但话说回来，这些都是男人感兴趣的事……抱歉，我是不想让在场的女士感到无聊……"

"用的什么弓？"米尔瓦依然盯着桌布，问道，"至少得是七十磅的弓吧？"

"双曲泽法尔弓，"男爵缓缓说道，显然吃了一惊，"层压结构，用了紫杉、刺槐、白蜡木和黏合肌腱。拉力七十五磅。"

"张力呢？"

"二十九寸。"男爵缓缓地、几乎一字一句地回答。

"真是件杰作。"米尔瓦快活地说，"它能在大概一百步外射中一头鹿，如果射手准头够好的话。"

"我，"男爵愤愤地咆哮道，"在二十五步外射中过一只野鸡。"

"二十五步外，"米尔瓦抬起头，"我射中过一只松鼠。"

男爵慌乱地咳嗽一声，给女弓手递来一些食物和饮料。

"有一把好弓就成功了一半。"他结结巴巴地说，"但话说回来，品质优良的箭同样重要。对我来说，最好的……"

"为安娜·亨利叶塔公爵夫人殿下的健康干杯！为朱利安·德·雷天哈普子爵的健康干杯！"

"干杯！"

"……然后她赏了他屁股一脚。"安古蓝又说完一个愚蠢的笑话。年轻骑士们哄堂大笑。

两位男爵的女儿——她们的名字是奎琳和妮克——张大嘴巴，瞪大眼睛，面泛红晕地听着卡西尔说话。在宴会桌首席附近，传来雷吉斯和地位较高的贵族们的交谈声。即便凭借猎魔人的听力，杰洛特也只能辨认出几个模糊不清的词语，但他们似乎在讨论鬼魂、吸血妖鸟、魅魔和吸血鬼。雷吉斯用银叉子比画着，说对付吸血鬼的最佳手段就是白银，只要用它轻轻一碰，就能致吸血鬼于死地。那大蒜呢？其中一位贵妇发问。大蒜也很有效，雷吉斯续道，但在社交场合拿着大蒜会很尴尬，因为味道太难闻了。

管弦乐队轻柔的演奏声从走廊传来，小提琴与长笛奏出乐曲，杂耍艺人与吞火艺人展示技艺。小丑们努力逗人发笑，但安古蓝抢走了他们的风头。一头熊出现了，它跌倒在地，惹得所有人忍俊不禁。安古蓝变得闷闷不乐——她可没法跟这东西竞争。

公爵夫人突然大发雷霆，某个出言不慎的男爵随即失宠，被士兵押去了塔楼。除了那个倒霉鬼，没人表现出丝毫悲痛。

"别这么快离开。"芙琳吉拉·薇歌小口喝着酒，突然开口道，"就算你选择逃跑，也改变不了什么。"

"拜托，别读我的心。"

"抱歉。你的心思太明显，我不由自主就读懂了。"

"这话我都不知听过多少遍了。"

"我也不知读懂过多少遍了。拜托，吃点洋蓟吧，它对健康和心脏都有好处。心脏是男性的重要器官，重要度排名第二。"

"我还以为最重要的东西是疯狂和风度呢。"

"头脑素质和身体素质应该齐头并进。这样才能抵达完美。"

"没人是完美的。"

"这论点可站不住脚。你很清楚，不尝试一下怎么知道？请把榛鸡肉递给我。"

他飞快地切下鸟肉，放到她的盘子里，女术士忽然发起抖来。

"别这么快离开。"她又说一遍，"首先，没这个必要。你没有危险……"

"当然没有,"他脱口而出,"尼弗迦德人会被公爵夫人的抗议信吓倒。就算他们敢冒险到这儿来,那些用饰带蒙住眼睛、向苍鹭立誓的骑士也会将他们驱逐出境。"

"你在这儿不会有危险。"她对他的讽刺充耳不闻,"对那些蠢人来说,陶森特是仙子的居所,也多亏这种看法,陶森特才能在夜夜笙歌的情况下专注于经济。没人把陶森特当回事,但陶森特也能因此享受到某些特权。归根结底,这儿可是最知名的葡萄酒产地,而我们都知道,没有酒的生活是非常不安定的。陶森特没有间谍、密探或情报机构。陶森特不需要军队,只有戴着蒙眼布的游侠骑士,因为陶森特从未受到过攻击。不过看你的表情,我猜我没能说服你。"

"完全没有。"

"真可惜,"芙琳吉拉眯起眼睛,"我讨厌折中的解决方法和模棱两可的承诺,但这两者都不可或缺。所以我要告诉你——莱德布鲁尼的总督福尔科·阿特维尔德以为你死了,几个逃亡者说德鲁伊把你活活烧死了。福尔科正在尽全力掩盖这件事。如果真相暴露,就会有人展开调查,那福尔科最乐观的下场也是丢掉饭碗。等他发现你还活着,一切都晚了——他在报告里的说法已经有了法律效力。"

"你知道的还真不少。"

"我并不否认。也就是说,尼弗迦德人迫害你的可能性已经消失了。现在你没有尽快离开的理由。"

"有意思。"

"但这是事实。想从陶森特离开,你可以走四个隘口,分别通向世界的四个部分。德鲁伊对你有所隐瞒,也拒绝合作。那个山中精灵不见踪影……"

"你知道的当真不少。"

"你已经说过这话了。"

"而你想帮助我。"

"你却拒绝了我的帮助。你不相信我的真诚。你不信任我。"

"听着,我……"

"不要辩解了。再吃些洋蓟吧。"

这时又有人向苍鹭立了誓。卡西尔在恭维两位男爵之女。整个大厅都能听到安古蓝带着醉意的声音。脸上有痘疤的男爵面泛红晕,沉醉于箭术与狩猎的谈话,甚至开始向米尔瓦调情。

"女士,请尝尝野猪火腿。话说回来……这野猪是从我庄园周围的森林里打来的,那边栖息着一整群呢。"

"哦。"

"那里能猎到相当不错的野猪……话说回来,也许哪天……您可以过来,我们可以一起去打猎……"

"但我们不会在这儿待太久。"米尔瓦用恳求的目光看着杰洛特,"还有比打猎更重要的任务等着我们。"

她看到男爵失望的表情,连忙补充道:"如果换个时间,我很乐意去猎野猪。"

男爵立刻面露喜色。

"就算不去打猎,"他兴高采烈地说,"至少也可以来做客。我真诚地邀请你们全体到我的庄园来。话说回来,我还可以给你看看我的猎物、弓箭和刀剑收藏……"

米尔瓦低头看着桌布。男爵将一盘禽肉端到她面前,给她倒满酒。

"请原谅，美丽的女士。"他说，"话说回来，我并不是那种令人愉快的同伴。我不懂得举止优雅，也不擅长恭维……"

"我，"米尔瓦羞怯地坦白道，"是在森林里长大的。我清楚平和与宁静的优点。"

芙琳吉拉在桌下找到杰洛特的手，紧紧握住。杰洛特看向她的双眼。他猜不透其中蕴藏的含义。

"我相信你，"他说，"我相信你的真诚。"

"你没在说谎吧？"

"我向苍鹭起誓。"

那名城市守卫想必已经参加过了幽乐节的庆典，因为他走起路来摇摇晃晃，长戟不时撞上店铺的招牌，还一直口齿不清地宣布现在是十点钟，而事实上午夜早就过了。

"你只能自己去鲍克兰城堡了。"他们离开酒馆后不久，列那·德·波伊斯-菲涅斯说，"我要留在城里。晚安，杰洛特。"

猎魔人知道，他朋友最近在跟一位女士私会。那位女士的丈夫经常出门做生意。但他从不提起这个话题，因为男人之间不会谈论这种事。

"晚安，列那。照看好那头斯考芬兽。别让它腐烂了。"

"天冷得很呢。"

天确实很冷。街上空空荡荡，看不到灯光。月光照在屋顶上，让挂在屋檐下的冰锥闪烁着钻石般的光芒。洛奇的马蹄铁踩在铺路石上，发出阵阵鸣响。

洛奇,骑马前往鲍克兰城堡的猎魔人心想,是匹体态优美的灰母马,是安娜·亨利叶塔——以及丹德里恩——的礼物。

他催马向前,快马加鞭。

宴会后的第二天,他们聚在一起,习惯性地前往城堡厨房吃早餐。出于某些理由,那里的主厨总是很欢迎他们,也总能在炖锅、煎锅或烤架上找到东西给他们吃——通常是面包、培根和奶酪,也可能是腌蘑菇。他也从不忘记加上一两瓶本地著名葡萄园出产的红葡萄酒,或者白葡萄酒。

在鲍克兰城堡度过的这两周里,他们每天早晨都会来这儿——杰洛特、雷吉斯、米尔瓦和安古蓝。只有丹德里恩是在别处吃早餐。

"他躺在床上,"安古蓝给面包涂上厚厚的黄油,"佣人会送来他的培根!每个人都要向他鞠躬敬礼!"

杰洛特相信她的说法。而在这天早上,他决定去查个究竟。

他在骑士大厅里找到了丹德里恩。诗人戴着一顶足有整条面包大的深红色贝雷帽,穿着同样颜色、绣有大量金线的紧身上衣。他坐在一张凳子上,将鲁特琴放在膝头,对环绕他的朝臣和贵妇漫不经心地点头回应。

幸好周围看不到安娜·亨利叶塔的踪影，于是杰洛特毫不犹豫地违反礼仪，径直走向他的朋友。丹德里恩注意到他，立刻站起身来，做了个傲慢的手势，说："女士们、先生们，请让我们私下谈谈。各位仆人也可以离开了。"

他拍拍手，没等拍手声从大厅的拱顶天花板传回来，周围就只剩下了两个人——以及贵妇们离开后残留在空气中的香水味。

"真有趣，"杰洛特的语气不带丝毫夸张，"你追求的就是这个吗？像这样拍拍手——或者威严地皱起眉头——就能发号施令，肯定感觉很不赖吧。瞧瞧他们离开时的样子，冲你点头哈腰，就跟螃蟹似的。真有趣，对吧，大红人阁下？"

丹德里恩沉下脸。

"你过来到底什么事，"他粗鲁地说，"还是单纯来说废话的？"

"有一件非常具体的事。"

"说吧，我听着呢。"

"我需要三匹骑乘用马。给我、卡西尔和安古蓝。还有两辆马车，上面要装满口粮和草料。你能去跟你的公爵夫人要吗？你为她服务的时间已经够长了吧？"

"没问题，"丹德里恩调着鲁特琴的琴弦，没看猎魔人，"但你的急切令人吃惊。要我说的话，就像你愚蠢的讽刺一样让我吃惊。"

"我想赶路让你很吃惊？"

"我还是告诉你吧。十月就要结束了，天气恶化也在加剧。隘口那边随时有可能下雪。"

"可你却为我的焦急而吃惊。"猎魔人点点头，"多亏你提醒，我们还得多带些暖和衣服。毛皮衣物。"

"我以为,"丹德里恩缓缓说道,"我们会在这儿过冬。我以为我们会在这儿……"

"愿意的话,"杰洛特不假思索地说,"你可以留下。"

"好的。"丹德里恩把鲁特琴放到一旁,站起身来,"我想我会留下的。"

猎魔人倒吸一口气。他沉默地看着挂毯,上面描绘的是想象中巨人与龙的战斗。巨人用两只左脚站立,试图打碎龙的下巴,但那条龙似乎不为所动。

"我会留下的。"丹德里恩重复一遍,"我爱安娜叶塔。她也爱我。"

杰洛特保持沉默。

"我会去安排马匹。"丹德里恩承诺,"当然了,我会为你准备一匹叫洛奇的纯种马。还有食物、器具和暖和的衣物,供你们旅途使用。不过说实话,我建议你等到开春。安娜叶塔……"

"我没听错吧?"猎魔人终于找回了语言能力,"我的耳朵没欺骗我吧?"

"你的理性显然已经不中用了。"吟游诗人没好气地说,"至于你的其他感官能力,我就不清楚了。不过为保险起见,我再说一次——安娜叶塔和我深深相爱。我会留在陶森特,跟她一起。"

"作为什么?情人?宠臣?还是公爵夫人的配偶?"

"合法身份对我毫无意义。"丹德里恩坦然承认,"但任何事都有可能。包括结婚在内。"

杰洛特再次沉默,注视着巨人与龙战斗的画面。

"丹德里恩,"最后他开口道,"如果你喝醉了,快想办法醒醒酒。"

如果你没喝酒,我们就去喝一杯,然后我们再谈。"

"我听不太明白,"丹德里恩皱着眉说,"你在说什么?"

"稍微思考一下吧。"

"我和安娜叶塔的关系让你丢脸了吗?你想要我重新考虑什么?别担心,我已经考虑过了。安娜叶塔爱我……"

"你何时听说过,"杰洛特说,"堂堂公爵夫人会为了爱情不顾一切?就算安娜叶塔真有这么轻浮——请原谅我的直白——我也觉得……"

"觉得什么?"

"只有在童话故事里,公爵夫人才会嫁给吟游诗人。"

"首先,"丹德里恩厉声道,"就算是你真这么无知,也该听说过贵庶通婚的事。非让我从古今历史里给你找几个例子出来?其次,也许你很吃惊,但我并非平民百姓。我的家族,德·雷天哈普,起源于……"

"我在听你说话,"杰洛特再次打断他,"可我不相信自己的耳朵。说这通屁话的人真是我的朋友丹德里恩吗?如果真是丹德里恩,那他是不是完全失去理智了?我认识的那个现实主义者丹德里恩,难道现在生活在幻想世界里吗?睁开眼睛吧,你这白痴!"

"哦,"吟游诗人抿住嘴唇,缓缓说道,"角色反转了。我成了瞎子,而你却成了清醒的旁观者。过去可一直是反过来的。我看不到的事实又是什么呢?嗯?在你看来,我究竟对哪些事实视而不见呢?"

"首先,"猎魔人说,"你选择的公爵夫人傲慢、可笑又骄纵。她只是个大孩子,对她来说,你就是件玩具;等到另一位诗人带着悦人心弦的新曲目出现,她会毫无内疚地抛弃你。"

"你的话粗俗又下流。这点你知道吗?"

"我只知道你彻底疯了,丹德里恩。"

诗人沉默下来,轻抚着鲁特琴的琴颈。又过一会儿,他才再次开口。

"我们离开布洛克莱昂森林时,踏上的是一场愉快的探险。那时我们没有丝毫成功的希望,只能追寻着幻象、梦境、心愿与无法企及的理想。刚刚出发时,我们就像一群疯狂的傻瓜。可是杰洛特,我没有过一句抱怨。我没说你是疯子,也没嘲笑你。因为你的心被希望和爱占满了。它们在指引你去达成疯狂的使命。我也一样。但我追上了海市蜃楼,我的美梦幸运地成了真。我的使命已经结束了。我找到了所寻之物。我不能放弃它。你觉得这就是疯狂吗?如果我离开,那我才是真正的傻瓜。"

杰洛特像丹德里恩先前那样沉默不语。

"诗意,"他说,"在这方面,没人是你的对手。我没什么可说的了,你已经用这些论点说服我了。再会了,丹德里恩。"

"再会了,杰洛特。"

宫廷图书馆的确很大。容纳这些藏书的房间起码有骑士大厅——也就是他刚才跟丹德里恩说话的地方——的两倍大。图书馆的天花板是玻璃做的,阳光透过它倾泻进来。杰洛特不由觉得,等到夏天,这儿的酷热恐怕堪比地狱。

书架间的通道十分狭窄,他们走路必须万分小心,以免碰倒某堆书本。

"我在这儿。"他听到有人喊道。

图书馆中央被成堆的书本遮得严严实实。很多书随意地扔在一旁。

"这边，杰洛特。"

他在书籍的峡谷与山岳之间找到了她。她正跪在散落一地的书本之间，将书一本本翻开，然后归类。她穿着端庄的灰色裙子，为方便起见，裙摆被略微挽起。杰洛特觉得这一幕相当诱人。

"别被这烂摊子吓到了。"她用小臂擦了擦额头，因为她的双手戴着一副纤薄的丝绸手套，手套上满是灰尘。"他们本来在清点和编目，是我要求他们停下的。我想单独待在图书馆里。有陌生人盯着我的后脖颈时，我可没法专心工作。"

"抱歉。你希望我也出去吗？"

"你又不是陌生人。"她眯起绿色的双眸，"你的目光不会让我心烦……恰恰相反，它只会让我快乐。别光站在那儿。坐在书上吧。"

他找了本硬皮封面的百科全书，坐在上面。

"这个烂摊子，"芙琳吉拉的手臂挥了半圈，"只会让我的工作更加轻松。我可以找到通常放在书堆底下、无法取出的卷册。宫廷图书管理员搬走了堆积如山的文献和羊皮纸，让真正的文学瑰宝得以重见天日，有些更是货真价实的珍品。瞧啊，你看过这本书吗？"

"《金镜》？看过。"

"我忘了，抱歉。你看过很多书。这是赞美，不是讽刺。再看看这本吧，《诸王功绩录》。从这本书里，我们明白了希瑞的真实身份，明白了她流淌着怎样的血液……要知道，你看起来比平时还阴沉。为什么？"

"丹德里恩。"

"愿意告诉我原因吗？"

他开始讲述。芙琳吉拉坐在书堆上，两腿交叠，静静地听着。

"唔，"等他讲完，她说，"我承认，我料到会发生类似的事。我注意到安娜叶塔坠入情网的确切征兆。"

"是坠入情网？"他扬了扬眉毛，"还是心血来潮？"

"难道你，"她用锐利的目光看着他，"不相信纯洁与真挚的爱情？"

"我相信与否，"他说，"与这事无关。问题在于丹德里恩和他的执迷不悟……"

他突然失去了自信，没能把话说完。

"爱情，"芙琳吉拉说，"就像神经痉挛。在它到来之前，你什么也感觉不到，而且你根本无法想象那种感受。就算你向别人描述，也没人会相信你。"

"有些部分是很像，"猎魔人赞同道，"但区别也是有的。面对神经痉挛时，常识保护不了你。而且它无药可解。"

"在爱情面前，常识一文不值。这正是它的魅力与美妙之处。"

"不如说是愚蠢。"

她站起身，朝他走去，并在途中脱去手套。她在睫毛下的双眼看起来乌黑而深邃。她散发出琥珀、蔷薇、图书馆的灰尘、老旧的纸张与印刷墨水的味道。那些气味与催情无关——但却对他起了效。

"你不相信一见钟情吗？"她的语气变了，"不相信命中注定吗？不相信天雷勾动地火吗？"

她伸出双手，按在他肩上。他搂住她的腰。她的脸警惕地、缓缓地靠近他的脸,仿佛担心会吓跑某种异常胆小的生物。

接着,天雷勾动了地火。

他们倒在一堆羊皮纸上,压得那些纸张四处飘散。杰洛特把鼻子埋进芙琳吉拉的领口。他紧紧抱住她,抓住她的膝盖,将她的裙子掀至腰际,中途碰倒了好几本书,其中包括充斥着神秘插图的《预言家的生平》,以及《德·西摩尔霍伊迪巴斯》,一本有趣但颇具争议的医学论著。猎魔人推开那些书卷,不耐烦地扯着她的衣裙。芙琳吉拉热切地抬起臀部。

有东西在推挤她的肩膀。她转过头,发现是《学习助产技巧》。为免招来厄运,她迅速看向另一边。《含有硫黄的温泉》。周围的确暖和起来了。她用眼角余光看到,有本摊开的书正靠在她的头上。《反思无可避免的死亡》。*更棒了*,她心想。

猎魔人同她的内裤陷入苦战。她抬起臀部,但这次幅度很小,看起来更像不经意的动作,而非带着轻蔑的协助。她不了解他,也不知该如何回应。她不知道,他究竟喜欢清楚自身欲望的女人,还是装作一无所知的女人。她也不知道,他会不会因为那条碍事的内裤而气馁。

但猎魔人没表露出灰心的迹象。不如说,恰恰相反。看到时机到来,芙琳吉拉急切地张开双腿,撞倒了成堆的书本和小册子,让书籍如雪崩般落到他们身上。一本厚厚的、皮革装订版本的《抵押法》重重地砸在她肋部,而那本有黄铜饰件的《外交宝典》落到了杰洛特的手腕上。杰洛特评估并利用了这种状况——他把那本大部头放到必要的位置上。芙琳吉拉尖叫一声,因为饰件触感冰冷。但也只冷了片刻而已。

她大声喘息着,放开猎魔人的头发,伸出双手,抓住了周围的书本。她的左手抓着一本几何学著作，右手扶着一部关于爬行类和两栖类动物的书。搂住她臀部的杰洛特无意中撞倒了另一堆书本，眼下的他全神贯注，对像雨点般落在他们身上的书页毫不在意。

芙琳吉拉不由自主地呻吟起来，她的脑袋埋进了那本《反思无可避免的死亡》。

芙琳吉拉再次呻吟。但猎魔人听不到，因为她的大腿正紧紧夹着他的耳朵。他撞开了《战争史》与《幸福生活所需要的科学》。在跟裙子的纽扣与搭扣搏斗时，他漫不经心地看到几本书的封面题词与书脊。与芙琳吉拉的腰部齐平的位置有本《动物养殖学》，在她可爱的乳房附近有本关于无用且腐败的公务员的批评读物，而它下方则是名为《经济与科学——如何创造、分配与消耗财富》的经济研究著作。

书架摇摆，成排的书籍如强烈地震时的岩石一样纷纷掉落。初版的《戏剧用面具与雕像图册》从书架上落下，发出沉闷的声响，随之落下的是一本众所周知的传统著作，内容是关于向训练中的部队发放库存和下达命令的技巧，然后是配有精美版画的《简·德·阿特里的纹章学》。

猎魔人呻吟一声，一脚将另外几本书踢落到地上。《每日反思与冥想》，这本由不知名作者所写的有趣著作，莫名其妙地落到了杰洛特的后背上。

杰洛特越过她的肩头看去，发现无论他愿意与否，都会看到那本由著名印刷商小约翰·弗洛本在考伯特王在位的第二年发行，名叫《辛特西斯学院》的书里，由阿尔贝图斯·利乌斯博士写下的笔记。

突然，周围安静下来，只能听到书页的沙沙声。

我应该怎么做？ 芙琳吉拉轻轻抚摸着杰洛特与《对事物本质的反

思》线条分明的轮廓。我该主动提议吗？还是等他自己提议？他会怎么看我？可如果他什么都不说呢？

"我们去找张床吧。"猎魔人解决了她的两难处境，"这么对书可不好。"

我们找到了床，杰洛特心想。他骑着马径直进入一条小巷，踢了踢马腹，让它飞奔起来。我们在她的房间里找到了床。我们像着了魔似的，饥渴而贪婪地做爱，仿佛已经独身多年，此后又将面临独身的岁月。

我们谈论了许多。我们向彼此陈述琐碎的事实。我们对彼此讲述美丽的谎言。但那些谎言——尽管的确是谎言——用意却并非算计或欺瞒。

他用力一踢马腹，驱策洛奇朝一丛白雪覆盖的蔷薇飞驰而去，迫使它一跃而起。

我们做了爱，然后聊了天。我们的谎言变得更加美丽，也更加虚伪。

两个月。从十月到幽乐节。

两个月，激烈、贪婪而又粗野的爱。

洛奇的马蹄铁踩在鲍克兰城堡的庭院里，发出嘚嘚的响声。

他飞快而轻巧地穿过走廊。没人看到他,也没人听见他的脚步声。无论是用闲聊打发时间的卫兵,还是疲惫的管家。他从他们身旁经过时,就连烛火都没摇晃一下。

他经过城堡的厨房。但他没走进厨房,没加入他的同伴——他们已经养成了半夜来喝一壶葡萄酒,再找点东西吃的习惯。他就这么站在黑暗里,静静聆听。

安古蓝在说话。

"这座城市中了魔法,整个陶森特都是。有道魔咒笼罩了整片山谷。尤其是这座宫殿。我不知道丹德里恩和杰洛特是怎么想的,但现在光是留在这儿都让我头晕,还有种奇怪的刺痛感……我甚至发现自己……见鬼,我早就说过了!我们得尽快离开这儿!"

"我们得跟杰洛特谈谈。"米尔瓦喃喃道,"我们必须跟他谈谈。"

"没错,跟他谈谈。"卡西尔讽刺地说,"找准他难得一见的空闲时间。过去的两个月里,他所做的就只有追求女巫与追捕怪物而已。"

"而你,"安古蓝不屑地说,"每天也只在公园里陪男爵之女散步、玩乐。在被魔法影响的陶森特准会发生这种事。雷吉斯每晚都会消失。亲爱的大妈也有了一位男爵……"

"闭嘴,臭丫头!别再叫我大妈!"

"好了好了!"雷吉斯走到两位女性之间,"姑娘们,和平点儿。米尔瓦、安古蓝,别吵架。争执无益,友谊为贵。公爵夫人殿下和丹德里恩,还有她的公国、城堡、面包和腌咸菜都在讲述这个道理。你们要来点儿酒吗？"

米尔瓦重重地叹了口气。

"我们在这儿待得太久了！我要说，我在这儿闲坐得太久了。闲晃得太久了。"

"说得真妙，"卡西尔说，"真的太妙了。"

杰洛特小心翼翼地转身离开，像蝙蝠一样悄无声息。

◆━━◆━━◆

他迅速而无声地穿过走廊。无论守卫还是男仆，没人看到他，也没人听到他的动静。他从枝形吊灯旁边经过时，就连烛火都没摇曳一下。一只耗子听到他的声音，探出长着胡须的鼻子。但它并不害怕。它熟悉他。

他常走这条路。

卧室弥漫着魔法、琥珀、蔷薇和沉睡女子的气息。但芙琳吉拉并没有睡着。她坐在床上，掀开被单：这一幕迷住了他，也令他失去了控制。

"你终于来了。"她伸了个懒腰，"快把衣服脱了，到这儿来。越快越好。"

◆━━◆━━◆

她飞快而轻巧地穿过大厅。无论是正与守卫聊天的懒洋洋的士兵，还是男仆和侍从，没人看到她，也没人听到她的动静。她从枝形吊灯旁边经过时，就连烛火都没摇曳一下。有只耗子听到她的动静，抬起长着胡须的鼻子，用小眼睛盯着她看。但它并不害怕。它熟悉她。

她常走这条路。

------◆━━━◆------

在鲍克兰城堡某个房间尽头的一扇门后，有条无人知晓的密道。无论是城堡现在的女主人安娜叶塔公爵夫人，还是她的祖先、城堡第一任女主人爱德玛塔都不知道。无论是那位著名的建筑设计师皮埃尔·法拉蒙——正是他将这座建筑物从头到脚翻新了一遍——还是将设计图化为实物的大师级石匠都不知道。就连自以为对鲍克兰城堡无所不知的宫廷总管勒·果夫，也不知道这条密道的存在。

在过去，只有这座城堡的建造者——也就是精灵们——知道这条密道，以及用强力幻术隐藏起来的那个房间。后来，精灵们离开城堡，人类占据这里之后，就只有少数人知道这个秘密，更有一小群出自公爵家族的巫师严密保护着它。他们当中最博学的便是秘术大师阿托里欧斯·薇歌，德高望重的他精通各种类型的幻术，而他的侄女芙琳吉拉继承了他的天赋，成为了一名女术士。

芙琳吉拉停下脚步，面对两根刻有花朵图案的支柱间那道光秃秃的墙壁。她低语一声，迅速做个手势，假墙壁随即消失不见。墙后是条看似死路的走廊。然而，走廊的尽头还有一扇用幻术掩盖的门。门后是个漆黑的房间。

芙琳吉拉走进门内，毫不犹豫地启动了显远镜。椭圆形的镜子逐渐照亮了黑暗的房间。镜子那边是个大厅，几个女人围坐于一张圆桌。

九个女人。

"你好,芙琳吉拉。"菲丽芭·艾哈特说,"有什么新消息吗?"

"很不幸,没有。"芙琳吉拉答道,"自从上次报告以来,什么都没有。我的搜寻一无所获。"

"真糟糕,"菲丽芭说,"我们还指望你有所发现呢。告诉我们,猎魔人至少已经冷静下来了吧?你能让他在陶森特待到五月份吗?"

芙琳吉拉沉默片刻。她完全不想告诉协会,过去两周里,猎魔人曾两次称她为"叶妮芙"——而且每次都是在绝对不该叫错名字的时候。然而,协会有权要求她说出真相。她们有权要求她坦率,讲出有用的情报。

"不,"她最后回答,"也许待不到五月。但我会尽可能延长他留在这儿的时间。"

柯尔怪，一种来自于鸦形目大家族的怪物，根据栖息地区不同，又被称为库里坎怪、柯里德怪、畸兽、侏儒怪、回旋怪或催眠怪。但有一件事是可以确定的：它是一头无可比拟的魔鬼。对于如此污秽又可憎的恶心生物，我们不会记住或写下它的习性，甚至外表。因为事实便是如此：用任何字眼形容这种狗娘养的怪物，都太抬举它了。

——《生物论》

第四章

在蒙特卡沃城堡的巨型圆柱大厅里，弥漫着旧挂毯的霉味、蜡烛的烟味，以及十种截然不同的香水味道——使用十种特制香水的，是围在橡木桌旁的十个女人。她们都坐在扶手刻成斯芬克斯形状的椅子里。

芙琳吉拉·薇歌对面是穿着亮蓝色高领裙的特莉丝·梅利葛德。凯拉·梅兹坐在特莉丝旁边，身子始终藏在阴影里。在她硕大的耳环上，黄水晶折射出上千道闪光，吸引着其他人的目光。

"请继续，薇歌小姐，"菲丽芭·艾哈特催促道，"我们急着想听听你故事的结局，然后采取紧急行动。"

菲丽芭少见地没佩戴任何珠宝，唯一的例外是朱红色衣裙上那块刻有浮雕的缠丝玛瑙。芙琳吉拉听说过某个传闻，她知道是谁给了菲丽芭那块浮雕宝石，上面雕刻的又是谁的侧身像。

席儿·德·坦沙维耶坐在菲丽芭旁边，身穿一套漆黑的衣裙，小小的钻石在上面闪闪发光。玛格丽塔·劳克斯－安蒂列穿着酒红色的绸缎，戴着厚重的金饰品，但没戴宝石。而另一边，萨宾娜·葛丽维希格却在展示项链、耳环与她最爱的戒指——缟玛瑙的颜色与她的双眸和衣服非常相称。

离芙琳吉拉最近的是两位精灵——法兰茜丝卡·芬达贝，以及艾达·艾敏·爱普·西维尼。山谷雏菊平时就气质庄严，今日更胜以往，尽管她的头发和鲜红色的礼裙看起来并不奢华，她的头冠与项链的材质也并非红宝石，而是朴素却颇有品位的贝壳。艾达·艾敏却穿着一条棉布与雪纺绸制成的长裙，上面点缀着秋日的色彩，裙身又轻又薄，在从中央供暖装置吹出的、几乎难以察觉的微风中轻轻摇摆，仿佛一朵银莲花。

艾希蕾·瓦·阿纳兴像之前几次一样，以其朴素却格外典雅的着装赢得了众人的钦佩。在深绿色长裙窄小的领口上方，这位尼弗迦德女术士戴着一条金项链，链坠是一颗镶着金框、只做了抛光的天然翡翠。她修剪过的指甲涂成极深的绿色，为这身搭配神奇地增添了奢华感。

"我们等着呢，薇歌小姐。"席儿·德·坦沙维耶说，"时间紧迫。"

芙琳吉拉清了清嗓子。"十二月到来，"她续道，"然后是幽乐节，接着是新年。猎魔人在某种程度上冷静下来，不再一直把希瑞的名字挂在嘴边。他定期进行的狩猎怪物活动似乎对他很有益处。好吧，也许不全是益处……"

她的声音渐渐微弱。她似乎看到特莉丝·梅利葛德蓝色的双眸里闪过一丝恨意。但那也许只是摇曳的烛火在她眼里的闪光而已。菲丽芭哼了一声，把玩着她的浮雕宝石。

"拜托，没必要这么害羞，薇歌小姐。你和我们在一起。我们知道性行为也有寻求快乐之外的意义。在必要时，我们都会采取这种手段。请继续吧。"

"尽管他在白天保持着沉默、耐心而又骄傲的表象，"芙琳吉拉续道，"但到夜里，他会彻底拜倒在我的魅力之下。他对我知无不言。他欣赏我的女性魅力，而且我必须承认，以他的年纪来说，他的精力真是非常旺盛。然后他会睡着。睡在我的臂弯里，亲吻我的乳房。像在寻找他从未体验过的母爱的替代品。"

这次她可以确定了，那并非映照的烛火。*好得很。随你嫉妒我吧，*她心想。*嫉妒我吧。你完全有理由这么做。*

"他，"她重复一遍，"彻底拜倒在我的魅力之下。"

◆━━◆━━◆

"回床上来，杰洛特。该死的，天还没全亮呢！"

"我和人有约。我得去波默罗酒庄。"

"我不希望你去波默罗。"

"我和人有约在先。我答应他了。酒庄管家会在大门口等我。"

"你的怪物狩猎既愚蠢又无谓。你想通过杀戮洞里的怪物证明什么？你的男子气概？我知道个更好的方法。回床上来吧。别去波默罗。至少别这么急着去。让那个管家等着就好，管家的工作不就是这个吗？我想跟你做爱。"

"请原谅。我没时间了。我答应过他。"

"我想跟你做爱！"

"如果你想跟我一起吃早餐，就请穿上点什么。"

"也许你已经不爱我了,杰洛特。你爱我吗?回答我!"

"穿上那件珍珠灰色、貂皮镶边的裙子。它非常适合你。"

◆━━━┫▌┣━━━◆

"他彻底拜倒在我的魅力之下,对我有求必应,"芙琳吉拉重复一遍,"他对我言听计从。对,就是这样。"

"我们相信,"席儿·德·坦沙维耶无比冷淡地说,"请继续吧。"

芙琳吉拉对着自己的拳头咳嗽一声。"问题在于,"她续道,"他的同伴,他称之为'同伴'的怪人,卡西尔·莫瓦·迪弗林·爱普·契拉克,他见过我一次,所以一直在费神回忆对应的场所。但他想不起来,因为我上次去达恩·戴夫拉——他的祖籍所在地——时,他只有六七岁大。米尔瓦看似是个大胆又骄傲的女孩,但我两次发现她躲在马厩的角落偷偷哭泣。安古蓝是个喜怒无常的小家伙。至于雷吉斯·塔吉夫-哥德弗洛伊,他是我看不透的类型。这些人对猎魔人有某种程度的影响力,而这一点我无法阻止。"

哎呀呀,她心想,看看她们扬起的眉毛。看看她们扭曲的嘴唇。等着吧。我的故事还没结束呢。你们会听到我取得胜利的那一章的。

"每天早上,"她续道,"他们都会在鲍克兰城堡地下室的厨房碰头。主厨喜欢他们——天知道为什么。他总会为他们准备充足又可口的食物,所以他们的早饭往往会持续两个小时,有时甚至三小时。我陪杰洛特他们共进过许多次早餐,所以知道他们会谈起怎样的荒唐话题。"

两只小鸡在厨房里走来走去,一只是黑色,另一只是彩色,它们用爪子轻挠地板,眨眼看着正在吃早饭的众人,啄食着地上的面包屑。

就像之前的每个早晨一样,他们聚在城堡的厨房里。主厨喜欢他们,天知道为什么,而且他总会为他们准备好吃的。今天的菜是炒鸡蛋、面疙瘩汤、炖茄子、烧兔头,以及搭配红甜菜和山羊乳酪的牛肉香肠。每道菜都非常美味,他们安静而飞快地吃着。只有安古蓝除外,食物反而促进了她说话的欲望。

"要我说,我们该在这儿开家妓院。等我们办完要办的事,可以回到这里,开一家'欢愉之屋'。我在这座城市四下看过了。他们什么都有。我找到九家理发店,八间药房,妓院却只有一家,而且又小又破,我觉得都不配叫妓院。毫无竞争力。我们可以开家豪华妓院。买一栋带花园的多层式大屋……"

"安古蓝,算我求你了。"

"……只招待有钱的客人。我来当老鸨。听好了,我们会赚大钱,过上和大人物一样的日子。总有一天,我会当选为议员,到那时,我肯定不会忘记你们的,因为他们能选我,也就会选你们,你们甚至用不着自荐……"

"安古蓝,拜托。来吧,吃点面包配兔头。"

有那么一会儿,周围安静下来。

"杰洛特,你今天要去猎杀什么?难度高吗?"

"目击者的描述自相矛盾,"猎魔人看着自己的盘子,"所以难度取决于它是相当难缠的摩丁怪,还是普普通通的德里钦怪,又或是容易对付的杜德尔怪。也许这活儿很容易,因为上次有人看到那怪物已经是去年的收获节了。它也许早就离开波默罗葡萄园,到群山的另一边去了。"

"如果真是这样,我希望它一路顺风。"芙琳吉拉啃着一根鹅骨头,开口道。

"丹德里恩怎么了?"猎魔人突然开口,"我已经很久没见到他了,关于他的事也都是从城里传唱的讽刺歌谣里听来的。"

"我们知道的不比你多。"雷吉斯微微一笑,"我们只知道,我们的诗人和安娜叶塔公爵夫人非常亲近,甚至当着别人的面用相当亲昵的外号称呼她。他叫她'我的小鼬鼠'。"

"说得没错!"安古蓝不顾满嘴食物,开口道,"公爵夫人的鼻子的确跟鼬鼠似的。更别提那口牙了。"

芙琳吉拉眯起眼睛。"人无完人嘛。"

"是啊是啊。"

两只小鸡——一只黑色,一只彩色——的胆子越来越大,甚至啄起了米尔瓦的靴子。女弓手骂了一句,狠踢它们一脚。

杰洛特盯着她看了好一会儿,最后下定决心。"玛利亚,"他严肃地、近乎严厉地说,"我知道我们的对话不怎么严肃,笑话也算不上高雅,但你也没必要摆张臭脸给我们看吧。出什么问题了吗?"

"问题太明显了。"安古蓝说。杰洛特瞪了她一眼,让她闭了嘴,但为时已晚。

"该死的,你又知道什么?"米尔瓦猛地站起身,几乎碰翻了椅子,"见鬼去吧!你们所有人都去死吧,听到没有?"

她抄起桌上的杯子，一饮而尽，然后毫不犹豫地摔在地上。她跑出厨房，重重关上了门。

"事情严重了……"过了一会儿，安古蓝开口道，但这回换成吸血鬼示意她闭嘴了。

"事情的确非常严重，"他承认，"但我没想到，我们的弓手会有如此强烈的反应。这是分手后的典型症状，不是分手前的。"

"活见鬼，你们在说什么？"杰洛特焦躁地问，"嘿？有人愿意给我解释一下吗？"

"阿玛迪斯·德·特拉斯塔马拉男爵。"

"那个麻脸猎手？"

"正是。他向米尔瓦提出请求，跟他一起出外狩猎。这几个月来，他邀请了一次又一次……"

"那场狩猎，"安古蓝露骨地笑了笑，"将持续整整两天，还要在一间狩猎小屋过夜，你明白我的意思吧？我敢拍胸脯保证……"

"安静，丫头。继续说，雷吉斯。"

"他正式而严肃地向她求爱。米尔瓦拒绝了，用词相当严厉。那位理智堪比年轻人的男爵把她的拒绝看做冒犯，立刻离开了鲍克兰城堡。从此以后，米尔瓦就坐立不安，像中了毒似的。"

"我们在这儿待得太久了，"猎魔人低声道，"太久了。"

"听听这话是谁说的？"先前沉默不语的卡西尔开了口，"谁说的？"

"抱歉，"猎魔人站起身，"等我回来后再谈吧。波默罗酒庄的管家还在等我呢。守时可是猎魔人的礼仪。"

等米尔瓦怒气冲冲地离开,猎魔人也走出厨房后,其他人在沉默中吃着早餐。两只小鸡在厨房里跑来跑去,用爪子轻挠地板。一只黑色,另一只是彩色。

"我,"安古蓝终于打破沉默,递了盘吐司给芙琳吉拉,"我有个问题。"

女术士点点头。"我明白。不会有事的。你上次月事是多久以前?"

"你怎么会想到这个?"安古蓝猛地绷紧身体,吓坏了两只小鸡,"根本不是!我要说的是另一件事!"

"那请继续说。"

"杰洛特准备在出发时把我留下。"

"哇哦。"

"他说,"安古蓝吸了吸鼻子,"他不能让我遭遇危险,或者类似的麻烦事。但我想跟他一起走……"

"哇哦。"

"别插嘴好吗?我想跟他,跟杰洛特一起走,因为只要跟着他,我就不用害怕被独眼福尔科抓到,而在陶森特……"

"安古蓝,"雷吉斯打断她,"你是在白费唇舌。薇歌小姐会听你说完,但她什么也不会做。只不过,你提到的一件事让她不安:猎魔人要离开。"

"哇哦。"芙琳吉拉又说一遍,转头面对他,眯起了双眼,"塔吉夫-哥德弗洛伊先生,你就这么喜欢影射吗?猎魔人要离开?我能问问他打算何时离开吗?"

"也许不是今天或明天,"吸血鬼用轻柔的嗓音答道,"但总有一天会的。而且不会让任何人受伤。"

"我没受伤。"芙琳吉拉冷冷地反驳,"当然了,前提是你真的在为我担心。但是安古蓝,你关心的事,我也同样关心。所以我向你保证,我会跟杰洛特谈谈他离开陶森特的事。我向你保证,我会让猎魔人知道我对这事的看法。"

"是啊,你当然会了。"卡西尔不屑地说,"我就知道你会这么说,芙琳吉拉小姐。"

女术士盯着他看了很久。

"猎魔人,"最后她开口,"不应该离开陶森特。如果你们是为他好,就不该劝他离开。对我来说,还有哪儿比这儿更好呢?他过得很惬意。他有怪物可以狩猎,还靠这个赚了不少钱。他的朋友和同伴是统治这里的公爵夫人的红人,而公爵夫人本人也很看重他。主要因为肆虐此地的魅魔。没错,没错,先生们。安娜叶塔和陶森特出身高贵的女士们都对猎魔人非常满意。因为魅魔的确停止了夜访行为,就像彻底消失了。陶森特的女士们凑了一笔特别奖赏,将在不久后存入猎魔人在锡安凡尼利银行的户头。他户头上那笔小小的财富将翻上几倍。"

"女士们的表态值得称赞。"雷吉斯没垂下双眼,"这份奖赏也是猎魔人应得的。要让魅魔停止夜访并不轻松。相信我吧,芙琳吉拉小姐。"

"哦,我相信你。说到这个,你们也许听说了,宫廷有个卫兵声称他看到了那个魅魔。是在某天晚上,他在卡罗伯塔之塔的城垛上看到的。他说魅魔身边跟着另一个怪物。或许是个吸血鬼。那个卫兵信誓旦旦地说，两个恶魔就这么结伴而行，看起来很友好。雷吉斯先生，也许你知道些什么？你能解释这件事吗？"

"不，"雷吉斯的表情毫无变化，"我解释不了。天与地之间，有很多事是哲学家做梦也想不到的。"

"毫无疑问，这种事确实存在。"芙琳吉拉点了点留着黑色短发的头，"不过在猎魔人准备离开这件事上，你知道的肯定比我多？因为，你看，他没跟我提过这事，而他平时对我知无不言。"

"那当然。"卡西尔嘀咕道。

芙琳吉拉没理他。"雷吉斯先生？"

"不，"短暂的沉默过后，吸血鬼说，"不，芙琳吉拉小姐，请放心吧。猎魔人对我们的喜爱和信任不可能比你更多。他不会向我们窃窃私语，却选择对你隐瞒。"

"那么，"芙琳吉拉的神情平静得像块石头，"你又为何断言他要离开呢？"

吸血鬼依旧毫不动摇。"因为，用我们可爱的安古蓝年轻而富有魅力的话讲就是：'要么拉屎，要么离开茅房，迟早你得选一样。'换言之……"

"别费神换别的说法了，"芙琳吉拉厉声打断他的话，"这说法已经够有魅力了。"

房间里沉默了好一会儿。两只小鸡——黑色的和彩色的——走来走去，啄食着剩菜。安古蓝用袖子擦去沾在鼻子上的一片红甜菜。吸血鬼把玩着一串香肠，陷入了沉思。

"多亏我，"芙琳吉拉终于打破了沉默，"杰洛特才知道了许多鲜为人知的事——希瑞的族谱，以及与其起源相关的秘密。多亏我，他知道了一年前完全不知道的事。多亏我，他得到了信息，而信息就是武器。多亏我阻止魔法探测的手段，他的敌人——包括刺客——才无法伤害到他。多亏我，他的膝盖不再疼痛，还能正常弯曲了。他的脖子上戴着我为他制作的护身符，也许比不上他原来的猎魔人徽章，但也差不到哪儿去。在我——而且只有我——的帮助下，他为春天和夏天做好了准备。他得到了充分的情报，吃饱喝足，身体健康，也做好了与敌人作战的准备。如果你们当中有谁为杰洛特做得更多，付出得更多，请尽管告诉我。我会向他致敬的。"

没人开口。两只小鸡啄着卡西尔的靴子，年轻的尼弗迦德人没去理睬。

"的确，"他语气尖锐地说，"女士，我们当中没人比你付出得更多。"

"我就知道你会这么说。"

"问题不在于此，芙琳吉拉小姐。"吸血鬼开了口。但女术士没给他说下去的机会。

"那又在于什么？"她的语气咄咄逼人，"在于他和我在一起吗？在于我们之间的情感纽带吗？在于我不希望他现在离开吗？在于我不希望他出于内疚而做决定吗？驱使你们离开的，不也是同样的内疚和赎罪心理吗？"

雷吉斯沉默不语。卡西尔同样一言不发。安古蓝四下张望：她显然没怎么听明白。

"如果按天意，"过了一会儿，女术士说，"杰洛特会找到希瑞，那么这事一定会发生。无论猎魔人前往群山还是待在陶森特都没关系。

是命运掌控人类，不可能反过来。你们明白吗？雷吉斯·塔吉夫－哥德弗洛伊先生，你明白吗？"

"比你以为的更明白，薇歌小姐。"吸血鬼把玩着手里的香肠，"但请你原谅，我不接受什么伟大造物主写下的命运，也不接受什么不可更改的天意。倒不如说，这是许多看似毫无关联的事实、事件与行动的结果。我倾向于赞同'命运掌控人类'这个说法……而且不仅限于人类。然而，我对你'情况不可能反转'的观点不敢苟同。因为那只是恰好合用的宿命论而已。就像躺在舒适的羽毛床上，享受着母亲子宫般的温暖，却对冷漠与卑劣大唱赞美诗一样。简而言之，那是活在梦里。薇歌小姐，人生或许就像梦境，结束时或许也在梦中……但你必须积极做梦才行。因此，薇歌小姐，旅途在等待着我们。"

"走吧。"芙琳吉拉站起身，动作同不久前的米尔瓦一样粗暴，"随你们的便！风雪、寒冷与定数正在隘口那边等着你们。还有你们迫切需要的赎罪行为。走吧！但猎魔人会留下。留在陶森特！留在我身边！"

"我相信，"吸血鬼平静地回答，"您错了，薇歌小姐。我由衷地承认，您那有猎魔人陪伴的梦可谓迷人又美好。然而，持续太久的美梦都会变成噩梦。而噩梦会让我们尖叫着醒来。"

◆━━▶━◀━━◆

在蒙特卡沃城堡，坐在大桌旁的九名女性紧盯着芙琳吉拉·薇歌。紧盯着突然变得口吃的女术士。

"杰洛特在一月八号早晨骑马去了波默罗酒庄。他回来是在……

呃……八号晚上,不然就是九号晚上……我不清楚……我不确定……"

"整理一下思路,"席儿·德·坦沙维耶轻声道,"拜托,整理一下思路,薇歌小姐。如果故事里的某些细节太让人尴尬,只要略过不提就好。"

◆━━━◆━━━◆

彩色小鸡在厨房里跑来跑去,用爪子挠着地板。它闻到了肉汤的味道。

门砰的一声打开,杰洛特大步走进厨房。他风尘仆仆的脸上能看到一块瘀青,还有紫黑色的干涸血迹。

"好了,伙计们,收拾东西吧。"他毫不拖泥带水地宣布,"我们要走了!一个钟头之内,我会在城外的小山上跟你们碰头,只早不迟。带上背包和包裹,装上马鞍,前面的路既漫长又难走,做好准备吧。"

光是这句话就足够了。他们一直在等待这个消息,而且早就做好了出发的准备。

"马上就好,"米尔瓦大叫着跳起来,"我会在半个钟头内搞定!"

"我也一样。"卡西尔丢下汤匙,站起身,仔细打量着猎魔人,"但我想知道这是怎么回事。突发奇想?情侣吵架?还是说,我们真要离开了?"

"是真的。安古蓝,你干吗摆着那张臭脸?"

"杰洛特,我……"

"别担心,我不会丢下你的。我改主意了。但你必须当心,小鬼:不准离开我的视线范围。我说,快去收拾行李和鞍囊吧。记得别一起走，免得在从城市到山上的途中引人注目。我们一个钟头内在那儿碰头。"

"没问题，杰洛特。"安古蓝大声说，"见鬼，这一天总算来了！"

仅仅一眨眼的工夫，厨房里就只剩下了杰洛特和那只彩色的小鸡。还有吸血鬼：他正静静搅着他那碗加了面片的肉汤。

"你在等谁邀请你吗？"猎魔人冷冷地问，"你怎么还坐在这儿？不用给那头叫德拉库尔的骡子收拾鞍囊吗？不用去跟那个魅魔道别吗？"

"杰洛特，"雷吉斯平静地说道，从碗里舀了一勺汤，"我跟魅魔道别需要的时间，就跟你跟你的黑发女孩道别一样长——假如你真打算跟她道别的话。不过有件事我要跟你私下谈谈：你可以三言两语把年轻人打发去收拾行李，但我上了年纪，有资格多听你说几句。拜托，稍微解释一下吧。"

"雷吉斯……"

"话说在前头，杰洛特。你越快开始说明越好。我来帮你起头。昨天早上，你按约定在城门口跟波默罗酒庄的管家见了面……"

阿尔喀德斯·费耶拉布拉，波默罗酒庄的黑胡子管家，也就是猎魔人在幽乐节前夜的鸡舍酒馆遇到的人，正牵着骡子等在城门口。但看他的打扮和马背上的器具，却像要出门远行：像要越过索尔维加山门和埃尔斯柯德格隘口，前往遥远的世界尽头。

"那地方真不算近。"对于杰洛特恼火的评论，他答道，"您，先生,来自宽广的大世界,觉得我们陶森特只是一个小村庄。您觉得自己能把帽子从一条边界线丢到另一条。但您错了。我们要去的波默罗葡萄园离这儿相当远,我们能在午餐时赶到就该谢天谢地了。"

"或许,"猎魔人干巴巴地说,"我们不该把出发时间安排得这么晚。"

"是啊,也许吧。"阿尔喀德斯·费耶拉布拉盯着他,朝自己的胡须吹了口气,"但我不知道您习惯早起。因为这类人在贵族中相当少见。"

"我不是贵族。我们上路吧,先生,别浪费时间闲聊了。"

"我正想这么说呢。"

为了缩短路程,他们骑马穿过城市。杰洛特起先持反对态度——他担心会被堵在早已熟知的拥挤街道上。但事实证明,管家费耶拉布拉比他更了解这座城市,那天的街道也并不拥挤。他们轻松而迅速地前进着。

他们骑马进入集市,经过绞刑台。绞架上悬挂着一具尸体。

"创作韵文和唱小曲儿是很危险的。"管家指着绞架,点点头,"尤其是在公共场所。"

"真严苛。"杰洛特立刻明白了他的意思,"在别的地方,诽谤罪最重的惩罚也只是枷刑而已。"

"这取决于诽谤的对象是谁,还有内容是否属实。"阿尔喀德斯·费耶拉布拉严肃地说,"我们的公爵夫人是个和善的女人,广受人民爱戴,但如果有人触怒她……"

"就像我一位朋友常说的,音乐是扼杀不了的。"

"音乐的确扼杀不了,但要扼杀歌手简单得很。"

他们穿过城市，骑马走出修桶匠之门，径直进入伤河流经的山谷，河水欢快地流淌，泛起白沫。在田野里，只有沟渠和洼地才能看到积雪，但周围依然很冷。

一队骑士从他们身边经过，显然是在前往塞万提斯隘口与维戴特边境要塞的路上。他们的盾牌与外袍染成鲜艳的色彩，绣有狮鹫、狮子、红心、百合花、星星、十字架与其他纹章中常见的愚蠢图案。马蹄声如同雷鸣，旗帜猎猎作响，他们用嘹亮的嗓音唱着一首愚蠢的歌谣，内容是关于骑士得到新娘后要做的几件事。

杰洛特目送这队骑手远去。这些游侠骑士让他想起了列那·德·波伊斯-菲涅斯，后者刚刚结束任务，回到家里，正在他那位中产阶级出身的情妇怀里恢复元气。她丈夫是个商人，已经多日外出未归，多半是被湍急的河水、野兽横行的森林和其他自然因素拖延了脚步。猎魔人没打算将列那从情妇怀里拽出来，但他由衷地后悔没把波默罗酒庄的合约安排得晚一些。他喜欢那位骑士，也想念他的陪伴。

"我们走吧，猎魔人先生。"

"走吧，费耶拉布拉先生。"

他们沿路向上游前进。伤河蜿蜒曲折，但河上有许多桥梁，他们不用绕太多路。

马和骡子的鼻孔喷出白气。

"费耶拉布拉先生，你觉得今年冬天会很长吗？"

"万圣节时结了霜。有句谚语说得好：万圣节就结霜，快把棉裤换上。"

"我懂了。你们的葡萄藤呢？不会冻伤吗？"

"今年算不上最冷。"

他们在沉默中骑马前进。

"瞧那边，"费耶拉布拉指了指，"狐窟村就在那片山谷里。听起来也许难以置信，但那里的田地会长出炖锅和平底锅。"

"什么？"

"炖锅和平底锅。它们就这么自然而然地从地下生长出来，没有任何人力干预。就像别处的田地会长出土豆和甜菜那样，狐窟村的田地会长出炖锅和平底锅。各式各样的都有。"

"真的？"

"如果我撒谎，愿我横死当场。所以狐窟村才会跟梅契特的杜德诺村建立合作关系。因为在那边，大地会长出锅盖。"

"各式各样的都有？"

"您，猎魔人先生，说得完全正确。"

他们继续前进，沉默不语。伤河奔流而过，泛起泡沫。

◆━━◆━━◆

"再看那边，猎魔人先生。那是古老的顿·泰尼要塞的废墟。如果传说可信的话，那座城堡见证了许多可怕的事。外号'毒手'的瓦尔萨里乌斯拷打并残杀了他不忠的妻子、他妻子的情人，以及妻子的母亲、姐姐和哥哥。然后他坐下来，号啕大哭，没人知道理由……"

"我听说过。"

"您去过那儿吗？"

"没有。"

"哈，那这故事还真是家喻户晓。"

"您，管家先生，说得完全正确。"

"那边，"猎魔人指了指，"城堡后面那座漂亮的小塔楼呢？那是什么？"

"那个？那是一座神殿。"

"哪位神灵的神殿？"

"谁会记得这种事？"

"的确。这种世道，谁还会记得呢。"

中午时分，他们看到了酒庄。它坐落于伤河山谷的山坡上，爬满了修剪整齐、但如今枯萎光秃的葡萄藤。在最高的小丘顶部，暴露在风中的塔楼直指天空：它们是厚实的圆形城堡波默罗的一部分。

杰洛特饶有兴味地注意到，在通向城堡的路上，马蹄印和车辙就像大路上一样多。显然有人频繁使用这条通往城堡的路。没等他把疑问说出口，他就看到十多辆盖着帆布、高大而结实的马车——看起来像是长途运输时使用的。

"这些是商人的马车。"总管解答了他的疑惑，"葡萄酒商人。"

"商人？"杰洛特吃了一惊，"怎么会？我还以为积雪堵住了隘口，陶森特已经与外界隔绝了。这些商人是怎么到这儿来的？"

"对商人来说，"管家费耶拉布拉严肃地说，"堵住的隘口和糟糕的路况根本不存在——至少在那些认真对待工作的商人眼里是这样。猎魔人先生,他们有这么一条原则:只要目标尚未达成,就必须找到前进的路。"

"的确,"杰洛特缓缓地说,"这条原则令人钦佩,值得我们效仿。在各方面都是。"

"毫无疑问。不过事实上,一部分商人从去年秋天开始就被困在这儿了。但他们没有垂头丧气,反而会说:'嘿,等到开春的时候,我们就是最先到这儿的人了——抢在所有竞争者前头。'他们称之为'正面思考'。"

杰洛特点点头。"这原则真是无懈可击。不过有件事仍令我惊讶,管家先生。为什么这些商人会留在这里,而不是鲍克兰城堡?公爵夫人不愿意招待他们吗?她跟这些商人有过节吗?"

"并非如此,"费耶拉布拉答道,"公爵夫人一次又一次地邀请他们,而他们一次又一次地礼貌回绝,并且一直留在酒庄这边。"

"为什么?"

"他们说,鲍克兰城堡只有永无休止的宴席、舞会、狂欢与调情。他们说,这些活动既懒散又愚蠢,只会浪费本应用来思考生意经的时间。他们说,你必须关注真正重要的事才行。关注始终在前方等待的目标,不要把精力浪费在浮华之事上。只有这样,你才能达成自己的目标。"

"说实话,费耶拉布拉先生,"猎魔人缓缓地说,"我要感谢你的陪伴。这场谈话让我受益良多。真的。"

与猎魔人的预料截然相反,他们没有前往波默罗堡,而是沿着山谷后方的山脊又走了一小段路。那里耸立着另一座城堡,规模稍小些,比波默罗堡荒凉得多。那是祖巴兰堡。杰洛特觉得,他很快就有机会一展身手了:因为祖巴兰堡那黑暗参差的城垛就像教科书里闹鬼废墟的典范,无疑充斥着魔法、奇观与怪物。

然而,等他们走进庭院,他看到的却并非奇观与怪物,而是十几个正在做推木桶、刨木头和钉木板之类"神奇"工作的人。这里弥漫着新鲜木料、新鲜灰泥、几只不怎么新鲜的猫、酸葡萄酒与豌豆汤的味道。果然,立刻有人端来了豌豆汤。

旅途中的寒风让他们饥肠辘辘,他们沉默而迅速地吃着。豌豆汤是费耶拉布拉的一个下属煮的。端来汤碗的则是两个淡色头发的女孩,留着足有三尺长的发辫。两人不断向猎魔人暗送秋波,让他决定尽快吃完,开始工作。

西蒙·吉尔卡没见过那头怪物。他是通过别人的讲述得知它的模样的。

"它是黑色的,哈,一片漆黑,但它爬过墙面时,你又能透过它看到砖块。它就像果冻一样,你明白我的意思吧,猎魔人先生?或者该说,就像一团鼻涕。但它有长长的腿,有很多条,起码八条。琼特克就这么站在那儿,盯着它瞧,最后总算回过神来,大叫着:'滚开,给我滚开!'还念了驱邪咒语:'速速归西,你这狗娘养的!'然后那怪物就窜了出去!咻、咻、越爬越高,越爬越远。它钻进黑暗深处,不见了。然后那些小鬼说，这里有怪物，所以他们要求风险补贴，如果拿不到，他们就去找工会投诉。然后我对他们说，让你们的工会见鬼去……"

"上次有人看到怪物，"杰洛特打断道，"是在什么时候？"

"三周以前。也就是幽乐节之前。"

猎魔人看了看管家。"你跟我说的可是收获节之前。"

阿尔喀德斯·费耶拉布拉的脸涨得通红，就连胡须都遮掩不住。

吉尔卡哼了一声。"好了好了，管家先生，如果你真想管事，就该多来这边走走，光在鲍克兰城堡的办公室用屁股打磨椅子可不行。我想……"

"我对你的想法不感兴趣。"费耶拉布拉恶狠狠地打断道，"继续说怪物的事。"

"我已经说完了。我们知道的就这些。"

"没有受害者吗？没人受到袭击吗？"

"没有。但去年有个仆人失踪了。有人说是怪物把他拖进了黑暗深处，然后杀了他。还有人说根本没什么怪物，那个仆人是因为欠债才自杀的。他玩骰子确实玩得很凶，而且跟磨坊主的女儿有个孩子，那女人去法院告了他，法院判他付赡养费……"

"所以说，"杰洛特插嘴道，"那怪物有没有攻击过别人？难道从那时起，就再也没人见过它了？"

"对。"

两个女孩之一在倒酒时用胸部蹭了蹭杰洛特的耳朵，还鼓励地眨眨眼。

"我们走吧，"杰洛特连忙说，"没必要继续闲聊了。带我去地窖吧。"

不幸的是，芙琳吉拉制作的护身符没能满足他的期待。当然了，杰洛特并不认为这颗打磨过的绿玉髓就能代替他的银制狼头徽章。芙琳吉拉也没做过类似的承诺。

然而，她曾信誓旦旦地对他说，这枚护身符在和佩戴者的思维协调之后，可以办到各式各样的事，包括警告危险。

要么是芙琳吉拉的魔法失效了，要么就是杰洛特和护身符在何谓危险的看法上出现了分歧。在前往地窖的路上，绿玉髓以几乎无法察觉的幅度晃了晃，与此同时，有只橘黄色的大猫跳到他面前，桀骜不驯地竖起尾巴，在庭院里排泄起来。那只猫肯定收到了护身符发出的某种讯号，因为它发出一声尖厉的"喵呜"，便蹦蹦跳跳地跑远了。

当猎魔人进入地窖时，绿玉髓护身符又以令人恼火的幅度颤抖起来，并在干燥而整洁的储物间里躁动不安，而这里唯一的危险只来自于那些葡萄酒桶：如果某个缺乏自制力的人躺在酒桶下面，张开嘴巴，那他也许会有酒精中毒的危险。但也仅此而已。

而当杰洛特离开仍在使用的那部分地窖，走下楼梯，进入长长的隧道时，他的护身符却纹丝不动。猎魔人早就发现，陶森特大部分葡萄园下方都有旧矿井。毫无疑问，当栽种的葡萄开始结果，并带来更加丰厚的利润时，人们就放弃了矿井的开采，将隧道和通道当作酒窖使用。波默罗堡和祖巴兰堡位于一片旧板岩矿井上方。矿井里有密密麻麻的隧道和坑洞，稍不留神，你就可能失足掉进某个坑里，摔断几根骨头。某些坑洞用腐朽的木板盖着,上面覆盖着一层岩屑,与地面难以区分。这个区域非常危险,他需要护身符给出预警。但它却毫无反应。

甚至当那模糊的灰影从杰洛特前方十步远的碎板岩堆里一跃而起,用爪子和扭曲的双腿踢起灰尘,发出刺耳的哀嚎,随后吹着口哨、咯咯笑着穿过隧道,消失在墙上一个大洞里的时候,它也没向他示警。

猎魔人骂了一句。他的魔法护符会对橘色的猫产生反应,面对小魔怪却纹丝不动。*我得跟芙琳吉拉谈谈这事*,他一边想着,一边朝小怪物钻进的墙洞走去。

护身符开始剧烈颤动。

早干吗了,他心想。但他很快改变了想法。或许护身符没这么蠢。小魔怪常用的战术就是先逃跑,然后用镰刀般锋利的爪子伏击追兵。那只小魔怪正在黑暗中等待——这就是护身符给他的警告。

他屏住呼吸,警惕地竖起耳朵,等了又等。护身符死气沉沉地贴在胸口。洞里散发出一股微弱而令人不快的味道。周围一片死寂,而小魔怪不可能保持这么久的沉默。

他不假思索地钻进洞中,手脚并用向前爬去,背脊刮擦着粗糙的岩石。他没能爬出多远。

有什么东西劈啪一声折断了。地板裂开,猎魔人摔了下去——连同好几百磅重的灰尘和碎屑一起。幸好坠落的距离并不算高。他掉进的并非无底的深坑,而是个普通的地牢。他像下水管道喷出的粪便一样落下,重重地摔进一堆烂木头。他吐了口唾沫,抖落头发里的灰尘,恶狠狠地咒骂起来。护身符在他胸前摇晃不停,像只钻进他衬衣的麻雀。猎魔人很想将护身符一把扯下,丢进黑暗里,让它永远消失,但他忍住了。首先，芙琳吉拉肯定会大发雷霆。其次，这颗绿玉髓据说还拥有其他魔法能力。杰洛特希望那些能力更可靠些。

他爬起身时，抓到了一块球形的颅骨。然后他才发现，他身下那堆东西根本不是木头。

他站起身，迅速审视着骨头堆。都是人类的骨头。他们死时还戴着镣铐，很可能全身赤裸。骨头被碾碎和咀嚼过。他们被吃之前大概已经死了。但他并不确定。

隧道前方是条长而笔直的走廊。两旁的板岩墙壁打磨得十分光滑——看起来简直不像矿井。

走廊尽头是个宽敞的洞穴，洞顶在黑暗中向内凹陷。洞穴中央是个深不见底的巨大坑洞，坑洞上方有座看起来相当单薄、让人提心吊胆的石桥。

水从墙壁滴落，传来阵阵回音。无底深渊吹来一股冰冷的臭气。护身符静悄悄的。杰洛特集中精神，警惕地踏上石桥，尽可能远离摇摇欲坠的栏杆。

过了石桥是另一条走廊。在打磨光滑的墙壁上，他注意到生锈的火把支架。这里还有壁龛：其中一些摆放着砂岩打造的小型雕像，但多年以来，滴水早将它们磨成了不成形的石块。墙壁上还镶嵌着刻有浮雕的金属板。对这种较为坚固的材质，他还能辨认出上面的图案。杰洛特看到一个女人、一轮新月、一座高塔、一羽燕子、一头熊、一条海豚，还有一只独角兽。

他听到了说话声。

他停下脚步，屏住呼吸。

护身符颤动起来。

不，不是错觉：不是踩在板岩屑上的嘎吱声，也不是滴水的回声。那是人类的说话声。杰洛特闭上眼睛，竖起耳朵，试图辨认声音传来的方位。

猎魔人敢发誓，声音来自下一个壁龛，来自某尊磨损严重、但仍能依稀辨认出女性丰满线条的雕像后方。那尊雕像的高度和护身符齐平。它闪烁起来，杰洛特突然发现墙壁上有道反光。他用双臂抱住那尊雕像，用力一转。雕像嘎吱作响，连着钢制铰链的壁龛转动半圈，露出了后方的螺旋楼梯。

声音再次响起，从楼梯顶端传来。杰洛特没有犹豫。

在楼梯顶端，他找到了一扇门，那门应手而开，没发出任何声响。门后是个拱形天花板的小房间。墙壁上装着四根巨大的黄铜管，末端如喇叭一样向外展开。房间中央，在铜管的开口之间，放着一张扶手椅，椅子上坐着一具骷髅。在它的颅骨上，一顶贝雷帽的残余部分滑落到牙齿旁边。它身上是曾经昂贵、如今已被蛀虫吃去大半的衣物碎片。它的脖子上挂着一条金链子。它的双脚穿着一双高筒靴，但已被老鼠啃得破破烂烂。

某根黄铜管里突然传来一声响亮的喷嚏，吓了猎魔人一跳。然后有人擤了擤鼻子，经过黄铜管的放大，那声音令人毛骨悚然。

"神灵保佑你，"铜管里传来人声，"你这喷嚏真够厉害的，史凯伦。"

杰洛特把骷髅搬下椅子，但没忘记先摘下金链子，塞进自己的口袋。然后他在聆听席上坐下，对着黄铜管的开口。

在杰洛特偷听到的对话里,其中一人的嗓音低沉有力。他开口时,就连黄铜管道都在颤抖。

"你这喷嚏真够厉害的,史凯伦。你在哪儿染的重感冒?什么时候的事?"

"别提了,"打喷嚏的人说,"只是该死的病魔缠上我不肯走而已。每次刚有好转的迹象,它又卷土重来。就连魔法都帮不上忙。"

"也许你该换个巫师?"另一个声音说,他的嗓音就像生锈的铰链转动时那样刺耳,"的确,那个威戈佛特兹直到现在都没拿出像样的成果。我觉得……"

"忘了这事吧。"有个说话时总是拖长音节的人插嘴道,"这并不是我们把会面安排在陶森特——安排在这个鸟不拉屎、与世隔绝的地方——的理由。"

"这个鸟不拉屎的地方,"打喷嚏的人说,"是据我所知唯一没有情报部门的国家。是帝国里唯一没被瓦提尔·德·李道克斯的密探塞满的角落。这个公国是公认的始终在纵酒狂欢的国度,没人把它当回事。"

"这样的小国家,"那个拖长音节的人说,"向来是密探首选的避难所。也正因如此,他们才会引来反情报部门,以及密探、窃听者和各式各样的私人侦探。"

"过去也许真像你说的那样,"打喷嚏的人说,"但近百年来,在女人统治下的陶森特却并非如此。我重复一遍,我们在这儿很安全。

不会有人找到我们，也不会有人偷听我们的谈话。我们可以扮作商人，安静地讨论与各位大人的切身利益密切相关的那件事。与你们的个人财富与地产密切相关的那件事。"

"说真的，我痛恨私人利益！"嗓音刺耳的人大吼道，"我们不是为个人原因才来这儿的！我关心的只有帝国的福祉。而帝国的福祉，先生们，在于强大的皇朝！正因如此，如果让某个混血杂种、某个血统肮脏的后代、某个患有疾病又道德败坏的诸王的后裔登上皇位，对帝国来说才是真正的罪恶和灾难！不，先生们！我，作为德·维特家族的一员，是绝对不会袖手旁观的！更何况，我女儿本该……"

"德·维特，你说你女儿？"那个有力的男低音吼道，"那我呢？在对抗篡位者的战斗中支持恩希尔的我呢？那些军校学员当年可是从我的住处出发，去进攻宫殿的！可瞧瞧这一切给我带来了什么？想当初，那个骗子看着我的小艾兰，风度翩翩地对她微笑，恭维她几句，就把她拉到了一块布帘后头，我知道他是为了摸她的胸部。可现在呢——皇后换成了别人！如此的侮辱，如此的耻辱！不朽帝国的皇帝，比起古老的家族，却更喜欢辛特拉王族的女儿！凭什么？他借助我的恩惠坐上皇位，却胆敢拒绝我的艾兰？不，我不能容忍！"

"我也一样，"另一个嘹亮而激动的嗓音说，"他也羞辱了我！他抛弃我的妻子，却选择了那个辛特拉的无名小卒！"

"出于某个幸运的巧合，"总是拖长音节的人说，"那个无名小卒已经前往了死者的世界。史凯伦先生的报告里是这么说的。"

"我非常认真地听过了那份报告，"嗓音刺耳的人说，"我的结论是，那个无名小卒只是消失了而已。如果她只是消失了，就有可能再次出现。因为光是去年，她就消失又出现了好几次！说真的，史凯伦先生,你让我们很失望。你和你的巫师——那个威戈佛特兹——让我们大失所望!"

"现在可不是时候,约阿希姆!"男低音说,"现在不是互相指责和挑起矛盾的时候!我们必须坚强和团结。保持坚定。因此,那个辛特拉人是死是活并不重要。如果让皇帝侮辱了古老家族却不受惩罚,类似的事只会一再重演!你说那个辛特拉人消失了?过不了几个月,他就能找个来自泽瑞坎或桑维巴的新皇后!不,看在伟大日轮的分上,我们不能允许他这么做!"

"说真的,我们不能允许!你说的太对了,阿达尔!"嗓音刺耳的人说,"自从坐上皇位,恩瑞斯皇朝就让人非常失望。说真的,恩希尔在皇位上多坐一刻,便会给帝国带来更多的危害。还有个人更有资格坐上宝座。年轻的符里斯……"

一声响亮的喷嚏传来,听起来就像有人吹响了喇叭。

"君主立宪制。"打喷嚏的人说,"是时候实行君主立宪制这种先进的制度了。然后是民主制……人民政府……"

"符里斯皇帝,"男低音用强调的语气重复道,"是符里斯皇帝,史提芬·史凯伦。他结婚的对象会是我女儿艾兰,而不是约阿希姆的女儿。然后我会当上财政大臣,德·维特会当上陆军元帅。至于你,史提芬——你会成为外交大臣和伯爵。只要你放弃给农夫们加官进爵的打算就行。怎么样?"

"忘了什么历史进步吧,"打喷嚏的人平静地说,"至少暂时放一边好了。首先,爱普·达西财政大臣阁下,请您将注意力转到符里斯王子这个人本身——尤其是他坚毅、骄傲又顽固,不容易受人左右的性格。"

"请容我说一句,"拖长音节的人开了口,"符里斯王子有个儿子,小莫尔凡。他作为候选人要合适得多。首先,无论从他父亲还是母亲的家系来看,他都更有权继承皇位。其次,他是个孩子,所以摄政议会——也就是我们——将代替他执政。"

"胡说八道!我们会说服他父亲的!我们会找到办法的!"男低音说。

"我们可以,"那个兴奋的声音提议道,"把我妻子塞给他!"

"安静,布罗尼伯爵①。我们讨论的不是这件事。"嗓音刺耳的人说,"说真的,先生们,我们应该讨论的是另一些事。我想指出,恩希尔·瓦·恩瑞斯仍然占据上风。"

"那是当然,"打喷嚏的人附和道,然后用手绢擤了擤鼻子,"他还活着,还坐在皇位上。他的身体和头脑都处在巅峰状态。在他摆脱你们两位的千金——以及可能忠于你们的部队——之后,后一项尤其无可置疑。我的阿达尔阁下,如果你每时每刻都要监督东部地区的作战部队,又该怎么发起革命?约阿希姆阁下多半也得带着他的手下加入维登的特别行动部队才行。"

"省省你的提示吧,史提芬·史凯伦,"嗓音刺耳的人道,"摆那张脸只会让你跟巫师威戈佛特兹更相似。而且你要知道,灰林鹗,如果恩希尔真的起了疑心,那也是因为你——你和威戈佛特兹。承认吧,你本来是想抓住那个辛特拉人,用她换取恩希尔的青睐,对吧?现在那小丫头死了,你也没有拿得出手的东西了,对吧?说真的,恩希尔

---

① 此人为第四卷中提到的恩希尔情妇德乌菈·特莱芬·布罗尼的丈夫。——译注

会把你五马分尸的。你是不可能跟我们作对的，无论是你，还是跟你结盟的巫师！"

"这儿没有人会跟彼此作对，约阿希姆。"男低音插嘴道，"我们必须面对现实。我们的处境不比史凯伦好多少。形势迫使我们走到了一起。我们已经上了同一条船。"

"但让我们坐上这条船的是灰林鸮！"嗓音刺耳的人喊道，"我们干吗还要偷偷摸摸的？恩希尔什么都知道了！瓦提尔·德·李道克斯的探子正在整个帝国搜寻灰林鸮。没错，然后恩希尔把我们一脚踢开，送我们上了战场！"

"正是如此，"拖长音节的人说，"而你们应该利用这一点。我可以向你们保证，先生们，每个人都受够了目前这场战争。包括军人、民众，尤其是商人和企业家。光是战争结束这件事就能让整个帝国一片欢腾，无论用什么方式结束。先生们，军事领袖会影响战争的走向，所以容我说一句，结束方式始终是触手可及的。如果想成为受人赞美的英雄，还有比用胜利终结武装冲突更简单的方法吗？即使战败了，也可以作为顺应天意之人，用谈判来为流血画上句号，不是吗？"

"的确，"过了一会儿，嗓音刺耳的人道，"看在伟大日轮的分上，的确如此。你说得对，卢瓦登先生。"

"恩希尔，"男低音说，"在把我们派去前线的同时，也给自己戴上了绞索。"

"恩希尔，"兴奋的声音说，"还活着呢，我的大人。他还活得好好的呢。我们还是别急着分熊皮为好。"

"是啊，"男低音说，"得先杀掉那头熊才行。"

沉默持续了很久。

"也就是说,安排一场暗杀。杀了他。"

"杀了他。"

"杀了他!"

"杀了他。这是唯一的解决方法。只要恩希尔还活着,就不会缺少追随者。而恩希尔死了,所有人便会支持我们。贵族们会站在我们这边,因为我们是贵族的一部分,而贵族的力量来自于团结。很大一部分军队会站在我们这边,尤其是那些军官,他们对恩希尔在索登惨败后的大清洗记忆犹新。人民也会站在我们这边……"

"因为人民无知、愚蠢又容易操控。"史凯伦打了个喷嚏,帮他说完了后面的话,"你只需欢呼几声,然后在参议院的台阶上来一场演讲,承诺赦免囚犯和削减税金就行。"

"你说得太对了,灰林鸮。"说话时拖长音节的人说,"现在我知道你鼓吹民主制度的理由了。"

"我得提醒你们,"名叫约阿希姆,嗓音刺耳的人说,"事情不会都像听起来那么顺利,先生们。我们的整个计划都建立在恩希尔死亡的基础上。但我们不能对恩希尔拥有众多追随者的事实视而不见:他在军中有自己的部队,还有一支狂热的卫队。要绕过皇家卫队并袭击皇帝可没那么容易,因为——别再抱有幻想了——他们会战斗至死。"

"而在这方面,"史提芬·史凯伦宣布,"威戈佛特兹会协助我们。我们用不着攻打皇宫,也用不着在皇家卫队里杀出一条血路。只要一个有魔法防护的刺客,这事就能办成。就像巫师们在仙尼德岛发动政变之前,发生在崔托格的那件事。"

"瑞达尼亚的维兹米尔国王。"

"没错。"

"威戈佛特兹手下有刺客吗?"

"有。为了证明我们值得信任,先生们,我会把那人的身份告诉诸位。就是我们囚禁的女术士叶妮芙。"

"囚禁?我听说叶妮芙是自愿跟威戈佛特兹合作的。"

"她是他的囚犯。她中了魔法和催眠,像傀儡一样惟命是从。她会完成暗杀的。然后她会自寻了断。"

"我可不怎么喜欢女巫,"拖长音节的人说着,出于强烈的厌恶,他把音节拖得更长了,"最好还是找个英雄——某种理念的狂热捍卫者,或者复仇者……"

"你说复仇者,"史凯伦打断道,"这可太巧了,卢瓦登先生。叶妮芙会为那个暴君伤害过的人复仇。恩希尔迫害她的女儿,致使那个无辜的孩子死去。那个残酷的暴君——那个变态——不去治理帝国,却去迫害和谋杀儿童。正因如此,他将死在一个复仇者手上……"

"我,"阿达尔·爱普·达西用男低音宣布,"非常喜欢这个主意。"

"我也一样。"约阿希姆·德·维特赞同道。

"太棒了!"有怪癖的布罗尼伯爵喊道,"为了受到强暴的外国女子,复仇之手将夺取那个变态暴君的性命。太棒了!"

"还有一件事,"卢瓦登说着,把音节拖得老长,"作为你信用的担保,史凯伦大人,我要请求你把威戈佛特兹先生的所在之处告诉我们。"

"先生们,我……我不能……"

"所以这才叫担保——表示诚意,表示你忠于我们的事业。"

"你不用担心背叛,史提芬。"爱普·达西补充道,"这里没人会背叛你。我们是一条绳上的蚂蚱。如果换个情况,我们当中肯定有人会出卖他人以求保命。但我们都非常清楚,这种背叛什么也换不来。恩希尔·瓦·恩瑞斯不会宽恕我们的。他办不到。他没有心,只有一块坚冰。因此,他不会留下任何活口。"

史提芬·史凯伦不再犹豫。"好吧,"他说,"为表诚意。威戈佛特兹就藏在……"

——◆——

猎魔人坐在铜管的开口前,用力攥紧拳头,直到捏痛了手掌。他竖起耳朵,将听到的话铭刻在心里。

——◆——

事实证明,猎魔人不该怀疑芙琳吉拉护身符的力量。因为他的疑惑很快便烟消云散。等他回到宽敞的洞穴,走近深渊之上的石桥时,他脖子上的护身符开始剧烈抽搐和挣扎,与其说像麻雀,不如说像是体型更大、力气也更大的鸟类,比如乌鸦。

杰洛特愣住了,努力让护身符安静下来。他的身体纹丝不动,因此任何声响——哪怕是呼吸声——都逃不过他的耳朵。他等待着。他知道在深渊另一边,在桥对面有什么东西,潜伏在黑暗里的东西。他没排除对方藏在身后,而这桥是个陷阱的可能。他不想踏入陷阱。他继续等待。他的谨慎没有白费。

"你好啊,猎魔人,"他听到一个声音,"我们在这儿等着你呢。"

黑暗里传来的声音怪异又陌生，但杰洛特不止一次听过类似的声音。他知道，那是尚未习惯以有声语言进行交流的生物说话的声音。它们能运用肺、隔膜、气管与喉咙的机能，却无法活用发声器官，尽管它们的嘴唇、颚骨和舌头与人类的构造十分相似。这类生物念字读词的方式既傲慢又古怪，还会带上令人耳朵不适的杂音——凶狠并让人厌恶的吠叫声，或是绵软又让人恶心的嘶嘶声。

"我们在这儿等着你呢。"声音重复道，"我们知道，只要把谣言传出去，你就会来。你会钻到地下，来找，来追，来杀。但你没法从这儿出去了。你再也见不到你热爱的太阳了。"

"现身吧。"

桥对面的黑暗里，有个东西动了。黑暗仿佛在聚集，随即化作接近人类的外观。那生物的位置和姿势始终在变：动作越来越快，越来越紧张，看起来模糊不清。猎魔人见过类似的生物。

"柯尔怪，"他平静地陈述道，"我早该料到会遇见你们这种生物。我之前居然毫无察觉，真是不可思议。"

"哎呀，哎呀。"怪物奇特的嗓音像在嘲笑，"在这片黑暗里，你居然能认出我。可你认得出那个吗？那个呢？还有那个？"

黑暗中又钻出三头怪物，像幽灵一样无声无息。躲在柯尔怪背后的家伙同样有着人型生物的外观与轮廓，但显得又矮又壮，背脊弓起，看起来活像猿猴。杰洛特知道，那是奇尔摩利怪。

他没猜错，另外两头怪物就藏在桥梁后方，准备在他踏上桥面时截断他的退路。左边的怪物像只巨型蜘蛛，站在原地，不时舒展它的许多条腿。那是一只摩丁怪。最后那只怪物让他想起了枝状大烛台，它就像从破碎的板岩墙壁里直接钻出来似的。杰洛特不知道它是什么。

猎魔人的典籍里没记载过类似的怪物。

"我无意与你们争斗。"他抱着些许希望，毕竟这些生物没在黑暗中直接攻向他的脖子，而是选择了对话。"我无意与你们争斗。但迫不得已时，我会保护自己。"

"我们把这点考虑进去了。"柯尔怪嘶声道，"所以我们来了四个。所以我们才把你引到这儿。你毁了我们的生活，该死的猎魔人。在世界的这一边，这里的洞穴最漂亮，非常适合过冬。几乎从时间伊始，我们就在这儿过冬了。现在你却来这儿捕猎我们，你这个卑鄙小人。你追踪我们，猎捕我们，为了钱杀死我们。但不会有下一次了。你再没机会了。"

"听着，柯尔怪……"

"礼貌点儿，"那生物吼道，"我不能容忍无礼。"

"那我该怎么称呼您……？"

"史怀哲先生。"

"好吧，史怀哲先生，"杰洛特用顺从的语气续道，"事情是这样的。我确实是身为猎魔人，并带着猎魔人的使命而来，这点我不否认。然而，这个洞窟里发生了某些事，彻底改变了状况。我知道了一件对我非常重要的事。这事改变了我的整个人生。"

"所以呢？"

"我必须，"杰洛特仿佛镇定与耐心的范本，"立刻回到地表，并立刻开始一段长途旅行，途中不做丝毫停留。旅行过后，我恐怕不会再回来了。我认为自己不会……回到这附近……"

"你想求我们放过你吗，猎魔人？"史怀哲先生嘶声道，"没用的。你在白费力气。我们把你困住了，不会就这么放你出去。我们会杀了你,不光为我们自己,还有我们其余的同伴。恕我冒昧地说一句,为了我们和他们的自由,我们会杀了你。"

"我不但不会回到这附近,"杰洛特耐心地继续说道,"还会放弃猎魔人这个行当。我不会再杀死你们中任何……"

"你在撒谎!你因为害怕,所以撒谎!"

"不管怎样,"杰洛特这次不允许他打断,"如我所说,我必须立刻离开这里。所以你们有两个选择。第一,相信我的诚实,让我顺利离开。第二,我仍会离开,顺便留下你们的尸体。"

"第三,"柯尔怪恶狠狠地说,"留下你的尸体。"

猎魔人从背后的剑鞘里拔出剑来,发出"嚓"的一声。

"那么,留下的尸体不会只有一具。"他毫不动摇地说,"绝对不只一具,史怀哲先生。"

柯尔怪沉默片刻。站在它背后的奇尔摩利怪前后晃晃身体,低声咆哮起来。摩丁怪舒展着它的许多条腿。"枝型大烛台"改变了外形,此刻它就像一棵弯曲的小树,长着两只硕大的、散发磷光的眼睛。

"给我们证据,"柯尔怪终于开口,"证明你的诚实和善意。"

"怎么证明?"

"你的剑。你说你不当猎魔人了。有剑才算是猎魔人。把剑丢进深渊,要不就折断它。然后我们会放你出去。"

杰洛特静静地伫立片刻,只有从洞顶和墙壁落下的水滴不时打破沉默。他缓缓将剑垂直地向下刺去,让它深埋进一条裂缝。然后他用穿着靴子的脚用力一踢,折断了剑身。叹息般的断裂声在洞穴里回荡。

水顺着墙壁流下,仿佛一道道泪痕。

"真不敢相信,"柯尔怪缓缓地说,"真不敢相信,有人能蠢成这样。"

它没有叫喊,也没下达命令,但所有怪物立刻朝杰洛特冲去。第一个过桥的是史怀哲先生,它伸长爪子,亮出尖牙,其锋利程度足能让野狼相形见绌。

杰洛特迎上前去,扭动身体,劈开了它的下颌与颈部,刺穿了它的脖子。下一瞬间,他踏上桥面,劈断了奇尔摩利怪的一只手腕。他俯身扑倒在地,时机恰到好处,因为"枝型大烛台"从他头顶飞过,爪子刮过了他的夹克。摩丁怪跳到猎魔人面前,细长的足像风车一样旋转。它一只爪子挥出,击中杰洛特的头部侧面。杰洛特一个踉跄,虚晃一招,挥剑横扫。摩丁怪再次朝他扑来,只是偏离了目标。怪物落在桥边的栏杆上,而猎魔人将它与成堆的碎石一起推下了深渊。在这之前,怪物没发出过任何声音,但在落进深渊时,它哀号起来。

另两只怪物从两侧攻来:一边是"枝型大烛台",另一边则是浑身浴血的奇尔摩利怪,尽管伤势颇重,它还是勉强站起了身。猎魔人跳上窄小的石制栏杆,让整座桥都摇晃起来。他维持住平衡,恰好位于枝型大烛台的利爪无法触及之处,同时又在奇尔摩利怪身后。奇尔摩利怪没有脖子,于是杰洛特对准它的鬓角刺出一剑。但那怪物的脑袋硬得像铁,他只好再刺一剑,总算结果了它的性命,也因此浪费了几分之一秒。

他的脑袋挨了一下,痛楚在他的颅骨里爆散开来,让他眼冒金星。他迅速转身,摆出只是装装样子的防守架势,感到鲜血从头发下涌出,试图理解刚才发生了什么。奇迹般地避开第二次攻击后,他明白了。"枝型大烛台"改变了形态,此时正用长到难以置信的腿发起进攻。

这种形态也带来了劣势——重心改变,以及比例失衡。猎魔人矮身躲过它的踢击，拉近了距离。枝型大烛台理解了状况，像猫一样往后一跃，随后用同样长有利爪的后足作支撑，展开身体。杰洛特从它上方跃过，在中途给了它一剑。他能感觉到剑刃劈开怪物的身体。他避开反击，转过身去，再次刺出一剑，随后单膝跪地。怪物发出刺耳的尖叫，用满口獠牙咬向猎魔人的胸口。它硕大的眼睛在黑暗里闪闪发光。杰洛特猛地挥出剑柄，将它推开，又在近距离劈出一剑，将它的头一分为二。尽管少了半边脑袋，在接下来的十几秒里，这只没有记载在猎魔人典籍上的生物依然不断朝他咬来。

最后它发出一声近乎人类的骇人叹息，终于断了气。

躺在血泊中的柯尔怪抽搐不止。

猎魔人在它前方停下脚步。"真不敢相信，"他说，"有人会蠢到相信断剑这样单纯的幻象咒语。"

他不确定柯尔怪是否理解了他的话。但说到底，他不在乎。

"我警告过你的。"他擦了擦顺着脸颊流下的血液，"我说过，我必须离开这里。"

史怀哲先生的身体剧烈颤抖。它发出喘息声、唿哨声，以及嘎吱声，随后安静下来，不再动弹。

水从洞顶和墙壁滴落。

"雷吉斯，现在你满意了？"

"满意了。"

"那好吧，"猎魔人站起身，"去收拾东西吧。但要快。"

"我用不了多长时间。Omnia mea mecum porto。"

"什么?"

"我没多少行李。"

"那更好了。半个钟头后,跟我在城门前碰头吧。"

"我会的。"

◆━━━◆━━━◆

他低估了她。她逮住了他。他只能责怪自己。他本该骑着洛奇,经由游侠骑士、仆人和帮工们使用的大型马厩——他同伴们的马匹就存放在那里——从宫殿后门离开。但他太着急了,因此习惯性地使用了公爵夫人的马厩。他本该猜到她会等在那边。

她从一面墙壁走向另一边,把稻草踢得乱七八糟。她穿着山猫毛皮做成的短上衣,白色的绸缎衬衣,黑色的裙子,以及一双高筒马靴。马儿喷着鼻息,它们能感觉到她身上散发的怒意。

"哦,拜托。"她抢过他手里的马鞭,"你要走了!却连个道别都没有。只在桌上放封信算不上道别。对你我这种关系,肯定算不上。我只能猜测你有解释并证明自己行为的理由。"

"我会向你解释并证明的。抱歉,芙琳吉拉。"

"'抱歉,芙琳吉拉。'"她愤怒地扭曲嘴唇,重复一遍,"简单又谨慎,称得上言简意赅——真是让人赞叹的作风。我敢打赌,你留给我的那封信也写得同样雅致。绝不浪费哪怕一滴墨水。"

"我必须离开了。"他勉强吐出这句话,"你可以想象到是因为什么,为了谁。请原谅。我本打算悄悄离开,不惊动任何人,因为……"

我不希望你提出跟我们同行。"

"你的担心毫无必要。"她将马鞭弯曲成环状,断然道,"就算你跪下来求我,我也不会跟你们同行。哦,不,猎魔人。你就独自骑马,独自死去,独自冻死在隘口那边吧。我不需要对希瑞负责。至于对你的责任?你知道你现在的生活——你弃如敝屣的生活——有多少人求之不得吗?"

"我永远不会忘记你的。"

"哦,"她嘶声道,"我也想让你一辈子都忘不了我。如果不用魔法,那就用这条鞭子好了!"

"你不会的。"

"你说得对,我不会的。我办不到。我会表现得像个遭受冷落和抛弃的情人。典型的那种。我会昂首挺胸地接受事实,保持骄傲和尊严。我会忍住眼泪,然后抱着枕头痛哭。再然后,我会向另一个人投怀送抱!"

说到最后几句时,她的声音已近乎喊叫。

他一言不发。她也沉默下来。

"杰洛特,"最后,她用截然不同的嗓音说,"留在我身边。"

"我觉得,我爱你。"看到他犹豫着没开口,她又说道,"留在我身边吧。求你了。我从没求过别人这种事,我想以后也不会了。求你。"

"芙琳吉拉,"过了一会儿,他答道,"你是每个男人都梦寐以求的女人。这是我的错,全都是我的错,因为我天生不喜欢做梦。"

"你,"她咬住嘴唇,"就像个鱼钩,一旦咬上,再想拔出就只能撕裂肉血。好吧,我自己也有错,在开始这场危险的游戏之前,我就清楚自己在做什么。幸好我懂得如何善后。在这方面，我比其他女人更有经验。"

他一言不发。

"另外，"她补充道，"心伤虽比手臂的伤口更痛，但痊愈起来却要快得多。"

他仍旧一言不发。

芙琳吉拉看着他脸颊上的瘀青。"我的护身符怎么样？好用吗？"

"好得难以置信。谢谢。"

她点点头。

"你要骑马去哪儿？"她换上截然不同的嗓音，语气也跟刚才天差地别，"你知道了什么？你知道威戈佛特兹的藏身之处了，对吗？"

"对。别要求我告诉你。我不会的。"

"我会弄清楚的。不管用什么方法。"

"是吗？"

"我手里有份很有价值的情报，"她说，"对你来说更是无价之宝。我会用它跟你交换……"

"换一个问心无愧。"他替她把话说完，然后注视她的双眼，"换我给予你的信任。你刚刚才说你爱我，现在我们却开始谈生意了？"

她沉默良久，随后用鞭子狠抽一下自己的靴子。

"叶妮芙，"她飞快地说，"就是你在夜晚的狂喜时刻数次提起名字的那个女人，她从未背叛过你和希瑞。她不是威戈佛特兹的帮凶。为了拯救希瑞菈，她勇敢地承担了前所未有的风险。她遭受挫败，落进了威戈佛特兹的魔掌。去年那次魔法探测肯定是她在拷打下被迫实行的。至于她是否活着，这点无人知晓。我知道的只有这些。我发誓。"

"谢谢你，芙琳吉拉。"

"走吧。"

"我相信你，"他没有离开，"也永远不会忘记我们之间的事。我相信你，芙琳吉拉。我不会留在你身边，但我想，我也爱你……以我自己的方式。我求你对接下来听到的事保密。威戈佛特兹的藏身处就在……"

"等等，"她打断道，"等下再告诉我——等你向我道别以后。正式的道别。不是留个字条，也不是结结巴巴道几声歉。按我希望的方式向我道别。"

她脱下山猫皮上衣，铺在一堆稻草上。她猛地扯开衬衣，里面不着寸缕。她拉着杰洛特一起，重重地躺倒在毛皮上。杰洛特抱住她的脖子，掀起她的裙子，突然意识到自己来不及脱手套了。幸好芙琳吉拉没戴手套，也没穿内衣。更幸运的是，她的靴子上没装马刺，因为她的靴底很快就碰遍了他全身每一个部位——如果靴子上装了马刺，天知道会发生什么。

她流泪时，他吻了她，让她停止了哭泣。

马儿们感受到他们熊熊燃烧的激情，它们嘶鸣，跺脚，推挤着马厩的墙壁，掀起灰尘和干草。

"那赛尔，穆瑞达赫湖畔的莱斯－鲁恩城堡。"芙琳吉拉·薇歌得意洋洋地总结道，"那里就是威戈佛特兹的藏身之处。这是猎魔人离开

前，我从他那儿打听到的。我们有充足的时间赶在他前面。他在四月以前到不了那里。"

聚集在蒙特卡沃城堡大厅里的九个女人点点头，用赞赏的目光看着芙琳吉拉。

"莱斯-鲁恩城堡，"菲丽芭·艾哈特重复一遍，露出猛兽般的笑容，把玩着别在衣裙上的红玛瑙宝石，"那赛尔的莱斯-鲁恩城堡。回头见，威戈佛特兹先生……回头见！"

"等猎魔人到了那儿，"凯拉·梅兹嘶声道，"只会找到一堆连焦味都不剩的废墟。"

"而且不会留下任何尸体。"萨宾娜·葛丽维希格露出迷人的微笑。

"太精彩了，薇歌小姐。"席儿·德·坦沙维耶朝她点点头——芙琳吉拉完全没想到，名闻遐迩的女术士会如此赞许自己。"你的工作很完美。"

芙琳吉拉垂下了头。

"太精彩了，"席儿重复一遍，"在陶森特待了大概三个月……不过非常值得。"

芙琳吉拉的目光扫过坐在桌边的女术士。扫过席儿、菲丽芭和萨宾娜·葛丽维希格。扫过凯拉·梅兹、玛格丽塔·劳克斯-安蒂列与特莉丝·梅利葛德。扫过法兰茜丝卡·芬达贝和艾达·艾敏，她们涂着深色眼影的精灵双眼没暴露出任何情绪。扫过艾希蕾·瓦·阿纳兴，她的双眼充满不安和焦虑。

"是很值得。"她承认。

这是她由衷的想法。

深蓝色的天空逐渐转为黑色，猛烈的寒风从葡萄园中吹过。杰洛特扣上他的狼皮外衣，用一条羊毛围巾裹住自己的脖子。他感觉好极了。那次做爱一如既往地让他的身体、头脑与精神状态达到了巅峰，消除了他的所有疑虑，让他的大脑清晰而充满活力。唯一的遗憾在于，在之后很长一段时间里，他恐怕无法再品尝到这剂万灵药了。

列那·德·波伊斯-菲涅斯的声音打断了他的思绪。

"坏天气就要来了，"游侠骑士凝视着寒风吹来的东方，"很快。如果这风带来大雪，如果大雪在隘口追上你们，那你们就进退两难了。你们只能向神灵祈祷——你信仰的那些，甚至你只听过名字的那些——求雪快些融化。"

"我们明白。"

"最初几天，你们可以沿杉斯雷托河前进。你们会经过一所捕兽人的交易站，最后见到从右边汇入杉斯雷托河的支流。不要忘记，是从右边。那段河道会带领你们前往马卢尔隘口。但就算你们在诸神庇佑下征服了马卢尔隘口，也别高兴太早，前面还有杉斯莫西隘口和莫特勃朗隘口在等着你们。你们必须通过那两个隘口，才能进入苏杜兹山谷。苏杜兹的微气候很温暖，跟陶森特相似。但那儿的土壤太过贫瘠，没法产出葡萄酒……"

他注意到其他人不满的眼神，于是尴尬地闭了嘴。

"好吧，"他用嘶哑的嗓音说，"说重点。苏杜兹山谷的尽头是卡拉维斯塔镇。我的堂兄，盖伊·德·波伊斯-菲涅斯就住在那儿。去拜访他，说你们认识我。如果发现他已经死了，或是个低能儿，那就记住，你们下一段旅程是前往玛格·迪耶拉平原以及西尔特河流经的山谷。从那里开始，杰洛特，你们就按照制图师为你们绘制的地图走。说到地图绘制——我不太明白你们为什么要他加上那些城堡……"

"忘了那件事吧，列那。类似的事从没发生过。你什么都没听到，也什么都没看到。就算他们把你绑在拷问台上也一样。你听明白了吗？"

"听明白了。"

"有个骑马的人，"卡西尔控制住他那匹坏脾气的种马，警告道，"有个骑手正从宫殿方向飞驰而来。"

"如果只有一个，"安古蓝露骨地笑了笑，抚摸着挂在马鞍上的斧子，"那也算不上什么问题。"

疾驰而来的骑手原来是丹德里恩。更令人惊讶的是，那匹马居然是珀迦索斯，诗人的骟马并不习惯这样的飞奔，看起来不太愉快。

"哦，"吟游诗人喘着粗气，看起来像是他驮着马跑过来似的，"哦，我办到了。我还担心追不上你们呢。"

"你该不会打算跟我们一起走吧？"

"不，杰洛特，"丹德里恩低下头，"我不会跟你们走的。我要留在这里，留在陶森特，跟我的小鼬鼠待在一起。也就是安娜叶塔。但我必须向你们道别。祝你们一路顺风。"

"替我们感谢公爵夫人所做的一切。再替我们的不辞而别找个正当的理由。想办法解释一下。"

"你们立下过骑士誓言，如今必须履行。陶森特的所有人——包括小鼬鼠在内——都会理解的。不过，给……带上这个。就算我出的一份力吧。"

"丹德里恩，"杰洛特从诗人手里接过钱袋，"我们不缺钱。没必要……"

"这是我出的一份力，"吟游诗人重复道，"多带点钱总没坏处。另外，这又不是我的钱——这些杜卡特是我从小鼬鼠的私人金库里拿来的。你干吗这么看着我？女人又不需要钱。她们要钱干吗？她们不喝酒，不玩骰子——她们可是女人。所以，没问题的！赶紧走吧，趁我还没哭出来。等事情结束，你们一定要回陶森特一趟，把一切都告诉我。我还想再抱一抱希瑞。你能答应吧，杰洛特？"

"我答应你。"

"哦，那就没问题了。"

"等等。"杰洛特转过马头，让马儿走近诗人，然后从夹克里取出一封盖了火漆的信，"务必把这封信交给……"

"芙琳吉拉·薇歌？"

"不。迪杰斯特拉。"

"杰洛特，为什么？而且我怎么把信送给他？"

"想个办法。我知道你能办到的。好了，保重。给我个拥抱，老傻瓜。"

"给我个拥抱，朋友。这事我会替你办好的！"

他们看着诗人的马迈开步子，驮着他朝鲍克兰城堡小跑而去。

天色暗了下来。

"列那，"猎魔人在马鞍上转过身，"跟我们一起走吧。"

"不了，杰洛特，"迟疑片刻后，列那·德·波伊斯-菲涅斯答道，"我是个游侠骑士，但我不是疯子。"

◆━━━◆━━━◆

在蒙特卡沃城堡的巨型圆柱大厅里，气氛格外高涨。平时作为主要光源的枝状大烛台的烛光，如今已被一块大号魔法镜散发的奶白色光芒所取代。镜子里的影像摇曳闪烁，时时消失不见。而这一切反而增加了许多不安、兴奋，以及紧张感。

"哈，"菲丽芭·艾哈特露出猛禽般的笑容，"可惜我没法亲自到场。来点儿运动——再来点儿刺激——对我有好处。"

席儿·德·坦沙维耶不满地看了她一眼，但什么也没说。法兰茜丝卡·芬达贝和艾达·艾敏用咒语稳定住影像，并将其放大到占满整面镜子。她们能清楚地看到黑色的群山，以及背景里深蓝色的天空与满天星斗。倒映繁星的湖泊旁边，是一座城堡黑暗而棱角分明的轮廓。

"我还是不确定，"席儿说，"把特遣队交给年轻的萨宾娜和梅兹是否合适。凯拉在仙尼德岛上断了几根肋骨，她或许想报仇。至于萨宾娜……哦，她有点太喜欢运动和刺激了。对吧，菲丽芭？"

"我们讨论过这事了。"菲丽芭厉声道，语气像李子一样酸，"我们定好了规矩。除非必要，否则谁也不许杀人。萨宾娜和凯拉的小队会踮起脚尖，像耗子一样轻手轻脚地潜入莱斯-鲁恩城堡。她们会活捉威戈佛特兹，但一根寒毛都不会伤到他。这是我们定下的规矩。虽然我仍觉得，我们应该杀一儆百，让那城堡里有限的幸存者在余生都会梦到这个夜晚，并且哭喊着醒来。"

"复仇，"来自柯维尔的女术士干巴巴地说，"是平庸、软弱又小心眼的人的乐趣。"

"也许吧，"菲丽芭露出看似冷漠的微笑，"但它依然是种乐趣。"

"够了，"玛格丽塔·劳克斯－安蒂列举起一只装着闪亮葡萄酒液的玻璃杯，"我提议，为芙琳吉拉·薇歌小姐的健康干杯。多亏她的努力，我们才能找到威戈佛特兹的藏身之处。说真的，芙琳吉拉小姐，做得好，做得非常好。"

芙琳吉拉鞠了一躬，同样举起杯子。她注意到菲丽芭黑色双眸里的一丝嘲弄。特莉丝·梅利葛德蓝色的眸子里带着愤怒。只是她看不透法兰茜丝卡和席儿的笑容。

"开始了。"艾希蕾·瓦·阿纳兴说着，指了指魔法影像。

她们舒舒服服地坐了下来。为了看得更清楚些，菲丽芭用咒语抑制了烛光。

她们看着黑色的身影从群山边飞过，像蝙蝠一样无声而灵巧。她们看着黑影解除队形，降落在莱斯－鲁恩城堡的城垛和城墙上。

"我上次骑扫帚，"菲丽芭喃喃道，"恐怕是一百年前的事了。我就快忘记怎么飞了。"

席儿的双眼盯着屏幕，朝她不耐烦地嘘了一声。

黑色城堡的窗户突然闪现火光。一次，两次，三次。她们知道那是怎么回事。那代表上锁的房门和锁链在球状闪电的袭击下粉碎。

"她们进去了。"艾希蕾·瓦·阿纳兴平静地说。这里只有她没看镜幕，而是盯着桌上的水晶球。"特遣队进去了。但有些不对劲儿。有些地方跟预想中不太一样。"

芙琳吉拉的心沉了下去，胃却翻腾起来。她也发现不对劲儿了。

"葛丽维希格女士，"艾希蕾再次报告说，"希望开启直接联络。"

圆柱之间的空气突然亮起，椭圆形的亮光逐渐化作萨宾娜·葛丽维希格的模样。她穿着男装,头发用裹住额头的雪纺围巾束起,脸上是黑色的迷彩条纹。在女术士背后,她们能看到脏兮兮的石墙,以及曾是挂毯的织物碎片。

萨宾娜的手朝她们伸来,手套上挂着长长的蛛丝。

"只有这些,"她猛地挥挥手,"这里全是这些东西!只有这些东西!见鬼,真是愚蠢……真是耻辱……"

"说清楚点儿,萨宾娜!"

"什么,说清楚?"来自科德温的女术士喊道,"我还能怎么说得更清楚?你看不到吗?这就是莱斯-鲁恩城堡!但这儿是空的!荒废已久,空无一人!这是个该死的废墟!什么都没有!什么都没有!"

凯拉·梅兹出现在萨宾娜背后,脸上的迷彩让她看起来像个地狱来客。

"这座城堡里,"她轻声确认道,"一个人都没有。至少五十年没住过人了。五十年来,除了蜘蛛、老鼠和蝙蝠,没有任何活物。我们突袭的地点大错特错了。"

"你确定不是幻象?"

"菲丽芭,你以为我们是小孩子吗?"

"你们两个,谨慎一点。"菲丽芭·艾哈特紧张地用手梳理着头发,"告诉那些佣兵和帮手,这次只是演习。让他们回来领取酬劳。立刻回来。摆出满意的表情,听到了吗?非常满意的表情!"

通讯用的椭圆影像消失不见。镜子里只剩下一幅画面:繁星闪耀的夜空下的莱斯-鲁恩城堡,还有映出星辰的湖面。

芙琳吉拉·薇歌看着桌子。她感到脸上的血液脉动不止,仿佛随时都会冲破血管。

"我真的……"她再也无法忍受笼罩蒙特卡沃城堡大厅的沉默,"我真的……不知道……"

"我知道。"特莉丝·梅利葛德说。

"这座城堡……"菲丽芭思忖道,对其他人的话置若罔闻,"这座城堡……莱斯-鲁恩城堡……我们必须摧毁它。将它彻底化为废墟。关于这件事的任何记录——无论野史还是正史,都必须进行仔细的审查。各位女士,你们明白我的意思吧?"

"很好。"直到刚才都沉默不语的法兰茜丝卡·芬达贝点点头。同样保持沉默的艾达·艾敏意味深长地哼了一声。

"我……"芙琳吉拉·薇歌依然不知所措,"我真不明白为什么……为什么会发生这种事……"

"哦,"沉默良久之后,席儿·德·坦沙维耶说道,"没什么可说的了,薇歌小姐。人无完人嘛。"

菲丽芭轻轻地哼了一声。艾希蕾·瓦·阿纳兴叹了口气,看着天花板。

"归根结底,"席儿抿着嘴唇补充道,"我们全都体验过类似的事。在座的每一位,都经历过男人的背叛、利用和嘲笑。"

"我爱你,你的美丽令我欢喜,
乖乖听话,我亲爱的,否则我将动用武力。"
"亲爱的父亲,父亲啊,他抓住了我的身体!
父亲,赤杨之王握痛了我的手臂!"

——约翰·沃尔夫冈·冯·歌德

已行之事后必再行,已有之事后必再有。万事皆有前例可循。

——科沃的维索戈塔

第五章

午后的闷热笼罩了森林，方才的湖面深邃如玉，此时却璀璨若金。湖面反射的阳光如此耀眼，希瑞只能抬起手，遮住流泪的双眼。

她策马飞奔穿过岸边的灌木丛，驱使凯尔比踏入湖中，湖水没过母马的膝盖。水面非常清澈，彩色湖底仿佛镶嵌地板一般。就算坐在马鞍上，希瑞也能看见马儿投在湖底的影子，以及水草和贝壳。她看到一只小螃蟹飞快地爬过鹅卵石。

凯尔比嘶鸣起来。希瑞猛拉缰绳，转到浅水区域，但没直接上岸。因为那边的沙滩混杂着许多碎石，没法走得太快。她指引母马走到更靠近湖边的位置，让它踩在相对稳固的砂砾上。她让马儿小跑起来，但没过多久，它就放慢了脚步。她吆喝一声，用脚踝踢踢马腹，让它迈步飞奔。水花四处飞溅，在阳光下闪闪发光，仿佛熔化的白银。

即便看到前方的高塔，她也没放慢速度。她们仿佛在湖水中飞翔一般。换作普通的马，脚步早就该慢下来了，但凯尔比的呼吸悠长又均匀，步伐依然迅捷而轻盈。

她们全速跑进庭院，马蹄铁踩在鹅卵石上，制造出响亮的噪声。

她拉紧缰绳，开始减速，突兀的动作让马蹄铁在鹅卵石上打起了滑。她在等候于塔下的精灵正前方停了下来。马头几乎碰到他们的鼻子。她看着两个一向沉着冷静的精灵本能地后退，感到十分满足。

"别慌，"她不屑地说，"我不会撞上你们的！除非我想这么干。"

精灵很快回到原位，神情也冷静下来，用冷漠的眼神看着她。希瑞跳下——或者说飞下——马鞍，眼中充满挑衅的味道。

"精彩，"一位瓜子脸的金发精灵从拱廊下的阴影里走出，开口道，"真是出色的表演，Loc'hlaith。"

当她走进雨燕之塔，发现自己身处春日花丛中时，他也是这么称呼她的。但那是很久以前的事了，没给希瑞留下多少印象。

"我不是湖中女士，"她抗议道，"我在这里只是个囚犯！而你们是牢房的看守！有什么好否认的？"她把缰绳丢给一个精灵，"拜托！这匹马需要刷洗身子，再喝些凉爽的水。好好照顾它！"

金发精灵笑了。

"的确，"他看着将凯尔比牵向马厩的精灵，"你被囚禁在这里，遭到看守的残酷虐待。简直再明显不过了。"

"这是他们自作自受！"她双手叉腰，盯着他海蓝宝石般澄澈的双眼，"我对待他们就像他们对待我一样。监狱就是监狱。"

"你真让我吃惊，Loc'hlaith。"

"而你对待我就像对待一个蠢孩子。你甚至没做过自我介绍。"

"抱歉。我的名字是克利凡・艾斯平・爱普・科曼・马卡。我是个'艾恩・萨维尼'，也许你明白这代表什么。"

"我明白，"她想掩饰自己的钦佩，但不小心失败了，"代表你是位通晓者。一位精灵巫师。"

"可以这么说。为方便起见，我会用'阿瓦拉克'这个化名，你也可以这么称呼我。"

"谁说我打算同你讲话了？"希瑞皱起眉头，"不管是不是通晓者，你都是看守，而我只是个……"

"囚犯，"他讽刺地替她说完，"你已经说过了。你也说过你遭受虐待了。你骑马出游无疑是因为我们的强迫，你背着剑是迫于压力，而穿上那些衣服——比你刚来时那一身更新、更干净、更有品味的衣服——也是在接受惩罚。尽管条件恶劣，但你并未放弃。你用反抗回报我们的恶行。你还怀着巨大的勇气，打碎了好几面堪称艺术品的镜子。"

愤怒和羞愧让她涨红了脸。

"哦，"他匆忙补充道，"你想打碎什么都没问题。那些只是世俗之物——虽然它们由几百年前的艺术家打造。你愿意陪我去湖边走走吗？"

风吹了起来，稍稍缓解了她的窘迫。除此之外，高塔周围的大树也为她提供了荫庇。湖水一片墨绿，茂盛的黄色睡莲装点着湖面，让这里仿佛一片草原。矶鹬粗声鸣叫，摇晃着红色的鸟喙，迅速躲避走来的二人。

"镜子的事……"希瑞结结巴巴地说，脚跟陷进潮湿的砂砾，"我很抱歉。我当时很生气。就是这样。"

"哦。"

"他们无视我。我是说那些精灵。我跟他们说话，他们装作听不懂的样子。而他们跟我说话，又故意让我听不懂。纯粹为了羞辱我。"

"你说起我们的语言非常流利。然而，"他平静地解释道，"它对你而言仍是外语。另外，你用的是汉·林格语，而他们用的是艾利隆语。这两者的分别不算太大，但始终是有分别的。"

"你的话我就听得懂。每个字都听得懂。"

"我跟你说话时，用的就是汉·林格语——精灵在你们的世界用的语言。"

"那你们呢？"她转过头，"你们又来自哪个世界？我不是无知的孩童。我会在夜晚仰望天空，但那里没一个我认识的星座。这个世界不是我的世界。不是我的归宿。我来这里只是个意外……我想出去，我想离开。"

她弯下腰，拾起一块石头，作势要丢湖边的矶鹞。但她注意到他的目光，于是停了手。

"每次我骑马出去，"她愤愤不平地说，"总会回到这片湖和这座塔。无论我朝哪边走，无论我改不改变方向，无论我做什么，每次都会回到这片湖和这座塔。每次都会。我没法离开这个地方。所以这儿就是个监狱。甚至不如窗上安着铁栏杆的地牢。你知道为什么吗？因为这太羞辱人了。不管他们用的是不是艾利隆语，他们取笑我、蔑视我的时候，我都会生气。别装出一副从没嘲笑和轻视过我的样子。看到我生气，难道你很吃惊吗？"

"说实话，我很吃惊，"他瞪大了眼睛，"非常吃惊。"

她叹了口气，耸耸肩。

"我走进那座塔已是一个多星期前的事了。"她说着，努力保持冷静，"我走出塔外，却到了另一个世界。当时你坐在那儿，吹着长笛，等待我。你说我花了这么长时间才来，让你很意外。你先用我的名字称呼我，接着又毫无道理地叫我湖中女士。然后你没做任何说明就消失了。把我留在这座监狱里。想怎么说随你的便,但我觉得这就是轻蔑和恶意。"

"才过了八天而已,吉薇艾儿。"

"哦,"她皱起眉头,"这么说我很走运?因为也有可能是八周?或者八个月?或者八……"

她闭了嘴。

"你偏离劳拉·朵伦实在太多了。"他平静地说,"你失去了传承,失去了与她血脉的联系。难怪他们不理解你,你也不理解他们。你不但说话方式不同,思考的方式也不同——甚至到了天差地别的程度。八天还是八周又如何?时间并不重要。"

"我承认,"她怒气冲冲地回答,"我不是什么睿智的精灵,只是个愚蠢的凡人。对我来说,时间很重要,所以我会计算度过的每一天,甚至每个钟头。而我觉得,已经过去了很多天,以及更多个钟头。我不想要你们的任何东西,我不想要你解释为什么这片森林里是春天,为什么独角兽栖息在这里,也不在乎为什么天上只有我不认识的星辰。我不在乎你如何得知我的名字,也不在乎我是如何来到这儿的。我只想要一样东西——回家!回我的世界!回到思考方式跟我相似——跟我相同的人——身边去!"

"你可以回到他们身边。但得过一阵子。"

"我现在就想回去!"她喊道,"不是过一阵子,该死的!这儿的时间过得太慢了!为什么我不能马上离开?我是独自而且自愿来到这儿的!你有什么权力把我扣在这儿?"

"你不是独自来的,"他严肃地说,"也不是自愿。是命运把你带到这里,我们只是稍稍帮了点儿忙。我们已经等你很久了。即便以我们的时间标准来看，也是如此。"

"你的话我一句也听不懂。"

"我们在这里等了很长一段时间。"他毫不理会她的抗议，"而我们担心的只有一件事——也许你到不了这儿。但你做到了。你印证了你的起源，你的血脉。这就代表你的归宿是这里，而不是 Dh'oine 那边。你的确是劳拉·朵伦·爱普·希达哈尔的女儿。"

"我是帕薇塔的女儿！我根本不知道你们说的劳拉是谁！"

他迟疑了几乎无法察觉的一瞬间。

"这样的话，"他思忖道，"我还是解释一下劳拉是谁比较好。但时间有限，所以我就在路上给你讲述流传最广的说法吧。只不过，从你鲁莽而轻蔑地对待你那匹马，总是为难它的做法来看……"

"你说我为难它？哈！你根本不知道它的本事。我们要去哪儿？"

"如果不介意的话，我打算在路上一并告诉你。"

希瑞让疾驰的凯尔比放慢脚步。马匹喘着气，现在它也明白，跑得再快也没什么用。

阿瓦拉克没撒谎。在这里，在这片地势开阔，耸立着竖石纪念碑的草地和石楠丛中，围绕托尔·吉薇艾儿的力量同样在发挥着作用。无论她骑马朝哪个方向走，无论速度多快，看不见的魔法力量总会将她拉回来，让她原地打转。

凯尔比喷了喷鼻息，希瑞拍了拍它的脖子，平静地看着那群精灵。就在不久前，阿瓦拉克终于将他们的目的告诉了她，她立刻骑上马全速飞驰，一心想要远离他们，越远越好。她要逃离他们，还有他们傲慢而不寻常的要求。

但他们又回到了她面前。她骑马跑了至少一弗隆。但阿瓦拉克没撒谎。她根本逃不掉。

这次策马狂奔唯一的好处是冷却了她的头脑，抚慰了她的紧张。她现在平静多了，虽然她依旧气得发抖。

我逃不出去了，她心想。看在诸神的分上，我为什么要走进那座塔？

她想起邦纳特骑着满身汗湿的马，在开裂的冰面上追赶自己的情景，不由浑身发抖。她努力控制住自己。

我还活着，她心想。所以战斗还没结束。只有死亡才能为战斗画上句号，其余一切只能将它延后而已。他们在凯尔·莫罕是这么教我的。

她让凯尔比缓步前行，但看到母马骄傲地昂起头，便又鼓励它小跑起来。她绕过那些竖石纪念碑。青草和石楠碰到了她的马镫。

她很快来到阿瓦拉克与另外三个精灵面前。通晓者露出神秘的笑容，用海蓝宝石般的双眼注视着她。

"拜托，阿瓦拉克，"她用沙哑的嗓音说，"告诉我那只是玩笑而已。"

一道阴影掠过他的脸庞。

"我可没有开这种玩笑的习惯。"他严肃地说，"我要郑重地重申一遍：小雨燕，劳拉·朵伦之女，我们希望你生个孩子。等你生下孩子，我们就会让你离开，回到你自己的世界。当然了，选择权在你。我想刚才的骑马出游应该帮你下定了决心。你的回答是……？"

"我的回答是'不'。"希瑞断然答道,"明确而绝不更改的'不'。我还没准备好生孩子,就是这样。"

"我承认,"他耸耸肩,"你让我失望了。但这是你的选择。"

"你们怎能要我做这种事?"她用颤抖的嗓音问,"你们怎么能?凭什么?"

他茫然地看着她。希瑞注意到,其他精灵也在看她。

"在我看来,"他说,"我已经阐明了你的身世之谜。在我看来,你也听懂了。因此你的问题令我吃惊。我们有这个权力,我们也能提出要求,小雨燕。你父亲克雷格南带走了那个孩子。为了偿还这笔债务,你必须还给我们一个孩子。在我看来,这既公平又符合逻辑。"

"我父亲……我记不清我父亲了,但他的名字叫多尼,不是克雷格南。我早就告诉你了!"

"我也早就告诉你了,人类短暂到可笑的世代对我们毫无意义。"

"可我不会同意的!"希瑞大喊道,吓着了马儿,"你听懂了吗?我不会!我痛恨你把那该死的寄生虫种在我体内的想法,光是想到它在我身体里长大,想到……"

她看到那些精灵的表情,突然闭了嘴。其中两个的脸上浮现出无比的惊讶,第三个的表情则是无比的憎恶。阿瓦拉克故意咳嗽一声。

"我们再往前走一段路,"他冷冷地说,"然后好好谈谈。你的观点,小雨燕,有些过于激进了,不适合在公开场合发表。"

她照办了。他们一言不发地骑马前进。

"我会逃出去的。"希瑞打破了沉默,"你别想违背我的意愿把我关在这儿。我逃出了仙尼德岛,逃离了绑架我的家伙和尼弗迦德人,又从邦纳特和灰林鸮手上逃脱。我也会逃出你的魔掌。我会用魔法找到办法的。"

"我觉得,"他说,"之前主要是你朋友们的功劳。叶妮芙。还有杰洛特。"

"你认识他们?"她说,"哦,是啊。你是个通晓者!我想过他们的事,而你读了我的心。在我的世界里,他们正面临危险,而你却想把我留在这儿,待上……至少九个月。你要明白,我别无选择。我知道对你们来说,上古血脉之子非常重要,但我办不到。我真的办不到。"

精灵让坐骑朝她靠近,直至两人膝盖相触。

"我说过了,这是你的选择。我们尊重你的选择,但我们也会采取某些措施。你将明白,想逃出这儿是不可能的,小雨燕。如果你拒绝配合,那你只能永远留在这儿,再也见不到你的世界和你的朋友。"

"你这是要挟!"

"恰恰相反,"他没理睬她的抗议,"如果你听从我们的请求,我们便会让你明白,时间对我们真的毫无意义。"

"我不明白你的意思。"

"此处的时间流逝方式与彼处不同。如果你帮助我们,我们也会回报你。我们会把你和我们——和赤杨之民——相处而损失的时间还给你。"

她盯着凯尔比黑色的鬃毛,沉默不语。*我必须想个拖延战术*,她拼命思考着。*维瑟米尔怎么说的来着:上绞架之前,记得开口要杯水,你永远不知道他们把水拿来前会发生什么。*

一个精灵吹起尖厉的口哨。

阿瓦拉克的马匹嘶鸣一声,紧张地跺了跺脚。他控制住马,用精灵语高声回答。希瑞看到一名骑手从马鞍上取下弓。她踩着马镫站了起来，双手搭起凉棚。

"冷静点儿。"阿瓦拉克突然说道。希瑞倒吸一口凉气。

在大概两百步远的地方，有一群独角兽正飞奔着穿过石楠丛。起码三十头。她见过它们，它们有时会在黄昏时分到雨燕之塔下方的湖边喝水。但它们从来不让她靠近——它们每次都会像幽灵一样消失无踪。

独角兽的领袖是一头锈红色毛皮的强壮雄性。它停下脚步，人立而起，发出响亮的嘶鸣。它用后腿站立，前腿以马儿不可能办到的姿势刨着空气。

希瑞惊讶地发现，阿瓦拉克和他手下的精灵开始轻声吟唱某种陌生而单调的旋律。

你是谁？

她摇摇头。

你是谁？这个问题在她脑中回响，敲打着她的太阳穴。突然间，精灵的歌声变得嘹亮。独角兽发出嘶鸣，整个兽群出声应和。它们转身跑开，大地为之震颤。

精灵的歌声停止了。希瑞看到阿瓦拉克在擦拭额头的汗水。精灵用眼角余光看着她，确认她是否注意到了。

"在这里，并非所有东西都像看起来那么美好，"他干巴巴地说，"并非所有。"

"你们害怕独角兽？可它们睿智又友好。"

他没有答话。

"我听说，"她不依不饶地说，"精灵和独角兽彼此相爱。"

他转过头去。

"那就想象一下,"他冷静地说,"情侣吵架是什么样子吧。"

她没再追问。

她自己的事都操心不过来。

——◆◆——

这片山丘上耸立着竖石纪念碑和墓石牌坊。看到它们时,希瑞想起了艾尔兰德的巨石,叶妮芙在那里教过她魔法。*哦,那是很久以前的事了*,她心想。*就像许多个世纪之前……*

有个女精灵尖叫起来。希瑞看着精灵女子所指的方向。她刚刚意识到独角兽群正在红色雄兽的带领下卷土重来,另一个精灵就叫出了声。希瑞踩着马镫站起身。

在相反方向的山丘后方,出现了第二群独角兽。领头的毛色灰中带蓝。

阿瓦拉克叫喊几声,用的是精灵方言"艾利隆语",她听不太懂,但那句命令似乎是要求他们拿起弓。阿瓦拉克转头看向希瑞,她感到脑中传来嗡鸣。就像把海螺放到耳边时的感觉,只是这颤音强烈得多。

不要抵抗,她听到一个声音说,*不要自卫。我必须跳跃。我必须把我们转移到别处。这里非常危险。*

突然,他们听到一声唿哨和一声呼喊,然后是隆隆的马蹄声。骑手们从山顶疾驰而下。一整队骑手。

山上到处都是马,骑手们戴着羽饰头盔,各色斗篷在他们身后飘舞,鲜艳的红色、黄褐色与紫红色让人想起了傍晚的天空。

在唿哨和叫喊声中,骑手们向他们飞驰而来。

没等他们跑到一半，独角兽便消失不见了。

骑兵首领是个黑发精灵，骑着一匹外表像龙的深棕色公马：它的马衣上绣有金色的鳞片图案，戴着牛首状头盔。其他精灵也都是黑色头发，铠甲下面穿着红色夹克，铠甲用小到难以置信的钢环交扣而成，就像羊毛织物一样紧贴着身体。

"阿瓦拉克。"他敬了个礼。

"艾瑞汀。"

"你欠我一个人情。等我有需要时，你得报答我。"

"我会的。"

黑发精灵跳下马。阿瓦拉克也下了马，并示意希瑞等人照做。他们穿过灌木丛与盛开的桃金娘围绕的竖石，爬向高处。希瑞瞥了眼她的同伴们。两人身高相近，都很高大，只是阿瓦拉克的外貌较温和，骑兵队领袖的脸却仿佛猛禽。金与黑，她心想。善与恶。光与暗。

"吉薇艾儿，请允许我向你介绍，这位是艾瑞汀·布里克·格拉斯。"

"见到你很高兴。"精灵鞠了一躬。希瑞笨拙地躬身还礼。

"你怎么知道，"阿瓦拉克问，"我们遇到了危险？"

"我不知道。"精灵专注地看着希瑞，"我来这片平原巡逻，因为有传闻说独角兽近来不安又好斗。没人知道原因。现在我知道了。因为她。"

阿瓦拉克既没肯定也没否定。希瑞傲慢的双眼对上黑发精灵的目光。有那么一会儿，他们就这么四目相对，谁都不打算先转开视线。

"她就是上古血脉的继承者吧？"精灵摇摇头，"Aen Hen Ichaer。劳拉·朵伦·爱普·希达哈尔的后裔？难以置信。她看起来就像个普通的小 Dh'oine，人类的小女孩。"

阿瓦拉克保持沉默，脸上全无表情。

"我本来以为，"艾瑞汀续道，"是你弄错了。呸，人人都说你从不犯错。但在这个造物体内，的确隐藏着劳拉的基因。如果你仔细看，就能看出一些属于她的特质。的确，她这双眼睛唤醒了我对劳拉·朵伦的记忆。阿瓦拉克，我说得对吗？如果连你都不知道，还有谁会知道呢？"

阿瓦拉克依然沉默。但希瑞注意到，他苍白的脸上掠过一抹红晕。她有些惊讶，心中默默盘算着。

"总之，"黑发精灵用嘲笑的语气说，"我看得出这个小 Dh'oine 的特别之处。我看得出、也能认识到她的价值。就像在一堆粪便里找到了金块。"

希瑞的双眼闪现怒意。阿瓦拉克缓缓转过头。

"你说起话来，"他慢吞吞地说，"就像个人类，艾瑞汀。"

艾瑞汀·布里克·格拉斯笑了，露出一口牙齿。希瑞见过这种牙齿——洁白小巧，不似人类，每颗都一般无二，而且没有犬齿。在某座科德温要塞的庭院里，她在并排躺在地上的精灵尸体嘴里见过这种牙齿。她在伊思克菈嘴里也见过这种牙齿。但伊思克菈笑起来时，牙齿显得非常漂亮，而艾瑞汀的笑容只让人感到害怕。

"我很好奇：这个企图用目光戳瞎我双眼的女孩，是否知道自己来这儿的理由？"

"知道。"

"她准备好合作了吗?"

"还没有。"

"还没有。"他重复一遍,"这可不妙。从整件事的性质考虑,要确保完全成功,就必须让她合作才行。彻底的合作。否则不可能成功。而且提尔·纳·丽亚离这儿只有不到半天的路程,弄清现状还是很有必要的。"

"你太没耐心了,"阿瓦拉克撇了撇嘴,"如此匆忙能让我们得到什么?"

"永恒。"艾瑞汀严肃地说,古怪的绿色眸子闪烁了一下,"但这是你擅长的领域,阿瓦拉克。你擅长的领域,也是你的职责所在。"

"这可是你说的。"

"没错,是我说的。现在,请原谅,我还有职责要履行。我会留下一部分人马,送你们去安全的地方。我建议你们在这山丘上过夜,如果你们黎明时出发,就能及时抵达提尔·纳·丽亚。Va Faill。哦,还有一件事……"他俯下身去,摘下一根盛开着花朵的桃金娘枝,嗅了嗅,躬身递给希瑞。

"让我们和解吧,"他轻声说,"这是对无心之语的致歉。Va Faill, luned。"

他迅速离去,很快,地面就在众多马蹄的踩踏下震颤起来。

"别告诉我,"希瑞厉声道,"我得跟他……怀上他的……如果真是这样,我绝对不会……"

"不。"阿瓦拉克不慌不忙地说,"不是他。冷静点儿。"

希瑞将桃金娘枝贴近自己的脸,以免阿瓦拉克察觉她的兴奋与陶醉。

"我很冷静。"

茂盛的野草、绿色的蕨类与黄色的毛茛取代了干燥的石楠,没过多久,他们又看到一条懒洋洋流淌着的河流,河边生长着成排的杨树。河水虽然清澈,却显出淡褐色,散发着泥炭的味道。

阿瓦拉克用长笛吹奏出一段充满活力的曲调。希瑞皱眉骑着马,努力思索着。

"你们如此在乎的孩子,"她问,"它的父亲会是谁?还是说是谁都无所谓?"

"有所谓。我可以理解为你下定决心了?"

"不可以。我只希望你说明一下。"

"听候您差遣。你想知道什么?"

"你知道的全部。"

他们在沉默中又走了一段。希瑞看到几只天鹅顺流而下。

"孩子的父亲,"阿瓦拉克用叙述事实的冷静语气说,"将是奥伯伦·穆希塔齐。奥伯伦·穆希塔齐是我们的……你们是怎么称呼……最高领袖的?"

"国王?艾恩·希德之王?"

"艾恩·希德,山岭之民,指的是你们世界的精灵。而我们是艾恩·艾尔,赤杨之民。奥伯伦·穆希塔齐就是我们的国王。"

"赤杨之王?"

"你可以这么称呼他。"

他们在沉默中前行。周围气候温暖。

"阿瓦拉克。"

"说吧。"

"如果我决定合作,那么……之后……我就自由了?"

"你就自由了,想去哪里都没问题。除非你打算留下。留在孩子身边。"

她轻蔑地哼了一声,但什么都没说。

"这么说,你决定了?"他问。

"等到了以后,我再做决定。"

"已经到了。"

透过悬在河面上方、像绿色帘幕一样随风飘荡的垂柳枝条,希瑞看到了一片宫殿。她从未见过这样的宫殿。打造它的似乎并非大理石和雪花石膏,而是白色的蕾丝:如此精致、如此轻巧,显得虚无缥缈,仿佛它并非宫殿,而是宫殿的幽灵。希瑞觉得随时都会刮来一阵风,让那宫殿连同河面升起的迷雾一起消失。但等风真的吹来,雾气散去,柳枝飘摇,河面泛起涟漪,宫殿却仍在那里,只是显得更美了。

希瑞出神地看着精巧的露台,看着出水百合般的细塔,看着河上盘绕常春藤的桥梁,看着台阶、栏杆、拱廊和回廊,看着圆柱、穹顶和状似芦笋的纤细塔楼。

"提尔·纳·丽亚。"阿瓦拉克轻声道。

他们走得越近,宫殿愈发引人入胜。希瑞从喷泉、马赛克瓷砖和雕塑旁边走过,不由心脏狂跳,喉咙发紧。她不明白这些设施的镂空构造有什么作用。最后她断定,它们没有任何用处,只是为了增添美观与和谐感而已。

"提尔·纳·丽亚,"阿瓦拉克重复一遍,"你以前见过这种地方吗?"

"见过,"她用绷紧的喉咙说,"我见过这种地方的遗址。在莎依拉韦德。"

这次换成精灵沉默良久了。

◆━━━◆━━━◆

他们从桥上过了河。这座拱桥看起来如此脆弱,就连凯尔比在过桥时都喷着鼻息,显得很不情愿。

希瑞紧张又不安,但还是小心翼翼地四下张望,不想错过提尔·纳·丽亚城的任何景致:首先是出于强烈的好奇心;其次则是因为,她一直在思考逃跑的方法,并始终留意类似的机会。

在桥梁上和露台里,在步道上和柱廊间,她看到长发的精灵走来走去,穿着贴身短上衣,衣物上绣着花哨的图案。还有些精灵穿着轻薄的衣裙,或是强调身体曲线的紧身衣物。

在一座宫殿的门廊前,他们遇见了艾瑞汀·布里克·格拉斯。听到他的指示,一群身穿灰衣的小个子精灵迅速跑来,静静地接过他们马匹的缰绳。希瑞吃惊地看着这一幕。阿瓦拉克、艾瑞汀和她遇见的每个精灵都异常高大,她必须昂起头才能与他们对视。而这些灰衣精灵却比她还矮小。他们属于另一个种族,她心想,仆人种族。即便在这个仙境世界,也得有人为了懒汉工作。

走进宫殿,希瑞倒吸一口凉气。她是继承了王族血统的公主,在宫廷里长大，但她从未见过这么多的大理石、孔雀石、马赛克、彩色玻璃、镜子和枝形吊灯。在这些眩目的华丽事物的包围中，风尘仆仆、汗流浃背、疲惫不堪的她只觉得自己来错了地方。

相比之下，阿瓦拉克却一点也不惊讶。他用手套拍打着裤子，全然不顾落在镜子上的灰尘。然后，他姿态庄严地将手套交给一个朝他鞠躬的年轻精灵。

"奥伯伦，"他简洁地说，"在等我们吗？"

艾瑞汀笑了。

"是啊，他在等你们。他很着急。他原本要求小雨燕到达后立刻来见他。是我劝他打消主意的。"

阿瓦拉克皱起眉头。

"吉薇艾儿出现在国王面前时，"艾瑞汀解释道，"应当从容不迫，轻松自如，心境平稳，而且精神饱满。为了确保她心情良好，她需要沐浴、更衣，以及梳妆打扮。奥伯伦应该能忍耐到这些结束。"

希瑞深深地叹了口气，小心翼翼地看着这位黑发精灵。他突如其来的关怀让她吃了一惊。艾瑞汀露出洁白整齐、没有犬齿的牙齿，冲她笑了笑。

"我只担心一件事，"他说，"我们小雨燕的眼睛——像老鹰一样闪闪发光的眼睛——并没有停止东张西望，就像一只在笼子里寻找破洞的雪貂。在我看来，小雨燕离彻底投降还差得远呢。"

阿瓦拉克什么都没说。当然了，希瑞同样一言不发。

"我并不吃惊，"艾瑞汀续道，"她就该是这副样子，毕竟她流着劳拉·朵伦·爱普·希达哈尔的血。竖起耳朵好好听我说，吉薇艾儿。你是逃不掉的。你没法打破 Geas Garadh，魔法屏障。"

希瑞朝他投去的目光显然在说：不给出证据，我是不会信的。

"就算凭借某种奇迹，你瓦解了魔法屏障，"面对她的眼神，艾瑞汀毫不动摇，"你也要明白，那将意味着你的末日。这个世界看似无比美丽，但它同样能带来死亡，尤其是对陌生人。独角兽的角造成的伤口是治不好的，就算用魔法也不行。你也要明白，你与生俱来的才能帮不了你。不要试图逃跑。就算你真这么做了，我的 Dearg Ruadhri——我的红骑兵队——也会跨越时间与空间的裂隙抓到你。"

她不太明白他的话。令她困惑的是，阿瓦拉克突然皱起了眉头——艾瑞汀的话显然让他很不愉快。好像艾瑞汀说得太多了。

"如果可以的话，"他说，"请走这边，吉薇艾儿。我得把你交给那些女人。你得尽快准备才行。第一印象确实很重要。"

◆━━━◆━━━◆

她的心脏在胸腔里狂跳，太阳穴的血管抽动不止，两只手也在颤抖。她攥起拳头，控制住双手，然后深吸一口气，让自己平静下来。她放松肩膀，试图活动僵硬的脖颈。

她再次看向大大的穿衣镜，其中的身影令她相当满意。她的眼睛涂着眼影，双唇抹上了唇膏，沐浴之后，她潮湿的头发也经过修剪和梳理，至少遮住了脸上一部分伤疤。她穿着一件长及大腿中部的银色短裙，以及红色的背心和丝绸衬衣。她们给她戴上的丝巾与服装非常相衬。

她正了正丝巾，然后把手伸进裙子，不无惊讶地确认一下自己穿着的内衣。蛛丝般轻薄的短内裤，还有不靠吊带却能神奇地停留在大腿上的长袜。

她朝门把伸出手,但又犹豫起来,仿佛那不是门把手,而是沉睡中的眼镜蛇。

该死的瘟疫啊,她下意识地用精灵语暗想,*我对付过全副武装的男人。我应付得了……*

她闭上双眼,叹了口气,走进房间。

里面一个人都没有。桌上放着一本书和一只陈旧的孔雀石水瓶。墙上是图案陌生的浅浮雕、褶裥帷幕和碎花挂毯。房间一角竖立着一尊雕像。另一角则是张配有帷幔的大床。她的心脏再次狂跳起来。她咽了口口水。

她用眼角余光看到有东西在动。不是在房间里,而是在外面的阳台上。

他坐在那儿,身体斜对着她。

虽然希瑞早已发现,这些精灵没一个符合她的想象,但她还是吃了一惊。每次提起国王,她总会想到跟维登国王埃维尔相似的家伙——毕竟她差一点就成了他的儿媳。而每次想到那位国王,她总会记起他身上的洋葱和啤酒味:他是个臭烘烘的胖子,双眼肿胀,胡须上方有只凸出的红鼻子;他的指甲满是咬痕,长着棕色斑点的手里握着一把权杖。

而阳台上坐着一位截然不同的王。

他非常苗条,看起来又十分高大。他穿着黑色夹克和一双传统的精灵高筒靴,靴子侧面装着一排带扣。他灰色的长发披散在倾斜的肩膀上,顺着他的背脊滑下。他的双手洁白而纤细,手指很长。他正忙着吹泡泡。他手里端着一碗肥皂水,另一只手拿着麦秆,吹了一次又一次，虹色的气泡不断飘向下方的河面。

希瑞轻轻咳嗽一声。

赤杨国王转过头，希瑞不由倒吸一口凉气。他的眼睛很不寻常。那双大眼睛清澈得有如烧熔的铅水，而且充斥着难以言喻的悲伤。

"吉薇艾儿，"他说，"谢谢你愿意来见我。"

希瑞沉默地伫立在那儿，不知该说什么才好。奥伯伦·穆希塔齐又朝麦秆吹了口气，将一个肥皂泡吹向空中。

为了控制住双手的颤抖，她十指交扣，拗得指节劈啪作响，然后紧张地抚平头发。精灵并未察觉，他全副心思都在肥皂泡上。

"你紧张吗？"

"不，"她厚着脸皮说谎，"不紧张。"

"你着急吗？"

"当然。"

她的语气恐怕有些轻蔑过头，就算称之为失礼都不为过。精灵看起来却毫无察觉，反而用麦秆吹出一个硕大的肥皂泡。接下来好一会儿，他都在欣赏自己的杰作。

"如果我问你急着去哪儿，算不算过分好奇呢？"

"回家。"她说，随后又用更加温和的语气补充道，"回我的世界。"

"回哪儿？"

"我的世界！"

"啊，抱歉。我还以为你是说'我的使节'。你说起我们的语言非常流利，但你应该多注意一下语调和发音。"

"语调真的重要吗？要是你不找我说话，语调根本无所谓。"

"追求完美总不是坏事。"

麦秆末端出现另一个肥皂泡,它脱离麦秆,开始飘落,最后撞上一根柳枝,破碎开来。希瑞再次倒吸一口凉气。

"也就是说,你急着想回你的世界。"奥伯伦·穆希塔齐说,"你的世界!你们人类还真是和'过度谦虚'这种事无缘。你们长毛的祖先手持刀剑到来的时间比鸡还晚,而我从未听说哪只母鸡声称那是'它们的世界'。你干吗像猴子似的坐立不安?你应该对我的话感兴趣才对。毕竟这是你们的历史。哦,让我猜猜——你不在乎我在讲什么,而且你觉得很无聊。"

轻风将另一个肥皂泡带往河面。希瑞咬住嘴唇,保持沉默。

"你们长毛的祖先,"精灵将麦秆浸在碗里,搅了搅,"很快学会了运用他们的对生拇指和原始的智慧。凭借这两者的帮助,他们做到了很多事,尽管荒谬可笑的程度堪称可怕。我的意思是,如果你们祖先创造的某样东西不可怕,那它一定是荒谬可笑的。"

第二个肥皂泡飘了下去,然后是第三个。

"我们艾恩·艾尔对你们祖先的事并不关心,我们和艾恩·希德——我们很久以前就留在那个世界的同胞——不同。我们选择了另一个宇宙,更加有趣的宇宙。说起来你恐怕会吃惊:在那个时代,于世界之间往来是相当容易的,虽然也需要某种程度的天赋和练习。我相信,你应该明白我的意思。"

希瑞燃起了好奇心,但她意识到精灵是在逗弄她,于是依然保持沉默。她可不想让他得逞。

奥伯伦·穆希塔齐笑了,转过身来。他的脖子上戴着一只金制颈环——那是统治者的标志,上古语里称之为 torc'h。

"Mire, luned。"

他再次朝麦秆轻吹一口气,同时微微摇晃麦秆。一连串小肥皂泡以扇形飘飞而出。

"世界和这些肥皂泡一样,"他轻声哼道,"就是这样,就是这样……我们告诉自己,没什么关系,我们就在这里多待一会儿,再多待一会儿,如果愚蠢的 Dh'oine 非要摧毁自己和全世界,那该怎么办?我们可以到别处去,到另一个肥皂泡里去……"

面对他炽热的目光,希瑞点点头,舔舔嘴唇。精灵再次露出微笑,又吹起泡泡。这次他用麦秆吹出一长串小肥皂泡,后者又结合成更大的肥皂泡。

"然后发生了天球交汇。"精灵举起挂满泡泡的麦秆,"世界的数量随之增长,但门却关闭了。它只向少数几个获选之人敞开。时间紧迫。我们需要开启那扇门。而且要尽快。这是势在必行之事。你明白这个词的含义吗?"

"我又不蠢。"

"是啊,你不蠢。"他再次转过头,"你不可能蠢。你是 Aen Hen Ichaer,流淌着上古血脉之人。过来。"

他伸出手,希瑞下意识地咬紧牙关。但奥伯伦只碰了碰她的小臂,然后是她的双手。惬意的麻刺感传来。她壮着胆子看向他那双令人惊讶的眼睛。

"刚刚听说时,我并不相信,"他低声道,"但这是事实。你有希达哈尔的眼睛。劳拉的眼睛。"

希瑞垂下目光。她既尴尬又不安。赤杨国王用手肘拄着栏杆,双手支撑着下巴。

接下来好一会儿,他的注意力似乎被在河中游泳的天鹅吸引了过去。

"感谢你的到来,"最后,他头也不回地说,"现在,你走吧,让我单独待会儿。"

她在河畔某块平地上找到了阿瓦拉克:在一位稻草色头发的美丽精灵的陪伴下,他正要登上一条小船。那位精灵涂着淡草绿色的唇膏,眼睑和鬓角抹着金粉。

希瑞见状正要离开,但阿瓦拉克用手势制止了她。他做了个邀请她上船的手势。希瑞犹豫了一下。她不想当着别人的面跟他谈话。阿瓦拉克对那精灵轻声说了几句,亲吻了她的手。精灵耸耸肩,转身走开。她只瞥了希瑞一眼,而那眼神将她对希瑞的看法暴露无遗。

"可以的话,请别对刚才的事发表评论。"等她在船首的凳子上坐下,阿瓦拉克说道。他坐在她对面,拿出长笛,吹奏起来,完全不打算去管这条船。希瑞紧张地看着他,小船却平稳地行驶到河道正中央,连一寸偏差都没有。这条船太古怪了,希瑞从没见过类似的东西——尽管她去过史凯利格群岛,那里也有各式各样能在水上行驶的东西。高高的船首雕刻成钥匙的形状,船身狭窄而单薄。的确,只有精灵能坐在这种东西里,无忧无虑地吹着长笛,而不用划桨和掌舵。

阿瓦拉克终于停止了吹奏。

"你在为何事心烦?"

接着,他似笑非笑地听着希瑞的讲述。

"你很失望，"他用的不是提问语气，"失望又幻灭，而且无比愤怒。"

"没这回事！我没这种想法！"

"你的确不该有。"精灵的语气严肃起来，"奥伯伦很尊重你，把你当做艾恩·艾尔同胞来对待。别忘记，我们赤杨之民从不匆忙。我们有的是时间。"

"他跟我说的可不太一样。"

"我知道他说过些什么。"

"哦，那你知道他想要什么吗？"

"当然。"

她已经学乖了许多。当他把长笛放到嘴边，开始吹奏时，她没再叹气，也没表露出丝毫不耐与恼火。长笛的曲调优美而惆怅。

小船向前驶去，桥梁从他们头顶掠过。

"我们有充分的理由相信，"经过第四座桥后，他说，"你们的世界正面临消亡的危机。一场规模无比庞大的自然灾害即将到来。你接受过某种程度的基础教育，所以你肯定听说过 Aen Ithlinnespeath——伊丝琳妮的预言。她在预言里提到了白霜的时代。在我们看来，那应该是指极其寒冷的冰河时期。而且那个时期会持续很久，甚至威胁到所有活物的生命。他们会死于单纯的寒冷。幸存者会沦落为野蛮人，在争夺食物的残酷战斗中自相残杀，他们会变成饿得发狂的捕食者的猎物。别忘记预言中的话：轻蔑的时代，剑与斧之时，寒狼风雪之纪元。"

唯恐他再次吹起长笛，所以希瑞没打断他的话。

"那个维系着万千性命的孩子，"阿瓦拉克摆弄起自己的长笛，

"将会是劳拉·朵伦的后裔,拥有我们特意打造的基因,而那基因或许会拯救你们世界的居民。我们有理由认为,你的儿女——也就是劳拉的后裔——无疑会拥有比我们这些通晓者还要强大千倍的能力。正如你所拥有的能力。你明白我的意思吧?"

希瑞早已发现,上古语里的这类修辞尽管看似提问,却并非在寻求回答,反而代表禁止答复。

"简而言之,"阿瓦拉克续道,"我们将会得到在世界间往来的机会,而且并不局限于一个人。我们将开启阿德·盖斯——宏伟之门,让所有人都能通过。在天球交汇之前,我们是可以办到的,而现在,我们将同样可以办到。我们会疏散那个垂死世界的居民,以及居住在那里的艾恩·希德——我们的兄弟——我们有救助他们的责任。我们不会忽视这样的职责。我们会带上那个世界所有面临危机的物种,吉薇艾儿。一个不落,甚至包括人类。"

"真的?"希瑞忍不住开口发问,"包括 Dh'oine?"

"是的。相信我吧。现在你明白你有多重要,我们又有多在乎你了吧?你的耐心是必不可少的。你应该回到奥伯伦那边,与他共度一晚,这很重要。相信我,他的举止并非不情愿的表现。他知道这事对你并不轻松,也不想表现出不合时宜的草率。他知道很多事,小雨燕。你无疑也注意到了。"

"是啊,我注意到了。"她不屑地说,"我注意到水流把我们带到了离提尔·纳·丽亚相当远的地方。是时候拿起船桨了。但话说回来,我没看到船桨。"

"因为船桨不在这儿。"阿瓦拉克抬起手臂,扭动手腕,打了个响指。小船停下了。它停在原地,开始逆流而上。

精灵舒舒服服地坐在小船里,将长笛举到唇边,全神贯注地吹奏起乐曲。

◆━━┥◆┝━━◆

那天晚上,赤杨之王邀请她共进晚餐。她在丝绸的沙沙声中走进门。他示意她在桌边坐下。房间里没有仆人,一切都是他自己动手。

这顿晚餐包括十多种蔬菜,以及油煎、炖煮和蘸酱的蘑菇。希瑞从没吃过这样的蘑菇。其中一些是白色的,像树叶一样纤薄,味道柔和可口,另一些是棕黑色的,香气扑鼻,肉质肥美。

用来配餐的是玫瑰酒,它口感清淡,令她放松了舌头。没等反应过来,她已经把她不想告诉任何人的事告诉了他。他耐心地听着。随后,她突然想起了自己来这儿的目的。她皱起眉头,闭了嘴。

"按我的理解,"奥伯伦递给她另一盘绿色的、气味就像苹果派的蘑菇,"你相信命运把你和那个叫杰洛特的男人联系到了一起?"

"没错,"她拿起一只边缘沾有唇膏印迹的玻璃杯,"命运。他,也就是杰洛特,命中注定属于我。而我也属于他。我们的宿命交织在一起。所以我还是尽快离开比较好。你明白吗?"

"我承认,不太明白。"

"命运,"她又喝了一小口酒,"还是不要违抗它的力量为好。所以我认为……不,不,谢谢,我不想再吃了,我的肚子都快撑破了。"

"你认为什么?"

"我认为你把我留在这儿是错误的。如果你强迫我……哦,你明白我的意思。我必须离开这儿,赶去援助他们……因为我的命运……"

"命运。"他举起杯子,插嘴道,"命中注定。某种不可避免之事。导致数量无限大的不可预见事件最终导向某个确定结果的机制。是这样吧?"

"没错!"

"那么你要去哪儿,又为什么要去?品尝美酒,享受当下,享受人生吧。无可避免的事终究是会发生的。"

"没那么简单。"

"你这就是自相矛盾了。"

"不是这样。"

"你否定了否定,这是恶性循环。"

"不,"她连连摇头,"你不能干坐在那儿什么都不做。这样什么都办不成!"

"这是诡辩。"

"你不能像这样盲目地浪费时间!你会错过恰当的时机……而时机转瞬即逝,往往仅此一次。时间不可能倒流。"

"打扰一下,"他从桌边站起身,"看看这个。"

他指着一面墙壁,墙上装饰着一块浮雕,描绘着一条长满鳞片的巨蛇。那只爬虫的身体卷曲成数字8的形状,牙齿咬紧自己的尾巴。希瑞见过类似的图案,但想不起在哪里见到的。

"你也看到了,这是巨蛇乌洛波洛斯,"精灵说,"这个符号象征着无限,象征着永别与永归。它无始无终。时间是不断流逝的瞬间,就像沙漏里的沙粒。我们试图衡量行为和事件,但乌洛波洛斯提醒我们,每一个瞬间,每一个行为和每一起事件都存在于过去、现在与未来——简而言之,就是永恒。分离即是回归,欢迎亦是告别。每件事都在同时开始和结束。而你……"精灵说着,却没看向希瑞,"你既是开始,也是终结。既然你提到了命运,须知这便是你的命运。作为开始和终结。你明白吗?"

希瑞犹豫了几秒钟。但奥伯伦热切的表情让她不得不给出答案。

"我明白。"

"脱掉你的衣服。"

他的语气如此随意,如此漫不经心,让她的怒气几乎爆发。她用颤抖的双手努力解开胸衣。但胸衣系得很紧,她笨拙的手指跟纽扣和挂钩苦战了一番。尽管希瑞想快点结束这一切,却花了很长时间才脱掉衣服。不过精灵显然一点都不着急,就像是拥有永恒一般。

*谁知道呢,*她心想,*也许他真有。*

等到全身赤裸,她开始左脚倒右脚,因为地板真的很凉。奥伯伦意识到这一点,默不作声地指了指床。

床罩是貂皮做的——用很多块貂皮缝制而成。温暖、柔软而又舒适。

他躺在她身旁,全身上下穿戴整齐,连靴子都没脱。他抚摸她时,她不由自主地绷紧身体,随后生起自己的气:她原本决定,直到最后都要在他面前表现得骄傲又冷漠。不用说,她的牙齿在微微打战。但精灵令人酥麻的碰触很快令她冷静下来。他的手指开始教导和下令,开始给出指示。她很快理解了他的指示,几乎能猜到他的下一个动作。她闭上双眼,想象自己身边是米希尔。但这是白费力气,因为他和米希尔完全不一样。

他的手在教她该怎么做。她照办了。她甚至有些愉快,也有些着急。

他却一点都不急。他的碰触就像柔软的丝绸。他让她发出呻吟，咬住嘴唇。他让她在剧烈的抽搐中缩起身体。

但他接下来的行为出乎了她的预料。

他爬下床，转身走开。留下她面泛红晕，气喘吁吁，颤抖不止。

他看都没看她一眼。

热血涌上希瑞的脸和额头。她在貂皮床罩上缩起身子，因愤怒、羞愧和耻辱而低声啜泣。

◆━━◆━━◆

次日早晨，她去找阿瓦拉克，最后在宫殿后部找到了他。他正行走在两排雕塑之间——她惊讶地发现，那些雕像刻画的都是精灵孩童。雕像姿态各异，大都充满童趣。尤其是阿瓦拉克注视的那一尊——那是个单腿站立，双手攥成拳头，愤怒地撇着嘴的小男孩。

希瑞盯着它看了很久，感觉胃部隐隐作痛。直到阿瓦拉克出言催促，她才把一切都和盘托出——只是断断续续，不时略去了某些细节。

"他，"等她说完，精灵说道，"见过超过六百五十次万圣节火把释放出的浓烟。相信我，小雨燕，这对赤杨之民而言也是个很大的数字。"

"这关我什么事？"她厉声道，"我们有协议的！你们的矮人亲戚没跟你们说过什么叫协议吗？我履行了我那部分义务！我答应了！如果他不能或不愿意，那就不关我的事了！我才不管他是性无能，还是觉得我没有吸引力！也许他厌恶 Dh'oine？也许他跟艾瑞汀一样，觉得我就像粪堆里的一块金子？"

"你应该,"阿瓦拉克变了脸色,不见了往常的冷静,"没跟他说过类似的话吧?"

"我什么也没说。尽管我很想。"

"当心点儿。你不知道自己在冒多大的风险。"

"我不在乎。我们有协议的,现在我自由了。"

"当心点儿,吉薇艾儿。"阿瓦拉克看着男孩雕像的愤怒表情,重复道,"在这儿不要有类似的举动。谨言慎行。努力去理解。就算有什么事你理解不了,也别拿来当做贸然行事的借口。要有耐心。记住,时间并不重要。"

"对我来说很重要!"

"我告诉过你了,别像个顽固的孩子。我再重复一点——和奥伯伦相处时要有耐心。这是你获得自由的唯一机会。"

"是吗?"她大吼道,"我开始怀疑了!我怀疑你在骗我!也许你从头到尾都在欺骗我……"

"我发誓,"阿瓦拉克的脸仿佛石雕,"你会回到你的世界。我向你保证。对艾恩·艾尔而言,诺言受到质疑是非常严重的侮辱。为了避免你做出这种侮辱的举动,我提议这场对话到此为止。"

他转身想走,但被希瑞挡住了去路。他眯起海蓝宝石般的双眼,希瑞这才想到自己面对的是个非常危险的精灵,但现在想打退堂鼓也迟了。

"真是精灵的典型作风,"她发出蛇一样的嘶嘶声,"先侮辱对方,然后禁止对方报复。"

"当心点儿,小雨燕!"

"听我说,"她骄傲地抬起头,"你们的赤杨之王不行,这一点我再清楚不过了。至于是他的问题还是我的过错，这并不重要。我希望能强制履行协议。我想快点结束这一切。所以，干脆找别人让我怀上你们想要的孩子吧。"

"你根本不知道自己在说什么。"

"如果问题在我，"她没有变换语气，也没有改变表情，"那就代表你们犯了错。阿瓦拉克，是你们把错误的人带到了这个世界。"

"你根本不知道自己在说什么，吉薇艾儿。"

"如果他真的讨厌我，我们就用养马人的办法好了。知道他们是怎么做的吗？他们把母马牵到马厩里，蒙上眼睛，再把驴子牵到它面前。"

阿瓦拉克甚至不屑回答她的问题。他有失礼貌地俯下身，从希瑞的胳膊下方钻过，从两排雕塑之间向前走去。

"或者是你？"她尖叫道，"你希望我向你献身吗？你觉得怎么样？还是说，你不愿意做这种牺牲？可你说过，我的眼睛跟劳拉一样！"

他两大步走回她身边，双手像捕食的蛇一样突然伸出，如钢钳般牢牢掐住了她的脖子。她这才意识到，只要他想，随时能像掐死小鸟一样掐死她。

但他松开了手。他身体前倾，近距离注视她的双眼。

"你以为你是谁，"他轻声质问，"胆敢玷污她的名字？你以为你是谁，敢用这可悲的施舍来侮辱我？哦，我知道了，我知道你是谁了。你是劳拉·朵伦的女儿。你是克雷格南的女儿，你是个卑微、傲慢又自恋的Dh'oine，是摧毁和破坏一切、光是碰触就是亵渎、只是想想就是玷污的无知种族的典型个体。你的祖先偷走了我的爱人，得意洋洋、残酷无情地夺走了她。而你不愧是他的女儿，我不会让你连关于她的回忆也一并夺走。"

他转过身去。希瑞努力让遭受挤压的喉咙恢复说话的能力。

"阿瓦拉克。"

他看向她。

"原谅我吧。我的举止既愚蠢又可悲。原谅我吧。而且，如果可以的话，请你忘掉刚才的事。"

他走到她面前，拥抱了她。

"我已经忘了。"他温和地说，"以后再也别提了。"

◆━━━◆━━━◆

那天晚上，当她出现在国王的套间时，她已经沐浴完毕，涂了香水，头发也梳理得整整齐齐。奥伯伦坐在桌边，低头看着一块棋盘。他无言地邀请她在对面坐下。

他只用十步就赢得了胜利。

第二局，她执白子，但他在十一步时胜出。

直到这时，他才抬起头，露出一双清澈而独特的眸子。

"请脱掉衣服吧。"

至少有一点她必须承认——他行为得体，而且不慌不忙。

而当他像上次一样，一言不发地下床离开时，希瑞平静又无奈地接受了事实，虽然她直到将近日出都辗转难眠。

等第一缕晨光照亮窗棂时，她才沉沉入睡，还做了个非常古怪的梦。

维索戈塔俯下身,清洗着捕兽笼上的水藻。干燥的芦苇在风中沙沙作响。

我很内疚,小雨燕。是我促使你展开了这场疯狂的冒险。是我指点你去了那座该死的塔。

"别难过,老渡鸦。要不是那座塔,邦纳特早就抓住我了。至少在这儿,我很安全。"

你在这儿并不安全。

维索戈塔站直身子。

在他身后,希瑞看到一座光秃秃的圆形小山耸立在草地上,仿佛一头正在俯身埋伏的怪物的脊背。小山上有块巨石,岩石之外还伫立着两个身影。一个女人和一个女孩。风吹拂着女人的黑发。

地平线上,闪电照亮了天空。

混沌朝你伸出了手,我的女儿。上古血脉之子。你被卷入了运动与变化,毁灭与新生。混沌想得到这份力量,却不知道它究竟是可以利用的工具,还是自己计划的阻碍。它不知道际遇是否会让你成为命运之钟齿轮里的一颗砂砾。混沌在害怕,意外之子。它希望让你也感到惧怕。所以它才会让你做梦。

维索戈塔再度俯下身,开始清洗另一只捕兽笼。他已经死了,希瑞冷静地想。这代表在死后的世界,死人都要被迫清洗捕兽笼吗?

维索戈塔挺直脊背。在他身后,天空因反射的火光而发红。数千名身穿红袍的骑手在平原上飞驰。

那是 Dearg Ruadhri。

仔细听我说，小雨燕。你血管里流淌的上古之血赋予了你莫大的权威。你是时间与空间的主宰。你拥有巨大的力量。别让罪犯和无赖夺走它，用在他们可鄙的目的上。你应该反击！让那力量远离他们罪恶的双手与邪恶的意图！

"说起来简单！但我被某种屏障——不然就是魔法束缚——困在了这里……"

你是时间与空间的主宰。没人能囚禁你。

维索戈塔身后是一片遍布船只残骸的岩石高原。数十条船的残骸。而在更远处，在一片高山湖泊旁边，她能看到漆黑不祥的锯齿状城垛。

如果没有你的帮助，他们会死的，小雨燕。只有你才能救他们。

叶妮芙破损的嘴唇无声地翕动，血流不止。她面容憔悴，但紫罗兰色的双眸闪耀着怒火，凌乱的黑发披散在脏兮兮的脸颊上。地板上有个恶臭的水坑，周围到处是老鼠。石墙冰冷。铁链捆住了她的手腕和脚踝……

叶妮芙的手指血肉模糊。

"妈妈！他们做了什么？"

大理石楼梯通向下方。三段楼梯。

Va'esse deireadh aep eigean……有些事结束了……什么？

楼梯。在下方，火盆里有火在烧。那是燃烧的挂毯。

走吧，杰洛特说，到楼梯下面去。我们必须去那儿。对，你必须去那儿。没别的路可走。只有这些楼梯。我想看看天空。

他的嘴唇没有动。嘴唇带着瘀青，沾着血迹。血，到处都是血……鲜血覆盖了楼梯……

没别的路可走。真的没有，星星眼。

"我该怎么做？我怎么样才能帮到他们？我在另一个世界！我是个囚犯！我什么都做不了！"

谁都囚禁不了你。

一切都安排好了，维索戈塔说，包括这个梦。看看你的脚边。

希瑞惊恐地看到，她正站在一片骸骨的海洋中。站在颅骨、胫骨和各种骨头之间。

只有你能阻止这一切的发生，星星眼。

维索戈塔挺直身子。在他身后，是寒冬和白雪。狂风呼啸。在她面前，骑着马的杰洛特正在暴风雪中穿行。尽管他戴着皮帽，又用羊毛围巾遮住脸，但希瑞仍能认出他。在他身后的风雪中，隐约可见其他骑手，他们的轮廓模糊不清，包裹得严严实实，让人无从辨认身份。

杰洛特直视着她。但他没有看到她。雪花倾泻进了他的眼睛。

"杰洛特！是我！我在这儿！"

他没看到她，也没法在呼啸的暴风雪中听到她的话。

"杰——洛——特！"

是野山羊，杰洛特说，只是野山羊而已，我们回去吧。骑手们融入雪幕之中，消失不见。

"杰——洛——特！不——！"

━━━◆━━━

她醒了过来。

那天早上，她没吃早餐就径直去了马厩。她不想撞见阿瓦拉克，不想跟他说话。她想避开精灵的打探与询问，以及他们的视线。这次与平时不同，他们显然对国王卧室里发生的事并非漠不关心。精灵不懂得掩饰好奇心，希瑞也毫不怀疑这座宫殿隔墙有耳。

她在马厩里找到了凯尔比，开始给它装马鞍和挽具。没等她弄完，那些比艾恩·艾尔矮两头的小个子灰衣精灵便出现了。他们笑着向她鞠躬，然后开始干活。

"多谢你们，"她说，"我自己也做得了，但还是多谢了。你们真是好人。"

最靠近的女精灵咧嘴一笑。希瑞后退一步，她在那张嘴里看到了犬齿。

女精灵快步上前，扶住几乎受惊摔倒的希瑞。她拂开那仆人耳边的头发，发现对方的耳朵末端并不是尖的。

"你是人类！"

仆人跪倒在清扫过的地板上。其他仆人也跪下了。他们低着头，等待惩罚。

"我……"希瑞抚弄着手里的缰绳，开口道，"我……"

她不知该说些什么。仆人们依然跪在地上。马厩里的马儿不安地喷着鼻息，连连跺脚。

等到离开马厩，骑着马一路小跑时，她的大脑依然一片混乱。人类女性。身为女仆——这些都无所谓了。重要的是，这个世界也有

Dh'oine 存在……

是人类，她纠正自己。我的思考方式开始像他们了。

凯尔比响亮的嘶鸣声打断了她的思绪。她抬起头，看到了艾瑞汀。他骑着自己的深棕色公马，后者没穿魔鬼般的战斗装束。但骑手的红夹克下仍穿着链甲。

公马发出表示欢迎的嘶哑叫声，晃晃脑袋，朝凯尔比露出满口黄牙。凯尔比秉承"仆债主偿"的原则，试图用牙齿去咬精灵的大腿。希瑞紧紧拉住缰绳。

"当心，"她警告说道，"保持距离。我的马不喜欢生人，还爱咬人。"

"会咬人的母马，"他用傲慢的眼神打量着她，"就该用铁条狠狠抽一顿。抽到出血为止。要治好挑衅的态度，这是最有效的方法。而且不光是对母马。"

他猛扯缰绳，马儿喷喷鼻息，退开几步，嘴里泛出白沫。

"那链甲是怎么回事？"希瑞也打量着精灵，"你要上战场吗？"

"恰恰相反，我渴望和平。你那匹母马的短处就不提了，它有什么长处吗？"

"什么类型的长处？"

"比如速度。我们来比一场？"

"你想的话，有何不可呢。"她踩着马镫站起身，"那边，环状列石的方向……"

"不，"他插嘴道，"那边不行。"

"为什么不行？"

"那边是禁地。"

"对所有人都是禁地?"

"当然不是。小雨燕,你对我们太有价值了,我们不能冒险失去你。无论是因为你自己的意愿,还是其他原因。"

"其他原因?你想的不会是那些独角兽吧?"

"我不希望你为我的想法费心,也不希望你因为无法理解我的想法而灰心丧气。"

"我不明白。"

"我知道你不明白。物种进化没赋予你足以理解的大脑。听着,如果你想比试,我建议我们选择沿河的路线。往那边。去下游处的第三座桥——斑岩桥那里,然后跑到对岸,继续往下游跑到河口那边。可以开始了吗?"

"没问题。"

精灵大喊一声,踢踢马腹,后者像飓风一样迈步飞驰,在凯尔比出发前就拉开了距离。尽管大地在那公马的蹄下震颤,它仍不是凯尔比的对手。母马在上桥之前便追上了它。桥面很窄。艾瑞汀大吼一声,公马不可思议地开始加速。希瑞立刻理解了状况:那座桥无论如何也没法让两匹马并行。两者之一必须减速。

希瑞却不打算减速。她抓紧鬃毛,让凯尔比如离弦之箭一般向前飞奔。希瑞的脚擦过精灵的马镫,率先冲上桥面。艾瑞汀的公马嘶吼着人立而起,踢中一尊雪花石膏雕像,后者落下台座,摔成了碎片。

希瑞发出食尸鬼般的大笑,飞快地穿过桥梁,头也不回。

到了河口,她下了马,开始等待。

终于,他的马小跑着抵达河口。他神情平静,面带微笑。

"这匹母马和它的骑手,"他跳下马背,"值得称赞。"

尽管骄傲得像只孔雀,她却漫不经心地吐了口唾沫。

"哦!你该考虑一下用铁条抽自己,抽到流血为止。"

"除非,"他暧昧地笑了笑,"你赞同有些母马喜欢有力的爱抚。"

"不久之前,"她轻蔑地看着他,"你还把我比作粪便。现在却跟我说什么爱抚?"

艾瑞汀走到凯尔比身前,抚摸并轻拍它的脖子,惊讶地发现母马身上仍是干的。凯尔比猛抽回脑袋,长声嘶鸣。艾瑞汀转头看向希瑞。*如果他敢碰我,*她心想,*我会让他后悔的。*

"请跟我来。"

他们沿着一条小溪向前,跑下一段林木茂密的陡坡,前方是一段磨损不堪的砂岩台阶。阶梯相当古老,在树根的推挤下开裂破碎。原始森林将他们环绕在中央,周围有许多古老的白蜡树、角树、紫杉、枫树和橡树,低处则是茂盛交缠的榛木丛。这里散发出鼠尾草、荨麻、潮湿的石头、春天和霉菌的气息。

希瑞不紧不慢,步履轻巧地走着。她已经镇定下来。她不清楚艾瑞汀有何目的,但她有种不祥的预感。

岩石台阶顶端有座石制平台,有道小瀑布从那里飞流而下。平台之上,接骨树丛荫蔽下,有栋爬满常春藤的凉亭。她能看到下方的林木,缎带般的河流,以及提尔·纳·丽亚的屋顶、露台与柱廊。

他们沉默了一会儿,凝视着这片风景。

"还没有人告诉过我,"希瑞首先打破了沉默,"这条河的名字。"

"埃斯纳德。"

"叹息河?好名字。这条小溪呢?"

"图阿瑟。"

"耳语溪。也不错。为什么没人告诉我,这世界还有人类居住?"

"因为这事和你没有任何关系。我们去凉亭那边吧。"

"去干吗?"

"走吧。"

走进凉亭,她最先注意到的是那张木制睡椅。希瑞的太阳穴跳动起来。

当然了,她心想,这也是意料之中的事。我在神殿读过一本关于风流韵事的书,作者是安妮·蒂勒。那本书讲述的是老国王、王后与渴望权力的年轻公爵的故事。艾瑞汀冷酷无情、野心勃勃又意志坚定。他知道得到王后的人才是真正的国王,才是真正的男人。拥有了王后,也就拥有了王国。在这里,在这张躺椅上,一场政变即将开始……

精灵在一张大理石桌边就座,示意希瑞坐上另一张椅子。对他来说,周围的景色似乎比她有趣得多,而他根本没看向那张躺椅。

"我的小蝴蝶,"他说,"你会永远留在这儿。直到你生命结束的那一天。"

她什么也没说,只是专注地看着他的双眼。

那双眼睛不带丝毫感情。

"他们不会允许你离开这儿的。"他续道,"他们不愿意承认,尽管有那些预言和传说,但你真的只是个无名小卒,只是个无足轻重的存在。相信我,他们不会放你走的。他们给过你承诺,但只是为了欺骗你,让你乖乖听话。他们根本没有兑现承诺的打算。半点也没有。"

"阿瓦拉克,"她用沙哑的嗓音说,"他向我保证过。质疑精灵的诺言似乎是种侮辱。"

"阿瓦拉克是艾恩·萨维尼。通晓者有自己的一套荣誉标准,他们会用冠冕堂皇的话语隐藏那个古老的原则：只要目的正当，就可以不择手段。"

"我不明白你为什么告诉我这些。除非……你想从我这儿得到什么。你想跟我做交易。你想要什么，艾瑞汀？我的自由……要用什么来换？"

他盯着她看了很久。而她徒劳地在他眼中寻找着信号与征兆。

"毫无疑问，"他缓缓开口道，"你现在对奥伯伦有几分了解了。你肯定已经注意到了他的雄心壮志。有些事他永远不会接受，也永远不会留意。他宁可去死。"

希瑞咬住嘴唇，沉默着瞥了眼那张躺椅。

"奥伯伦·穆希塔齐，"精灵说，"从来不会用魔法或其他手段改变现状。但那些手段是存在的。优秀、有力又有保障的手段。比阿瓦拉克的女仆掺进你香水里的费洛蒙可靠得多。"

他的手飞快地拂过纹理分明的大理石桌面。等他拿开手时，桌上多了只灰绿色的翡翠瓶子。

"不。"希瑞倒吸一口凉气，"不行。我不同意。"

"我的话还没说完呢。"

"别把我当傻瓜。我不会用这瓶子里的东西。我不会做这种事的。"

"你的结论下得太快了。"他平静地说道，注视着她的双眼，"在这场比赛里，你跑得过了头。这么做只会让你摔跤。狠狠摔上一跤。"

"我说了：不！"

"好好想想。不管这瓶子里装的是什么，对你都只有好处，小雨燕。"

"不！"

精灵的手迅速而流畅地一扫，像魔术师一样让瓶子消失不见。他再次看向埃斯纳德河，后者在林间蜿蜒流淌，河面闪闪发光。

"你会死在这里，小蝴蝶，"他说，"他们不会放你离开的。但这是你自己的决定。"

"我跟他们有约。为了我的自由……"

"自由，"他吐了口唾沫，"你到现在还是满口自由。就算你真的重获自由又如何？你打算去哪儿？你是否明白，你此刻身在我们的世界。不仅仅是空间，还有时间。这里的时间流逝方式和你们那里不同。你认识的孩子已经上了年纪，而你认识的大人早已死去。"

"我才不信。"

"回想一下你们的传说吧。失踪的人回到家乡，却发现亲属的坟墓早已野草丛生——而对他们来说，时间只过去了一年。你以为这些都是纯粹的幻想故事，是编造出来的？你错了。许多个世纪以来，人类一直被绑架，被狂猎掳走。他们被诱拐、被利用，然后像空贝壳一样被人丢弃。但别期待那种好运，吉薇艾儿。你会死在这里，连你朋友们的坟墓都看不到。"

"我不相信你的话。"

"那是你的事。你选择了自己的命运。我们回去吧。我想请求你一件事，小雨燕。你愿意在返回提尔·纳·丽亚之前与我共进一餐吗？"

在几次心跳的时间里，饥饿感与陶醉、愤怒、担忧、厌恶的情绪在她心中交战不休。

"我很乐意，"她低下头，"感谢你的邀请。"

"谢谢。我们走吧。"

离开凉亭时，她回头看看那张躺椅，觉得安妮·蒂勒就是个傻瓜，而且患有严重的书写狂①。

在薄荷、鼠尾草和荨麻的味道中,他们缓缓地、默默地走下台阶。沿着名为"耳语"的小溪前行。

——◆——◆——

那天晚上,她洗了澡,涂好香水,头发还没干透便走进国王的房间,发现奥伯伦坐在一张躺椅上,弯腰看着一本厚厚的书。他一言不发地招招手,示意她坐到自己旁边。

那本书有很多插图。事实上,整本书全都是插图。尽管希瑞很想扮演有教养的淑女,但她感觉自己脸红了。在艾尔兰德神殿的图书馆里,她见过类似的著作。但无论在装帧、丰富程度还是画功上,那些作品都无法与赤杨之王的藏书相提并论。

他们在沉默中看了很久。

"请脱掉衣服吧。"

这次他也脱掉了衣服。他的身体纤瘦而年轻,简直就像吉赛尔赫、凯雷和瑞夫——希瑞曾多次见过他们赤身裸体在河里或湖里洗澡的样子。当时,耗子们散发着青春活力,在他们身上,生命的喜悦就像水滴一样闪闪发光。

而在赤杨之王身上,只有悸动的冰冷永恒。

他很有耐心,有好几次似乎就要成功了。但结果仍是徒劳。希瑞对自己很恼火,她觉得自己缺乏经验和知识才是失败的原因。他看出

---

① 一种会不由自主书写文字的精神疾病。——译注

了她的想法，于是开始安抚她。他的手法一如既往地有效。然后她在他的臂弯里沉入了梦乡。

但早上醒来时，他并不在她身旁。

◀━━▶━━◀━━▶

第二天晚上，赤杨之王头一次显露出不耐烦的迹象。

希瑞发现他低头看着桌子，桌上放着一面琥珀镜框的镜子。镜子上有一撮白色粉末。

该来的还是来了，希瑞心想。

奥伯伦用小刀将麻药粉聚拢，然后分出两个长条。他从桌上拿起一根银管，将麻药粉吸进鼻子，首先是左鼻孔，然后是右鼻孔。他原本明亮的双眼变得黯淡浑浊，泪水满盈。希瑞立刻明白了：原来他以前就用过麻药粉。

他又在镜子上分出两条粉末，招手示意她过来，再将管子递给她。

有什么关系呢，她心想，**这样只会更轻松**。

药效出奇地强劲。

有那么一会儿，他们并肩坐在窗边，用满是泪水的双眼注视着月亮。希瑞打了个喷嚏。

"真是个生气的夜晚。"她说着，用丝绸衣袖擦了擦鼻子。

"是'神奇'。"他揉揉眼睛，纠正道，"发音是'ensh'eass'，不是'en'leass'。你该好好注意一下发音。"

"我会留意的。"

"脱掉衣服吧。"

起先似乎一切顺利，麻药粉让他和她都兴奋起来。她开始采取主动，甚至不断低声说出下流的字眼。这么做让他起了反应，效果也显而易见。希瑞以为这次肯定……

但结果仍是失败。

他终于不耐烦了。他爬起身，将一块黑貂皮披在身上，站在那里，转向窗户，看着月亮。希瑞坐起身，双臂抱膝。她又沮丧又恼火，精力却反常地充沛。

无疑是烈性麻药粉的效果。

"是我的错，"她说，"伤疤让我毁了容。我知道你看我时，眼中看到了什么。我跟精灵没多少相似之处。就像粪堆里的一块黄金……"

他猛转过身。

"你还真是谦虚得出奇，"他说，"要我说的话，更像猪粪里的珍珠、腐尸手指上的钻石。你们的语言里应该还有别的比喻方式，明天我会去打听一下，小 Dh'oine，去找个和精灵没有丝毫相似之处的人类。"

他走到桌边，拿起银管，朝镜子弯下腰。希瑞坐在那里，仿佛一尊石像。她觉得就像有人朝她吐了口唾沫。

"我来这儿不是因为爱你！"她愤怒地吼道，"我受到要挟，这点你很清楚！我答应做这种事，是为了……"

"为了谁？"他一反常态，激动地打断道，"为了我？为了困在你那个世界的艾恩·希德？你这蠢丫头！你来这儿徒劳地想要献身，为的是你自己。因为这是你唯一的希望，你唯一的救赎之道。我再跟你说一遍——祈祷吧，向你的人类神灵、偶像和图腾虔诚地祈祷吧。因为若不是我，你能选的就只有阿瓦拉克和他的实验室了。到那里去，把自己交给另一种可能性吧——而你根本不明白这意味着什么。"

"我不在乎,"希瑞在床上蜷缩身体,含混不清地说,"我答应做这些事,就是为了取回自由。为了终有一天能摆脱你们。为了离开。回到我的世界。回到我的朋友身边。"

"你的朋友!"他嘲笑道,"你的朋友在这儿呢!"

他突然转过身,把麻药粉下面的镜子扔给她。

"你的朋友在这儿呢。"他重复一遍,"仔细看。"

他离开了房间,那块黑貂皮拖曳在身后的地上。

她望向镜子,看到的却只有自己模糊的倒影。但镜面立刻明亮起来,映出的影像也被烟雾笼罩。然后形成了一幅画面。

那是黑暗深处的叶妮芙,绷紧的双臂悬吊在头顶。她衣裙的袖子就像鸟儿展开的双翼。她的头发起伏飘舞,有鱼儿在其间游动。一整群鱼儿在她周围打转。其中几条开始啃咬女术士的脸颊和眼睛。叶妮芙腿上系着一条垂向湖底的绳索,而在湖底,一只装满石头的大篮子埋在烂泥和水草之间。在高处的空中,太阳朝水面投下灿烂的光辉。

叶妮芙的衣裙在周围飘荡,就像水草。

烟雾遮蔽了散落着麻药粉的镜面。

杰洛特的脸色苍白如纸,双眼紧闭,被冻在从岩石垂下的几条细长的冰柱下方,很快便将被风雪掩埋。他的白发就像冰块,白霜裹住了他的眉毛、睫毛和嘴唇。雪花不停飘落在杰洛特身上,笼罩着他,用柔软的白色毛毯盖住了他的双腿和肩膀。

狂风呼啸哀号……

希瑞跳了起来,将镜子重重地砸在墙上。琥珀镜框断裂,镜面摔得粉碎。

她认出了这些画面。她想了起来，也知道它们是什么了。那是她过去做过的梦。

"这不是真的，"她大喊道，"你听到了没有，奥伯伦！我不相信！这是谎言！是欺骗！你只是在泄愤——因为你自己的无能！你只是在泄愤……"

她坐在地板上，哭泣起来。

◆—————◆—————◆

她毫不怀疑这座宫殿隔墙有耳。第二天，她再也无法忍受精灵们朝她投来的视线，她觉得他们都在背后嘲笑自己。阿瓦拉克却不见踪影。

他知道，她心想，他知道发生了什么，所以想避开我。没等我起床，恐怕他就骑马或坐船去了别处，带着他那位用金粉妆扮自己的女精灵。他不想跟我说话，不想承认自己的计划已经破产。

她也找不到艾瑞汀。但这很正常。他经常在他的 Dearg Ruadhri——红骑兵队——的陪伴下出城去。

希瑞从马厩里牵出凯尔比，骑着它过了河。她陷入深思，对周围的一切都视若无睹。

我必须逃跑。那些景象是真是假并不重要，但有一件事可以确定：叶妮芙和杰洛特在我的世界，而我的归宿是他们身边。我必须离开，必须尽快逃出这里。可能性肯定是有的。能让我来到这儿的方法想必也能让我离开。艾瑞汀暗示说，我拥有惊人的天赋，维索戈塔也这么认为。我搜索过托尔·吉薇艾儿的每个角落，没发现传送门或出口。

但或许某个地方还有一座塔……

她看向地平线,发现远处有一座小山,山顶能看到天空映衬下的环状列石的轮廓。又是禁地,她心想。哈,我也看得出那边太远了。屏障多半不会允许我过去,让我只会白费力气。我还不如去河的上游,那边我还没去过……

凯尔比喷了喷鼻子,摇摇头,又跺了跺脚。它没有掉转方向,反而跑向那座小山。希瑞震惊莫名,一时忘了阻止飞奔的马。又过一会儿,她才大喊一声,挽住缰绳。凯尔比人立而起,前腿踢了几下空气,然后继续飞奔,依旧朝着同一个方向。

希瑞没去阻止它,也没打算控制方向。她很吃惊。她了解凯尔比。这匹母马的确有些怪癖,但它从来不会做这种事。这种举动一定有什么意义。

凯尔比由飞驰转为小跑。它开始攀登那座有环状列石的小山。

大概一弗隆远,希瑞心想。**魔法屏障就快要生效了。**

母马走进一连串巨石构成的石环,那些巨石长满苔藓,彼此离得很近,看起来就像荆棘丛。它全身一动不动,只是竖起耳朵仔细聆听。

希瑞试图让它掉头离开,但却白费力气。要不是它脖子上的血管正跳动不停,她肯定会觉得自己正骑着一尊马儿的雕像。

突然,有什么东西碰到她的后背。某种尖锐之物穿透了她的衣服,戳刺着她,痛楚随之传来。她来不及转身,另一头红色毛皮的独角兽从几块石头后悄无声息地钻出,以精准的动作将角刺进她腋窝下方。那支角锐利而坚硬。她感觉到鲜血从身侧滴落。

第三头独角兽从另一侧出现。这头独角兽通体雪白,从耳朵尖到尾巴尖没有一丝杂色,只有鼻孔是粉红色的,双眼乌黑。它从另一侧朝她靠近，缓缓地、小心翼翼地将头放在她膝上。希瑞发出一声激动的呻吟。

我长大了，有个声音在她头脑中响起，我长大了，星星眼。那时在沙漠里，我不懂如何与你交流。现在我懂了。

"小马？"她呻吟着问。身后两头独角兽几乎用角抬起她的身体。

我的名字是伊瓦拉夸克斯。星星眼，你还记得我吗？你还记得你是怎么治好我的吗？还记得你是怎么救我的吗？

它后退几步，侧过身体。希瑞看到它腿上有一块疤痕。她认出了它。她想起来了。

"小马！是你！可你的毛色不一样了……"

我长大了。

在她的脑海里，低语、话音、叫喊和嘶鸣突然混成一团。那两只角收了回去。她看到背后另一头独角兽的毛皮是蓝灰色的。

我年长的同胞正在了解你的想法，星星眼。他们正通过我来了解你。再过一小会儿，他们也能向你开口了。他们很快会把自己的要求告诉你。

希瑞脑海里的不和谐音混乱到无法形容的程度。但杂音很快平静下来，可以理解的清晰念头开始像溪水一样流淌。

我们想帮你逃跑，星星眼。

她沉默不语，心脏在胸膛里狂跳。

现在你不该狂喜吗？不该感谢我们吗？

"为什么？"她咄咄逼人地问，"你们为什么突然要帮助我？你们就这么喜欢我？"

我们一点也不喜欢你。但这里不是你的世界。这里没有你的位置。

你也不该留在这儿。我们不希望你留下。

她咬紧牙关。尽管突如其来的希望让她兴奋，但她还是轻蔑地摇摇头。小马——伊瓦拉夸克斯——竖起双耳，跺着蹄子，用黑色的眸子注视着她。红色独角兽跺着地面，直到大地发出不祥的震颤。它愤怒地喷着鼻息，希瑞理解了它的意思。

你不信任我们。

"我的确不信任你们。"她冷冷地说，"这里每个家伙都在玩自己的游戏，而不懂规则的我只会受人利用。我凭什么相信你们？在荒野里，我亲眼见到你们与精灵之间毫无友谊可言，还几乎发生冲突。我完全有理由认为，你们想利用我来惹恼那些精灵。我不喜欢他们，他们囚禁我，强迫我做我不想做的事。但我不会允许你们利用我。"

红色独角兽摇摇头，划破空气的尖角看起来十分危险。蓝色独角兽嘶鸣起来。希瑞的脑袋发出沉闷的响声，接收到了它们充满不祥意味的念头。

"哦，"她说，"你们跟他们一样。不肯谦卑和顺从，结果就是暴力与死亡！但我不怕。我不会被你们利用！"

她感到混沌与混乱占据了脑海。又过一会儿，混沌中才开始出现清晰的念头。

没关系，星星眼，你不喜欢被人利用。我们也是这么想的。我们的愿望正是确保这一点，不多也不少。为了你，也为了我们。还有整个世界。所有世界。

"我不明白。"

你是件危险的武器，是个威胁。我们不能允许这件武器落入赤杨之王、狐狸和雀鹰的手里。

"谁?"她说,"啊……"

狐狸是克利凡,也就是阿瓦拉克。至于雀鹰是谁,她也再清楚不过了。

赤杨之王已经老迈。但我们不能让狐狸和雀鹰掌握阿德·盖斯——诸界之门。他们曾经拥有那道门。然后又失去了。如今他们能做的,就只有作为无力的鬼魂徘徊于诸界之间。狐狸去过提尔·纳·贝亚·艾林尼,而雀鹰和他的骑手们能前往螺旋。所以他们才会渴求阿德·盖斯和你的力量。我们会向你演示如何使用那种力量。等你离开时,我会演示给你看的,星星眼。

"我没法逃出这里。我没法穿过魔法屏障——Geas Garadh。"

这儿囚禁不了你。你是诸界的主宰。

"不。我没什么特别的天赋,我什么都主宰不了。而且我在一年前,在那片沙漠里就放弃了力量。小马亲眼看到了。"

在那片沙漠里,你放弃的只是微不足道的小伎俩。而那力量蕴藏在你的血液里,你是没法放弃的。它时时刻刻都伴随着你。我们会教你运用的方法。

"这能掌控诸界的力量,"她大吼道,"你们不会也想让我交出来吧?"

当然不会。我们不需要那力量。因为我们在亘古之前便已拥有。

相信他们吧,伊瓦拉夸克斯请求道。相信他们吧,星星眼。

"我有个条件。"

红色独角兽猛抬起头,张大鼻孔,希瑞发誓它的眼里迸出了火花。他们不喜欢听我提条件,希瑞心想,他们甚至不喜欢听到"条件"这个词。瘟疫啊,我也不知道自己在做什么……希望这事不会以悲剧收场……

我们听着呢。你的条件是什么？

"让伊瓦拉夸克斯跟我一起走。"

◆━━━◆━━━◆

那天晚上，天空乌云密布，空气闷热潮湿，河面升起黏稠浓密的雾气。天黑后，远处传来模糊的雷声，闪电照亮了地平线。

希瑞早已准备就绪。她穿着黑色的骑装，将剑背在身后，绷紧身体，不耐烦地等待夜晚到来。等它到来之后，她沉默地穿过空无一人的大厅，悄然经过拱廊，走下阶梯。埃斯纳德河畔的柳树沙沙作响。

远处的天空雷声轰鸣。

希瑞将凯尔比牵出马厩。母马知道她要做什么，于是顺从地朝斑岩桥小跑着前进。希瑞盯着身后看了一会儿，注视着那座有小船停泊的平台。

不行，她心想。我必须再见他一面。这样也许能拖延追兵的脚步。风险的确有，但我非去不可。

◆━━━◆━━━◆

起先，她以为他不在那儿，以为国王的房间空无一人。毕竟彻底的寂静笼罩了周遭。

过了一会儿，她看到了他。他坐在角落的一张躺椅上，穿着一件露出瘦削双肩的白衬衣。衬衣面料异常精致，像打湿了一般紧贴着他的身体。赤杨之王的面孔和双手几乎同衬衣一样苍白。

他抬头看着她，双眼空洞无神。

"希达哈尔?"他低声道，"谢天谢地，你来了。要知道，有人说你已经死了。"

他摊开手掌，有个东西落到地毯上。是个灰绿色的瓶子。

"劳拉，"赤杨之王摇摇头，摸了摸脖子，仿佛脖子上的金颈环令他无法呼吸，"Caemm a me, Luned. 过来我这边，我的女士。Caemm a me, elaine."

他的呼吸透出死亡的气息。

"Elaine blath, fainne wedd……"他低声吟唱道，"看啊，luned，你解开了缎带……让我……"

他试图抬起手，却失败了。他重重地叹了口气，猛地抬起手，看向她的双眼。这一次，他的眼睛里有了生气。

"吉薇艾儿，"他说，"Lod' hlaith，你注定会成为湖中女士，终究也会成为我的女士。"

"Va' esse deireadh aep eigean……"片刻过后，他说。希瑞惊恐地意识到，他的动作和语速都开始变慢了。

"但这不全是坏事，"他叹息一声，补充道，"因为终结过后，会有新的开始。"

窗外传来悠长的雷声。风暴仍在远处。

但它正飞速逼近。

"可是，"赤杨之王说，"我不想死，吉薇艾儿。发现死亡已无可避免，我非常伤心。谁又能想到呢。我本以为自己已了无遗憾。我活了很久，早已知晓一切。也厌倦了一切……然而，现在我却感到遗憾。

你想知道我还有什么感受吗?靠近点,我小声告诉你。把它当做我们之间的秘密吧。"

希瑞凑近身子。

"我害怕。"他低声说。

"我知道。"

"你还在吗?"

"我在。"

"Va faill, luned."

"再见了,赤杨之王。"

她坐在他身边,在他的呼吸停止后仍握着他的手。她没有擦拭眼泪,而是任其流淌。

风暴越来越近。地平线上,闪电烧灼着天空。

◆━━━┥ ┝━━━◆

她跑下大理石楼梯,来到那些小船停泊的码头。她解开先前看到的某条船的缆绳。她踏上小船,用一根挂窗帘用的红木杆将船撑离码头。她觉得,这条船对她不会像对阿瓦拉克那样言听计从。

小船无声无息地顺流而下。提尔·纳·丽亚黑暗而寂静。只有露台上的雕像用死气沉沉的眼睛注视着她。希瑞开始计算经过的桥梁数量。

夜空亮起一道闪电。片刻后,雷霆在天空炸响。

第三座桥。

有个东西在桥上一闪而过,动作轻巧而迅捷,仿佛一只硕大的黑老鼠。它跳上船首，让小船摇晃不止。希瑞丢下木杆，拔出剑。

"看起来，"艾瑞汀·布里克·格拉斯嘶声道，"你打算剥夺我们和你做伴的权利？"

他也拔出剑。在闪现的电光中，她看清了他的武器。

那把武器略带弧度，只有一面开刃，打磨光滑，格外锋利。剑的握柄很长，护手部分是一块圆板。她一眼就能看出，这位精灵懂得如何使用手中的武器。

他出人意表地重重踩在船舷上，让船身摇晃起来。希瑞随着船的摆动倾斜重心，灵巧地稳住身体，并在艾瑞汀用双脚踩踏另一边船舷时以其人之道还治其人之身。但他也没失去平衡。

他发起进攻。她几乎本能地挡下他的突刺，因为在黑暗中，她只能勉强看清东西。她以飞快的下盘斩击还以颜色。艾瑞汀挡下这次攻击，随后再次进攻。希瑞成功地格开他的剑。剑刃交击，火花飞溅。

他再次摇晃船身，几乎将她掀翻。希瑞伸展双臂，稳稳站住。他走向船头，垂下了剑。

"小雨燕，你在哪儿学会这些的？"

"说出来吓死你。"

"我表示怀疑。这条河能越过屏障。你是自己发现的，还是有人给了你建议？"

"这不重要。"

"不，这很重要。我们会查清的。我们有我们的方法。但现在，放下剑，跟我回去。"

"没门儿。"

"我们要回去了，吉薇艾儿。奥伯伦在等着你。我向你保证，今晚他满脑子都是渴望和欲求。"

"我表示怀疑。"她说,"他过量服用了你给他的刺激性药物。或者,它还有些完全不同的副作用?"

"你说什么?"

"他死了。"

他迅速压下震惊,朝她刺出一剑,同时摇晃船身。她维持住平衡,愤怒地作出几次还击,河水将响亮的金铁交击声带往远处。

闪电照亮夜空。另一座桥从他们头顶掠过。

那是提尔·纳·丽亚的最后几座桥。甚至可能是最后一座?

"你肯定也明白了,小雨燕。"他用沙哑的嗓音说,"你只是在拖延无可避免的结果而已。我不会放你离开的。"

"为什么?奥伯伦已经死了。我只是个无足轻重的小人物。你自己说的。"

"这当然是事实,"他抬起剑,"你无足轻重。你就是一只小蛾子,我用两根手指就能把你碾成银色的粉末。但我若对你置之不理,你会对无比珍贵的世界构造带来无法修复的损害。你只是个小人物。烦人的小人物。"

闪电再次亮起。在光芒中,希瑞看到了她想看到的东西。精灵举起剑,对准船头的方向。他有高度的优势。她必须在下一回合取胜才行。

"你竟敢对我刀刃相向,吉薇艾儿。现在后悔或求饶都太迟了。我不会杀了你,但缠着绷带在床上躺几周对你有好处。"

"等等。我有别的话说。我要坦白一个秘密。"

"你要告诉我什么?"他大笑起来,"什么可悲的秘密?"

"那就是——你的身高没法通过桥洞。"

他来不及反应便撞上了桥梁,彻底失去平衡,身体向前飞出。希瑞毫不费力就能把他推下船,但这样恐怕还不够——她担心他还会追上来。另外,他不知有意还是无意害死了赤杨之王,必须让他吃点苦头才行。

她刺中他链甲下方的大腿。他吭都没吭一声,就这么越过船舷,被河水吞没。

她转过身去,确认他的下场。过了好一会儿,他才浮到水面上。借着一道闪电的光芒,她看到他勉强游到岸边,躺在烂泥和血水里。

"缠着绷带在床上躺几周吧,"她嘟囔道,"对你有好处。"

她抓起木杆,用力一撑。埃斯纳德河越来越湍急,小船也行驶得越来越快。很快她便把提尔·纳·丽亚最后一栋建筑甩到了身后。

她再没回头。

起先周围漆黑一片,小船在古老的森林间行驶,树木和树枝在河面上方交错,构成了一条隧道。然后周围亮了起来。森林到了尽头,两旁生长着赤杨、芦苇和香蒲。清澈的河水里现出一丛丛随波荡漾的水生植物。闪电亮起时,她注意到水面上的涟漪,而在雷霆盖过所有声响之前,她听到了受惊的鱼儿掀起的水花声。在离船身不远的地方,她几度看到射出磷光的大眼睛。小船一次次撞上某些大东西,幸好安然无恙。

这个世界看似美丽,但对陌生人却意味着死亡,她无声地复述着艾瑞汀的话。

河面变得宽敞,岛屿和水道也随之出现。她任凭小船随波逐流。但她也开始担心。*万一我选错了支流,会发生什么呢?*

正在思考时，她听到凯尔比咳咳的叫声，听到了独角兽强烈的心灵信号。

"是你吗，小马？"

我们必须抓紧时间，星星眼。跟我来。

"去我的世界吗？"

首先我得给你看些东西。这是年长者的命令。

他们首先穿过森林，然后是遍布沟壑与溪谷的草地。天空中电闪雷鸣。风暴逼近，狂风肆虐。

独角兽带着希瑞来到一道峡谷边。

就是这儿。

"这儿有什么？"

下去看看吧。

她照做了。地面凹凸不平，她险些被绊倒。她听到一声"咔嗒"，脚下有个东西滚了出去。一道闪电照亮周围，希瑞倒吸一口凉气。

她正站在一片骸骨的海洋里。

这场瓢泼大雨多半导致了山体滑坡，隐藏之物因此显现。那是一片墓地。一片巨大的集体墓穴。堆积如山的骸骨。胫骨、骨盆、肋骨、股骨，以及头骨。

希瑞捡起一块骨头。

闪电再次亮起，她尖叫起来。她知道躺在这儿的骨骸属于谁了。

这些被利刃劈开的头骨长着犬齿。

*现在你知道了，*她听到脑海里的声音。*现在你明白了。是他们干的。是艾恩·艾尔、赤杨之王、狐狸和雀鹰干的。这个世界本非他们的世界，是他们用武力占为己有。那是他们开启阿德·盖斯以后的事*

了。我们也帮了他们一把——我们曾遭受他们的利用和虐待。如今，他们又想利用和虐待你。

希瑞丢掉了那颗头骨。

"恶棍！"她朝夜色大喊，"凶手！"

雷声轰鸣。伊瓦拉夸克斯发出响亮的、带着警告意味的鼻息声。她轻轻一跳，坐上马鞍，催促凯尔比飞奔。

追兵紧跟在他们身后。

◆◆◆

这不是第一次了，她骑在飞驰的马上心想，感受着扑面而来的风。在黑暗中，在深夜里骑马狂奔，鬼魂、幽灵和幻影穷追不舍——这样的事不是第一次了。

"跑啊，凯尔比！"

借着闪电的光芒，希瑞透过满是泪水的双眼看到了小径两旁的柳树和赤杨。但那些不像树木，更像佝偻着身子、从两侧朝她扑来的怪物，它们的肢体扭曲多瘤，作为嘴巴的树洞里传出恶毒的笑声。凯尔比尖声嘶鸣，以仿佛脚不沾地的速度疾驰向前。

希瑞趴在它的脖子上。不仅是为减少空气阻力，也是为了避开想把她打落或拖下马鞍的赤杨树枝。枝条抽打着她，勾住她的衣服和头发。扭曲的树干摇晃不止，空洞里传来窃笑。

凯尔比发出狂野的嘶鸣。独角兽高声回应。黑暗中，它像个明亮的白色光点，照耀着她的前路。

快，星星眼！让你的马有多快跑多快！

躲避树枝越来越困难了。没多久,它们就彻底堵住了去路。

他们听到身后传来呼喊声。是追兵的声音。

伊瓦拉夸克斯嘶鸣起来。希瑞接收到了它的讯息。她紧紧贴住凯尔比的脖子。无需再去催促它,受惊的母马早就在用足以摔断脖子的速度飞奔了。另一条来自独角兽的讯息粗暴地钻进希瑞的脑海。那是一句建议,更确切地说,是一条命令。

跳,星星眼。你必须跳跃。跳到另一个地点,另一个时间。

希瑞没听明白,但她努力试着理解。她竭尽全力。她集中精神。低语声和血管的脉动声在她耳中回响……

闪电划破夜空。紧接着,周围一片黑暗:柔和而漆黑的黑暗,没有一丝光亮。

她的头隐隐作痛,耳中传来嗡鸣。

◆━━◆━━◆

她感觉到吹拂在脸上的冷风。还有雨滴。松树的气味。

凯尔比欢腾跳跃,喷着鼻息。它的脖子又湿又热。

闪电,随后是雷鸣。在亮光中,希瑞看到了伊瓦拉夸克斯。它站在那里,晃着脑袋和角,蹄子用力刨着地面。

"小马?"

我在这儿,星星眼。

天空中繁星点点,充满了星座。天龙座。冬之少女座。七山羊座。猎手座。以及低垂在地平线上方的——夜眼星。

"成功了,"她惊叹道,"我们办到了,小马。这就是我的世界!"

听到它的语气,希瑞立刻明白了一切。

不,星星眼。我们从他们手里逃脱了。但这里并非正确的地点,也并非正确的时间。你还有很长的路要走。

"别丢下我一个人。"

我不会丢下你的。我欠你一份人情。我会偿还的。直到最后。

◆━━━━◆━━━━◆

风刮了起来,将云朵吹向西方,逐渐遮蔽了群星。天龙座首先消失,随后是冬之少女座、七山羊座、猎手座。夜眼星最为明亮,闪耀光辉的时间也最长。然而,它终究也被遮住了。地平线上方划过一道闪电,雷鸣声接踵而至。风扬起灰尘和干枯的树叶,遮蔽了眼睛。风暴又一次追赶而来。

独角兽嘶鸣一声,发出一条心灵讯息。

我们不能再浪费时间了。我们唯一的希望是迅速逃跑。前往正确的地点与正确的时间。快点儿,星星眼。

我是诸界的主宰。我是上古血脉的继承者。我是希达哈尔之女劳拉·朵伦的后裔。

伊瓦拉夸克斯再次嘶鸣,催促她抓紧时间。凯尔比给出了回应。希瑞戴上手套。

"我准备好了。"

她的耳中传来一声咆哮。然后是闪光。再然后则是黑暗。

大部分历史学家倾向于将约阿希姆·德·维特的审判、定罪与处决归咎于恩希尔皇帝的暴戾、残忍与专横。这在某些著作里表现得尤其明显——那些作者对以复仇与清算为主题的文学作品情有独钟。现在，是时候说出真相了——对真正的研究者来说显而易见的真相。德·维特公爵对维登特别行动部队的指挥，简直到了用"无能"都不足以形容的地步。尽管他的任务是对抗兵力仅有其一半的敌军，他却脱离了北方战线，将全部精力都用来对付维登的游击队。维登特别行动部队对平民犯下了闻所未闻的暴行，其后果易于预见，更不可原谅：冬天时，叛军武装士兵仅有五百名，而到次年春天，几乎所有国民都加入了叛军。帝国的盟友埃维尔国王遭到谋杀，率领叛军的则是他的儿子克里斯丁王子——他也是北方诸国势力的支持者。侧面是史凯利格群岛的海盗船，前方是希达里斯的北方军队，后方则是叛军，这种形势令德·维特陷入混战，败仗一场接一场。中央军团也因此延误了攻势。德·维特没能让维登与中央军团的西翼建立联系，确保门诺·库霍恩的军队迅速展开行动，反而拖慢了他们的作战进程，进攻计划也因此遭到拖延与中断。那些北方人立刻抓住机会，进一步展开反击，击败了正在围困玛伊纳和马里波的我方军队，更让迅速收复这些重要城镇的可能性化为乌有。

德·维特的无能和愚蠢同时还产生了心理方面的重大影响。尼弗迦德军队所向披靡的神话不复存在。北方人的军队开始接收成百上千的志愿军……

——《北方战争：传说、谎言与政治宣传》

里斯提夫·德·蒙托隆 著

第六章

怎么说呢？雅尔现在很失望。在神殿接受的教育和他自己的外向性格都让他对人类的善良、友好与无私怀有信任。可如今，这份信任已所剩无几。

他在露天的干草堆上睡了两晚，现在看来，他恐怕会以同样的方式度过第三晚。他每次去路过的村子借宿或讨要食物，都会被人拒之门外，得到的回应也只有沉默、侮辱和威胁。无论他如何解释自己的身份、旅行的理由和目的地，都只能白费唇舌。

他对人类非常、非常失望。

天色很快暗了下来。少年飞快地走在一条田间小径上，自暴自弃地寻找着干草堆，觉得今晚又要露宿野外了。这个三月温暖得反常，但到夜晚却冷得要命。而且他很害怕。

雅尔看向天空。在他头顶，一颗金红相间的彗星正由西向东掠过天空，拖曳着火焰的尾迹。过去近一周时间里，他每晚都能看到同样的景象。他思索着出现这种预兆——这种在许多预言中都提到过的现象——的原因。

他重新迈开脚步。天越来越黑了。小径通向一条过道，而在昏暗的暮光中，两旁茂盛的灌木丛呈现出黑暗而骇人的轮廓。黑暗笼罩的灌木丛深处，传来腐烂杂草的冰冷恶臭。还有别的东西。某种非常糟糕的东西。

雅尔停下脚步。他试图说服自己，在他的背脊和双肩蠕动的并非恐惧，而是寒冷。但收效甚微。

前面有座低矮的桥梁，连接着运河两岸，河岸长满了芦苇、柳树与奇形怪状的白蜡木。桥身乌黑发亮，仿佛刚刚倾倒了柏油。桥面有几块木板已经朽坏，能看到硕大的窟窿，栏杆断裂破碎，其中一部分浸没在水中。在桥梁周围，柳树格外茂密。尽管离真正入夜还有不少时间，但在运河后方的草地上，已经能看到贴近地面的稀薄雾气，而在周围的柳林中，黑暗早已降临。透过这片黑暗，雅尔依稀看到某座建筑物的废墟，多半是间磨坊或者棚屋。

我必须过桥去，雅尔心想。我别无选择。我能感觉到另一边潜伏着什么东西，但我必须到运河对面去。我必须跨过运河，就像那位传奇领袖——或者是传奇英雄？我在梅里泰莉神殿的旧手抄本上读过他的事迹。跨过运河，然后……什么来着？就可以摊开手牌了？不，我会掷出骰子！我的身后是过去，我的未来在前方展开……

他走到桥边，立刻发现自己预感没错。在看到他们之前，雅尔就听到了他们的说话声。

"嘿，"拦住他去路的两人之一恶狠狠地说，"我说什么来着？只要有点耐心，总会等到人的。"

"说得对，奥库尔提克，"另一个人答道，"你可以自称千里眼了。好吧，孤单的流浪者，把所有东西都交出来吧。你打算乖乖听话，还是要我们帮一把?"

"可我一无所有!"雅尔竭尽全力尖声答道,指望有人能听到自己的声音,过来帮他的忙,"我只是个贫穷的旅人!身上连一块铜板都没有!我能给你们什么?这根棍子?还是我的衣服?"

"不只是衣服。"另一个人口齿不清地答道。他的语气让雅尔不寒而栗。"你应该明白,贫穷的旅人,我们本以为会有更好的收获。至少能跟村子里的姑娘找些乐子。但天很快就黑了,没人会往这边来了。抓不着鱼,螃蟹也凑合了。抓住他,兄弟!"

"我警告你们!"雅尔喊道,"我有刀!"

他的确有。逃跑前,他在神殿的厨房里摸了把刀,藏在背包里。但他没有伸手去拿,他知道这么做会显得很可笑。而且那刀根本派不上用场。

"我有刀!"

"好吧好吧。"口齿不清的男人讥笑着走上前来,"他有刀。谁能想到呢!"

雅尔没法逃跑。恐惧让他的双腿变成了钉在地上的两根木桩。肾上腺素仿佛捆住他脖子的绞索。

"嘿!"第三个声音突然传来,听着很年轻,而且莫名耳熟,"我想我认识他!没错,没错,我认识他!雅尔?认出我没?我是梅尔菲。还记得我吗,雅尔?"

"我……记得……"雅尔用尽全力对抗着某种强大、令人厌恶、而且对他来说全然陌生的感受。当他的身侧撞上桥面的木板,痛楚随之传来,他才意识到那种感受是什么。那是失去意识的感受。

"真是个惊喜!"梅尔菲重复一遍,"真是太巧了,居然遇见艾尔兰德来的老乡。还是朋友,对吧,雅尔?"

雅尔咽下嘴里的培根——是这群奇怪的人给他的,外加几块烤芜菁。他没答话,只是朝围坐在营火旁的六人点点头。

"雅尔,你要去哪儿?"

"去维吉玛。"

"哈!我们也要去维吉玛!真是巧啊!你怎么说,米尔顿?雅尔,还记得米尔顿吧?"

雅尔不记得了。他甚至不确定自己见没见过他。此外,梅尔菲称他为"朋友"也有点夸大其词。梅尔菲是艾尔兰德一个修桶匠的儿子,他们一起进了神殿的修院学堂。梅尔菲经常殴打雅尔,说他是没爹没娘的野种。这种情况持续了大概一年,之后修桶匠带走了梅尔菲,因为他认定儿子不是读书的料。这就是梅尔菲——他没去钻研阅读和写作的奥妙,而是在他父亲的工坊里流血流汗,打磨板条。雅尔完成学业后,凭借神殿的介绍信成了法官的助理抄写员,结束学徒期的梅尔菲则开始对他毕恭毕敬,并以他的朋友自居。

"我们要去维吉玛,"梅尔菲说,"去参军。这里的所有人一起参加。这两位是米尔顿和奥格拉贝克,都是农奴的孩子,不过已经免除了义务,你知道的……"

"我知道。"雅尔看着两个金发的年轻村民,他们的长相很像兄弟,"每十块采邑里有一块要负责提供士兵。那你呢,梅尔菲?"

"至于我，"修桶匠之子叹了口气，"是这样——军队第一次来招募时，我爹用钱把他们打发走了。可第二次必须抽签……所以，你也知道……"

"我知道。"雅尔又点点头，"艾尔兰德城市议会于一月十六日颁布了抽签征兵法案。考虑到尼弗迦德人的威胁，这是无可避免的应对措施……"

"听听，派克，听听他说话的口气。"一个嗓音沙哑、肩膀宽阔的年轻男人说道。之前在桥边，就是他头一个朝雅尔喊的话。"像个智者似的。"

"自作聪明。自以为是个万事通。"另一个同伴附和道，他的圆脸上挂着愚蠢的笑。

"闭嘴，科拉普洛斯！"这群人中最为年长、留着八字胡的派克怒吼道，"既然他是个智者，你们就该好好听听他说的话。学点东西总没坏处。学习对任何人都没坏处。好吧，几乎没坏处。几乎对任何人。"

"说得没错，"梅尔菲宣布，"雅尔的确不是蠢人。他是个学者，在艾尔兰德的梅里泰莉神殿学过读书写字，负责管理他们的图书馆。"

"我很好奇。"派克透过营火升起的烟雾看着雅尔，"这位学者为什么要去维吉玛？"

"同你们一样。"雅尔说，"我要去参军。"

"什么？"派克的眼睛闪闪发光，就像渔船火把照耀下的梭子鱼[①]，"万事通干吗要去参军？你根本没必要去，对吧？傻瓜都知道，神殿不需要提供新兵。而且连傻瓜都知道，抄写员比士兵值钱多了。所以你

[①] 派克意为"梭子鱼"。——译注

为什么要去，抄写员阁下？"

"我是志愿入伍。"雅尔说，"我打算自愿参军——不是因为强制兵役。其中有个人原因，但主要还是出于爱国主义的责任感。"

六人爆发出雷鸣般的大笑。

"听听，伙计们。"等喘过气之后，派克说，"你们也发现了，这里的某人有相互矛盾的双重性格。两种本性。这个年轻人，他看起来博览群书，阅历丰富，而且绝不是天生的傻瓜。你们也知道打仗会发生什么——无非是杀人或被杀。他跟你们不同，他出于自己的意愿、个人原因和爱国责任感参军，加入的却是要输的那一方。"

所有人都沉默不语。包括雅尔在内。

"爱国责任感，"派克说，"能暴露出哪些人脑子不好使。但你也提了个人原因。我很好奇，你的个人动机是什么？"

"那是我的私事，"雅尔说，"我不打算拿出来谈论。我倒想听听你参军的原因。"

"仔细听好，"片刻的沉默过后，派克说，"你面对的可不是什么乡巴佬。不过别担心，抄写员……我这次就原谅你。我甚至会回答你的问题。没错，我要去参军，而且也是去当志愿兵。"

"脑子多不好使的人才会加入输家那边？"雅尔被自己的鲁莽吓了一跳，"而且还在路上的桥边打劫旅人？"

"哈，"梅尔菲大笑起来，"他还是没法原谅我们在河边设陷阱。雅尔，那是闹着玩的！我们只是开玩笑，对吧，派克？"

"当然，"派克打了个呵欠，"只是个无害的恶作剧。人生充满了悲伤，就像一头被牵去屠宰的牛。人们为了找乐子什么事都会做的，抄写员，你反对这观点吗？"

"我并不反对。在理论上。"

"那就好,"派克闪闪发亮的双眼紧盯着他,"不然你就得自己去维吉玛了。"

雅尔沉默不语。派克伸了个懒腰。

"我想说的已经说完了。好了,伙计们,乐子结束了,该睡觉了。我们明天晚上之前要徒步赶到维吉玛,所以天一亮就得出发。"

◆─────◆─────◆

那个夜晚很冷,尽管疲惫不堪,雅尔却无法入睡。他蜷缩在毛毯里,膝盖几乎碰到下巴。等到终于睡着,他也睡得很浅,还做了一个又一个噩梦。第二天醒来,他只记得其中两个。

在头一个梦里,他看到了猎魔人——不时前来拜访南尼克嬷嬷的"利维亚的杰洛特"。猎魔人一动不动地坐在自岩石垂下的冰柱下方,身体被雪花逐渐掩埋。而在第二个梦里,希瑞趴在一匹马的脖子上,朝一道低矮的赤杨之墙飞驰而去。

哦,是啊,黎明前不久,他还梦见了特莉丝·梅利葛德。自从女术士上次来神殿,雅尔就经常梦见她。那种梦会造成某些后果,让他醒来时无比羞愧。

但这次什么也没发生。天实在太冷了。

◆─────◆─────◆

第二天早上,他们真的天刚亮就出发了。米尔顿和奥格拉贝克

——两个农奴之子——唱起了军歌,为所有人加油鼓劲。

前进,英勇的士兵!
你们盔甲的响声好比雷霆。
别跑,姑娘,他想吻你。
尽管放心,不要迟疑,
归根结底,这位英俊的大兵是我们的救星!

派克、奥库尔提克、科拉普洛斯和梅尔菲肩并着肩,像乞丐身上的跳蚤一样蹦蹦跳跳,说着愚蠢的笑话和奇闻异事。在他们看来,那些话题简直好笑得要命:

"……然后尼弗迦德人问:'那是什么味道?'精灵说:'屎!'哈哈哈!"

"哈哈哈哈!听过这个没?一个精灵、一个矮人和一个尼弗迦德人走在一起。他们看到一只耗子跑了过去……"

走了一段路,他们遇见了其他旅人。对方或是步行,或是赶着运货的马车,有商人,也有军人。有些马车上装满了食物,派克跟在后面,鼻子几乎贴上地面,活像一条猎犬。他将掉落的所有东西收罗起来——这儿一根萝卜,那儿一颗土豆,有时甚至还有洋葱。他们当场吃掉了一些,其他的则当成存粮。

"尼弗迦德人'噗'的一声!把屎喷到了耳朵旁边!哈哈哈哈哈!"

"哈!哈!哈!哦,诸神啊,我受不了了……他拉了……哈!哈!哈!"

雅尔时刻留意着能跟他们分道扬镳的机会和借口。他不喜欢派克，也不喜欢奥库尔提克。他不喜欢派克和奥库尔提克朝经过的商队投去的目光，也不喜欢他们打量货车上载着的女人和女孩时的眼神。他不喜欢派克每次说起志愿参军时的讽刺语气，以及认定他们会打输这场仗的态度。

空气中弥漫着刚耕过不久的泥土味道。以及烟味。在某片山谷内棋盘般整齐的田地间，他们看到了果树，透过果树还能看到茅草屋顶。他们听到了犬吠、鸡啼与牛鸣。

"真是个好村子，"派克说，"不算大，但整洁又富有。"

"这片山谷里住的是半身人。"奥库尔提克赶忙解释道，"他们把一切都打理得井井有条。这些矮子都是勤奋的管家。"

"非人种族都该死。"科拉普洛斯恶狠狠地说，"这些操蛋的怪物。别人穷得叮当响，他们却在这儿过得有滋有味。就连战争都影响不到他们。"

"暂时而已，"派克的嘴唇弯曲成恶毒的弧度，"记住这个定居点，伙计们。好好记住。等我们再来，我可不想迷路。"

雅尔转过头去，假装没听见。他看着前方的道路。

他们继续旅行。奥格拉贝克和米尔顿唱起另一首歌。不是军歌，而是一首阴沉得多的歌。考虑到派克刚才说的话，这恐怕是个坏兆头。

> 请君聆听与铭记，死神的残酷，
> 无论年老或年轻，勇士或懦夫，
> 没人能逃离死神的镰刀，
> 他的收割罔顾任何求饶。

"他,"奥库尔提克轻声说,"肯定有几个钱。我敢打赌他身上有银币。"

让奥库尔提克赌咒发誓的,是一位正在路上步行的商人,他牵着一头驴子,驴子拉着一辆两轮货车。

"送上门的钱。"派克口齿不清地说,"那头小驴子肯定也值点儿钱。带路吧,伙计们。"

"梅尔菲,"雅尔拉住修桶匠之子的袖子,"睁大眼睛看看!你看不出他们打算干什么?"

"只是玩笑而已,雅尔,"梅尔菲抽走了袖子,"他们只是在说笑……"

靠近之后,他们发现货车同时也是个货摊,不费什么工夫就能铺开货物进行贩售。货车上铺着一块防水油布,而它同时也是块招牌,用来宣传这家店的货品:护身符、好运符和无袖法衣,药草和药物,魔法药剂和各式各样的香料,灵药和魔法药膏,贵重金属探测器,以及对鱼、鸭子和少女百试百灵的诱饵。

商人是个上了年纪的瘦子,他四下张望,看到他们,骂了一声,催促驴子快走。但那驴子就跟别的驴一样,怎么催都不肯加快脚步。

"他这身打扮相当体面,"奥库尔提克轻声评价道,"我敢肯定,我们会在车里找到值钱的货色。"

"好了,伙计们,动手吧,"派克命令道,"趁路上人还不多。"

雅尔不敢相信自己的勇气:他飞快地迈出几步,转身挡在他们和商人之间。

"不!"他费力地吐出这句话,就像喉咙被人掐住了一样,"我不会允许你们……"

派克漫不经心地掀开长斗篷,指了指腰带上别的刀子,不用说,它就像剃刀一样锋利。

"闪边儿去,耍笔杆子的!"派克含混不清的声音里带着怨恨,"如果你还想要命的话。我本以为你会跟我们一起冒险,但我错了,看来神殿把你培养成了一个浑身熏香味的假正经。赶紧给我让开,否则……"

"这里出什么事了?嗯?"

路边的灌木丛后钻出两个打扮古怪的人。他们都留着上翘的八字胡,胡子上还打过蜡,看起来就像一块五颜六色的糕饼,他们身穿系有缎带的棉外套,头戴硕大的天鹅绒贝雷帽,帽子上装饰着一丛羽毛。除此之外,他们宽大的腰带上还挂着匕首,两人各自背着一把长约两码的双手剑,剑柄也很长。

两个钻出灌木丛的雇佣步兵显然刚刚解决了生理需要。虽然他们故意摆出漫不经心的样子,也没伸手去拔剑,派克和奥库尔提克却立刻后退几步,锐气全失,科拉普洛斯更是像个漏了气的尿泡。

"没……没有……"派克结结巴巴地说,"什么事都没……"

"只是在开玩笑。"梅尔菲小声说。

"反正没人受伤。"老商人出人意料地说,"没什么大不了的。"

"我们,"雅尔连忙说,"正在去维吉玛的路上。我们要去应征入伍。士兵先生,莫非你们也凑巧要去那儿?"

"的确凑巧,"一个雇佣步兵吃吃笑道,立刻就理解了状况,"我们也要去维吉玛。有兴趣的人可以跟我们一起走。结伴同行更安全些。"

"不管怎么说,"另一个雇佣步兵用尖锐的目光打量着派克和他的喽啰们,"我要补充一句,我们在不远处遇见了治安官的巡逻队。他的手下很恼火,因为他们不能坐在暖和的地方休息,却要在乡下奔波。他们会很乐意绞死在路上发现的任何强盗。"

"很好,"派克恢复了镇定,咧嘴露出假笑,"很好,法律惩罚恶党,维持秩序。我们一起去维吉玛参军吧,爱国责任心在号召我们呢。"

雇佣步兵盯着他看了很久,目光颇为轻蔑。然后他耸耸肩,正了正背着的剑,从旁走过。他的同伴、雅尔、商人赶着驴车跟上他,派克一伙人则走在后面不远处。

"谢谢你们,两位士兵先生。"牵驴的商人说,"也谢谢你,这位先生。"

"不客气,"一个雇佣步兵摆摆手,"偶尔是会有这种事。"

"军队招募的新兵各式各样。"另一个雇佣步兵回头看看,"他们跑到某个村子或镇子,要求每十个人里选一个出来当兵。那些村镇最先想到的,当然是趁机摆脱他们当中的恶棍。这可不是什么好事,因为这一来,路上会到处都是劫匪。哦,就像我们后面这些。不过等他们到了训练中心,会有人用棍棒教他们听话的。等挨过几次胖揍,无论什么货色都会听人说话了。"

"我,"雅尔连忙澄清,"是志愿参军,不是被迫的。"

"我一眼就看出来了。"雇佣步兵看着他说,"你跟那些无赖不是同类。可你干吗要跟他们混在一起?"

"只是碰巧结伴罢了。"

"我见过很多以类似方式凑成的同伴,"经验丰富的雇佣步兵严肃地说,"他们也碰巧一起上了绞架。希望你能吸取教训,小伙子。"

"我会的。"

◀━━▶

被云层遮蔽的太阳升上最高点之前,他们赶到了大路。在那里等待他们的,是一大群先行赶到的旅人,雅尔一行人不得不停下脚步,因为道路已被行军的部队彻底堵住。

"他们要去南方,"一名雇佣步兵说,"去前线。去马里波和玛伊纳。"

"看看他们的旗帜。"另一位雇佣步兵点点头。

"瑞达尼亚,"雅尔说,"红色旗面上的银色老鹰。"

"真聪明,"雇佣步兵拍拍他的肩,"没错,那是海德薇格王后派去增援的瑞达尼亚士兵。北方诸国终于再次团结起来了——泰莫利亚、瑞达尼亚、亚甸和科德温。现在我们是拥有共同目标的盟友了。"

"也是时候了。"他们身后的派克用明显的讽刺语气说道。雇佣步兵看了看他,但什么也没说。

"我们坐下休息一会儿吧。"梅尔菲说,"那支部队的尾巴离这儿挺远的,还得有一阵子,道路才会畅通。"

"我们可以坐在那座小山上,"商人指了指,"那边看得更清楚。"

瑞达尼亚轻骑兵队迅速从他们前方通过,扬起阵阵尘云。跟随在后的是十字弓手。再后面是一队重骑兵。

"那些人,"梅尔菲指了指一位身穿铠甲的骑士,"举的旗帜不一样。一面黑旗,上面点缀着白色斑点。"

"你是哪个山沟爬出来的?"雇佣步兵摇了摇头,"连自己国王的旗帜都不认识?那是银百合,你这蠢货……"

"开满银百合的黑色田野。"雅尔努力证明自己不是从山沟里爬出来的,然后又匆忙解释道,"泰莫利亚王国从前的纹章是一头昂首阔步的狮子。只有王太子盾牌上是不同的图案,也就是三朵鸢尾花①。百合花纹章代表其使用者是王太子,王冠与权杖的继承人……"

"该死的万事通。"科拉普洛斯嘀咕道。

"闭上你的臭嘴,猪脑袋。"雇佣步兵警告道,"至于你,小伙子,继续说。我很感兴趣。"

"当年老王加迪克之子格伊德玛王子前去对抗法尔嘉的邪恶叛军,他的军队便在百合纹章的旗帜下战斗,并取得了决定性的优势。后来格伊德玛从父亲手中继承了王位,为了纪念那些胜利,还有他落入敌手的妻儿奇迹般的获救,他将黑色田野上盛开的三朵百合花定为王国的纹章。再后来,塞德里克王颁布了特别法案,将纹章更改为开满银百合的田野,也就是泰莫利亚王国如今的纹章。这点不费什么力气就能看出来,毕竟在路上行军的正是泰莫利亚的长枪兵。"

"您说得太好了,年轻的先生。"商人称赞道。

"这些不是我说的,"雅尔说,"是纹章学学者阿特里的论述。"

"您显然同样精通这门学问。"

---

① 鸢尾花是百合目鸢尾科的一种花卉,但欧洲人经常以百合代指,故有后文中的说法。——译注

"真他妈棒啊。"派克低声说,"他就要在银百合的旗帜下,为泰莫利亚国王入伍了。"

他们突然听到了歌声。歌声低沉而骇人,仿佛一场正在逼近的雷雨。踏上泰莫利亚人留下的脚印的,是一支以密集队形前进的部队——一支服色灰白、近乎无色的骑兵队,没有任何旗帜或标识。走在最前方的骑手平举一根长棍,上面用马尾巴毛挂着三颗人类的颅骨。

"自由兵团。"雇佣步兵指了指那些骑手,"他们是雇佣兵。佣兵部队。"

"就算外行人也看得出他们久经沙场。"梅尔菲赞叹道,"我很乐意当他们的战友。他们的阵形多么整齐,就像在阅兵……"

"自由兵团。"雇佣步兵重复一遍,"看好了,没长胡子的乡巴佬,那些可都是真正的军人。这些佣兵参加过玛伊纳之战——亚当·潘葛拉特、劳伦佐·摩拉、弗龙蒂诺和茱莉娅·艾巴特马克就是在那里发起进攻,击败了围城部队,将玛伊纳从尼弗迦德人手里解救出来的。"

"战斗时,他们像磐石一样毫不动摇。"另一位雇佣步兵补充道,"作战对他们来说就是一门手艺,而他们会为钱财提供服务,从他们的军歌就能听出来。"

雇佣兵团从容地迈着步子,嘹亮的歌声在他们头顶回荡,其中却带着古怪的不和谐音。

我们的主人不是王座,也并非权杖,
我们的盟友亦非国王,
金色日轮般的钱币才能让我们效命,
它一声令下,我们即刻执行!

我们不会向你们宣誓效忠，
我们不会吻谁的手，也不向旗帜鞠躬，
太阳般闪耀的钱币才能让我们效命，
天长地久，不变此心。

"我很乐意当他们的战友，"梅尔菲再次赞叹道，"跟他们并肩作战。收获财富与名声。"

"我的眼睛在欺骗我吗？"奥库尔提克皱起眉头，"骑马走在最前头的人是谁？是个女人？这些佣兵是在女人的指挥下作战？"

"她可不是普通女人，"雇佣步兵没好气地说，"那是茱莉娅·艾巴特马克，人称'小美猫'。敌人面对她都会浑身发抖。他们人马还不到一千，但在玛伊纳的城门前，消灭了三千名黑甲军和精灵。"

"我倒是听说，"派克用谦卑却充满讽刺的语气说，"那场著名的胜利毫无意义，用来支付他们酬劳的金币也打了水漂。尼弗迦德人重整旗鼓，给我们的人重新上了一课。他们再次围困了玛伊纳。也许已经占领了那里。也许他们的部队已经在北方站稳了脚跟。也许尼弗迦德人收买了这些享受优渥待遇的佣兵。也许……"

"也许，"雇佣步兵冷冷地打断道，"你想让我打烂你那张只会撒谎的臭嘴，杂种！幸好你还没入伍，因为挑衅友军的处罚是绞刑。在我的耐心耗尽之前，闭上你的嘴巴！"

"哦哦哦！"身材壮实的科拉普洛斯张大了嘴巴，"哦，瞧瞧！瞧瞧那些滑稽的矮人！"

在路上，在震耳欲聋的鼓声、风笛的刺耳乐声与横笛的尖厉鸣响中，一队配备了长戟、战斧和尖刺连枷的步兵正在行军。全身包裹在尖顶头盔、革甲与链甲衫里的,是一群个子远比常人矮小的士兵。

"他们是来自群山的矮人,"雇佣步兵说,"玛哈坎志愿军的兵团之一。"

"我还以为,"奥库尔提克说,"矮人是我们的敌人。我以为这些肮脏的矮子投靠了黑甲军……"

"你以为?"雇佣步兵用怜悯的眼神看着他,"用什么以为的?蠢货,如果你喝汤时吞了只蟑螂,那你胃里的智慧就比你脑袋里还多了。在我们面前行军的是矮人的步兵团之一,是玛哈坎的统治者布罗瓦尔·霍格派来援助我们的。他们已经上过战场了——在玛伊纳之战中,他们为击退黑甲军而死伤惨重。"

"矮人是勇敢的民族,"梅尔菲赞同道,"万圣节庆典时,我在艾尔兰德的酒馆见过一个。他给了我一耳光,让我直到幽乐节宴会都在耳鸣。"

"矮人的步兵团是最后一批士兵了,"雇佣步兵手搭凉棚,张望着说,"阅兵结束了。道路很快就会空出来。我们走吧,都快到中午了。"

◆━━━◆━━━◆

"这么多人要赶去南方,"商人点着头说,"那儿会有一场大战,一场巨大的灾难。烈火与刀剑将夺走成千上万条生命。各位先生,你们看到那颗每晚现身于天际、拖曳着红色尾巴的彗星了吗?白色的彗星尾巴预示着疾病与传染病:瘟疫、霍乱与麻风。淡蓝色尾巴是天灾的征兆:洪水、暴雨或长时间的降雨。红色尾巴代表火之彗星,而鲜血和钢铁就诞生于火焰。可怕的灾难将会降临,包括死亡和流血。就像古老的预言里提到的——尸体将覆盖大地，狼群的嚎叫声随处可闻，而那些奇迹般幸存的人，会在找到其他活人的踪迹时欣喜若狂……这将是我们的灾难！"

"为什么是我们的？"一名雇佣步兵冷冷地打断道，"那颗彗星飞得很高，尼弗迦德人肯定也能看到。门诺·库霍恩在艾娜山谷的营地也一样。既然黑甲军也能看到，我们就有理由相信，彗星预示的是他们的灾难，而不是我们的。"

"没错！"另一个雇佣步兵赞同道，"是黑甲军的灾难！"

"先生们，你们真是太聪明了。"

"那当然。"

他们离开森林，踏入维吉玛周边的草地与牧场。几群骑乘用马和拖车马正在附近吃草。时值三月，牧场上的草稀稀落落，但那里还停了好几辆装满干草的货车。

"我简直不敢相信自己的眼睛。"奥库尔提克舔舔嘴唇，"成群的马，没人看管！只要随便挑一匹，然后……"

"闭嘴！"派克咬牙切齿地打断他，朝两位雇佣步兵笑了笑，"先生们，他非常渴望能加入骑兵队。他喜欢看马。"

"加入骑兵队？"雇佣步兵差点笑出声来，"别幻想能骑在马背上了。你们这样的新兵根本派不上用场——除了打扫马厩，或用桶子和独轮车搬运马粪！"

"那当然，先生。"

他们继续前进，很快来到河边的码头。赤杨林上方突然出现了维吉玛城堡铺砌着红色瓦片的塔顶。

"我们就快到了。"商人说，"你们闻到了吗？"

"啊呸！"梅尔菲喊道，"好臭！那是什么味道？"

"或许是等待国王发饷时死掉的士兵。"派克在他们身后说道，但他压低了声音，免得让雇佣步兵听见。

"你的猪鼻子居然还能用，真是个奇迹，对吧？"一个雇佣步兵大笑着说，"我们正在接近营地。冬天时，那里驻扎着几千人的部队，而部队总得吃喝拉撒，这是无法改变的自然规律！那么多屎总得有地方放。就像那边那些坑，他们会在离开前用土埋上。在冬天，泥土都是冻上的，所以还没那么不能忍，可到了春天……呸！"

"你听到嗡嗡声了吗？"另一个雇佣步兵吸了吸鼻子，"那是成群的苍蝇，等到春天，那副光景会让你们大开眼界的。尽可能遮住你们的脸，因为苍蝇会拼命往嘴巴和眼睛里钻。加快脚步吧，越快越好。"

━━━◆━━━

他们将战壕甩在身后，却甩不掉那股味道。恰恰相反，雅尔敢用脑袋打赌，越靠近城市，气味就越难闻。而且气味的种类也更丰富了。城市周围散发着军队营地与帐篷的臭味，以及医院的味道。繁忙的广场和街道上充斥着人群的体味，城市高处的城墙也散发着恶臭。幸运的是，他的鼻孔很快就习惯了这一切，开始无法分辨粪便、腐肉、猫尿与酒馆的味道了。

苍蝇无处不在，像老兵的唠叨一样嗡鸣不止，还一个劲儿地往嘴巴、鼻孔、眼睛和耳孔里钻。这些害虫赶都赶不走，把它们碾碎在脸上反而轻松些。

他们走出城门下的阴影，雅尔的目光落在一张巨大的招贴画上：画上是位用手指着他的骑士。骑士下方有行粗体字：**那你呢？你入伍了吗？**

"入了，入了。"雇佣步兵嘀咕道，"太不幸了。"

类似的招贴画还有很多，几乎贴在每一面墙壁上。其中大都是那位抬起手指的骑士，但也有许多画上是位灰发随风飘动、神情悲哀的母亲，她身后是燃烧的村庄，以及被尼弗迦德人的尖桩刺穿的婴儿。另一个流行主题则是手持染血匕首、牙齿滴落鲜血的精灵。

雅尔转过身去，突然发现周围只剩他们——两位雇佣步兵、商人和他自己。派克、奥库尔提克、科拉普洛斯、梅尔菲和那些乡下出身的新兵消失得无影无踪。

"哎呀哎呀。"雇佣步兵好奇地张望一番，确认了他的猜想，"如我所料，你的同伴一找到机会就溜走了，那些无赖。但小伙子，你知道我要说什么吗？你该庆幸你们分道扬镳了。最好祈祷你们永远不用再见面。"

"我真为梅尔菲遗憾。"雅尔喃喃道，"他不是坏人。"

"每个人的命运都是自己选择的。跟我们走吧。我们会带你去征兵处。"

他们走进一片中央有石制平台的广场，平台上竖着一具颈手枷，周围聚集着市民和士兵。一名罪犯脸上沾着烂泥，口中流涎，满脸是泪。人群在大笑，在叫骂。

"哇哦！"雇佣步兵惊呼道，"看看被锁在上面的是谁？那是福森！

我很好奇,他怎么在那儿?"

"因为播种。"一个身穿狼皮外衣、头戴毡帽的胖市民解释道。

"因为什么?"

"播种。"胖子重复一遍,还加强了语气,"还到处散播。"

"啊!抱歉,我还以为你口齿不清呢。"雇佣步兵大笑起来,"但这没道理啊,我认识福森很多年了。他是个鞋匠。他家祖祖辈辈都是鞋匠。他这辈子从没干过耕地、播种或收割之类的事。你这狗屁不通的说法是从哪儿听来的?"

"法官读过判决书了。"那人气愤地说,"法官说,这个罪犯会在颈手枷上示众到明天早上,因为他听从尼弗迦德人的命令,种植了某种异国的奇怪药草。恐怕还是有毒的……等等,我记得是……哦!失败主义毒草!①"

"没错,没错!"商人叫了起来,"我听说过。尼弗迦德密探和精灵确实在散播流行病,还把各种有毒物质——比如毒芹、伤寒病菌和失败主义毒草——投进井水、泉水和溪水里。"

"没错,"戴毡帽的胖男人说,"昨天在广场上,他们吊死了两个精灵。肯定也是因为他们下毒。"

◆━━◆━━◆

"这条街的拐角,"雇佣步兵指了指,"有家酒馆,征兵处就在那里。那儿有张很大的招贴画,上面画着泰莫利亚的百合花。当然,你

---

① 本意是指"散播失败主义论调",但这人理解错了。——译注

一看就晓得了，对你来说轻而易举。祝你好运，孩子，或许诸神会让我们在更好的时代再次碰面。还有你，商人先生，再会了。"

商人清了清嗓子。

"好心的先生们，"商人在他货车上的大小箱子里翻找起来，"感谢你们的帮助……为了表示感激……"

"不用麻烦了，好乡亲，"雇佣步兵笑了笑，"这事就别提了。"

"能躲避箭矢的魔法油膏怎么样？"老商人在一口箱子里翻腾着，"或者能治疗哮喘、痛风、瘫痪，外加去除头屑的多功能用具？能治疗蜜蜂蜇伤，外加疯狗、毒蛇和吸血鬼咬伤的香膏？或者能对抗邪眼的护身符？"

"如果吃坏了肚子，"另一个雇佣步兵用认真的语气问道，"你有没有什么特效药？"

"有！"商人高声道，"在这里，用魔法树根、香料和药草制成的最有效的解毒剂。每次用餐后服用三滴即可。请收下吧，可敬的大人们。"

"谢谢你。再会了，先生。还有你，小伙子。"

"诚实又正派的先生，"等两位雇佣步兵消失在人群里，商人说，"可不是每天都能遇到的。你也一样，年轻的先生！我能给你什么呢？防护闪电的护符？牛黄？能有效对抗魅惑咒语的龟形卵石？啊哈！我甚至还有颗吊死者的牙齿，以及一块魔鬼屎……"

雅尔努力将目光从一群人身上移开——他们正气势汹汹地用油漆在一栋屋子的墙上写字：跟战争一起见鬼去吧！

"没这个必要，"他说，"我该去……"

"哈！"商人大喊一声，抽出一块心形的黄铜徽章，"这东西最适合年轻男人了。它很稀罕，我也只有这么一条。这是魔法护身符，能让佩戴者永远不会忘记自己的爱人，无论他们相隔的时间与距离有多远。你看，里面有张纸莎草纸，只要用我这里的魔法红墨水写上你所爱之人的名字，她就永远不会忘记你，也不会背叛你。你觉得如何？"

"唔……"雅尔涨红了脸，"我不知道……"

"你要写的名字是？"商人用羽毛笔蘸了蘸他的魔法墨水。

"希瑞。我是说，希瑞菈。"

"写好了。给你。"

"雅尔！活见鬼！你在这里做什么？"

雅尔猛转过身。我本以为能抛下过去，迎接崭新的一切，他心想，可我总能撞见以前的熟人。

"丹尼斯·克莱默！"

一个矮人，身穿厚重的皮外套和钢制铠甲，戴着护手和狐皮帽，帽子后边还有条小尾巴。他看看雅尔，看看商人，又看看雅尔。

"雅尔，你在这儿做什么？"他语气严厉地问，眉毛、胡须和小胡子根根竖立。

有那么一瞬间，雅尔本想撒个谎，再让好心的商人帮忙证明。但他立刻放弃了这个念头。丹尼斯·克莱默曾是艾尔兰德公国的卫兵，向来以"难以欺骗"著称。而且他很清楚，做这种尝试的后果很严重。

"我是来应征入伍的。"

他知道矮人下一句会问什么。

"你得到南尼克的许可了？"

他没答话。

"你逃跑了，"丹尼斯·克莱默摸了摸胡须，"你擅自离开神殿。

南尼克和其他女祭司恐怕正大发雷霆呢……"

"我留下了一封信。"雅尔嘀咕道,"克莱默先生,我不能……我必须……敌人踏进国土……祖国受威胁的时候,我不能袖手旁观……而且……希瑞……南尼克嬷嬷禁止我来。她把神殿里四分之三的见习女祭司都送去了军队,却不让我离开。但我必须……"

"也就是说,你逃跑了。"矮人皱起眉头,"以圣书里的一千头恶魔发誓!俺真该把你绑在木桩上,押送你回艾尔兰德。或者俺该找人把你关进山洞,等女祭司过来接你!俺应该……"

他愤怒地哼了一声。

"雅尔,你上次吃东西是什么时候?你上次吃到热饭热菜是多久以前的事了?"

"热饭热菜?三……不,四天前吧。"

"跟俺来。"

◆—▶◀—◆

"吃慢点儿,孩子。"丹尼斯·克莱默的同伴之一,卓尔坦·奇瓦用责怪的语气说道,"别这么急,狼吞虎咽不利于健康。你这是赶着去哪儿?相信俺,没人会端走这口锅的。"

雅尔可不敢确定。毛熊酒馆的大厅里,有人正在斗殴。两个宽比火炉的壮实矮人挥拳相向,响声甚至盖过了步兵团成员的吵闹和欢呼声。木头地板嘎吱作响,碗碟从架子上坠落,鼻血如雨点般洒落在周围。雅尔觉得那两个矮人之一迟早会滚过这张桌子,将盛有猪肉和煮豌豆的木盘、陶锅撞到地上。他嚼也不嚼地吞下一块肉,因为过去几天的经验让他明白,任何事都可能发生。

"俺不明白,丹尼斯,"桌边另一个矮人说道。他叫谢尔顿·斯卡格斯,一名斗殴者一记右勾拳差点打中他,他都没回头看一眼。"既然这孩子是个祭司,他干吗要参军?祭司的命贵重着呢。"

"他只在神殿上过学,不是祭司。"

"见鬼,俺从来搞不懂人类的迷信。但嘲笑别人的信仰也不太好……既然这年轻人在神殿长大,那他见点血也没啥。尤其是尼弗迦德人的血。孩子,你怎么说?"

"让他好好吃饭,谢尔顿。"

"我很乐意回答……"雅尔咬了口猪肉,就着一勺豌豆咽下去,"我觉得在正义的战争中挥洒热血是正当且合理的。所以我才想参军……祖国在召唤我……"

"你自己也看到了,"谢尔顿·斯卡格斯看看他的同伴,"关于人类和咱们的种族是近亲关系,而他们和咱们出自同一个祖先的说法的真实性有多高。最好的证据就坐在咱们面前,吃着豆子。换句话说,你们也曾在年轻矮人身上看到过同样愚蠢的热情。"

"尤其是在玛伊纳之战以后。"卓尔坦·奇瓦冷静地说,"每打赢一仗,志愿参军者的数量便会增加。等门诺·库霍恩从水陆两路朝艾娜河上游进军的消息传来,这股冲动劲儿就会迅速冷却了。"

"俺只希望他们的冲动能用到别处,"克莱默喃喃道,"俺可不相信志愿兵。说来有趣:每两个逃兵中就有一个是志愿兵。"

"你怎么能……"雅尔差点噎住,"你怎么能这么暗示,先生……我志愿参军,动机是爱国……是为了祖国……"

正在斗殴的两名矮人之一倒在地上,雅尔觉得,他让这栋建筑物的地基都摇晃了起来。灰尘从地板的缝隙间猛地扬起，甚至与抬起的胳膊一样高。这一次，倒地的矮人没有一跃而起，再次扑向他的对手，而是躺在地板上，无力地挪动着四肢，看起来就像一只四脚朝天的巨型甲虫。

丹尼斯·克莱默站起身。

"问题解决了。"他朝酒馆四下张望，用雷鸣般的嗓音宣布："由于埃尔卡纳·福斯特在玛伊纳之战中英勇牺牲，步兵团指挥官的职位空缺至今。现在……孩子，你叫什么来着？俺一下子忘了。"

"布拉斯科·格兰特！"斗殴的胜利者将一颗牙齿吐到地上。

"布拉斯科·格兰特就是新的指挥官。有人反对他的晋升吗？没有？很好。老板！拿酒来！"

"咱们刚才说到哪儿了？"

"正义的战争。"卓尔坦·奇瓦数起手指，"志愿兵。逃兵……"

"哦，那个！"丹尼斯打断他的话，"俺就知道，俺想说的就是跟志愿兵、逃兵和叛徒有关的事。俺还记得辛特拉元帅维赛基德的志愿兵部队。原来那些混球已经叛变了。俺是从'小美猫'茱莉娅的自由佣兵团那儿听说的。他们在玛伊纳遭遇了辛特拉人。那些狗娘养的在金狮子旗下跟尼弗迦德人并肩作战……"

"他们响应了祖国的召唤。"斯卡格斯阴郁地说，"还有未来的皇后希瑞菈的召唤。"

"嘘。"丹尼斯说。

"没错，"第四个矮人，一直沉默不语的亚尔潘·齐格林说道，"嘘！别出声更好。不是怕这儿有探子，而是因为你不该谈论自己屁都不懂的事。"

"那你，齐格林，"斯卡格斯吹了吹胡须，"你就懂呗？"

"没错，俺懂。我告诉你一件事——没有人，就算是恩希尔·瓦·恩瑞斯，就算是仙尼德岛上那些背信弃义的巫师，就算是魔鬼本人，也没法强迫那丫头做任何事。他们没能让她屈服。俺很清楚。因为俺了解她。嫁给恩希尔这事就是个骗局，是迷惑傻瓜的花招……俺还得告诉你们，那丫头拥有截然不同的命运。"

"听你的口气，"斯卡格斯嘀咕道，"好像你很了解她一样，齐格林。"

"闭上你的破嘴！"卓尔坦突然骂道，"她有截然不同的命运。俺也这么觉得。俺有俺自己的理由。"

"呸！"谢尔顿·斯卡格斯摆摆手，"别浪费口水了。希瑞菈、恩希尔、命运……这些都是远在天边的事。咱们最该担心的是中央军团的陆军元帅门诺·库霍恩。"

"好吧。"卓尔坦·奇瓦叹道，"依俺看，咱们跟他们是免不了一战了。恐怕还会是有史以来规模最大的一战。"

"这场战斗会决定很多事。"丹尼斯·克莱默嘀咕道，"终结很多事。"

"一切……"雅尔干呕一声，然后羞愧地双手捂嘴，"一切都会终结。"

矮人们在沉默中看了他一会儿。

"俺不明白你的意思。"最后，卓尔坦说，"能给俺解释一下吗？"

"我听说，在艾尔兰德的宫廷议会上……"雅尔结结巴巴地说，"他们说要在这场战争中赢得一场大胜，一场关键性胜利……让这场战争终结一切战争。"

谢尔顿·斯卡格斯哼了一声,朝酒杯里吐了口唾沫。卓尔坦·奇瓦大笑起来。

"先生们,你们怎么想?"

现在轮到丹尼斯·克莱默放声大笑了。亚尔潘·齐格林依然一脸严肃。他仔细审视着面前的年轻人,神情似乎带着担忧。

"孩子,"他格外严肃地说,"你瞧。坐在柜台那边的是伊文杰丽娜·帕尔。她是个公认的尤物,甚至配得上'伟大'二字。但不论她做什么,一个妓女都没法终结一切妓女。"

◆━━━◆━━━◆

离开酒馆时,丹尼斯·克莱默把雅尔拉到一旁。

"俺得表扬你,雅尔。"他说,"你知道为什么吗?"

"不知道。"

"别装了。在俺面前就免了。你值得表扬,因为他们提到希瑞时,你连眼睛都没眨一下。别装作听不懂俺的话。俺对南尼克神殿里发生的事还是略知一二的。俺也听到了你在心形徽章上写的名字。"

矮人假装没注意到男孩涨红的脸。

"保持下去吧,雅尔。不光是跟希瑞有关的事……你在看什么?"

在一条小巷入口旁的谷仓外墙上,有人用石灰写下了一行模糊的字——要做爱,不要战争。而在下方,有人用小得多的字体潦草地写下了另一行字——要拉屎,每天早上都要。

"别看那边,蠢货,"丹尼斯·克莱默厉声道,"光是看那些字就能让你惹上麻烦。也别说不合时宜的话,不然他们会把你绑在木桩上,用鞭子抽得你鲜血淋漓。在这里，审讯是很快的！快得离谱！"

"我看到一个鞋匠被铐在颈手枷上。据说他散播了失败主义论调。"

"所谓的散播，"矮人严肃地说着，拽了拽男孩的袖子，"或许只是因为他反对自己叫嚷着爱国主义的儿子参军而已。对于情况严重的那些，惩罚也不太一样。来吧，俺带你去看看。"

他们走进一个小广场。雅尔被迫抽身后退，用袖子遮住鼻子和嘴巴。一座巨大的绞刑架上悬着好几具尸体。从外观和气味判断，其中一些已经有些日子了。

"那个人，"丹尼斯摆手赶走几只苍蝇，"在墙上写了几句蠢诗。他说战争是领主老爷们的事，农夫只能当新兵送死，而尼弗迦德人不是他们的敌人。那个家伙喝醉了酒，说出了下面这句话：'长矛是什么？是贵族用的武器，两头都能用来捅穷人。'还有那边，看到最远处那个老女人没？她是一家军用妓院的老鸨，在门口挂了块牌子，上面写着：赶紧操吧，大兵！也许明天你就没得操了。"

"就因为这个……"

"后来他们发现，有个姑娘得了淋病。'阴谋破坏部队作战能力'的罪名就是这么来的。"

"我明白，克莱默先生。"雅尔摆出他觉得是军礼的姿势，"但你不用替我担心，我可不是失败主义者……"

"你屁都不明白。还有，别打断俺，俺还没说完。最后那个吊死的，已经发臭的那个，他唯一的罪行是在跟某个便衣密探聊天时回了一句：'你说得没错，我的朋友，确实没错，就像二加二等于四。'现在你该明白了吧。"

"明白了，"男孩谨慎地四下张望，"我会当心的。可是……克莱默先生……真正的情况是怎样的?"

矮人也谨慎地扫视周围。

"事实是,"他小声回答,"陆军元帅门诺·库霍恩的中央军团总兵力有十万人。要不是维登发生叛乱,他早就打到这儿了。事实是,咱们的联合军不足以阻挡库霍恩,至少在庞塔尔河战线那边办不到。"

"可那条河在我们北面。"雅尔低声说。

"是你自己想听事实的。不过记住,要守口如瓶。"

"我会小心的。等我参军之后呢?面对其他士兵时,我是不是也得小心?免得他们中间有密探?"

"在军营里?在靠近前线的地方?哦,用不着!密探远离前线还来不及呢,他们害怕自己死在那儿。另外,如果每个抗议、抱怨或咒骂的士兵都得上绞架,这仗就没人打了。不过雅尔,在跟希瑞有关的事上,你要记得闭紧嘴巴。现在跟俺来吧,俺送你去征兵办公室。"

"克莱默先生,"雅尔满怀希望地看着矮人,"你会替我美言几句吗?"

"你这愚蠢的公子哥儿!这儿可是军队!如果俺推荐你、保护你,那就像用金线在你背后缝上'没出息'几个字。你部队每个人都会来找你麻烦的,小伙子。"

"那如果我……"雅尔问,"加入你的部队……"

"想都别想。"

"因为那地方只适合矮人,对吗?"男孩语气苦涩,"不适合我?"

"没错。"

当然不适合你,丹尼斯·克莱默心想。不适合你,雅尔。南尼克嬷嬷对俺有恩,所以俺不希望你参战。玛哈坎志愿军由矮人组成,是来自异国和异族的志愿部队，每次都会被派往战场上最惨烈也最危险的位置。一去不回。派去人类部队不会被派去的地方。

"所以我要怎么做，"雅尔皱起眉头，"才能加入优秀的部队？"

"对你来说，哪支部队才是特别的、值得你加入的？"

雅尔转过身去，他听到了歌声，如海浪般涌来的歌声。它越来越嘹亮，仿佛一场飞速逼近的暴风雨。那歌声响亮有力，又如钢铁般坚定。他以前听过类似的歌声。

在与城堡相连的街道上，佣兵部队骑着马，排成三列，正朝这边行进。最前面的男人骑着一匹灰色种马，手举用马毛拴着人头骨的木棍。他长着鹰钩鼻，头发编成的辫子披在铠甲上。

"'永别了'亚当·潘葛拉特。"丹尼斯·克莱默喃喃道。

佣兵的歌声在街上回荡，应和着马蹄铁踩在路面上的叮当声。它充斥了街道，越过屋顶，最后飞向城市上方的蓝色天空。

倒地流血的时候，
我们不会想起妻子与爱人，
因为太阳般闪耀的钱币，
才是我们奋战的动力……

"哪支部队？"雅尔目不转睛地看着那队骑兵，"最好是那样的部队！值得你去……"

"每个人都有自己的喜好，"矮人打破了沉默，"但每个士兵都会挥洒鲜血，无论有没有人为他哭泣。在战场上，孩子，无论唱歌的人，还是行军的那些家伙，都是平等的，各个编队也是平等的。因此在战斗中，每个人都必须面对自己的命运。无论与自由兵团的'永别了'潘葛拉特并肩战斗，还是在步兵团或军营里……无论穿着羽毛装饰的闪亮盔甲，还是穿着爬满虱子的皮外套。无论骑着光鲜的骏马，还是举着破烂的盾牌……每个人都必须面对自己的命运。好吧，咱们到征兵办公室了，你看到门口挂的招牌了吧？如果你还打算参军，就自己过去吧。祝你好运，雅尔。等结束之后，俺再去找你。"

矮人目送男孩，直到他消失在被征兵处征用的酒馆里。

"也许俺不会再见到你了。"他轻声补充道，"天知道命运会如何安排。"

※

"你会骑马吗？会用长弓或者十字弓吗？"

"不会，专员先生。但我识字，会书法。我了解古代符文……懂得上古语……"

"你熟悉刀剑的用法吗？长矛呢？"

"我读过战争相关的历史书。佩里格兰元帅写的那些。还有罗德里克·德·诺温布瑞……"

"你至少会做饭吧？"

"不怎么擅长……但我会算数……"

征兵负责人翻了个白眼，摆摆手。

"又是个知识分子。这种人还要来多少？给他写一份分配到PFI的文件。你服役的部队是PFI，年轻人。拿上这份文件，到城南湖边的马里波之门。"

"可是……"

"不许有疑问。下一个!"

"嘿,雅尔!等等!"

"梅尔菲?"

"当然是我,"修桶匠之子摇摇晃晃地走了过来,背靠墙壁,"呕……我想吐……"

"怎么了?"

"我怎么知道?哈哈!没什么!我们稍微庆祝了一下。我们为尼弗迦德人的惨败喝了几杯。哦,雅尔,见到你我真高兴。我还以为我们把你弄丢了……我的朋友……"

雅尔后退几步,仿佛被人扇了一巴掌。修桶匠之子不但散发出啤酒和白兰地的味道,还有洋葱、大蒜和鬼知道什么东西的气味。简直让人无法忍受。

"你那些了不起的同伴,"他讽刺地问,"去哪儿了?"

"愿魔鬼带走他们吧。"梅尔菲咧嘴一笑,"你知道我为什么来找你吗,雅尔?因为派克不是什么好人。"

"精辟。恭喜你。"

"所以你也明白,"梅尔菲对雅尔的讽刺毫无察觉,继续说了下去,"我可没那么好骗。你知道他为什么来维吉玛吗?你以为他是想参军?那你可就错了!你不会相信他来这儿的理由。"

"我会相信的。"

"他需要马和制服。"梅尔菲得意洋洋地总结道,"他想来这儿偷,因为他打算扮成士兵去抢东西。"

"他会上绞架的。"

"我也想这么说呢。"修桶匠之子靠着墙壁,解开了裤子纽扣,"我真同情奥格拉贝克和米尔顿,那两个蠢货上了派克的当,他们会跟他一起上绞架的。唉,不管他们了,一群傻帽乡巴佬。你那头怎么样了,雅尔?"

"什么?"

"你被分配到哪儿了?"梅尔菲开始朝粉刷过的墙壁撒尿,"他们让我去马里波之门。就在镇子南边。你要去哪儿?"

"我也去那儿。"

"哈!"修桶匠抖了几下,重新扣好纽扣,"我们可以并肩作战了?"

"恐怕不行,"雅尔的语气带着一丝优越感,"根据我的能力,他们给我分配了部队。叫PFI。"

"当然,"梅尔菲打了个嗝儿,再次吐出令人作呕的酒气,"你是个学者!你当然会分配到重要职位。不然你能怎么办呢?不过我们可以一起走一段。毕竟我们都要去城南。"

"似乎是这样。"

"那就走吧?"

"走吧。"

"我觉得不是这儿。"雅尔看着庭院周围的帐篷。庭院里,一队正在用长木棍操练的士兵扬起阵阵尘云。雅尔注意到,他们每个人的右腿上都绑着一捆干草,左腿上则是稻草。

"我想我们走错路了,梅尔菲。"

"稻草!干草!"他们听到,庭院里一位士官正朝那些动作乱七八糟的士兵大吼,"稻草!干草!加快速度,不然我操你们亲娘!"

"那顶帐篷上有面旗。"梅尔菲说,"你自己看吧,雅尔。上面有你在路上跟我们说过的百合花。那是旗帜吧?没错。那是营地吧?也没错。这说明我们没找错地方。"

"也许对你来说没错。但肯定不是我的部队。"

"你瞧,栅栏那边有个人。我们过去问问他吧。"

之后的一切发生得飞快。

"新兵?"士官大喊,"把你们的文件拿来!见鬼,你们干吗并肩站在那儿?前进!我说的是向左,不是向右!小跑,小跑前进!站住,该死的,向后转!听好了,记住了!去找军需官!去拿你们的武器!链甲衫、战袍、长矛、头盔和匕首!然后回这儿来训练!日落前给我准备好!解散!去吧!"

"等等,"雅尔犹豫不决地问,"我觉得,我被分到的是别的部队……"

"啥?"

"抱歉,长官,"雅尔涨红了脸,"我只想避免犯错……征兵专员清楚地……明确地提到,要把我分配到 PFI,所以我……"

"你没走错,小子。"士官哼了一声,被人称为"长官"让他稍稍放下了架子,"这里就是你被分来的部队。欢迎来到 PFI——烂渣步兵团。"

◆━━┥◆┝━━◆

"士兵先生们,"罗科·希尔德布兰特惊讶地说,"我们为什么还得付你们钱啊?我们按时缴纳了所有税款。"

"你们听到这只小虾米说什么了?"派克冲他的同伙们咧嘴一笑——他们都骑着偷来的马匹。"他说他付过钱了。他以为那就是所有的税款。这就像火鸡在期待星期天,虽然它星期六就要掉脑袋了!"

奥库尔提克、科拉普洛斯、米尔顿和奥格拉贝克放声大笑。笑话只是前菜,乐子就要开始了。

罗科看看这些劫掠者黏嗒嗒的恶心眼睛,四下张望一番。小屋门口站着他妻子荫卡维丽娅·希尔德布兰特,还有他的两个女儿,爱洛和亚思敏。

派克那伙人看着几个女性半身人,脸上露出色迷迷的微笑。是啊,毫无疑问,乐子肯定很有趣。

茵碧坦媞娅·范德贝克,昵称"茵碧",希尔德布兰特的外甥女,从道路另一边的山脊那头走了过来。她是个非常漂亮的姑娘。强盗们一见她,笑容更令人作呕了。

"过来,小矮子,"派克催促半身人,"给我们拿吃的来,再把这些马带去谷仓。我们可不想在这儿过夜。今天我们还要去别的村子呢。"

"我们为什么要给你们钱,还给你们东西吃?"罗科·希尔德布兰特的声音微微颤抖,但依然不肯退让,"你说是为了军队,为了保护我们。可面对饥饿威胁时,谁会来保护我们?我们已经付了过冬费,给军队捐了款,为每个人和每块土地交了税,为货车、路牌和鬼知道什么东西交了税!好像这些还不够似的,我们村里四个人,其中包括我儿子,还参了军。我亲戚米洛·范德贝克,大伙都叫他'铁锈',是军队里的军医,还是个重要人物。我们已经履行了义务。我们还要付什么钱?为什么?"

派克还在看着半身人的老婆,来自比伯威特家族的荫卡维丽娅·希尔德布兰特。还有他两个体态丰满的女儿,爱洛和亚思敏。以及可爱的茵碧·范德贝克,她穿着绿裙子,活像个洋娃娃。他看着山姆·霍夫梅耶,以及山姆的祖父,老霍洛夫尼。看着正用锄头给花坛翻土的佩崔妮亚奶奶。看着村子里的其他半身人,尤其是从屋子里和栅栏后紧张地看向这边的女人和年轻人。

"你问为什么?"派克嘶声说道。他坐在马鞍上,身体前倾,看着胆怯的一众半身人。"我来告诉你为什么。因为你们是肮脏的半身人,是家畜,是异类。你们是非人种族,就连众神也觉得你们活该被打被杀。因为我等不及想看你们的耗子洞烧起来,想看你和那些婊子仓皇逃窜。因为我们是五个人类,而你们只是一群懦夫。现在你知道为什么了吧?"

"现在我知道了。"罗科·希尔德布兰特缓缓地说,"离开这儿吧,大个子们。走得越远越好。我们什么都不会给你们。"

派克坐直身子,伸手去拿挂在马鞍上的剑。

"攻击!"他大喊道,"杀了他们!"

罗科·希尔德布兰特用肉眼难辨的速度钻到自己的独轮车下面，拿出藏在垫子下的十字弓，一箭射进袭击者张大的嘴巴。荫卡维丽娅·希尔德布兰特，出身于比伯威特家族的女半身人将双手甩过空中，掷出了一把镰刀，干净利落地割断了米尔顿的喉咙。这个乡下出身的雇工之子开始吐血，随后躺倒在马背上，双腿无力地晃荡着。奥格拉贝克尖叫一声，脸朝下倒在自己坐骑的马蹄边，霍洛夫尼爷爷的刀子刺进了他的肚腹，只剩木头刀柄露在外面。魁梧的科拉普洛斯刚想用棍子抽打老人，却发出骇人的尖叫，滚落马鞍，茵碧坦媞娅·范德贝克掷出的串肉扦正中他的眼睛。奥库尔提克掉转马头，想要逃跑，佩崔妮亚奶奶一跃而起，一锄头砸在他大腿上。奥库尔提克怒吼一声，落下马来，但双脚仍卡在马镫里，受惊的坐骑拖着他越过树篱和尖桩。强盗在拖曳下发出哀号和尖叫，拎着锄头的佩崔妮亚奶奶和拿着嫁接弯刀的茵碧紧追不舍。霍洛夫尼爷爷用手响亮地擤了下鼻涕。

这整个插曲——从派克尖叫到霍洛夫尼爷爷擤鼻涕——耗时短得惊人，其过程完全可以用"半身人的动作异常迅速而灵巧，并用无可挑剔的手法掷出了各种东西"来概括。

罗科在小屋前的台阶上坐下，身边是他妻子荫卡维丽娅。他们的两个女儿去帮山姆·霍夫梅耶搜刮死者和伤者身上的东西了。

茵碧回来时，绿裙的袖子挽到了手肘上。佩崔妮亚奶奶也回来了，她走得很慢，气喘吁吁，拄着锄头连声呻吟。

哦，老祖母真是上年纪了，罗科·希尔德布兰特心想。

"罗科先生，我们把这些强盗埋在哪儿？"山姆·霍夫梅耶问道。

罗科·希尔德布兰特把妻子抱进怀里，看着天空。

"埋进桦树林。"他说，"跟之前那些埋在一起。"

在那些发行量最大的报纸上，布雷默的马尔科姆·格斯里先生所写的耸人听闻的冒险故事可谓风靡一时，就连伦敦的《每日邮报》都要在"奇闻异事"版块里转载他的文章。我们都知道，在我们的订阅用户中，只有一小部分会阅读特威德以南地区发行的报刊，因此这种现象可谓惊人。今年三月十日，马尔科姆·格斯里先生带着一支钓鱼竿去了格拉斯卡诺克湖。在那里，格斯里先生看到湖面的迷雾和虚无中（原文如此）出现了一个脸上有伤疤的女孩（原文如此），骑着一匹黑色母马（原文如此），身边有一头白色独角兽（原文如此）。据说那女孩走向震惊的格斯里先生，用某种语言对他说话，按格斯里先生的描述——以下为引用——"我想是法语，或者另一个大洲的方言。"然而，由于格斯里先生不会说法语，也不懂其他大洲的任何方言，所以他没法跟那女孩交谈。女孩和独角兽消失不见，这里再次引用格斯里先生的话："就像一场金色的梦。"

编辑评论：格斯里先生的梦确实是金色的，就像单麦芽威士忌的颜色。而我们通过可靠的情报源得知，他经常喝酒，这也充分解释了他为何能在苏格兰湖边看到白色独角兽、白色老鼠或其他怪物的幻象。但我们最想问格斯里先生的问题是：在禁渔令结束的倒数四天前，你带着钓鱼竿跑到格拉斯卡诺克湖边做什么？

——《因弗内斯周报》1906年3月18日号

第七章

风势逐渐增强,云团从西方涌来,逐渐遮蔽了群星。首先消失的是天龙座,然后是冬之少女座,接着是七山羊座。最后,群星中最为明亮的夜眼星也不见了踪影。

地平线上的天穹被闪电短暂地照亮。沉闷的雷声随之而来。风暴愈加猛烈,将灰尘和枯叶甩向她们的眼睛。

独角兽嘶鸣一声,送出一条心灵信号。希瑞立刻就明白了。

我们不能再浪费时间了。我们唯一的希望是迅速逃跑。前往正确的地点与正确的时间。快点儿,星星眼。

*我是诸界的主宰。*她回想道。*我是上古血脉的继承者。我的能力超越了时间与空间。我是希达哈尔之女劳拉·朵伦的后裔。*

伊瓦拉夸克斯再次嘶鸣,催促她抓紧时间。凯尔比也嘶鸣起来。希瑞戴上手套。

"我准备好了。"

她耳边传来一阵嗡鸣。然后是亮光。再然后则是黑暗。

渔夫王在船上用力拖拽并扭动绳索,试图拉起被什么东西缠在湖底的渔网,咒骂声打破了午后的宁静。被他松开的船桨发出微弱的嘎吱声。

妮妙不耐烦地咳嗽一下,康德薇拉慕斯转过身,离开窗边,再次低头看向那些印刷版画。其中一幅尤其引人注目:一头乱发的女孩骑在腾跃的马背上,身边是一匹白色的独角兽。

"对于这部分传说,"解梦者思忖道,"历史学家没有任何分歧。他们一致认为这是个虚构的故事,或者某种比喻。但艺术家和画家却很喜欢这个插曲。你瞧,每幅画上都是希瑞和独角兽。这幅是希瑞和独角兽在海边的悬崖上。这幅是她和独角兽在令人沉醉的风景里,天上还有两个月亮。"

妮妙沉默不语。

"简而言之,"康德薇拉慕斯把版画丢回桌上,"希瑞和独角兽无处不在。希瑞和独角兽在诸界的迷宫。希瑞和独角兽在时间的深渊……"

"希瑞和独角兽。"妮妙看向窗外的湖面,看向渔夫王的小船,插嘴道,"希瑞和独角兽像幽灵一样凭空出现,悬停在一片湖泊上方,而那湖泊像桥梁般连接着不同时间与地点,不断变化,却又始终如一?"

"这怎么可能?"

"幻影。"妮妙头也不回地说,"来自其他维度、其他次元、其他地方、其他时间的访客。能改变人生的幻影。改变你的人生和命运

"……而你却一无所知。对他们来说……那只是另一个地方。错误的地点，错误的时间。一而再，再而三，天知道有多少次……"

"妮妙，"康德薇拉慕斯挤出笑容，插嘴道，"你应该记得，我才是解梦师。而你却突然开始说预言了。看你说话的样子，就像是……在梦里见过一样。"

从咒骂声的响亮程度判断，渔夫王还没解开缠住的渔网，而连着网子的绳索却断了。妮妙沉默地看着那些绘画。希瑞和独角兽。

"的确，"最后她说，"我在梦里见过。我在梦里见过很多次。清醒时也见过一次。"

路途不顺的话，从奇武胡夫到马尔堡的旅途得花上五天时间。因为温里希·冯·奈普路德大团长的信必须在圣灵降临节之前送达，骑士海因里希·冯·斯凯维伯恩在蒙主垂听日的第二天便出发了，以确保旅途平安，没有延误的风险。他的速度缓慢却平稳。骑士的作风让同行的六名十字弓手——领头的是来自科隆的面包师之子哈索·普朗克——非常满意。毕竟，普朗克和十字弓手们已经见惯了那些满口脏话、大呼小叫、只管命令拼死赶路、一旦延误就把责任推给随从的所谓骑士。

尽管乌云密布，天气却没那么冷。毛毛细雨不时飘落，覆盖着茂密植被的山岭让骑士海因里希想起了他的故乡图林根。跟在后面的十字弓手唱起瓦尔特·冯·沃格尔维德的歌谣，哈索·普朗克则在马鞍上打起了瞌睡。

爱上一个好女人，

就能抚平所有的愤懑……

旅行过程非常顺利，谁知道呢，也许直到结束都会平安无事吧。但在正午时分，骑士海因里希看到路边低处有片闪闪发亮的湖泊。由于第二天是周五，根据宗教习俗，他们不能吃红肉，于是骑士命令他们去湖里抓鱼。

湖面很宽阔，湖中甚至有座小岛。没人知道湖的名字，但人们对它的称呼多半是"圣湖"。在这个异教徒国家，每两个湖泊中就有一个叫"圣湖"。

马蹄踩碎了岸边的贝壳。湖面和原野上雾气低垂。湖上看不到渔船或渔网，也没有半个人影。我们只能去别处找了，海因里希·冯·斯凯维伯恩心想。实在找不到就算了。我们可以拿鞍囊里的食物——包括牛肉干——果腹，然后再向马尔堡的随军牧师忏悔。他会宽恕我们的罪过的。

他正要下达命令时，头盔下的脑袋突然嗡嗡作响。哈索·普朗克尖叫一声。冯·斯凯维伯恩循声望去，在胸前画了个十字。

他看到了两匹马——一匹白色，另一匹黑色。到了下一刻，他才注意到白马额前长着一根扭曲的角。他还注意到，那匹黑马——毛色就像黑貂皮一样——背上坐着个女孩，银发遮住了一部分脸庞。两匹马的蹄子似乎既没碰到地面，也没碰到水面，而他不禁觉得，她们只是笼罩湖面的迷雾的一部分而已。

黑马嘶鸣起来。

"哎呀,"银发女孩用颇为清晰的嗓音说道,"Ire lokke, ire tedd! Squaess'me。"

"守护圣灵圣厄休拉啊……"哈索结结巴巴地说道,脸色苍白得像个死人。十字弓手们目瞪口呆地站在原地,在身前画起了十字。

冯·斯凯维伯恩也画了个十字,然后用颤抖的手拔出系在鞍上的剑。

"圣母玛利亚啊!"他喊道,"保佑我吧!"

那一天,骑士海因里希没令他的先祖蒙羞——其中包括曾在达米埃塔英勇作战的迪特里希·冯·斯凯维伯恩,就在撒拉逊人用魔法召唤出一群黑色恶魔时,他是少数坚守阵地的人之一。海因里希·冯·斯凯维伯恩想起自己的先祖,用脚踝踢踢马腹,朝幻影发起了冲锋。

"以骑士团和圣乔治的名义!"

白色独角兽人立而起,黑色母马翩翩起舞。一眼就能看出,发起攻击的骑士海因里希让女孩吓了一跳。要不是突如其来的狂风将一小片迷雾吹离了湖面,天晓得后果会是怎样。那道幻象在彩虹般的光彩中消失无踪,就像四分五裂的石头,或者说破碎的彩色玻璃。幻影消失了——独角兽、母马和那奇怪的女孩……

哗啦一声,海因里希·冯·斯凯维伯恩胯下的栗色马跃进了湖水,随后停下脚步,晃晃脑袋,喷了喷鼻息,咬起了嚼子。

哈索·普朗克控制住他那不情不愿的马,朝骑士走去。冯·斯凯维伯恩气喘吁吁,双眼像鱼儿一样凸出。

"圣厄休拉、圣寇杜拉和一万一千名处女殉道者的骸骨啊……"哈索·普拉克勉强吐出这句话,"海因里希骑士阁下,刚才那是什么?奇迹还是启示?"

"魔鬼的把戏!"冯·斯凯维伯恩喘息着说。他脸色苍白,颤抖不止。"是黑魔法!巫术!该死的异教徒和恶魔的杰作!"

"我们最好离开这儿,骑士阁下。越快越好……我们离佩尔皮林没多远了,只要跟着教堂的钟声前进就好……"

在同一片森林的一座小山上,骑士海因里希最后一次俯视下方。风吹开了几处迷雾,让他看到了泛起涟漪的湖面。

一只巨鹰在湖面上方盘旋。

"邪恶的异教国家,"海因里希·冯·斯凯维伯恩嘀咕道,"还有许多艰苦的任务等着我们:条顿骑士团的律法一定会将魔鬼驱离此地。"

"小马,"希瑞的语气同时带着责备和讽刺,"我不想催促你,可我急着回到我的世界。我的亲人和朋友需要我,你知道的。可我们却差点掉进湖里,还看到一个穿着滑稽衣服的家伙,又看到一群浑身脏兮兮、挥舞棍棒、尖叫不止的人,最后更有个戴十字架的疯子!那不是我的世界,也不是我的时间!请再努力一点。拜托了。"

伊瓦拉夸克斯嘶鸣一声,点了点独角,向希瑞发出一条心灵信号。希瑞没能理解。她还没来得及细想,冰冷而清晰的念头便涌入她的脑海。她耳中嗡鸣,身体也传来刺痛。

黑暗再次吞没了她。

妮妙快活地大笑，拉着男人的手，两人一起跑向湖边，绕过一棵棵桦树与赤杨。在沙土覆盖的湖岸上，妮妙踢掉便鞋，掀起裙子，光脚踩进湖水。男人脱掉鞋子，但没踏入水中。他脱下斗篷，小心翼翼地铺在地上。

妮妙朝他跑去，搂住他的脖子。她踮起了脚尖，但即便如此，男人还是得深深弯腰才能吻到她。人们叫她"拇指姑娘"并非毫无理由。不过她已经十八岁了，在魔法技艺方面也有所成就，能这么称呼她的只有她的密友。以及几个男人。

男人保持着接吻的姿势，双手滑向她的后颈。

然后一切发生得飞快。他们一起躺在他的斗篷上。妮妙的裙子掀至腰际，双腿缠着男人的臀部，指甲埋进他的双肩和背脊。他一如既往地占有了她——他太缺乏耐心了——而她咬紧牙关，很快便被兴奋所掌控。男人发出荒谬可笑的声音。妮妙越过他的肩头，看着缓缓飞过、形状奇妙的云朵。

某种模糊的声音传来，像在水下响起的钟声。妮妙听到耳畔的低语。*魔法*，她一边想，一边将目光从男人脸上移开。

站在岸边，或者说悬停在空中的，是一头白色独角兽。它旁边是一匹黑色母马。有个女孩坐在马鞍上……

我听过这个传说，妮妙的脑海中掠过一缕思绪。*我听过这个故事！小时候，我从云游四方的老说书人口中听说过……女猎魔人希瑞……她脸上的伤疤……黑母马凯尔比……独角兽……精灵之地……*

男人对这些状况毫无察觉,他的动作越来越激烈,发出的声音也越来越可笑。

"哎呀,"骑着黑母马的女孩说,"又错了!不是这里,不是这个时间。更糟糕的是,我们出现的时机恐怕也大错特错。抱歉。"

影像黯淡下去,像涂色玻璃一样碎裂开来,化作一团混乱而明亮的虹色冷光,然后一切都消失不见。

"不!"妮妙叫道,"不!不要消失!不要离开!"

她伸直双腿,试图挣脱男人,但她办不到——他的力气和体重都远胜过她。男人发出呻吟和嘟囔。

"哦哦哦,小妮……哦哦!"

妮妙尖叫一声,狠狠咬住他的肩膀。

两人并肩躺在皱巴巴的斗篷上,汗水淋漓,余兴未消。妮妙回头看向湖岸。水面泛着灰白色的泡沫。风吹弯了芦苇。失落的传说消失无踪,只剩下无色而单调的空旷。

泪水流下妮妙的脸颊。

"妮妙……是不是发生了什么?"

"是啊……"她紧贴着他,但仍旧看着湖泊,"别说话。抱紧我,什么也别说。"

男人笑了。

"我知道发生什么了。"他得意洋洋地说,"你觉得大地都在晃动,对吧?"

妮妙露出悲伤的笑。

"不只是大地,"片刻过后,她说,"不只是大地。"

闪光。黑暗。下一个地方。

下一个地方昏暗无光,阴森可憎。

希瑞在马鞍上不由自主地缩起身子。她在发抖,不光是身体,就连心灵都在颤抖。凯尔比的马蹄落在某种光滑而平坦、坚如岩石的东西上,发出清亮的响声。在柔软虚空中前行良久的母马发出嘶鸣,身体猛地偏向一侧:它的蹄子断断续续地踏上坚硬的路面,让希瑞的牙齿都打起了颤。

第二次颤抖是因为一股味道。希瑞倒吸一口凉气,用袖子捂住嘴巴和鼻子。她发觉自己的两眼满是泪水。

在她周围,飘荡着一股腐蚀性的浓烈酸臭,味道令人作呕和窒息。她不记得自己闻过类似的气味。那是尸体腐烂的气味,是降解与变质的最终结果,是毁灭与灭亡的气息,让她不禁觉得,无论正在腐烂的东西是什么,它在世时的气味恐怕也好不了多少。即使在它的全盛时期也一样。

反胃感让她本能地弯下腰。凯尔比喷了喷鼻息,甩了甩头。独角兽出现在她们身边,它坐倒在地,然后一跃而起,甩了甩蹄子。它与坚硬地面的碰撞带来了响亮的回音。

在周围,深沉的夜色化作令人窒息的阴霾,将她们包裹。希瑞抬起头,想凭借星辰确定方位,但她头顶只有漆黑的苍穹,唯有远处的红色火光照亮了地平线附近的天空。

"哎呀,"张开嘴的同时,一股发黏发酸的湿气落到她的嘴唇上,"呸。错误的地点,错误的时间。就是字面上的意思!"

独角兽喷了喷鼻息,摇摇头,它的角画出一条短弧线。

与凯尔比的马蹄摩擦的地面的确是岩石,但却是某种平坦到反常的陌生岩石,散发着灰烬与泥土的浓郁气息。又过一会儿,希瑞才意识到那也许是道路。马儿每走一步,她都能感受到令人痛苦的震颤,因此她转过马头,让凯尔比朝路边走去。那里生长着某种成排的东西,也许它们曾是树木,但如今却像是残缺不全的骷髅,上面挂的破烂布片让她想起了腐烂的裹尸布。

独角兽用嘶鸣和心灵信号向她示警,但为时已晚。

枯木后方的地势向下倾斜,其尽头是一道断崖。希瑞尖叫一声,夹紧马腹。凯尔比肌肉紧绷、隆起,马蹄践踏着覆盖了这片山坡——或者说,构成这片山坡——的垃圾,其中大多是某种奇怪的空容器。这些容器柔软到令人作呕的程度,在马蹄的踩踏下并未弯曲,而是像硕大的鱼鳔一样纷纷破裂。每个容器破裂时都发出微弱的汩汩声,并释放出几乎让希瑞摔落马鞍的恶臭。凯尔比狂嘶一声,奋力踩着垃圾,朝路面靠近。希瑞几乎因恶臭而窒息,只能紧紧搂住母马的脖子。

她们办到了。踏上坚硬的路面时,她的心中莫名涌现出混合了喜悦与释然的情绪。

希瑞颤抖着看向山下。悬崖底部是片黑色的湖泊。湖面光滑而平静,仿佛湖中并不是水,而是沥青。在湖对面,在成堆的灰烬与矿渣的另一边,远方的火焰照亮了夜空。

在地平线那边，红色的烟柱正在升起。

独角兽喷了喷鼻息。希瑞想用袖子擦拭流泪的眼睛，却发现整个袖子都沾满了灰尘。她的大腿、马鞍、凯尔比的脖子和鬃毛都蒙上了一层灰。那味道让人无法忍受。

"真恶心，"她喃喃道，"让人想吐……我们走吧。赶快走吧，小马。"

独角兽竖起耳朵。

你一个人也能办到。放手去做吧。

"我？我自己？不靠你的帮助？"

独角兽点了点它的角。

希瑞挠挠头，叹了口气，闭上眼睛。她开始集中精神。

起先，她感受到的只有怀疑、不安和恐惧。但很快，一道冰冷的白光涌入她的脑海——那是知识与力量的光芒。她不清楚知识的来源，也不了解力量的源头，但她知道自己办得到。

她再次看向静止的湖面、散发热气的垃圾堆、骷髅般的枯树，以及被火光照亮的远方天空。

"我很庆幸，"她说，"这里不是我的世界。"

独角兽意味深长地嘶鸣起来。她明白了它的意思。

"如果这里是我的世界，"她用手帕擦擦眼睛和鼻子，"那我希望，它在时间上离我无比遥远。要么是久远的过去，要么……"

她闭了嘴。

"过去，"片刻过后，她有气无力地说，"我相信是过去。"

在下一个地点，迎接他们的暴雨就像神灵的赐福。倾盆大雨带着淤泥、青草和夏日的气息，迅速洗去了之前那个死寂世界的污垢与灰尘。

然而，一段时间过后，漫长的清洗变得无法忍受。雨水灌进希瑞的衣领，湿透的衣服紧贴身体，令她冷得难受。因此她迅速跃出了这个潮湿的地方。

因为那里也不是正确的地点，正确的时间。

下一个地方非常暖和，酷热笼罩了周围，希瑞、凯尔比和独角兽身上很快就干透了，雨水像茶壶里飘出的蒸汽一样迅速消失。她们站在森林边缘的荒野里，被阳光猛烈地曝晒。她们很快发现，那是一片茂密的大森林，植被密集得惊人，但看起来杳无人烟。

在涌动的热浪中，希瑞暗自祈祷这里是布洛克莱昂森林，祈祷自己终于来到了认识的地方。

她们绕着森林边缘缓缓走动。希瑞想找个能确认方位的东西。独角兽喷了喷鼻息，抬起长角的脑袋，四下张望，嗅个不停。它很不安。

"小马，"她说，"你觉得他们能追上我们吗？"

它喷出鼻息，就算没有心灵感应，表达的意思也清晰无误。

"我们还逃得不够远吗？"

这一次,她没能理解它的心灵信号。不太远也不太近?这是什么意思?螺旋?什么螺旋?

她不理解它的意思,但理解了它的焦虑。

这片炎热的荒野并非正确的地点,也不在正确的时间。

他们是在当晚发现这一点的:酷热消退后,森林上方的天空出现了月亮,但数目不止一个。两轮月亮。一大一小。

下一个地点是海边一道异常陡峭的悬崖,周围奇形怪状的岩石上栖息着许多海鸟。风中夹带着海水、燕鸥、海鸥、海燕和覆盖岩石阶地的白色物质的味道。

海面与乌云笼罩的天边相连。

希瑞突然发现,下方的岩滩上有一颗半埋在砂砾间的巨大鱼类头骨。从它的白色颚骨伸出的牙齿超过三尺长,一个成人足能骑马穿过它的咽喉,直接走进肋骨之间,完全不用担心碰到它的脊骨。

希瑞不确定这里是不是她的世界或者时间,也不清楚自己的世界是否有这样的鱼类。

她们沿悬崖边缘前进。海鸥和信天翁似乎一点也不害怕,它们不但没让道,甚至朝凯尔比和伊瓦拉夸克斯晃起了鸟喙。希瑞知道,这些鸟从没见过马或独角兽,也没见过人类。

伊瓦拉夸克斯喷着鼻息,晃晃脑袋和角,明显心神不宁。事实证明,它是正确的。

她听到"噼啪"一声,就像织物撕裂的脆响。海鸥在尖叫声和翅膀拍打声中纷纷飞起，白色羽毛的云朵瞬间遮蔽了一切。山崖上方的空气突然开始颤抖，变得朦胧不清，随即像玻璃一样碎裂。裂缝和黑暗中出现了骑兵。斗篷在他们身后飘舞，其色彩让人想起落日时的天空。

Dearg Ruadhri。红骑兵队。

在鸟儿的尖叫和示警的嘶鸣响起之前，希瑞、凯尔比和独角兽便转身逃跑。但他们另一边的空气也已裂开，骑兵从裂缝中涌出。追兵在他们周围组成一个半圆，然后收拢，迫使希瑞退向悬崖。她尖叫一声，拔剑出鞘。

独角兽朝她发出一个强烈的信号，仿佛刺入她大脑的一根针。希瑞立刻明白了。它把路指给了她。包围网上有个缺口。独角兽凶狠地嘶鸣一声，压低尖角，朝那些精灵冲去。

"小马!"

救你自己，星星眼！别让他们抓到你。

她抓住凯尔比的鬃毛。

两个精灵截断了她的去路。他们手持一端有绳圈的长杆，试图套住凯尔比的脖子。母马优雅地低头躲过第一只绳圈，速度丝毫不减。希瑞挥出一剑，斩断了第二个绳圈。母马从精灵身边掠过，仿佛一阵风暴。

但其他追兵早已紧随在后，希瑞听到他们的呼喊声与嘚嘚的马蹄声。*小马出了什么事？*她心想，*他们对它做了什么？*

她没时间思考了。独角兽说得对，不能让他们抓到自己。她必须逃进时空之中，在地点与时间的迷宫中甩掉他们。试图集中精神时，她感到了恐慌，因为脑海里突然出现了陌生的空虚感，还有迅速增长的混乱。

他们对我施了法术,她心想。他们想用咒语欺骗我。但就算是魔法,生效范围也是有限的。我不能让他们追上。

"跑啊,凯尔比!"

黑母马伸长脖子,迈步飞奔。希瑞贴紧它的脖子,将空气阻力降到最低。

在她们身后,前一刻还近得可怕的响亮呼喊声,如今已被惊鸟的叫声盖过。然后是彻底的寂静。

凯尔比如风暴般飞驰。海风呼啸着吹过她们耳畔。

追兵依稀的呼喊声带上了怒意。他们明白自己不可能追上她了。他们不可能追上这匹全速奔驰却不露疲态,像猎豹一样轻盈、柔软且灵活的黑母马。

希瑞没回头。她知道追兵会继续追赶。他们会跟着她,直到他们的马匹连连喘息,步履蹒跚,张大嘴巴,嘴边泛出白沫。直到那时,他们才会停下,向她投来咒骂与无力的威胁。

凯尔比疾驰如风。

她逃去的地方干燥多风。刺痛皮肤的风迅速吹干了她脸上的泪水。

她成了独自一人。又一次独自一人。她一直是独自一人。

她成了游民,永恒的流浪者,在地点与时间的岛屿之间迷失方向的漂游者。

失去希望的漂游者。

风声呼啸，呻吟，拂过干裂的泥土和树丛。

风吹干了她的泪水。

◆━━◀━━◆━━▶━━◆

平静而愉快的低语声在她耳边响起，就像海螺中从不间断的嗡鸣。她的喉咙传来灼烧感。黑暗而柔软的虚无。

新的地方。另一个地方。

地点与时间的新岛屿。

◆━━◀━━◆━━▶━━◆

"今晚，"妮妙用毛皮裹住自己，"会是个美好的夜晚。我感觉得到。"

康德薇拉慕斯什么也没说，虽然类似的断言她已经听过好几次了。她们也不是第一次坐在阳台，面对闪闪发光的湖面与落日，背对着魔法镜和魔法挂毯了。

湖那边传来渔夫王的咒骂——他从不掩饰自己对渔获欠佳的恼火。从他咒骂的内容判断，他今天的收获一定差得出奇。

"时间，"妮妙说，"既无始，也无终。它就像咬住自己尾巴的巨蛇乌洛波洛斯。每个瞬间都隐藏着永恒，而永恒又由无数瞬间组成。永恒是瞬间的群岛，你可以在其间漂游，但寻找路线难度极高，偏离路线的后果又非常危险。你最好能有个在黑暗中照亮前方的灯塔，能听到迷雾那一边的喊声……"

她沉默片刻。

"这个有趣的传说是如何结束的呢？对你我来说，我们知道它的结尾。但乌洛波洛斯的牙齿依然紧咬着自己的尾巴，而传说结束的方式将由这一刻决定。它取决于漂游者能否透过迷雾看到灯塔的光线，或听到塔边的呼喊。"

又一阵咒骂声、水花声和船桨的嘎吱声从湖那边传来。

"今晚会是个美好的夜晚。夏至前最后一晚。月轮亏缺，太阳运行到第四宫，停留在摩羯座。这是做梦的最佳时段。专心，康德薇拉慕斯。"

就像之前许多次一样，康德薇拉慕斯顺从地集中精神，直到陷入类似恍惚的状态。

"找到她。"妮妙说，"她就在群星之间的某处，月光之中的某处，在地点与时间的岛屿之间。她孤身一人，需要帮助。帮帮她，康德薇拉慕斯。"

保持专注，双拳抵住鬓角。耳中响起海螺壳般的响声。闪光。然后是突然出现的、柔软的黑色虚无。

希瑞去过能看到火堆的地方。火堆之间的女人被铁链拴在木桩上，乞求宽恕，但人群却在大笑、欢呼和起舞。她去过庞大的城市熊熊燃

烧的地方，火焰在坍塌的屋顶上跃动，黑烟遮蔽了天空。她去过巨大蜥蜴相互争斗的地方，它们的尖牙利爪撕开的伤口血如泉涌。

她去过竖立着数百座相同的白色风车的地方，它们纤薄的叶片不断划开空气。她去过充斥着数千条蛇的嘶嘶声、鳞片刮擦的沙沙声，以及石块滚动的咔嗒声的地方。

她去过一切都被黑暗笼罩的地方，其间能听到惊恐的低语。

她去过很多别的地方。但那些都不是正确的地点。

◆━━◆━━━◆━━━◆━━◆

她在地点与地点之间接连转移，进展十分顺利，因此她决定做个小小的实验。那片森林边缘的酷热荒地是少数几个她不害怕的地方。她唤起看到两个月亮的记忆，在脑海中强调这是她的愿望。希瑞集中精神，绷紧神经，纵身跃入虚无之中。

第二次尝试时，她成功了。

这次成功给了她自信，促使她做出更加大胆的尝试。显然，除了拜访不同的地点，她还能前往不同的时间。维索戈塔和那些精灵都提到过，独角兽也一样。其实她早在无意中这么做过了。脸上受伤时，她跳跃到了另一个时间，借此逃离了敌人。她把自己传送到四天之后，所以维索戈塔计算日期时才会对不上号……

或许这就是她的机会？穿梭时间？

她决定试试看。比方说，那个燃烧的城市不可能永远烧下去。如果她在起火以前去那儿，会发生什么呢？火灾结束之后呢？

她径直跃入火场中央，让逃离屋子的人们一阵恐慌。火焰烧焦了她的眉毛和睫毛。

她又逃到那片友善的荒野。不值得冒这种险，她心想，鬼知道会发生什么。我还是只在不同地点间跳跃为好，不过我会尝试去记得的地方。对我来说安全的地方。

她首先尝试梅里泰莉神殿，她想象那儿的大门、正殿、公园和工坊，见习女祭司的宿舍，还有她和叶妮芙住过的房间。她回忆起南尼克、尤妮德、凯蒂和爱若拉二世，同时集中精神。

她没能成功。她跳进了一片满是蚊虫的沼泽，乌龟的口哨和青蛙的叫声在周围回响。

她尝试前往凯尔·莫罕、史凯利格群岛、法比奥·塞克斯工作过的苟斯·维伦银行，结果仍是失败。她没敢去辛特拉，她知道那个城市已被尼弗迦德人占领。作为代替，她去了维吉玛，她和叶妮芙在那儿买过东西。

◀━━▶

哲人、炼金术士、天文学家与占星家阿伦尼乌斯·克兰茨在硬木凳子上扭了扭身子，眼睛紧贴着望远镜的目镜。那颗一等彗星只会在天空出现一周时间，他必须好好研究和描述才行。博学的天文学家知道，这种有火红彗尾的彗星预示着巨大的灾祸、战争与杀戮。事实上，这颗彗星来得有些迟了，因为他们和尼弗迦德人的战争已经持续了很久，不需要天象也能预见到流血与厮杀。但阿伦尼乌斯·克兰茨打算将这颗彗星的运行轨道彻底摸透，以便计算彗星会在多少年——或者多少个世纪——后再次归来，以此预示新的战争。谁知道呢，或许那场战争比现在这场更需要做好准备。

天文学家站起身，揉了揉屁股，然后去阳台上撒尿。他每次都会从阳台直接尿到下面的牡丹花坛里，把那户人家的谴责当做耳边风。厕所实在太远了，长途跋涉浪费的时间或许会让他错过有价值的观测数据，而这是科学家绝不能忍受的。

他站在护栏边，解开裤子，看着维吉玛城的灯火在湖中的反光。他舒了口气，抬起目光，看向群星。

星辰，他心想，以及星座。冬之少女座、七山羊座、水罐座。根据某些理论，那些不只是闪烁的光芒，更是世界。别的世界。与我们时空相隔的世界……我坚信，前往其他世界、其他时间和宇宙的可能性是存在的。没错，总有一天，这种事会成为可能。会有办法的。但这需要全新的想法，令人耳目一新的概念，能突破现实的条条框框……

啊，他心想，如果有可能的话……我会获得启迪，找到线索！只要我能得到一个独一无二的机会……

在阳台下方不远处的空中，有个东西亮了，黑夜迸射出星辰般的光辉。一匹马"砰"的一声出现，背上还有个骑手。是个女孩。

"晚上好，"她礼貌地打着招呼，"抱歉这么晚来打扰。能告诉我这是什么地方吗？还有日期？"

阿伦尼乌斯·克兰茨倒吸一口凉气，舌头像打了结。

"地点？"女孩耐心地重复一遍，"和日期。"

"啊呃……这是……哦……"

马儿嘶鸣一声。女孩叹了口气。

"我们又来错地方了。错误的地点，错误的时间！但麻烦你回答我,老兄!起码说句人话。我还从没见过哪个世界的居民连话都不会说!"

"呃……"

"一句就好。"

"嗯……"

"去死吧,你这该死的白痴。"女孩说。

然后她消失了,连马一起。

阿伦尼乌斯·克兰茨闭上了嘴巴。他在护栏边又站了一会儿,注视着夜空,注视着反射维吉玛灯火的湖面。他系好裤子,回到望远镜那里。

彗星正以全速掠过天空。必须时刻监视,不能让眼睛离开目镜。必须不断观测,直到它消失在太空深处为止。这是真正的学者绝不能浪费的、独一无二的机会。

我得换个方法,她看着两个月亮,心想。它们如今是两弯细长的新月,一大一小。我得换个方法,我试过想象地点或面孔,现在我要尝试某种强烈的欲望。我坚定地、由衷地希望……

试一下能有什么坏处?

杰洛特。我想见杰洛特。我真的很想见杰洛特。

◆━━━━▐━━━━◆

"哦不，"她大喊道，"活见鬼！我这是在哪儿？"

凯尔比嘶鸣一声，表示它也感同身受。它的鼻孔喷出白汽，马蹄埋进了积雪。

狂风怒号，用锐利的冰晶遮蔽了她们的眼睛，拍打着她们的脸。寒冷渗入她的衣物，像饿狼一样啃咬着她。希瑞浑身发抖，耸起双肩，缩起脖子，试图用立起的衣领遮住自己。

左右两边耸立着巍峨的高山，仿佛花岗岩纪念碑，峰顶沐浴在暴风雪中。山谷里的河流覆盖着厚厚的冰层。目力所及唯有白色，以及寒冷。

我有这样的能力，希瑞心想，这样的力量。我是诸界的主宰，但这毫无意义！我想见杰洛特，却发现自己在荒郊野外，在冬天的暴风雪里迷了路。

"来吧，凯尔比，动起来，不然你会冻僵的！"她用麻木的手指挽起缰绳，"好了，死脑筋！我知道我们来错了地方，现在我们要回到温暖的荒野。但我必须集中精神，而这要花点时间。所以，动起来吧！"

母马喷出一团白汽。

风刮个不停，雪落在她脸上，冻住了她的睫毛。狂风呼啸，声如哀号。

"瞧！"安古蓝努力让喊声盖过风声，"瞧那儿！那儿有马蹄印。有人来过！"

"你说什么？"杰洛特正了正缠在头上、以免让耳朵冻僵的围巾，"安古蓝，你说什么？"

"脚印！马蹄印！"

"谁能把马带到这儿？"卡西尔也被迫抬高嗓门，因为杉斯雷托河的流淌声异常响亮，"怎样才能把马带来这儿？"

"你自己看嘛！"

"的确。"吸血鬼说。他是队伍里唯一没表现出冻僵症状的成员。显然，他对低温和高温都有同样的忍耐力。"这是蹄印。但这些真是马蹄印吗？"

"当然不是。"卡西尔摸摸自己的脸颊和鼻子，"这么荒凉的地方不可能有马。肯定是什么野生动物。或许是野山羊。"

"你才是野山羊，你这头蠢羊！"安古蓝喊道，"我说是马，那就肯定是马！"

像往常一样，比起理论，米尔瓦更注重实践。她跳下马鞍，跪在地上，掀起兜帽。

"小鬼说得对，这绝对是马蹄印。甚至可能装着蹄铁，不过也难说。风把大部分痕迹都吹散了。蹄印通向那片峡谷。"

"哈！"安古蓝搓着手，"我就知道！有人住在这儿！我们跟着蹄印，也许就能找到温暖的小屋。那边说不定还能生火？也许那边的人会欢迎我们。"

"也许欢迎的方式是用十字弓射出箭矢。"卡西尔讽刺地补充道。

"明智的做法是按原计划,沿河道前行。"雷吉斯用无所不知的语气断言道,"那样没有迷路的风险。杉斯雷托岸边就有供我们躲避风雪的贸易站。"

"你怎么看,杰洛特?"

猎魔人注视着肆虐的暴风雪,沉默不语。

"我们跟着马蹄印。"他最后说。

"我不……"吸血鬼开了口,但杰洛特没让他说完。

"我们跟着马蹄印!出发。"他命令道。

他们催马前行,但没能走出多远。他们只在峡谷里走了大约四分之一里。

"蹄印到这儿就断了。"安古蓝低头看向洁白的积雪,"那匹马像精灵的戏法一样消失了。"

"猎魔人,现在怎么办?"卡西尔在马鞍上转过身,"痕迹没了。被风雪掩盖了。"

"不。"米尔瓦反驳道,"峡谷里的风雪没那么大,不至于盖住蹄印。"

"所以,那匹马呢?"

女弓手耸耸肩,在马鞍上蜷缩身体。

"那匹马去哪儿了?"卡西尔不依不饶地问,"飞走了?消失了?还是说,我们都在做梦?"

峡谷上方传来风暴的呼啸声。

"为什么?"吸血鬼用意味深长的目光凝视着猎魔人,问道,"杰洛特，你为什么要带我们跟着这道痕迹？"

"我不知道。"杰洛特不情不愿地承认，"我只是感觉到……某种东西。某种我熟悉的东西。这不重要。但你说得对，雷吉斯。我们得回杉斯雷托河去，紧随河道前进。别再偏离路线了。按照列那的说法，真正的寒冬和坏天气正在马卢尔隘口另一边等着我们。到那儿之前，我们必须保持最佳状态才行。别光站在那儿了，我们走吧。"

"那匹马怎么了？"

"它怎么了？"猎魔人喃喃道，"蹄印被雪盖住了吧。也可能不是马，而是野山羊。"

米尔瓦冷冷地看着他，但什么也没说。

等他们回到河边时，神秘的蹄印已被潮湿的雪花覆盖，消失不见。在杉斯雷托河铁灰色的河水里，有许多冰块在不断打转。

"我要跟你们说件事。"安古蓝说，"但你们得保证别笑话我。"

他们转头看着她。她用羊毛帽遮住耳朵，脸颊和鼻子冻得发红，穿着大号外套，看起来滑稽可笑，就像一只胖嘟嘟的小狗头人。

"我想说的是蹄印的事。我跟着夜莺和他的'汉萨'混时，听他们说过山峦之王——寒冰恶魔的支配者——会骑着魔法马，在山道间行进。遇见他的人必死无疑。你怎么说，杰洛特？有没有可能……"

"任何事都有可能。"他打断她的话，"任何事。走吧，伙伴们，马卢尔隘口就在前面。"

雪花拍打着他们，狂风吹个不停，而在悬崖峭壁之间，传来了寒冰恶魔的呼啸和哀号。

希瑞跳去的荒野并非她熟悉的荒野，她立刻就察觉了这一点。她甚至用不着等到晚上：她确信自己不会看到两个月亮。

她沿森林边缘骑马前行时，同样注意到了差异。举例来说，这儿的桦树更多，山毛榉更少。她听不到鸟鸣，也看不到它们的踪影。一丛丛石楠间只有干燥的沙土，而之前却是一片绿色的地毯。就连被凯尔比的脚步惊动的蚱蜢都不一样。这里有些熟悉。然而……

她的心跳得更快了。她看到一条小径，一条被人遗忘、杂草丛生、通向森林的小径。

希瑞彻底探索了周边区域，确信小径并没有继续延伸，而是到这儿就停了。它也没通向森林，而是穿过了森林。她没浪费时间，一踢马腹，奔入林间。我会骑马走上半天，她心想，如果没有任何发现，我就掉转方向，回到荒地去。

她在树冠下前进，同时四下张望，以免错过重要的东西。多亏了这份谨慎，她才没看漏在橡树后面看着她的小老头。

老头个子矮小，但没驼背。他穿着一件亚麻衬衣，还有同样材质的裤子。他脚上穿着一双外观滑稽的特大号便鞋。他一只手拿着一根粗糙的拐杖，另一只手里有个柳条篮。希瑞没法看清他的长相，因为他的脸被草帽遮去了大半，只能看到晒黑的鼻子，以及乱糟糟的灰色胡子。

"别害怕，"她说，"我不会伤害你。"

灰胡子从橡树后走出，脱下帽子。他的脸圆圆的，长着老人斑，但微微皱起的眉头和小巧的下巴让他显得活力十足。他留着长及颈背的灰色长发,在脑后扎成马尾,但他的头顶却光秃秃的,像南瓜一样发黄发亮。

她注意到他正看着她的剑:剑柄从她的右肩头伸出。

"别害怕。"她重复道。

"嘿,嘿!"他有些含混不清地说,"嘿,嘿,我的女士。森林爷爷不怕。不怕,哦,不。"

他笑了。他的牙齿很大,凹陷的下颚让上牙伸出了嘴巴。因此,要听懂他的话有些费力。

"森林爷爷不怕陌生人。"他说,"连匪徒都不怕。森林爷爷又穷又可怜。森林爷爷爱好和平,对谁都没有威胁。嘿!"

他又笑了起来。在他的笑容里,那对门牙格外显眼。

"我的女士,你怕森林爷爷吗?"

希瑞哼了一声。

"我不怕你。"

"嘿,嘿,嘿!这就对了!"

他拄着拐杖,朝她走去。凯尔比喷了喷鼻息。希瑞挽住缰绳。

"它不喜欢陌生人。"希瑞警告道,"它还会咬人。"

"嘿,嘿。森林爷爷明白。粗鲁的坏马驹!出于好奇,我想问问这位女士要去哪儿?她的目的地是哪里?"

"说来话长。这条小路通向什么地方?"

"嘿,嘿!小女士不知道这个?"

"麻烦你,别用问题回答问题。这条小路通向哪儿?这是什么地方?今天的日期是?"

老人又咧嘴笑了笑，牙齿像海狸一样向外突出。

"嘿，嘿，我能从这些问题听出来，我的女士来自远方。"

"相当远，"她冷冷地说，"来自另一个……"

"时间和地点。"他替她说完，"森林爷爷知道。森林爷爷猜到了。"

"你是怎么猜到的？你都知道些什么？"她激动地问。

"森林爷爷知道很多。"

"快说！"

"我的女士饿吗？"他说，"渴吗？累吗？森林爷爷会带你去他的小屋，给你吃的、喝的，让你休息。"

希瑞一直没时间考虑食物和休息。而现在，陌生老人的话让她的肚子咕咕直叫，同时也感到口干舌燥。老人从草帽的帽檐下看着她。

"森林爷爷家里，"他说，"有食物和泉水。还有给你的母马——想咬森林爷爷的母马——吃的干草。嘿，嘿，我们可以在屋子里谈谈地点和时间……离这儿不远。我的女士愿意接受邀请吗？她会喜欢森林爷爷的茶点吗？"

希瑞咽了口口水。

"带路吧。"

森林爷爷转过身，走过依稀可见的小径，用长长的拐杖拍打前方的道路。希瑞跟在他身后，同时低下头，以免被树枝扫下马鞍。她用一只手紧紧挽住缰绳，阻止凯尔比去咬老人，或者吃掉他的草帽。

与他的说法相反，那栋小屋一点也不近。等他们最终到达时，太阳几乎升上了最高点。

森林爷爷的住处是栋漂亮的小木屋，屋顶明显用随手找来的材料修理过很多次。小屋的墙壁覆盖着像是猪皮的东西。小屋前方有个形状像绞架的木制物件,还有一张矮桌,以及一只嵌着斧子的树桩。小屋里有个用石头和黏土砌成的封闭式壁炉,上面放着一口冒烟的锅子,还有一只平底锅。

"森林爷爷的家,"老人自豪地说,"我就住在这里。这是我睡觉和煮饭的地方。过来吃点东西吧。嘿,嘿,在森林里找食物可不容易。我的女士喜欢小米粥吗?"

"喜欢。"希瑞又咽了口口水,"喜欢。"

"加猪肉?黄油?还有培根?"

"嗯哼。"

"很明显,"老人向她投去刺探的眼神,"你最近没怎么吃过猪肉和培根。我的女士太瘦了。瘦得皮包骨。嘿,嘿。你身后是什么?"

希瑞扭过头。结果,她中了世界上最古老、最原始的圈套。

拐杖重重地打在她头上。她只来得及抬起手,抵消了一部分本该敲碎她脑壳的力道。希瑞感到头晕眼花,不知所措,彻底失去了方向感。

森林爷爷亮出硕大的牙齿,朝她扑去,粗糙的拐杖再次砸向她。希瑞也再次抬起双手,保护住脑袋,结果是她的左手无力地垂下,多半骨折了。森林爷爷跳到她另一边,挥出拐杖,砸中她的腹部。她尖叫着蜷成一团。他像老鹰一样扑来,将她的脸扭向地面,然后一棍子砸在她的膝盖上。希瑞弓起身子,向后踢去,狠狠踢中他的手肘。森林爷爷怒吼一声,一拳打在她的后脑勺上,猛烈的力道让她的脸埋进了沙子。他抓住她后颈处的头发,将她的鼻子和嘴巴按进沙土。她感到呼吸困难。

老人跪在她身边，继续按住她的脑袋，取下她背后的剑，丢到一旁。他的手在她腹部摸索一番，解开了她的裤子。希瑞尖叫起来，却将更多沙土吃进了嘴里。老人按得更加用力，将她的头发攥得更紧。然后他用力一拽，脱掉了她的裤子。

"嘿，嘿，"老人喘息起来，"今天森林爷爷找到个好屁股。上一次是很久以前的事了。"

希瑞感到那只干瘪的手的触摸，用满是沙土和松针的嘴巴再次发出尖叫。

"安静点儿，趴着别动，我的女士。"他的口水滴到她的屁股上，"森林爷爷已经不年轻了，跟过去不能比……不过别怕，老人家知道怎么做。嘿，嘿，然后森林爷爷会吃了你……"

他不等说完，便嘟囔并咆哮起来。

希瑞感到他松开了手，身体也像弹簧一样迅速抽离。等亲眼看到，她才明白发生了什么。

凯尔比从后方悄然接近，咬住森林爷爷，将他提了起来。老人尖叫一声，胡乱挥舞着手脚。最后他成功挣脱，却将一大丛灰发留在了母马嘴里。他扑向那根粗糙的拐杖，但在最后一刻，希瑞将它踢开了。她本想用第二脚将它尽可能踢远，却被褪到膝盖的裤子影响了动作。她提起裤子，转过身去，但森林爷爷可没浪费时间。他迈出几大步，来到木桩旁边，拽下了那把斧子。他挥舞着斧子，迫使凯尔比后退，然后咆哮着冲向希瑞，抬起斧子，准备挥下。

"森林爷爷会操你的，小丫头！"他狂吼道，"哪怕先把你劈成碎片！森林爷爷不在乎女人是完整的还是切了片的！"

希瑞本以为她能轻易解决对方。毕竟他只是个衰弱的老人。但她错了。

尽管上了年纪，还穿着硕大的便鞋，他的灵活却堪比兔子。他朝她扑去，像屠夫一样老练地挥舞着斧子。等锐利的斧刃数次与自己擦身而过，希瑞才意识到，她唯一的自救方式是逃离这里。

好在巧合拯救了她。后退时，她的脚跟碰到地上的剑。她迅速将之捡起。

"放下斧子，"她大喊道，"噌"的一声拔剑出鞘，"放下斧子，你这老混球，我可以饶你一命。不然我就把你切成片！"

他迟疑片刻。他喘着粗气，口水从嘴里流到胡子上。但他没放下斧子。她从他的眼睛里看到了残忍与狂怒。

"很好。"她把剑刃舞得虎虎生风，"那我就不客气了。"

有那么一瞬间，他像是没听懂似的看着她，然后他咬了咬牙，咆哮着朝她冲来。希瑞受够了。她飞快地扭身避开，自下而上挥出一剑，切开了他的两只手肘。斧子首先落地，随后是老人鲜血淋漓的双手，但他再次扑向她。她纵身跃起，一剑劈开了他的脖子。这次更多是出于怜悯而非必要：要不了多久，他断裂的手臂动脉就能让他失血而死。

他躺在地上，万般不愿地与生命道别，失去双臂的身子像虫子一般蠕动着。希瑞站在他身前。有颗砂砾摩擦着她的牙齿。她将砂砾朝垂死的老人吐了出去。没等唾液落到身上，他便已死去。

在小屋前方，那只像是绞架的古怪物体配有铁钩和索具。矮桌和木桩都滑腻腻的，沾满了油脂，散发着臭气。

就像一间屠宰场。

在厨房里,希瑞找到了他说的小米粥,里面撒了许多肉片和蘑菇。她饿得厉害,但不知为何,却没有吃的欲望。她只喝了水壶里的一点点水,吃了个皱巴巴的苹果。

几段楼梯通向一间凉爽的地窖。架子上的陶罐里盛着猪油。天花板上挂着一条肉,像是某种东西的残骸。

她逃出地窖,仿佛身后有魔鬼在追赶。她摔进荨麻丛里,爬起身后跌跌撞撞地远离小屋。她用一只手拖着受伤的另一只手。尽管胃中空空荡荡,她还是狂吐了很久。

挂在地下室里的东西,曾经属于某个孩子。

◆━━◆━━◆

在臭味的指引下,她找到一个半是积水的坑洞,那是森林爷爷丢弃垃圾,以及他不吃的所有东西的地方。看着漂浮在泥水里的颅骨、肋骨和盆骨,希瑞惊恐地意识到,她能活下来,纯粹是因为老人的欲望:比起食物,他更想强暴她。如果当时饥饿感盖过了性欲,他用来偷袭她的武器将会是斧子,而非拐杖。他会用木制绞架上的绞索系住她的双脚,把她倒吊起来,开膛、破肚、剥皮,然后在那张矮桌上,将她剁成肉块……

尽管双腿因虚弱而颤抖,左手阵阵抽痛,她还是将尸体拖进了森林,丢进了恶臭的泥浆,丢进受害者的骨骸之间。她带着干燥的树枝回到小屋,堆在屋子的四面外墙,小心翼翼地点了把火。

等到火势变得猛烈,等她感受到热量,听到火焰的咆哮,确信一场普通的阵雨无法阻止烈焰的肆虐之后,她才转身离开。

◆━━◣━━◆━━◢━━◆

她那只伤手的状况不算太糟。没错,它肿了起来,痛得厉害,但骨头没断。

夜晚到来,空中只现出一轮月亮。但希瑞不愿承认这是她的世界。她也不想多停留一刻。

◆━━◣━━◆━━◢━━◆

"今晚,"妮妙轻声说,"会是个美好的夜晚。我能感觉到。"

康德薇拉慕斯叹了口气。

地平线染成了金色与红色。同样色彩的亮光落在湖面的小岛上。

她们坐在露台的椅子里,身后是乌木镜框的镜子与一张挂毯,挂毯描绘的是一座紧贴岩壁的小城堡,山中湖泊的水面反映出城堡的倒影。

我们要在将逝的暮光与黑暗中枯坐多少个夜晚?康德薇拉慕斯心想。毫无成果?就这么一直谈天说地?

天变冷了。女术士和解梦师裹上了毛皮外套。湖那边传来渔夫王的小船划桨声,但落日的耀眼光芒遮蔽了视线,让她们没法看到渔船。

"我经常梦见,"康德薇拉慕斯说,"我在冰雪覆盖的荒原上。除了堆积的白雪,那里一无所有,阳光照得冰面闪闪发亮。那里一片寂静——寂静在我耳中鸣响。不自然的寂静。死亡的寂静。"

妮妙点点头，仿佛明白了其中的含义。但她什么也没说。

"突然间，我好像听到了什么。"解梦师续道，"我能感觉到脚下的冰面在颤抖。我跪在冰雪之间。冰面像玻璃一样清澈，它原本是山中湖泊的湖水，透过厚厚的冰层，我能看到石块和小鱼。在梦里，我看出冰层足有几十、甚至几百寸厚。但这没能阻止我听到……尖叫求救的声音。在冰面之下……有个冰封的世界。"

妮妙保持沉默。

"当然了，我知道，"解梦师说，"这个梦源于伊丝琳妮著名的预言：白冬和白霜的时代，寒狼风雪之纪元。世界在冰雪中消亡，而这也是重生的预兆。重生为更加纯洁、更加美好的世界。"

"我由衷地相信，"妮妙轻声道，"它会让世界重生。但我不相信新的世界会更美好。"

"什么？"

"你听到我的话了。"

"我没听错吧？妮妙，曾几何时，人们觉得每个寒冬都预示着白霜的到来，他们相信那就是新的开始。但到今天，就连小孩子都不相信漫长的冬天会毁灭我们的世界了。"

"如你所见，小孩子不相信，但我相信。"

"你是有什么合乎逻辑的理由？"康德薇拉慕斯的语气略带讽刺，"还是说，这是所谓'精灵预言从无谬误'的迷信？"

妮妙抬了抬下垂的毛皮，很长时间没说话。

"我们的世界，"终于，她用导师般的语气开口道，"形状是个球体，围绕太阳旋转。你是赞同这种理论，还是属于看法截然相反的少数派？"

"不，我不是那些人的一员。我接受日心说，也相信地球是圆的。"

"很好。那你也该知道，地球的轴线是倾斜的，地球围绕太阳旋转的轨道并非圆形，而是椭圆形吧？"

"我学过这些。但我不是天文学家，所以……"

"你不需要是天文学家，只要能逻辑思考就行。地球以椭圆形轨道围绕太阳运转，因此在它的运转过程中，有时离太阳较近，有时则较远。地球离太阳越远，从逻辑角度考虑，地球上就会越冷。又因为行星轴线是倾斜的，北半球距离阳光会更远些。"

"这的确合乎逻辑。"

"这两个方面——椭圆形的轨道和倾斜的轴线——会发生变化。人们相信这种变化是循环往复的。椭圆的轨道可以拉长或缩短，轴线同样发生过改变。由于和太阳的距离，以及地球轴线的大幅度倾斜，极地区域受到的光照和热量都少得可怜。"

"我明白。"

"北半球光照减少，意味着积雪会增多。白色的积雪反射了阳光，会让气温进一步下降。积雪存在得越久，无法解冻的土地就越广，虽然只是暂时性的。降雪越多，积雪就越多，反光的白色表层也就越多……"

"我明白。"

"雪会一直下啊，下啊，越积越多。请记住，来自南方的洋流会带来温暖的空气。湿气在寒冷区域凝结，导致更多的降雪。温差越大，降雪量就越大，天气就会越冷。"

"我明白。"

"积雪越来越沉重，在压力下形成冰川。正如我们所知，如果降雪持续下去，压力就会增加，冰川也会增长，不光是厚度增加，覆盖的空间也会增大。白色的冰川……"

"会反射阳光，"康德薇拉慕斯点点头，"让天气进一步寒冷。这就是伊丝琳妮预言的白光。但这些真会导致大灾难吗？北方的冰层突然朝南方移动，碾碎和覆盖万物？极地冰层的增长速度能有多快？每年多少寸？"

"你也许知道，"妮妙看着湖泊，"在普拉克希达海湾，从不结冰的港口只有庞德·维尼斯港。"

"我知道。"

"那就扩充一下你的知识量吧。你要知道，在一百年前，那个海湾的所有大型港口都是终年开放的。根据编年史记载，甚至在上个世纪，塔尔哥的土地仍能长出黄瓜、南瓜和向日葵。而如今，那些作物再也没法种植了，因为生长期太短，冬天又太过严酷。你是否听说过，科德温也曾有自己的葡萄园？当地葡萄酿的酒也许算不上顶级，但成本低廉。当地的吟游诗人也曾歌颂过那种酒。葡萄藤没法再在科德温生长，是因为冬天和过去不一样了，严霜和大雪会冻死那里的葡萄藤。不是抑制生长，而是直接扼杀、摧毁。"

"我明白。"

"是啊，"妮妙思忖道，"还需要我说下去吗？也许你知道，塔尔哥从十一月中旬就会开始降雪，其冷锋还会以每日五十里的速度南下。到了十二月末和一月初，阿尔巴地区便会迎来暴风雪。而一百年前，那儿的居民看到雪还很惊奇。到了现在，每个孩子都知道，到了四月，积雪才刚消融，湖水还要上涨，对吧？他们还很奇怪，为什么四月又叫开春节。这些没让你感到惊讶吗？"

"有一点儿吧。"康德薇拉慕斯承认,"在我家乡维可瓦罗,我们不说四月,而叫春分。或用精灵语:碧日刻。但我明白你的意思。各个月份的名称来源于'古代',当时的四月确实已经春暖花开了。"

"你说的'古代'只有一百年。再说得准确点儿,是一百二十年前的事。几乎相当于昨天。伊丝琳妮是对的,她的预言正在成真。世界正在冰雪之下消亡。人类会因为某位毁灭者而灭亡,而那人也将开启救赎之路。但根据我们对历史传说的了解,她并未出现。"

"而且历史传说没给出理由。即使给了,也是模糊又天真的理由。"

"的确如此。但事实并未改变,白霜正在到来。北半球的文明在劫难逃。它们会消失在肆意蔓延的冰层之下,消失在永久冻土和积雪之下。但不必恐慌,因为劫难过一阵子才会到来。"

太阳落山了,湖面的耀眼反光也消失了。现在一股柔和得多的光线落在水面上。伊尼斯·维特里岛的高塔沐浴着明亮的月光。

"还要多久?"康德薇拉慕斯说,"你觉得我们还要多久。我是说,还有多少时间?"

"很多。"

"妮妙,究竟多少?"

"大概三千年。"

在湖面某处,渔夫王的船桨砸到了自己,让他高声咒骂起来。妮妙摇摇头。康德薇拉慕斯叹了口气。

"你给了我一点信心。虽然只有一点点。"

——◆——

下一个地点是希瑞见过的最恐怖的场所之一,无疑可以排进前十,甚至更甚。

那是个港口,她看到了系着缆绳的小船和划桨大帆船,看到了森林般的桅杆,看到了在静止的空气中的垂下的船帆。扭曲而恶臭的烟柱在周围升起。

烟雾来自于码头沿岸的破旧小屋。她在其中听到了人声:孩童的哭泣声。

凯尔比人立而起,用力拉扯缰绳,将蹄子重重踩在鹅卵石路上。希瑞低下头,看到了死老鼠。死老鼠无处不在,痛苦地支棱着淡粉色的小腿。

有点不对劲儿,她心里想着,突然恐慌起来。*逃吧,赶紧离开,越快越好。*

在一根晾渔网用的木杆旁边,有个男人坐在地上,胸前的衬衣撕成了两半,脑袋靠在自己肩头。他看起来不像在睡觉。离他几步远的地方躺着更多的人。即便凯尔比的马蹄铁踩在他们脑袋旁边的铺路石上,发出叮当的响声,他们也纹丝不动。希瑞弯下腰,从挂着衣服的晾衣绳下钻过。那些衣服散发着腐臭的泥土味。

在某栋小屋门边,有个用石灰或白色油漆画上的十字符号。在那栋屋子的屋顶后方,黑烟正飘向蓝天。有个孩子在哭泣,某人在远处大喊,近处有人在咳嗽,在打喷嚏。一只狗在吠叫。

希瑞的手痒痒的。她低下头。

黑色的跳蚤爬满了她的双手。

她高声尖叫起来。恐惧和嫌恶让她剧烈颤抖，用力挥舞着双臂。她吓到了凯尔比，后者迈步飞奔，几乎将她甩落。她用大腿夹住母马体侧，双手拼命清理自己的头发，拉紧夹克和衬衣。凯尔比继续飞奔，穿过飘扬在街道上的烟雾。希瑞惊恐地叫出了声。

她正在地狱里，在最可怕的梦魇中穿行。从标有白色十字记号的房屋间穿过。从闷燃的破布间穿过。从孤单的尸骸与成堆的死尸间穿过。从衣衫褴褛、脸颊凹陷、在淤泥中爬行、尖叫着她听不懂的语言、伸出瘦削的双臂、全身都是骇人的流血脓疱、仿佛食尸鬼的活人之间穿过……

逃啊！赶紧逃出这里！

甚至回到黑色的虚无之后，回到时间与地点的群岛之后，烟味和臭味依然在希瑞的鼻孔里久久不散。

◆━━◆━━◆

下一个地点仍然是港口。那里是个码头，还有一条连通港口的运河，运河里有小船和快艇，以及一片桅杆的森林。但在这桅杆的森林里，有尖叫的海鸥，气味也普通到令人喜悦和怀念——潮湿的木料、海水和鱼的味道。

在一条小船的甲板上，两个男人正在打架，用激动的嗓音大吼大叫。她能听懂他们说的每一个字。他们在为鲱鱼的价格争吵。

不远处有间旅店，门内飘出有些变质的啤酒味，还有响亮的说话声和大笑声，以及玻璃碰撞的叮当声。有人正在高唱一首下流的小曲。

Luned, c'ard t'elaine arse

Aen a meath ail aen sparse!

她知道自己在哪儿了。在她看到一条大帆船尾部的船名：伊瓦尔·缪瑞——以及制造它的港口：巴卡拉港——之前，她就知道自己在哪儿了。

尼弗迦德。

不等有人注意到她，她便逃之夭夭了。

然而，在她投入虚无之前，一只在前一个地点跳上她的衬衣、跟着她穿越了时空的跳蚤蹦了下来，落到了码头上。

那只跳蚤在某只老鼠的皮肤上安顿下来：那是一只身经百战的老年雄鼠，它破损的耳朵便是证明。当天晚上，老鼠和跳蚤登上了一条船。而在次日早晨，那条船便将扬帆出海。它们登上的船又脏又旧，名字叫做"卡特利欧纳"。这个名字将会载入史册。不过那时，它还默默无闻。

◀━━▌▐━━▶

下一个地点，尽管她不敢相信，却当真用田园牧歌般的风景让她吃了一惊。她面前是静谧的河畔，一条小河在朝水面倾斜的柳树、赤杨和橡树间懒洋洋地流淌。在连接两岸的精致的石拱桥边，有一间外墙爬满野生藤蔓的旅店，门上挂着一块写有金色字母的招牌，希瑞不知道怎么读。但招牌上还画了只惟妙惟肖的黑猫，于是希瑞决定叫它

"黑猫旅店"。

旅店里飘出食物的味道,令希瑞陷入狂喜。没过多久,她便做出了决定。她正了正背后的剑,走进门去。

大堂里空空荡荡,只有一张桌子旁坐着三个人,乍看之下像是村民。他们看都没看出于习惯走到角落、背靠墙壁坐下的希瑞。

旅店的女店主是个矮小壮实的女人,穿着一尘不染的围裙,戴着帽子。她走上前来,说了些什么,嗓音嘹亮却悦耳。希瑞指指自己的嘴巴,拍拍肚皮,从衬衣上扯下一粒银纽扣,放到桌上。看到那女人惊讶的表情,她正打算扯下第二粒纽扣,但那女人却用手势阻止了她。

那粒银纽扣换来了一砂锅蔬菜汤、一罐加了豆子的熏肉,还有面包和一壶掺水葡萄酒。刚喝一勺,希瑞就差点哭出声来。但她强行忍住,慢慢地吃着,仔细品尝味道。

女店主走了过来,用动听的声音问她一个问题,然后将双手按在她的脸颊上。她想知道希瑞要不要在这儿过夜。

"我不知道。"希瑞说,"也许吧。总之,谢谢你的邀请。"

女人笑了笑,走进厨房。

希瑞松开腰带,背靠墙壁,思索接下来要做的事。与先前那些地方相比,这里令人愉快,她很想多待一会儿。但过去的经验告诉她,过度自信会导致危险,丧失警惕更可能致命。

一只黑猫不知从哪儿钻了出来,长相和招牌上那只一模一样。它弓起脊背,蹭蹭她的腿肚。她摸了摸那只猫,它将脑袋靠向她的掌心,坐在她身旁,舔起了毛。希瑞看看它,又将目光转向别处……

她看到雅尔跟一群丑陋的无赖围坐在壁炉旁。他们正小口啜饮杯中的红色液体。

"雅尔?"

"这是无可避免的,"男孩看着跳动的火焰说道,"我在佩里格兰元帅的《战争史》上读到过。所以国家有难时,这是必须的。"

"什么是必须的?流血吗?"

"没错,正是如此。因为祖国的召唤,还有一些个人原因。"

"希瑞,别在马鞍上睡着了。"叶妮芙说,"我们到了。"

她们到达了一个城市,那儿的房门都涂着白色的十字符号。她们骑马钻进令人窒息的浓烟,烟雾来自于正在焚烧的尸体。但叶妮芙似乎毫无察觉。

"我必须保持美丽才行。"

在她面前,在她坐骑的双耳上方,出现了一面镜子。镜子在空中舞动,还有把梳子正在梳理她乌黑的长发。叶妮芙用的是魔法,而非双手,因为……

她手上满是凝结的血块。

"妈妈!他们对你做了什么?"

"起来,小丫头。"柯恩说,"忍住疼痛,爬回梳子上去。不然你会染上恐惧的瘟疫。你想一辈子都害怕它吗?"

他黄色的双眸闪亮起来,真是令人不快。他锐利的白牙闪着光。然后她发现,那不是柯恩。而是一只猫,一只黑猫……

一支绵延数里的军队正在行军,他们的头顶是长矛与旗帜的森林。雅尔戴着一顶圆头盔,扛着一把长矛,他必须用双手握住,不然矛的重量会让他失去平衡。鼓声与风笛声在周围回荡,奏响战争的歌谣。在他们头顶,飞着一群乌鸦。许多乌鸦……

一处湖岸,一大片芦苇丛。湖中有个小岛。岛上有座雉堞参差不齐的高塔。高塔上方，月亮在逐渐昏暗的夜空中闪耀光芒，让塔身熠熠生辉。阳台上坐着两个裹着毛皮的女人。有个男人在小船上捕鱼……

一块挂毯。一面镜子。

希瑞猛抬起头。艾瑞汀·布里克·格拉斯正坐在桌子对面。

"你要知道，"他咧嘴一笑，露出整齐的牙齿，"你只是在拖延无可避免的结局而已。你属于我们。我们会找到你。"

"想都别想。"

"你会回到我们身边。你的确去过几个时间和地点，但你迟早都会回到螺旋。而螺旋是我们的。你永远没法回到你的世界和时间了。一切都太迟了，你已经无处可回了。你认识的人早已死去，他们的坟墓长满荒草，他们的名字都被遗忘。你的名字也一样……"

"你在撒谎！我不相信你！"

"信不信是你的事。但要记住，你很快就会来到螺旋，而我会等在那儿。承认吧，你在内心里渴望着我，me elaine luned。"

"你是痴心妄想！"

"我们艾恩·艾尔能察觉到类似的事。你迷恋我，但又害怕自己的欲望。你想要我，吉薇艾儿，我，我的双手，我的触碰……"

感觉到触碰，她一跃而起，打翻了杯子——还好里面是空的。她握住了剑，随即冷静下来。她身在"黑猫旅店"，在桌上睡着了。抚摸她头发的手属于旅店的女店主。希瑞不喜欢这种身体接触，但那女人全身都释放出善意，让希瑞没法做出粗鲁的回应。她任由对方摸着自己的头，露出微笑，听着她悦耳的话语。她累了。

"我得走了。"她最后说。

女人笑了笑，用悦耳的声音说了些什么。

为什么，希瑞心想，在所有的世界、地点和时间，在所有的语言和方言里，只有这个词总能让人听懂，发音也都相同？

"对，我非走不可。妈妈在等着我。"

女店主陪着她来到院子里。没等希瑞跳上马鞍，女店主突然拥抱了她，让她紧贴自己丰满的胸部。

"再见了。谢谢你的招待。走吧，凯尔比。"

她径直穿过平静河面上方的拱桥。等母马的蹄铁与石制桥面的碰撞声响起，她抬起头。女人依然站在旅店前面。

保持专注，双拳抵住鬓角。耳畔响起海螺壳般的响声。闪光。柔软的黑色虚无。

"祝你好运，我的孩子。"从默伦到欧席儿途中，约讷河桥村"黑猫旅店"的店主泰蕾丝·拉平说道。①

"一路顺风！"

保持专注，双拳抵住鬓角。耳畔响起海螺壳般的响声。闪光。柔软的黑色虚无。

地点。一片湖泊。一座岛。月亮像是半个银币，璀璨的光辉照耀着湖面。一条有桅杆的小船上，一个男人正在捕鱼……

高塔的露台上……是两个女人？

---

① 以上均为法国地名，用词也多为法语。——译注

康德薇拉慕斯没能忍住,她兴奋地大叫起来,然后立刻用手捂住嘴。渔夫王伴着"哗啦"的水声丢下渔网,骂了一声,然后也张着嘴愣住了。妮妙纹丝不动。

湖面被一道月光一分为二,像被强风吹拂一般,激起阵阵涟漪。湖水上方的空气突然裂开,好像炸裂的彩色玻璃窗。一匹黑马,背上载着一名骑手,在裂缝中凭空出现。

妮妙冷静地伸出手,大声念出一道咒语。房间里的挂毯迸射出斑斓的光彩。椭圆镜子反射的光线在墙上舞动,仿佛一群彩色的蜜蜂。光线飞出房间,如同一道彩虹,又像黎明第一缕晨光,照亮了湖面。

黑母马抬起头,发出响亮的嘶鸣。妮妙猛地伸出双手,喊出另一个咒语。康德薇拉慕斯看到某种影像在空气中成型,越来越清晰。影像很快聚焦,变为一道传送门。在那道门后,她们能看到……

一片堆满船只残骸的平原。一座峭壁之上的城堡,高耸在黑色镜面般的山中湖泊上方。

"那边!"妮妙高声喊道,"就是你必须走的路!帕薇塔之女希瑞啊!走进这扇传送门,这条路将带你面对命运!时间的轮回会就此终结!让乌洛波洛斯咬住自己的尾巴吧。别再徘徊了!快去帮助你所爱的人吧!这就是你该走的路,女猎魔人!"

母马喷了喷鼻息,用蹄子刨着空气。马鞍上的女孩转过头,看看她们,又看看挂毯和镜子制造出的影像。她甩开挡在面前的发丝,康德薇拉慕斯看到了伤疤。

"相信我，希瑞！"妮妙喊道，"你认识我！我们有过一面之缘！"

"我记得。"她们听到了她的回答，"我相信你。谢谢你。"

她们看着她催促母马跑向传送门。在影像黯淡之前，银发女孩在马鞍上转过身，挥了挥手。

然后一切都消失不见。湖面平静如常，月光照耀高塔。周围如此安静，她们甚至觉得自己听到了渔夫王沉重的呼吸声。

妮妙忍住泪水，紧紧抱住康德薇拉慕斯，像个瑟瑟发抖的小仙女。她们就这么拥抱了好一会儿。随后，两人一言不发地转过身，看向诸界之门消失的位置。

"一路顺风，女猎魔人！"她们齐声高喊，"祝你旅途顺利！"

北方王国几乎派出全部兵力，尼弗迦德侵略者也差不多倾巢出动。在双方的战场附近有两个渔村——老屁股村和布伦纳村。由于布伦纳村在战时被烧成了平地，所以一开始，大家都管那场战役叫"老屁股之战"。但到今天，出于两方面的原因，人们开始改称"布伦纳之战"：首先，布伦纳村早已重建，如今业已恢复成一个繁荣的定居点，而老屁股村很久以前就被村民遗弃，现在更是长满了荨麻和野草。其次，"老屁股"这个名称与那场宏大而惨烈的战役实在是驴唇不对马嘴，好像近三万名不幸的死者是为了自己的屁股——还是老屁股——而献出了宝贵的生命似的。

因此，在历史和军事书籍中，人们如今只称其为"布伦纳之战"——不仅北方的文献，即使在尼弗迦德帝国，他们远比我们丰富的相关著作中，也是如此。

——《泰莫利亚王国编年史》
艾尔兰德长老，圣徒雅尔　著

第八章

"费兹-奥耶斯泰兰学员,你失败了。坐下吧。我希望你们注意到这位学员对祖国重大与著名战事的无知,每个好公民和爱国者都应该知道这些,对未来的军官来说,不知道更是不可饶恕。还有一件事,学员。我在这所学院工作了二十年,据我所知,每个学期的测验都会考到布伦纳之战。你的无知基本上已经断送了你在军中的前程。不过等你成为男爵,你就没义务参军了,所以嘛,也许你可以提高一下自己在政治或外交方面的手腕。我由衷地祝愿你能成功,费兹-奥耶斯泰兰学员。至于其他人,继续回顾布伦纳之战吧,先生们。普特卡摩学员!"

"在!"

"请站到地图前,我们继续。从男爵大人失败的地方开始。"

"遵命!当陆军元帅门诺·库霍恩收到情报部门的报告,确认北方人的军队前来救援遭受围困的玛伊纳堡时,便决定快速向西边行军。他打算阻截敌方部队,迫使他们进行决战。出于这一目的,他将中央集团军分成了两部分,一部分留在玛伊纳,其他部队迅速前往……"

"普特卡摩学员！你到底是历史小说家，还是未来的军事指挥官？'其他部队'的名字呢？请说出库霍恩元帅指挥的攻击部队在战斗中使用的确切名称。用军事术语！"

"遵命，指挥官。当时，陆军元帅库霍恩手下有两支部队——第四骑兵军团，指挥官是马库斯·布莱班特少将，他是我们学院的赞助人……"

"非常好，普特卡摩学员。"

"今天真他妈倒霉。"坐在凳子上的费兹-奥耶斯泰兰学员小声说道。

"……以及第三军团，指挥官是雷茨·德·梅里斯-斯托克中将。第四骑兵军团拥有两万名士兵，由以下单位组成：维能达师、马格尼师、弗伦茨堡师、维可瓦罗第二旅、戴尔兰尼第七骑兵旅、那乌西卡旅和维里赫德旅。第三军团由阿尔巴师、迪斯温师，以及……呃，以及……"

◆━━━◆━━━◆

"如果你的手下没弄错的话，是阿德·菲因师。"小美猫茱莉娅·艾巴特马克说，"他们的旗帜上真有银色日轮图案？"

"是的，上校。"斥候队长毫不犹豫地回答。

"阿德·菲因师都来了，"小美猫思忖道，"这可有意思了。这就表示，你们看到的行军队伍里不光有第四骑兵军团，还有第三军团的部分兵力。不，我不相信！我必须亲眼见到才行。上尉，我不在时，由你来指挥。立刻派人去向潘葛拉特上校汇报……"

"可是，艾巴特马克上校，你亲自出马是否明智……"

"这是命令！"

"遵命！"

"你是在赌博，上校。"斥候队长努力让声音盖过雷鸣般的马蹄声，"我们也许会撞上精灵侦察连……"

"别废话！带路！"

他们飞驰着穿过一道山谷，经过一条小溪，然后转入一片森林。灌木丛妨碍了马匹的脚步，迫使他们放慢速度——同时还得考虑遭遇尼弗迦德巡逻队的可能性。虽然他们是从侧翼而非正面接近敌军，但侧翼很可能也有巡逻队保护。他们的举动意味着巨大的风险，但小美猫向来便以行事轻率闻名。尽管如此，自由兵团的任何一名士兵都愿意追随在她身后，哪怕那条路通往地狱。

"就是这儿。"斥候队长说，"这座塔。"

茱莉娅·艾巴特马克摇摇头。这座塔早已荒废，塔身扭曲变形，断裂的横梁伸出塔外，西风吹过上面的许多窟窿，发出风笛般的响声。没人知道是谁在如此偏僻的地方建造了这座塔，更不知道建塔的理由。但众所周知，它在很久之前就建成了。

"它不会塌吧？"

"当然不会，上校。"

在自由兵团里，佣兵从来不用"长官"和"女士"之类的称呼。他们会直呼头衔。

茱莉娅敏捷地爬到塔顶。过了一会儿，斥候队长才跟了上来，喘得像只正在交配的公牛。小美猫站在倾斜的城垛上，用望远镜看着地平线，同时轻咬舌头，抬起臀部。看到这一幕，斥候队长不禁有些兴奋。但为了自己的安全着想，他迅速冷静下来。

"以我的灵魂起誓，确实是阿德·菲因师。"茱莉娅·艾巴特马克舔了舔嘴唇，"我还能看到戴尔兰尼第七骑兵旅、维里赫德旅的精灵、来自马里波和玛伊纳的老朋友……啊哈！还有骷髅头旗帜，著名的那乌西卡旅……我还看到了迪斯温师铠甲上的火焰图案……还有阿尔巴师的白底黑雕旗帜。"

"您对他们如此熟悉，"队长低声道，"简直就像他们的老相识……您是怎么知道这些的？"

"我毕业于军事学院。"小美猫漫不经心地说，仿佛这根本不值一提，"我是个职业军人。好了，我看到想看的东西了。现在，回部队吧。"

"他带了第四骑兵军团和第三军团来攻打我们。"茱莉娅·艾巴特马克说，"我重复一遍，是整个第四骑兵军团，加上第三军团的几乎全部骑兵。在先头部队后方，我看到漫天尘云。按我估计，队列中有大概四万匹马，甚至更多。也许……"

"也许库霍恩将他的中央集团军分成了两部分，""永别了"亚当·潘葛拉特替她说完，他是自由兵团选出的最高指挥官，"他只带了第四骑兵军团和第三军团的骑兵，却没带任何步兵，以便快速行军……哈，如果我是弗尔泰斯特国王或者纳塔利斯，你知道我会怎么做……"

"我知道。"小美猫的双眼闪烁着愉悦，"我知道你会怎么做，你会派出信使。"

"当然。"

"纳塔利斯是只狡猾的狐狸。或许明天……"

"或许。"潘葛拉特打断了她,"我猜他的思维方式很像我。跟我来吧,茱莉娅,我想给你看样东西。"

他们走到队伍前方。夕阳眼看就要落到西方山岭之下,森林和草地昏暗下来,一道长长的影子笼罩了整个山谷。然而,此时仍有充足的光线,让小美猫能够立刻察觉潘葛拉特想让她看的东西。

"这里,"潘葛拉特印证了她的猜测,"如果我是联军的指挥官,那我明天打算在这里开战。"

"这里地形很好,"茱莉娅承认,"坚实、笔直又平坦……我们可以在这儿……在这片平原上列队。那座小山会是理想的指挥所。"

"说得对。看看那片山谷中央,那儿有片小湖或者鱼塘,还有那条河,我们可以在战术方面加以运用——虽然它们都很浅,但岸边相当泥泞……茱莉娅,那条河叫什么来着?就是我们昨天横渡的那条。你还记得吗?"

"我忘了。大概是铲子河吧。或者类似的名字。"

◆━━◆━━◆

与只能通过地图找到布伦纳定居点的人相比,熟悉当地环境的人更容易想象当时的情景。王国军到达的正是那个定居点,不过事实上,那里当时已荒无人烟,因为在一年前的某场战斗中,松鼠党精灵已将其付之一炬。位于左翼的是瑞达尼亚分遣队,由德·鲁伊特伯爵负责指挥。他手下有八千人,包括步兵和骑兵。

中央部队驻扎在山下——那座山后来被人称作绞架山。弗尔泰斯特王的治安官约翰·纳塔利斯站在山上，将整个战场尽收眼底。我方部队的主力就集结在他下方：一万两千名泰莫利亚和瑞达尼亚步兵组成四个方阵，周围有十队重骑兵作掩护，他们站在鱼塘北岸，当地人管那儿叫"金水塘"。同时，中央部队后方还有一支预备部队，人数足有三千的维吉玛和马里波步兵，由布罗尼伯总督指挥。

从金水塘南岸，到与之相连的一大串鱼塘，再到楚特拉河转弯处的一里开外，部署着我方的右翼部队——玛哈坎矮人的志愿军、八个中队的轻骑兵，以及伟大的佣兵部队"自由兵团"。他们的指挥官是亚当·潘葛拉特，以及矮人巴克莱·艾尔斯。

在王国军对面将近两里远的地方，尼弗迦德人正在陆军元帅门诺·库霍恩的指挥下行军。他们的武装部队仿佛一面钢铁之墙，一旅接着一旅，一连接着一连，一队接着一队，一眼望不到尽头。透过这片旗帜与长戟的森林，可以看出这支军队的宽度与长度同样惊人。他们当时的兵力约有四万六千人，但只有少数人知道这一点。正因如此，我们的许多士兵在目睹尼弗迦德人的庞大兵力时，决心也并未动摇。

但即便是最勇敢的人，铠甲下面的心脏也跳动得比以往更快，因为事实显而易见：一场艰难而血腥的战斗即将展开，在此列队的许多人将再也看不到今天的日落。

雅尔推了推滑到鼻子上的眼镜，重读一遍这段文字。他叹了口气，揉揉秃顶，拿起一块海绵，轻轻擦去了最后一句。

风吹过椴树丛，蜜蜂嗡嗡叫着。孩子们——就像所有小孩子一样——正在比赛谁的嗓门更大。

一颗球撞到墙上,弹了回来,停在老人脚边。没等他费力弯腰去捡,他的孙子之一就从他身边跑过,脚下不停地捡起了那颗球。从旁经过时,他撞到了桌子。雅尔用右手挡住险些落地的墨水盒,用残缺的左臂按住正在写的那叠纸。

沾满菩提花粉的黄色蜜蜂在他头顶嗡嗡叫着。

雅尔继续写下去。

那天早上乌云密布,但穿透云彩的阳光明确地提醒我们,时间仍在流逝。风刮了起来,旗帜的扑打声如振翅飞起的鸟群。尼弗迦德军静静地伫立在我军前方,所有人都在好奇,为什么陆军元帅门诺·库霍恩仍未下达进攻的命令……

"什么时候?"门诺·库霍恩从地图上抬起头,看着他的指挥官们,"你们想知道我什么时候下令进攻?"

没人答话。门诺看着手下的军官们。最紧张的似乎都是将被留在预备队里的家伙们——戴尔兰尼第七骑兵旅的指挥官埃朗·特拉赫,以及那乌西卡旅的指挥官奇斯·凡·洛。同样紧张的还有奥德尔·德·维恩加尔特,他是库霍恩元帅的副官,这辈子还从未接近过战场。

但那些亲自指挥过战斗的人却神情冷静,甚至显得有些无聊。马库斯·布莱班特打了个呵欠;雷茨·德·梅里斯-斯托克用小指掏着耳朵,抽出来看了看,像在寻找真正值得关注的东西;阿德·菲因师的年轻指挥官雷蒙·泰康奈尔上校眺望着远处的地平线,轻声吹着口哨；另一位有前途的年轻军官，迪斯温师的利亚姆·爱普·缪尔·莫斯上校正在翻阅他最喜爱的诗集的口袋本；阿尔巴重枪骑兵师的指挥官蒂博尔·艾格布拉杰正用马鞭的握柄挠着领口，活像个马车夫。

"等侦察巡逻队回来，"库霍恩说，"进攻就会开始。我有些担心北方的山丘。在我们进攻之前，先生们，我必须弄清山丘后面有些什么人，或者什么东西。"

拉马尔·弗劳特怕得要命。恐惧攥住了他的内脏，他觉得肠子里仿佛有几条黏滑的鳗鱼，而它们正在顽固地追寻着自由。一个钟头前，巡逻队收到了行动命令。在内心深处，弗劳特本指望早晨的寒冷和他重复过上百次、艰辛而严格的例行公事能压下自己的恐惧。但他错了。一个钟头过后，他们走了大概五里路，深入到危险的敌军领土，但恐惧依旧在啃噬他的心。

巡逻队在冷杉林下方的山腰处停下脚步。骑兵们小心翼翼地藏在一丛高大的杜松灌木中。他们前方是一道宽阔的山谷。雾气在草地上方打转。

"这里没人，"弗劳特说，"半个人都没有。回去吧。我们走得够远了。"

中士用质询的目光看着他。远？他们才走了几里路，速度堪比瘸腿的乌龟。

"中尉，"他说，"我们该到对面的山丘上去。在那边看得更清楚。尤其是这两道山谷。站在那边，我们能看清另一道山谷里有没有人。

你怎么看,长官?也就几弗隆远。"

几弗隆远,弗劳特心想,在这平底锅一样的开阔地带?鳗鱼在他的肠子里扭动不息,寻找出路。弗劳特觉得至少有一条找对了方向。

我听到了马刺的叮当声。一匹马的嘶鸣。就在那儿,在那片松林里,在那块沙土覆盖的山坡上。那边是不是有东西在动?是不是一个人影?

我们被包围了?

几天前,军营里开始流传一个谣言:说自由兵团伏击了维里赫德旅的一队人马,并活捉了一个精灵。据说他们阉了他,拔掉了他的舌头,切下了他的每一根手指……最后挖出了他的双眼。然后他们开玩笑说,他再也没法跟精灵妓女寻欢作乐了。甚至连看别人寻欢作乐都没戏了。

"如何,长官?"中士用沙哑的声音问,"我们要去那座山吗?"

拉马尔·弗劳特咽了口唾沫。

"不,"他说,"别浪费时间了。我们一无所获:这里没有敌人。我们得回去向指挥官汇报才行。走吧!"

◆━━━◆━━━◆

门诺·库霍恩听完报告,将目光从地图上移开。

"布莱班特先生、梅里斯-斯托克先生,"他简短地命令道,"回你们的部队。进攻!"

"皇帝万岁!"泰康奈尔和艾格布拉杰喊道。门诺用古怪的眼神看着他们。

"回你们的部队，"他重复道，"愿伟大日轮照耀你们的荣耀之路。"

◆——◆——◆

半身人军医米洛·范德贝克——他的昵称"铁锈"更为人熟知——将帐篷里混合了碘酒、氨水、酒精和魔法灵药的熟悉味道吸入鼻孔。趁这里的空气仍然健康、纯净且无菌，他打算好好品味一番。因为他知道，这种环境维持不了多久了。

他看看依然洁白如雪的手术台，又看看他的手术器材——数十件器具，凭借冰冷的钢铁材质、一尘不染的外表、整齐而不乏美感的布置，赢得了伤员们的尊敬与信任。

他的全体员工正在器具周围忙得团团转：一共三个女人。不对，"铁锈"在心中纠正自己。是一个女人和两个女孩。也不对。是一个年纪很大、外表却年轻漂亮的老奶奶，外加两个孩子。

那位女术士兼医师名叫玛蒂·索德格伦。两名志愿者分别是牛堡大学的学生夏妮，以及艾尔兰德梅里泰莉神殿的女祭司爱若拉。

我认识玛蒂·索德格伦，"铁锈"心想，我跟这美人儿共事过不止一次。她有点儿自恋，容易情绪激动，不过迄今为止，她的魔法都十分有用。她的魔法能用于麻醉、消毒和阻止大出血。

爱若拉是一位女祭司，确切地说，一位见习女祭司。这女孩拥有平凡的美貌——就像亚麻布——和一双有力的、属于农夫的大手。神殿让她的手免于沾染田里的烂泥，但她没法掩饰自己的出身。

不，"铁锈"心想，大体而言，我没必要担心她。那双手属于农夫，十分可靠。另外，神殿出身的女孩很少会令人失望，在压力下也不会崩溃。她们会求助于自己的宗教，哪怕是令人费解的信仰。有趣的是，这种做法往往行之有效。

他看着红发的夏妮，她正灵巧地将缝合线塞进弧形缝合针的针眼。

夏妮。这个出身贫寒的女孩是在大学接受的教育，这要归功于她对知识的无限渴求，以及贫穷双亲的巨大牺牲。但她是个学生。她能做什么？穿针引线？绑紧止血带？握紧手术牵开器？问题在于，这个红发女孩会不会昏过去，丢掉牵开器，一头栽进正在接受手术的病患敞开的腹部？

人类的承受力不算强，他心想。我要他们派个女精灵过来。或者我的同胞。但他们不肯。他们不信任我们。

他们也不信任我。这是不争的事实。

因为我是个半身人。不是人类。

我是个异类。

"夏妮！"

"什么事，范德贝克先生？"

"是铁锈。我是说，你叫我'铁锈先生'就好。这是什么，夏妮？这是做什么用的？"

"铁锈先生，您是在测试我吗？"

"回答我，孩子！"

"这是刮骨刀！在截肢手术时用来刮去骨膜！为了避免骨膜在锯刃下爆裂，事先必须刮干净才行！您满意了吗？我能得到您的认可吗？"

"小点声儿，孩子，小点声儿。"

他用手指理了理头发。

有意思，他心想。这儿有四位医生。而且都是红发！这算是命运的安排吗？

"请跟我出来，女士们，"他对助手们点点头，"到帐篷前面去。"

她们照做了。但三人都压低声音嘀咕了一句。内容各不相同。

帐篷前坐着一群医师，他们在享受最后一点闲暇时光。"铁锈"严厉地看了他们一眼，同时嗅了嗅周围的空气，确认他们没喝醉。

一个肌肉发达的铁匠正忙着在凳子上摆放工具，准备撬开伤员身上弯曲变形的铠甲和头盔。

"那边，"半身人指着战场，开门见山地说，"很快就会血流成河。随后，第一位伤员就会被人送到这里。你们都知道该做什么，知道自己该站在哪儿，知道自己的职责是什么。只要你们照做，就不会出错。听明白了吗？"

女孩们一言不发地听他讲话。

"那边，"半身人指着同一个方向，"很快就会有上万人试图伤害并杀死对方，可谓无所不用其极。在这里和另外两间战地医院，总共有十二位医生。我们不可能救到每一位伤员，连几分之一都不可能。跟你们说实话，也没人期待我们能做到。但我们会救治他们。因为——抱歉说这种陈词滥调——因为这就是我们存在的理由。正因为有人需要我们，我们才会存在。"

听众们保持沉默。"铁锈"耸耸肩。

"我们不可能超出自己能力的限度，"他的语气平静了些，态度也温和了些，"但我们会尽全力，半点都不能少。"

◄━━━►

"他们在冲锋。"治安官约翰·纳塔利斯在裤子上擦了擦掌心的汗水,"尼弗迦德人正在冲锋,陛下,他们攻过来了!"

弗尔泰斯特王控制住蹦蹦跳跳的坐骑——那是一匹马鞍上装饰有百合花的白马——然后转过他足以印在硬币上的高贵侧影,看向治安官。

"治安官大人,那我们得准备适当的欢迎才行!先生们!"

"杀死那群黑甲军!"德·鲁伊特伯爵和佣兵"永别了"亚当·潘葛拉特齐声喊道。治安官在马鞍上坐直身子,深吸一口气。

"回到你们的部队!"

远处鼓声回荡,铜钹铿锵,号角鸣响。大地在数万只马蹄下颤抖。

◄━━━►

"这下子……"半身人安迪·比伯威特拂开盖住尖耳朵的头发,"终于开打了……"

塔拉·希尔德布兰特、迪迪·霍夫梅耶和其他聚在马车周围的人点点头。他们能听到沉闷而单调的马蹄声从山丘和森林后方传来。他们能感觉到大地在震颤。

森林那边响起另一阵呼喊,声音越来越响。

"弓箭手第一轮齐射。"见识过——或者说聆听过——许多场战斗的安迪用专家的口吻说道,"很快会有下一轮。"

他说对了。

"接下来,他们会撞到一起。"

"我……我们……我们最好……藏到……马车……下面。"威廉·哈德伯托姆不安地扭动身子,吞吞吐吐地提议道,"你……你们……说呢……"

比伯威特和其他半身人用怜悯的目光看着他。藏到马车下面?为什么?这儿离战场有将近四分之一里呢。真有巡逻队绕到战场后方,赶到这里,藏在马车下面又有什么用?

厮杀声更响亮了。

"就是现在。"事实再次证明,安迪·比伯威特估计得没错。

在大概四分之一里远的地方,透过山丘与森林,传来了钢铁与钢铁碰撞的声响,以及令人毛骨悚然的咆哮。

那是重伤的动物绝望、狂野而又可怕的尖叫与嘶鸣。

"骑兵……"比伯威特舔了舔嘴唇,"被长矛刺穿的骑兵……"

"不……不知道……"威廉·哈德伯托姆脸色惨白,"那些……马……招谁惹谁了……"

老编年史作家又用海绵擦去一句话。天知道他都擦去多少句了。他闭上眼睛,回想那一天。回想两军交锋的那一刻。凶狠如獒犬的两支军队扑向彼此的咽喉,给予对方致命的拥抱。

雅尔在搜寻能描述当时情形的字句。

但却是徒然。

一根楔子钉进了泰莫利亚步兵团。阿尔巴师化身成巨大的活体攻城槌,正在碾碎保护步兵躯体的一切——长矛、长枪、长戟和盾牌。阿尔巴师仿佛刺进人体的匕首,将鲜血洒向四周。地上的血液让马匹脚下打滑。但这匕首尖虽然刺得很深,却没能扎中心脏或其他重要器官。阿尔巴师这只楔子没能碾碎或肢解泰莫利亚步兵团,反而卡在里面,无法动弹。他们被困在人数众多、仿佛沥青般稠密的步兵团当中。

乍看之下,威胁似乎不大。楔子的头部和两翼由身着重甲的精英部队组成,攻击都在他们的盾牌和盔甲上弹开,就像铁匠的锤子砸在了铁砧上。就连他们的坐骑都身穿铠甲。虽然不时会有某个重甲骑兵连同马匹一起倒下,他们的刀剑和利斧却在大肆屠杀步兵。在那群乌合之众的包围下,阿尔巴师愈发深入敌阵。

"阿尔巴——!"少尉迪文·爱普·米拉听到了艾格布拉杰上校的战吼,那声音盖过了武器碰撞声、怒吼声和马嘶声,"前进,阿尔巴师!为了皇帝陛下!"

他们向前推进,劈砍、敲击、戳刺。他们的马匹不情不愿地前进,马蹄下传来泼溅声、破裂声和哀号声。

"阿尔巴——!"

楔子又被卡住。步兵团虽然遭到打击和损伤,却没屈服,而是像铁钳一样困住了对方骑兵。大地在颤抖。在长戟和连枷的打击下,楔子的第一排开始分崩离析。阿尔巴师的骑手们被长戟和棍棒击打,被钩子拖下马鞍,接连死去。插进泰莫利亚步兵团的这把匕首,如今已不再像刺伤活物的钢铁,更像是被农夫抓在手中的冰柱。

"泰莫利亚——!为了国王,小的们!杀死黑甲军!"

雇佣步兵们也不轻松。阿尔巴师并未就此崩溃。刀剑和利斧不断起落,每有一名骑手倒下,奋战的步兵们便会流出更多鲜血。

一柄长矛的矛尖找到艾格布拉杰的铠甲缝隙,并且刺了进去。上校大吼一声,在马鞍上摇晃起来。没等他的部下伸出援手,他便在混战中坠落马下,刺穿他的步兵倒在他身上。

白底黑雕的旗帜摇晃着倒下。

重骑兵们——其中包括迪文·爱普·米拉少尉——朝旗帜的方向冲去,一路劈砍、践踏和高喊。

真不明白,迪文·爱普·米拉一边想,一边从某个泰莫利亚步兵粉碎的头骨中拔出长剑。真不明白,他正思考时,一柄豁了口的长戟刺中了他的身体,令他身子一歪。

真不明白,我到底在干什么?这一切到底有什么意义?这一切又都是谁的责任?

"呃……然后伟大导师们聚集在……我们尊贵的主母……呃……对她们的记忆将永存我们心中……为了……呃……最初的协会的伟大女术士们……咨询……然后决定……"

"你应该好好准备的,阿邦德同学。你没过关。坐下吧。"

"但我温习过。真的……"

"坐下吧。"

"干吗教这些又老又无聊的东西，"阿邦德嘀咕着，坐了下来，"现在谁还关心这个……而且这有什么用……"

"安静！妮妙同学！"

"到，老师。"

"你能回答这个问题吗？如果不能，就直接坐下，别浪费我的时间。"

"我能。"

"哦，我听着呢。"

"所以根据编年史的记载，导师们在秃山的城堡会面，并一致同意结束帝国与北方王国之间的毁灭性战争。神圣殉道者之一，尊贵的艾希蕾主母认定，那些统治者直到精疲力竭之前都不会停止战斗。也是在那里，神圣殉道者之一，尊贵的菲丽芭主母断言道：'让我们给他们一场无法想象的可怕、残酷而又血腥的战斗，一场史无前例的战斗。让帝国军和诸王的军队被血海淹没，然后我们——也就是伟大的协会——将迫使他们讲和。'随后便发生了那场大战。尊贵的主母们一手促成了布伦纳之战。随后，统治者们被迫在辛特拉签订了和平协议。"

"非常好，妮妙同学。我可以给你个A……前提是你在发言之前没用'所以'这个词。以后别用'所以'开头。坐下吧。现在我们来说说《辛特拉和约》……"

下课铃响了，但学生们并未合拢书本并收拾课桌。他们保持着镇定与体面，以及值得称赞的安静。他们可不是流鼻涕的一年级生。他们三年级了。他们已经十四岁了。

现在是关键时期。

"这是唯一可行的解决方案。"铁锈在评估第一位伤者的状况,后者的鲜血染红了原本干净的手术台,"大腿骨粉碎。动脉没被割断,不然送来的就该是具尸体了。看起来是被斧头砸的,而马鞍则充当了砧板。你们可以自己看看……"

爱若拉和夏妮朝受伤的士兵弯下腰。铁锈搓了搓手。

"我说过了,这伤是治不好的,我们只能选择切除。开始吧。爱若拉,拿根止血带来,再系紧点儿。夏妮,手术刀。不是那把。截肢要用那把加大的。"

受伤的男人不断地用惊恐的目光看向他们的手,用受困野兽的眼神看着他们的动作。

"玛蒂,麻烦施个小魔法。"半身人朝伤员弯下腰,尽可能挡住他的视线,"我得给你截肢,孩子。"

"不!"伤员甩着脑袋,试图挣脱玛蒂·索德格伦的双手,"我不要截肢!"

"必须截肢,不然你会死的。"

"我宁可死……"伤员的动作在治疗魔法的影响下越来越慢,"我宁死也不要残废……让我死吧……求求你……让我死吧!"

"这我可办不到。"铁锈举起手术刀,看着洁白无瑕的钢铁刀身,"我不能让你死。我是个医生。"

他将刀刃刺入皮肤,深深切下去。伤员哀号起来,叫声不似人声。

✦ ✦

信使猛停下马,马蹄下甚至迸出了火星。两个助手拉住缰绳,安抚着嘴边泛出白沫的公马。信使爬下马背,站到地上。

"你是谁?"约翰·纳塔利斯叫道,"谁派你来的?"

"德·鲁伊特……"信使喘息着说,"我们拖住了黑甲军,但也损伤惨重。德·鲁伊特大人请求增援。"

"不行。"沉默片刻后,治安官答道,"你们必须撑下去。必须!"

✦ ✦

"看这儿,"铁锈指了指,语气像个正在展示藏品的收藏家,"请看腹部上这道伤口。有人抢在我们前头做了场非常外行的剖腹手术。幸好他们把他送来时很小心,没让他的大部分重要器官受到损伤……至少我希望没有……怎么了,夏妮?干吗那副表情?难道你是第一次看到男人的'内在'?"

"铁锈先生,他的肠子受伤了……"

"诊断准确,但这太明显了!我都用不着看,光闻就能闻出来。手帕,爱若拉。玛蒂,这儿的血太多了,麻烦用你无价的魔法帮我们一下。夏妮,钳住这儿,你也看到他出血有多严重了。爱若拉,手术刀。"

"谁赢了?"士兵仍然保持清醒,双眼凸出,"告诉我……谁赢了?"

"孩子，"铁锈朝敞开的、血淋淋的、脉动不止的腹腔弯下腰，"换做我是你，这会是我最不关心的事。"

◆━━◆━━◆

……在左翼和中央，残酷而血腥的战斗仍在继续，尽管尼弗迦德军凶狠又顽强，面对王国军却像拍打在岩石上的海浪。因为那里屹立着来自马里波、维吉玛和崔托格的英勇士兵：这些步兵、职业雇佣兵和骑兵冷酷无情，无所畏惧。

他们在战斗，就像大海拍打岩石，战斗就这么持续下去，一时胜负难分。虽然海浪在石头上一次次粉碎，但势头并未减弱或消失，岩石也始终屹立在惊涛骇浪之间。

但在右翼，战况却完全不同。

陆军元帅门诺·库霍恩就像一只熟知捕猎之道的老鹰，知道该向哪里进攻。他将部队化作铁拳——这只拳头由迪斯温师和阿德·菲因师构成——打向金水塘畔的敌军阵线。来自布鲁格的部队拼力死守，但他们的武器和铠甲不够齐全，士气也有些低落。他们勉强击退了尼弗迦德人的进攻。不等尼弗迦德人喘息，亚当·潘葛拉特又指挥着自由兵团的两个编队发起了进攻，双方因此又出现不少伤亡。犹是如此，在右翼，志愿旅的矮人们仍要面对可怕的攻势，眼看就要陷入包围，王国军的阵形也随时都有崩溃的危险。

雅尔在墨水盒里蘸了蘸笔尖。他的孙辈还在庭院里玩耍，清脆的笑声仿佛铃铛的脆响。

然而，在危险逼近时，保持警惕的约翰·纳塔利斯立刻看清了状况。他毫不犹豫地派出信使，去向矮人艾尔斯上校下达命令……

———— ♦ ————

十七岁的号手奥布里曾天真地以为，他可以赶到军队右翼，传达命令，然后再回到山上，全程不超过十分钟，连一秒钟都不会多！毕竟，他的母马奇基塔可是个飞毛腿。

但就在他赶到金水塘畔之前，号手察觉到两件事——他不知道自己要花多久才能到达右翼，也不知何时才能返回。这还是在奇基塔的速度可以保证的情况下。

在金水塘东边，战火燃得正旺。黑甲军正与保护步兵的布鲁格骑兵厮杀。就在号手面前，身穿绿色、黄色与红色外袍的骑手离开激烈的战场，朝河边飞驰而去。在他们身后，尼弗迦德人如黑色的河水般席卷而来。

奥布里猛拉缰绳，让母马停下脚步，一时想掉头避开逃亡者与追兵，但他的责任感瞬间占了上风。号手抱紧坐骑的脖子，让它迈步狂奔。

他听到周围传来叫喊声和骚动声，还有碰撞声和敲打声，看到万花筒般混乱的轮廓，以及闪烁的刀剑反光。一部分布鲁格士兵背对湖泊，做困兽之斗，在一面有着十字船锚图案的旗帜周围打转。而在战场上，黑甲军正在屠杀孤立无援的步兵。

他看到一面绣有银色日轮的黑斗篷随风飘扬。

"Evgyr，北方佬！"

奥布里大喊一声。奇基塔在喊声的刺激下加速飞奔，跟那尼弗迦德人的长剑拉开距离，挽救了奥布里的性命。几支箭从他头顶呼啸飞过，从那些模糊的轮廓旁边掠过。

我在哪儿？我们的部队在哪儿？敌人在哪儿？

"Evgyr morv，北方佬！"

雷鸣般的蹄声，马匹的嘶鸣声，武器的交击声，人群的叫喊声。

"停下，你这小混球！不是那边！"

是个女人的声音：一个骑栗色公马、穿着铠甲、头发凌乱、脸庞染血的女人。她的身后是手持武器的骑兵。

"你是谁？"女人用握剑的手背擦了擦脸上的鲜血。

"号手奥布里，纳塔利斯治安官手下的少尉……有命令要传达给潘葛拉特和艾尔斯上校……"

"你没办法穿过战场去潘葛拉特那边的。我们要去跟矮人会合。我是茱莉娅·艾巴特马克……见鬼！他们想夹击我们！加快速度！"

他没时间抗议了。就算抗议也没有意义。

一阵狂奔过后，他们从步兵方阵前方的灰尘中钻了出来。步兵正在龟缩防守，将盾牌组成墙壁，举起长矛，仿佛长满尖刺的刺猬。方阵上方飘扬着一面十字锤图案的旗帜，旁边则是一根用马尾鬃毛系着颅骨的木杆。

在尼弗迦德人的攻击下，步兵方阵连连后退，仿佛一条被乞丐追赶、东躲西藏的狗。那是阿德·菲因师，多亏了战袍上的银色日轮，没人会把他们跟别的部队搞混。

"自由兵团，攻击！"女人举起长剑，尖声喊道，"让他们付出代价!"

骑兵们——以及奥布里——朝尼弗迦德人冲去。

战斗只持续了片刻,但过程却十分惨烈。然后盾牌之墙为他们打开。他们进入方阵,从身穿链甲衫、戴着头盔的矮人身边挤过,来到瑞达尼亚步兵团、布鲁格骑兵队和轻甲雇佣兵队之间。

奥布里刚刚认识的茱莉娅·艾巴特马克——也就是雇佣兵的指挥官"小美猫"——带着他来到一个壮实的矮人面前。矮人的头盔上装饰着一根红色羽毛,骑着俘获来的尼弗迦德公马:马鞍很高,他坐在上面,好让目光能越过士兵们的头顶。

"巴克莱·艾尔斯上校?"

矮人点点头,看看信使及其坐骑身上的血迹。奥布里不由涨红了脸。那是一个佣兵在他面前砍倒的某个尼弗迦德人的血。他甚至连剑都没拔出来。

"我是号手奥布里……"

"安泽姆·奥布里的儿子?"

"他的幼子。"

"哈!俺认识你父亲!号手,你从纳塔利斯和弗尔泰斯特那儿带来了什么口信?"

"中央部队正面临被敌军突破的威胁,治安官命令您将人马移动到金水塘和楚特拉河之间……以便支援……"

他接下来的话被异常嘈杂的叫喊声和马嘶声盖了过去。奥布里这才明白他带来的命令有多没用。对巴克莱·艾尔斯,对茱莉娅·艾巴特马克,对举着十字锤旗帜、被尼弗迦德军重重包围的矮人们来说有多没用。

"我在路上耽搁了……"他哀号道,"我来得太迟了。"

小美猫真像猫一样啐了一口。巴克莱·艾尔斯咬了咬牙。

"不,号手,"他说,"是尼弗迦德人来得太早了。"

"恭喜各位女士,还有我自己,我们成功切除了小肠、结肠和脾脏,并完成了肝脏缝合手术。请注意,在战场上,病患变成这样只要几秒,我们干活却要这么长时间。我认为这事挺有哲学思辨意义的。替病患缝合吧,夏妮女士。"

"但铁锈先生,我从没缝合过伤口!"

"总会有第一次的。红的用红线,黄的用黄线,白的用白线。这样就没问题了。"

"你说啥?"巴克莱·艾尔斯扯了扯胡子,"安泽姆·奥布里之子,你刚才说啥?你以为俺们是在这儿发呆吗?尼弗迦德人正在攻击俺们!这些布鲁格人遭到攻击又不是俺们的错!"

"可命令……"

"俺才不在乎什么狗屁命令!"

"如果我们不堵住缺口,"小美猫抬高嗓门,好盖过周围的噪声,"黑甲军就要突破前线了!他们会突破前线!别再死守了,巴克莱!我要主动出击,朝那边进军!"

"离开这片水塘之前,咱们就会被杀光!咱们会白白送死!"

"那你的提议是?"

矮人狠狠地咒骂一句,摘下头盔,摔到地上,充血的双眼狂野又骇人。

奇基塔被他的咆哮声吓到,拉扯着缰绳,在号手的安抚下不停地跺着脚。

"把亚尔潘·齐格林和丹尼斯·克莱默给俺找来!要快!"

两个矮人从最血腥的那部分战场跋涉而来,这点一眼就能看出。他俩都浑身浴血,其中一人的链甲上有道呈锐角切入的显眼裂缝,另一个的脑袋上绑着绷带,绷带已被鲜血浸透。

"齐格林,你没事吧?"

"真想不通,"矮人叹着气说,"为啥每个人都这么问俺?"

巴克莱转过身,盯着治安官的信使。

"这位是安泽姆的幼子。治安官和国王命令咱们去前线协助他们。记得睁大眼睛,号手。接下来你要大开眼界了。"

❖─────◆─────❖

"瘟疫啊!"铁锈咒骂一声,挥舞着刮刀从手术台边退开,"为什么?见鬼!为什么非得这样?"

没人回答他。玛蒂·索德格伦只是摊开双手。夏妮垂下头。爱若拉吸了吸鼻子。

刚刚死去的伤员盯着空气,双眼呆滞无神。

"进攻,杀啊!干死那帮婊子养的!"

"步调一致!"巴克莱·艾尔斯吼道,"方向一致!保持队列紧凑!以团体行动!团体!"

没人会相信的,号手奥布里心想。就算我告诉别人,也没人会相信的。方阵正在突破包围圈……四面八方都是敌人的骑兵,正在遭受攻打、袭击和骚扰……但方阵却在前进。相同的步调,密集的队形,盾牌贴着盾牌前进。不断前进,踩着尸体,挤开阿德·菲因师的精英部队……他们在前进。

"杀呀!"

"保持步调!方向一致!"巴克莱·艾尔斯又喊了起来,"保持队列!唱啊,你们这些婊子养的,唱啊!唱起咱们的歌!为了玛哈坎,前进!"

几千名矮人的喉咙里唱响了著名的玛哈坎战歌。

嗬——!嗬——!嗬——!
等着吧,别着急!
战火马上就燃起!
杀场崩塌又破碎,
一直碎到骨头里!
嗬——!嗬——!嗬——!

"自由兵团，进攻！"在矮人的怒吼声中，茱莉娅·艾巴特马克尖厉的女高音仿佛一把纤薄的利刃。雇佣兵团离开方阵，向尼弗迦德骑兵发起反击。这举动与自杀无异——失去了矮人们长戟、长矛和盾牌的保护，佣兵们瞬间便暴露在尼弗迦德军强大的攻势之下。敲打声、叫喊声和马嘶声让号手奥布里本能地在马鞍上缩起身子。有什么东西撞到他的后背。他感觉自己的母马被卷入人流当中，无可避免地凑近了可怕的屠杀与混乱。他紧紧攥住剑柄，却突然觉得它又重又滑。

片刻后，他被推到盾墙之外，开始着魔似的疯狂砍杀。

"再来！"他听到小美猫的狂吼，"继续进攻！撑住，伙计们！杀啊，杀啊！为了太阳般闪耀的金币！自由兵团，到我身边来！"

一名没戴头盔、披风上有银色日轮图案的尼弗迦德骑手突破了盾墙，他踩着马镫站了起来，斧子砍进某个失去盾牌保护的矮人的身体，随后又劈开了另一个矮人的脑袋。奥布里在马鞍上转过身，剑刃横向挥出。尼弗迦德人的脑袋掉到地上。与此同时，号手的头部也挨了一下，身子滚下马鞍。周围的人群暂时止住了他的坠落，有那么一会儿，他的身体被夹在两匹马之间，悬在半空。虽然他满心恐惧，但痛苦并未持续多久。在落地的那一刻，他的颅骨就在马蹄下粉碎了。

◆——◆——◆

六十五年后，当她被人问起那段时光，问起布伦纳之战，问起在战友与敌人的尸体间行军——朝金水塘的方向行军——的方阵时，老妇人笑了笑，早就像李子干一样皱巴巴的黝黑脸庞平添了更多的皱纹。她不耐烦地——或者假装不耐烦地——挥了挥瘦骨嶙峋的手。那只手颤抖不止,更因关节炎而扭曲变形。

"无论哪一边,"她口齿不清地说,"都没占到上风。敌人将我们重重包围。他们从四面八方发起进攻。我们能做的只有杀戮而已。他们杀我们,我们杀他们……咳咳咳……他们杀我们,我们杀他们……"

老妇人费力地止住咳嗽。离得最近的听众看到,她拭去了在迷宫般的皱纹与旧伤疤之间流淌的一滴泪水。

"他们跟我们一样勇敢,"她嘀咕道,"咳咳……而我们也跟他们一样顽强而凶狠。我们和他们……"

她闭了嘴,停了很久。听众们催促她,看着她对自己光荣的记忆露出微笑,对那些尚未消失在遗忘迷雾中的模糊面孔露出微笑。那些记忆,就连酒精、麻药粉和肺结核都无法消灭。

"我们同样勇敢,"茱莉娅·艾巴特马克总结道,"谁都没法在勇敢的程度上胜过对方。但我们……我们比他们多勇敢了一分钟。"

◀━━━◆━━━▶

"玛蒂,求求你,再次施展你那神奇的魔法吧!一下下就好!这家伙的内脏简直像一锅炖菜,还有这么多链甲环做调料!如果他继续像离了水的鱼一样扑腾,我就什么都做不了了!夏妮,见鬼,握紧止血钳!爱若拉!该死的,你睡着了吗?系紧!用力!"

爱若拉呼吸沉重,费力地咽着口水。我要晕倒了,她心想。我受不了了。我再也受不了这种味道——再也受不了这混合了血液、呕吐物、粪便、尿液、肠内未消化物、汗水、恐惧与死亡的可怕味道了。我受不了一刻不停的哭喊和哀号,受不了朝我伸来的血淋淋、黏糊糊的手,好像我是他们的救星,是他们的庇护所,是他们的生命本身……我再也受不了我们在做的事了。因为这太蠢了。这根本就是一件沉重、巨大,又毫无意义的蠢事。

我再也受不了更多的疲惫和压力了。他们不断送来更多伤员……更多伤员……

我受不了了。我受不了了。我要吐了。我要晕倒了。我会被嘲笑……

"绷带!棉签!止血钳!不是这边!做事的时候要小心!你敢再犯一次错,我就扇你的红发脑袋!听到没有?我会扇你的脑袋!"

伟大的梅里泰莉啊,帮帮我。帮帮我吧,女神大人。

"瞧啊!他的状况好转了!再拿个止血钳来,女祭司。在这儿,钳住血管!做得好,爱若拉,保持下去!玛蒂,擦擦你的眼睛和脸。还有我的……"

◀━━▶

这痛楚从何而来?治安官约翰·纳塔利斯心想。我为何会如此疼痛?

啊。

他松开了拳头。

◀━━▶

"了解他们吧!"奇斯·凡·洛挥舞着双手喊道,"进攻吧,元帅

"阁下！他们的防线动摇了！只要我们毫不犹豫地进攻，就能突破防线！伟大日轮在上，他们会被粉碎！被摧毁！"

门诺·库霍恩咬起指甲。他注意到有人在看着自己，又赶紧将手指抽了出来。

"进攻吧，"奇斯·凡·洛平静地重复道，"那乌西卡旅准备好了。"

"他们理应准备好。"门诺粗鲁地说，"戴尔兰尼旅也一样。法欧提亚纳阁下！"

维里赫德旅的指挥官，绰号"铁狼"的伊森格林·法欧提亚纳转头看向元帅。从额头穿过眉心和鼻梁、直至脸颊的可怕伤疤让他的脸显得扭曲狰狞。

"你去进攻这边，"门诺·库霍恩用元帅棒指了指，"泰莫利亚和瑞达尼亚阵线相接的位置。就是这儿。"

精灵敬了个礼，丑陋的脸上毫无表情，就连深邃双眼里的神情也毫无变化。

我们的盟友，门诺心想。他们是我们的盟友。我们并肩战斗，对抗共同的敌人。

但，这些精灵，我完全不理解他们。

这些奇怪的异类。

他们和我们完全不同。

"真奇妙。"铁锈试着用手肘擦擦脸，但他的手肘同样沾满了鲜血。

爱若拉赶紧过来帮他。

"有意思,"外科医师指了指伤员,"这位病患被干草叉捅伤……一根叉齿刺穿了他的心脏,瞧,看这儿。他心腔破裂,主动脉几乎断开……但他刚才还在呼吸。就在这儿,在手术台上。在战场上,他被刺穿了心脏,而上手术台时他还活着……"

"你说他死了?"一名志愿兵轻骑兵脸色阴沉地问,"我们把他送来这儿全是白费力气?"

"这种事从来不是白费力气。"铁锈对上他的目光,"但你说得对,他死了。这位病患死了。把他搬走吧……哦,该死!姑娘们,过来看看!"

玛蒂、爱若拉和夏妮朝死去的士兵弯下腰。铁锈掀起死者的眼皮。

"你们见过类似的眼睛吗?"

三人瑟瑟发抖。

"见过。"她们异口同声地说,随后惊讶地看着彼此。

"我也见过。"铁锈说,"他是个猎魔人。是个变种人。这就能解释他为何会撑这么久了……他是你们的战友?还是说,你们只是碰巧遇上了他?"

"他是我们的战友,医师先生。"另一个志愿兵沮丧地说。他是个瘦高个儿,脑袋上缠着绷带。"他是志愿加入我们中队的。他是个剑术大师,名叫柯恩。"

"你们知道他是猎魔人吗?"

"知道。但他是个好伙伴。"

"哦,"铁锈看到四个士兵抬着一个身披染血斗篷的伤员进了门,叹着气说道,"太糟了……我很想解剖这位可敬的猎魔人。这是个好机会,我可以好好瞧瞧他的器官,甚至能写出一篇专题论文。但没时间了,把他抬下手术台!夏妮,水。玛蒂,消毒。爱若拉,给我……嘿,孩子,你又哭了吗?这次又是因为什么……"

"没什么,铁锈先生。没什么。我没事的。"

◆━━◆━━◆

"我有种被人欺骗和掠夺的感觉。"特莉丝·梅利葛德说。

南尼克沉默良久,从俯瞰神殿花园的露台上,看向正忙于春季农活的女祭司和见习女祭司们。

"你做出了选择。"最后她说,"你选择了自己的路,特莉丝。你自己的命运。出于自愿。现在不是你后悔的时间。"

"南尼克,"女术士看向下方,"我真的只能告诉你这么多。相信我,并且原谅我吧。"

"我有什么资格原谅你?我的原谅能给你什么好处?"

"我能看到你们的眼神!"特莉丝脱口而出,"你和你的女祭司们的眼神。我能看到她们的眼神在问我问题:你在这儿做什么,女术士?你为什么不去爱若拉、尤妮德、凯蒂、米尔菈,还有雅尔身边?"

"你太夸张了,特莉丝。"

女术士看着远方,看着神殿围墙外的森林,看着远处的烟柱。

南尼克沉默不语,思绪同样飘向远方,飘向血腥和激烈的战场。她在想那些被派去战场的女孩。

"她们,"特莉丝说,"拒绝了我的请求。"

南尼克沉默不语。

"她们拒绝了我的所有请求,"特莉丝说,"理由巧妙、正当、合乎逻辑……我又怎能不相信她们呢?她们对我解释说,事情有重要和次要之分,为了重要的事,次要的事就该不假思索地被放弃,被牺牲,不带丝毫悔恨。她们说,拯救你所知所爱的人毫无意义,因为他们只是个体,与世界的命运无关。她们说,为维护荣誉和理想而奋斗毫无意义,因为那些只是空洞的概念。她们说,真正决定世界命运的战争不在这里,而会在别处进行。我还觉得受到了掠夺。她们夺走了我做蠢事的可能性。我没法发疯似的赶去帮助希瑞,没法为拯救杰洛特和叶妮芙而拼命奔走。不仅如此,现在战争开始了。你让那些女孩去参加战争……雅尔为了参战偷偷溜走。可我呢?我却连站在山上的机会都没有了——再次站在山上的机会。虽然我知道,我的选择是正确的。"

"每个人都有自己的选择,也都有属于自己的山,特莉丝。"女祭司平静地说,"每个人都一样。你没法逃脱自己的命运。"

◆━━━◆━━━◆

营帐入口人来人往。又有人抬来一位伤兵,一同前来的还有好几人。其中有个身穿全身板甲的骑士,正在发号施令。

"快点儿,你们这些该死的懒鬼!再快点儿!把他放这儿,这儿!嘿,你!大夫!"

"我很忙,"铁锈头都没抬,"请把他放在担架上。等我忙完就去看他。"

"立刻给他治疗,你这该死的庸医!这位可是尊贵的加拉莫尼的伯爵！"

"这间医院，"铁锈抬高了嗓门。他很生气，因为一块十字弓矢尖端的碎片卡在了伤员的肠子里，而他的镊子很难夹起来。"不讲什么民主。反正你们送来的也都是些男爵、伯爵和侯爵之类。没人在乎战场上的普通伤员。不过在这儿，所有人都是平等的。至少在我的手术台上是这样。"

"什么？"

"没听懂拉倒。"铁锈又用镊子在伤口里翻找起来，"我不在乎自己是在帮农奴还是贵族取出身体里的铁片儿。对我来说，每个躺在手术台上的都是乔装成乞丐的王子。"

"什么？"

"你的伯爵得排队等着。"

"你这半身人混蛋！"

"帮我个忙，夏妮。再拿把止血钳。注意动脉！玛蒂，恕我冒昧，请来点儿魔法。这位出血也很厉害。"

骑士咬牙切齿地迈出一步，铠甲叮当作响。

"我要吊死你！"他吼道，"你会上绞架，该死的非人种族！"

"闭嘴，佩普布罗克。"受了轻伤的贵族说，"闭嘴，把我留在这儿，然后回去战斗。"

"可是，阁下！我不能……"

"这是命令！"

帐篷另一个方向传来怒吼声和厮杀声，疯狂的叫喊声和马儿的鼻息声。战地医院里的伤员们用不同的嗓音哀号起来。

"请看看这个。"铁锈举起钳子，展示他终于取出的碎片，"制作这东西的家伙无疑是位聪明的工匠,有能力养活一大家子人。从它就能看出工匠惊人的技巧与熟练程度。让这小东西卡在肠道里的方式真是太有独创性了。发展进步万岁。"

他把染血的金属片丢进一个容器,看着手术台,那位伤员早在他演说期间便已昏死过去。

"给他缝好伤口,然后抬走。"他点点头,"如果运气好,他就能活下来。把下一个病患抬过来,脑袋被砸碎的那个。"

"他的位置,"玛蒂·索德格伦平静地说,"已经空出来了。"

铁锈深吸一口气,再没多说一句,径直离开手术台,来到受伤的伯爵身边。他的双手和围裙像屠夫一样沾满血迹。加拉莫尼伯爵丹尼尔·埃切维里的脸更苍白了。

"好了,"铁锈说,"轮到你了,伯爵。把他抬到手术台上。状况如何?哦,这关节碎了,治不好了。如果放任不管,它会把碎裂的骨头磨成糊的。接下来会很痛,不过别担心,这就跟打仗一样。止血带、刮刀、锯子。我们得给你截肢,伯爵阁下。"

直到刚才,加拉莫尼伯爵丹尼尔·埃切维里都勇敢地忍耐着疼痛,此刻却像野狼一样哀号起来。没等他再次合拢嘴巴,夏妮便将一片软木迅速塞进他上下牙之间。

◆━━◆━━◆

"陛下!治安官阁下!"

"说吧,孩子。"

"志愿军团和自由兵团正在金水塘附近……矮人和雇佣兵在坚守阵

线,但他们损伤惨重……据说'永别了'亚当·潘葛拉特死了,弗龙蒂诺死了,茉莉娅·艾巴特马克也死了……所有指挥官都阵亡了。派去增援的多利安团全军覆没……"

"撤退吧,治安官阁下。"弗尔泰斯特的声音不算响亮,但咬字十分清晰,"要我说,是时候打一场撤退战了。让布罗尼伯派步兵去对抗黑甲军。就现在!马上!不然他们会突破前线,攻到这里,杀死我们所有人。"

约翰·纳塔利斯没答话。他看到另一个信使正骑马从远处飞驰而来,马嘴边白沫飞扬。

"喘口气,伙计。先喘口气,然后把口信告诉我。"

"他们突破了……突破了正面防线……是维里赫德旅的精灵……德·鲁伊特阁下要向各位传达一条口信……"

"什么口信?快说!"

"诸位,现在只能设法自救了。"

约翰·纳塔利斯抬起头,看向天空。

"布伦克特,"他断然道,"让布伦克特赶过来。要不就让黑暗到来吧。"

◆━━━◆━━━◆

帐篷四周响起雷鸣般的马蹄声。尖叫和马嘶声充斥于周遭。有个士兵冲进医院,身后跟着两个勤务兵。

"跑吧,各位!"士兵喊道,"想办法逃命吧!尼弗迦德人赢了!我们输了!完蛋了!"

"止血钳！"伤员躺在手术台上，铁锈尽量避开他动脉里喷出的鲜血，"止血钳！棉签！这边，夏妮！玛蒂，想办法给他止血……"

在帐篷前面，有人发出野兽般的尖叫。尖叫声越来越小，最后变成呻吟。有匹马嘶叫一声，然后有个东西落在地上，发出哐当声与轰隆声。一根十字弓矢撕裂了帆布，呼啸着飞向帐篷另一边，幸好它飞得够高，没能伤到担架上的那些伤员。

"尼弗迦德人！"那名士兵又喊了起来，嗓音高亢而颤抖，"大夫！你没听到我的话吗？尼弗迦德人突破了防线，正在大肆屠杀！快跑吧！"

铁锈接过玛蒂·索德格伦递来的针，开始缝合伤口。手术台上的病患一动不动地躺了很久，但他依然活着——他的心脏还在跳。这点显而易见。

"我不想死！"某个清醒的伤员喊道。士兵咒骂一声，跑向出口，却又尖叫着退了回来，倒在地上，鲜血四溅。跪在担架旁的爱若拉吓得后退几步。

突然间，周围一片寂静。

这可不妙啊，铁锈心想，随即看到了走进帐篷的家伙。是精灵。斗篷上饰有银色闪电。维里赫德旅。臭名昭著的维里赫德旅。

"一间战地医院。"为首的精灵说。他身材高大，脸颊瘦削，有一双蓝色的眸子。"他们在接受治疗？"

没人答话。铁锈发现自己的双手在颤抖。他迅速将缝合针递给玛蒂。他看到夏妮的脸色苍白得就像粉笔。

"这有什么意义？"精灵用凶恶的语气说，"这里怎么有这么多人在接受治疗？伤者就该躺在战场上，因自己的伤势而死。可你们却在这里医治他们？这没有意义。看来我们的理念有很大冲突。"

他弯下腰，把剑刺进最靠近门边的伤兵的胸膛。另一个精灵走到第二个伤员面前，一剑将其刺穿。第三个伤员神志清醒，试图用缠着厚实绷带的残缺右臂挡住致命的一剑。

夏妮尖叫起来，声音足能刺穿耳膜，盖过了那个残废士兵不似人声的沉重低号。爱若拉扑到一具担架上，用身体护住一名伤员。她脸色惨白，好似帆布绷带。精灵眯起眼睛。

"Va vort, beanna！"他吼道，"让开，要不我连你一起刺穿，Dh'oine！"

"滚出去！"铁锈迈出三大步，挡在爱若拉和精灵之间，"滚出我的医院，凶手！你们可以去外面自相残杀！但别在这里杀人！"

精灵低头望去。矮小壮实、瑟瑟发抖的半身人只到他的腰际。

"Blorde Pherian，"他嘶声道，"今天我只杀人类！你给我让开！"

"休想！"外科医师的牙齿在打战，但语气却透出坚定。

第二个精灵跑过来，用长矛拨开了半身人。铁锈跪倒在地。高个子精灵粗暴地拽开爱若拉，举起手里的长剑。

但看到伤员枕着的黑色披风，他愣住了。披风上有迪斯温师的银焰图案——还有个上校军衔的标识。

"亚伊文！"帐篷里有个精灵大喊道，他的黑发扎成了辫子，"Caemm，veloe！Ess'evgyriada'Dh'oine a'en va！Ess'tedd！"

高个子精灵盯着受伤的上校看了一会儿，又看看满心恐惧、眼眶含泪的外科医师。然后他转过身，离开了帐篷。

帐篷外再次传来响亮的马蹄声、尖叫声和金铁交击声。

"黑甲军在那儿！杀死他们！"上千个声音喊道。帐篷外又有人发出野兽般的嘶吼,最后以悲惨的喘息告终。

铁锈试图起身,但他的双腿却在打颤。他的双臂也一样。

爱若拉的身体因抽泣而发抖,她在尼弗迦德伤员的担架旁边缩起身子,姿势仿佛婴儿。

夏妮在哭泣,且丝毫不打算掩饰泪水,但她的手里仍握着止血钳。玛蒂静静地缝合伤口,嘴唇无声地念诵着,像在自言自语。

铁锈还是站不起来,只好坐了回去。他的双眼对上某个缩在帐篷角落的勤务兵。

"给我拿点儿伏特加。"他费力地说,"别跟我说你没有。我知道你们这些混账总会偷藏些酒。"

※ ※ ※

布伦海姆·布伦克特将军踩着马镫站起身,伸长脖子,听着战斗的回响。

"集合部队,"他命令道,"小跑着翻过山丘。根据斥候的报告,我们会直接遭遇黑甲军的右翼。"

"我们会让他们见识地狱!"一个中尉喊道。他是个胡须柔软稀疏的年轻人。布伦克特瞥了他一眼。

"让旗手去最前方,"他给出命令,拔出佩剑,"用全身力气大喊'瑞达尼亚'!让弗尔泰斯特和纳塔利斯手下的小伙子们知道,援军到了。"

在过去四十年里,寇布斯·德·鲁伊特伯爵打过许多仗。他十六岁那年就上了战场。德·鲁伊特家族八代都是军人。对任何人来说,战吼声与金铁交击声都是难以忍受的噪声,但在寇布斯·德·鲁伊特耳中却仿佛悦耳的交响曲。此时此刻,在这场音乐会上,他听到了新的音符、和弦与音色。

"万岁!"他挥舞着钉头锤,高喊道,"瑞达尼亚!瑞达尼亚人来了!老鹰!老鹰!"

北方的山丘顶上出现了骑兵。而在那些骑兵头顶飘扬的,是一面绣有瑞达尼亚银鹰图案的巨大旗帜。

"援军!"德·鲁伊特喊道,"援军来了!万岁!向黑甲军进攻!"

出身八代军旅世家的军人注意到,尼弗迦德人做出了反击的架势,正在收拢阵形。他很清楚让他们得逞的后果。

"跟我来,"他从旗手的手中夺过旗帜,大吼道,"跟我来!崔托格的士兵们,跟我来!"

他们发起了进攻。他们像疯子一样进攻,方式骇人却有效。他们让维能达师没能摆出针对瑞达尼亚骑兵的阵形。他们的攻击摧毁了尼弗迦德人的阵线。天空中回荡着绝望的尖叫。

但寇布斯·德·鲁伊特没能看到,也没能听到最终的战果。一支流矢径直射中他的头部。伯爵滑下马鞍,落到地上。他高举的旗帜裹住了他,仿佛一块裹尸布。

德·鲁伊特家族的八代先祖赞许地点点头——他们正在另一个世

界关注着这场战斗。

"可以说,在那天拯救了北方佬的,是一个奇迹。或者说,一连串没人预料到的巧合……里斯提夫·德·蒙托隆在他著作中的评价没有错,库霍恩元帅在估算敌人的兵力和意图时犯了错误。他确实冒了太大的风险,将中央集团军的兵力一分为二,只带骑兵去了北方。他也确实在占据优势时鲁莽而仓促地开了战。他的巡逻队也确实掉以轻心,没能发现瑞达尼亚人的后备部队……"

"普特卡摩学员!蒙托隆先生的可疑'著作'不在本学院的参考书目上!皇帝陛下曾公开批评过这本书!所以普特卡摩学员,请不要引用那本书里的内容。真的,我很吃惊。到目前为止,你的回答都相当不错,甚至可以说是出色,可你竟然开始叫嚣什么奇迹和一连串巧合,最后还批评门诺·库霍恩——帝国最伟大的领袖之一——的军事能力。普特卡摩学员,还有其他人,如果你们想通过测验,请记住我接下来的话——在布伦纳没发生任何奇迹或巧合:导致我们失败的,是一个巨大的阴谋!其策划者不仅仅是敌对势力,还有我们自己阵营内的颠覆分子——各种各样的不满现状者、世界主义者、变节者和背叛者!他们就像一块块脓肿,随后便被白热的铁块灼烧。但在那之前,那些恶毒的叛徒背叛了自己的祖国。他们编织罗网和陷阱,打造了他们自己的联络网。他们妨碍并背叛了库霍恩元帅,然后又欺骗并误导了他!他们是群没有荣誉感和良知的无赖,纯粹就是一帮……"

"狗娘养的，"门诺·库霍恩用望远镜看着右翼，喘着粗气说，"狗娘养的混蛋。我会找到你的，等着瞧吧，我会教教你什么叫做侦察。德·维恩加尔特！把带队去北部山丘后面巡逻的军官找来，你亲自去找。然后送他的整支巡逻队上绞架。"

"遵命，"元帅的副官，奥德尔·德·维恩加尔特并拢鞋跟。当然了，他并不知道拉马尔·弗劳特——他要找的侦察巡逻队的指挥官——此时正在瑞达尼亚骑兵的铁蹄下奄奄一息。多亏了他的胆小，那些骑兵才能开赴战场。德·维恩加尔特显然不知道，他自己的性命也只剩下两个钟头了。

"特拉赫阁下，按你的估计，"库霍恩没放下望远镜，"他们有多少人？"

"至少一万，"戴尔兰尼第七骑兵旅的指挥官用单调的语气回答，"主要是瑞达尼亚人，但我也看到了亚甸的旗帜……还有一面独角兽旗，所以也有科德温人……至少一个中队……"

褐旗营策马奔驰，马蹄扬起沙土和碎石。

"前进，褐旗营！"百夫长迪哥德——他像以往那样醉醺醺的——大吼道，"杀啊，杀啊！为了科德温！科德温！"

见鬼，我想撒尿，札维克心想。我真该在开战前解决的……可现在没时间了。

"前进，褐旗营！"

每次都是褐旗营。只要出了状况，就找褐旗营吧。作为远征队被派去泰莫利亚的是谁？褐旗营。每次都是褐旗营。我想撒尿。

他们抵达了战场。札维克尖叫一声，在马鞍上扭转身体，砍向敌人的耳朵，粉碎了对方骑兵的肩膀和脖子——他的黑色外套上挂着一颗八角银星。

"褐旗营！科德温！进攻，进攻！"

在沉重的马蹄声与人类的尖叫声中，褐旗营与尼弗迦德军开始交锋。

"德·梅里斯-斯托克和布莱班特可以对付增援部队。"埃朗·特拉赫，戴尔兰尼第七骑兵旅的指挥官冷静地说，"我们的兵力部署很均衡，这点不会改变。左翼有泰康奈尔的师团，右翼有马格尼和维能达师。所以我们……我们可以扭转局势，元帅阁下……"

"我们会攻击精灵们打开的缺口，"经验丰富的战略家库霍恩立刻开口道，"而他们可以朝前方进军，引发敌人的恐慌。没错，伟大日轮啊，这正是我们该做的！回你们的部队去，先生们！那乌西卡旅和第七旅，轮到你们了！"

"皇帝万岁！"奇斯·凡·洛喊道。

"德·维恩加尔特阁下，"元帅转过身，"把随从和私人护卫召集起来。无所事事的时间结束了。我们会与戴尔兰尼第七旅一同进攻。"

奥德尔·德·维恩加尔特脸色发白,但很快镇定下来。

"皇帝万岁!"他说。他的嗓音几乎听不出颤抖。

铁锈挥下手术刀,伤员尖叫着抓住手术台。爱若拉勇敢地按住他晃动的脑袋,同时收紧止血带。帐篷入口处传来夏妮响亮的声音。

"你们在做什么?你们都疯了吗?我们在这里救治活人,你们却把尸体往这儿拖?"

"医师女士,这位是安泽姆·奥布里男爵!我们中队的指挥官!"

"他曾经是中队的指挥官!现在他死了!你们能把他完整地带过来,只是因为他的铠甲系得够牢!带他走吧。这里是医院,不是墓地!"

"可是,医师女士……"

"别挡在门口!哦,有人把还有呼吸的人搬过来了。至少看起来还有呼吸。或许只是风吹的。"

铁锈哼了一声,皱起眉头。

"夏妮!过来!"

"记住,小丫头,"铁锈咬着牙说道,低头察看伤员的断腿,"只有从业十年以上的外科大夫才有资格冷嘲热讽。听明白了吗?"

"明白了,铁锈先生。"

"拿上刮刀,把骨膜刮掉……见鬼,我们得给他稍微麻醉一下……玛蒂在哪儿?"

"在帐篷前呕吐,"夏妮的语气不带丝毫嘲讽,"像要把肠子吐出来。"

"这些女术士啊，"铁锈拿起一把锯子，"与其构想好多种可怕又强大的法术，她们更应该专心发明一种法术才对。那种可以随意施展的小法术。比方说麻醉术。而且不会出岔子，也没有呕吐之类的副作用。"

锯子刮擦着骨头。受伤的士兵哀号起来。

"扎紧止血带，爱若拉！"

骨头终于断了。铁锈放下锯子，擦了擦汗水淋漓的额头。

"静脉和血管。"他出于习惯点点头，但却是多此一举。因为没等他说完这句话，女孩就围拢过来。他拿起手术台上的断肢，丢到角落，跟其他截下的肢体堆在一起。手术台上的伤员已经有好一会儿没再哀号和尖叫了。

"昏了还是死了？"

"昏了，铁锈先生。"

"很好。缝合伤口吧，夏妮。把下一个带上来！爱若拉，去看看玛蒂有没有把能吐的全吐完。"

"我很好奇，"爱若拉头也不抬地轻声问道，"铁锈先生，您有多少年的从业经验了？一百年？"

◆━━◆━━◆

经过好几分钟尘土飞扬的急行军，十夫长和百夫长的喊声终于告一段落，维吉玛步兵团终于加入了战线。雅尔像鱼一样大口呼吸着空气。他看到布罗尼伯总督骑着披挂铠甲的漂亮栗色马，沿着队伍前进，审阅着部队。总督本人也穿着全身铠甲，甲片涂成了蓝色，让布罗尼伯看起来就像一只巨大的鲭鱼罐头。

"感觉如何，士兵们？"布罗尼伯对他的部下喊道。

长矛兵的队列回以一声怒吼，吼声如远处的雷声般回荡不息。

"你们弄出的噪音可真够大的，"总督说着，掉转马头，沿着队列继续走起来，"这代表你们状态很好。你们状态不佳的话，就只会像老太太一样抱怨和呻吟。我从你们的表情看得出来，你们渴望踏入战场，你们梦想着战斗，也等不及要跟尼弗迦德人较量了！哦，维吉玛的士兵啊！我有好消息要告诉你们！你们的梦想马上就会实现了。只要再稍等片刻就好。"

长矛兵嘟囔起来。在此期间，布罗尼伯来到队列末尾，然后转过马头，缓缓折回。他用司令棒轻轻敲打装饰豪华的鞍桥，继续说道：

"步兵们，你们跟在骑手后面行过军，吃过土！到目前为止，你们闻到的只有马粪的味道，荣誉和战利品却不见踪影！你们缺乏力量，懒骨头们，就连今天也只是勉强赶到这片光荣与荣耀的战场。但到头来，你们还是会得到我发自内心的祝贺。在这片野地——名字我不记得了——你们终于可以展现身为士兵的价值了。你们可以看到，战场上那片乌云就是尼弗迦德的骑兵队，他们的目的是攻打我军侧翼，迫使我方部队退入河边的沼泽——名字我也不记得了——以此摧毁我们的军队。但你们，著名的维吉玛长矛兵，将会填补我们战线上的缺口，捍卫弗尔泰斯特国王和纳塔利斯治安官的荣誉。你们将用胸膛堵住缺口，阻挡尼弗迦德人的冲锋。哦，战友们，你们感受到喜悦了吗？你们心中涌现出自豪了吗？"

雅尔攥着矛柄，四下张望。没有任何证据表明，这些士兵在期盼即将到来的战斗，就算他们真为自己的使命而自豪，也很巧妙地掩饰住了。他右边的梅尔菲低声念着祷文。而在他左边，德乌斯莱克——一位强硬的职业士兵——吸了吸鼻涕，咳嗽几声，紧张地咒骂起来。

布罗尼伯转过马头，在马鞍上坐直身子。

"我没听到你们的回答！"他大吼道，"你们心中涌现出他妈的自豪没有？"

长矛兵别无选择，只好高喊着表示他们确实自豪。雅尔也像其他人一样高声附和。

"很好！"总督让马匹面对着军队，"现在，整队吧！百夫长，你们还在等什么？组成方阵，前排跪下，后排站立！将矛柄插进泥土！不是这边，你这白痴！没错，我是在跟你说话，你这长毛杂种！靠近点儿，肩并肩！哦，现在你们看起来棒极了！几乎像一支军队了！"

雅尔发现自己站在第二排。他将矛柄的尾端插进泥土，用出汗的双手惊恐地攥着。梅尔菲含混地重复着几个词，其内容大都和尼弗迦德人、狗、婊子、国王、治安官、总督以及所有人的母亲的私生活细节有关。

战场上的乌云在逼近。

"别再浪费时间放屁和让牙齿打颤了！"布罗尼伯喊道，"尼弗迦德人的战马可不会害怕这些声音！别弄错了！朝我们逼近的是那乌西卡旅和戴尔兰尼第七旅，是训练有素的精锐部队！他们不会被吓倒！他们不会被打垮！你们必须杀死他们！把长矛再举高点儿！"

他们听到了马蹄声，那声音依然遥远，但越来越响。大地开始震颤。在尘云之中，锃亮的刀刃反射着阳光。

"你们太他妈走运了，维吉玛的士兵们。"总督再次高喊，"你们用的不是普通的长矛，而是二十一尺长的新型长矛！尼弗迦德人的剑长只有三尺半。你们会算数吧？他们也会。但他们觉得你们没办法坚持下去，并且会暴露出你们的本性——懦夫的本性。黑甲军指望你们丢下长矛，像兔子似的在战场上乱跑，这样他们就能毫不费力地砍倒你们。记住，白痴们，恐惧可以让你们跑得飞快，但你们不可能快过战马。想活下去的人——想要名声和奖赏的人——会选择抵抗！凶狠地抵抗！像墙壁一样抵抗！坚守阵线！"

雅尔扫视四周。长矛兵队列后面的十字弓手正在摇动曲柄，而在方阵内，士兵们举起了长戟、标枪、长枪和干草叉。大地摇晃得更剧烈了。他们能看到冲向自己的黑色骑兵墙，也能辨认出前排的那些骑兵。

"妈妈，亲爱的妈妈，"梅尔菲用颤抖的嘴唇重复道，"妈妈，亲爱的妈妈……"

"……婊子养的混球。"德乌斯莱克喃喃道。

轰鸣声更响了。雅尔想舔舔嘴唇，却失败了。他的舌头异常僵硬，没法动弹，又像锯末一样干巴巴的。轰鸣声愈加响亮。

"做好准备！"布罗尼伯大吼着，拔出佩剑，"肩并肩！你们不需要独自战斗！你们感受到了恐惧，而它唯一的解药就是你们手里的长矛！准备作战！把长矛刺进他们马匹的胸口！维吉玛的士兵们，我们该做什么？回答我！"

"抵抗！"长矛兵异口同声地高喊，"像墙壁一样抵抗！坚守阵线！"

雅尔也同其他人一样放声高喊。逼近的马蹄扬起碎石和沙土。马背上的骑手们发出恶魔般的号叫，挥舞着刀剑。雅尔握住长矛，缩起脑袋，闭上眼睛。

雅尔挥舞他的断臂，赶走一只在墨水盒上方盘旋的黄蜂，笔下不停。

陆军元帅库霍恩的计划失败了：他针对我军侧翼的反击被英勇的维吉玛步兵团和布罗尼伯总督阻止，尽管他们也为此付出了血的代价。就在维吉玛的士兵抵抗针对左翼的猛攻时，尼弗迦德军仍不忘向右翼进攻。但没过多久，我们在右翼的部队也占据了上风：矮人和顽强的佣兵挡住了尼弗迦德人的夹攻。我们的队伍中响起胜利的呼喊，我方将士的精神也振奋起来。尼弗迦德士兵的自信渐渐消失，他们的武器变得沉重，气力也在衰退。他们中的一部分撤离了战场，另一些仍在顽抗，但由于缺乏配合，各自为战，很快就被重重包围。

看到大部队开始分崩离析，渐渐陷入一片混乱，敌军指挥官库霍恩元帅明白，这场战斗已然失败。

随后，忠诚的军官与骑士将他簇拥在中间，替他找来一匹体力充沛的战马，恳求他突围逃命。但在那位陆军元帅的胸膛中，跳动着一颗勇敢的心。"这可不行。"勇敢的门诺·库霍恩甩开别人递来的缰绳，大喊道，"只有懦夫才会逃离战场，更何况许多优秀的帝国军都已葬身此地。"

"况且，我们根本无路可逃。"门诺·库霍恩扫视战场，冷静地说，"他们将我们包围了。"

"把您的战袍和头盔给我，"西弗斯上尉擦去脸上的汗水和血迹，"换上我的装备和坐骑……别再反对了！您必须活下去，元帅阁下。对帝国来说，您的性命和能力太宝贵了，根本无可替代……我会率领戴尔兰尼旅攻击那些北方佬，他们的注意力会被我们吸引过去，这样您就有机会在水塘边突围……"

"但你就活不成了。"库霍恩嘟囔着，抓住对方递来的缰绳。

"这是我的荣幸，"西弗斯踩着马镫站起身，"我是个士兵！戴尔兰尼第七旅的士兵！跟我来！坚定信念！跟我来！"

"祝你好运，"库霍恩喃喃道，披上戴尔兰尼旅银色蝎子图案的披风，"西弗斯？"

"我在，元帅阁下，什么事？"

"没什么。祝你好运，孩子。"

"您也一样，阁下。上马，跟我来，伙计们！"

库霍恩盯着他们的背影看了好一会儿，直到西弗斯的人马伴着尖叫声和响亮的马蹄声开始与佣兵交手。佣兵兵力占优，其他部队也正迅速赶来增援。黑色披风消失在佣兵的灰披风之间，一切都被灰尘包裹。

德·维恩加尔特意味深长地咳嗽一声，让陆军元帅库霍恩回到了现实。他调整一下马具和马镫，骑上那匹公马。

"我们走!"他命令道。

起先一切顺利。北方人的防线出现了一个缺口:他们正集中兵力攻击那乌西卡旅溃败后的残余部队。元帅突破了包围圈,但途中并非畅通无阻。尼弗迦德人与一支轻骑兵队发生了冲突,从服色判断,对方应该是布鲁格人。库霍恩放弃了逞英雄的念头,他只想活下去。他回头看看正与骑兵们缠斗的私人卫队,然后在助手的陪同下匆忙赶往河边。他伏在马背上,紧紧抱住马脖子。

河对面的道路畅通无阻:在几棵垂柳后方,是一片空旷的平原,那里没有军队的踪影。奥德尔·德·维恩加尔特也发现了这一点,得意地大叫起来。

但他高兴得太早了。

缓缓流淌的河水是阻隔在他们与那片绿色平原之间唯一的事物。他们朝河边全速奔驰,但刚迈出几步,马匹的腹部以下就陷进了沼泽。

元帅从公马的头顶飞了出去,落在淤泥里。在他周围,马匹和人们发出尖叫。喧嚣声中,门诺突然听到了一种截然不同的声音。象征着死亡的声音。

箭矢的声音。

他朝河边冲去,蹚过深深的淤泥。他身边的某人脸朝下倒在烂泥里,背上插了一支箭。与此同时,他感到自己的脑袋挨了重重一下。他的身体摇摇晃晃,但并未倒下,因为淤泥已经没过了他的半条大腿。他想尖叫,却只能发出沙哑的干号。我还活着,他释然地想,同时竭力挣出烂泥的掌握。这时,一匹在泥沼中挣扎的马踢中了元帅的头盔,踢碎了铁板,割伤了他的脸颊,砸断了他的牙齿,还划破了他的舌头……我在流血……我尝到了血的味道……但我还活着……

他再次听到弓弦声、箭矢的呼啸声、箭尖刺穿铠甲时仿佛雷鸣的响声、叫喊声、马嘶声和血花飞溅声。元帅回过头,看到离得最近的射手是个矮小壮实、身穿链甲、戴着头盔的身影。矮人,他心想。

十字弓弦绷紧的声音。箭矢的呼啸。受惊的马匹的嘶鸣。被困在淤泥和积水中的人们的尖叫。

奥德尔·德·维恩加尔特朝射手们转过身,高呼投降。他用高亢尖利的嗓音求饶,说他愿意支付赎金。他握住佩剑的剑刃,将剑柄递向矮人们——这是天下通用的投降方式。但对方没能理解,或者误会了他的意图。两支箭狠狠地射中他的胸口,冲击力几乎将他拖出了淤泥。

库霍恩扯下破损的头盔。他还算了解北方人的语言。

"我是门……诺……库霍恩……"他结结巴巴地说着,不时吐出鲜血,"……库霍恩……元……帅……"

"卓尔坦,他在说啥?"一个矮人十字弓手高声问道。

"谁管他,让这条臭狗跟他的废话见鬼去!芒罗,看到他披风上的图案没有?"

"银蝎子!哈哈!伙计们,射死这个狗娘养的!替卡莱布·斯特拉顿报仇!"

"替卡莱布报仇!"

弓弦声响起。库霍恩的胸口中了一箭,腹股沟和锁骨下方也各吃一箭。尼弗迦德陆军元帅仰天倒在淤泥、紫菀丛和水池草丛里,被自己铠甲的重量拖向泥水深处。

见鬼,卡莱布·斯特拉顿是谁?他心想,我从没听说过什么卡莱布……

充斥鲜血、淤泥与浑浊积水的楚特拉河漫过他的头顶，灌入他的肺中。

------◆━━◆------

她离开帐篷，想呼吸些新鲜空气。这时，她看到他坐在铁匠的木凳旁边。

"雅尔？"

他抬起目光。他的双眼空洞无神。

"爱若拉，"他翕动肿胀的嘴唇，费力地说，"你还好吗……"

"瞧你问的什么问题？"她立刻打断他的话，"我倒想问问，你怎么跑这儿来啦？"

"我们把指挥官送过来……布罗尼伯总督……他受伤了……"

"你也受伤了！把你的手给我看看！哦，女神啊！你会流血过多而死的！"

雅尔凝视着她。爱若拉突然怀疑，他是不是什么都看不见了？

"战斗打响了……"男孩牙齿打颤地说道，"我们必须像墙壁一样……坚守阵线……受轻伤的家伙，把受重伤的送到战地医院去。这是命令。"

"让我看看你的手。"

雅尔短促地叫喊一声，牙齿仿佛发烧般地打着架。爱若拉皱起眉头。

"我的天哪，你看起来很糟……雅尔，雅尔……南尼克嬷嬷会生气的……跟我来。"

走进帐篷,闻到那股恶臭时,她发现他脸色发白,步履蹒跚,于是赶紧扶住他。她注意到,他看着鲜血淋漓的手术台,看着躺在上面的伤者,看着外科医师——那个突然跳起、连连跺脚、咒骂着把刮刀丢到地上的半身人。

"活见鬼!妈的!为什么?为什么?"

没人回答他的问题。

"那是谁?"

"布罗尼伯总督,"雅尔用虚弱的嗓音说道。他直视前方,双眼无神。"我们的指挥官……我们坚守阵线。这是命令。就像墙壁。然后,梅尔菲被杀了……"

"铁锈先生,"爱若拉说,"这人是我的朋友……他受伤了……"

"他还能站着,"外科医师冷静地说,"而这位得做颅骨穿孔手术才行。这里没有偏心的余地……"

就在这时,雅尔极具戏剧性地昏了过去,倒在地上。半身人恼火地哼了一声。

"好吧,好吧,把他搬到手术台上。"他命令道,"哦,他的胳膊都碎了。我很好奇,是什么让他的手没掉下来呢?难道是他的袖子?爱若拉,止血带。再系紧点儿!别光哭了!夏妮,把锯子给我!"

在令人厌恶的刺耳响声中,锯子划开了肘关节的断骨。雅尔恢复了意识,随即尖叫出声。那叫声尖厉而骇人,却相当短暂。因为在锯子锯断骨骼之后,他便再次陷入了昏迷。

就这样，尼弗迦德的主力部队倒在了布伦纳战场的泥土和尘埃之中，帝国的这次北伐也戛然而止。算上被杀和被俘的将士，帝国损失兵力达到四万四千人。精英骑士的根基就此消亡，他们或在被俘期间死去，或是消失得无影无踪，比如军队的领袖：门诺·库霍恩、布莱班特、德·梅里斯－斯托克、凡·洛、泰康奈尔、艾格布拉杰，以及另一些在我们的文献中未曾记载姓名的人物。

布伦纳的确只是终结的开始，但它仍值得大书特书。因为如果胜利的一方未能善加利用这场战斗的成果，那它也将沦为构成大厦的一块小石头；其重要性也将变得微不足道。治安官约翰·纳塔利斯并未满足于一时的胜利，而是立刻发兵南方。亚当·潘葛拉特和茉莉娅·艾巴特马克率领部队发起一次奇袭，将前来增援库霍恩、但对兵败之事一无所知的第三军团的两个师打得溃不成军。听到这个消息，中央集团军的其他部队可耻地退回到雅鲁加河对岸，匆忙逃亡，弗尔泰斯特和纳塔利斯则紧追不舍。帝国军丢弃了辎重车队，以及他们打算用来攻打维吉玛、苟斯·维伦和诺维格瑞的所有攻城器械。

布伦纳之战仿佛一场雪崩——从高山一直涌向山谷，裹挟了越来越多的积雪，规模也在不断增加——给尼弗迦德人带来的损失也在扩大。维登集团军遭到史凯利格群岛的海盗和希达里斯的埃塞因王的攻击，一时间焦头烂额。在得知布伦纳的灾难，又听说弗尔泰斯特和约翰·纳塔利斯下达了强行军的命令之后，指挥官德·维特公爵立刻宣布撤退，仓皇逃往辛特拉，由此避免了兵力上的巨大损失。因为尼弗迦德军败北的消息已经传开，维登兴起了新的叛军势力，他们留下的部队就只剩下纳史特洛格堡、洛史洛格堡和波德洛格堡的守军。在辛特拉和约签订后，他们高举旗帜，不失尊严地离开了那三座要塞。

在此期间，布伦纳之战的消息传到了亚甸，让本来敌对的德马维王与亨赛特王联起手来，与尼弗迦德东部集团军对抗。指挥官阿达尔·爱普·达西无力对抗两位国王的联军，只能带领部队撤入庞塔尔山谷。再加上瑞达尼亚部队和米薇女王游击队的兵力——他们一直在敌人后方进行作战——联军迫使尼弗迦德撤到了艾德斯伯格。阿达尔·爱普·达西准备应战，却在命运的安排下突染重病：或许是因为变质的食物，他得了腹绞痛和腹泻，并在两天后痛苦地死去。德马维和亨赛特没有迟疑，径直对艾德斯伯格的尼弗迦德军发起了猛攻。数量占优、却无法反抗历史正义的尼弗迦德军遭到惨败。这一天，勇敢、斗志与技巧胜过了盲目与残忍。

还有一件事不得不提，那就是，门诺·库霍恩在布伦纳之战中的下场依然无人知晓。有人认为他和士兵们一起死去，他未经辨认的遗体正在某个普通的墓穴里安息。另一些人猜测他逃脱了战场，但他畏惧皇帝的怒火，不敢再返回尼弗迦德，于是去了布洛克莱昂森林，到树精那里寻求庇护，成了森林中的一名隐士，最后在悔恨中隐居多年，直至死去。

不过在平民中间，还流传着另一个说法：著名的元帅在战斗结束当晚回到了布伦纳战场，却无法忍受眼前的惨状，于是在一座山丘的山杨树上吊死了自己。从那天起，那座山丘就被人叫做绞架山。据说每到夜晚，他的灵魂便会在战场徘徊、恸哭并高喊："还我军团！"

"雅尔外公！雅尔外公！"

雅尔抬起头，推了推鼻梁上的眼镜。

"雅尔外公！"他最小的外孙女尖声叫道。她是个活力充沛的六岁女孩，而且谢天谢地，长得像她母亲，也就是雅尔的女儿，而非他的女婿。

"雅尔外公！吕西安娜外婆让我告诉你，今天已经写得够多了，晚餐都端上餐桌了！"

雅尔小心翼翼地收好纸堆，用软木塞住墨水盒。他的断臂隐隐抽痛。要变天了，他心想，又要下雨了。

"雅——尔——外——公——！"

"这就来，希瑞。我这就来。"

━━━◆━━━

在处理完最后一名伤员的伤势之前，时间就已经过了午夜。最后的手术是在人工光源下进行的——先是油灯、蜡烛，后来则是魔法照明。玛蒂·索德格伦大吐特吐之后，终于恢复过来。尽管脸色苍白得像是死人，动作像魔像一样僵硬而不自然，但她施展的咒语依然效力十足。

他们离开帐篷时，周围早已漆黑一片，四人找了块帆布，坐了下来。

草地上到处是火。各种各样的火——包括营火、野火、火炬与火把。各种声音在夜色中回响：人们大喊大叫，唱起歌谣，念诵祷文，或是放声欢呼。

周围的夜晚也算不上安静：伤者断断续续的哭声和呻吟不时传来。还有垂死者的祷告和叹息。但他们并没有听进耳中。他们已经习惯了痛苦和垂死之人发出的声音，对他们来说，这些声音平凡而自然，与夜色融为一体，就像楚特拉河畔湿地上青蛙的呱呱叫声，又或是金水塘畔的蝉鸣。

玛蒂·索德格伦靠着半身人的肩膀，沉默不语。爱若拉和夏妮紧紧抱在一起，不时因某件愚蠢至极的事笑出声。

他们坐在帐篷旁边，每人都喝了一杯玛蒂用最后的咒语制造的伏特加。这个咒语能蒸馏酒精，通常会在拔牙时使用。铁锈感觉受到了欺骗——这酒是用魔法制造的，它不但没能放松他的精神，或是减轻他的疲惫，反倒让状况恶化了。他没能借酒浇愁，反而想起了许多事。

在喝下这种魔法酒的人里，他心想，似乎只有爱若拉和夏妮的反应是正常的。

在月光下，他转过身，看到两个女孩脸上流淌着银亮的泪痕。

"我很想知道，"他舔了舔干燥开裂的嘴唇，"哪边打赢了这场仗？有人知道吗？"

玛蒂转头看着他，但仍保持沉默。蝉在金水塘边的垂柳和赤杨间歌唱，青蛙呱呱叫着。伤员哀号、祈祷和叹息，以及死去。爱若拉和夏妮笑着流泪。

◀━━━┃━━━▶

那场战斗的两周后，玛蒂·索德格伦死了。她跟自由兵团的某位军官有了一段风流韵事。她将这段情视作露水姻缘，而那军官却恰好相反。喜欢改变的玛蒂转而与某个骑兵队的军官谈情说爱，令佣兵嫉妒得发狂。他捅了她一刀，随后因此被吊死。这次他们没能救回女医师的命。

那场战斗的一年后，铁锈和爱若拉死于马里波有史以来最大的一次流行性出血热爆发。那场传染病被人称为"红死病"，而它的另一个称呼得名于带来病源的大船的名字，也就是"卡特利欧纳瘟疫"。所有医生和大部分祭司都匆忙赶往马里波，其中就包括铁锈和爱若拉。他们是医生，所以要去治疗病人。对他们来说，红死病无药可治的事实无关紧要。最后他们都受到感染。他死在了她的臂弯里，死在那双粗糙、有力、自信，仿佛农夫的大手里。她在四天后死去。死时孤身一人。

在那场战斗的七十二年后，夏妮以备受敬仰的牛堡大学退休医学教授的身份辞别了人世。后世的外科大夫曾多次引用她的名言："红的用红线，黄的用黄线，白的用白线。这样就没问题了。"

几乎没人注意到，每次说完这句话，她都会悄悄地拭去眼泪。

几乎没人。

◄━━━┃━━━►

青蛙呱呱叫着，蝉儿鸣叫不止，爱若拉和夏妮又哭又笑。

"我很想知道，"米洛·范德贝克，绰号"铁锈"的半身人战地医师重复一遍，"我很想知道，哪边打赢了这场仗？"

"铁锈，"玛蒂·索德格伦说，"换做是我，这将是我最不关心的事。"

有些火焰又高又旺，闪烁着明亮而强烈的光芒。有一些则又小又弱，摇曳不止，散发的光线也黯淡不明。在这排火焰末端，有一团小小的火焰，它是如此微弱，几乎像在闷燃，只能无比费力地发出依稀的光亮，眼看就要熄灭。

"这垂死的光芒属于谁？"猎魔人问。

"属于你。"死神回答。

——《童话与民间故事》

佛罗伦斯·德兰诺伊　著

第九章

　　高原远端笼罩在大山脚下的迷雾中，宛如一片岩石的海洋。高原的起伏形成了山丘与山峰，看起来就像锋利的暗礁，而周围的船只残骸更强调了这一印象。这里有数十堆残骸，包括划桨帆船、轻型帆船和长船的残余部分。有些似乎只出现不久，另一些只剩下几块木板和船体骨架，几乎难以辨认，显然已经搁置了数十年，甚至几个世纪。

　　有些船底部朝天，另一些侧翻在地，像被巨大的风暴或龙卷风刮过来的一样。另一些船则给人一种仍在海上航行的感觉。它们嵌在岩石中间，船身笔直，桅杆骄傲地指向天空，破碎的船帆仍在横杆上飘动。有些船上甚至还有幽灵船员——死去水手的骸骨卡在腐朽的木板里，缠在缆绳间，像被宣判了永久航海之刑。

　　高原上出现了一位骑手的身影，沉重的马蹄声惊动了栖息在桅杆、帆桁、缆绳与骸骨上的成群黑鸟。它们呱呱叫着，振翅飞走，在悬崖上方盘旋。悬崖底部有一片湖泊，湖面灰白光滑，仿佛水银。而在那道耸立于这片残骸的原野、边缘位于湖面正上方的悬崖上，有一座气氛阴郁的黑色城堡。

凯尔比跺着脚，喷了喷鼻息，耳朵转向脑后，怀疑地看着船只的残骸、船员的骸骨和这片死亡之地。黑鸟又回来了，再次落在破碎的桅杆、横杆、骨骼、颅骨和甲板上。鸟儿知道，它们用不着担心区区一个骑手。

"放轻松，凯尔比。"希瑞说，"这里就是旅途的尽头了。这里是正确的地点，正确的时间。"

◆━━━┥◆┝━━━◆

她凭空出现在城墙前方，仿佛被风从那片充斥着闹鬼沉船的原野上刮来一样。首先察觉到她的，是在城门前站岗的哨兵——寒鸦的叫声让他们提高了警惕。他们打着手势，指指点点，高声呼唤着同僚。

等她来到城门前，那里已经聚集了一大群人。每个人都抬头看着她，其中有几个认识或见过她的人，比如波利亚斯·穆恩和达克瑞·希利凡特，但数量远远不及那些只是听说过她的人，那些由史凯伦从艾宾和周边地区雇来的佣兵和强盗，而他们此刻正惊讶地看着身背长剑、脸上有伤疤的女孩。漂亮的黑母马高昂着头，喷了喷鼻息，不安地踩着城门前的石板路面。

嘈杂声停止了，周围突然一片死寂。母马像舞者一样抬起腿：它的马蹄铁发出鸣响，仿佛锤子敲打铁砧。又过了好一会儿，众人才走上前去。其中一人犹豫而胆怯地伸出手，想要抓住缰绳。母马喷了喷鼻息。

"带我去见城堡的主人。"女孩朗声道。

波利亚斯·穆恩不知自己为什么会这么做：他帮忙扶住她的马镫，

伸手请她下马。其他人拉住喷着鼻息、挣扎不止的母马。

"小姑娘，你还记得我吗？"波利亚斯轻声道，"我们见过面。"

"在哪儿？"

"冰面上。"

她直视他的双眼。

"我当时没注意你们的长相。"她面无表情地说。

"你就是湖中女士。"他非常严肃地点点头，"孩子，你为什么来这儿？"

"为什么？为了叶妮芙。还有我的命运。"

"你这是送死。"他轻声说，"这里是斯提加城堡。如果我是你，我会赶紧逃跑，趁还有时间。"

她又看了他一眼。波利亚斯立刻明白了她这眼神的含意。

史提芬·史凯伦出现了。他双臂抱胸，盯着女孩看了很久，最后用力挥挥手，示意她跟上。她一言不发地跟在他后面，全副武装的人们将她簇拥在中央。

"真是个怪女孩。"波利亚斯咬着牙，颤抖着说。

"幸好她的事不需要我们烦心，"达克瑞·希利凡特尖刻地说，"你居然还跟她说话，真让人惊讶。这个女巫杀了瓦加斯、福瑞普和奥拉·哈希姆……"

"是灰林鸮杀了奥拉·哈希姆，"波利亚斯打断道，"不是她。她在冰上放了我们一马。她本可以像杀狗一样把我们全杀光的。我们全部。包括灰林鸮。"

"好吧好吧。"达克瑞朝石板地吐了口唾沫，"灰林鸮、邦纳特和那个巫师会回报她的仁慈的。你就等着瞧吧，波利亚斯。他们会活剥了她的皮，一小条一小条地剥。"

"这是肯定的，"波利亚斯嘀咕道，"因为他们都是恶棍。但我们也好不到哪儿去，因为我们是他们的手下。"

"我们有别的选择吗？没有。"

突然，史凯伦的一个雇佣兵尖叫起来，然后是另一个。有人咒骂一声，叹了口气。另一个沉默地指了指。

在城垛上，在他们目力所及的枕梁、屋顶、塔楼、栏杆、排水槽和石像鬼上，落满了黑色的鸟。它们无声无息地从沉船堆放场飞了过来，一声不吭地停在那里，静静地等待。

"它们察觉到了死亡。"一个雇佣兵嘀咕道。

"还有腐肉。"另一个补充道。

"我们别无选择。"希利凡特机械地重复道，看向波利亚斯。后者只是看着那些鸟。

"或许，"他轻声回应道，"是时候去找别的选择了。"

◆━━━◆━━━◆

他们爬上一段中途有三个楼梯平台的宽阔楼梯，经过一条在两旁成排的壁龛里摆放雕像的过道，又穿过一条环绕大厅的走廊。希瑞毫无畏惧地走着，既不害怕那些武器，也不害怕押送她的人。她说她不记得冰封湖面上那些人的长相了，但这是谎话。她还记得。她记得史提芬·史凯伦——也就是此刻带着她穿行于城堡内阴暗走廊的家伙——在冰面上瑟瑟发抖、牙齿打战的模样。

而现在，当他回过头，恶狠狠地看着她时，她仍能感觉到他在害怕。她松了口气。

他们走进一间大厅，高大的圆柱支撑着拱顶，天花板上悬挂着硕大的枝形吊灯，看起来就像巨大的蜘蛛。希瑞看到了正在等待她的人，恐惧如冰锥刺进了她的胃，开始搅动。

邦纳特离她只有三步远。他用双手抓住她胸前的衬衣，让她身体悬空，正对他苍白的死鱼眼。

"地狱一定很可怕。"他喘着气说，"不然你不会想回来见我。"

她没答话。她从他的呼吸里嗅到了酒气。

"也可能地狱不想要你，你这小畜牲。那座恶魔塔嫌弃你的怨毒，所以把你吐了出来。"

他又把她拉近些。她厌恶地别过脸去。

"你在害怕，"他含混不清地说，"这就对了。这里是你旅途的终点。你逃不掉了。在这座城堡里，我们会放光你的血。"

"邦纳特先生，你说完了吗？"

她立刻认出了那个声音。是威戈佛特兹，她在仙尼德岛上见过这个巫师两次。第一次见面时，他是个戴着镣铐的囚犯，而第二次见面时，他跟着她去了海鸥之塔。在那座岛上，他的相貌非常英俊。但如今，他的脸变了，变得丑陋可怖。

"请原谅，邦纳特先生。"巫师没离开他那王座般的椅子，"劳拉·朵伦·爱普·希达哈尔的后裔，卡兰瑟的外孙女，帕薇塔之女，辛特拉的希瑞菈是我们的客人。而负责迎接客人的，应该是斯提加城堡的主人，也就是我才对。欢迎你。请靠近些。"

说出最后几个字时，他摘下了礼貌与嘲弄的面具，语气里只剩下威胁与命令。希瑞立刻觉得，自己没法违抗他的命令。她感到害怕。

非常害怕。

"靠近些。"威戈佛特兹嘶声道。这时她看清了他脸上的变化。他的左眼明显比右眼小许多，眼眶周围皱巴巴的。他眯起双眼，目光骇人。

"姿态勇敢，脸上却带着一丝恐惧，"巫师扬起头，"你的表现值得赞赏。但前提是你的勇气并非来自愚蠢。打消你所有的幻想吧。正如邦纳特所说，你是逃不掉的。无论是用传送法术，还是你的特殊能力。"

她知道他所言不虚。她早先曾告诉自己，她可以在最后一刻逃往其他的时间与地点。但现在她明白，这份希望只是幻想与假象。这座城堡充斥着满是敌意的陌生魔力，就像寄生虫一样在她的肚子和大脑里蠕动。她什么都做不了。她已经落入敌人之手。无力抵抗。

但这也没办法，她心想，我知道我在做什么。我知道我必须来这儿。其他的理由只是虚假的希望。该来的总会来。

"很好，"威戈佛特兹说，"这是对目前状况最正确的评价。该发生的事总会发生的。更确切地说，我决定的事总会发生。就是不知道，了不起的小家伙，你能不能猜到我的决定。"

她想回答，但没等她干涸的喉咙费力地吐出字，威戈佛特兹便再次刺探了她的想法，然后插嘴道。

"你当然能猜到，诸界的女士，时间与空间的主宰。是啊，是啊，了不起的小家伙，我对你的造访并不吃惊。我知道你从那片湖逃去了哪儿，也知道你做过些什么。我知道你是怎么来到这儿的。我唯一不清楚的是，你的旅途究竟有多长。还有你到底经历了多少事。"

他的脸上露出恶毒的笑容，再次抢在她前面开了口。

"哦，你没必要回答。我知道你的旅程既有趣又刺激。我也很想试试的。你一定不知道我有多羡慕你的天赋。我需要你同我分享，了不起的小家伙。是的，'需要'这个词没用错。直到你同我分享天赋之前，我不会再让你逃出我的手掌心了。"

希瑞终于意识到，攥紧她喉咙的不光是恐惧。巫师用魔法扼住了她的脖子。他在当着手下的面讽刺和羞辱她。

"放了……叶妮芙，"她勉强吐出这句话，其中夹杂着咳嗽声，"放了她……然后，你想对我做什么都行。"

邦纳特大笑起来。史提芬·史凯伦也发出干巴巴的笑声。威戈佛特兹用小指戳了戳他那只畸形眼睛的眼角。

"你不会蠢到真相信我会照你说的办吧。你的提议真可悲——可悲又可笑。"

"你需要我……"她抬起头，尽管对她来说，这个动作异常费力，"你需要我怀上你的孩子。每个人都这么希望，你也一样。是啊，现在我任你宰割，但我是自愿来到这儿的……你没抓到我，虽然你追着我走遍了半个世界。我是自愿来到这里，把自己交给你的。我是为了叶妮芙。为了她的性命。你觉得这很可笑？那就试试用武力、用强硬的手段占有我吧……你很快就会笑不出来了。"

邦纳特猛地走到她身旁，扬起手中的鞭子。威戈佛特兹以难以察觉的幅度轻轻挥了挥手，力道却震飞了赏金猎人的鞭子。邦纳特蹒跚后退，像被一辆装满煤炭的马车撞了一下。

"邦纳特先生，"威戈佛特兹搓了搓手指，"我发现你依然很难适应宾客的身份。试着回忆一下吧：首先，我的宾客不许损坏家具与艺术品、偷窃贵重物件、弄脏地毯和设备室。其次，不许殴打和强暴其他宾客,至少也要等到主人殴打和强暴完毕,并准许你下手之后。你也一样,希瑞。你谦卑地将自己交给了我,却又觉得我会按你的想法行事。你还觉得自己的提议无比慷慨。但你错了,因为我只会做我自己希望的事。比方说,为了对仙尼德的事报仇,我至少应该挖出你的一只眼球。但我不会这么做,因为我担心,你会因此死掉。"

机不可失,失不再来,希瑞心想。她转过身去,拔出佩剑"雨燕"。突然,整个房间开始旋转,而她倒了下去,双膝重重地撞上地面。她的额头几乎贴上地板,努力压抑着呕吐的冲动。剑从她麻木的手中滑落。

有人将她架了起来。

"好了,"威戈佛特兹用下巴压着交叠的双手,仿佛在祈祷,"我说到哪儿了?哦,是啊,没错,你的提议。让你的叶妮芙保住性命,重获自由……用什么来换呢?用你主动而自愿、无需暴力与强迫的投降?抱歉,希瑞。我要对你做的事,如果脱离了暴力与强迫,那可万万做不到呀。"

他饶有兴味地看着女孩咳嗽、喘息,吐出浓稠的唾液,以免呛到自己。

"没错,没错,"他续道,"这就是我要对你做的事——而我可以保证,你是绝不会自愿屈服的。你的提议不但可悲又可笑,而且毫无意义。因此我拒绝。抓住她,把她带去实验室!"

◄━━━━━━━━►

这间实验室跟希瑞在艾尔兰德的梅里泰莉神殿见过的那间没多大

区别。这里光线充足，干净整洁，配有铺着金属板的长桌，以及装满玻璃制品的置物架——上面有烧瓶、试管、曲颈瓶、搅拌钵及各式各样的小型器具。同艾尔兰德的实验室一样，这里也散发着强烈的酒精、乙醚、福尔马林，以及某样东西——某样令人恐惧的东西——的味道。即便在当时，在那个气氛友善的神殿的实验室里，面对着叶妮芙和友好的女祭司南尼克，希瑞也会感到害怕。毕竟在艾尔兰德，没人会把她强行拖进实验室，更没人会用铁箍固定住她的双臂。在艾尔兰德，不会有这种从形状就能看出施虐倾向的钢椅。那里没有穿着白衣、剃了光头的家伙。没有兴奋地舔着嘴唇的邦纳特和史凯伦。也没有威戈佛特兹：他的一只眼睛和常人相同，另一只眼睛却小得反常，而且转个不停。

威戈佛特兹转过身。他刚才一直在布置桌上那些可怕的器具。

"要知道，了不起的小家伙，"他朝她走来，"你是我获取权力与支配地位的关键。不只是这个世界——反正它注定会灭亡——而是所有世界。我会支配天球交汇后出现的无数地点与时间。你肯定明白，因为你造访过其中的一部分。"

他缓缓卷起袖子，继续说道，"虽然我很不想承认，但权势对我的确很有吸引力。我明白，权势只是过眼云烟，但我就是想成为统治者。我希望人们对我卑躬屈膝，赞美我的存在本身，将愿意屈尊拯救即将毁灭的世界的我——就算动机只是一时兴起——当做神明来膜拜。哦，希瑞，每当我设想自己慷慨地奖赏忠诚者，并残忍地惩罚反叛者和违逆者的时候，我心中都会充满喜悦。一代又一代人会向我祈祷，乞求我的宽恕、怜悯与原谅。所有世界的每一代人。听啊，希瑞。你听到他们的祈祷声了吗？保佑我们免于饥荒、瘟疫、火灾、战争和您的怒火吧，全能的威戈佛特兹啊……"

他在她眼前活动手指，突然用力捏住她的脸。希瑞大叫一声，试图挣脱，但他抓得很牢。她的嘴唇颤抖起来。威戈佛特兹看到了。

"命运之子，"他大笑着，嘴角泛起白沫，"Aen Hen Ichaer，上古精灵血脉……现在属于我了！"

他猛地挺直背脊，擦了擦嘴边。

"只有傻瓜和神秘主义者，"他用惯常的平静语调说道，"才会去古代传说和预言里寻找你存在的秘密，才会去你的家谱里寻找你基因的源头——他们认为那是你的祖先传承给你的。他们错把水面的倒影当成了夜空中的繁星。那些神秘主义者相信，那份基因会继续成长，新的可能性也会因此诞生，而你的孩子和你孩子的孩子将获得更加强大的力量。他们在你周围塑造了一片魔法灵光，仿佛熏香的烟雾一样裹住了你。然而，事实却相当普通，甚至可用'单纯'来形容：真正重要的东西是你的血。只是字面意义，而非引申含义。"

他从桌上拿起一支大概半尺长的玻璃注射器。其末端是个纤细而略显弯曲的尖头。希瑞感觉嘴巴发干。巫师借着灯光仔细检查这件器具。

"我的助手会帮你脱掉衣服，让你坐进那把椅子……没错，就是你好奇打量的那张。你会坐上一会儿，姿势可能不太舒服，直到我用这件工具让你成功受孕。其实也没那么糟，因为在开始之前，我会给你注射强力灵药，确保精子与卵子的结合，并预防宫外孕的发生。别担心，我有经验。我已经做过上百次了。你也许是上古血脉之子，但我相信，在解剖学上，你的输卵管跟普通女孩没什么差别。"

威戈佛特兹滔滔不绝地说着，显然十分陶醉于自己的话语。"接下来才是最重要的事，你也许会不安，也许会高兴，但你要知道，你的孩子不会出生。谁知道呢，也许它真是拥有超凡能力的天选之人，会成为世界的救星和所有国家的统治者。但没人能担保一定会是这样，我也不想等那么久。我需要血。更确切地说，是你胎盘的血。等你长出胎盘，我便会将其摘除。你应该明白，我其他的计划与打算根本与你无关，所以我也就没必要向你提供无用的信息。"

他戏剧化地停顿片刻。希瑞没法控制嘴唇的颤抖。

"而现在，"巫师挥了挥手，"我邀请您坐上这把椅子，希瑞菈公主殿下。"

"应该让叶妮芙那个婊子也来看看。"邦纳特灰色的小胡子下浮出冷笑，"她有旁观的资格。"

"当然，"威戈佛特兹再次拭去唇角泛出的白沫，"受孕是件神圣、高贵而又庄严的事，理应得到家人的支持。对小家伙来说，叶妮芙就像她的母亲。在每一种原始文化里，新娘的母亲都该亲眼见证这一仪式。快把叶妮芙带来！"

"说到受孕，"邦纳特朝希瑞弯下腰，巫师的喽啰们正在帮她脱衣服，"干吗不用古老而又经典的方式，威戈佛特兹阁下？用更符合自然的方式？"

史凯伦哼了一声，摇摇头。威戈佛特兹皱起眉毛。

"不，"他冷冷地说，"没这个可能，邦纳特。"

希瑞尖叫起来，仿佛这才明白事态的严重性。她叫了一声，然后又是一声。

"哎呀，哎呀，"巫师咂咂嘴，"亲爱的，你高昂着头，目不斜视地走进虎穴，可现在却害怕一根细细的玻璃管。真丢人啊。"

希瑞没理睬他的责备，开始放声尖叫，直到实验室里的玻璃器皿都叮当作响。

突然，惊恐的呼喊在整个斯提加城堡中回荡。

——◆——

"我们有麻烦了，"扎达里克用长矛刮着石板间风干的粪便，"有麻烦了，有麻烦了。"

他看看同伴们，但其他守卫都一言不发。跟守卫们一起留在城门口的波利亚斯·穆恩也一样。没人命令他，他是自愿留下的。他本可以像希利凡特一样跟着灰林鸮，亲眼见证湖中女士的遭遇和等待她的命运。但他宁愿留在开阔的庭院里，远离城堡的房间和走廊，远离他们带那女孩前往的地方。他相当确定，她的尖叫声不会传到这里。

"这些黑鸟是坏兆头。"扎达里克指着停在墙头和屋顶的寒鸦，"骑黑母马来的小丫头让我有种不祥的预感。要我说，给灰林鸮当手下可不是啥好差事。听说灰林鸮已经不是皇家验尸官了，而是跟我们一样的罪犯。听说皇帝判了他死刑。等他落网时，跟他在一起的人都得遭殃。我们有麻烦了。"

"是啊，是啊。"另一个守卫接口道。他戴着羽毛装饰的帽子，留着长长的小胡子。"木桩在等着咱们！就连众神都不敢面对皇帝的怒火……"

"别担心，"第三个守卫漫不经心地摆摆手，他是最近才跟着一群佣兵来到斯提加城堡的，"皇帝根本不在乎咱们，他有别的事要烦心。据说北边什么地方打了一仗。北方佬痛宰了帝国军，让他们血流成河。"

"这么说起来,"另一个佣兵说,"咱们跟着巫师和灰林鸮倒也不赖。咱们这种人还是跟着赢面更大的主子比较好。"

"没错,"新来的守卫说,"灰林鸮就是未来。我们会跟他一起飞黄腾达的。"

"你这白痴,"扎达里克说,"你的脑袋里装的都是猪屎吗?"

黑鸟飞了起来。振翅声与嘎嘎的叫声震耳欲聋。它们遮蔽了天空,在城堡上方盘旋不休。

"见鬼,怎么回事?"一个守卫大叫道。

"请打开城门吧,拜托。"

波利亚斯·穆恩突然闻到一股浓烈的草药味——薄荷、鼠尾草和百里香。他咽了口唾沫,摇摇头,闭上双眼,然后再次睁开。但是,没用。一个身材瘦削、头发斑白的男人——看起来就像个税务官——就站在他身旁,没有消失的迹象。他抿着嘴唇,面露微笑。波利亚斯的毛发根根竖立,几乎将帽子掀起。

"请打开城门吧。"微笑的男人重复道,"现在就去。相信我,你们还是照办比较好。"

扎达里克的长矛"啪嗒"一声掉在地上。他一动不动地站在那儿,嘴唇无声地翕动。其他人朝城门走去,走路的动作异常僵硬,活像提线木偶。他们抬起门闩,打开内门和外门。

四名骑手进入了庭院。

其中一人的头发白如积雪,手握一柄如闪电般耀眼的长剑。他身后跟着一个金发女人,正在拉开弓弦。第三个是位年轻的少女,将手里的弯刀砍进了扎达里克的额角。

波利亚斯·穆恩捡起落地的长矛,将它高举过头。第四个骑手耸立在他面前,仿佛一座高山。他的头盔有猛禽羽翼形状的装饰。他举起的长剑闪闪发光。

"放过他吧,卡西尔。"白发男人语气尖锐地说,"省点时间,也少见点儿血。米尔瓦、雷吉斯,走这边……"

"不,不是那边,"波利亚斯不明白自己为何开口,"不是那边……那边通往一间封闭的外堡。你们得爬上楼梯,到城堡的顶楼去。如果你们想拯救湖中女士……就必须抓紧时间……"

"谢谢。"白发男人说,"谢谢你,陌生人。雷吉斯,听到了吗?带路吧!"

片刻之间,庭院里便只剩下尸体,以及挂着长矛的波利亚斯·穆恩。他没法放开手。他的双腿在颤抖。寒鸦在斯提加城堡上空盘旋,嘎嘎叫着,同黑色的云朵般包裹住塔楼与堡垒。

佣兵冲进实验室,上气不接下气地向威戈佛特兹报告。巫师脸上的表情平静而坚定,但他那焦躁地不断开合的小眼睛暴露了真相。

"在千钧一发之际赶来救她,"他咬牙切齿地说,"我可不信。这种事根本不存在。或者只会发生在小剧院的烂戏剧里。老伙计,让我高兴一下:告诉我,你刚才讲的只是个笑话。"

"我没瞎编,"佣兵气愤地说,"我说的是实话!有几个人……一大群骑手,闯了进来……"

"好吧,好吧,"巫师打断他的话,"我是在说笑。史凯伦,你去摆平这件事。你用我的金子雇来的军队有多大价值？现在你可以证明一下了。"

灰林鸮跳了起来，紧张地挥舞双臂。

"别这么轻描淡写的，威戈佛特兹！"他大喊道，"你不明白我们在遭受怎样的威胁吗？如果有人来攻打这座城堡，那只可能是恩希尔的军队！这说明……"

"这什么也不能说明。"巫师没让他把话说完，"但我明白你的言外之意。如果我亲自出场能给你带来勇气，那你可以站在我身后。我们走！包括你，邦纳特！"

然后他将可怕的双眼转向希瑞，"至于你，放弃毫无意义的希望吧。我很清楚，如此出人意料又戏剧化地前来搭救你的人是谁。但我向你保证，我会让这闹剧变成一场惨剧。嘿，你！"他朝一名喽啰打个手势，"给这丫头戴上阻魔金，把她关进有三重锁的牢房，无论如何都别开门。不然我摘了你的脑袋。明白了吗？"

"遵命，阁下。"

他们冲进一条过道。这过道通往一间满是雕像、富丽堂皇的大厅。大厅内空空荡荡，只有几个看到他们就逃之夭夭的仆人。

他们跑下一段楼梯。卡西尔踢倒了一扇门。安古蓝大吼着冲进房间，挥舞马刀砍掉了门边一具空盔甲的头盔——她误以为那是个守卫。等意识到自己的错误，她放声大笑起来。

"哈哈哈。瞧……"

"安古兰!"杰洛特喊道,"别站在那儿不动!继续前进!"

对面是一扇门,他们察觉到了门后的人影。米尔瓦不假思索地搭弓放箭。有人尖叫一声,那扇门重重地关闭。杰洛特听到了利箭命中的响声。

"快,快!"他大喊道,"不能再浪费时间了!"

"猎魔人,"雷吉斯说,"像没头苍蝇一样乱跑没有意义。我……我会飞去侦察一番。"

"那就飞吧。"

吸血鬼消失不见,像被风带走一般。杰洛特连惊讶都来不及。

他们又遭遇了其他人,这次对方手持武器。卡西尔和安古兰大喊着冲上前去,但对手拔腿就跑。恐怕是因为卡西尔那顶惹眼的翼盔。

他们冲进环绕内厅的画廊。距离画廊尽头的拱门不到二十步远时,一大群人涌进另一头的过道。叫喊声在周围回荡。箭矢呼啸着飞过。

"找掩护!"猎魔人喊道。

箭矢纷纷落下,仿佛一场名副其实的冰雹风暴。箭羽嗡嗡作响,箭尖刺进地砖,迸出火星,削下了墙上的石膏。

"趴下!躲到栏杆后面!"

他们趴在地上,躲到雕刻着花卉图案的装饰廊柱后面。但他们没能毫发无伤。猎魔人听到安古兰尖叫一声。他转过头,看到她正捂着胳膊。鲜血渗透了她的衣袖。

"安古兰!"

"没事!皮外伤而已!"女孩说道。她的嗓音微微发抖,这也证实了他的判断。如果箭尖刺进了骨头,恐怕安古兰早就晕过去了。

弓手们在画廊另一头射出箭矢,呼唤增援。其中几个在画廊两侧跑来跑去，寻找更合适的射箭角度。杰洛特咒骂一声，计算着与拱门间的距离。情况不容乐观，但留在原地意味着死亡。

"见鬼，听好了！"他大喊道，"我们得离开这儿！卡西尔，去帮帮安古蓝！"

"我们会变成靶子的！"

"我们必须离开！没别的选择！"

"不会！"米尔瓦举起手里的弓，高喊一声。

她站起身，摆出射箭的姿势。她看起来就像一尊雕像，一尊用大理石打造、手持弓箭的女战士雕像。画廊里的弓箭手开始大喊大叫。

米尔瓦松开了弓弦。

一名弓手向后飞去，撞上了墙壁，瘫倒在地，飞溅在石膏墙面上的血迹活像一只章鱼。画廊某处响起一声大喊——一声狂怒而恐惧的大喊。

"伟大日轮啊……"卡西尔吹了声口哨。杰洛特抓住他的胳膊。

"我们走！去帮安古蓝！"

箭雨从画廊对面飞来，射向米尔瓦。有支箭从旁掠过，刮下的石膏粉末撒了她一身，但女弓手纹丝不动；当大理石碎片散落在她周围时，她也毫无惧色。她平静地松开弓弦。又一声惊呼传来，另一个弓手像木偶一样瘫倒在地，脑浆和鲜血飞溅在同伴们身上。

"趁现在！"杰洛特看到守卫们或是逃离画廊，或是扑倒在地，寻找能够挡住箭矢的掩体。只有三个胆子最大的人还在还击。

一支箭射中廊柱，将粉末撒进了米尔瓦的头发。女弓手吹开一缕挡住眼睛的发丝，举起手里的弓。

"米尔瓦，"等卡西尔和安古蓝跑到安全的位置，杰洛特大喊道，

"够了!快跑!"

"再一个就好。"女弓手说着,让箭羽贴上嘴角。

弓弦嗡鸣。其中一个胆大的弓手发出痛苦的尖叫,弯下腰去,身体越过栏杆,坠落在中庭的石板地面上。看到这一幕,另外两人身子发抖,趴在地上,缩成一团。另一群正要冲进画廊的家伙明显犹豫起来,纷纷躲到安全的掩体之后。

只有一人例外。

米尔瓦立刻开始评估。对方个子不高,肤色偏黑,深褐色头发。他的左前臂戴着一只光滑的护臂,右手戴着手套。女孩看到,他的复合弓制作精良,配有趁手的握把,曲形的弓身光滑而牢固。她能看到弓弦贴着他黝黑的脸,看到箭羽碰触他的脸颊。她看得出来,对方瞄得很准。

米尔瓦举起弓,迅速搭箭,然后瞄准。弓弦贴在她脸上,箭羽擦过她的嘴角。

"用力,再用力,玛利亚,拉到嘴边。挪动拉着弓弦的手指,别让箭脱离凹槽。手靠着下巴。瞄准!两只眼睛都睁开!屏住呼吸!放箭!"

尽管戴着护臂,弓弦依然重重撞上她的左前臂。

父亲本想说些什么,却突然咳嗽起来——是那种折磨人的干咳。他的咳嗽更严重了,玛利亚·巴林放下弓,心想。更严重,也更频繁了。昨天我刚瞄准一头鹿,他就咳嗽起来。那天午饭我们只能吃煮卷心菜。我恨煮卷心菜。我恨挨饿。还有贫穷。"

老巴林发出刺耳的喘息声。

"你偏离了靶心一寸远,蠢货!整整一寸!我说过,叫你别挪动,也别放低弓身的!可你站在那儿扭来扭去,好像有人往你屁股里塞了只蜗牛。而且你花在瞄准上的时间太长了。你的手会酸痛的,干脆点放箭就好!不然你只会浪费更多箭!"

"我射中了!偏离不超过一寸,只有不到半寸而已!"

"别顶嘴!诸神一定是在惩罚我,他们给我的不是儿子,而是你,跟白痴一样笨手笨脚的你!"

"我不是白痴!"

"哦,那就证明给我看吧。再射一箭。这次记住我的话。别扭来扭去的,要像身体在地里扎了根。瞄准,然后毫不犹豫地放箭。你哭什么?"

"因为你在故意挑刺。"

"这是当爹的权利。放箭。"

她拉开弓弦。她在哭。他看到了。

"我爱你,玛利亚,"他轻声说道,"别忘记这一点。"

她松开弓弦,箭羽几乎碰到她的嘴角。

"很好,"父亲说,"很好,我的女儿。"

他开始剧烈咳嗽,以致全身都在颤抖。

黑衣弓手命丧当场。米尔瓦的箭命中他左臂下方,深深刺入,超

过一半的箭杆埋进他的身体，击碎了好几根肋骨，也碾碎了肺部和心脏。

几分之一秒过后，他的箭离弦而去，红羽箭命中了米尔瓦的腹部下方。它刺进了她的肠子，割断了一根动脉，粉碎了她的骨盆。

女弓手倒在地上，仿佛被攻城槌撞了个正着。

意识到米尔瓦中箭倒下，画廊里的弓手们跳了起来，放出箭雨。杰洛特和卡西尔同声高喊，跳出廊柱，抓起女弓手，将她拖到安全处。一支箭击中了卡西尔的头盔。杰洛特敢发誓，还有一支箭穿过了他的头发。

米尔瓦身后留下了一道闪闪发亮的血迹。而在她此刻躺卧的地方，只是眨眼工夫，地板上又积起了一大摊血。卡西尔咒骂一声，双手颤抖。杰洛特满心绝望，充满愤怒。

"大妈！"安古蓝哀号道，"大妈，不要死啊！"

玛利亚·巴林张开嘴，剧烈地咳嗽几声，鲜血顺着她的下巴流下。

"我也爱你，爸爸。"她的吐字十分清晰。

然后，她死了。

◆━━◆━━◆

威戈佛特兹的光头喽啰应付不了一边挣扎、一边尖叫的希瑞，几个仆人只好上前帮忙。其中一人的胯下精准地挨了一脚，他后退几步，弯下腰，紧紧捂住自己的腹股沟。

但这反而激怒了其他人。希瑞的脖子吃了一拳，脸也被扇了一巴掌。她被迫转过头去，另一人朝她的屁股狠踢一脚，还有人坐到了她的腿上。一个年轻的光头喽啰用膝盖压住她的胸口,手指抓着她的头发,用力拉扯。希瑞哀号起来。

那喽啰也哀号起来。希瑞看到他的光头流下鲜血,让他的白色外衣染上了骇人的图案。

片刻后,这间实验室成了地狱。

家具在破碎声中纷纷翻倒。在玻璃器皿刺耳的破裂和爆裂声中,不时响起众人困惑的惨叫。汤剂、过滤液、灵药、萃取物和其他魔法物质洒到桌上和地上,不断混杂、融合。有些在接触时发出嘶嘶的响声,喷发出黄色的烟云。房间里立刻充满了腐蚀性的臭气。

透过烟雾和臭气熏出的泪水,希瑞惊讶地看到,实验室里有个东西正在走动。那是个仿佛巨型蝙蝠的黑色形体。她看到蝙蝠将喽啰们拖到空中,然后在高处松开爪子,让他们在叫喊中坠落。当着她的面,它抓起一个试图逃跑的仆人,重重地摔在一张桌子上。那人哀号着,颤抖着,鲜血飞溅到曲颈瓶、蒸馏炉、烧杯和烧瓶上。

一只破损容器里的液体洒到一盏油灯上。火焰嘶嘶作响,紧接着,油灯爆炸了。希瑞避开那团朝她的脸飞来的火球。她咬紧牙关,压抑着尖叫的冲动。

在为她准备的钢椅里,坐着个黑色外套、花白头发的瘦削男人。他的獠牙埋进了一个跪倒在地的年轻喽啰的脖子,正在吸他的血。喽啰呻吟起来,四肢抽搐不止。

苍蓝色的火焰在桌面跃动。烧瓶、曲颈瓶和蒸馏炉在高热中接连炸裂。

吸血鬼从牺牲品的喉咙上收回獠牙,用缟玛瑙般的黑色双眸看着希瑞。

"美味当前,"他舔了舔唇边的鲜血,语气像在为自己开脱,"想抗拒都难啊。"

看到她的表情,他笑了。"别害怕,也别担心,希瑞。真高兴我找到了你。我的名字是爱米尔·雷吉斯。虽然你会觉得难以置信,但我是猎魔人杰洛特的朋友。我跟他一起,来这城堡营救你。"

一个手持武器的佣兵冲进了燃烧的实验室。杰洛特的同伴朝他转过头,亮出獠牙,发出嘶嘶声。佣兵惊恐地尖叫,声音因拉开的距离而越来越小,最后完全消失。

爱米尔·雷吉斯将喽啰的尸体丢到地上,站起身,像猫一样伸展身体。

"谁能想到呢?"他说,"这么个卑鄙之徒却拥有美味的鲜血。这就是所谓的'不为人知的优点'吧。我们走吧,希瑞,我带你去见杰洛特。"

"不。"希瑞说。

"不用害怕我。"

"我不怕。"她反驳道,勇敢地咬咬牙,不想让他听到她的牙齿因恐惧而打战,"我不能去,因为……因为叶妮芙被关在某处。我必须尽快找到她。我担心威戈佛特兹会……拜托了,您叫……"

"爱米尔·雷吉斯。"

"好心的先生,请警告杰洛特,威戈佛特兹在这里。他是个巫师,强大的巫师。叫杰洛特千万当心。"

"你要千万当心。"雷吉斯重复着这句警告,看着一动不动的米尔瓦,"因为威戈佛特兹是个强大的巫师。而她去救叶妮芙了。"

杰洛特咒骂起来。

"行了,"他大声说道,想要振奋同伴们的精神,"我们走!"

"我们走,"安古蓝站起身,拭去泪水,"我们走!我们得去找些人教训一下!"

"我觉得身体里有股力量,"吸血鬼嘶声说道,脸上浮现出邪恶的笑容,"足以粉碎这座城堡的力量。"

猎魔人怀疑地看着他。

"没到那种地步。"猎魔人说,"不过你可以冲到城堡上层,在那儿大闹一番,帮我吸引一些注意力。我去找希瑞。她受了不少苦,吸血鬼,而你却抛下了她。"

"这是她的要求。"雷吉斯平静地解释道,"她的口气没有半点转圜的余地。我承认,这让我很吃惊。"

"我知道。去上层吧。记得小心!我会找到她和叶妮芙。"

很快,他就找到了她。

他飞奔着绕过走廊转角,出乎意料地遇见了他们。他看到的情景让他血液沸腾,手背的血管也立刻凸显。

几名守卫正拖着叶妮芙穿过走廊。女术士衣衫褴褛，戴着镣铐，但仍拼命挣扎，还用恶毒的话语咒骂他们。

杰洛特没给他们反应的时间。他挥出一剑——只用了一剑，前臂短促而有效率地动了一下。一名守卫立刻发出受伤野狗般的哀号，原地转了个身，一头撞上伫立在走廊壁龛里的全身板甲。他滑落在地，鲜血涂在铠甲上。

另外三名守卫放开叶妮芙，迅速后退。但还有个家伙抓着女术士的头发，用一把刀子抵住她的喉头。女术士的脖子上套着阻魔金项圈。

"走开！"他大喊道，"不然我杀了她！我不开玩笑！"

"我也一样。"杰洛特转动剑身，直视那人的双眼。对方无法承受他的目光，只好放开叶妮芙，跑回到同伴身边。他们每个人手中都有武器，其中一人还从墙上取下一把古董长戟。他们呈半圆形散开，摆出攻击架势。

"我就知道你会来。"叶妮芙说着，自豪地站起身，"杰洛特，让这些恶棍见识一下，猎魔人的剑能做什么。"

她高举双手，抬起那副镣铐。

杰洛特用双手握住希席尔剑，微微抬头，瞄准目标。他劈出一剑。速度如此之快，甚至没人看清剑刃的动作。

镣铐伴着哗啦声落到地上。一名守卫倒吸一口凉气。杰洛特手上加力，将食指移到剑柄底部。

"不要动，叶。把头朝旁边偏一点儿。"

女术士眼都不眨一下。刀剑切割钢铁的微弱响声依稀传来。阻魔金项圈和镣铐一起落到地板上。女术士的脖子上现出一小滴血。她揉揉手腕，大笑一声，随后缓缓转向那些守卫。他们纷纷移开了视线。

手持长戟的家伙把武器小心翼翼地放到地上，好像生怕弄坏似的。

"这样的对手，"他嘟囔道，"还是让灰林鸮自己对付吧。我还珍惜自己的性命。"

"我们接到命令……"另一人嘀咕着，连连后退，"我们接到命令……决定权不在我们……"

"我们从没虐待过您，女士。"第三个守卫口干舌燥地说，"在监狱里……有人可以作证……"

"滚吧。"女术士喝道。她摆脱了阻魔金，终于可以挺直身体，自豪地昂起头。在他们眼中，她就像一个女巨人。在他们眼中，她蓬乱的黑发甚至碰到了拱廊的天花板。

守卫们落荒而逃。他们佝偻着身子，好像背后会遭受攻击，但他们一次都没敢回头。叶妮芙恢复了正常大小，一把搂住杰洛特的脖子。

"我知道你会来救我的。"她低声说，嘴巴寻找他的双唇，"我知道你会来，即使……"

"我们走吧。"片刻后，他喘息着说，"现在去找希瑞。"

"希瑞。"她的双眼瞬间燃起可怕的紫色火焰，"还有威戈佛特兹。"

◆━┫━◆━┣━◆

一个手持十字弓的佣兵从转角后面跳出，大喊着射出箭矢。他瞄准的是女术士。杰洛特的身体如弹簧般跃起，挥出一剑。箭矢被弹了回去，从十字弓手的头顶近距离掠过，吓得他低头闪躲。但他没来得及站起身，猎魔人就向前一跃，用利剑刺穿了他，就像用烤肉叉刺穿一条鲤鱼。走廊远处还站着两个人，同样拿着十字弓朝他们射箭，但他们的手抖得厉害，箭矢也失了准头。到了下一刻，猎魔人已来到他们中间，让他们相继丢了性命。

"叶，该走哪边？"

女术士集中精神，闭上双眼。

"这边。这段楼梯。"

"你确定这条路更好走？"

"确定。"

绕过走廊转角，在靠近一条装饰拱廊的位置又出现了一群佣兵。他们的数量超过十人，手持长矛和长戟，表情顽固又坚定。尽管如此，他们依然接连倒下。叶妮芙放出的火球击中了一个佣兵的胸口。杰洛特扭转身体，冲进剩下的敌人中间，他的矮人符文剑熠熠生辉，发出蛇一样的嘶嘶声。等倒下了四具尸体，其他人转身就跑，哐哐的脚步声沿着走廊远去。

"没事吧，叶？"

"好得不能再好。"

威戈佛特兹就站在那条拱廊里。

"真令人佩服。"他轻声道，"我真的很佩服你，猎魔人。你的天真和愚蠢无可救药，但你的技艺着实令人钦佩。"

"你的走狗，"叶妮芙冷静地说，"已经抛下你逃跑了。把希瑞还给我们，我们可以放你一马。"

"叶妮芙，你知道吗？"巫师冷笑道，"我今天已经两次听到如此慷慨的提议了。谢谢，谢谢你。这就是我的答复。"

"当心！"叶妮芙尖叫一声，跳起躲避。杰洛特也在最后一刻跳向侧面。一道火柱从巫师的双手间呼啸飞出，从杰洛特方才所在的位置席卷而过，嘶嘶作响的火焰烧焦了那块地面。猎魔人擦去煤灰和一根烧焦的眉毛。他看到威戈佛特兹再次抬起手，立刻俯身躲到一根圆柱背后。轰鸣声在他耳边炸响。整座城堡的地基都在摇晃。

◀━━▶

大爆炸的回音传遍了城堡的走廊、大厅和房间。墙壁颤抖，椽子嘎吱作响。伴着一阵响亮的噼啪声，一幅装着厚重镀金框的画像从墙上落下。

逃窜的佣兵眼里满是难以言说的恐惧。史提芬·史凯伦用凶狠的目光让他们安静下来，又用严肃的眼神和声音叫他们整队。

"出什么事了？快报告！"

"验尸官大人……"一个佣兵嘟囔道，"太可怕了！他们是恶魔……每一支箭都能杀死一个人……每一次挥剑都会见血……死神来找我们了……他屠杀了所有人！"

"我们损失了十个……也许更多……您听到那声音了吗？"

爆炸声再次传来，城堡再次震颤。

"那是魔法。"史凯伦咬牙切齿地说，"威戈佛特兹……哦，让我们瞧瞧你的本事吧。"

又有一名守卫跑了过来。他脸色苍白，满身碎屑。有那么一会儿，他甚至连话都说不出，等到终于开口，他的声音也在颤抖。

"那边……那边……有个怪物……验尸官大人……黑色的大蝙蝠……扯下人的脑袋。血流成了河！他飞来飞去，放声大笑……还有他的獠牙!"

"我们没法活着逃出去……"在灰林鸮身后,有人轻声说。

"验尸官大人,"波利亚斯·穆恩决定开口,"这边还有幽灵。我看到了……年轻的卡西尔·爱普·契拉克。可他早就死了。"

史凯伦看着他,一言不发。

"史提芬大人……"达克瑞·希利凡特喃喃道,"我们究竟在跟谁战斗?"

"他们不是人,"一个佣兵呻吟道,"是从地狱来的恶魔!人类无法抗衡他们的力量……"

灰林鸮交叠双臂,用威严而坚定的目光盯着佣兵们。

"那么,"他响亮而清晰地声明道,"我们就不去插手地狱势力间的冲突了!就让恶魔去对付恶魔,让巫师去对付巫师和爬出墓穴的吸血鬼吧。我们就不去打扰他们了!我们留在这里,静静等待这场战斗结束。"

佣兵的脸上有了神采。他们的情绪明显有了好转。

"想离开这儿,"史凯伦用有力的嗓音说,"就必须走下这些楼梯。我们等在这儿。让我们瞧瞧,下来的会是谁。"

楼上传来可怕的爆炸声。即使在这里,他们也能闻到硫黄和烟火的味道。

"这里太暗了!"灰林鸮的喊声响亮而清晰,以此鼓励他的部下,"去弄些火把来!我们需要光线照亮这些楼梯,好看清下来的会是谁!点燃那些火盆!"

"我们没有燃料,阁下!"

史凯伦无言地指了指走廊墙上挂的艺术品。

"画?"一个佣兵用难以置信的语气问,"把画烧了?"

"有何不可?"灰林鸮说,"你看我干什么?艺术已经死了!"

他们将画框砸成木片,又撕碎了画布。干燥的木头和浸满清漆的画布立刻燃烧起来。

波利亚斯·穆恩看着这一幕,心思忙个不停。

◆━━◆━━◆

雷鸣声炸响,然后是一道闪光,他们片刻前藏身的圆柱分崩离析。圆柱的核心四分五裂,装饰华丽的柱身砸在地板上,碎裂成赤褐色的嵌花图案。侧面飞来一颗嘶嘶作响的闪电球。叶妮芙打着手势,念出咒语,挡住了闪电球的进攻。

威戈佛特兹朝他们走来,斗篷在他身后随风飘舞,仿佛一对龙翼。

"我对叶妮芙并不惊讶。"他走了过来,"她是个女人,在物种进化的层次上更低,又容易被荷尔蒙支配。可是你,杰洛特,你不但是天生就拥有理性的男人,还是个不受情感左右的变种人……"

他做个手势。又是雷电。闪光。闪电在叶妮芙的护盾上弹开。

"尽管你拥有更优秀的判断力,"威戈佛特兹将火焰从一只手倒到另一只手,"你却表现出异乎寻常的顽固和无知。你不断逆水行舟、迎风撒尿,这种行为必将招致恶果。要知道,在此时此地,在这斯提加城堡,你是在朝龙卷风撒尿。"

下层某处传来激烈的搏斗声,有人在大喊和尖叫,然后发出痛苦的呻吟。有什么东西在烧,希瑞能闻到焦味和烟味,更有股热风吹到她脸上。

某处发生强烈的碰撞,甚至让立柱支撑的屋顶开始颤抖,令墙上的灰泥如雨点般落下。

希瑞小心翼翼地从转角探出头。走廊里空无一人。她迅速而无声地走动。两旁的壁龛里摆放着雕像。她见过这些雕像。

在梦里。

她离开走廊,与一个手持长矛的人面面相觑。她立刻停下脚步,准备跃起攻击。但紧接着,她发现那并非男人,而是个瘦削驼背的灰发女人。她拿着的也并非长矛,而是扫帚。

"这儿有个囚犯,"希瑞说,"是个黑发的女术士。她在哪儿?"

拿着扫帚的女人沉默良久,嘴巴翕动着,像在咀嚼什么。

"我怎么会知道呢,我的小宝贝?"最后,她喃喃道,"我是来扫地的。"她转身背对女孩,开始扫地。"我扫啊扫啊扫啊,"她自言自语道,"可每次这里都会变脏。瞧瞧这些脏东西,我的小宝贝。"

希瑞看了一眼。在地板上,她看到一大条蜿蜒的血迹。它延伸出几步远,止于墙边一个死人身下。不远处还躺着两个死人,其中一个身体扭曲,另一个摊开四肢。他们身旁的地上有几把十字弓。

"又有脏东西了。"女人说着,拿起水桶和抹布,跪在地上,开始擦拭地板,"真够脏的。可我才打扫没多久。什么时候才是个头?"

"这种事从来没个头。"希瑞冷冷地说，"这就是世界运行的方式。"

老女人停止擦拭，但没抬头。

"我只会打扫，"她说，"仅此而已。但是你，小宝贝，你应该直走，然后左转。"

"谢谢。"

女人把头垂得更低，继续疲倦地擦拭地板。

———◀━▶━◀━▶———

她孤身一人，迷失在这片走廊的迷宫里。

"叶妮芙女士！"

到目前为止，她都保持沉默，唯恐叫喊会引来威戈佛特兹的手下。可现在……

"叶——妮——芙——！"

她觉得自己听到了什么。是的，没错！

她跑进一条画廊，又转进一间有高大门廊的大厅。她又闻到了焦味。

邦纳特像幽灵一样钻出某个壁龛，一拳打在她脸上。她的身体摇晃起来，而他像猎鹰一样朝她扑去，抓住了她的喉咙，用胳膊把她按在墙上。希瑞看着他苍白的死鱼眼，心往下一沉。

"要不是你大喊大叫，我根本找不着你。"他用沙哑的嗓音说，"你的叫声真是充满渴望。亲爱的，你就这么想见我吗？"

他依然将她抵在墙上，手滑向她的后颈。希瑞晃了晃脑袋。赏金猎人朝她亮出牙齿。他的手游走到她胸口，揉捏她的乳房，又粗鲁地抓向她的腹股沟。然后他放开了她，伸手一推，让她倒在地上。

他将一把剑丢在她脚边。是她的剑——"雨燕"。她立刻明白了他的意图。

"我选择竞技场，"他慢吞吞地说，"作为你精彩表演的高潮和谢幕。女猎魔人对雷欧·邦纳特！哦，会有很多人掏钱来看的！来吧！拿起那把剑，把它拔出来。"

她拾起剑，但没拔出，而是将剑带挎在肩头，让自己的手随时能握住剑柄。

邦纳特后退一步。

"我本以为，"他说，"威戈佛特兹打算对你做的事能取悦我这对老眼。但我错了。我更想体会你的血在我剑上流淌的感觉。让肮脏的法术、巫师、命运、预言、世界的宿命，还有什么上古不上古的血脉都见鬼去吧。对我来说，那些占卜和巫术算什么？屁都不算！什么都比不上……"

他没能说完那句话。她看到他嘴唇翕动，眼里闪着不祥的光。

"我会给你放血的，女猎魔人。"他嘶声道，"然后，在你的血变凉之前，我们会好好庆祝一番。你是我的。全都是我的。拿起武器！"

远处传来轰鸣声，城堡在摇晃。

"威戈佛特兹，"邦纳特欢快地宣布，"正在把你英勇的救星们做成肉酱。好了，亲爱的，拔剑吧。"

逃吧，她心里想，但身子因恐惧而动弹不得，逃到另一个地点，另一个时间，离他远远的。

可是，她突然感到羞愧，逃跑？让杰洛特和叶妮芙自生自灭？但常识又在对她说，*死掉的我同样帮不了他们……*

她集中精神，双拳抵住鬓角。

邦纳特立刻明白过来，朝她跑去。但他的反应太迟了。

一道闪光，希瑞耳中传来嗡鸣。

我做到了，她得意地想。

但她立刻发现，现在得意还为时过早。她发现自己仍能听到怒吼和咒骂。失败的原因多半是弥漫于此、令人麻痹的邪恶灵气。她的确转移了自己，但距离很短。她甚至没能离开这条走廊。她和邦纳特的距离并不远。但他和他的剑已经无法触及她。至少暂时不行。

在他的怒吼声中，她转过身去，开始逃跑。

━━━◆━◆━◆━━━

她沿着又长又宽的走廊飞奔，雕像用毫无生气的眼睛目送着她。她转了一次弯，然后又转一次。她想迷惑邦纳特，让他失去方向感。更重要的是，她正朝打斗声传来的方向跑去。那里肯定有她的同伴。

她冲进一个圆形的大房间，房间中央耸立着一尊有底座的大理石雕像。雕像刻画的是一位戴面纱的女子，多半是某个女神。房间连着两条走廊，都挺狭窄的。她胡乱选了一条。她选错了。

"是那个女孩！"一个佣兵喊道，"我们找到她了！"

他们人数太多，就算是在狭窄的走廊里，跟他们战斗也太冒险了。而且邦纳特多半就快追上来了。希瑞转身逃跑。她跑回到有大理石女神像的房间，然后愣住了。

她面前伫立着一位骑士——对方手持大剑，身穿黑色外套，头盔上有猛禽羽翼状的装饰。

城市在燃烧。她能听到噼啪的火声，看到起伏的火焰，感受到火的热度，还能听到马嘶声和人们的尖叫……一只拍打着翅膀的黑鸟突然现身，遮蔽了一切……救命啊！

辛特拉，她心想，意识回到了现实。还有仙尼德岛。他追到这儿来了。他是个恶魔。来自噩梦的鬼魂和幽灵包围了我。邦纳特在身后，而他挡在前方。

她能听到尖叫声和沉重的马蹄声。

头戴翼盔的骑士突然动了。希瑞战胜了自己的恐惧，拔剑出鞘。

"别碰我！"

骑士后退一步。令希瑞惊讶的是，他的斗篷后面还藏了个手持弯马刀的金发女孩。女孩绕过希瑞，用马刀砍向一个佣兵。黑骑士也没攻击希瑞，反而挥出强有力的一剑，杀死了另一个佣兵。其他佣兵退回走廊里。

金发女孩跑到门边，却关不上门。她威胁地挥舞马刀，连声尖叫，想逼迫那些佣兵离开门口。希瑞看到一个佣兵用长矛刺向她，接着看到女孩跪倒在地。她也跳上前去，挥动手中的雨燕，在某个佣兵身上劈开一条可怕的伤口。黑骑士也过来了。跪在地上的金发女孩从腰间抽出一把斧子，掷了出去，命中某个佣兵的脸。然后她跑回门边，重重地关上门，骑士随即闩上门闩。

"呼！"金发女孩说，"包铁的橡木门！他们得花点时间才能进来！"

"他们不会浪费时间的。他们会另找一条路。"黑骑士用叙述事实的语气说道。他看到金发女孩腿上渗出的鲜血，突然皱起眉头。金发女孩摆摆手,表示没大碍。

"我们必须离开这儿。"骑士取下头盔,看着希瑞,"我是契拉克之子,卡西尔·莫瓦·迪弗林。我是跟杰洛特一起来的。为了救你,希瑞。我知道你很难相信。"

"我早就见识过更难以置信的事了。"希瑞说,"你们真是远道而来……卡西尔……杰洛特在哪儿?"

他盯着她。她在仙尼德岛上见过这双眼睛。深邃而漂亮的蓝色眼睛。

"他去救女术士了。"他说,"那位……"

"你是说叶妮芙吧。我们走。"

"对。"金发女孩给大腿系上一条绷带,"我们得找几个人教训一下才行!为了大妈!"

"我们走。"骑士重复道。

可惜,晚了。

"快跑,"希瑞看着从另一条过道跑来的那人,低声说道,"他是魔鬼的化身。但他的目标是我,不是你们……走吧……去帮杰洛特……"

卡西尔摇摇头。

"希瑞,"他温和地说,"你真让我吃惊。我跨越整个世界,只为见到你。现在我终于找到了你,终于能偿还我的罪、拯救并保护你了。而你却要我逃跑?"

"你不知道那家伙的厉害。"

卡西尔戴上手套,脱掉斗篷,裹在自己的左臂上。他挥舞长剑,响起阵阵破空声。

"我会知道的。"

看到对面的三人，邦纳特停下了脚步。但只有片刻。

"啊哈，"他说，"你的救兵来了？女猎魔人，这些就是你的朋友？好哇，多两个人也没什么区别。"

希瑞突然想到了什么。

"跟你的人生告别吧，邦纳特！"她大喊道，"你的末日到了。你的对手就在这儿！"

毫无疑问，她在夸大其词。邦纳特听出她语气里的虚张声势，露出怀疑的表情。

"他就是那个猎魔人？真的？"

卡西尔扭转剑身，伫立在原地。邦纳特毫不动摇。

"哎呀哎呀，你的猎魔人比我想象的年轻。"他嘶声道，"瞧这儿，小子。"

他解开链甲衫，胸口露出三块闪闪发光的银徽章——图案分别是猫、狮鹫和狼。

"如果你真是猎魔人，"赏金猎人咧嘴一笑，"你的护身符很快也会加入我的收藏。如果你不是猎魔人，那你来不及眨眼就会死。所以，明智的做法是别挡道，赶紧跑。我跟你无冤无仇，我只找这丫头。"

"口气不小。"卡西尔冷静地说，"让我们瞧瞧，你都有些什么本事。安古蓝、希瑞，快跑！"

"卡西尔……"

"走吧，"他说，"去帮杰洛特。"

她们转身跑开。希瑞扶着一瘸一拐的金发女孩。

"你自找的。"邦纳特眯起苍白的眼睛，转动剑身。

"自找的?"卡西尔·莫瓦·迪弗林·爱普·契拉克重复道,"不对。这是我的宿命!"

他们冲向彼此,激烈交锋。他们的剑刃相互碰撞,走廊里回响起金铁交击之声,令大理石雕像都开始震颤、瑟瑟发抖。

"不赖嘛。"他们各自退开一步,邦纳特喘息着说,"不赖嘛,孩子。但你不是猎魔人,那个小婊子想骗我。现在轮到你了。准备去死吧。"

"口气不小。"

卡西尔深吸一口气。刚才的交手让他明白,他获胜的机会十分渺茫。老杀手身手极快,力量也大得出奇。他唯一的不利因素是刚才为追赶希瑞而拼命奔跑了一阵子,而且精神极度紧张。

邦纳特再度发起进攻。卡西尔招架,回砍,俯身,跃起,抓住对手的手腕,将他推向墙边,并用膝盖撞上他的腹股沟。邦纳特抓住他的脸,将剑柄砸向他的侧脑,一下,两下,三下。卡西尔挡住了第三下攻击。他看到剑刃的反光,本能地举剑招架。

但他的动作太迟了。

◆━━◆━━◆

迪弗林家族有一条必须遵守的传统,就是死去亲属的遗体必须安置在城堡的军械库里,家族全体男人都必须去那儿守灵一日一夜。女性则聚集在城堡的偏远角落,免得打扰到男人,毕竟哭泣和晕倒会影响男人的心境和思绪。

在维可瓦罗的贵族阶层中,就连女性也不会随意哭泣和流泪。这会被视为很不得体，甚至是非常耻辱的行为。但迪弗林家族的传统有所不同，也没因世人的眼光而改变。应该说，他们完全没有改变的意思。

卡西尔十岁那年，他最小的哥哥艾尔里尔在那赛尔阵亡，遗体躺在城堡的军械库里。根据传统和习俗，当时只有十岁的他并非成年男人，也就没资格同其他男人一起站在敞开的棺木周围，但他们允许他默不作声地坐在祖父格鲁夫德、哥哥德尔兰，以及叔伯和堂表兄弟们身边。他们不准他去找祖母、母亲、三个姐姐、姨婶及堂表姐妹，免得他也跟着她们一起哭泣和晕倒。这点倒是不难理解，但小卡西尔更愿意跑到城墙外玩耍，或跟陪同父母前来参加葬礼的同辈们打闹。卡西尔热衷在城墙边打架。他打架的对象是同龄的孩子们——他们声称，在那赛尔之战中，他们哥哥的表现比艾尔里尔·爱普·契拉克更加英勇。

"卡西尔！儿子，到我这儿来！"

门廊边站着卡西尔的母亲莫瓦，以及母亲的姐姐西妮埃德·瓦·阿纳兴。哀悼死者让母亲的脸又红又肿，也吓坏了卡西尔。即使是母亲那样标致的女人，也会因哭泣而像个怪物一样，这点令他大为震惊。他在心里拿定主意，从此再也不会哭泣，哪怕一次也不行。

"记住，我的儿子。"莫瓦啜泣着，将她的孩子紧紧抱在胸前，让他几乎无法呼吸，"记住这一天。千万别忘记，是谁杀了你亲爱的哥哥艾尔里尔。是该死的北方人。他们是你的敌人，我的儿子。一定要憎恨他们。你这辈子都要憎恨那些谋杀犯，憎恨他们该死的王国！"

"我这辈子都会憎恨他们，母亲。"卡西尔答应下来，但心里仍有些吃惊。首先，他哥哥艾尔里尔光荣战死，这是每个战士都羡慕的、有价值的死法。那又何必替他们流泪呢？其次，艾薇瓦外祖母——也就是莫瓦的母亲——就是北方王国出身，这一点也并非秘密。父亲就不止一次在气头上骂她是"北方来的母狼"。当然了，他只在她背后说这话。

好吧，既然母亲想让他……

"我恨他们！"他满腔热情地大喊，"我恨他们所有人！等我长大了，有了真正的剑，我会上战场砍掉他们的脑袋！等着瞧吧，母亲！"

母亲深吸一口气，啜泣起来。西妮埃德姨妈搀扶着她。卡西尔攥紧了拳头，气得全身发抖。令他愤怒和憎恨的，是那些让母亲伤心、让她变得如此丑陋的家伙们。

◆━━━◆━━━◆

邦纳特的重击打破了他的鬓角、脸颊和嘴巴。卡西尔长剑脱手，身体摇晃。赏金猎人扭转身体，一剑劈在他脖子和锁骨之间。卡西尔倒在大理石女神像脚下，血液就像异教徒的祭品，汇聚到雕像的底座边。

◆━━━◆━━━◆

轰鸣声中，她们脚下的地板摇晃起来，一面装饰盾牌哐当一声掉在地上。走廊里弥漫着刺鼻的烟味。希瑞抹了把脸。金发女孩的体重靠在她身上，仿佛一块磨盘。

"快点……再快点……"

"我跑不动了。"金发女孩喘着粗气,重重地坐在地板上。希瑞不知所措地看着她腿上渗出的血。她的脸苍白得像个死人。

希瑞跪在一旁,迅速解下她的围巾和腰带,打算做成止血带。但那道伤口又宽又深,而且位于大腿上部,离腹股沟实在太近。血止不住了。

金发女孩抓住她的手。她的手指冷得像冰。

"希瑞……"

"我在。"

"我是安古蓝。我并不相信……并不相信我们能找到你。但我选择跟着杰洛特……因为我必须跟着他。你明白吗?"

"我明白。他是个好人。"

"我们找到了你,救出了你……芙琳吉拉还嘲笑我们……告诉我……"

"拜托,别说话了。"

"告诉我……"安古蓝的嘴唇动得更慢,也更艰难了,"如果你是公主……辛特拉的公主……那我一定会得到奖赏,对吧?你会封我做……女伯爵?告诉我吧。别撒谎……你有这个权力吧?告诉我。"

"别说话了。别浪费力气。"

安古蓝叹了口气,突然身体前倾,额头靠着希瑞的肩膀。

"我就知道,"她清晰无误地说,"我就知道,还是在陶森特开间该死的妓院比较好。"

过了很久,希瑞才意识到,她抱着的金发女孩早已死去。

她看到他朝这边走来，而在拱廊两边，那些大理石女像柱死气沉沉的眼睛都注视着他。她终于明白，自己已经逃不掉了。她必须面对他。她别无选择。

但她还是害怕。

她拔出剑。"雨燕"离开剑鞘，发出歌声般的轻柔鸣响。她熟悉这首歌。

她退进一条宽阔的走廊。他跟在后面，双手握剑，大滴的鲜血顺着剑身流下，落在地上。

"死了，"他跨过安古蓝的尸体，"很好。那小子也死了。"

希瑞感到自己被绝望压垮。她狠狠地握住剑柄，向后退去。

"你对我撒了谎。"邦纳特慢吞吞地说，"那小子身上没有徽章。但不知为什么，我觉得这城堡里有人带着徽章。老家伙雷欧·邦纳特会在女术士叶妮芙身边找到那个人。不过事有轻重缓急。首先是你和我。还有我们的约定。"

希瑞下定了决心。她转动剑身，摆好架势。她开始在他身边绕圈，动作越来越快，迫使赏金猎人在原地不断转身。

"上一次，"他说，"这套花招对我毫无用处。你就没吸取教训？"

希瑞加快了脚步。她挥剑的动作轻柔而流畅，想以此让邦纳特失去方向感。

邦纳特回过身，转动手里的剑。

"这招对我没用。"他吐了口唾沫，"我也看烦了！"

他迈出两步,缩短了距离。

"起舞吧,奏乐!"

邦纳特向前一跳,发起攻击。希瑞原地扭身躲过,也跳了起来,左腿稳稳着地,立刻刺出一剑。但在她的剑与邦纳特的剑相交之前,她就从他身边绕过,水平地挥出一击。这次她毫不迟疑,出剑的角度也极为刁钻,手肘还弯曲到反常的程度。邦纳特举剑挡下,利用惯性从左侧挥出一剑。希瑞看清了他的动作,她的双膝略微弯曲,以毫厘之差避开利刃。她迅速展开反击,长剑又劈又砍。但早有准备的邦纳特以虚招应对。希瑞扑了个空,几乎失去平衡:她在千钧一发之际跳起,避开,但邦纳特的剑还是劈中了她的肩膀。她起先以为,他的剑只是劈开了衬垫,但片刻之后,她感觉到温热的液体顺着手臂流下。

大理石女像柱漠然地看着二人。

希瑞向后退去,但他紧追不舍。他弓起背脊,手里的剑左右轻甩,仿佛在挥舞一把长柄大镰刀。他就像个死神——希瑞在神殿里见过以此为主题的壁画。死神的舞蹈,她心想。他步步紧逼,就像死神。

她再次后退。温热潮湿的血液顺着手臂流下,流到她的手上。

"第一滴血由我拿下。"他看着希瑞留在地板上的血迹,"我的公主,第二滴血会是谁的呢?"

她还在后退。

"看清楚。这里就是终点了。"

邦纳特说得对。走廊戛然而止,前方是一道深渊。城堡这一侧受损严重,地板已然坍塌,只留下基本结构——支柱、木板与横梁。楼下的地上洒满了碎片。

希瑞犹豫片刻,随后踏上一条横梁,继续与他保持着距离,眼睛却关注着邦纳特的一举一动。这一点救了她。他突然朝她冲去，跑过横梁，剑招虚实莫测。她清楚他的打算。只要一次格挡失误，或者犯下别的错误，她就会失去平衡，坠到下一层去。

这一次，希瑞没被他的虚招骗到。邦纳特老练地从右边劈来一剑。她注意到对手几分之一秒的迟疑，于是朝他的右手攻去，动作又快又狠，让邦纳特在横梁上摇晃起来。要不是他身体够重，恐怕已经掉下去了。他伸出左手，抓住头顶的一根横梁，保持住平衡。但他也短暂地分了心。对希瑞来说，这就足够了。她将右臂伸长到极限，用力劈出一剑。

雨燕伴着破空声，从他的左肩一直劈到胸口，但他毫不动摇，立刻以惊人的力道还击。要不是希瑞及时后跳，恐怕已经被这一剑劈成了两半。她跳到旁边的横梁上，跪了下来，将剑平举在头顶。

邦纳特看着自己的肩膀，抬起左手，一条鲜红的血线流了下来。他看着血水一滴滴落入深渊。

"哎呀呀，"他说，"现在我知道了，你也会吸取教训嘛。"

他的嗓音因狂怒而颤抖。但希瑞太了解他了。他冷静又专注，做好了杀戮的准备。

他跳上她脚下的横梁，转动剑身，仿佛风暴般朝她扑去。他信心十足，全无犹豫，甚至一次也没低头看向脚边。横梁嘎吱作响，灰尘洒向下方。

他发起猛攻，迫使她不断后退。他的攻势毫不停歇，让希瑞没法跳起或旋身躲闪，只能努力挡住攻击，或者设法避开。

她注意到他那对死鱼眼闪过的精光。她明白了他的意图。他想迫使她退到背靠立柱的位置，就像蜘蛛把猎物赶进蛛网，好让她无处可退。

她必须做点什么。突然间,她想到了。

凯尔·莫罕。钟摆。

"你要做的不是挡开钟摆,而是挡开你自己。你要借用它的力道做出攻击。明白了吗?"

"明白了,杰洛特。"

她像捕食的蛇一样,骤然发起反击。雨燕划破空气,撞上邦纳特的剑。与此同时,希瑞借着反冲力道跳向旁边的横梁。她落在横梁上,奇迹般地稳住身体。她又跑几步,轻巧地再次一跃,跳回邦纳特所在的横梁,落在他身后。他及时转身,几乎盲目地砍向她落下的位置,剑刃与她擦身而过,而惯性让他立足不稳。希瑞的还击仿佛闪电,由突刺转为挥砍,然后再次俯身跪下。这一击精准而有力。

她的剑停在自己身侧。她看着他夹克上那道长而笔直的平整切口渗出了鲜血。

"你……"邦纳特颤抖着说,"你……"

他朝她刺出一剑。但他的动作既缓慢又笨拙。她向后跃去,避开攻击,而他失去了平衡。他单膝跪倒,随即脚下打滑,因为木板上沾满了他的血。他盯着希瑞看了片刻。然后,他坠下了深渊。

她看着他落向下一层的地板,扬起大片的尘埃和石灰,血花四溅。她看到他的剑落在离他几尺远的地方。他一动不动地躺在那儿,摊开双臂,显得高大而瘦削。他受了重伤,看起来竟如此脆弱,但依然令人惧怕。

过了好一会儿,他终于开始移动和呻吟。他试图抬头。他活动双腿。他挪动双手。他爬到一根支柱旁边,靠着底座。他再次呻吟起来,用双手摸索着鲜血淋漓的胸口和腹部。

希瑞跳了下去,以蹲伏的姿势落在他几尺开外,就像猫一样轻盈。她看到他的死鱼眼因恐惧而睁大。

"你赢了……"他看着雨燕,用嘶哑的嗓音说,"你赢了,女猎魔人。可惜我们不在竞技场里……那里肯定会座无虚席……"

她没答话。

"那把剑是我给你的,还记得吗?"

"我什么都记得。"

"唉……"他呻吟道,"你不会杀了我,对吧?你不会这么做……你不会伤害无法自卫的人……我太了解你了,小希瑞……因为你太……高尚了。"

他盯着她看了很久。非常久。看到她弯腰的动作,他的死鱼眼几乎凸了出来。但她只是扯下了他脖子上的徽章——狮鹫、猫和狼头的徽章。然后她转过身,朝出口走去。

他掏出一把匕首,狡猾又恶毒地朝她扑去,动作轻巧得好似幽灵。只是在最后一刻,当他的匕首就快刺进她的脊背时,他才尖叫起来。叫声中充满了愤怒与恨意。

她旋身半周,避开他卑劣的攻击,然后跳到一旁。她立刻调整姿态,伸直手臂,刺出强有力的一击,同时扭动腰部来加强力道。

在破空声中,雨燕的剑尖切开了对手。邦纳特攥住自己的喉咙。他的死鱼眼凸出了眼眶。

"我告诉过你,"希瑞冷冷地说,"我什么都记得。"

邦纳特瞪大眼睛看着她,终于倒了下去。他仰天倒地,扬起一阵尘云。他躺在地上,显得高大而瘦削,仿佛一具骷髅。他用全身的力气捂住喉咙。但无论他捂得多紧，生命都在不断地渗出指间，他身下厚厚的灰尘也逐渐潮湿发黑。

希瑞站在他面前。她一言不发。但她要确保他能看到她。确保这幕景象会伴着他前往另一个世界。

他用渐渐僵硬的双眼看着她。他在抽搐中仰起身体，脚踝用力压着地面。然后，他发出汩汩的声音，仿佛倒空的漏斗一般。

他的生命走到了尽头。

石墙颤抖，横梁碎裂，玻璃从窗框里倾泻而下。

"当心，杰洛特！"

他在最后一秒闪身避开。耀眼的闪电在地上犁出一道深沟，无数锋利的彩色玻璃碎片在空中飞舞。另一道闪电击中了猎魔人躲藏的圆柱。柱子碎成三段，脱离了天花板，伴着震耳欲聋的响声散落在地上。杰洛特趴在地板上，双手抱头。他很清楚，面对坠落的碎石，这样的保护堪称可悲。他做好了最坏的打算，但什么也没发生。等他跳起身，看到魔法护盾的光芒环绕住他的身体，这才明白是叶妮芙用魔法救了他一命。

威戈佛特兹又朝女术士藏身的圆柱投去一道闪电。他狂吼一声，尘云与烟雾同时扬起。叶妮芙灵巧地从中穿过，自己也放出闪电还击，却在巫师身上弹开，看不出明显的效果。威戈佛特兹回以一道威力巨大的闪电，将叶妮芙击倒在地。

杰洛特擦去飞进眼睛的灰尘，朝巫师冲去。威戈佛特兹将目光转向他，伸直手臂，手中喷出咆哮的火焰。猎魔人本能地转动剑刃。铭刻着符文的矮人利刃保护了他，将那道火焰之流一分为二。

"哈！"威戈佛特兹吼道，"了不起，猎魔人！那这招如何！"

猎魔人没能答话。一根无形的攻城槌撞上了他，让他向后飞去，落地后又继续滑行，直到撞上墙壁底部。又有一根圆柱四分五裂，脱离了天花板。这次他没有叶妮芙的魔法保护了。沉重的雕刻石料砸到他身侧，尽管并非正中，但痛楚仍让他无法动弹。

叶妮芙念出咒语，闪电接二连三攻向威戈佛特兹，但没有一道伤到对方，全都在巫师的魔法护盾上无害地弹开。威戈佛特兹突然张开双臂。叶妮芙痛呼一声，身体离地而起。巫师合拢双手，手指颤抖，像在拧块潮湿的抹布。女术士发出刺耳的尖叫，身体扭动起来。

杰洛特忍着痛楚，咬牙爬起身，想要重新加入战斗。但雷吉斯抢在了他前头。

化身成巨型蝙蝠的吸血鬼不知从何处飞来，悄然扑向威戈佛特兹。没等巫师使出防御咒语，雷吉斯的爪子就划过了他的脸：只是他的爪子错过了威戈佛特兹那只小得反常的眼睛。威戈佛特兹大叫一声，吃惊地挥舞着双臂。摆脱了咒语的叶妮芙惊呼一声，落到一堆瓦砾上，鲜血从她口中喷出，顺着她的下巴和胸口流下。

杰洛特逼近了对手。他举起希席尔剑，准备挥出。但威戈佛特兹并没有投降的打算。他用一股强大的魔法能量推开猎魔人，然后释放出一道耀眼的白光，朝吸血鬼攻去。光线穿透了一根石柱，就像热刀子刺穿黄油一样轻松。雷吉斯敏捷地避开光线，恢复了原本的模样，在杰洛特旁边现出身形。

"当心。"猎魔人嘟囔道，努力不去担心叶妮芙的状况，"当心，雷吉斯……"

"当心?"吸血鬼说,"我?我来这儿可不是为了当心的!"

他飞身一跃,以惊人的速度出现在巫师面前,抓住了他的喉咙。吸血鬼的獠牙闪闪发亮。

威戈佛特兹在愤怒和惊恐中尖叫起来。有那么一瞬间,他的末日似乎降临了。但这只是大家的错觉而已。威戈佛特兹掌握着数量众多的魔法,足以应对任何状况,以及任何对手——包括吸血鬼。

巫师的双手抓住雷吉斯,像烧红的铁一样发烫。吸血鬼尖叫起来。杰洛特也高喊出声,他看到巫师正在撕扯吸血鬼。他冲上前去,想帮助他的朋友,但为时已晚。威戈佛特兹用燃烧着白色火焰的双手将吸血鬼按在一根圆柱上。

雷吉斯在尖叫。

他的叫声如此响亮,猎魔人必须用双手捂住耳朵。残余的窗玻璃也纷纷破碎,发出刺耳的噪声。那根圆柱熔化了。吸血鬼也随着它一同熔化,变成了一块形状不规则的玻璃。

杰洛特愤怒而绝望地咒骂起来。他跳上前去,挥出希席尔剑。巫师转过身,用魔法能量击中了他。猎魔人的身体飞到走廊另一头,撞上墙壁,滑落下来。他躺在那里,大口喘息,像条离水的鱼,心里想的不是哪里受了伤,而是哪里还完好无损。

威戈佛特兹朝他走去,手中现出一根六尺长的铁棒。

"我可以用咒语将你烧成灰烬。"他说,"也可以将你熔成一块玻璃,就像那个怪物的下场一样。但你,猎魔人,你会以截然不同的方式死去。在搏斗中死去。也许不算公平,但仍是搏斗。"

杰洛特不相信自己还站得起来。但他确实站起来了。他从破裂的嘴唇间吐出一口血，攥紧了手里的剑。

"在仙尼德岛，"威戈佛特兹一边朝他走来，一边转动手中的铁棒，"为了给你留个教训，我已经手下留情了。但我发现，你什么都没学会。所以这次，我不会再留手了。我会打碎你全身的骨头。任何人都别想让你再次复原。"

他发起攻击。杰洛特没有逃跑。他接受了挑战。

铁棒在巫师周身挥舞转动。两人躲避着彼此的攻击，跳起死亡的舞蹈。他挥出的铁棍快如闪电。杰洛特勉力挡下沉重的击打。威戈佛特兹也熟练地格开利剑。每次金属相互碰撞，都会发出哀伤的呻吟。

巫师像恶魔一样敏捷而灵巧。

威戈佛特兹朝杰洛特的身体挥出铁棍，同时用左手虚晃一拳，让他上了当：铁棍的另一端砸中了他的肋骨。没等猎魔人的呼吸平复，臀部又挨了重重的一下，几乎摔倒在地。他避开了砸向头部的一击，但没能避开瞄准腹部的突刺，被那股力道抛向了墙壁。残存的判断力让他立刻趴向地面，与此同时，铁棍擦过他的头发，砸进墙壁，立时火星四溅。

杰洛特滚向一旁，铁棒在紧靠他头部的地面再次溅出火花。第二下攻击袭来，打中了他的肩膀。冲击力令麻木和虚弱感传遍他的双腿。巫师高高举起铁棍。他的眼里闪烁着胜利的喜悦。

杰洛特攥紧了芙琳吉拉的护身符。

铁棍落下，砸中地面，距猎魔人的脑袋仅有几寸远。杰洛特滚到一旁，迅速用单膝撑起身体。威戈佛特兹朝他扑去，再次挥出铁棍。但他再次以毫厘之差偏离了目标。

他摇摇头，不敢相信自己的眼睛。他迟疑片刻，叹了口气，明白了状况。他的双眼闪现精光,然后飞身跃起,挥舞他的魔法武器。但为时已晚。

杰洛特飞快地挥出利剑,劈开了他的腹部。威戈佛特兹一声尖叫,丢下铁棍,后退几步。猎魔人追了上去,一脚将巫师踢到两根圆柱的残桩之间,利剑挥出一道长长的弧形轨迹,从锁骨开始,以对角线劈开了巫师的躯干。鲜血四下飞溅。

巫师尖叫一声,跪倒在地。他垂下头,看着自己的胸口和腹部。在很长的一段时间里,他都死死地盯着那道伤口。

杰洛特平静地等待着。他举起希席尔剑,准备挥下。

威戈佛特兹抬起头,发出刺耳的哀号。

"杰——洛——特……!"

猎魔人没给他说完的机会。

接下来的好一会儿,周围都被沉默笼罩。

"我都不知道……"叶妮芙终于从碎石堆里爬起身。她看起来相当凄惨,鲜血染红了她的下巴和胸口。"我都不知道,"她重复一遍,对上杰洛特困惑的目光,"你会施展幻象咒语。你竟然连威戈佛特兹都骗过了……"

"是我的护身符。"

"哦,"她怀疑地说,"真有意思。即便如此,我们能活下来,还是得感谢希瑞。"

"这话怎么讲?"

"他的眼睛。他还没完全适应那只眼睛。所以才会打偏那么多次。当然了,我能保住性命,最该感谢的是……"

她沉默下来,看着那根熔化的圆柱残骸:她只能辨认出那人的轮廓。

"杰洛特,他是谁?"

"我的朋友。我会非常怀念他的。"

"他是人类吗?"

"他是人性的化身。你怎么样,叶?"

"断了几根肋骨,有点脑震荡,屁股肿了,后背瘀青。除此之外,我好得很。你呢?"

"差不多吧。"

他冷漠地瞥了眼威戈佛特兹的头颅,它刚好躺在嵌花地板的中央。巫师用那只呆滞的小眼睛看着他们,目光中带着无声的责难。

"看着不错。"她说。

"是不错,"他承认,"但我早就看腻了。你能走路吗?"

"有你扶着,可以。"

◄——►

三人在几条走廊的交汇处相遇。雕像死气沉沉的双眼见证了他们的团聚。

"希瑞。"猎魔人揉了揉眼睛。

"希瑞。"叶妮芙靠在猎魔人身上。

"杰洛特。"希瑞说。

"希瑞,"他答道,嗓子像被塞住了,"真高兴再见到你。"

"叶妮芙女士。"

女术士挣脱猎魔人的双臂,无比费力地站直身体。

"你这副模样真是太糟糕了,我的孩子。"她严肃地说,"瞧瞧你自己。整理好头发!别这么没精打采的。到我这儿来。"

希瑞拘谨地走到叶妮芙面前。叶妮芙抚平她的衣领,试图擦去她袖子上已经干涸的血迹。她整理好她的头发,也看到了她脸颊上的伤疤。她用力抱紧她,非常用力。杰洛特看到了女术士按在希瑞背上的双手。他看到了她扭曲变形的手指。但他感觉不到愤怒、悲伤或是憎恨。他只觉得疲惫,只想快点了结这一切。

"妈妈。"

"女儿。"

"我们走吧。"过了很久,杰洛特才决定打断她们的拥抱。

希瑞响亮地吸了吸鼻子,用手背擦去鼻涕。叶妮芙用责备的目光看着她,揉了揉自己的一只眼睛。她的眼睛肯定是进了灰尘。猎魔人看看希瑞出现的走廊,仿佛在等待什么人现身。希瑞摇摇头。他懂了。

"我们走吧。"他重复道。

"是啊,"叶妮芙说,"我想看看天空。"

"我再也不会离开你们了,"希瑞含糊不清地说,"再也不会了。"

"我们走吧。"杰洛特说,"希瑞,你扶着叶。"

"我不需要别人扶!"

"让我扶你吧,妈妈。"

他们面前是一段楼梯。楼梯上烟雾缭绕,底部有燃烧的火把和点燃的火盆。希瑞开始发抖。她见过这段楼梯。它们曾出现在她的梦和幻景里。

全副武装的敌人就等在下面。

"我累了。"她说。

"我也是。"杰洛特拔出希席尔剑。

"我厌倦了杀戮。"

"我也是。"

"没别的路吗?"

"没别的路可走。只有这些楼梯。我们别无选择,孩子。叶想看看天空。而我想看天空、叶和你。"

希瑞扭过头,看向叶妮芙——要不是有扶手可以倚靠,她早就站不起来了。希瑞拿出从邦纳特脖子上抢来的徽章,把猫头图案的戴在自己脖子上,把狼头的递给杰洛特。

"希望你明白,"猎魔人说,"这只是个象征而已。"

"所有东西都只是象征而已。"

她拔出雨燕剑。

"来吧,杰洛特。"

"我们走。跟紧我。"

在楼梯底部,史凯伦手下的佣兵在等待他们,攥着武器的手心满是汗水。灰林鸮迅速打个手势,开始了第一拨攻势。沉重的靴子踩在楼梯上,发出雷鸣般的响声。

"慢点,希瑞,别着急。跟紧我。"

"我知道,杰洛特。"

"保持冷静,孩子,记得安静。记住,你不需要愤怒和憎恨。我们必须离开这里,去看看天空。挡住我们去路的人都得死。不要犹豫。"

"我不会犹豫的。我也想看看天空。"

他们毫无阻碍地踏上第一个楼梯平台。佣兵在二人面前不断后退,对方的冷静与镇定让他们诧异无比,震惊万分。但片刻过后,有三个人跳上前来，挥舞刀剑。但他们瞬间就死了。

"所有人，一起进攻！"灰林鸮在下方高喊，"杀了他们！"

又有三人发起攻击。杰洛特迈步上前，佯攻第一人，随后切开另一人的喉咙。他扭转身体，希瑞从他右臂下方钻过。女孩的剑劈开了第二个佣兵的腋窝。第三人试图跳过栏杆逃跑。但他没能得逞。

杰洛特拭去脸上的几滴鲜血。

"冷静，希瑞。"

"我很冷静。"

另外三人朝他们逼近。剑光闪过，尖叫，死亡。

浓稠的血液顺着光滑的石阶流下。

一个夹克上有黄铜铆钉的佣兵举着长矛朝他们冲来。他的双眼闪烁着吸食麻药粉后的光芒。希瑞迅速迈出一步，挡开长矛，让杰洛特砍向对方。他抹了把脸。二人继续前进，头也不回。

第二个楼梯平台近在眼前。

"杀了他们！"史凯伦吼道，"杀——！"

楼梯上传来沉重的脚步声。利刃的明亮反光，叫声，死亡。

"很好，希瑞。但要冷静。少点兴奋。跟紧我。"

"我绝不会离开你的。"

"别用肩膀发力，用手肘发力就足够了。当心。"

"我知道。"

剑身反射的光芒，喊叫，鲜血，死亡。

"很好，希瑞。"

"我想看看天空。"

"我爱你。"

"我也爱你。"

"留神。台阶变滑了。"

剑光闪过，尖叫。他们迈开脚步，跨过顺着台阶倾泻而下的鲜血。他们沿着斯提加城堡的台阶继续向下。

一个佣兵踩在流淌鲜血的楼梯上，摔倒在他们脚下。他哀号求饶，用双手捂住头。他们看都没看他一眼，就这么绕过了他。

等他们走向第三个、也是最后一个楼梯平台时，已经没人敢阻拦他们了。

"弓箭！"史提芬·史凯伦在楼梯底部大喊，"拿起弓，还有十字弓！波利亚斯·穆恩应该带着十字弓的！他在哪儿？"

灰林鸮不可能知道，波利亚斯·穆恩已经离这儿很远了。他正骑马朝东边奔去，额头贴着鬃毛，让马匹全速狂奔。

他派了几个人去找十字弓，但只有一人回来了。

射出箭矢时，那人的双手颤抖不止，两眼也因为麻药粉而满是泪水。第一支箭矢击中扶手。第二支甚至连楼梯都没碰着。

"抬高点儿！"灰林鸮命令道，"靠近些，你这白痴！走近点儿再射！"

十字弓手假装没听见。史凯伦咒骂一句，夺过十字弓，跳上台阶。他单膝跪下，瞄准目标。杰洛特立刻用身体护住希瑞，但女孩却从他身边钻过。十字弓弦响起时，她已经摆好了架势，转动长剑，护住上半身。箭矢带着沉重的力道撞上剑身，在空中悬停了好一会儿，这才落到地上。

"非常好，"杰洛特嘟囔道，"非常好，希瑞。但你再敢做这种事，我就揍你的屁股。"

史凯伦丢开十字弓。他突然发现自己孤立无援。

他的手下在楼梯底部挤成一团,没人急着想爬上来。就连他们的数量也减少了。恐怕有人跑了。估计是去找十字弓了。

猎魔人和女猎魔人冷静地、不紧不慢地走下斯提加城堡沾满鲜血的楼梯。他们靠得很近,肩并着肩,长剑迅捷的动作令人陶醉。

史凯伦后退一步。然后就这么不断后退,直到踏上底楼的地板。等到被手下簇拥在中央,他才意识到自己退了有多远。他无助地咒骂起来。

"伙计们!"他大声喊道,但声音断断续续,"前进!大家一起上!跟我来!"

"你自己上吧。"有个人恶狠狠地说道,把盛有麻药粉的手举向鼻子旁边。灰林鸮一巴掌拍了过去,让白色的粉末撒满他的脸、袖子和外套的翻领。

猎魔人和女猎魔人又走过一个楼梯平台。

"等他们下来,包围他们就容易多了。"史凯伦鼓励道,"伙计们,拿起武器!"

杰洛特看着希瑞,注意到她灰发中的银丝,几乎怒吼起来。但他忍住了。现在不是愤怒的时候。

"当心,"他用单调的语气说,"跟紧我。"

"我会一直跟紧你的。"

"下去以后,情况会很棘手。"

"我知道,但我们会一同面对。"

"我们一同面对。"

"我也会陪着你们。"叶妮芙在他们身后,沿着湿滑的楼梯走了下来。

"一起！全都一起上！"灰林鸮大喊道。

跑去找十字弓的家伙很快回来了。但他们手里没有十字弓，只有满眼的恐惧。

在与楼梯相连的三条走廊里，传来了怒吼声、房门被利斧砸破的钝响，以及沉重的靴子踩踏地板的脚步声。突然间，三条走廊里涌出了头戴黑盔、手持盾牌的士兵，他们的披风上印有银色火蜥蜴的图案。在他们的叫喊和威胁声中，史凯伦的佣兵惊恐地丢下武器。另一些犹豫不决的人很快便被十字弓和长矛对准了要害。听到"全部放下武器"的嘹亮喊声，每个人都乖乖地服从了，因为他们看得出来，这些黑盔士兵全都迫不及待地想要动手。灰林鸮站在台阶上，交叠双臂。

"奇迹般的救援。"希瑞轻声说。杰洛特却摇了摇头。

十字弓和长矛同样对准了他们。

"Glaeddyvan vort！"

士兵们从走廊入口不断涌来，仿佛一支黑色的蚂蚁大军。猎魔人和女猎魔人都非常非常累了，但他们没丢下武器。他们小心翼翼地把剑放在楼梯上。杰洛特能感觉到希瑞手臂的温度，也能听到她的呼吸声。

叶妮芙绕过尸体和鲜血，走下楼梯。她朝士兵们亮出空无一物的双手，然后重重坐在杰洛特和希瑞身边的台阶上。猎魔人能感觉到另一条胳膊传来的热量。可惜我们没法永远停留在这一刻，他心想。他很清楚，这不可能。

灰林鸮的手下被绑起来带走了。突然间，士兵中间出现了几名高阶军官——从他们头盔上的白色羽毛和胸甲的白银镶边，以及其他士兵对他们的尊敬态度就看得出来。

士兵们对其中一名军官的态度尤其恭敬。他们几乎都在鞠躬行礼。而那人头盔上的银制装饰也比其他人更多。

他停在史凯伦面前。虽然火把和火盆的光芒闪烁不定，但人们能清楚地看出，灰林鸮的脸色惨白如纸。

"史提芬·史凯伦，"军官铿锵有力的嗓音在楼梯井的拱顶间回荡，"我们法庭再见吧。你的罪名是叛国。"

士兵们将灰林鸮押了出去，但没捆住他的双手。

军官转过身。楼上一块燃烧的挂毯脱离墙壁，仿佛硕大的火鸟飘落下来。红色的火焰照耀着他头盔的银制装饰和放下的面甲，那顶头盔和所有黑甲士兵的头盔一样，打造成尖牙巨口的骇人形状。

轮到我们了，杰洛特心想。他猜对了。

军官看着希瑞。他的双眼在面甲的开口里闪闪发亮，注视着一切，不放过任何细节：她苍白的皮肤。脸颊上的伤疤。袖子和双手上的血迹。头发里的银丝。

然后他将目光转向猎魔人。

"威戈佛特兹呢？"他用洪亮的嗓音问道。

杰洛特摇摇头。

"卡西尔·爱普·契拉克呢？"

他又摇摇头。

"一场屠杀。"军官看向楼梯，"血腥的屠杀。不愧是用剑讨生活的家伙……至少你给刽子手省了不少事。你可真是远道而来啊，猎魔人。"

杰洛特没有答话。希瑞又吸了吸鼻子，用手背抹去鼻涕。叶妮芙再次投去责备的目光。尼弗迦德人注意到这一幕,脸上露出微笑。

"你从世界另一头来到这里,"他续道,"为了她和她。就算只为这一点,我也该做些什么。德·李道克斯阁下!"

"听候您的差遣,皇帝陛下!"

猎魔人并不惊讶。

"给我们找个僻静的房间,让我可以放松身心、无人打扰地同利维亚的杰洛特谈谈。在此期间,请为这两位女士尽可能提供服务和便利。当然了,对她们的看守一刻都不能中断。"

"遵命,皇帝陛下!"

"杰洛特,请跟我来吧。"

猎魔人站起身。他看看希瑞和叶妮芙,想安慰她们,想提醒她们别做蠢事。但这毫无必要——她们都累坏了,而且放弃了抵抗。

◀━━▮━━▶

"你可真是远道而来。"恩希尔·瓦·恩瑞斯——又名迪斯温·雅丹·伊恩·卡恩·爱普·蒙路德,"在敌人坟墓上起舞的白焰"——重复道。

"这可不好说。"杰洛特平静地说,"你走的路似乎比我更长,多尼。"

"你认出我了,很好,很好。"皇帝笑道,"我刮了胡子,改了举止,就像换了个人。那些在辛特拉见过我,后来又到尼弗迦德觐见我的人都没认出来。说到底,你只在十四年前见过我一次。你对我的印象居然这么深刻?"

"我没认出你,你的变化的确很大。我只是在不久前猜出了你的身份。凭借帮助与指点,我猜到了你在希瑞事件中扮演的角色。在一场噩梦里,我甚至梦见了丑恶的乱伦。而现在,你本人果然出现在我面前。"

"你连站都站不稳了,"恩希尔冷冷地说,"无礼的态度让你更加虚弱。我允许你在皇帝面前坐下。临死之前……我可以赐予你这份特权。"

杰洛特释然地坐下。恩希尔依然伫立,背靠着一只雕花橱柜。

"你救了我女儿的命。"他说,"而且不止一次。我要为此感谢你。我本人和我的子孙后代都会感谢你。"

"你真让我感激涕零。"

"希瑞菈会去尼弗迦德。"恩希尔没理睬他的讽刺,"过不了多久,她就会成为皇后。就像那些当了皇后,却对丈夫一无所知的女孩一样。与丈夫初次见面时,她们往往看不上对方。婚后的最初几天……以及几夜……她们会感到非常失望。希瑞菈也不是头一个。"

杰洛特不予置评。

"但希瑞菈会很幸福,"皇帝续道,"就像我刚才提到的那些皇后一样。幸福会随着时间的推移来到。我不奢求她的爱,但我会把爱倾注给希瑞菈替我怀上的孩子。未来的皇帝与大君王。他将生下子嗣。而他的子嗣将成为世界的统治者,并让这个世界免于毁灭。预言里是这么说的,不过我知道……"

"起舞的白焰"思索片刻,继续说道:"……绝不能让希瑞菈知道我的身份,这一点显而易见。这个秘密必须消失。连同知道秘密的人一起。"

"当然，"杰洛特点点头，"再明显不过。"

"你不可能没注意，"片刻过后，恩希尔说，"在发生的每一件事里，都能看到命运之手的痕迹。没有例外。你的行动也一样。从最开始便是如此。"

"我倒觉得，我看见的是威戈佛特兹的手。是他叫你去辛特拉的，对吧？就在你被诅咒变成刺猬的时候。也是他让帕薇塔……"

"你这就是胡猜了。"恩希尔突然插嘴，重新披上了他的火蜥蜴披风，"你根本什么都不知道。你也没必要知道。我找你来这儿，不是为了叙述我的人生往事。也不是为了替自己辩解。你有权知道的只有一件事：那孩子不会受到任何伤害。我什么也不欠你的，猎魔人。别……"

"你！"杰洛特打断他道，"你违反了自己签过字的合约。你违背了誓言！你撒了谎！这就是你欠我的，多尼！身为王子的你违背了誓言，而身为皇帝的你欠下了这笔债。外加可观的利息。将近十年的利息！"

"就这些吗？"

"就这些。因为这些才是属于我的，半点都不多，但也半点都不少！我必须等到那女孩六岁时才能去接她。我一直等到约定的日子，而你却想在此之前偷走她。真可惜，你口中的命运愚弄了你。在接下来的几年里，你试图对抗命运。现在你占了上风：你得到了希瑞，你自己的女儿——你曾经可耻地夺走了她的母亲，如今又想用无耻的乱伦婚姻让她生下后裔。你不奢求她的爱？呸，你根本配不上她的爱！告诉我一个人就好，多尼——你要怎么面对她那双眼睛？"

"只要目的正当，不择手段也无妨。"皇帝用单调的语气说道，

"我这么做,全是为了世界的未来。为了拯救它。"

"如果你非要用这种方式拯救世界,"猎魔人抬起头,"那这个世界还是毁灭掉比较好。相信我,多尼:它还是毁掉算了。"

"你很虚弱,"恩希尔·瓦·恩瑞斯轻声说,"别激动,你看上去就要晕倒了。"

他离开橱柜,拉过一张椅子,坐了下来。猎魔人的确感到头晕目眩。

"那副'刺猬'的模样,"恩希尔·瓦·恩瑞斯用平静的语气轻声道,"是强迫我父亲跟篡位者合作的手段。政变后,我父亲——也就是先帝——遭到废黜、囚禁和拷打。但他没有屈服。于是篡位者想出另一个办法——他雇了一个巫师,当着我父亲的面,把他唯一的儿子变成了怪物。那个巫师挺有幽默感的。在我们的语言里,'恩希尔'就是'刺猬'的意思。

"但我父亲仍不肯屈服,于是他们杀了他。为了嘲笑和侮辱我,他们放狗将我赶进了森林。幸好他们没有紧追不舍,因为那个巫师搞砸了:从午夜到黎明时分,我会变回人类的外形,这一点救了我的命。当时我只有十三岁,幸好我还认识好几个值得信赖的忠实臣子。

"但即便如此,我也必须逃往国外。一个名叫沙斯希乌斯的疯子占星家推演星象,说解除魔法的手段只能在北方找到——也就是玛那达阶梯的另一端。成为皇帝之后,我送了他一座塔和上好的观星设备,作为替我效力的酬劳。而当时,他用的还是借来的设备。

"至于在辛特拉发生的事,你早就知道了,我就不浪费你的时间了。而事实上,威戈佛特兹与这一切毫无关联。首先,我当时根本不认识他。其次,我依旧对巫师怀有很深的厌恶感。直到今天,我还是不喜欢他们。哦，顺便一提，在我夺回皇位之后，我逮捕了为篡位者效力的巫师，就是当着我父亲的面，把我变成怪物的家伙。而我，和当初的他一样，也表现出了幽默感。那个巫师名叫布拉森斯，在我们的语言里，这也是'油炸'的意思。

"哦，闲话就说到这里，让我们回到正题吧。希瑞出生之后，威戈佛特兹才来到辛特拉，私下拜访了我。他说在尼弗迦德，有些人仍对我忠心耿耿，而他是那些人的朋友。他提议帮助我，也很快展现了他的能力。当我怀疑地问起他的动机时，他并不否认希望我知恩图报。他想得到财富和权势，而未来的尼弗迦德皇帝——也就是我——可以给他这些。我会成为统治半个世界的伟大领袖，而我的后裔将会统治全世界。他坦承自己想得到相当高的地位。然后他拿出一张用蛇皮系着的卷轴，让我看了其中的内容。

"直到这时，我才知道了预言，得知了世界未来的命运，也明白了自己该做什么。这时我开始相信，只要目的正当，不择手段也无妨。"

"当然。"

"在此期间，在尼弗迦德，"恩希尔对杰洛特的评论充耳不闻，"我的事业也走上了正轨。我的支持者的影响力越来越大，并将一批军官和士官生争取到了我们这边，做好了政变的准备。当然，我的出面是必要的。作为皇位与皇冠的合法继承人，作为恩瑞斯家族的正统后裔，我会成为革命的旗帜。这件事我只告诉了你，毕竟有很多革命党人对我怀有过度的期待，眼下还在世的那些更是对此耿耿于怀。

"呃，我又跑题了，继续说回正题。那时我必须返回家乡。梅契特的假王子和辛特拉的冒牌公爵多尼是时候取回自己的皇位了。但是，我并没有忘记那个预言。我必须带着希瑞一起回去。但卡兰瑟始终严密监视着我。"

"她一直都不信任你。"

"我知道。我想她对那个预言也有所耳闻。她会不惜一切代价阻止我,而辛特拉又在她的掌控之下。很明显,我必须返回尼弗迦德,但不能让任何人知道我是多尼,也不能让他们知道希瑞是我的女儿。威戈佛特兹提了个建议:让多尼、帕薇塔和他们的孩子一同死去,消失得无影无踪……"

"那场伪造的海难。"

"没错。在从史凯利格群岛乘船前往辛特拉途中,我们会被魔法带到塞德纳深渊海沟,而威戈佛特兹会把我们的船拉进漩涡。我、帕薇塔和希瑞会在设有特别保护的船舱里幸存下来。至于船员嘛……"

"他们全都得死。"猎魔人替他说完,"然后你们就可以跨过尸体,开始旅行了。"

恩希尔·瓦·恩瑞斯半天没说话。

"旅行开始得稍稍早了点儿,"片刻过后,他用沉闷的语气说,"因为我发现,希瑞不在船上。"

杰洛特扬了扬眉毛。

"唉,"皇帝用单调的语气说,"我低估了帕薇塔。那个阴郁的姑娘始终用沮丧的目光留意着我和我的意图。就在启航前不久,她把我们的女儿悄悄送回了陆地。我大发雷霆。她也一样。她歇斯底里的老毛病发作了。在扭打中……她掉下了船。没等我跳下去救她,威戈佛特兹就把船拉进了漩涡。我撞到了脑袋,失去了意识,还好被缆绳缠住,奇迹般地活了下来。当我醒来时,身上已经缠满了绷带。我断了一条胳膊,还……"

"我很好奇,"猎魔人冷冷地说,"谋杀自己的妻子会是怎样的感受?"

"比癞皮狗还不如,"恩希尔立刻答道,"我感觉自己比癞皮狗还不如,就像个彻头彻尾的恶棍。虽然我从没爱过她,但这改变不了我的感受。只要目的正当,不择手段也无妨。但我却为她的死感到后悔,我并不希望她死去,也从没有过这种打算。帕薇塔是意外身亡的。"

"你在撒谎,"杰洛特干巴巴地说,"这可不像个皇帝。帕薇塔是没法活命的。她肯定会告发你。她不可能同意你对希瑞做出那种事。"

"她本可以活下来的,"恩希尔反驳道,"活在某个……遥远的地方。帝国有很多偏僻的城堡……或许达恩·罗万堡就可以……我不会杀了她的……"

"'只要目的正当,不择手段也无妨'?"

"不那么激烈的手段总是有的。"皇帝揉了揉额头,"还有很多别的选择。"

"并不总是。"猎魔人注视着他的双眼。恩希尔回避了他的目光。

"如我所料。"杰洛特点点头,"把故事讲完吧。时间不多了。"

"卡兰瑟把她的外孙女视为掌上明珠,严密地保护着她。我根本不可能偷偷绑架她……我和威戈佛特兹的关系迅速冷却,而我对其他巫师依然心怀不满……但军方和贵族却在敦促我开战,怂恿我去攻打辛特拉。帝国需要更大的生存空间,人民也将这事视为一种考验,看我有没有当皇帝的资格。我决定来个一石二鸟。我要一次性地将辛特拉和希瑞都收入囊中。其他的你都知道了。"

"是啊,我知道。"杰洛特说,"谢谢你跟我聊天,多尼。谢谢你为我抽出时间,但我们别再等下去了。我已经很累了。我的朋友们从世界彼端跟我来到这里,然后在我面前死去。为了拯救你的女儿。他们甚至不认识她,也没人见过她——卡西尔是个例外。他们来救她,是因为他们的内心高贵而可敬。可结果呢?他们都死了。我觉得这事很不公平。虽然没人想知道,但我并不满意。因为那种好人死了、坏人活命的故事就是狗屎。我没力气再说下去了,皇帝。叫你的手下进来吧。"

"猎魔人……"

"秘密必须同知情者一起消失,这是你说的。你别无选择。你也没别的办法。如果我逃出监狱,我会去救希瑞。为此,我可以不择手段、不计代价,你很清楚。"

"我清楚。"

"你可以放过叶妮芙。她并不知道这个秘密。"

"她,"恩希尔严肃地说,"也会不惜任何代价夺走我的希瑞,并为你的死报仇。"

"的确,"猎魔人说,"我差点忘了她有多爱那个孩子了。你说得对,多尼。我们无法逃脱命运。但我有个请求……"

"我听着呢。"

"让我跟她们道别。然后,我任凭你处置。"

恩希尔站起身,走到窗前,看着黑色的城堡大门。

"我没法拒绝这样的请求。可是……"

"别担心,我什么都不会跟希瑞说。如果我把你的身份告诉她,她会很受伤。而我不想让她受伤。"

漫长的沉默过后,恩希尔将目光从窗户转向猎魔人。

"也许我确实欠你的,"他转过身,"所以听好我接下来的提议。"

很久以前，当人们依然重视事实、荣誉和尊严的时候，他们遵守诺言，害怕的只有蒙羞。至于如何让被判死刑的人免于蒙羞，就是给他们一把匕首或剃刀，让他们躺进装满温水的浴缸，然后割开自己的血管。你觉得……"

"去给浴缸放水吧。"

"你觉得，"皇帝平静地说，"叶妮芙女士愿意陪你一同入浴吗？"

"我确信，她愿意。但我得先问问她。她的性格相当叛逆。"

"我知道。"

◆─┤◆├─◆

叶妮芙毫不犹豫地答应了。

"循环完整了。"她若有所思地盯着自己的手腕，"乌洛波洛斯咬住了自己的尾巴。"

◆─┤◆├─◆

"我不明白，"希瑞语无伦次地嘶声道，像只愤怒的猫，"我不明白，我干吗要跟他走？为什么？你们要去哪儿？"

"我的女儿，"叶妮芙轻声道，"这是你的命运。你会明白的，没有转圜的余地。"

"那你们呢？"

"至于我们，"叶妮芙看着杰洛特，"有另一种命运在等待我们。同样没有转圜的余地。到我这儿来，我的女儿。抱紧我。"

"他们想杀了你们!我不会允许的!我们才刚刚团聚啊!这不公平!"

"凭剑讨生活的人,"恩希尔·瓦·恩瑞斯用沉闷的语气说,"终究会死于剑下。他们和我抗争过,他们输了。但他们输得有尊严。"

希瑞迈出三步,站到他们面前,杰洛特无声地吸了口凉气。他听到了叶妮芙的叹息。活见鬼,他心想,谁都看得出来!黑甲军里每个人都看得出来!同样的态度,同样闪闪发亮的眼睛,同样的嘴唇动作,同样双手抱胸的姿势。幸好她继承了她母亲的银灰色头发。但就算这样,也只有瞎子才看不出她流着谁的血。

"你赢了。"希瑞用愤怒的目光看着恩希尔,"你赢了。可你觉得,你赢得有尊严吗?"

恩希尔·瓦·恩瑞斯没有答话,只是笑了笑,看着愤怒的女孩。希瑞咬紧牙关。

"死了那么多人。那么多,就为了这种结果?他们都是怀着荣耀死的吗?死亡是种荣耀?只有畜生才会这么想。我曾近距离目睹过死亡,但我没变成畜生。永远不会。"

他没有答话。他看着她,仿佛看入了迷。

"我知道你有什么目的。"她嘶声道,"我知道你想对我做什么。我现在就告诉你——我不会让你碰我的。如果你敢这么做……我就杀了你。就算你把我捆起来,等你睡着,我也会咬断你的喉咙……"

皇帝迅速打个手势,让窃窃私语的军官们安静下来。

"一切照常进行。"他慢吞吞地说着,目光不离希瑞,"和你的朋友们道别吧,希瑞菈·菲欧娜·伊伦·雷安伦。"

希瑞看着猎魔人。杰洛特故作轻松地摇了摇头。女孩叹了口气。

她拥抱了叶妮芙，与女术士耳语良久。然后希瑞走到杰洛特面前。

"真可惜，"她平静地说，"一切看起来才刚好转。"

"看起来是这样。"猎魔人说。

他们拥抱了彼此。

"拿出勇气。"

"他得不到我的。"她轻声说，"他得不到我的，别担心。我会逃走的。我知道一个办法……"

"别杀他。记住，希瑞。你不能杀他！"

"别担心，我根本没想过这种事。你知道的，杰洛特，我已经受够了杀戮。这里的死人也已经太多了。"

"的确，太多了。再见，女猎魔人。"

"再见，猎魔人。"

"别哭。"

"说得轻巧。"

◄━━━━■━━━━►

恩希尔·瓦·恩瑞斯，尼弗迦德的皇帝，带着猎魔人和女术士走进浴室，来到一只硕大的大理石浴缸前，浴缸里装满了温暖而芳香的清水。

"再会了。"他说，"你们慢用。我先走了，但我会把手下留在这里，让他们执行我的命令。等你们准备好了，就大声叫人。我的副官会送刀子来。但我说过了，不用着急。"

"感激不尽。"叶妮芙严肃地说，"皇帝陛下？"

"我听着呢。"

"我恳求你,不要伤害我的女儿。我不想在死去时想到她哭泣的模样。"

恩希尔沉默了一会儿——好长一会儿。他垂下头,靠着门板。

"叶妮芙女士,"最后,他开口道,脸上带着难以解读的表情,"你可以放心,我不会伤害你和杰洛特的女儿。我践踏过他人的尸体,在敌人的坟墓上起舞。我本以为,那是我人生中唯一值得期待的事。但你确实多虑了:我是不可能伤害她的。我现在才明白了这一点。感谢你们二位。再会了。"

他走出浴室,轻轻关上门。杰洛特叹了口气。

"我们该脱掉衣服吗?"他看着浴缸中升起的水汽,"我可不希望他们把我赤裸的尸体拖出来……"

"我觉得,那时候的样子根本无关紧要。"叶妮芙脱掉鞋子和袜子,又迅速解开裙子的纽扣,"就算这是我人生的最后一个钟头,我也不要穿着衣服洗澡。"

她脱掉衬衣,跳进浴缸,溅起一阵水花。

"怎么了,杰洛特?干吗像雕像似的杵在那儿?"

"因为我忘记你有多美了。"

"你可真够健忘的。好了,到水里来。"

等他坐到旁边,她立刻搂住了他的脖子。他吻了她,抚摸着她在水面上与水面下的腰肢。

"在这种时候,"他郑重其事地问,"做这种事合适吗?"

"这种事,"她轻声说着,一只手沉入水下,抚摸着他,"什么时候做都合适。恩希尔重复了两遍,叫我们不用着急。要消磨我们最后的光阴，还有其他更好的方式吗？何必悲伤和悔恨？那根本是浪费时间。何必扪心自问？那种事愚蠢又无用。"

"我不是这个意思。"

"那你是什么意思？"

"如果水凉了，"他爱抚着她的乳房，喃喃道，"伤口会很疼的。"

"为了欢乐，"叶妮芙将另一只手也沉入水下，"用一点点疼痛做代价也是值得的。你怕疼吗？"

"当然不。"

"我也一样。来吧，坐到浴缸边上。我爱你，但我可不想——见鬼——在水里憋气。"

◆——◆——◆

"哦，哦……"叶妮芙侧过头去，让她的湿发离开脊背——她的黑发被蒸汽打湿，发梢翘起，仿佛小小的毒蛇。"呃哦……哦……"

◆——◆——◆

"我爱你，叶。"

"我也爱你，杰洛特。"

"是时候了。我们叫人来吧。"

"那就叫吧。"

他们大喊起来。猎魔人先喊一声，然后女术士也跟着大喊。见没人答话，他们开始同声高喊。

"我们准备好了！给我们刀子！嘿！见鬼！水要凉了！"

"那就出来吧，"希瑞把脑袋探进浴室，"他们都走了。"

"什么？"

"没错。他们都走了。除了我们三个，这里一个活人都没有了。穿上衣服吧。你们光溜溜的样子看着好滑稽。"

◆━━━◆━━━◆

穿衣服时，他们的双手在颤抖。两人都是。他们无比艰难地系上带扣、挂钩和纽扣。希瑞在一旁喋喋不休。

"他们都走了。只留下我们。所有人都走了。他们带走了所有囚犯，上马离开了。没留下任何人。"

"没留下任何人？"

"对啊。"

"真令人费解。"杰洛特摇摇头，"我不明白。"

"你发没发现什么迹象……"叶妮芙清了清嗓子，"能说明这是怎么回事？"

"没有。"希瑞飞快地答道，"什么都没有。"

她在撒谎。

◆━━━◆━━━◆

起先，她装作一切如常。戴手套的黑骑士推搡她时，她骄傲地抬着头，面无表情，同时用大胆而挑衅的目光看着那些让她惊恐的头盔。

但头盔上有银制装饰和白鹭羽毛的军官朝他们咆哮过后，他们就都不敢碰她了。

两排士兵护送她前往城门。他们的靴子踩出沉重的脚步声，链甲和武器叮当作响。

走了几步，她第一次回头看去。片刻过后，她又回头看了一次。我再也见不到他们了，她突然无比清晰地意识到一件事。无论是杰洛特，还是叶妮芙。再也见不到了。

这个念头一举打消了她伪装出来的勇气。希瑞皱起面孔，双眼含泪，鼻涕也跟着流了出来。她用尽全力去忍耐，但只是徒劳。如同大浪冲毁了堤坝，泪水夺眶而出。

身披火蜥蜴披风的尼弗迦德人沉默地看着她，满脸惊讶。有些人见过她在楼梯上浑身浴血的模样，见过她跟皇帝对峙时的样子。这位背着剑的女猎魔人胆敢藐视皇帝本人。而此时此刻，他们看着啜泣的单纯女孩，一时不知所措。

她意识到了他们的目光。他们的目光像火一样灼热，刺痛了她的皮肤。她拼命忍耐，却只是徒劳。她越是想压抑泪水，就越是哭得厉害。

她放慢脚步，最后停了下来。护送的队伍也停下了。但只是片刻而已。一个愠怒的军官用钢铁般的双手托住她腋下，将她抬了起来。希瑞呜咽着憋住眼泪，最后一次回头望去。军官拖着她往前走。她没有抵抗，只是哭得更加响亮，更加绝望。

皇帝恩希尔·瓦·恩瑞斯命令他们停下脚步，这个黑发男人的脸庞唤起了她陌生而困惑的回忆。他用尖锐的嗓音命令那军官松手。希瑞吸了吸鼻子，用袖子拭去泪水。她看到皇帝朝自己走来，于是停止啜泣，骄傲地昂起头。但与此同时，她也意识到自己的模样有多滑稽。

恩希尔盯着她看了好一会儿，一言不发。然后他靠近了些，朝她伸出手。换作平时，希瑞对这动作会本能地缩起身子，但令她惊讶的是，这一次，她的身体却全无反应。她更惊讶地发现，自己并不厌恶这个男人的触碰。

他摸了摸她的头发，像在清点银丝的数量。他摸了摸她的脸，指尖拂过那道伤疤。他拥抱了她，将她紧紧搂在怀里，抚摸她的后脑勺。她身体颤抖，不由自主地哭泣着，却毫不挣扎。

"命运真是奇怪的东西。"她听到他轻声说，"再见了，我的女儿。"

"他说什么？"

希瑞的脸上阴云密布。

"他说，Va Faill, luned. 这是上古语，意思是：'再见了，我的女儿。'"

"我知道，"叶妮芙点点头，"然后呢？"

"然后……然后他放开了我，转身走了。他大声下达命令，叫他们全部离开。他们从我身边经过，表情冷漠，脚步沉重，铠甲发出叮当的响声，走出了城堡大门。我听到马嘶声和飞奔的马蹄声。我不明白。不过仔细想想……"

"希瑞。"

"什么？"

"别去想。"

❰━━━❱

"斯提加城堡。"菲丽芭·艾哈特重复一遍,修长睫毛下的双眼看着芙琳吉拉·薇歌。芙琳吉拉的脸没红。在过去的三个月里,她制作了一种能作用于血管的魔法面霜。多亏了这种面霜,她的脸色才不至于涨红,也就没人知道她的羞愧。

"威戈佛特兹曾在斯提加城堡藏身。"艾希蕾·瓦·阿纳兴确认道,"那座城堡位于艾宾某个山中湖泊的边上。至于湖泊的名字,我那位士兵线人不记得了。"

"你说'曾'在……"法兰茜丝卡·芬达贝提醒道。

"没错。"菲丽芭接过话头,"因为威戈佛特兹死了,亲爱的女士们。他和他的同伴都死了。这都要归功于我们的猎魔人好朋友,利维亚的杰洛特。很明显,我们低估了他。这点我们都一样。我们犯了错。这点也都一样。只是有些人错得比别人更离谱。"

所有女术士不约而同地看向芙琳吉拉,但她的面霜相当可靠。艾希蕾·瓦·阿纳兴叹了口气。菲丽芭一巴掌拍在桌上。

"尽管这话听起来像是借口,"她用干巴巴的语气说道,"但我们与那场战争有关的活动,为和谈所做的准备,以及我们协会未能在了结威戈佛特兹一事中出力的事实,都可视为我们的失败。类似的事不能再发生了,亲爱的女士们。"

整个协会——除了脸色白得像死人的芙琳吉拉——全都点了点头。

"此时此刻,"菲丽芭说,"猎魔人杰洛特就在艾宾的某处。跟叶妮芙和希瑞在一起。我们必须想办法找到他们……"

"那座城堡呢?"萨宾娜·葛丽维希格插嘴道,"菲丽芭,你没忘记该怎么处理它吧?"

"不,我没忘。如果有传说流传后世,就必须选择合适的版本——对我们有利的版本。我要把这项任务交给你,萨宾娜。带上凯拉和特莉丝,处理好那座城堡。别留下丝毫痕迹。"

----◀━▌━▶----

爆炸的响声一直传到了梅契特。因为发生在夜晚,就连麦提那和吉索都看见了闪光。至于它引发的一连串地震,甚至更远处的人们都能感觉到——几乎直到世界的尽头。

康格里夫家族的艾斯黛拉·维尔·史黛拉，也就是奥托·德·康格里夫之女，嫁给了年事已高的里德塔尔伯爵。伯爵死后，她迅速从悲伤中恢复过来，以明智而审慎的手段管理她继承的遗产，并为自己积累了一笔相当可观的财富。她备受皇帝恩希尔·瓦·恩瑞斯尊敬（原文如此），在宫中被视为非常重要的人物。尽管她并未担任公职，但大多数人都相信，皇帝对她的话语和观点颇为重视。由于她与年轻的皇后希瑞菈·菲欧娜私交甚笃（原文如此），对其爱护有如亲生女儿，皇后还曾戏称她为"皇帝岳母"。她于1331年去世，寿命比皇帝和皇后都要长。而她庞大的财富则落到里德塔尔一系的远房亲戚，也就是怀特·里德塔尔一家的手中。这些人愚蠢又目光短浅，很快便将遗产挥霍一空。

——《世界最大百科全书》第三卷
艾芬伯格与塔尔伯特　著

第十章

悄然接近营地的男人既灵活又狡猾。他不断变换位置,动作轻巧又迅速,免得别人察觉到他的行踪。但波利亚斯·穆恩察觉到了。波利亚斯很熟悉接近目标的技巧。

"现身吧,陌生人。"他大喊道,努力让嗓音显得自信又无畏,"你的把戏对我不管用。我早就看见你了!"

繁星点点的夜空映衬着山坡。坡上一块巨石动了动,变成了人类的轮廓。

波利亚斯转了转营火上穿着肉的烤肉叉。他做出支撑身体的架势,将一只手放在弓臂上。

"我的东西不值几个钱。"他用平静中带着一丝警告的语气说,"我只有几样东西,但也不打算让给别人。我会誓死保护它们。"

"我不是强盗。"藏身在巨石间的人用低沉的嗓音说,"我是个旅行者。"

这位旅行者高大而强壮,身高约有七尺,块头也相当可观,波利亚斯估计他的体重得有二十五石。他拿着一根手杖,同马车的车杆同样粗细,看起来就跟普通旅行者用的差不多。波利亚斯很想知道,他这样的大块头,为何行动起来竟会如此灵巧。波利亚斯有些担忧。他的七十磅复合弓虽说能在五十步外射杀麋鹿,但在来人面前,突然就像小孩子的玩具。

"我是个旅行者。"对方重复一遍,"我没有恶……"

"另一位,"波利亚斯突然打断他,"也可以出来了!"

"什么另一位……"旅行者结结巴巴地说,然后闭了嘴。他看到营火另一边的黑暗里悄然走出一个苗条的身影。这次换成波利亚斯·穆恩吃惊了。另一人是个精灵——看对方的走路方式,他那属于追踪专家的双眼立刻确认了这一点。没能察觉精灵接近,倒也不算丢人。

"我很抱歉。"精灵的嗓音略显沙哑,"我躲着你们二位并非出于恶意,而是因为谨慎。呃,我建议你转一下烤肉叉。"

"他说得对。"旅行者拄着手杖,用力吸了吸鼻子,"闻这味道,那一面已经烤过头了。"

波利亚斯转动烤叉,叹了口气,清了清嗓子,然后又叹了口气。

"先生们,请坐吧。"最后他说,"再等几分钟,肉就烤好了。这肉不错,只有傻瓜才会拒绝邀请。"

烤肉的油脂滴进火里,营火烧得更旺了。

旅行者戴着一顶宽沿毡帽,大半张脸笼罩在阴影里。精灵裹着一条彩色头巾,没遮住脸。待在火光中看清他时,追踪专家和旅行者都缩了缩身子。他们没发出声音,只在看到那张脸时屏住了呼吸:他曾有张美丽的精灵面孔,如今却被那道沿着对角线划过额头、眉毛、鼻子和脸颊,直到下巴的丑陋伤疤给毁了。

波利亚斯·穆恩嘟囔一声,再次转动烤肉叉。

"就是这股香味,"他不像是在提问,更像陈述事实,"把你们引到了我的营地,对吗?"

"的确。"戴毡帽的旅行者说,"我不想自夸,但我在相当远的地方就闻到了你的烤肉香气。但我还是保持了应有的警惕。因为在我前天靠近的火堆边,那些衣衫褴褛的野蛮人在烤一个女人。"

"说得没错。"精灵确认说,"第二天早上,我在火堆的余烬里找到了人类的骨头。"

"第二天早上?"高大的旅行者重复一遍,拖长了声音。波利亚斯敢打赌,在帽子的阴影下,旅行者的脸上露出了险恶的微笑。"你跟在我身后多久了,我的精灵大人?"

"很久了。"

"那你为何不肯露面?"

"出于谨慎。"

"埃尔斯柯德格隘口,"波利亚斯·穆恩转动烤肉叉,打破了尴尬的沉默,"的确没什么好名声。我也见过余烬里的骨头,还有刺在木桩上和吊在树上的尸体。罪犯、流亡者和堕落教派的追随者藏身于周边的群山。还有只会把活人看做美餐的怪物。据说是这样。"

"并非据说,"精灵道,"而是事实。越往东深入群山,环境就越恶劣。"

"你们也要往东走吗?去埃尔斯柯德格,还是去泽瑞坎?或者更远的哈卡兰?"

旅行者和精灵都没答话。波利亚斯·穆恩也没指望他们真会回答。首先,这问题不太得体。其次还很蠢。在他们眼下所在的位置,唯一的路只能往东。穿过埃尔斯柯德格隘口。他要去的也是那儿。

"肉烤好了。"波利亚斯用灵巧的动作打开一把蝴蝶刀——同时这也是种警告,"来吧,先生们,别客气。"

旅行者拿出一把猎刀,精灵则掏出一把绝不可能是炊具的匕首。三人用各自的利刃切开食物。有那么一会儿,周围只能听到进食的嘎吱和劈啪声,以及骨头丢进火里发出的嘶嘶声。

旅行者庄严地打了个饱嗝。

"真是有趣的动物,"旅行者看了看被自己啃得干干净净的肩胛骨,就算把它放在蚂蚁窝里三天三夜,也不可能比现在更干净了。"味道让我想起山羊,但又跟兔肉一样柔软……我好像没吃过类似的东西。"

"这是斯克瑞克的肉。"精灵咬碎一根骨头,"但它确实跟我吃过的东西都不一样。"

波利亚斯小声地清了清嗓子。精灵嗓音里依稀可辨的笑意足以证明,他知道自己吃的是巨型山鼠:它有血红色的眼睛,尖利的门牙,尾巴长达三腕尺。追踪专家没打算猎捕这只巨鼠,只是出于自卫才射杀了它,最后决定干脆烤了算了。波利亚斯是个聪明人,脑袋清醒得很,他才不会吃以垃圾和废弃物为生的老鼠。但最近的定居点——也就是能产生废弃物的地方——距埃尔斯柯德格隘口有三百多里远。这只老鼠——或用精灵的叫法,"斯克瑞克"——既干净又健康。它跟城市文明没有半点关联。因此它并不脏,也不会传染疾病。

终于,他们吃完了最后一块肉,把骨头全都丢进火里。月亮升到参差不齐的烈焰山脉。风吹着营火,火星飞向空中,在璀璨的繁星间相继熄灭。

"两位先生,你们旅行多久了?"波利亚斯·穆恩又问了个不够得体的问题,"你们是多久以前通过索尔维加山门的?"

"很久以前,还是最近,"旅行者说,"这很重要吗?我是在九月满月的第二天通过索尔维加山门的。"

"我是第六天。"精灵说。

"哈,"追踪专家说道,他们的回答让他壮起了胆子,"我惊讶的是,我们居然没在那儿遇见,因为我也是同一时间通过的。不过我骑着马。"

他顿了顿,努力压下关于那匹马——以及失去它——的阴郁想法和记忆。他相信,这两位萍水相逢的同伴也有类似的遭遇。在埃尔斯柯德格周边,他们只靠步行是不可能追上他的。

"我猜,"他续道,"两位先生是在战争结束、辛特拉和约也正式签订后才开始旅行的。当然了,这并不重要,但我敢说,两位先生对辛特拉的新秩序并不满意。"

火堆边的沉默持续了很久,最后被远方的嚎叫声打破。多半是狼嚎。但在埃尔斯柯德格隘口周边,任何事都不能轻易断言。

"说实话,"精灵出人意表地说,"在辛特拉和约签订之后,我发现我对这个世界根本爱不起来,更别提什么新格局了。"

"我的情况也一样。"旅行者在肌肉发达的胸前叠起双臂,"但用我一个朋友的说法,我是在*事后*才发现的。*后知后觉*①。"

又是一阵漫长的沉默。远处的号叫声停了。

"刚一开始,"虽然波利亚斯和精灵都觉得他不会再开口了,但旅行者还是说了下去,"一切都指向一个事实:辛特拉和约会让事态好转,并改善整个世界的生存环境。就算没法改善所有人的,至少也能

---

①原文为拉丁语。——译注

让一部分人……"

"我没记错的话,"波利亚斯嘟囔道,"国王们是在四月前往辛特拉的。"

"确切地说,四月二日,"旅行者说,"我记得那天是新月之夜。"

◆━━━◆━━━◆

走廊的黑色横梁下,长长的一排盾牌挂在墙壁上,盾牌上是辛特拉贵族五颜六色的家族纹章。只要一眼就能分辨出旧辛特拉贵族的褪色纹章,以及达格拉德和卡兰瑟统治时期新晋贵族的纹章。后者色彩明亮,尚未褪色,也丝毫看不出虫蛀的迹象。

然而,颜色最鲜艳的盾牌却是最近才挂上去的,上面是尼弗迦德贵族的纹章。这些贵族在征服辛特拉的战争中表现卓越,又在帝国统治的四年间证明了自己的价值。

等辛特拉重新回到我们手中,国王弗尔泰斯特心想,我们得确保这些纹章不会因光复祖国的狂热而被毁坏。政治是一回事,美学又是另一回事。改朝换代可没法为破坏文物正名。

这么说,一切都是从这里开始的,迪杰斯特拉扫视着大厅,心中暗想。在那场著名的订婚宴上,铁刺猬乌奇翁向帕薇塔公主求了婚……而卡兰瑟王后雇了一位猎魔人……

人类交织的命运竟是如此离奇,密探头子为自己老套的想法吃了一惊。

已经过去四年了,米薇女王心想。四年前,"辛特拉雌狮"卡兰瑟王后的鲜血与脑浆就洒在这间庭院的石头地板上——透过这扇窗户,我能看到那间庭院。作为辛特拉王族最后的血脉，卡兰瑟的肖像依然骄傲地挂在门厅里。在她女儿帕薇塔遭遇海难之后，她就只剩下外孙女希瑞菈了。如果说，希瑞菈也真的死了……

"请坐，"诺维格瑞大主教赛勒斯·恩格尔凯德·赫梅尔法特摆了摆颤抖的手说道，他凭借年龄、地位和威望当上了这场谈判的主持人，"请各自就座吧。"

他们在圆桌边坐下，红木铭牌标出了他们各自的座位。利维亚和莱里亚联合王国的女王米薇。泰莫利亚国王弗尔泰斯特，及其附庸布鲁格国王文斯拉夫。亚甸国王德马维。科德温国王亨赛特。希达里斯国王埃塞因。维登的年轻国王克里斯丁。瑞达尼亚摄政议会的议长尼泰特公爵。以及迪杰斯特拉伯爵。

我们得设法赶走这个密探，让他离开谈判桌，大主教心想。亨赛特王、弗尔泰斯特王，甚至年轻的克里斯丁王，已经忍不住要冲尼弗迦德代表口吐恶言了。而这个西吉斯蒙德·迪杰斯特拉出身可疑，他过去的经历和名声都让人没办法接受。我们不能允许这种人破坏谈判的气氛。

尼弗迦德代表团的首脑，希拉德·费兹-奥耶斯泰兰男爵在圆桌旁坐下，位置就在迪杰斯特拉的正对面。他以简略的外交礼仪向密探头子鞠躬致意。

确认所有人都落座之后，诺维格瑞大主教才坐了下来——当然了，双手颤抖的他是在几位男仆的搀扶下入座的。大主教坐的椅子，曾是卡兰瑟王后数年前的专座。椅子的靠背雕刻着华丽的花纹，比其他椅子都要高大。所以这虽是一张圆桌，但谁是首席依然一目了然。

所以说就是这儿了,特莉丝·梅利葛德心想。她扫视房间,看着那些挂毯、油画与数量众多的猎物首级。在王座厅被毁之后,卡兰瑟、猎魔人、帕薇塔和被魔法诅咒的刺猬就是在这里,在这个房间,进行了一场值得铭记的谈话。也就是在这里,王后同意了那场奇怪的婚姻。毕竟公主已有身孕,不到八个月之后,希瑞就出生了……希瑞,王位继承人,流着雌狮之血的幼狮……希瑞,我的小妹妹,眼下似乎正远在南方。幸好她不是孤单一人,她身边有杰洛特和叶妮芙陪伴。她很安全。

除非她们又骗了我一次。

"请坐吧,女士们。"被特莉丝用怀疑的目光盯了很久之后,菲丽芭·艾哈特终于开口道,"世界的君王们就要开始他们的就职演说了。而我,一个字都不想错过。"

女术士停止了窃窃私语,迅速落座。席儿·德·坦沙维耶系着银色的女式围巾,为她朴素的黑衣增添了几分女性气质。艾希蕾·瓦·阿纳兴穿着紫罗兰色的丝绸长裙,看起来优雅动人,集简约与端庄于一体。法兰茜丝卡·芬达贝一如既往地散发着庄严气质。艾达·艾敏·爱普·西维尼一如既往地神秘。玛格丽塔·劳克斯-安蒂列庄重而严肃。萨宾娜·葛丽维希格用绿松石妆点自己。凯拉·梅兹穿着绿色与柠檬黄相间的裙子。至于芙琳吉拉·薇歌,她消沉、悲伤、苍白、病态,脸色灰白的程度堪比尸体。

特莉丝坐在凯拉旁边,正对着芙琳吉拉。尼弗迦德女术士身后的墙上挂着一幅画，画上是一位骑手，正在赤杨树裹挟的小径上疾驰。树枝伸向骑手，充当嘴巴的黑色树洞正在大笑。特莉丝不由自主地发起抖来。

桌子中央摆着一台三维显影镜。菲丽芭用咒语调整了声音和图像。

"正如你们看到和听到的，"她的语气略带些许苦涩，"在辛特拉王宫的王座厅，也就是我们的正下方，低一层楼的房间里，君王们正要决定世界的命运。而我们，位置比他们高一层，将会关注整个过程，确保他们不会犯错。"

远处的嚎叫声越来越多了。现在波利亚斯可以断定，那些绝不是狼。

"我也一样，"他试图将对话继续下去，"对辛特拉的谈判不抱任何期望。事实上，我认识的人里，指望谈判会带来好处的人一个也没有。"

"重要之处在于，"旅行者道，"谈判已经开始了。平民百姓——我认为自己也是其中一员——都很清楚，交战中的诸王和皇帝只会坚持不懈地摧毁彼此。要是停止杀戮，坐在谈判桌边，也就意味着他们失去了力量。简而言之，他们有心无力了。他们的无力意味着不会有士兵杀害平民，烧掉他们的房子，杀死他们的孩子，强暴他们的女人，或把他们全家卖去当奴隶。他们聚集在辛特拉，开始了谈判。至少可喜可贺！"

正用树枝捅着火堆的精灵抬起头。

"就算是平民百姓,"他的语气明显带着讽刺,"就算在欢庆的时刻,也该知道政治同样也是战争,只不过换了种方式而已。他们也该明白,这种谈判本质上就是做生意。就连方式都一模一样。谈判是否成功,标准在于让对方做出多大的妥协。给出一些东西,再失去一些东西。换句话说,要买入些什么,就必须先卖出些什么。"

"的确,"过了一会儿,旅行者说,"这样明显的事实,头脑再简单的人也该明白。"

◆━━━◆━━━◆

"不,不,再说一千遍也是不!"亨赛特王大喊着,双拳砸在桌上,打翻了面前的杯子,也让墨水盒跳了起来,"我不要再听和这件事有关的讨论了!别再讨价还价了!我说了,停!Deireddh!"

"亨赛特,"弗尔泰斯特用安抚的语气轻声道,"别添乱。别当着大使阁下的面大喊大叫,真让我们丢脸。"

代表尼弗迦德帝国的谈判负责人,希拉德·费兹-奥耶斯泰兰带着假笑,鞠了一躬,暗示科德温国王的滑稽戏并没有惹恼他,但也没让他产生兴趣。

"我们是在跟帝国谈判。"弗尔泰斯特续道,"难道接下来要像疯狗一样相互乱咬吗?你太丢人了,亨赛特。"

"多尔·安哥拉和河谷地区的事务已经够棘手了,但我们也跟尼弗迦德人达成了协议。"迪杰斯特拉说,"只有蠢人才会……"

"我痛恨这种言论!"亨赛特用堪比水牛的嗓音大吼道,"我痛恨这粗俗的言论,尤其是从那该死的密探嘴里说出来!见鬼,我可是货真价实的国王!"

"一眼就看出来了。"米薇嘀咕道。

德马维转过头去,看着房间墙壁上挂的盾牌,露出不屑的笑容,仿佛毫不在乎自己王国的未来。

"够了!"亨赛特喘着粗气,翻起白眼,"看在诸神的分上,够了。我说过了,我连一寸土地也不会交出去。哪怕一丁点儿也没门!我不会交出任何国土,哪怕只有半寸!诸神把科德温托付给了我,我不会将它交给诸神以外的任何人!低地沼泽是我的领土……从几个世纪以前就是……"

"上亚甸,"迪杰斯特拉再次开口,"从去年夏天才归入科德温的版图。更确切地说,是去年的七月二十四日。从科德温派出占领部队的那一刻算起。"

"我要求把这句话记录下来,"希拉德·费兹-奥耶斯泰兰说,"以便让后世知晓[①]:尼弗迦德帝国与那次吞并行动并无关联。"

"那是因为你们当时在洗劫温格堡。"

"这两者毫不相干![②]"

"是吗?"

"先生们!"弗尔泰斯特提醒道。

"科德温的军队,"亨赛特气愤地说,"是为解救人民才进入低地沼泽地区的!我的士兵收到了欢迎的鲜花!我的士兵……"

"是你的'土匪'。"德马维语气平静,但表情却暴露了他努力维

[①] 原文为拉丁语。——译注
[②] 原文为拉丁语。——译注

持镇定的事实,"你的土匪侵入我的王国,四处谋杀、强暴和劫掠。女士和先生们,我们要在这里待上一周时间,为的是讨论世界的未来。看在诸神的分上,难道我该容忍犯罪和劫掠吗?让这无法无天的现状维持下去?让偷来的东西留在土匪和强盗手中?"

亨赛特抓起桌上的一张地图,撕成两半,用力扔向德马维。亚甸国王动都没动一下。

"我的军队,"亨赛特口沫横飞,面孔转为陈年葡萄酒的颜色,"从尼弗迦德人手里夺下了那片沼泽。你可悲的统治在当时已成过去,德马维。你也许还没发觉,但要不是我的部队,你今天连国王都不是了。毫不夸张地说,你能坐稳王位,都要归功于我的好意。但我的好意到此为止了!我是不会交出国土的!"

"我也一样!"德马维站了起来,"看来我们不可能达成一致!"

"先生们,"大主教赛勒斯用安抚的语气说道——他到刚才为止都在打瞌睡,"我们无疑可以达成某种妥协……"

"尼弗迦德帝国,"希拉德说,"不打算接受任何有损多尔·布雷坦纳精灵王国权益的解决方案。如果有必要的话,诸位阁下,我可以重读一遍备忘录的内容……"

亨赛特、弗尔泰斯特和迪杰斯特拉哼了一声。但德马维却平静地看着帝国大使,目光几乎算得上亲切。

"为了人民的福祉,"他说,"也为了维持和平,我承认多尔·布雷坦纳的自治权。但并非作为王国,而是公国。条件是艾妮德·安·葛丽娜女公爵向我称臣,并致力于让精灵与人类拥有同等的权力与特权。

这样的话,我愿意无偿①出让那片土地。"

"这才是真正的君王该有的言论。"米薇说道。

"公共利益乃是**至高律法**。②"赫梅尔法特大主教补充道。他一直在等待炫耀外交词汇量的机会。

"然而,我想再补充一句,"德马维看着怒气冲冲的亨赛特,续道,"多尔·布雷坦纳的特许必须下不为例。我愿意分割出去的土地只有那里而已。我不会承认除此之外的任何妥协。科德温的军队,那些作为侵略者和占领者留在我国境内的士兵,必须在一周之内离开他们在上亚甸地区非法占领的要塞和城堡。这就是我继续谈判的条件。毕竟'言语随风逝'③,我的书记员会再拿出一份官方草案作为补充。"

"亨赛特?"弗尔泰斯特向他投去质询的眼神。

"没门!"科德温国王大吼一声,掀翻了椅子,像被黄蜂蜇到的大猩猩那样一蹦三尺高,"我绝不会交出低地沼泽的!除非你们跨过我的尸体!我不会交出去的!谁都不能强迫我!谁都不能!除非跨过我的尸体!"

为了证明自己学识渊博,他大喊道。

"谁都不能!"④

---

①原文为拉丁语。——译注
②原文为拉丁语。——译注
③一个拉丁文谚语的前半段,全句为"言语随风逝,落笔方留存"。——译注
④原文为拉丁语。——译注

"那个蠢货,我会让他知道谁能!"萨宾娜·葛丽维希格在二楼的房间里吼道,"别担心,女士们,我会让那个顽固的蠢货交出上亚甸的。他的军队会在十天内离开。如果你们哪位怀疑这一点,我有权觉得受到了冒犯。"

菲丽芭·艾哈特和席儿·德·坦沙维耶用鞠躬表示感激。艾希蕾·瓦·阿纳兴以微笑致谢。

"让我们回到多尔·布雷坦纳的问题上来吧,"萨宾娜说,"我们清楚皇帝恩希尔备忘录里的内容。下面那些国王没时间彻底讨论这件事,但他们已经暗示了自己的应对方式。可以说,在这些国王当中,最让人感兴趣的发言来自德马维。"

"德马维的立场,"席儿正了正脖子上的毛皮围巾,"可以说对我们帮助极大。我认为他的立场经过深思熟虑,而且不偏不倚。希拉德·费兹-奥耶斯泰兰很难再要求德马维做出更大的让步了。我不认为希拉德能做到。"

"他会做到的,"艾希蕾·瓦·阿纳兴说,"这是他接到的命令。听过公函的内容之后,他们会在至少一天内争执不下。在那之后,他就会要求德马维让步了。"

"这才是正常流程,"萨宾娜说,"他们最终会达成一致的。这也在我们意料之中。但我们要决定允许的范围。法兰茜丝卡!说点什么!毕竟,这事跟你的国家有关。"

"正因如此,"山谷雏菊微笑着说,"我才默不作声,萨宾娜。"

"放下你的自尊心吧,"玛格丽塔·劳克斯-安蒂列严肃地说道,"我们能允许那些国王提出怎样的要求?这件事我们必须弄清楚。"

法兰茜丝卡·芬达贝露出更加动人的微笑。

"为了和平事业和公共利益,"她说,"我同意德马维国王的提议。从现在起,我亲爱的朋友们,你们不必再用'陛下'来称呼我了,用'殿下'就足够了。"

"精灵的笑话,"萨宾娜说,"每次我都笑不出来,也许因为我总是听不懂。德马维的其他要求呢?"

法兰茜丝卡眨了眨眼睛。

"我同意遣返人类移民,并赔偿他们的财产。"她一板一眼地说,"我也担保所有种族将拥有平等权利……"

"看在诸神的分上,"菲丽芭·艾哈特大笑道,"别这么好说话!提出你自己的条件吧!"

"我,"精灵突然严肃起来,"不会向亚甸国王臣服。我希望多尔·布雷坦纳拥有独立主权。没有附庸身份的拖累,不受忠诚誓言的约束,也不会与宗主国起冲突。"

"德马维不会接受的,"菲丽芭简洁地说,"他不会放弃百花之谷的收成与税金。"

"关于这个问题,"法兰茜丝卡扬起眉毛,"我愿意与对方进行双边谈判,我相信我们可以达成共识。自由主权国无需纳贡,但这并不妨碍我们向他们支付款项。"

"那继承权呢?"菲丽芭问,"长子继承权该怎么办?如果承认自由主权,德马维就会要求你担保公国不至分裂。"

"德马维,"法兰茜丝卡又笑了,"也许会被我的皮肤和身材骗倒,但你就让我吃惊了，菲丽芭。我早就过了能够怀孕的年纪。至于长子继承权和后继者的问题，德马维根本无需担心。我就是多尔·布雷坦纳王室的*末裔*。尽管我和德马维存在年龄差距，但和我打交道的人不会是他，而是他曾孙的曾曾孙子。我向你们保证，女士们，这方面不会引起任何争议。"

"这方面是不会，"艾希蕾·瓦·阿纳兴看着精灵女术士的双眼，"可松鼠党呢？那些与帝国并肩作战的精灵呢？我没搞错的话，艾妮德女士，他们大多是你的臣民吧？"

山谷雏菊的笑容消失了。她看着沉默的艾达·艾敏。但来自蓝山的女精灵避开了她的目光。

"为了公共利益……"她开了口，又马上停了下来。艾希蕾严肃地点点头，表示她明白了。

"我们又能做什么呢？"艾达·艾敏缓缓地说，"凡事都有代价。战争需要牺牲。事实证明，和平也一样。"

◆───◆───◆

"不可否认，"旅行者若有所思地看着一动不动坐在火边、低垂着头的精灵，"和平谈判就像跳蚤市场。就像集市。要买入些什么，就得先卖出些什么。这就是世界运作的方式。重点在于，不要买入太贵的东西。"

"也别卖得太便宜了。"精灵替他说完，但没有抬头。

"叛徒！卑鄙的杂种！"

"婊子养的！"

"An' badraigh aen cuach！"

"尼弗迦德走狗！"

"安静！"哈米尔卡·丹扎一拳砸在走廊的护栏上。走廊里的十字弓手将武器对准了挤在这条死路里的精灵。

"安静！"丹扎叫得更响了，"够了！闭嘴，军官大人们！拿出点尊严来！"

"恶棍，你还有脸谈论尊严？"柯因内克·达·瑞奥大喊道，"我们为你流过血，你这该死的Dh'oine！这就是你报答我们的方式？你要把我们交给北方的暴君？把我们当成罪犯？当成杀人犯？"

"我说，够了！"丹扎又一拳砸在护栏上，"让我们弄清楚一件事，先生们！在辛特拉签订的条约里——记录了和平条款的条约里——北方人要求帝国必须交出战犯……"

"罪犯？"李欧丹恩喊道，"罪犯？你这肮脏的Dh'oine！"

"是战犯，"丹扎谨慎地重复一遍，对无路可逃的精灵们的叫喊和喧哗充耳不闻，"罪名包括实施恐怖行为，杀害平民，折磨俘虏，在医院内屠杀伤员……"

"你这婊子养的！"安格斯·布里·克里喊道，"我们杀人，是因为当时在打仗！"

"是你命令我们杀人的！"

"Cuach'te aep ass, bloede dh'oine!"

"事情已成定局!"丹扎毫不退让,"你们的侮辱和叫嚣什么也改变不了。请一个一个到警卫室来,给你们戴上镣铐时,请不要抵抗。"

"他们逃过雅鲁加河时,我们只能负责殿后。"李欧丹恩咬着牙说,"我们只能留下,作为突击队继续战斗。我们真是蠢货,轻信他人的蠢货,我们只想遵守军人的誓言。好吧,我们的确做到了!"

伊森格林·法欧提亚纳——绰号"铁狼"的松鼠党传奇领袖,现在也是帝国的上校——扯下袖子上维里赫德旅的银色闪电徽记,丢在与走廊相连的天井里。其他军官也有样学样。哈米尔卡·丹扎在走廊里看着这一幕,皱起眉头。

"这种示威毫无必要。"他说,"换做是我,我可不会如此轻率地放弃帝国军的徽记。我有责任告诉你们,谈妥的条约会确保你们受到公平审判和从轻判决,帝国方面也会尽快给予特赦……"

无路可退的精灵们爆出雷鸣般的阴沉笑声。声音在石墙间回荡。

"另外,我也想请你们注意。"哈米尔卡·丹扎简略地说,"我们只会送三十二位军官去北方王国。我们不会交出你们指挥的士兵,一个都不会。"

笑声戛然而止,如被刀子切断一般。

◆━━◆━━◆

风吹火堆,扬起的火星和烟雾填满了视野。他们听到山道上传来一声嚎叫。

"在这场买卖里,"精灵打破了沉默,"一切都可以拿来出售。荣誉、忠诚、高尚的誓言、正常的礼仪……只要有需求,再单纯的事物都会获得价值。没有需求的东西会被丢进垃圾桶。"

"丢进历史的垃圾堆。"旅行者说,"你说得对,精灵先生。我在辛特拉也发现了。一切都有价码。价值与你能得到的回报相当。每天早上都像市场开盘一样。就像真正的市场,突然的涨跌不断发生。同样就像真正的市场,要说没人在幕后牵线和操盘,谁信呢?"

◀━━▶━◀━━▶

"我没听错吧?"希拉德·费兹-奥耶斯泰兰缓缓说道,语气和面部表情都透出明显的怀疑,"我的耳朵在欺骗我吗?"

贝伦加尔·卢瓦登——皇帝的特使——没有浪费精力去回答。他靠向椅背,手里的葡萄酒杯有节奏地左右摇晃。

费兹-奥耶斯泰兰觉得自己受到了冒犯,换上轻蔑的表情。要么你是在撒谎,你这婊子养的,要么你就是想愚弄我。但无论如何,我都已经发现了。

"所以我们说清楚吧。"他哼了一声,"在边境、战俘、归还战利品、维里赫德旅军官和松鼠党突击队的问题上做出重大让步之后,皇帝又命令我跟北方佬达成协议,接受他们关于遣返移民的不合理要求?"

"你的理解分毫不差,男爵大人。"卢瓦登一如既往地把音节拖得很长,"说实话,我对你的理解力满心钦佩。"

"伟大日轮啊,卢瓦登大人,你们在首都就没考虑过这些决定的后果吗?北方佬已经开始窃窃私语,说我们帝国只是个双脚用黏土捏成的巨人了！就算是现在，他们也在叫嚣自己的胜利，说他们击败了我们，把我们打得落荒而逃！皇帝陛下是否明白，进一步妥协表明我们必须接受他们傲慢而不合理的最后通牒？皇帝陛下是否明白，他们会将这视为软弱的象征，而软弱将在未来导致可怕的后果？最后，皇帝陛下是否明白，我们在布鲁格和莱里亚的数千移民将会面临怎样的命运？"

贝伦加尔·卢瓦登不再摇晃酒杯，而是用漆黑如炭的双眼盯着希拉德。

"我已将帝国的命令告知了男爵大人。"他说，"等男爵大人回到尼弗迦德，你可以亲自询问皇帝陛下为何要下达如此不合理的命令。或许你还想训斥皇帝陛下。责备他，教训他。有何不可呢？但你只能独自前往，我是不会瞎掺和的。"

哦，希拉德心想，我懂了。坐在我面前的是另一位史提芬·史凯伦。而我也必须像对待史凯伦一样对待他。很明显，他来这儿是有目的的。命令完全可以交给普通的信使来传达。

"好吧，"他摆出镇定和自信的模样，"落败的人有祸了。皇帝陛下的命令清晰明确，所以我会加以执行。我会努力让一切像是谈判的结果，而非彻头彻尾的失败。我理解这种事：我已经当了三十年的外交官了。我们家族整整四代人都是外交官。我们家族拥有的地位、影响力和财富……"

"我知道，我知道，这是当然，"卢瓦登笑着打断道，"所以我才会来这儿。"

希拉德微微鞠了一躬，耐心地等待下文。

"亲爱的男爵大人，"特使又摇晃起他的杯子，"你很难理解皇帝陛下的命令，是因为你觉得，战争的胜利无可避免地与荒谬的物资与人命浪费密切相关，而胜利的标志就是有人挥舞旗帜，同时高喊：'我看到的全是我的！我是赢家！'不幸的是，类似的观点早已广为流传。但我和给我权力的人有不同的看法。胜利应该是这样的：输家必须买下赢家的货物，而且欣然付账，因为赢家的货物更好也更便宜。获胜一方的货币会比战败和屈服一方的货币更有影响力，而他们也会更加自信。费兹－奥耶斯泰兰男爵大人，你明白我的意思吗？你开始分清赢家和输家了吗？"

费兹－奥耶斯泰兰大使点点头。

"但为了巩固胜利，令其合法化，"卢瓦登继续拖长音节，"就必须签署和约。尽可能迅速，而且不惜代价。并非停火或是休战，而是真正持久的和平。这份和约效力之强大，要能排除贸易封锁、报复性关税与贸易保护主义的可能性。"

希拉德由衷地点点头。

"根据早先的计划，我们摧毁了他们的工业和农业，"卢瓦登平静地续道，"我们这么做，是为了剥夺他们的生产能力，让他们不得不购买我们的产品。但我们的商人和货物不可能跨过重兵把守并怀有敌意的边境。接下来会发生什么呢？我来告诉你吧，亲爱的男爵大人。我们会遭遇生产过剩的危机，因为我们的制造业正在为了出口而全速运转。失去了诺维格瑞和柯维尔的合作，我们的海运贸易也会蒙受重大损失。您拥有影响力的家族，亲爱的男爵大人，在这些社会团体中都有相当比例的参与。而您无疑也明白，亲爱的男爵大人，家族是这类社会团体的基本组成部分。您懂得这个道理吧？"

"我懂。"希拉德·费兹－奥耶斯泰兰压低嗓音，虽然他知道，这个房间基本上不可能被人偷听,"我明白。但我必须首先确认,我执行的命令来自于皇帝陛下本人……而不是某个……商业集团。"

"皇帝迟早会换人,"卢瓦登说,"但商业集团会存留下来,繁荣兴旺。我明白你的担忧,男爵大人。但你大可放心,你履行的确实是皇帝陛下本人的命令,而这些命令为的是帝国的利益和福祉。但我并不否认,皇帝陛下是在听取了某些商业集团的意见后才下达命令的。"

特使解开领子的纽扣,抽出一块金制徽章,上面刻着一颗在三角形内燃烧的星星。

"好漂亮的装饰品。"费兹-奥耶斯泰兰男爵再次展现了他的理解力,"无疑非常昂贵……而且与众不同……在哪儿可以买到它?"

"买不到的,"贝伦加尔·卢瓦登答道,"你得想办法赢得它才行。"

"如果这位女士和各位先生允许的话,"希拉德·费兹-奥耶斯泰兰换上了外人熟悉的语气,根据以往的经验判断,他接下来要说的话应该相当重要,"如果各位允许,我将阅读恩希尔·瓦·恩瑞斯,伟大日轮护佑的尼弗迦德皇帝陛下的口信……"

"哦,又来了。"德马维咬着牙说。迪杰斯特拉低声呻吟起来。这些都没能逃过希拉德的眼睛。

"皇帝陛下的口信很长,"他承认,"我会进行概括,只说最重要的部分。皇帝陛下表示,对目前为止的商议进程相当满意,并认可已经达成的让步与和解。皇帝陛下希望谈判能有更大的进展,并得出互惠互利的结果……"

"直接说重点吧，"弗尔泰斯特说，"而且要快！让我们得出互惠互利的结局，然后回家。"

"这才对嘛。"与会者中离家乡最远的亨赛特说，"我们快点解决这些事，要不就得留下来过冬了。"

"我们还有一件事要商讨，"米薇说，"之前只是顺便提过几次。或许是因为害怕，怕它会让我们产生争执。但现在，是时候克服恐惧了。就算不提这个问题，它也不会自动消失。"

"没错，"弗尔泰斯特说，"我们必须解决辛特拉的现状，决定王位的继承人和卡兰瑟的后继者。这个问题非常复杂，但我毫不怀疑，我们是有能力解决的。是这样吧，大使阁下？"

"哦，"费兹-奥耶斯泰兰露出外交官式的神秘微笑，"我相信辛特拉王位继承人的问题会顺利解决。而且方式会比你们预料的更加简单。"

◆━┃━◆

"我提议对辛特拉领土的托管对象进行讨论。"菲丽芭·艾哈特用丝毫不容质疑的语气说道，"我认为可以交给泰莫利亚的弗尔泰斯特。"

"弗尔泰斯特的势力增长太快了。"萨宾娜·葛丽维希格皱着眉说，"布鲁格、索登、安格林……"

"我们，"菲丽芭说，"需要雅鲁加河口有个强大的王国。玛那达阶梯那边也一样。"

"不可否认，"席儿·德·坦沙维耶点点头，"我们需要这样的王国。但恩希尔·瓦·恩瑞斯不需要。而且我记得，我们的目的是妥协，而非冲突。"

"几天前，"法兰茜丝卡·芬达贝回忆道，"希拉德提议将辛特拉划分成两个区域，南区和北区……"

"幼稚的蠢主意，"玛格丽塔·劳克斯-安蒂列说，"这种划分没有任何意义，只会成为未来冲突的导火索。"

"我相信，"席儿说，"辛特拉会变成共同统治的国家。对其领土的管理将由来自北方诸国和尼弗迦德帝国派遣的人员共同负责。辛特拉的首都会取得自由港的地位……艾希蕾女士，你有什么想说的吗？我习惯了连贯且完整地表达我的想法，不过现在嘛……我想听听别人的意见。"

全体女术士，包括脸色苍白的芙琳吉拉·薇歌，都将目光转向艾希蕾·瓦·阿纳兴。尼弗迦德女术士没露出一丝困窘的模样。

"我建议，"她用平时那种悦耳而冷静的嗓音说，"我们还是专心讨论其他事务，别去管辛特拉了。我之前听说了某件事，还没来得及告诉各位女士。辛特拉的事务，亲爱的姐妹们，已经尘埃落定了。"

"什么？"菲丽芭眯起眼睛，"此话怎讲？"

特莉丝·梅利葛德大声叹了口气。她已经明白了。她已经猜出了这番话的含义。

◆━━━◆━━━◆

瓦提尔·德·李道克斯既悲伤又消沉。他那美丽热情的情人，金发的坎塔蕾拉突然不辞而别了，没留下任何理由和解释。对瓦提尔来说，这是沉重的一击，让他垂头丧气、紧张、心烦又茫然。他必须集中精力，保持谨慎与警惕，以免在跟皇帝谈话时说出蠢话。变革的时代不会垂青那些紧张又无能的人。

"对于商人公会无价的帮助，"恩希尔·瓦·恩瑞斯皱着眉说，"我们已经做出相应的报答了。我们给了他们充分的特权，比前三任皇帝加起来还要多。此外，贝伦加尔·卢瓦登协助揭露了那场阴谋，立下了大功，他因此得到了获利颇丰的重要职位。但如果他不够称职，那无论他有过多少功绩，我都会叫他滚蛋。务必让他明白这一点。"

"我会的，陛下。那迪杰斯特拉呢？还有他那个神秘的线人？"

"迪杰斯特拉死也不会透露线人的身份的。不过，就把那份情报的酬劳——真正意义上从天而降的情报——直接送给迪杰斯特拉吧。但话说回来，迪杰斯特拉肯定不会接受我给他的任何东西。"

"如果陛下您允许的话……"

"说。"

"迪杰斯特拉会很乐意收下另一份情报。他并不知道、但很乐意知道的情报。我们可以用情报来报答他。"

"绝妙的提议，瓦提尔。"

瓦提尔·德·李道克斯松了口气。他小心翼翼地转过头，因此率先注意到了走向这边的两位女士——里德塔尔伯爵夫人，以及由她照顾的金发少女。

"她们来了。"他用眼球的动作示意一下，"陛下，请允许我提醒您……政治理性……和帝国的利益……"

"够了。"恩希尔·瓦·恩瑞斯不耐烦地打断道，"我说了，我会考虑的。仔细考虑，然后做出决定。再然后，我会把我的决定告诉你。"

"是,皇帝陛下。"

"还有什么事吗?"尼弗迦德的白焰不耐烦地说着,用手套轻轻拍打自己的臀部,"瓦提尔,你还在等什么?"

"史提芬·史凯伦的事……"

"不要留情。叛徒都得死。但要在公平的审判之后。"

"我明白,陛下。"

瓦提尔鞠躬道别。他离开时,恩希尔看都没看他一眼。皇帝看的是史黛拉·康格里夫,还有那位金发少女。

帝国的利益正朝我走来,恩希尔心想。假公主,辛特拉的假女王,对帝国至关重要的雅鲁加河口周边地区的女王。她朝我走来,目光低垂,满心惊恐,穿着绿色袖子的丝绸长裙,算不上低的领口里戴着一条项链。在达恩·罗万,我赞美过她的衣着和珠宝搭配。史黛拉了解我的口味。但我该对这个洋娃娃做些什么呢?把她放到梳妆台上,还是壁炉架上?

"尊贵的女士们。"他先鞠了一躬。出了尼弗迦德的皇座厅,就算皇帝也要对女性保持基本的礼节和风度。

她们屈膝回礼,并且垂下头。她们面前的皇帝彬彬有礼,但他始终是皇帝。

恩希尔受够这些规矩了。

"请留在这儿,史黛拉。"他冷冷地说,"至于你,孩子,陪我去散散步吧。挽着我的手臂。高兴点儿。只是散步而已。"

他们肩并肩走在一条小路上。皇家卫队,也就是精英"帝国亲卫旅"的成员跟在远处,随时保持警惕。他们都训练有素,知道如何保护皇帝,也知道何时不该去打扰他。

他们经过一片池塘,池水里空空荡荡,散发着悲伤的气息。托雷斯皇帝放生的老鲤鱼已在两天前死去。我们应该抓条年轻强壮的鲤鱼来,恩希尔暗自决定。然后我会做块纪念章,刻上它的侧身像和日期。Vaesse deiraedh aep eigean. 有些事已经终结,但有些事将迎来开始。如今是新的纪元,新的时代。就再添上一条新的鲤鱼吧。

他陷入思绪,几乎忘记了搂住他胳膊的女孩。但她的体温、百合花的香气与帝国的利益让他想起了她的存在。

他们在池塘边停下脚步。池水中央有个人造的小岛,上面有一片假山、一座喷泉和一尊大理石雕像。

"你知道那尊雕像展示的是什么吗?"

"知道,陛下。"她过了一会儿才回答,"是一只鹈鹕,它用鸟喙撕开自己胸口的肉,用血来喂养自己的子女。它隐喻的是高贵的牺牲。另外还有……"

"我洗耳恭听。"

"……还有伟大的爱。"

"你觉得,"他抓住她的双肩,让她转身面对自己,"撕裂自己的胸口不会疼吗?"

"我不知道……"她结结巴巴地说,"皇帝陛下……我……"

他握住她的手。他能感觉到她在抽搐,震颤传遍了他的手、胳膊和肩膀。

"我父亲,"他说,"是个伟大的君主,但他从不关心传说和传奇故事,他没那个时间。他总是弄混。每次他带我来这里,来这个公园,他都会说这尊雕像是一只从灰烬中重生的鹈鹕。皇帝给你讲童年故事的时候,你至少应该微笑,孩子。这样好多了,谢谢。如果你不喜欢跟我散步,我会很伤心的。看着我的眼睛。"

"能够陪您……我很开心……陛下。这对我是莫大的荣耀……也是巨大的喜悦。我非常高兴……"

"真的?不会只是奉承的手段吧?从史黛拉·康格里夫的课程上学来的礼仪?承认吧,孩子。"

她沉默不语,目光低垂。

"你的皇帝在问你问题。"恩希尔·瓦·恩瑞斯说,"皇帝问问题时,没人敢保持沉默。自然,也没人敢撒谎。"

"真的,"她用悦耳的嗓音说,"我真的很开心,皇帝陛下。"

"我想,"片刻的思索过后,恩希尔说,"我相信你。虽然我很吃惊。"

"我也……"她小声说,"我也很吃惊。"

"怎么?不用顾虑,尽管说吧。"

"我希望我们可以……多散散步。多说说话。但我明白……我明白这不可能。"

"你的想法没错,"他咬住嘴唇,"皇帝统治世界,但有两样东西不受他的支配。他的心,还有他的时间。这两者都属于帝国。"

"我很清楚,"她说,"再清楚不过。"

"我不会在这儿待很久。"沉重的沉默持续了片刻,然后他说,"我必须去辛特拉,驾临和平庆典。而你必须回达恩·罗万……振作起来,孩子。我再说一次,面对我的时候,抬起你的头。我在你眼里看到了什么?眼泪?这可严重违反了礼仪,我必须向里德塔尔伯爵夫人致以我最大的不悦了。抬起头,我说过……"

"请……请宽恕史黛拉女士……皇帝陛下,这是我的错。我一个人的错。史黛拉女士教过我……帮我做好了充分的准备。"

"我注意到了,而且我很欣赏她的努力。别害怕,史黛拉不会有失宠的危险。永远不会。我只是跟你开玩笑。虽然不太高明。"

"我注意到了。"女孩被自己的大胆吓了一跳。但恩希尔却大笑起来。虽然有些不自然。

"哦,我喜欢你。"他说,"我说真的。你很勇敢。就像……"

他闭了嘴。就像我女儿,他在脑海里将这句话补充完整。罪恶感突然袭来,仿佛有条狗咬了他一口。

女孩对上他的目光。她的表现不全是史黛拉教出来的,恩希尔心想。这的确是她的本性。不论外表如何,她都是颗毫无瑕疵的钻石。不,我不会准许瓦提尔杀死这个女孩的。辛特拉的事务关系到帝国的历史,但要解决这个问题,似乎只有一种明智且高尚的做法。

"把你的手伸出来。"

这是用严肃的嗓音和语气下达的命令。但即便如此,他仍忍不住觉得,她会心甘情愿地照做。不需要丝毫强迫。

她的手又小又冰,但已经不再颤抖了。

"你叫什么名字?请别对我说,你叫希瑞菈·菲欧娜。"

"我是希瑞菈·菲欧娜。"

"我很想惩罚你,孩子。重重地惩罚你。"

"我明白,陛下。我罪有应得。但我……我必须是希瑞菈·菲欧娜才行。"

"我想,"他没放开她的手,"你在为自己不是她而遗憾。"

"对不起,"她轻声道,"我确实觉得遗憾。"

"真的?"

"如果我……真是希瑞菈,或许陛下会对我更好些。但我只是个假货。是冒充的。是毫无价值的冒牌货。没什么……"

他猛地转过身,抓住她的胳膊。然后他放开了她,后退几步。

"你是想要皇冠?还是官职?"他轻声说着,但语速很快,又装作没看到她猛摇的头,"礼物?赞美?奢侈品?"

他闭了嘴,喘了口气。他假装没看到女孩摇着头否认他不公正的指控——尚未说出口的那些还要更过分呢。

他响亮地、深深地吸了口气。

"小飞蛾,你知道自己正在扑向火焰吗?"

"我知道,陛下。"

他们沉默良久。春天的气息突然在他们身边打转。那气息令人陶醉。

"成为皇后,"最后,恩希尔用沉闷的语气说,"只是表面风光,其实一点也不轻松。我不知道自己能不能爱上你。"

她点点头,表示自己明白。他看到她脸颊上有一滴眼泪。就像在斯提加城堡时一样,他觉得好像有块玻璃碎片嵌进了自己的心脏。

他拥抱了她,让她紧贴自己的胸口,抚摸着她散发出百合花香的头发。

"我可怜的孩子……"他用一反常态的语调说,"我可怜的政治理性。"

钟声响彻辛特拉。高贵、深沉又庄严的钟声。但又显得莫名的哀伤。

真是位非凡的美人儿,赫梅尔法特大主教心想。他像其他人一样,看着仆人们正把画像挂到墙上。那幅画足有一码多高,甚至两码。非凡的美人儿。我敢打赌,她是个混血儿,血管里流着受诅咒的精灵之血。

真漂亮,弗尔泰斯特用欣赏的目光看着画像,比我情报部门送来的那些指甲盖大小的画上还要漂亮。但画像通常都有美化的成分。

跟卡兰瑟不太像,米薇心想。跟罗格纳不太像。跟帕薇塔也不太像……嗯……有传言说……不,这不可能。她肯定是王族血统,是辛特拉的合法统治者。肯定是。这是政治理性的需要。历史的需要。

她跟我在梦中看到的不一样,柯维尔国王伊斯特拉德·蒂森心想。确实不一样。但我不会告诉任何人的。这是我和泽丽卡之间的秘密,我们会一起决定如何运用那些梦赋予我们的知识。

只差一点儿,这个希瑞就会成为我的妻子,维登的克里斯丁心想。根据传统,我本该成为辛特拉的亲王和王位继承人……然后我或许会跟卡兰瑟一起死掉。哦,好吧,幸好她从我身边逃走了。

我从不相信一见钟情的童话故事,希拉德·费兹-奥耶斯泰兰心想。从没相信过。可现在,恩希尔却娶了这个蛮族小丫头。他放弃了与帝国贵族和解、娶他们的女儿为妻的可能性,却娶了辛特拉的希瑞拉。为什么?就为了支配这么一个小王国?原本尼弗迦德通过谈判就能得到其国土的一半，甚至更多。是为了巩固他在雅鲁加河口地区的势力？但后者本质上已经掌握在尼弗迦德、诺维格瑞和柯维尔的海运贸易公司手中了。

我还是无法理解这个做法在政治上的必要性。

我怀疑，他们一定对我有所隐瞒。

女术士，西吉斯蒙德·迪杰斯特拉心想。是那些女术士的杰作。但这也合乎情理，不是吗？毫无疑问，希瑞注定会成为恩希尔的妻子、辛特拉的女王和尼弗迦德的皇后。毫无疑问，这就是她的命运。

就这样吧，特莉丝·梅利葛德愉快地想。这也是个好办法。这样希瑞就安全了。总有一天，他们会忘记她。他们会让她活下去。

画像终于挂好，仆人们撤走梯子，转身离去。

在那排长长的、蒙尘发黑的辛特拉贵族画像的末端，经过瑟尔宾、科拉姆和考伯特，经过达格拉德和罗格纳，在骄傲的卡兰瑟和忧郁的帕薇塔旁边，挂上了最后一幅画像。画像上是当朝君主、王室血统和王冠的继承人。

那是个金色头发、眼神悲伤的苗条女孩，穿着绿色袖子的白色长裙。

希瑞菈·菲欧娜·伊伦·雷安伦。

辛特拉的女王。尼弗迦德的皇后。

这是命运，菲丽芭·艾哈特看着迪杰斯特拉的双眼，心想。

可怜的孩子，迪杰斯特拉看着画像，心想。她大概以为这就是苦难和不幸的尽头了。可怜的孩子。

钟声在辛特拉鸣响，惊起一群海鸥。

"在和谈结束,和约签订后不久,"旅行者继续讲述,"诺维格瑞举行了庆典,而高潮部分是场盛大的阅兵式。仿佛是要迎合全新历史时代的开端一样,那天的天气很好。"

"我们是否可以这样理解,"精灵用讽刺的语气问,"当时你就在现场?你也出席了那次阅兵式?"

"实际上,我到得有些迟了。"旅行者显然不是会在意些许嘲讽的人,"就像我说的,那天天气很好。在黎明时就看得出来。"

瓦斯康格,德拉肯伯格要塞的指挥官,正焦急地用鞭子敲打着自己的靴子。直到不久前,他还是负责政治事务的副指挥官。

"动作快,"他催促刽子手们,"后面还有呢!你们在诺维格瑞可以随便庆祝,但在这儿可得干活。"

刽子手将绞索套上囚犯的脖子,随后用力一拉。瓦斯康格再次用鞭子敲着靴子。

"谁还有话要说?"他冷冷地问,"这是你们最后的机会了。"

"自由万岁。"精灵卡尔布雷·爱普·戴阿雷德喊道。

"法庭对我有偏见。"强盗、抢劫犯和杀人犯奥雷斯特斯·考普斯说。

"见鬼去吧。"逃兵罗伯特·菲尔克说。

"告诉迪杰斯特拉大人,我很抱歉。"前任密探伦内普说道——他的罪名是受贿和诈骗。

"我没有……我没想过……"伊斯特万·伊加尔非的身体在木桩上摇晃。他是这座要塞的前任指挥官,因对囚犯做出明令禁止的过激举动而遭到免职,并在法庭上被判处死刑。

太阳像熔化的黄金,在要塞的围栏上方迸射出耀眼的光芒。绞架的木杆投下长长的影子。德拉肯伯格开始了全新的一天。美丽而阳光明媚的一天。

新时代的第一天。

瓦斯康格用鞭子敲打着靴子。他扬起手,然后放下。

刽子手踢开了犯人脚下的木块。

◆━━◆━━◆

钟声响彻诺维格瑞。钟鸣越过商人住宅的复折式屋顶,一直传到最为狭窄和偏僻的街道上。烟火呼啸着飞上天空,鞭炮不断炸响。人群欢呼,大喊,将帽子扔向空中,挥舞手帕、围巾和旗帜。

"自由兵团万岁!"

"乌拉——!"

"荣耀归于佣兵!"

劳伦佐·摩拉向人群敬礼,又朝漂亮姑娘们送去飞吻。

"如果付我们酬劳的人能像欢呼的人群这么热情,"他抬高嗓门,想盖过周围的喧闹,"那我们就发财了!"

"可惜,"茱莉娅·艾巴特马克喉咙发紧,"弗龙蒂诺看不到这一幕……"

他们沿着主干道前行，茱莉娅·艾巴特马克，"永别了"亚当·潘葛拉特和劳伦佐·摩拉率领着身披节日盛装的自由兵团。他们每四人组成一排，坐骑的皮毛光滑闪亮，以有序的步伐齐头并进。自由佣兵的坐骑就像骑手一样，镇定而高傲，对人群的欢呼和叫喊毫不畏惧，面对飞来的硬币和鲜花，它们也只是用难以察觉的幅度轻轻摇摇头而已。

"佣兵万岁！"

"'永别了'亚当·潘葛拉特万岁！小美猫万岁！"

茱莉娅悄悄拭去一滴眼泪，接住人群掷来的一束康乃馨。

"我根本想象不到……"她说，"我们赢了……可怜的弗龙蒂诺……"

"你太激动了，茱莉娅。"劳伦佐·摩拉笑道，"我都不知道你有这么多愁善感。"

"哦，好吧。注意，自由兵团！向左……看齐！"

他们在马鞍上挺直脊背，将头转向看台，以及摆放在上面的普通座椅及王座。我能看到弗尔泰斯特，茱莉娅心想。留胡子的肯定是科德温的亨赛特。那个英俊的男人是亚甸的德马维……那个中年女人肯定是海德薇格王后……她身边的男孩是王太子拉多维德，遇害国王的儿子……可怜的孩子……

"佣兵万岁！茱莉娅·艾巴特马克万岁！亚当·潘葛拉特万岁！劳

伦佐·摩拉万岁！"

"纳塔利斯治安官万岁！"

"我们的君王万岁！弗尔泰斯特、德马维和亨赛特万岁！"

"迪杰斯特拉大人万岁！"有些人喊道。

"大主教阁下万岁！"人群中传来几个稀稀落落的声音，显然是收了钱来造势的。诺维格瑞大主教赛勒斯·恩格尔凯德·赫梅尔法特站起身，伸出双手祝福平民和士兵们，他那件长袍的下摆无可避免地挡住了海德薇格王后和年轻的拉多维德。

没人喊"拉多维德万岁"，被大主教臃肿的屁股挡住的王子心想。甚至没人看我一眼。没人向我母亲欢呼致敬。没人记得我可怜的父亲。即使是在今天，在战争胜利的日子，在他有充分理由被人怀念的这一天。毕竟，这场战争就是他被人刺杀的原因。

他感到有道目光落在自己的脖子上。他从未体会过如此温柔的目光——除了，在梦里。它是如此柔软，就像女人温暖双唇的碰触。他转过头去。他看到，菲丽芭·艾哈特深邃莫测的黑色双眼正盯着自己。

等等，王子转过头去，用心声说道。等一下。

没人预料到，更没人能猜到，这个十三岁的男孩，当时在摄政议会与迪杰斯特拉支配的王国里毫无根基与势力的男孩，最终会成为国王。而这位国王报复了所有当初侮辱过他和他母亲的人，并在历史上留下了"冷酷的拉多维德"的名号。

人群在欢呼。马蹄下的地面铺了层鲜花地毯。

━◆━

"茱莉娅?"

"什么事,亚当?"

"嫁给我。当我老婆吧。"

小美猫好一会儿没有回答,她惊讶得说不出话。人群在欢呼。诺维格瑞大主教满头是汗,大口喘息,活像一条巨型鲶鱼。他在看台上祝福市民、士兵、这座城市和这个世界。

"可你已经结婚了,亚当·潘葛拉特。"

"我们分居很久了。我会跟她离婚的。"

茱莉娅·艾巴特马克没有回答。她转过头去。

吃惊。

困惑。

但又非常高兴。尽管说不清为什么。

人群再次欢呼,掷出鲜花。烟火在屋顶爆散开来,迸射出人造的光芒。

而在喧嚣和烟雾中,诺维格瑞的钟声响起,如泣如诉。

━◆━

她是个女人了,南尼克心想。她上战场时还是个孩子。回来时已经成了女人。自信。自知。平静。镇定。完全是个成年女人了。

她打赢了那场战争。她没让战争毁掉自己。

"黛博拉，"尤妮德轻声续道，"在玛伊纳的营地死于斑疹伤寒。普露恩溺死在雅鲁加河，她和伤员们坐的小船翻了。米尔菈死在精灵手里，那些松鼠党袭击了阿梅丽亚的医院……凯蒂……"

"告诉我，孩子。"南尼克轻声催促道。

"凯蒂，"尤妮德清了清嗓子，"在医院遇见一个负伤的尼弗迦德人。和约签订后，在交换俘虏时，她跟他去了尼弗迦德。"

"就像我常说的，"女祭司叹了口气，"爱情不分国界。爱若拉二世呢？"

"活着，"尤妮德连忙解释，"她在马里波。"

"她为什么不回来？"

见习女祭司垂下头。

"她不会回神殿了，嬷嬷。"她轻声道，"她去了医院，在米洛·范德贝克——那位半身人外科大夫——手下工作。她说她想照顾病患。这是她想要奉献一生的事业。请原谅她吧，嬷嬷。"

"原谅？"女祭司大声说道，"我为她感到骄傲！"

◆━━◆━━◆

"你迟到了，"菲丽芭·艾哈特咬着牙说，"你在有国王出席的典礼上迟到了。活见鬼，西吉斯蒙德，你对规矩的厌恶众所周知，但你用不着在这种日子特意表现……"

"我有我的理由。"迪杰斯特拉的回答让海德薇格王后看了他一眼，让诺维格瑞大主教扬起了眉毛。他也看到了祭司维勒莫尔阴沉的表情，还有弗尔泰斯特王脸上的冷笑。

"菲,我能跟你说句话吗?"

菲丽芭皱起眉头。"我猜,你是指单独说话……"

"那样最好,"迪杰斯特拉笑着说,"但如果你想的话,我也不反对有其他人在场。比方说,蒙特卡沃那些美丽的女士。"

"闭嘴。"女术士小声说道,但嘴角的笑容依然不减。

"你什么时候允许我见见她们?"

"我会考虑的。到时我会告诉你。现在别打扰我了,这可是庆祝仪式。是一场盛典。我再提醒你一次,免得你还没发现。"

"盛典?"

"我们正站在新纪元的门槛上呢,迪杰斯特拉。"

密探头子耸耸肩。

人群欢呼。烟火飞上天空。钟声在诺维格瑞响起,宣示着胜利与巨大的荣耀。

但这钟声却莫名地哀伤。

"抓住缰绳,雅尔。"吕西安娜说,"我饿了,得弄点东西吃。来,我把缰绳缠在你胳膊上。我知道你只有一只手。"

羞耻和屈辱感让雅尔涨红了脸。他到现在都没能习惯这种感受。他始终觉得,所有人都没别的事可做,只会盯着他的断臂和缝合的袖口。他觉得全世界都时刻在留意他,怜悯他受的伤,伪善地为他的不幸而悲叹,但在灵魂深处,他们却蔑视他,把他看做胆敢用丑陋来玷污美好景致的无礼之徒。

在这层意义上,他别无选择,只能承认吕西安娜与其他人都不一样。她既不会假装没看到,言行举止也不会让他丢脸,或感觉受到羞辱。雅尔有好几次不由自主地觉得,这个金发女孩对待他的方式既自然又正常。但他不断压抑着这个念头。他拒绝接受。

因为他没法让自己表现得自然又正常。

载着截肢士兵的马车嘎吱作响。短暂的雨季结束,随之到来的是闷热的天气。军用车队持续经过造成的坑洼早已干涸硬化,化作小小的山脊、路沿和各种形状奇妙的突起。在四匹马的牵引下,他们越过这些坑洼,不断前进。马车摇摆不止,就像风暴里的船只。身体残缺——大都是少了腿脚——的士兵们用沙哑的嗓音咒骂连连。吕西安娜紧紧抓着雅尔,拥抱着他,与他分享她身上那不可思议的温暖、令人惊讶的柔软和让人兴奋的味道:混合了马匹、皮革、干草、燕麦和女孩汗水的味道。

马车在下一个坑洼处颠簸了一下。雅尔拉紧了缠在手腕上的缰绳。吕西安娜抱着他的腰,交替地咬着面包和香肠。

"哎呀哎呀……"她注意到雅尔的黄铜大徽章,于是趁他仅有的手被缰绳占据,熟练地拿了过来,"这是什么?爱情护身符?这么说你也被骗了?发明这种饰品的家伙肯定是个异常精明的商人。打仗的时候,这东西的需求量特别大,尤其是在喝了太多伏特加之后。那个姑娘叫什么名字?让我瞧瞧……"

"吕西安娜,"雅尔的脸红得像个番茄,"别打开,拜托……很抱歉,但这是我的私人物品。我不想冒犯你,可是……"

马车再次颠簸,吕西安娜沉默地依偎在雅尔怀里。

"希……瑞……菈。"她费力地拼道。雅尔吃了一惊,没想到这个农家女孩居然也认得几个字。

"她不会忘记你的。"她合拢那只小盒子,放开了手,然后看着雅尔,"我是说,这个希瑞菈,如果她真心爱你的话。护身符和咒语都没用。如果她真心爱你,她便不会忘记,会忠诚地等下去。"

"就算我成了这样?"雅尔抬起断臂。

女孩眯起仿佛勿忘我的蓝色双眸。

"如果她真的爱你,她就会等你。"她坚定地说,"其他的事都不重要。我敢肯定。"

"你有很多经验吗?"

"我有没有经验,跟谁有经验,"这次换成吕西安娜脸红了,"都不关你的事。别以为我是那种随便点点头,就会躺下来分开双腿的女人。但我的确知道。如果一个女孩爱一个男人,就会爱他的全部,而不只是他的某一部分。就算他少了某一部分,她依然会爱他。"

马车再次颠簸。

"你的说法太简单化了。"雅尔透过咬紧的牙关说,"既简单化,又理想化。你忘了一个小小的细节:男人只有手脚健全,才能支撑住妻子和家庭。但成了残废,我就没法……"

"嘿,嘿,嘿,别说这种丧气话。"她神情不变地说,"黑甲军夺走的是你的手,不是你的脑袋。你看着我干什么?我是从乡下来的,但我有眼睛,有耳朵。我也有脑子。从你说话的方式,我就能看出你是个学者。另外……"

她清了清嗓子。雅尔也清了清嗓子,呼吸着她的体味。马车再次颠簸。

"另外,"女孩续道,"我听到了你跟别人说的话。你说你读过很多书。说你曾是神殿的抄写员。所以那只手……呸……对不起。"

马车有好一阵子没驶过任何坑洼,但雅尔和吕西安娜都毫无察觉。他们依然紧贴着彼此。

"哦,"漫长的停顿过后,她开了口,"我好像跟学者挺有缘的。曾经有过一个……我经常……他会跟我……他知道许多事,还上过大学。从他的名字就能看出来。"

"他叫什么?"

"瑟梅斯特①。"

"嘿,小丫头,"考克雷克下士的声音从他们身后传来。他是个长相可怕的男人,在玛伊纳之战中断了一条腿,"往那几匹骟马头上甩一鞭子,这马车慢得像蜗牛!"

"是啊,快点吧。"另一个残废士兵说道,挠了挠断腿处的粉红色皮肤,"我们受够这些荒地了。我想念酒馆。只要能喝上一杯啤酒,我什么都做得出来!你就不能走快点吗?"

"我能。"吕西安娜在车厢前方的座位上转过身,"但如果弄坏车轮或车轴,一两个星期之内,你们喝到的就不是啤酒,而是雨水和桦树汁了。你们走不了路,我也不想背着你们走,懂吗?"

"真糟糕。"考克雷克咧嘴笑了笑,"因为有天晚上,我确实梦见你背着我。我趴在你背上,我是说,从后面……我喜欢那个姿势。你呢,小丫头?"

"你这头臭山羊!"吕西安娜吼道,"残废的贱货,愿瘟疫带走你……"

---

①意为"学期"。——译注

她看到车里那些残废士兵的脸突然白得像死人，于是闭了嘴。

"诸神啊！"一个士兵喊道，"我们离家乡都这么近了……"

"我们完了。"考克雷克平静地、不慌不忙地说。好像只是在陈述事实。

他们还说没什么松鼠党了，雅尔自顾自心想，说已经把他们杀光了。说精灵的问题已经解决了。

前面有六匹马。但仔细观察后，他看到了八个骑手。其中两匹马载着两个精灵。每匹马都迈着僵硬而杂乱的步子，低垂着头，显得精疲力竭。

吕西安娜重重地叹了口气。

精灵们朝他们走来。他们的状况看起来比马更糟。

他们的自尊、倨傲与魅力荡然无存。他们的衣着——即使是突击队成员，平时也都整齐漂亮——此时却肮脏破烂。他们的头发——他们引以为傲的头发——纠缠打结，沾满了泥土和晒干的血块。他们的大眼睛平时全无感情，此时却仿佛恐慌与绝望的深渊。

他们的与众不同早已荡然无存。死亡、恐惧、饥饿与厄运让他们变得平凡。平凡无奇。

他们并不让人惧怕。

有那么一瞬间，雅尔以为他们会停下脚步，但他们却只是从旁经过，消失在树林里，看都没看这辆马车和上面的乘客。他们只在身后留下一股味道，一股令人不快的味道，让雅尔想起了战地医院——那是痛苦、尿液和溃烂伤口的味道。

他们就这么走了过去，甚至懒得看他们一眼。

但有个例外。

一个女精灵,黑色长发里夹杂着土块和干涸的血块,在马车旁停了马。她躬身坐在马鞍上,手臂裹着染血的绷带,有苍蝇在上面爬来爬去。

"托露薇儿,"她的一个同伴说道,"En'ca digne, luned."

吕西安娜很快理解了状况。看清那个精灵时,她就明白了——她在村子里长大,熟悉那种饿得发青的脸色。因此她本能地做出了含义明确的反应:她给了女精灵几块面包。

"En'ca digne,托露薇儿。"女精灵的同伴重复一遍。在这群精灵当中,只有他破损的夹克袖子上佩戴着维里赫德旅的银色闪电徽记。

直到那一刻为止,马车里的残疾士兵都一动不动,连大气都不敢出。但这时,他们突然开始发抖,仿佛某种咒语刚刚被破除。在他们伸向精灵的手里,魔法般地出现了食物——面包、奶酪、培根和香肠片。

一千年来,精灵头一次向人类摊开了双手。

吕西安娜和雅尔是最先看到精灵哭泣的人。他们哽咽着连连抽泣,根本不打算擦去肮脏脸上的泪水。这有力地驳斥了"精灵没有泪腺"的说法。

"En'ca……Digne。"袖子上有闪电徽记的精灵又重复道。接着,他也伸出手,接过了考克雷克递出的面包。

"谢谢你。"他用沙哑的嗓音说道,费力地让嘴唇适应这陌生的语言,"谢谢你,人类。"

过了一会儿,等精灵们接过所有人的食物,吕西安娜甩出马鞭,拽了拽缰绳。马车开始嘎吱作响。期间没人说话。

临近傍晚,他们遇见了一队全副武装的骑手。为首的是个白色短发的女人，脸上有几道丑陋的伤疤，其中一道从嘴角蔓延到太阳穴，将她的脸一分为二。另一道的形状像马蹄铁，环住了她的一边眼袋。那女人的右耳少了一大块，左臂的手肘以下是装着黄铜钩子的皮革袖口，缰绳就缠在钩子上。

女人露出极不友善的表情，暴露出她对复仇的强烈渴望。她向他们打听那些精灵的事。打听那些松鼠党。那些恐怖分子。那些两天前被摧毁的突击队中正在逃亡的幸存者。

雅尔、吕西安娜和马车里的残疾士兵避开白发独臂的女骑手的目光，支支吾吾地回答说，他们没看到什么精灵，也没在路上遇见任何人。

你们撒谎，绰号曾是"黑蕾拉"的女人心想。我知道你们在撒谎。出于怜悯，你们撒谎了。

即便如此，你们也帮不了他们。

因为我，白蕾拉，不懂何为怜悯。

"了不起，矮人！巴克莱·艾尔斯万岁！"

"矮人万岁！"

在诺维格瑞，矮人志愿兵团的老兵们迈开脚步，铁底靴在铺路石上踩出沉重的响声。矮人们以五人一排的队形前进，挥舞着双锤交叉图案的旗帜。

"玛哈坎万岁！矮人万岁！"

"光荣与荣誉归于他们！"

突然，人群中的某人大笑起来。很快，所有人都开始大笑。

"令人发指……"赫梅尔法特主教倒吸一口凉气，"这是公然的侮辱……不可原谅……"

"下流的种族。"祭司维勒莫尔嘶声道。

"假装没看见就好。"弗尔泰斯特平静地说。

"我们不该克扣他们的薪饷，"米薇酸溜溜地说，"也不该拒绝给他们补充口粮。"

矮人军官们保持着队形和严肃的表情，站到看台前方，然后敬礼。然而，对于国王们和大主教实施的紧缩措施，志愿兵团的士官和士兵们却表示出明显的不满。经过看台时，其中一些朝国王们弯曲手肘，另一些甚至做出了他们最爱的手势——攥紧拳头，翘起中指。学者将这手势称为"卑劣之指"，平民对它的称呼则更加不堪。

国王们和大主教涨红的面孔足以证明，他们对这两种称呼都很熟悉。

"我们不该触怒他们的，"米薇不依不饶地说，"矮人可是很难讨好的。"

◆━━▶━◀━━◆

埃尔斯柯德格隘口周围的号叫化成骇人的合唱，但火堆旁的男人都置若罔闻。

漫长的沉默过后，率先开口的是波利亚斯·穆恩。

"世界变了。正义已被伸张。"

"用正义这个词可就有点夸张了，我的朋友。"旅行者微笑着说，

"但我赞同世界已经改变这一点,它根据某条基本物理定律调整了自己。"

"我想知道,"精灵说,"我们想到的是不是同一条定律。"

"每个作用力,"旅行者说,"都有反作用力。"

精灵轻声笑了,但笑声中并无讽刺。

"这一分归你,人类。"

"伯特拉姆·史凯伦之子史提芬·史凯伦,前任皇家验尸官,请起立。凭借伟大日轮的庇佑,永恒帝国的最高法庭查明了你受到指控的罪恶行径。你犯下了叛国罪,并主动参与了针对帝国与皇帝陛下本人的阴谋。你的罪行得到核准与证明,本庭也未发现任何可以减刑的情节。皇帝陛下本人更是禁止对你进行任何形式的赦免。

"伯特拉姆·史凯伦之子史提芬·史凯伦,离开法庭后,你将被押送到监狱要塞,并囚禁在那里,直到你受死的那一刻。作为你祖国尼弗迦德的叛徒,你不配再踏上这里的土地——你将会躺在木板上,由马匹拖去千禧广场。作为你祖国尼弗迦德的叛徒,你不配再呼吸这里的空气——你将会被绞索套住脖子,悬吊在天地之间。你会悬在空中,直到死亡。然后你的尸体会被焚化,骨灰则被洒进吹向四面八方的风中。

"伯特拉姆·史凯伦之子史提芬·史凯伦,你是个叛国者。作为帝国最高法庭的大法官,我在此做出宣判——而这也是我最后一次念出你的姓名。从现在起,请诸位忘掉这个名字吧。"

※※※

"我们做到了，我们成功了！"奥本豪瑟教授大喊着冲进院长办公室，"我们做到了，先生们！终于！终于！成功了！它动了！成功了！"

"真的？"化学教授让·拉瓦锡——学生们都叫他"臭鸡蛋"——怀疑地问道，"真有这种可能吗？纯粹出于好奇，它是怎么动的？"

"永恒运动！"

"永动机？"上了年纪的动物学讲师埃德蒙·巴姆勒惊呼道，"你没夸大其词吧，我亲爱的同僚？"

"一点都没有！"奥本豪瑟大声说道，他像山羊一样蹦蹦跳跳，"一点都没有！它开始运作了！我只施加了一点推动力，它就动起来了！一刻不停！永恒运动！永远持续！用言语没法形容，同僚们，你们一定得亲眼看看！跟我来吧，快！"

"我还在吃早饭呢。"臭鸡蛋抗议道。但他的抗议却被骚乱、兴奋与迅速扩张的喧闹盖了过去。教授、讲师和学生们站起身，拿起他们的宽外袍、披肩和长袍，跑到门边，让大呼小叫、手舞足蹈的奥本豪瑟在前头带路。臭鸡蛋冲他们的背影比出"卑劣之指"，继续吃着碟子里的煎蛋卷。

这群学者要赶去见证奥本豪瑟三十年的努力成果。他们飞快地跑向物理学家的实验室，正要开门，大地突然摇晃起来。幅度明显且强烈。非常强烈。

这是一场地震，是巫师威戈佛特兹藏身的斯提加城堡毁灭时引发的一连串地震之一。这轮地震波从遥远的艾宾传到了牛堡。

在咔嗒咔嗒的响声中，美术系正面的几块彩色玻璃脱离了窗框。灰尘覆盖的尼哥底母·德·布特胸像——他是这所学术机构的首任院长——从底座上摔落下来。臭鸡蛋正在吃煎蛋卷，茶杯却滚落桌下。物理系的大一学生阿尔伯特·索尔派特拉在攀爬香蕉树，中途却掉了下来——他本想用这种方式打动那些医学系女生的芳心。

奥本豪瑟的永动机，那件传奇性的发明，最后动了一次，随即停止了运动。永远地停止了。

从此再也没能重新启动。

"矮人万岁！玛哈坎万岁！"

这是怎样的一群人，怎样的士兵啊，赫梅尔法特大主教心想，用他颤抖的双手祝福着游行队伍。他们在为谁欢呼？贪财的佣兵，下流的矮人，这究竟有多疯狂？说到底，打赢这场仗的人是谁？是我们还是他们？看在诸神的分上，我必须警告全体国王。等历史学家和抄写员开始工作，我们必须对他们的作品进行审查。佣兵、猎魔人、雇佣杀手、非人种族和各种各样的可疑事物必须从人类的编年史里剔除出去。我们必须将他们抹除。不去提及他们。只字不提。

也不去提及他，他心中暗想，抿紧嘴唇看着迪杰斯特拉。后者正用明显厌烦的表情看着阅兵队列。

关于迪杰斯特拉，大主教心想，有必要敦促国王们下达一条命令。他的存在是对体面人的侮辱。

他就是个无神论的恶棍。让他不留痕迹地消失吧。让他被世人遗忘。

❖

这就是你的想法，你这道貌岸然的紫袍猪猡，菲丽芭·艾哈特心想。她正毫不费力地读着大主教的心。你想支配一切，想发号施令吗？你想自己来做决定？想都别想！

你能决定的就只有你的痔疮。而且，就算它长在你的屁股上，你的决定也改变不了什么。

迪杰斯特拉会继续存在。只要我还用得着他。

❖

一旦你犯下错误，祭司维勒莫尔心想，双眼紧盯着菲丽芭·艾哈特富有光泽的红唇。或者你们当中的一员犯下错误，你的自负、傲慢和骄傲就将荡然无存。你们编织的阴谋，你们的恶行、残暴和堕落将公诸于众。光鲜的外表终将剥落，当你们犯错时，你们的罪孽带来的毒害就将广为人知。那一刻终将到来。

即使你们没有犯错，我也能找到机会对付你们。只要有不幸降临在人类身上——诅咒、瘟疫、某种流行病……所有人便会起来谴责你们。你们会因为没能阻止瘟疫，因为不知该如何避免其后果而遭到惩罚。

你们会背负全部的罪责。

然后木桩下便会燃起大火。

因为毛皮的颜色，这只老公猫名叫"姜黄"，而现在，它快死了。它模样凄惨，痛苦地抽搐身体，又抓又挠，吐出鲜血和脓液，又被严重的腹泻折磨。它喵喵地叫着，即便它明白这样有失尊严。公猫的喵呜声虚弱得出奇。它正在飞快地衰弱下去。

姜黄知道自己要死了。它甚至知道自己是被什么杀死的。

几天前，一艘陌生的货船驶入辛特拉的码头，船身又脏又旧，船头上写着几个勉强可辨的字："卡特利欧纳号"。当然了，姜黄并不认识这几个字。一只老鼠顺着缆绳爬下，来到码头。只有这么一只。它长着疥癣，看起来脏兮兮的，还少了只耳朵。

姜黄咬死了老鼠。它很饿，但本能却阻止了它吞下这只丑陋的生物。结果，仍有几只富有光泽的黑色大跳蚤跳下老鼠的身体，钻进了它的毛皮。

"这只猫怎么了？"

"也许被人下了毒，或者下了咒。"

"呃，真恶心，好臭！快把它弄走，婆娘！"

姜黄身体僵硬，无声无息地张开鲜血淋漓的嘴巴。它已经感觉不到女主人扫帚的触感了。它被扫出了屋子，在满是肥皂水和尿液的排水沟里奄奄一息。这就是它捉了十一年老鼠得到的回报。在垂死之际，它只希望这些不知感恩的人类同样病倒。并且承受同样的痛苦。

它的遗愿很快就实现了。而且规模很大，大到猫的脑袋根本无法想象的程度。

把姜黄扫进排水沟的女人停下脚步，掀起裙子，挠了挠膝盖下面的位置。那里很痒。

一只跳蚤咬了她。

◆━━━◆━━━◆

在埃尔斯柯德格上方的天空中，群星闪闪发亮。火堆溅出的火星消失在夜空之下。

"无论是辛特拉和约，"精灵说，"还是诺维格瑞那场浮夸的阅兵式，都不能视为转折点或里程碑。它们有什么意义？政府没法用税收和法令来创造历史，也没有人会把当局的话看做真理。人类傲慢的表现之一，就是所谓的'历史编纂'：你们会将观点和意见强加于你们所说的'过往事件'上。这是你们人类的典型做法。你们的存在短暂得如同蜉蚁，你们的可笑寿命不到百年。但你们却试图以短暂的存在去适应世界的复杂。历史是个不断延续、没有终点的过程，你们却故意视而不见。历史是不能根据地点和时间划分成不同的部分的。要定义历史根本不可能，更别提用君主的宣言去改变历史了。就算赢得了战争也一样。"

"别跟我讲什么哲学论述。"旅行者说，"我说过了，我是个头脑简单的人。但我注意到了两件事。首先，短暂的人生让我们免于颓废，迫使人们以热情的态度活下去，充分利用每一刻去享受人生。我是以人类的角度这么说的，但同样的想法或许也曾出现在长寿的精灵的脑海里——那些离开家乡，前去参加松鼠党突击队的精灵。如果我说错了，请纠正我。"

旅行者等了好一会儿,但没人纠正他。

"其次,"他续道,"在我看来,政府虽然无法改变历史,却能够创造出令人信服的幻象。他们有相应的工具和手段。"

"哦,是啊。"精灵别过脸去,"当权者拥有工具和手段。这一点毋庸置疑。"

帆船撞在码头覆盖着厚厚海草和贝壳的护栏上。缆绳已经丢下。叫喊声、咒骂声和命令声一阵阵传来。

海鸥啄食着飘在海面上的垃圾。一群人正在岸上等待,其中大部分是士兵。

"旅行结束了,精灵先生们。"尼弗迦德指挥官说,"我们到迪林根了。士兵们正等着你们呢。"

他说得对。他们正等着呢。

在这些精灵当中,没有一个相信"公平审判和特赦"的保证,法欧提亚纳当然也不在此列。对于在雅鲁加河另一边等待他们的命运,维里赫德旅的松鼠党军官们不抱任何幻想。他们大都坚忍地接受了事实,选择听天由命。他们觉得,无论怎样的结局都不会让他们吃惊了。

但他们错了。

他们被人推搡着走下帆船。他们的铁链发出吵闹的噪声。他们被人牵着,走在码头上,随后踏上一条木板小道,两旁各有一排手持武器的士兵。其中也有文官,他们的目光飞快地扫过囚犯们的脸。

他们在挑选目标,法欧提亚纳心想。他没猜错。要看漏他那张遍布伤疤的脸根本不可能。

"伊森格林·法欧提亚纳?铁狼?真是个惊喜!过来,走这边!"

"Va Faill,"柯因内克·达·瑞奥在他身后喊道。佩戴瑞达尼亚红鹰徽记的士兵也认出了法欧提亚纳,将他拖了出来。"Se'ved, caerme se dea!"

"你还会见到他的,"刚才认出法欧提亚纳的文官说,"但只能在地狱里!他们已经在德拉肯伯格等着他了。等等!那个不是李欧丹恩吗?把他也带上!"

他们总共要选出三个人。只有三个。法欧提亚纳深知这一点,令他惊讶的是,他突然害怕了。

"Va Faill!"安格斯·布里-克里也被拖出队列,他朝同胞们大喊道,"Va Faill, fraeren!"

有个士兵粗鲁地推了他一把。

他们没走多远。一行人在小艇停靠处附近的一栋小屋前停下。这里位于码头边缘,能看到摇曳不停的桅杆森林。

那名文官点点头。法欧提亚纳靠到一根木杆上,他的头顶有根横木,士兵们把一条绳索挂了上去,再将一只铁钩接在绳索上。李欧丹恩和安格斯坐在他身边的两张凳子上。

"李欧丹恩先生,布里-克里先生,"文官冷冷地说,"你们也在特赦范围内。法庭做出了宽大处理。但正义必须得到伸张。"他没等他们回答,立刻补充道,"为了被你们杀死的那些人的家人,先生们,判决已经下达了。"

两个精灵连尖叫都来不及。士兵们在身后抖开套索,套住他们的脖子,用力一拽。他们摔下凳子,身体被拖了过去。由于双手都戴着镣铐，他们没法解开绳套。刽子手用膝盖抵住他们的胸口。刀光闪烁，鲜血飞溅。就连套索都没能止住令人汗毛直竖的呼喊。

他们花了很长时间。这种事向来如此。

"对你的判决，法欧提亚纳先生，"文官对精灵说，"有个特别条款。一个附加……"

法欧提亚纳没打算听完什么特别条款。镣铐束缚着他的双手，让他这两晚花了不少工夫，而此时此刻，镣铐就像施展了魔法一样突然松开。他挥起沉重的铁链，一记猛击便让看守他的两名士兵同时倒地。法欧提亚纳一跃而起，将铁链砸在文官的脸上，然后跳向一扇蛛网覆盖的小窗，撞飞了玻璃和窗框，留下了他的血液和衣物碎片。随着叮当的响声，他踩在码头木板上，摔倒在地，顺势一滚，落入水中，钻进渔船和驳船之间。依然拴住他右腕的粗铁链将他拖向水底。法欧提亚纳用全身的力气挣扎着，想要保住他不久之前还满不在乎的小命。

"抓住他！"士兵们冲出小屋，"抓住他！杀了他！"

"在那儿！"其他士兵从码头远处跑来，"他往那边跑了！"

"去小艇那边！"

"放箭！"文官用沙哑的嗓音喊道，两手捂住流血的眼眶，"杀了他！"

他听到十字弓发射时的响声。海鸥从旁飞过，尖叫连连。驳船间的肮脏海面在箭矢的冲击下溅起水花。

"万岁！"阅兵式拖得太长，诺维格瑞民众开始出现疲劳和嗓音嘶

哑的症状,"万岁!军队万岁!"

"万岁!"

"荣耀归于国王们!荣耀!"

菲丽芭·艾哈特扫视周围,确认没有无关人士会听到,这才朝迪杰斯特拉凑近身子。

"你想找我谈些什么?"

密探头子也扫视四周。

"去年七月的维兹米尔王遇刺事件。"

"我听着呢。"

"谋杀国王的那个半精灵……"迪杰斯特拉把声音压得更低,"……肯定是个疯子。但他还有同谋。"

"你说什么?"

"轻点儿。"迪杰斯特拉小声说,"小点儿声,菲。"

"别叫我菲。你有证据吗?什么证据?在哪儿发现的?"

"如果我告诉你在哪儿发现的,你肯定会大吃一惊,菲。你那些女士什么时候能接见我?"

菲丽芭·艾哈特的双眼仿佛两片深不见底的黑湖。

"快了,迪杰斯特拉。"

钟声响起。人群发出沙哑的欢呼。部队行进。花瓣如同雪片般落在诺维格瑞的铺路石上。

"你还在写啊?"

奥里·鲁文吓得缩了缩身子，一滴墨水溅到了纸上。他在迪杰斯特拉手下已经工作了十九年，但始终没能习惯上司悄无声息的脚步和突如其来的现身，也始终不明白他是从哪里出现，又是如何做到的。

"晚上好，咳咳，大人……"

"阴影中人，"迪杰斯特拉从桌上拿起手稿，念出标题，"——王家情报机构的故事。作者奥里巴希乌斯·吉阿弗兰科·保罗·鲁文，法律系毕业……哦，奥里。你都这把年纪了，还做这种愚蠢的……"

"咳咳……"

"我是来道别的，奥里。"

鲁文惊愕地看着他。

"你瞧，我忠诚的老伙计，"密探头子没等他的秘书咳嗽完，"我年纪大了，除此之外，我还很蠢。我对一个人说了一个词。只是一个人。只是一个词。但一个词和一个人都已经够多了。仔细听，奥里。你听到了吗？"

奥里·鲁文吃惊地翻起白眼，摇了摇头。迪杰斯特拉沉默片刻。

"你没听见，"过了一会儿，他说，"可我听见了。就在走廊里。有老鼠正在崔托格城里转悠。它们就在这儿。迈开柔软的小爪子，朝我们逼近。"

他们从阴影中现身。一袭黑衣，戴着面具，动作像老鼠一样迅疾。他们用闪电般的动作挥舞纤细的短剑，前厅的守卫和哨兵一声不吭地倒下。鲜血在崔托格宫的地上流淌，浸湿了木头地板，渗进了温格堡

出产的上好地毯。

他们在每一条走廊里前行，留下尸体组成的脚印。

"在那边。"一个人说着，指了指一扇门。一条围巾遮住了他双眼以下的脸庞，让他的话语模糊不清。"从那儿过去。穿过老鲁文工作的办公室，就是那个肺痨鬼。"

"他无路可逃，"领头的人说着，双眼在丝绒面具的开口里闪闪发亮，"书桌后面是个封闭式房间，那里连扇窗子都没有。"

"每条走廊都有人把守。还有每扇门和每道窗。他逃不掉的。他被我们困住了。"

"行动！"

门扇打开，武器闪烁微光。

"死吧！杀了那个凶残的拷问者！"

"咳咳？"奥里·鲁文翻了个白眼，近视的双眼里满是惊恐，"你们有何贵干？我该……咳咳……怎么帮助你们，先生们？"

杀手们涌入迪杰斯特拉的私人房间，确认每个角落和每道墙缝，就像无孔不入的老鼠。他们在房间里转来转去，掀起挂毯、绘画和墙板，用短剑划开窗帘和家具。

"他不见了！"某人从办公室那边跑来，大喊道，"他不见了！"

"他在哪儿？"领头人朝奥里弯下腰，目光从黑色面具的开口透出，紧盯着他，"那条该死的狗在哪儿？"

"他不在这儿。"奥里·鲁文面无惧色地说，"你自己也看得出来。"

"他在哪儿？快说！他在哪儿？"

"我不知道，咳咳，"奥里咳嗽着说，"我看起来像是养狗人吗？"

"我会杀了你的,老头儿!"

"我是个老头儿。我生了病。而且很累了。咳咳。我不怕你的刀子。"

杀手飞奔着离开房间,就像出现时一样,飞快地消失了。

他们没杀奥里·鲁文。他们是收了钱,正在执行命令,但这命令的内容跟奥里·鲁文毫无关系。

六年时间里,奥里巴希乌斯·吉阿弗兰科·保罗·鲁文辗转于不同的监狱,接二连三地遭受不同法官的审讯,后者向他提出各种各样的问题,但得到的答案往往毫无意义。

六年后,他被释放了。那时他病得更重了。坏血病让他掉光了牙齿,贫血让他没了头发,青光眼让他失去了视力,哮喘让他难以呼吸。在审讯过程中,他们还打断了他双手的每一根手指。

他出狱后只活了不到一年,最后死在神殿的收容所里。他在痛苦中死去。没人记得他。

他那本《阴影中人——王家情报机构的故事》的手稿不见了,消失得了无痕迹。

◆━━━━◆━━━━◆

东方的天空亮了,苍白的光晕笼罩树梢,预示着黎明的到来。

营火周围已经沉默了好一阵子。旅行者、精灵和追踪专家看着将熄的火堆,一言不发。

埃尔斯柯德格再度陷入沉寂。那只哀号的幽灵早已离去,厌倦了再朝他们嚎叫。它也终于明白,坐在火堆旁的三人见惯了太多可怕的事物，不会在乎区区一只鬼怪。

"如果我们结伴旅行，"波利亚斯·穆恩突然开口，目光依然盯着散发深红光芒的余烬，"我们就该克服自己的疑虑。把发生过的一切都抛在身后。世界已经改变。全新的人生正等着我们。有些事终结了，还有些事会迎来开始……我们希望……"

他顿了顿，咳嗽一声。他不习惯谈论这种事，也害怕惹人嘲笑。但他的两个同伴没觉得他在说笑，更没有放声大笑。恰恰相反，波利亚斯能感觉到从他们身上释放出的热情。

"我们希望，在埃尔斯柯德格隘口的那一边，"他续道，"在泽瑞坎或哈卡兰，我们能得到安全。我们料到接下来的旅途会漫长而艰险。如果我们想共同进退……就必须克服疑虑。我的名字是波利亚斯·穆恩。"

戴宽边帽的旅行者站起身，挺直壮硕的身躯，跟波利亚斯握了握手。精灵也站了起来，毁了容的骇人面孔浮现出古怪的表情。

同追踪专家握手之后，旅行者跟精灵也握了手。

"世界改变了，"旅行者说，"有些事终结了。我叫……西吉·鲁文。"

"还有些事会迎来开始。"疤脸精灵的脸皱了起来，根据种种迹象判断，那应该是个微笑，"我的名字是……沃尔夫·伊森格林。"

他们飞快地握了手。动作有力，甚至有些粗鲁。有那么一阵子，比起和睦的表态，周围的气氛更像战斗的前兆。但只有一瞬间而已。

火堆里的木柴溅起火星，用轻快的烟火庆祝着这一刻。

"如果这还不算美好友谊的开始，"波利亚斯·穆恩咧嘴笑道，"就让魔鬼带走我吧。"

……就像其他殉道姊妹一样,圣菲丽芭也蒙受了背叛王国、引发动乱和策划政变的污名。维勒莫尔——异端和宗派主义者——以非法手段获得了大祭司的头衔,随后下令将圣菲丽芭投入黑暗的地牢,用寒冷和饥饿折磨她,直到她承认自己被指控的罪名,并做出忏悔为止。他们还使用了各式各样的刑具,想以此击溃她的灵魂。但圣菲丽芭轻蔑地朝他脸上吐唾沫,还指控他是个鸡奸者。

那个异端剥光她的衣服,用带刺的铁丝抽打她,又将锐利的碎片扎进她的指甲。他还强迫圣菲丽芭放弃她的信仰和母神。但圣菲丽芭却放声大笑,建议他去治一治发病的脑子。

维勒莫尔随即下令,将她带上拷问台,让她摊开四肢,用尖锐的钩子撕裂她的身体,又用蜡烛烧灼她。尽管遭受酷刑,圣菲丽芭却毫不示弱,她的抵抗和忍耐堪称非凡。刽子手的双臂失去了力气,他们怀着恐惧纷纷后退。但肮脏的异端维勒莫尔威胁他们,让他们继续拷打。他们用红热的烙铁烧灼圣菲丽芭,将她四肢的关节拉到脱臼,又用铁匠的钳子拉扯她的双乳。直到在酷刑中辞别人世,圣菲丽芭始终没有屈服。

我们在神父们的著作里读到过,那个不知羞耻的异端维勒莫尔随后遭到了惩罚,虱子和蠕虫活生生地吞吃了他的身体。他内脏腐烂,死状凄惨。他的尸体散发出恶臭,没有人想埋葬他,于是将他丢进了河里。

圣菲丽芭——殉道者王冠当之无愧的主人——为了永远铭记她的

受难和死亡，让我们赞美伟大的母神，感谢她的教导和教诲。阿们。

——《圣菲丽芭，蒙斯·卡尔乌斯①殉道者之生平》
摘自《崔托格每日祈祷书》中的《殉道者之书》
诸多神父合著，以之颂赞其名

---

①"蒙斯·卡尔乌斯"是"蒙特卡沃"的另一种叫法。——译注

第十一章

他们像疯子一样策马疾驰。他们在生机勃勃的春日里骑着马,马儿似在空中飞翔。正在劳作的人们抬起头,挺直背脊,不敢相信自己的双眼——他们看到的究竟是骑手还是幽灵?

他们在夜色中奔驰,在黑暗而潮湿的夜晚穿过温暖的雨幕。人们从床上惊醒,惊恐地四处张望,压抑着在喉咙和胸中增长的痛楚。窗扇碰撞窗框的响声、孩子的哭声和狗的吠叫让他们跳下床。他们窥视着窗外,不敢相信自己的眼睛——那些究竟是骑手还是幽灵?

在艾宾一带,三个恶魔的故事开始流传。

◆━━━◆━━━◆

三个骑手突然凭空现身,仿佛用了什么魔法,让"瘸子"猝不及防,更错过了逃跑的时机。他也来不及去找人求助了。他身有残疾,还离村子头一排房屋隔了五百步远。其实就算没这么远,他也得不到妒火村乡亲们的帮助。现在是午休时间,而在这慵懒的小村里,午休通常会从日上三竿持续到傍晚。亚里士多德·博贝克，外号"瘸子"，是本地的乞丐和哲学家，所以他知道，在午休时间，就算天塌下来，其他村民也不会有什么反应。

骑手一共三人。两女一男。男人一头白发，斜背着一柄剑。其中一个女人穿着黑白相间的衣服，留着墨黑的卷发。最年轻的那位发色银灰，脸上有道丑陋的伤疤，跨骑一匹漂亮的黑母马。瘸子好像见过这匹马。

那名女孩最先开口。

"你是本地人吗？"

"我什么都没做。"瘸子的牙齿不断打颤，"我只在这儿摘羊肚菌。行行好吧，别伤害残疾人……"

"你是本地人吗？"她重复一遍，绿色的双眼闪烁着警告的光芒。

瘸子缩了缩身子。

"是的，女士。"他说，"我是本地人，就出生在这里，博尔卡村。我是说，妒火村。我生在这里，肯定会死在这里……"

"去年夏天到秋天，你在这里吗？"

"我还能去哪儿呢？"

"别用问题回答问题！"

"我在这儿，女士。"

黑母马晃了晃脑袋，竖起耳朵。瘸子能感觉到，白发男人和黑发女人愤怒的目光活像扎进他身体的尖刺。他最怕的是那个白发男人。

"去年，"脸上有伤疤的女孩告诉瘸子，"九月。更确切地说，九月九日，上弦月的时候，有六个年轻人在这里遇害。四个男孩……还有两个女孩。你记得这件事吗？"

瘸子咽了口口水。他早就有所怀疑,现在更可以确定了。

女孩变了。而且变的不只是脸上的伤疤。她不再是被邦纳特绑在木杆上,被迫看着他锯掉耗子帮人头的女孩了。她也不再是在奇美拉之首酒馆被迫脱掉衣服,忍受邦纳特毒打的女孩了。那双眼睛……那双眼睛变了。

"快说!"黑发女人厉声道,"回答她的问题!"

"我记得,这位大人,还有女士。"瘸子说,"我记得那六个被杀的孩子。的确是在去年。九月。"

女孩沉默片刻。她没有看他,而是越过他的肩头,看着远方某处。

"也就是说,你应该知道……"最后,她费力地说,"那些年轻人被葬在何处。在哪片栅栏下面……在哪个垃圾箱或哪个粪堆底下……或者没人埋葬他们的尸体……而是直接搬去了森林,留给狐狸和狼啃食……无论是哪儿,带我过去。你听明白了吗?"

"我明白,女士。跟我来,离这儿不远。"

他一瘸一拐地往前走,颈背感觉着马匹温热的气息。他一路都没敢抬头。不知为什么,他就是觉得自己不该抬头。

"到了。"走了一段,他指了指,"这就是我们村子的墓地。您问的坟墓就在那儿,法尔嘉女士。"

女孩深吸一口气。瘸子看看她,想确认她脸上的表情。黑发女人和白发男人沉默不语,表情就像石头。她看着公共墓地里那块又长又矮的坟丘,周围收拾得整整齐齐,顶上铺着砂岩板。装饰坟墓的云杉枝早已褪色,很久以前有人放在那里的花朵也已干枯发黄。

女孩跳下马背。

"谁弄的?"女孩平静地问,目光不离那块坟墓。

"哦,"瘸子清了清嗓子,"妒火村很多人都出了力。但出力最多的是寡妇格露,还有年轻人奈克拉。那位寡妇向来心地善良,待人和善。至于奈克拉……他一直在做噩梦,直到他为死者安排了妥当的葬礼为止……"

"我在哪儿能找到他们?那位寡妇和奈克拉?"

瘸子沉默良久。

"寡妇也在这里,埋在那棵歪脖子桦树后面。"他毫不畏惧地看着女孩绿色的眼睛,"冬天时,她得肺炎死了。奈克拉征召入伍了……据说,他死在了战场上。"

"我都忘了。"女孩低声道,"我忘了他们的命运曾与我相连。"

她走到坟墓前跪了下来,或者说,倒了下来。她深深地弯下腰,脸几乎碰到了砂岩板。瘸子注意到,白发男人做了个像要下马的动作,但黑发女士抓住了他的手臂,用手势和眼神制止了他。

几匹马喷喷鼻息,甩着脑袋,让缰绳啪嗒作响。

很长一段时间里,女孩就这么跪在坟墓前,嘴唇无声地翕动。最后,她摇摇晃晃地站起身。瘸子不经意扶住了她的手肘。她吃了一惊,迅速抽回手臂,用泪眼愤怒地看着他,但却一言不发。但他帮她扶稳马镫时,她没忘记向他点头致谢。

"哦,我的法尔嘉女士,"他壮着胆子说,"命运之轮转动的方式确实出人意料。您当时的处境糟透了。妒火村的村民没几个相信你能逃出生天。可今天您活得好好的,格露和奈克拉却在另一个世界。对于这座坟墓,您确实应该感谢他们……"

"我的名字不是法尔嘉。"她用尖锐的语气说,"我叫希瑞。至于说感激……"

"你们应该感到光荣才对。"黑发女人语气冰冷,让瘸子不由自主地浑身发抖。

"因为这块墓地,因为你们残存的人性,因为你们生而为人的尊严和体面,"黑发女士续道,声音缓慢而清晰,"你和这整个村子才得到了仁慈、感激和嘉奖。虽然你可能还不理解,这些东西有多重要。"

四月的第九天,午夜刚过不久,克莱蒙特一部分居民便被照进窗户的明亮红光惊醒。在警钟的鸣响下,镇子的其他居民也跳下床,放声尖叫,引起一阵阵骚动。

只有一栋房子着了火。那是一栋大型木制建筑,从前属于某座神殿,曾经供奉着一位神祇,但就连年纪最大的老妇人都遗忘了那位神的名号。神殿如今已改建为一座圆形竞技场,不时举办马戏表演、搏击比赛,以及其他供克莱蒙特居民排解无聊、忧愁与睡意的娱乐节目。

竞技场今天着了火,在爆炸声中摇摇晃晃,每扇窗户都喷射出火舌。

"快救火!"圆形竞技场的主人,名叫霍温纳赫的商人咆哮道。他跑来跑去,挥舞双手,大肚子颤抖不止。他戴着睡帽,睡衣上披着一件毛皮衬里的沉重外套。他光着脚踩在街面的烂泥上。

"快救火!来人啊!拿水来!"

"这是诸神的惩罚,"一个老太太说,"因为他们从前的居所变成了这副模样。"

"哎,是啊,姑妈。一点不假。"

燃烧的建筑迸出嘶嘶作响的火星，散发的热气蒸干了地上臭烘烘的马尿。突然，一阵风吹来。

"快灭火！"霍温纳赫看着蔓延到酿酒厂和谷仓的火势，疯狂地大吼，"来人啊！去拿桶子装水来！"

志愿救火的人为数不少。克莱蒙特甚至有自己的消防部门，器械和维护费用也都是霍温纳赫提供的。他们尽了最大努力想扑灭火势，但只是徒劳。

"我们救不了的。"消防队长呻吟着，揉了揉沾满煤烟的脸，"这不是普通的火……这是地狱之火。"

"黑魔法……"另一个消防员咳嗽着说。

他们听到，燃烧的竞技场内传来一阵不祥的"咯吱"声，那是椽子和横梁破裂的响声。接着是阵雷鸣般的闷响，火星和火焰冲向天空。顶棚破碎，落进竞技场里。整栋建筑物开始弯曲，仿佛在向观众鞠躬。

然后墙壁开始崩塌。

在消防队员和志愿者的努力下，旁边一部分谷仓和大概四分之一的酿酒厂得以保全。

黎明在刺鼻的焦味中到来。

霍温纳赫坐在烂泥和灰烬里，睡帽和睡袍乌黑肮脏。他像孩子一样噘着嘴，痛哭流涕。

当然了，他为竞技场、酿酒厂和谷仓都投了保险。问题在于，保险公司的所有者也是霍温纳赫。任何手段，就算偷税漏税，也没办法弥补他的损失。

"现在去哪儿?"杰洛特看着遮蔽了玫瑰色清晨天空的烟柱,问道,"希瑞,你还想去什么地方?"

她看着他,让他很快就为自己的提问后悔了。他突然很想抱住她。他想象自己用双臂将她抱在怀里,轻轻抚摸她的头发,保护她。让她不再孤单一人。不再遭受任何不幸。也不再发生任何会让她渴望复仇的事。

叶妮芙沉默不语。叶妮芙最近经常沉默。

"现在,"希瑞轻声说,"我们要去一个叫独角兽的村子。它得名于保佑那里的独角兽稻草像。那只是个可怜又可笑的玩偶。为了提醒他们在那里发生过的事,我希望那些村民的神像可以变得……就算不值钱,也能体面一点。我想请求你的帮助,叶妮芙,因为,如果不靠魔法……"

"没问题,希瑞。接下来呢?"

"佩雷拉特沼泽。我相信,我会在那里……在沼泽中央,找到一栋小木屋。我会找到一个男人的遗体。我希望让那具遗体安息在体面的坟墓里。"

杰洛特一言不发,但也没移开目光。

"然后,"希瑞毫不费力地理解了他的眼神,继续说道,"是顿·戴尔村。那里的酒馆多半已被焚毁,酒馆老板或许也被杀了。这是我的错:我被憎恨和复仇蒙蔽了双眼。如果他有家人,我想看看能不能补偿他们。"

"这种事是没法补偿的。"杰洛特依然看着她。

"我知道，"她语气尖锐，几乎带着愤怒，"但我会怀着羞愧站在他们面前。我会记住他们的眼神。我希望对那些眼神的记忆能让我免于犯下类似的错误。杰洛特，你明白吗？"

"他明白，希瑞。"叶妮芙说，"乖女儿，我们都明白你的意思。我们走吧。"

◆—▶—◆

马儿疾驰，仿佛乘着魔法的狂风。听到三位骑手的动静，路上一名旅人抬起头。一位带着满车货物的商人，一个逃亡的重刑犯，一位被赶出自己家园的政治犯，全都抬起头来。流浪汉、逃兵和手持木杖的云游者抬起头。所有人都抬起头，目瞪口呆，满心惊恐，不敢相信自己的眼睛。

从艾宾到吉索，故事开始流传。关于狂猎。关于三个幽灵般的骑手。人们在夜晚，在烟雾缭绕、散发着煎洋葱和黄油气味的酒馆里，在会客厅和小屋里编造并杜撰流言。流言口耳相传，愈发夸大。他们讲述起一场关于英雄主义与骑士精神，关于荣誉、友谊与毫无意义的背叛的伟大战斗。他们讲述真挚与忠诚、而且每次都会胜出的爱情，讲述无法逃脱正义惩罚的罪行与罪人。

他们讲述真相。真相终究会浮现，就像水里的油。

他们也在编造谎言，并且享受这些虚构的故事。他们陶醉在纯粹的幻想里。因为在真实的世界里，一切都截然相反。

传说愈演愈烈。人们如痴如醉地听着说书人讲述猎魔人和女术士的故事，着迷于他们夸张的辞藻。还有雨燕之塔的故事。疤脸女猎魔人希瑞的故事。魔法黑母马凯尔比的故事。

湖中女士的故事。

当然了，最后那个故事会在许多年后才开始讲述。

但眼下，传说仿佛一颗吸饱雨水的种子，开始在人们心中发芽、生长。

五月到来时，他们并没有察觉。他们最初意识到这一点是在夜晚时分，因为他们看到了远处明亮的五月节篝火。希瑞兴奋莫名地跳上凯尔比的马背，朝火光飞驰而去，杰洛特和叶妮芙趁机亲热。他们脱去必要的衣物，在一张羊皮上抓紧时间做爱。他们在沉默中急切而狂热地做爱，几乎一言不发。他们迅速而匆忙，顾不得太多。

在随后到来的高潮和满足中，他们颤抖着亲吻彼此的泪水，感谢命运为他们提供了表达爱意的时间。

"杰洛特？"

"我听着呢，叶。"

"我们……我们不在一起的时候，你有过别的女人吗？"

"没有。"

"一次也没有？"

"一次也没有。"

"你的声音没发抖。所以我不明白,我为什么不相信你。"

"我只属于你一个人,叶。"

"现在我相信了。"

◆━━◆━━◆

五月在毫无察觉之下到来。蒲公英在草地上生长,枝繁叶茂的大树上盛开着白色的花朵。橡树保持矜持的姿态,外表依然黝黑,但在枝丫末端,绿色的嫩叶开始萌芽。

◆━━◆━━◆

某个露宿的夜晚,猎魔人从噩梦中醒来。在梦里,他全身麻痹,无力抵抗。一只巨大的灰色猫头鹰抓挠他的脸,试图用弯曲而尖锐的鸟喙挖出他的眼睛。后来,他醒了。但他不确定这是不是另一个噩梦。

明亮的光芒从他们营地上方倾泻而下,惊动了马匹。光辉中央出现了一个房间——那是某座城堡里一间圆柱支撑的大厅。在一张桌子旁,坐着十个身影。十个女人的身影。

他能听见说话声。句子支离破碎。

"……带她来见我们,叶妮芙。我们命令你。"

"你们没资格命令我。更没资格命令她。你们没有指挥她的权力!"

"我不怕她们,母亲。她们什么也做不了。但如果她们想的话,我可以去见她们。"

"……我们会在六月一日见面。在新月之夜。我们命令你们二人同时现身。我们警告你,我们会惩罚抗命者。"

"我现在就去,菲丽芭。让她留在他身边。别留下他一个人。只要几天就好。为表诚意,我马上就去你们那里。我发过誓,菲丽芭。拜托你。"

光芒开始悸动。马儿喷着鼻息,疯狂地踢着地面。

猎魔人醒了。这次是真的醒了。

◀━━◆━━▶

第二天,叶妮芙证实了他的担忧。他们把希瑞排除在外,长谈了一番。

"我要走了。"她干巴巴地说,"我必须离开。希瑞会暂时留在你身边。然后我会叫她过去。再然后,我们又能团聚了。"

他点点头。尽管很不情愿。他已经受够了沉默地点头,赞同每个决定了。但他还是点了头。因为无论如何,他爱她。

"你不反对最好,"她用温和的语气说,"但即便拖延也于事无补。我们必须照她们说的做。这是为了你好。更是为了希瑞好。"

他点点头。

"等我们下次见面,"她用近乎温柔的语气说,"我会补偿你的,杰洛特。别什么都不说。我们之间的沉默太多了。现在别光点头,给我个拥抱,吻我。"

他照做了。因为无论如何,他都爱她。

"现在去哪儿?"叶妮芙穿过传送门,在闪光中消失不见,过了一会儿,希瑞问道。

"这条河……"杰洛特咳嗽一声,压抑着胸腔里的痛楚,"我们面前这条河叫杉斯雷托。我们要到上游去。我想带你去一个地方。那是个童话般的国度。"

希瑞皱起眉头。他看到她攥起了拳头。

"每个童话,"她说,"结局都很悲惨。童话国度根本不存在。"

"不,存在的。我带你去看。"

满月后的第二天,他们看到了沐浴在阳光中、绿意盎然的陶森特。他们看到了山丘、山坡和葡萄园。高塔和城堡的顶部在晨光中闪闪发亮。

这儿的景色没令人失望。它让人印象深刻。一如既往。

"这里真美。"希瑞快活地说,"哇哦!那些城堡就像玩具一样……就像蛋糕上用糖霜做的装饰……我都想伸舌头舔舔了!"

"这些建筑是法拉蒙设计的。"杰洛特告诉她,"等近距离看到鲍克兰的宫殿和花园,你再吃惊也不迟。"

"宫殿?我们要去宫殿?你认识这儿的国王?"

"是公爵夫人。"

"那位公爵夫人,"她用平淡的语气问道,刘海下的双眼紧盯着他,"是不是有双绿色的眼睛?还有黑色的短发?"

"没有。"他没好气地说着,转开了目光,"她的长相完全不同。我不知道你的印象是从哪儿来的……"

"杰洛特的私事还是别提为好,是这样吗?那你是怎么熟识这里的公爵夫人的?"

"我说过了,我认识她,但不是很熟。顺便一提,关系也不算太好。但我认识这里的公爵夫人的配偶,或者说,配偶的候选人。你也认识他,希瑞。"

希瑞踢踢马腹,让凯尔比在道路上跳跃起来。

"别卖关子了!"

"是丹德里恩。"

"丹德里恩?跟公爵夫人?怎么可能?"

"说来话长。我们把他留在这里,跟他的爱人做伴。我们答应会在返回时拜访他,等到……"

他闭了嘴,面色凝重。

"有些事你无能为力。"希瑞轻声说,"所以别折磨你自己了,杰洛特。这不是你的错。"

不,这就是我的错,他心想。是我的错。丹德里恩会问我的。而我必须回答。

米尔瓦。卡西尔。雷吉斯。安古蓝。

命运之剑有两道刃。

看在所有神灵的分上,已经够了。够了。我们必须彻底做个了结!

"走吧,希瑞。"

"去宫殿？"她问，"就穿这身衣服？"

"我没觉得你的衣着有什么问题，"他插嘴道，"我们又不去参加舞会。我们可以在马厩跟丹德里恩见个面。"他注意到她脸上的表情，连忙补充道，"我可以先去银行。去取点钱。你可以在广场和街道上找到很多裁缝店。你想买什么，想打扮成什么样，全听你的。"

"真好。"她昂起头，用开玩笑的语气说，"你的钱够吗？"

"你想买什么都没问题，"他重复一遍，"甚至是貂皮。还有石化蜥蜴皮做的鞋子。我认识个鞋匠，他大概还有些存货。"

"你是怎么挣到这么多钱的？"

"靠杀戮。走吧，希瑞，别浪费时间了。"

◆━━◆━━◆

在锡安凡尼利银行，杰洛特申请转账，取了些钱出来。他写了几封信，交给几位准备骑马前往雅鲁加的急件信使。那位殷勤有礼的银行家邀请他共进晚餐，但他礼貌地拒绝了。

希瑞在街上看着来往的马匹。前一刻还空空荡荡的街道，此时挤满了人。

"我想今天应该是什么节日，"希瑞朝涌向广场的人潮点头示意，"要不就是集会……"

杰洛特飞快地瞥了一眼。

"不是集会。"

"哦……"希瑞踩着马镫站了起来，四下张望，"这么说，那是……"

"公开处决，"他确认道，"战后最流行的娱乐活动。希瑞，处决的理由是什么？"

"擅离职守、叛国、临阵脱逃，"她流畅地念诵着，"还有经济犯罪。"

"给军队供应发霉的饼干。"猎魔人说，"在战争时期，有进取心的商人很容易惹上麻烦。"

"这次处决的不像是某个小贩。"希瑞挽着凯尔比的缰绳，融入人群之中，"你看，绞刑架用布盖着，刽子手还戴着干净的新头罩。他们要处决某个重要人物，或许是个贵族。也许是临阵脱逃……"

"陶森特，"杰洛特摇摇头，"没有会跟敌人对阵的军队。不，希瑞，我猜这跟经济犯罪有关。罪犯多半诈骗了某家酒品店，损害了本地经济的基础。走吧，希瑞。我们用不着看这个热闹。"

"你叫我怎么走？"

的确，要继续走根本不可能。他们被困在聚集于广场的人群里，没法前往广场的另一端。杰洛特转头望去，咒骂出声。他发现他们连转身都办不到了，人们已经堵住了他们身后的街道。人群像河流一样裹挟着他们前进，却被竖立在绞刑架周围的长戟之墙挡了下来。

"他们来了！"有人大喊道。人群听到呼喊，仿佛波浪一般向前涌去。"他们来了！"

人群发出的喧闹声仿佛大黄蜂的嗡鸣，将马蹄声和车轮声彻底盖了过去。因此，当那两匹马拉着的货车钻出小巷时，他们彻底吃了一惊。在货车的车斗里，正费力地保持平衡的人是……

"丹德里恩……"希瑞呻吟起来。

杰洛特突然感觉很糟。非常糟糕。

"是丹德里恩,"希瑞用不自然的语气重复道,"是他。"

这不公平,猎魔人心想。太不公平了。这不可能。不应该这样。我真是又愚蠢又幼稚。我满以为忍受和经历了这么多,命运便会亏欠我。这不仅愚蠢,还很自我中心……但我清楚这一点。命运用不着说服我。用不着向我证明。更没必要用这种方式……

这太不公平了。

"那不可能是丹德里恩。"他盯着洛奇的鬃毛,空洞地说道。

"是他。"她又说一遍,"杰洛特,我们得做点什么。"

"什么?"他苦涩地问,"我们还能做什么?"

赶车的卫兵对丹德里恩态度不差,甚至出奇地礼貌,没什么粗鲁的举动,反而尽可能地恭敬。到了绞刑架的台阶前,他们给他的双手松了绑。诗人满不在乎地挠挠屁股,毫不犹豫地爬上台阶。

其中一级台阶突然嘎吱作响,开始下陷。丹德里恩勉强维持住平衡。

"见鬼!"他惊呼道,"这台阶该修修了!不然迟早会害死人的!那可就太糟糕了!"

等丹德里恩爬到绞架下,两个身穿皮革背心的行刑助手便抓住了他。刽子手是个双臂如棱堡般宽阔的壮汉,透过头套上的开口看着犯人。附近站了个身穿华贵黑色丧服的男人,他的表情同样悲伤。

"鲍克兰的公民,以及来自周边地带的乡亲们,"他用困扰的语气读着羊皮纸上的字句,"特此通知,朱利安·阿尔弗雷德·潘克拉茨,即德·雷天哈普子爵,又名丹德里恩……"

"潘克拉什么?"希瑞小声问。

"……治理这个公国的最高法庭宣布,此人遭到指控的所有罪行、过错与劣迹均证据确凿。他对公爵夫人殿下不敬,背叛公国,以伪证、诽谤、造谣来抹黑贵族阶层。此外,他还放荡下流,甚至与人通奸。法庭因此决定,朱利安子爵将接受如下惩罚——首先,羞辱他的纹章,在图案上加上一条粗黑线。其次,没收他的全部财产,无论动产或不动产,包括土地、森林、城堡和宫殿……"

"城堡和宫殿?"猎魔人吃惊地说,"什么?"

丹德里恩嗤之以鼻,露骨地表示出他对判决结果的看法。

"第三,此人将接受的最高刑罚,为五马分尸……但我们尊贵的安娜·亨利叶塔,陶森特公爵夫人和鲍克兰宫的主人,善意地将上述惩罚改换为用斧头斩首。现在,愿正义得到伸张!"

人群中传来几声零落的哭泣。站在前排的女人们露出哀悼和恸哭的样子。大人抱起孩子,让他们坐在自己肩头,这一来,就算是最小的孩子也不会错过即将到来的盛况。行刑助手将一根木桩滚到绞刑台中央,用布盖上。发现用来装人头的柳条篮被人偷走时,人群骚动了一阵子,但他们很快找到了另一只。

在绞刑台下方,四个衣衫褴褛的流浪儿拿出一条披巾,准备接住喷出的血。这种类型的纪念品供不应求,还能卖到不错的价钱。

"杰洛特,"希瑞压低声音,"我们必须做点什么……"

他没有回答。

"我想和民众说几句话。"丹德里恩傲慢地说。

"请长话短说,子爵大人。"

诗人走到绞刑台边缘,抬起双臂。人群开始窃窃私语,又逐渐安静下来。

"嘿,乡亲们,"丹德里恩大声说道,"有什么新闻吗?你们过得如何？"

"还行吧。"片刻后，人群中有人说道。

"那就好。"诗人点点头，"我很高兴。好吧，可以开始了。"

"刽子手先生，"执行官拿腔拿调地说，"履行你的职责吧！"

刽子手走上前去，按照古老的传统跪了下来，朝罪人低下他戴着头罩的头颅。

"请原谅，老兄。"他用阴郁的口气说。

"我？"丹德里恩惊讶地说，"原谅你？"

"嗯哼。"

"绝对不会。"

"啊？"

"我绝对不会原谅你的。我凭什么原谅你？听着，小丑！你马上就要砍掉我的脑袋，却指望我原谅你？你在取笑我吗？真可耻！在这悲伤的时刻居然还开这种玩笑。"

"可是，先生，"刽子手说，"这是传统……是你在这世上最后的职责……罪犯应该原谅刽子手。好心的大人，请原谅我……"

"不。"

"不？"

"不！"

"那我不杀了。"刽子手站起身，"如果他不原谅我，我是不会动手的。"

"子爵大人，"执行官抓住丹德里恩的手肘，"别闹了。民众聚集在这里，等着……请原谅他吧，他都好言好语求你了……"

"我不会原谅他的，就这样！"

"刽子手先生，"执行官转向刽子手，"你能不能不要他的原谅就砍掉他的头吗？我会付你……"

刽子手一言不发地摊开平底锅一样宽的手掌。执行官叹了口气，拿出一只钱袋，往那只手里倒了些钱币。刽子手看了看，攥紧拳头，在头罩里翻了个白眼。

"好吧。"他答应下来，收起钱币，走到罪人面前，"跪下吧，顽固的先生。把你的脑袋放在木桩上。如果我想的话，我也可以既顽固又淘气。只用一斧子的事，我可以改成两斧子，甚至三斧子。"

"我原谅你！"丹德里恩突然喊道，"我原谅你！"

"谢谢。"

"既然你已经得到原谅了，"穿着丧服的执行官说，"把钱还给我。"

刽子手转过身，抬起斧子。

"让开，先生。"他用充满不祥意味的空洞嗓音说道，"您知道的，根据规定，您不能干涉行刑过程。等我砍下他的头，鲜血会溅出来的。"

执行官飞快地后退，差点掉下绞刑台。

"是真的吗？"丹德里恩跪了下来，把脖子放在木桩上，"先生？嘿，先生！"

"什么事？"

"你是在说笑，对吧？你说不会一斧子砍掉我的脑袋，那只是说笑吧？你只会砍一斧子，对吧？"

刽子手的双眼闪现精光。

"你会大吃一惊的。"他不怀好意地咆哮道。

人群突然分开，一位骑手骑着满身汗沫的马冲进了广场。

"住手！"骑手大喊，挥舞着一卷红色封蜡的羊皮纸，"停止行刑！这是公爵夫人殿下的命令！停止行刑！我带来了被告的赦免令。"

"又来了。"刽子手阴沉着脸，放下斧子，没好气地说，"又是赦免？我都搞烦了。"

"赦免！赦免！"人群呼喊道。前排的女人们哭号得更响了。孩子们吹着口哨，失望地喝着倒彩。

"肃静，各位！"执行官大喊着展开那张羊皮纸，"这是安娜·亨利叶塔公爵夫人的命令！为了庆祝辛特拉和约的签订，无比仁慈的她撤销了对朱利安·阿尔弗雷德·潘克拉茨，即德·雷天哈普子爵的所有指控，赦免其死刑……"

"我亲爱的小鼬鼠。"丹德里恩毫不掩饰地笑了。

"……并命令朱利安子爵立刻离开首都和陶森特公国，再也不准回来，因为此处不再欢迎他的存在，公爵夫人殿下也不想再见到他。你自由了，子爵大人。"

"我的财产呢？"吟游诗人愤愤不平地说，"我的土地、森林和城堡，你们大可以拿走，但请让我带走我的鲁特琴，我的好马珀迦索斯，我的一百四十杜卡特金币和八十塔勒银币，我的鸭毛衬里斗篷，我的戒指……"

"闭嘴！"杰洛特大喊，骑着马挤过人群，"赶紧闭嘴吧，下来，你这蠢货！希瑞，帮我清条路！丹德里恩！你听到我的话没有？"

"杰洛特？是你吗？"

"别再问了，马上给我下来！到这边来！跳到马背上！"

他们穿过人群，沿着一条小巷飞驰。希瑞跑在前面，杰洛特和丹德里恩骑着洛奇,紧随在后。

"这么着急干吗?"诗人在猎魔人身后问,"又没人追我们。"

"暂时没有而已。公爵夫人可能会改变心意,撤销她先前的决定。承认吧。你知道自己会得到赦免吗?"

"不,我不知道。"丹德里恩嘀咕道,"但我的确希望得到赦免。我的小鼬鼠有副好心肠。"

"别再提什么小鼬鼠了,该死的。公爵夫人刚刚赦免你的不敬之罪,你就别再犯了。"

吟游诗人沉默下来。希瑞让凯尔比停下脚步,等待他们。等他们追上,她看到丹德里恩正在擦拭眼泪。

"瞧瞧他,"她说,"好一位子爵大人……"

"我们走吧。"猎魔人催促道,"我们离开这座城市,离开这个可爱公国的边境。趁我们还有时间。"

◆━━━┫┣━━━◆

等他们快要抵达陶森特边境,戈尔贡山也出现在视野时,有位官员追上了他们。他带来了珀迦索斯、一副马鞍、鲁特琴和丹德里恩的戒指。但他没有理睬丹德里恩关于那一百四十杜卡特的询问,还板起面孔,对诗人吻别公爵夫人的请求充耳不闻。

他们沿杉斯雷托河的河道前行,直到它转为一条细小的溪流。他们绕过贝哈文,在多尔·奈维山谷扎营。猎魔人和诗人对那里记忆犹新。

很长一段时间,丹德里恩没问任何问题。

但最后,他们还是把一切都告诉了他。

讲述结束后,在令人痛苦和难堪的沉默中,他们坐在他身边,一言不发。

◆━━◆━━◆

次日中午,他们来到莱德布鲁尼的山坡。和平的气氛笼罩了这里。人们满怀希望又乐于助人。他们觉得很安全。

而在十字路口,绞架上挂满了尸体。

他们经过城镇,前往多尔·安哥拉。

"丹德里恩,"杰洛特注意到了他早就该发现的事,"你那无价的笔记筒呢?你的回忆录,那个信使没带来,它还在陶森特?"

"我把它留在小鼬鼠的更衣室了,"诗人满不在乎地说,"放在一堆外套和紧身胸衣下面。估计几个世纪都不会有人发现吧。"

"你想解释一下吗?"

"没什么可解释的。在陶森特,我有足够的时间仔细阅读我写下的每一个字。"

"所以呢?"

"我会重写。从头再写一遍。"

"我明白了,"杰洛特说,"你写作的水平和当宠臣的水平一样烂。说得直白点,你不管碰什么都会搞砸。《诗歌的半世纪》你好歹还能重写和修改,但公爵夫人就没戏了。有情人各奔东西,真可惜。好了好了,你没必要摆出那张面孔!跟陶森特公爵夫人结婚不是你的宿命,丹德里恩。"

"这可难说。"

"别指望我帮忙。"

"没人求你帮忙。但我可以告诉你,我的小鼬鼠有副好心肠,而且非常宽容。抓到我和年轻的男爵之女妮克在一起时,她确实很焦躁……但她会冷静下来的,她会明白我并不适合一夫一妻制。她会原谅我,并且等着……"

"你真是蠢得无可救药。"杰洛特说。希瑞用力点头,表示深有同感。

"我不跟你争,"丹德里恩气愤地说,"这是我的私事。我相信她会原谅我的。我会创作一首动人的民谣或十四行诗,找人送去陶森特,然后……"

"行行好吧,丹德里恩!"

"哦,看来你不想再谈这事了。好了,我们走吧!前进,珀迦索斯!前进!"

他们骑马前行。

行走在五月。

❖━━━◆━━━❖

"因为你,"猎魔人责备道,"我们只能像歹徒和强盗一样逃离陶森特。我都没时间去见……"

"芙琳吉拉·薇歌?你见不到她的。你离开后不久她就走了,当时是一月。她就这么消失了。"

"我说的不是她。"杰洛特咳嗽一声,看了眼正竖着耳朵偷听的希瑞,"我是说列那。我想把他介绍给希瑞认识……"

丹德里恩垂下头。

"好骑士列那·德·波伊斯-菲涅斯,"丹德里恩说,"死于塞万提斯隘口附近的维戴特边境要塞,当时是二月末,他们与劫掠者发生交战。在他死后,安娜叶塔追封他为……"

"请闭嘴吧。"

丹德里恩出奇顺从地安静下来。

◆━━▶━━━▶━◆

时间一天天过去,五月的气息愈加浓郁。草坪上茂盛的黄色蓟花消失不见,如今盛开的是毛茸茸的白色蒲公英。

周围郁郁葱葱,气候温暖。短暂的雷暴雨过后,空气闷热起来,像大麦粥一样又浓又稠。

◆━━▶━━━▶━◆

五月二十六日,他们经由散发着树脂味道的新桥跨过了雅鲁加河。河里和岸边仍能看到旧桥焦黑的残骸。

希瑞变得不安。

杰洛特知道原因。他知道她的打算,也知道她和叶妮芙的计划与安排。他做好了心理准备。但想到痛苦的离别,他的心脏就阵阵刺痛。在他的胸膛里,仿佛有只毒蝎醒了过来。

在科普里文斯村的十字路口,有一家在战争期间遭到焚毁的酒馆,旁边耸立着一棵足有百年历史的老橡树,此时枝头正鲜花盛开。这个地区的居民——甚至从史帕拉远道而来的人——都会在这棵橡树低处的枝头挂上木牌和招贴画,上面写着各种内容,充当彼此间的通信工具。这棵树因此被称为"知晓善恶之树"。

"希瑞,你从那边开始。"杰洛特吩咐着,跳下马背,"丹德里恩,你从另一边看起。"

树枝上挂满了木板,在微风中摇摆碰撞,发出咔嗒的响声。

每次战争过后,都会出现许多与失散家人有关的留言,这次也不例外。好几块木牌上写着"回来吧,我原谅你的一切"之类的废话。除此之外,树枝上还有各式各样的色情留言,以及位于周边村庄和城镇的相关服务设施的列表,外加许多新闻和广告。情书与谴责书随处可见,签名和匿名的都有。他们还找到了许多写有哲学思考内容的木牌——有的令人费解,有的荒唐可笑,有的言辞下流,有的令人作呕。

"嘿,"丹德里恩喊道,"拉斯特伯格城堡需要猎魔人。他们给的报酬很高,还提供舒适的住处和可口的饭菜。杰洛特,你有兴趣吗?"

"完全没有。"

希瑞找到了她要找的留言。

她说出了猎魔人早就料到的话。

"我要去温格堡,杰洛特。"她重复一遍,"别用那种眼神看着我。你知道我必须去,对吧?叶妮芙在召唤我。她在等着我。"

"我知道。"

"而你要去利维亚,去秘密会见……"

"那只是个惊喜。"他打断道,"不是秘密。"

"好吧,惊喜。在此期间,我会去温格堡,解决一切,并带上叶妮芙。六天后,我们会在利维亚跟你见面。请你别用那种眼神看着我了。又不是永别。只要六天而已。再见。"

"再见,希瑞。"

"六天后,利维亚再见。"她又强调一遍,转过凯尔比的马头。

她让马儿飞奔,很快便离开了他们的视野。杰洛特觉得有只冰凉的爪子在抓挠他的胃。

"六天,"丹德里恩若有所思地重复道,"从这儿到温格堡,再返回利维亚……总共二百五十里路……这不可能,杰洛特。当然了,骑着那匹神奇的母马,她赶路的速度比我们快三倍。但再神奇的马也需要休息。希瑞还有桩神秘事务要解决。得了吧,这不可能……"

"对希瑞来说,"猎魔人打断了他的话,"没什么事是不可能的。"

"可是……"

"她已经不是你认识的那个小丫头了。"杰洛特没让他说完。

丹德里恩沉默良久。

"我有种奇怪的感觉……"

"安静。什么也别说了。算我求你。"

◆━━━━━┃━━━━━◆

五月结束了。月亮只剩下一条细线,新月之夜即将到来。他们骑着马,朝地平线上的群山进发。

◆━━━━━┃━━━━━◆

眼前是典型的战后景象。田野间堆起一座座坟墓和坟丘,茂盛的春日野草间能看到白色的颅骨和骨架。枝头悬挂着死尸,狼群徘徊在道路两旁,等待着乞丐与弱者。

在大片被焚烧的焦黑土地上,连野草的影子都看不到。

但在这片只有废墟留存的土地上,仍有许多村民和移民正在重建家园。他们周围充斥着斧子的劈砍声、锤子的敲打声和锯子的切割声。在靠近废墟的位置,女人们正用锄头翻着焦土。有些摇摇晃晃地拖着犁头,牵引用的皮绳深深埋进她们的肩膀。

"我依稀觉得,"丹德里恩说,"这里有点不对劲儿。好像少了些什么……杰洛特,你有同感吗?"

"啊?"

"这里有什么东西不太正常。"

"这里根本没有正常的东西,丹德里恩。根本没有。"

这一夜漆黑闷热,没有风,仅有的光源是在远方亮起的闪电,雷声隐约可闻。杰洛特和丹德里恩扎了营,看着西方被火光映得通红的地平线。没过多久,一阵微风吹来,带来了烟味,还有零星的声响。他们听到了女人们的呼喊,孩子的哭号,还有暴徒的吼声。

丹德里恩一言不发,不断看向猎魔人。

但猎魔人一动不动,甚至没有转头。他的脸就像石头。

到了早晨,他们继续赶路。森林上方升起一道烟雾,他们连看都没看一眼。

那天晚些时候,他们遇见了一队移民。

这支队伍很长,以缓慢的速度前进。他们背着小小的包裹。他们一言不发。男人、男孩、女人、女孩。没人哭泣,也没人抱怨一句。就连一句绝望的呻吟都没有。

但他们的悲伤和绝望都映射在双眼里。那空洞的眼神属于蒙受冤屈之人。属于遭受掠夺、虐待和驱逐之人。

"这些都是什么人?"丹德里恩说着,没去留意监视着这些流离失所之人的军官们的眼神,"他们为什么被迫离开?"

"他们是尼弗迦德人。"一个年轻的中尉在马鞍上答道,他看起来不超过十八岁,"尼弗迦德移民。他们像蟑螂一样霸占了我们的土地。

根据辛特拉和约的条款,我们正像赶蟑螂一样把他们赶走。"

他吐了口唾沫,轻蔑地看了眼吟游诗人和猎魔人。

"如果我有决定权,我才不会让这些虫子活命。"

"如果我有决定权,"一位留着花白八字胡的中士说道,用蔑视的眼神看着他的年轻同僚,"我会让他们留在自己的农场和土地上继续干活。我可不会把好农夫赶出这个国家。我很乐意看到农业繁荣。这一来,我们就不会挨饿了。"

"你真是个榆木脑袋,中士。"年轻的中尉责骂道,"他们是尼弗迦德人!这些人不懂我们的语言,我们的文化,也没流着我们的血。就为了一点点农业上的好处,我们就要把冻僵的蛇放进怀里?我们身后会有一群随时准备袭击的叛徒。难道你觉得,我们跟黑甲军的和约能永远持续下去?不,不,他们会卷土重来的……嘿,士兵!那家伙怎么还有货车?快,抓住他!"

士兵们迫不及待地执行命令,用上了拳头、双脚和棍子。

丹德里恩咳嗽一声。

"怎么,你看上去很不满意?"年轻军官怀疑地打量着他们,"你们该不会是尼弗迦德人吧?"

"天啊,当然不是。"吟游诗人咽了口唾沫。

许多女人和女孩从他们面前经过,动作仿佛木偶,眼神空洞,面容浮肿,破碎的裙摆下露出的双腿满是瘀青。其中一些走路时必须靠人搀扶。丹德里恩看着杰洛特的脸,恐慌起来。

"我们该赶路了。"他嘟囔道,"再会了,先生们。"

年轻军官连头都没回,一心一意监视着那些难民。按照辛特拉和约的内容,他们不准携带大件的行李。

这支队伍缓缓行进。

在他们身后，传来某个女人高亢而绝望的尖叫。

"杰洛特，别！"丹德里恩低声道，"别管闲事。求你了……别插手……"

猎魔人转过头，用看陌生人的眼神看着诗人。

"插手？"他耸耸肩，"管闲事？救人一命？为高尚的原则和理念献出自己的生命？不，不，丹德里恩。再也不会了。"

◆━━━◆━━━◆

某个不眠之夜，在闪电的光芒中，猎魔人再次从梦中惊醒。这一次，他不确定这只是一个可怕的梦，还是一连串的噩梦。

火堆的余烬上方再次出现一道光辉，它脉动不止，吓坏了马匹。光辉里再次出现一座城堡，在圆柱支撑的大厅里，一群女人坐在桌边。

大厅里多了两个女人，她们平静地站在那里。一个黑白相间，一个黑灰相间。

是叶妮芙和希瑞。

猎魔人在梦中呻吟起来。

◆━━━◆━━━◆

叶妮芙不让她穿男装是对的。要是在这些优雅的女士面前打扮成男孩，希瑞肯定会觉得自己蠢透了。她很庆幸自己穿上了这身黑灰搭配的衣服。它很合身。而当她们看到她蓬松的袖子、收紧的腰身和玫瑰形状的胸针时,也确实投来了赞许的目光。

"请靠近些。"

希瑞微微颤抖。不只因为那个声音。看起来,叶妮芙对领口的意见也没错。希瑞当时不肯退让,而现在,她能感觉到一阵冷风从双乳一直吹到肚脐,让她全身都起了鸡皮疙瘩。

"再靠近些。"黑发黑眸的女人开口道。希瑞在仙尼德岛见过她。虽然叶妮芙把这座城堡里每个女人的名字都告诉了希瑞,但她首先想到的仍是"猫头鹰女士"。

"欢迎你,"猫头鹰女士说,"来到蒙特卡沃的集会所,希瑞。"

按照叶妮芙的指示,希瑞礼貌地鞠了一躬,但没像淑女一样垂低目光。特莉丝·梅利葛德回以发自内心的微笑。玛格丽塔·劳克斯-安蒂列点点头,朝她投来友善的眼神。但其他女人的目光仿佛尖锐的钻头,又像足以洞穿她身体的矛尖。

"请坐吧。"猫头鹰女士朝椅子点点头,"不,不是说你,叶妮芙!只有她。你,叶妮芙,并不是我们邀请的宾客,而是被传唤来接受审问和惩罚的。在协会决定你的命运之前,你只能站在那儿。"

一眨眼的工夫,希瑞就把礼仪抛到了脑后。

"如果是这样,那我也站着好了。"她大声道,"我也不是作为宾客来到这儿的。我同样是被传唤来的,好让你们决定我的命运。这是其一。其二,叶妮芙的命运与我相连。我们的命运密不可分,这点无法改变……恕我冒昧。"

玛格丽塔·劳克斯-安蒂列微笑地看着她的双眼。衣着简朴却优雅的艾希尔·瓦·阿纳兴,鼻子略呈鹰钩状的尼弗迦德人点点头,用手指轻轻敲打着桌面。

"菲丽芭，"脖子上系着银狐皮围巾的女人说，"我想在这方面，我们不该过于刻板。眼下没这个必要。这是协会圆桌，桌边每个人都是平等的——即使当中有一人正在接受审判。我想我们可以达成一致……"

她没把话说完，而是看向其他女术士。她们一个接一个地点头赞同——包括玛格丽塔、特莉丝、艾希蕾、萨宾娜·葛丽维希格、凯拉·梅兹和两个女精灵。只有另一个尼弗迦德人，黑发的芙琳吉拉·薇歌没有点头。她盯着叶妮芙，脸色苍白得像个死人。

"那好吧。"菲丽芭·艾哈特摆摆手，"坐吧，两位。但要记住，我是持反对态度的。不过协会的团结和利益要放在第一位。协会就是一切，余下的全都无关紧要。你应该明白吧，希瑞？"

"再明白不过了。"希瑞继续与她对视，"尤其是因为，我属于无关紧要的那部分。"

美丽的精灵女王法兰茜丝卡·芬达贝大笑起来。

"恭喜你，叶妮芙，"她用低沉、悦耳、令人沉醉的嗓音说道，"看来你留下了自己的痕迹。真了不起。我认得这种教育方式。"

"确实很容易认，"叶妮芙目光炯炯地扫视周围，"因为这是蒂莎娅·德·维瑞斯的教育方式。"

"蒂莎娅·德·维瑞斯死了，"猫头鹰女士平静地说，"我们由衷地悼念她。但她的死是个转折点。如今是新的时代，巨变即将到来。你，希瑞，曾是辛特拉的希瑞菈公主，但如今，命运赋予了你另一个角色。想必你已经知道那是个怎样的角色了。"

"我知道，"希瑞没去理睬叶妮芙警告的嘘声，"威戈佛特兹跟我解释过了！他想把一根玻璃管插进我双腿之间。如果这就是等待我的命运,那我只能恭敬地拒绝了。"

菲丽芭黑色的双眼闪烁着冰冷的愤怒。但接下来对希瑞开口的却是席儿·德·坦沙维耶。

"你需要知道的事还有很多,孩子。"她用银狐皮围巾裹紧脖子,"而你看到和听到的许多事也必须忘掉。或靠你自己的力量,或靠别人帮忙。你养成了很多坏习惯,无疑是因为你在这个世界上经历过的坏事。但这只是孩子气的倔强,让你看不清谁在真正为你着想。你像野生的小猫咪一样四处挥舞着爪子,这让我们别无选择。因为我们比你更年长、更睿智、更了解过去和现在的一切,也知道未来的很多事。我们会捏住你的后颈皮,像对待孩子一样对待你,这一来,等你有朝一日长成一只睿智的大猫,你就能坐在这张桌子旁边,位列我们当中,成为我们中的一员。不!一个字也别说!席儿·德·坦沙维耶说话时,你不要开口。"

柯维尔女术士的声音尖利刺耳,好像刮过铁块的刀子,回音在圆桌上方萦绕不去。希瑞瑟缩身体,将脑袋缩进两肩之间。这么做的不只是她,还有协会的其他女术士——或许只有菲丽芭、法兰茜丝卡和艾希蕾例外。以及叶妮芙。

"你说得对,"席儿又正了正裹住脖子的围巾,"你是被传唤到蒙特卡沃的,为了迎接你的命运。但你抱怨说自己无关紧要,这可就错了。你才是一切,你是世界的未来。此时此刻,你可能不明白,因为你还是只小猫咪,是个把所有人都看做威戈佛特兹或恩希尔·瓦·恩瑞斯的小孩子。此时此刻,就算指出你的错误也是浪费时间。这一切都是为了你,为了这个世界。以后我们会有时间做出明确的解释。但现在,你不想聆听理性之声,又用孩子式的顽固反驳每个论点,所以我们只会抓住你的后颈皮。我说完了。菲丽芭,宣布这孩子的命运吧。"

希瑞僵硬地坐在那里,抚摸着椅子扶手上的斯芬克斯头像。

"你要跟我和席儿,"猫头鹰女士打破了令人压抑的沉默,"去柯维尔的庞德·维尼斯,去那个王国的夏季首都。由于你不再是辛特拉的希瑞菈,在觐见过程中,我们会说你是个魔法学徒,现在正受到我们的监护。在觐见中,你会见到格外睿智的国王伊斯特拉德·蒂森。你会见到他的妻子,格外高贵善良的泽丽卡王后。你还会见到他们的儿子和继承人坦科里德王子。"

希瑞明白过来,翻了个白眼。猫头鹰女士没看漏这个细节。

"没错。"她确认道,"首先,你必须给坦科里德王子留下深刻的印象。因为你将成为他的情人,给他生下一个孩子。"

"如果你还是辛特拉的希瑞菈,"停顿良久之后,菲丽芭续道,"还是帕薇塔的女儿和卡兰瑟的外孙女,你将正式成为坦科里德王子的合法妻子。你会当上王妃,然后是波维斯与柯维尔的王后。但很不幸,我要非常遗憾地告诉你,命运剥夺了你的一切。包括你的未来。你只能成为他的情妇。他的最爱……"

"无论是名义上,"席儿插嘴道,"还是形式上都是。我们会竭力确保你以等同王妃的地位待在坦科里德身边,并总有一天成为王后。当然了,我们也需要你的协助。必须让坦科里德心甘情愿地把你留在身边,日夜不离。我们会教你如何激起他的欲望。可要让我们的教导开花结果,终究还是要看你自己。"

"但到头来,这些都不重要。"猫头鹰女士说,"真正重要的,是让你尽快怀上坦科里德的子嗣。"

"哦，是啊。"希瑞嘟囔道。

"你和坦科里德的孩子，"菲丽芭用黑色的双眸看着她，"会确保协会的未来和地位。请记住，这是一件天大的好事。你将成为协会的一员，因为一等孩子出生，你就会同我们一起坐在这张圆桌周围。我们会教导你。你是我们的一员，虽然你现在还不愿承认。"

"在仙尼德岛上，"希瑞总算舒缓了紧绷的嗓子，"你说我只是个没有思考能力的工具，甚至是个怪物，猫头鹰女士。而现在，你却说我是你们的一员。"

"这两者没那么大的区别。"山谷雏菊用清亮的嗓音说，"我们，me luned，全都是怪物。只是表达方式不同而已。是这样吧，猫头鹰女士？"

菲丽芭耸耸肩。

"你脸上那道丑陋的伤疤，"席儿用冷淡的语气说，"我们会用魔法将它消除，或者加以掩饰。你会变成一个美丽又神秘的女子，而我保证，坦科里德·蒂森会为你痴狂。我们必须编造一些个人资料。希瑞菈是个好名字，而且没那么少见，所以你可以保留。但你还需要一个姓氏。如果你想用我的，我不会反对。"

"或者我的。"猫头鹰女士掩饰着嘴角的笑意，"希瑞菈·艾哈特听起来也不错。"

"那个名字，"大厅里响起精灵女王银铃般的嗓音，"怎么组合都很美。我们每个人都想要个你这样的女儿，吉薇艾儿，有着鹰之眸的燕子。你是劳拉·朵伦的血肉。我们每个人都愿意抛弃一切，甚至这个协会和世界诸国的命运，只为换取这样一个女儿。然而，这是不可能的。我们知道这不可能。所以我们都很嫉妒叶妮芙。"

"谢谢你,菲丽芭女士。"片刻的沉默过后,希瑞握紧扶手上的斯芬克斯头像开了口,"让我用德·坦沙维耶做姓氏的提议也叫我受宠若惊。但在我看来,我能选择的似乎就只有我的新姓氏而已。感谢两位女士,但我想要的名字是'叶妮芙之女,温格堡的希瑞菈'。"

"哈!"有位女术士露齿而笑,希瑞猜她是科德温的萨宾娜·葛丽维希格,"如果坦科里德·蒂森不娶她,那他肯定是个傻子。如果他选择了别的公主,他就是个瞎眼的傻子,连玻璃珠里的钻石都分辨不出。叶娜,我羡慕你。而且你知道我的羡慕有多真诚。"

叶妮芙点点头,做了个表示感谢的姿势,但脸上毫无笑意。

"这一来,"菲丽芭说,"一切都安排妥当了。"

"还没有。"希瑞说。

法兰茜丝卡·芬达贝轻轻哼了一声。席儿·德·坦沙维耶抬起头,板起面孔。

"我还需要考虑一下。"希瑞说,"需要冥想。整理我的想法。冷静思考。等考虑完之后,我会回到这里,回到蒙特卡沃,面对整个协会,讨论需要决定的那些事。"

席儿翕动嘴唇,仿佛发现嘴里有股怪味,想要立刻吐掉。但她保持了沉默。

"我必须去利维亚城堡,"希瑞续道,"跟猎魔人杰洛特见个面。我答应过要去那里,并且带上叶妮芙。我会履行我的诺言,无论你们许可与否。在场的丽塔女士很清楚,我想去见杰洛特的话,谁都拦不住我。"

玛格丽塔·劳克斯-安蒂列微笑着点点头。

"我需要跟杰洛特谈谈。跟他道别。告诉他真相。我要告诉你们一件事,女士们。当我们离开斯提加城堡,把敌人和伙伴的尸体留在身后时,我问杰洛特一切结束了没有,我们赢了没有,我问他邪恶是否已经落败,善良是否最终得到了胜利。他没有回答,只是悲伤地笑了笑。我以为,那是因为疲倦和他埋在城墙下的朋友。但我现在才明白他笑容的含义。那是同情的微笑,因为我就像个幼稚的孩子,以为杀了威戈佛特兹和邦纳特就代表善良胜过了邪恶。但现在,我必须告诉他:我长大了,变聪明了,我能理解一些事了。我必须告诉他。

"我必须努力让杰洛特相信,各位女士要我做的事,跟威戈佛特兹想用玻璃管子做的事有着本质上的区别。虽然威戈佛特兹觉得,他所做的一切都是为了这个世界,而各位女士同样也是为了世界的利益,但我会努力向他解释蒙特卡沃城堡与斯提加城堡的区别。

"我知道,要说服杰洛特这匹久经风霜的老狼并不容易。杰洛特会说我是个小毛孩,会被'行高贵之事'的名义轻易欺骗。但我必须试试。他会明白的,也会接受这件事。这对我很重要。非常重要。对各位女士也一样。"

"但你并不明白。"席儿·德·坦沙维耶厉声道,"你仍是个流鼻涕的小丫头,只是把哭泣换成了傲慢而已。唯一让我们抱有希望的,是你敏锐的头脑。你学得很快。相信我,你很快就会嘲笑自己刚才说过的蠢话了。至于你的利维亚之行,我表示强烈反对。这是原则问题,我要向你证明,我,席儿·德·坦沙维耶,是言出必行之人。我会抓住叛逆孩童的后颈皮。学会纪律对你有好处。"

"那么,就让我们解决这件事吧。"菲丽芭·艾哈特将双手按在桌上,"让我们表达各自的观点。我们应该允许傲慢的少女希瑞前往利维亚吗?应该让她去见猎魔人,那个在她的人生中很快便将没有一席之地的人吗？我们应该允许她这样感情用事吗？毕竟，这可是我们需要让她尽快摆脱的缺陷。席儿反对。其他女士呢？"

"我也反对。"萨宾娜·葛丽维希格宣布，"同样是原则问题。我喜欢这个孩子。我喜欢她的傲慢和顽固，这两点总比优柔寡断和软弱强。我并不在乎她的请求，我也不怀疑她会回来。因为我相信她的话。但这孩子居然有胆子威胁我们。我们得让她明白，威胁是不会被容忍的。"

"我反对。"凯拉·梅兹说，"理由非常现实。我也喜欢这孩子，而杰洛特曾在仙尼德岛上帮我脱困。我早就摆脱了感情用事的弱点，但我不否认同意他们见面会让我心情愉快。我可以用这种方式报答他，只是我不会这么做。因为你错了，萨宾娜。这孩子是个猎魔人，她想在智慧上胜过我们。简而言之，她只是想设法逃跑而已。"

"这里有谁，"叶妮芙拖长音节，用充满不祥意味的语气质问道，"敢怀疑我女儿的话？"

"安静，叶妮芙。"菲丽芭嘶声道，"别开口，否则我会失去耐心的。现在多了两张反对票。让我们再听听其他人的意见。"

"我支持放她离开。"特莉丝·梅利葛德说，"我了解她，可以为她担保。如果你们允许，我也愿意陪她一起旅行。可以的话，我会协助她冥想和思考。甚至帮她说服杰洛特。只要她同意的话。"

"我也投她一票。"玛格丽塔笑着说，"也许你们会好奇我的动机，女士们，但我是为了蒂莎娅·德·维瑞斯。如果蒂莎娅在这里，她是不会赞同用强行限制个人自由的手段来维护协会团结的。"

"我投她一票。"法兰茜丝卡·芬达贝正了正领口的花边，"我有很多理由，但我不想一一说明。"

"我投她一票,"艾达·艾敏·爱普·西维尼说,"这是我的心之所愿。"

"我反对。"艾希蕾·瓦·阿纳兴干巴巴地说,"我做这种决定,不是出于厌恶或原则,又或是缺乏同情心。我是担心她的安危。在协会的保护下,希瑞很安全,而在前往利维亚途中,她很容易遭到袭击。我担心那些夺走她的身份,甚至姓氏的人不会就此收手。"

"我们忘了芙琳吉拉·薇歌女士。"萨宾娜讽刺地说,"尽管我们已经猜到了她的想法。这根本显而易见。我们都还记得莱斯-鲁恩城堡的事。"

"多谢你的提醒。"芙琳吉拉骄傲地抬起头,"我支持希瑞。这是为了证明我对她的钦佩和喜爱。此外,也是为了那个猎魔人,利维亚的杰洛特,如果不是他,这女孩今天不可能列席于此。为了拯救希瑞,他前往世界的尽头,与想要阻止他的所有人对抗——甚至包括他自己。如果拒绝让他和自己的女儿见面,那实在太可耻了。"

"我没觉得有什么可耻的,"萨宾娜嘲笑道,"反而觉得你这是幼稚的感情用事。这不正是我们想从这孩子身上根除的缺陷吗。结果就是,这次投票陷入了僵局。我们什么都没能决定。我们必须再投票一次。我建议这次不要公开投票。"

"有必要吗?"

所有人都看向发言者——看向叶妮芙。

"我仍是协会的一员,"叶妮芙说,"我尚未被剥夺成员身份,你们也没让任何人取代我,所以我有权投票。我当然知道自己会投给谁。我的投票会打破僵局,让尘埃落定。"

"你的傲慢,"萨宾娜交扣她戴着许多缟玛瑙戒指的十指,"已经近乎粗俗了，叶妮芙。"

"如果我是你，女士，我会谨慎地保持沉默。"席儿严肃地补充道，"并且会为另一场投票——跟你有关的投票——而担心。"

"我支持希瑞，"法兰茜丝卡说，"可是你，叶妮芙，我要求你遵守秩序。是你逃离了协会，拒绝了合作。但你仍有职责和义务，有必须偿还的债，有必须面对的裁决。否则，我们会禁止你再踏入蒙特卡沃城堡一步。"

叶妮芙一把按住想要起身吼叫的希瑞。最后，希瑞不加抵抗地坐回到椅子里，一言不发。猫头鹰女士突然站起身，俯视着圆桌边的众人。

"叶妮芙，"她大声宣布，"你没有投票的权利，这点很明显。但我有。我已经听过在场所有人的发言了。我猜现在轮到我来投票了。"

"菲丽芭，你要投票给谁？"萨宾娜皱起眉头。

菲丽芭·艾哈特看向桌子另一边，看向希瑞，凝视着她绿色的眼眸。

◀━▮━▶

池底是五颜六色的嵌花马赛克，那些彩色瓷砖仿佛在动。睡莲宽阔的叶片在池面投下阴影，遮蔽了池中的金鱼。水面反射着某个小女孩的黑色双眼，她的长发漂浮在水上。女孩忘记了整个世界，就这么趴在池边，双手浸在水中。

她试着抓住并触摸那些金红相间的鱼儿。鱼儿靠近她的手指和手掌，小心翼翼地绕着圈，但她没法抓住它们。鱼儿就像光与影那样难以捉摸,就像这池水本身。黑眸女孩的手攥住的只有虚无。

"菲丽芭!"

那是全世界最令人喜爱的声音。但此时的她已经不再是小女孩了。她看着的也并非池水。睡莲、鱼儿和倒影全都消失不见。

"菲丽芭!"

"菲丽芭!"席儿·德·坦沙维耶尖锐的嗓音将她拉回了现实,"我们等着呢。"

春日的冷风吹进敞开的窗户。菲丽芭·艾哈特发起抖来。*死神*,她心想。*死神与我擦肩而过了*。

"这个协会的使命,"最后,她用坚定的语气说道,"是决定世界的命运。因此,协会必须反映出世界的面貌。在这里,平衡与智慧并不总是代表冷酷与自私,算计与卑劣,而感情用事也并不永远幼稚。铁的纪律与责任心并不冲突:就像暴力与反抗,温柔与信任。冷静的理智……与心。"

"我,"她打破了自己的引言带来的沉默,"要投下这最后一票。我会把另一件事列入考虑。某种与平衡无关,却又平衡着万物的要素。"

众人循着她的目光看向墙壁,看着那幅用许多块彩色瓷砖组成的镶嵌马赛克,画上描绘的是咬住自己尾巴的巨蛇,乌洛波洛斯。

"那件事,"她用黑色的双眸盯着希瑞,续道,"就是我,菲丽芭·艾哈特,最近才开始相信、最近才开始理解的命运。命运并不是昭示天意的方法，也不是让人安心的宿命论。命运是希望。我对事态会按我们的想法发展满怀希望，因此我把这一票投给希瑞——命运之子，希望之子。"

在蒙特卡沃城堡这座圆柱支撑的大厅里，沉默持续了很久。窗外传来一只海鹰捕猎时的尖啸。

"叶妮芙女士，"希瑞小声说，"这是不是代表……"

"走吧，我的女儿。"叶妮芙小声回答，"杰洛特在等着我们，而我们还有很长的路要赶。"

◀━┃━▶

杰洛特从梦中惊醒，坐起身来。海鹰的尖啸在他耳边回荡。

于是猎魔人和女术士在一场盛大的婚礼上结为连理。当时我也在场,喝了蜂蜜酒和葡萄酒。他们从此幸福地生活在一起,只是为时甚短。他死于心脏病。她在不久后死去,故事里没提到她的死因。他们说她死于哀悼和思念,但这种童话故事又有谁会相信呢?

——《童话与民间故事》

佛罗伦斯·德兰诺伊 著

第十二章

他们赶到利维亚是在六月。新月之夜后的第六天。

他们钻出森林,站在一座小山的山坡上。而在山脚下,与这片山谷同名的洛赫·艾斯卡洛特湖明镜般的湖面毫无预警地反射着阳光。玛哈坎山脉、冷杉和覆盖着落叶松木的克莱格·洛斯丘陵的轮廓倒影在水中。莱里亚诸王的冬季居所利维亚城堡就坐落于湖中的半岛上。利维亚城则铺陈在洛赫·艾斯卡洛特湖南端的水湾旁,色彩鲜明的茅草屋顶环绕着城堡,湖边的暗色小屋活像一丛丛黑蘑菇。

"这么说,我们到了。"丹德里恩确认一遍这显而易见的事实,"命运再次将我们带到了这里,循环完整了。我没在城堡塔楼上看到蓝白相间的旗帜,所以米薇女王肯定不在。我认为她不会原谅你的临阵脱逃……"

"相信我,丹德里恩,"杰洛特打断他的话,指挥坐骑走下山坡,"我不在乎她是否原谅了我……"

在城市大门附近,竖立着一顶形状像蛋糕的彩色帐篷。帐篷前有一根木杆,悬挂着一块有红色山形条纹的白色盾牌。在掀起的帐幕下,伫立着一位身穿全副铠甲、盾牌上有同样纹章的骑士。这位骑士用尖锐而挑衅的眼神注视着从他面前经过的女人们。她们正在搬运装有煤块、木炭和枯枝的麻袋，以及装着沥青的桶子。看到杰洛特和丹德里恩骑马接近时，他的双眼亮起期待的光芒。

"您心爱的女士，"杰洛特用冷漠的语气挫败了骑士的期待，"无论她是谁，都是从雅鲁加到布伊纳河之间最美丽，也最高尚的女子。"

"以我的荣誉起誓，"骑士不情不愿地回答，"您说得没错，先生。"

一个金发女孩，身穿镶有银钉的皮夹克，拉着一匹灰母马的马镫，在道路中央弯下腰，大吐特吐。女孩的两个同伴穿着相同的衣服，身后背着剑，用头带束着头发，正含混不清地辱骂过路人。那两人也都烂醉如泥，立足不稳，靠着拴在旅店门前的马儿的腹部。

"我们真要进去吗？"丹德里恩问，"这样的家伙，里面肯定还有更多。"

"说好的碰头地点就是这儿，难道你忘了？木牌上写的就是这家'公鸡与母鸡'旅店。"

金发女孩再次弯下腰，吐得浑身抽搐。母马喷了喷鼻息，后退几步，于是那女孩摔在了自己的呕吐物里。

"混蛋，看什么看？"她的一个同伴吼道，"白发老混球！"

"杰洛特，"丹德里恩低声道，"拜托，别做蠢事。"

"别担心。我不会。"

他们把马拴在旅店门口的马桩上。几个年轻人正忙着朝某个带孩子路过的女市民大吼,暂时忘记了杰洛特和丹德里恩。他们现在看什么都不顺眼。

走进旅店,最先吸引他们的是一块牌子上的字:招募主厨。然后是挂在墙上的大幅油画,画上是个长胡子的怪物,手里拿着滴血的斧子。下面的牌子上写道:玛哈坎矮人——恶毒的叛徒。

丹德里恩的担心是对的。这间旅店里的顾客,除了一些依然清醒的酒徒和几个妓女,就是那些身穿皮革外衣、背着刀剑的家伙了。他们共有八人,男女都有,但发出的噪音抵得上十八个人。他们不断高声咒骂,说着亵渎神灵的话。

"我认识你们,先生们。我知道你们是谁。"旅店老板说,"我有条口信给你们。有人叫你们去榆树区的'维尔辛'酒馆。"

"哦,那是家好酒馆。"丹德里恩快活地说。

"那就去那儿待着吧。"旅店老板用围裙擦拭着玻璃杯,"既然你们不喜欢我的店,就去别处找乐子吧。但我要告诉你们,住在榆树区的只有矮人和非人种族。"

"那又如何?"杰洛特眨了眨眼。

"哦,也许你已经知道了,"旅店老板耸了耸肩,"给你们留口信的是个矮人。如果你们乐意跟那种家伙打交道……那是你们的事。先生们,显然你们知道自己更喜欢跟谁做伴。"

"我们对伙伴是很挑剔。"丹德里恩朝那些穿着皮外套、系着头带的男男女女点点头,"但当着别人的面指出这种事可不太好。"

旅店老板把一只刚擦干的杯子放到柜台上,皱眉看着他们。

"请你们体谅一下。"他用强调的语气说,"年轻人需要找地方发泄。谁都知道，年轻人需要发泄。战争没给他们带来多少好处。他们的父亲死在战场上……"

"而他们的母亲成了妓女。"杰洛特替他说完，嗓音像山中的溪流一样冰冷，"我理解。我会容忍的。至少我会试着容忍。走吧，丹德里恩。"

"恕我直言，要走就走吧。"旅店老板的语气半点也不像在请求宽恕，"但别怪我没提醒你们。在这种时候，去矮人区更容易被狠敲一笔。只是……"

"只是什么？"

"没什么。反正不关我的事。"

"走吧，杰洛特。"丹德里恩对猎魔人说。他注意到，那些战争孤儿——还没有彻底喝醉的那些——眼睛里闪烁着吸食麻药粉后特有的光芒。

"再见了，旅店老板。谁知道呢，也许哪天我会来你的店。等你撤掉入口那块牌子之后。"

"先生们，究竟是哪块牌子让你们不满？"旅店老板皱起眉头，怒视着他们，"啊？提到矮人的那块？"

"不，是招募主厨那块。"

三个年轻人从桌边站起，身体摇摇晃晃，显然打算截住他们。那是两个男孩和一个女孩，都穿着黑色的皮夹克，身后也都背着剑。

杰洛特没放慢脚步，就这么朝他们走去，表情和眼神冰冷而漠然。

那些年轻人在最后一刻退开了。丹德里恩闻到了啤酒的味道。还有汗臭。以及恐惧。

"他们得习惯这种事，"等他们走上街道，猎魔人说，"他们得努力适应才行。"

"有时候真的很难。"

"这不是借口。不是,丹德里恩。"

空气闷热黏稠,仿佛浓汤。

◆━▶━◀━◆

在旅店门前,那两个身穿黑色外套的年轻人正在帮金发女孩清洗,用的是马槽里的水。女孩吐出一口唾沫,哼了一声,结结巴巴地解释说她感觉好多了,需要再喝点东西。她说他们该去市场的货摊前找找乐子,但她得先喝一杯。

她的名字是娜迪亚·埃斯波西托。这个名字后来记在了编年史上,并流传后世。

但杰洛特和丹德里恩当时并不知道这一点。女孩也一样。

◆━▶━◀━◆

利维亚城的街道充满喧嚣,那是当地人在使出浑身解数吸引来访的商贩。这里有各种各样的人在买卖各式各样的商品,或试图拿某样东西去交换别的东西。四面八方传来叫卖声和激烈的讨价还价声,道路两边则满是对贩卖假货、盗窃与欺诈的指控,以及其他与买卖完全无关的罪名。

在抵达榆树区之前,杰洛特和丹德里恩就被小贩兜售了不少可疑的商品。其中包括一副星盘;一只锡制小号;一套有弗兰吉帕尼家族纹章装饰的餐具；铜矿股票；一罐子水蛭；一本破旧的大部头书，标题是《奇迹，或美杜莎之首》；一对配种用的雪貂；一瓶能够增强男性能力的灵药；甚至还有个不怎么年轻，不怎么瘦，也不怎么干净的新娘，价钱好商量。

一个脸皮厚度前所未见的黑胡子矮人试图说服他们买下一块有镜框的廉价镜子，并声称那是坎比斯坎魔法镜。就在这时，有人丢来一块石头，打落了他手里的货物。

"长疥癣的狗头人！"丢石头的流浪儿光着脚丫，浑身脏兮兮的，一边逃跑一边大喊，"非人种族！大胡子山羊！"

"俺希望你肠子烂掉，人类蠕虫！"矮人吼了回去，"希望它们全都腐烂，再从你的屁眼里拉出来！"

人们看着这一幕，表情阴沉，沉默不语。

榆树区位于靠近湖湾的岸边，那里生长着赤杨和垂柳，当然还有榆树。这里的一切都安安静静，没人想买东西，也没人想卖。湖面吹来一股微风，他们刚刚逃离了市场的臭气与苍蝇，顿觉这风格外宜人。

他们很快找到了维尔辛酒馆。这家酒馆就在路口，让人一眼就能发现。

门廊的墙上爬满了藤本月季，有燕子在覆盖苔藓的房檐上筑了巢。而在燕巢下方，正站着两个矮人。

"杰洛特和丹德里恩，"一个矮人说着，打了个响亮的嗝儿，"你们这些坏种还挺准时的。"

杰洛特下了马。

"你好啊,亚尔潘·齐格林。见到你很高兴,卓尔坦·奇瓦。"

◆━━◆━━◆

在这家散发着大蒜味、香料味和各种难以言喻的味道,结果却让人异常安心的酒馆里,只有他们这几个客人。他们坐在位于湖面上方的厚重木桌边,透过桌边的玻璃窗,看着神秘、奇妙与浪漫气息并存的湖水。

"希瑞在哪儿?"亚尔潘·齐格林直率地问,"该不会……"

"没有,"杰洛特连忙打断他的话,"她正在过来的路上。你们很快就会见到她了。哦,大胡子朋友,给我们讲讲最近的新闻吧。"

"俺说什么来着?"亚尔潘讽刺地说,"俺说什么来着,卓尔坦?他从世界尽头回来,按照传闻的说法,他在那边蹚过血河、屠杀恶龙,还推翻了一个帝国。可同样是这个猎魔人,却反过来问咱们有什么新闻。"

"什么东西这么香?"丹德里恩吸了吸鼻子。

"晚饭。"亚尔潘·齐格林说,"肉。丹德里恩,别问俺们这肉是怎么来的。"

"不,我不会问的,因为我听过这个笑话。"

"别这么扫兴。"

"那这肉是怎么来的?"

"自个儿找上门的。"

"好吧,说真的。"亚尔潘擦了擦眼泪,虽然这笑话真的很老了,

"就像每次打完仗一样,俺们在食物方面状况堪忧。肉,甚至是家禽肉都少得可怜,鱼也很难抓到……面粉、土豆和豆子也一样少……存粮跟着农场一起烧光,鱼塘的水被放干,田地也都荒废了……"

"生产停滞了,"卓尔坦补充道,"货物运输无从谈起。唯一正常运作的就只剩高利贷和以物易物了。你们看到集市了吗?富人通过买卖和交换获取穷人仅有的东西,聚敛财富……"

"要是今年再来个歉收,老百姓就该死于饥荒了。"

"情况真有这么糟吗?"

"你们从南方过来,肯定经过了不少村子和定居点。回想一下,你们听到过多少声狗叫?"

"活见鬼。"丹德里恩拍了拍额头,"我就知道……我告诉过你,杰洛特,有什么地方不正常!缺了什么东西!哈!现在我懂了!我没听见狗叫!那边没有……"

他突然闭了嘴,看向正飘来大蒜和香料味道的厨房,眼中浮现出恐惧。

"别担心。"亚尔潘嘟囔道,"俺们的肉不会汪汪叫,也不会喵喵叫,更不会求饶。俺们准备的肉不一样。这东西给国王吃也不掉价!"

"快坦白,矮人!"

"自打俺们收到你的信,知道你们会来利维亚,俺们——卓尔坦和俺——就在想该怎么招待你们。俺们到处转悠了很久,最后想撒尿了,俺们就走到湖边,结果看到那儿的蜗牛都成灾了。于是俺们找了只袋子,装了满满一袋珍贵的软体动物。"

"有不少还跑掉了。"卓尔坦·奇瓦点点头,"俺们当时喝得大醉,它们又爬得飞快。"

说完这个笑话,两个矮人同声大笑。

"维尔辛酒馆,"亚尔潘指了指厨房,"懂得怎么烹调蜗牛,你们肯定知道,这需要相当棒的手艺。这儿的主厨很有名。成为鳏夫之前,他跟他的女人在马里波开了家旅店,他的烹饪水平非常高,就连国王本人都当过那儿的客人。俺得说,现在该喝酒了!"

"但首先,"卓尔坦说,"尝点儿白鲑鱼肉吧,从湖里抓来的,刚刚熏制好。咱们可以用它下酒。"

"俺们还想听你们讲故事哪,先生们。"亚尔潘说,"俺们对你们的经历非常好奇。"

▸━━◆━━◂

白鲑鱼还是温的,油腻的鱼肉散发着香气。伏特加却是冷的,让他们牙齿生疼。

丹德里恩首先开口,用他华丽的风格、丰富的语言和修饰讲述了一个充斥废话和谎言的故事。

然后是猎魔人。他讲述的只有事实,方式也枯燥单调。丹德里恩无法忍受,一次又一次地插嘴,也一次又一次地招来两位矮人的训斥。

等猎魔人讲完了故事,漫长的沉默笼罩了周遭。

"敬弓手米尔瓦!"卓尔坦清了清嗓子,举杯敬酒,"敬那个尼弗迦德人。敬雷吉斯,那个在自己的小屋里用曼德拉草私酿酒招待陌生人的草药医生。敬俺不熟悉的安古蓝。愿他们在大地之下安息。愿他们在死后得到生前缺少的一切。愿他们的名字长存于故事与歌谣。干杯。"

维尔辛花白头发,皮肤苍白,瘦得像根竹竿,与典型的旅店老板与厨艺大师截然相反。他将一篮香喷喷的白面包,一大盘嘶嘶作响、撒着大蒜与香料、摆放在萝卜叶上的蜗牛端到桌上。

丹德里恩、杰洛特和两个矮人吃得津津有味。他们用钳子夹碎蜗牛壳,就着面包咽下蜗牛肉,每吃几个就品头论足一番。而当蜗牛肉从钳子滑落到地上,酒馆里的两只小猫也会跟着大快朵颐。

从厨房飘来的味道表明,维尔辛正在准备另一份食物。

亚尔潘·齐格林不情愿地摆摆手,但随即明白猎魔人不会就此罢休。

"俺可没什么新鲜事。"他吐出一块蜗牛壳,"俺参了军……他们又选俺当了镇长。俺会在政界做出一番事业。生意场的竞争太激烈了。而在政界,就连傻瓜都能占据一席之地。要比他们出色实在太简单了。"

"至于俺,"卓尔坦·奇瓦用手里的蜗牛比画了一下,"俺可不是当政治家的材料。俺会回去打理俺那间用水和蒸汽做动力的打铁铺,带上菲吉斯·梅卢卓和芒罗·布吕伊一起。你还记得菲吉斯和芒罗吧,猎魔人?"

"不止他们。"

"亚松·瓦尔达死在雅鲁加河边。"卓尔坦用单调的语气说,"死在最后那几场仗里,真够蠢的。"

"令人遗憾。珀西瓦尔·舒腾巴赫呢?"

"那个侏儒?哦,他没事。那个无赖声称他的宗教禁止他参战,逃避了征兵。结果他还成功了,虽然谁都知道,他信的那些神甚至能为了腌鲱鱼开战。他在诺维格瑞开了家珠宝店。他买下了俺的鹦鹉陆军元帅话篓子,让那只鸟充当活广告。他教它说'钻石!钻石!'这招管用得很,谁能想到呢。那个侏儒的客户全都有大把大把的钱。那儿可是遍地黄金的诺维格瑞!所以,俺也想去诺维格瑞开家打铁铺。"

"那些人会用粪便在你的店门上乱写乱画。"亚尔潘说,"他们会用石头砸碎你的窗玻璃。他们会叫你该死的矮人。就算你是退伍军人也没用。在诺维格瑞,你的地位不比贱民强。"

"俺还是会去的,"卓尔坦欢快地说,"玛哈坎的竞争太激烈了。政客也太多了。让咱们为朋友们干杯吧。敬卡莱布·斯特拉顿。敬亚松·瓦尔达。"

"敬里根·达尔伯格。"亚尔潘皱起眉头。杰洛特摇摇头。

"里根也……"

"是啊,在玛伊纳。老达尔伯格在这世上孤苦无依了。哦,见鬼,这种事说得够多了!咱们喝酒。蜗牛也吃快点儿,维尔辛又端一盘过来了。"

矮人们松开腰带,听杰洛特讲述丹德里恩那段在绞刑台上收尾的

贵族罗曼史。诗人露出气愤的表情,一言不发。卓尔坦和亚尔潘的肚皮都快笑破了。

"没错,没错,"最后,亚尔潘说,"就像那首老歌的歌词——男人崩溃落泪,女人喜笑颜开。说到这个,今天跟咱们坐在一起的某人就是个很好的例子。俺说的就是卓尔坦·奇瓦。他说了那么多故事,却忘了提他要结婚了。就在九月份。那个走运的婆娘名叫尤多拉·布雷克克斯。"

"是布雷肯里吉斯!"卓尔坦皱起眉头,大声纠正道,"俺受够了帮你纠正发音了,齐格林。当心点儿,俺受够了谁,就会踢谁的屁股!"

"婚礼在哪举行?具体什么时候?"丹德里恩打着圆场,"我问这个,因为我们会出席。当然了,如果你们邀请我们的话。"

"俺还没决定地点、时间和方式,甚至连要不要结婚都没决定。"卓尔坦嘀咕道,显得不知所措,"亚尔潘的话说得太早了。俺觉得尤多拉对俺死心塌地,但天知道会发生啥呢?这世道可不算好。"

"女人无所不能的第二个例子,"亚尔潘续道,"就是猎魔人,利维亚的杰洛特。"

杰洛特装作忙着挑蜗牛肉。亚尔潘哼了一声。

"他奇迹般地找到了他的希瑞,却就这么放她离开。他放任她孤身一人,而某人刚刚指出,现在的世道可不算好。猎魔人之所以有这些遭遇,是因为有个女人希望他这样。猎魔人总是照那个女人,照温格堡的叶妮芙希望的去做。要是那女术士回报过他也就算了……可他到头来啥都没得到。这就是事实。就像迪斯莫得王经常在解手后盯着尿壶说的那句话:'头脑可理解不了这个。'"

"我提议，"杰洛特苦笑着举起杯子，"我们干了这杯，然后换个话题。"

"同意。"卓尔坦和丹德里恩异口同声说道。

维尔辛把第三和第四盘蜗牛放到桌上。当然了，也少不了面包和伏特加。他们举杯的次数越来越多，但这不足为奇，因为四人都有些饱了。他们谈论的内容越来越有哲理，也越来越口齿不清，但这同样不足为奇。

"我们对抗的邪恶，"猎魔人顽固地说，"是混沌的化身，它的目的就是扰乱秩序。所以每当邪恶散播出去，秩序就无法掌控大局，秩序建立的一切都会分崩离析，全无存留。智慧的微光与希望的星火，它们就像余温尚存的灰烬，无法再闪耀光辉，只会就此消亡。黑暗接踵而来。而那些黑暗中的存在长着尖牙与利爪，浑身浴血。"

亚尔潘·齐格林捋了捋胡子，把蜗牛肉的油脂抹在胡子上。

"说得好，猎魔人。"他承认说，"但就像年轻的瑟萝与维瑞丹克王初次约会时说过的那样：'这玩意儿真的有用吗？'"

"猎魔人失去了存在的意义，"杰洛特没有笑，"因为善与恶如今正在截然不同的领域，以完全不同的方式展开冲突。邪恶不再混沌。它不再是那股盲目而失控、必须由猎魔人这种和混沌的邪恶同样危险的变种人来面对的力量。现如今，邪恶由法律支配——因为法律在为它们服务。邪恶在按和约条款行动，因为根据那些条款……"

"移民会被强制驱逐。"卓尔坦推测道。

"不止如此，"丹德里恩严肃地补充道，"不止如此。"

"那又怎样？"亚尔潘·齐格林靠向椅背，在肚子上交叠双手，"咱们都见识过可怕的事。咱们都被羞辱过。咱们的梦也都破灭过。现在是这样，从前是这样，将来也会是这样。咱们是最微不足道的，不比这些蜗牛壳好多少。你有什么不满的，猎魔人？发生什么事了？因为世界正在经历的变化？发展？还是进步？"

"也许吧。"

亚尔潘沉默了片刻，用浓密眉毛下的双眼打量着猎魔人。

"进步，"最后他说，"就像一群猪。这就是你看待进步的方式，以及判断它的方式。就像一群在农舍庭院里转悠的猪。这群牲畜的存在就意味着利润。猪肘。香肠。培根。简而言之，好处确实不少！所以你不该噘起嘴，抱怨院子里到处都是猪粪。"

所有人都沉默下来，把良知和那些真正重要的事放到心中天平的两端。

"我得喝一杯。"最后，丹德里恩说。

没人反对。

"进步，"亚尔潘·齐格林在沉默中开了口，"从长远来看，会照亮黑暗。黑暗会给光明让路。但不会很快。而且，当然了，要先经历

一番挣扎。"

杰洛特注视着窗外,为自己的念头和梦想露出微笑。

"你提到的黑暗,"他说,"是某种精神状态,而非物质。要跟那样的东西对抗,得靠与猎魔人截然不同的存在才行。是时候开始了。"

"你打算重新锻炼自己?这就是你的想法?"

"并非如此。我对这份工作已经不感兴趣了。我要退休。"

"可不是嘛!"

"我是说真的。我不当猎魔人了。"

随后是阵漫长的沉默,只是不时被猫咪抓挠打闹的喵呜声打断。

"不当猎魔人了,"亚尔潘·齐格林重复一遍,"哈!就像老迪斯莫得王在打牌出千被人抓到时说的那句话:'我不知该说什么才好。'但俺有个非常不好的预感。丹德里恩,你跟他一起旅行,大部分时间都跟在他身边。他有没有出现过妄想症的症状?"

"好吧,好吧,"杰洛特板着脸说,"就像迪斯莫得王在宴会气氛变糟时对全体宾客说过的那句话:'玩笑就打住吧。'我已经把要说的都说完了。现在该开始行动了。"

他拿起他的剑,那把挂在椅背上的剑。

"这是你的希席尔剑,卓尔坦·奇瓦。我怀着感激和赞赏把它还给你。它很有用。它帮了我。它救了很多性命。也取走了很多性命。"

"猎魔人……"矮人抬起双手,挡在身前,"这把剑是你的。俺当初给你的时候是送,不是借。作为礼物……"

"住口,奇瓦。我把你的剑还给你。我已经不需要它了。"

"快,"亚尔潘说,"丹德里恩,给他再灌点伏特加,因为他就像个摔进矿井、头先着地的老矿工。杰洛特,俺知道你性格内向又敏感,但别说这种胡话了——你也瞧见了,叶妮芙不在这儿,只有俺们这几头老狼。别跟俺们说什么猎魔人不需要剑。这世界可不是这样的。你是个猎魔人,你总会用到……"

"不,我用不到了。"杰洛特轻声否认道,"也许你们这些老狼会大吃一惊,但我已经得出了结论:迎风撒尿是愚蠢之举。为别人冒险也是愚蠢之举。就算对方会付钱也一样。还有,不,这不是什么生存哲学。管你们信不信,但我突然非常爱惜我这条命了。我得出了结论:拼上性命去保护别人实在太蠢了……"

"我也发现了。"丹德里恩点点头,"从一方面来说,你的想法很明智。而从另一方面……"

"没什么另一方面。"

"叶妮芙和希瑞,"过了一会儿,亚尔潘问道,"跟你的决定有什么关系吗?"

"有很大的关系。"

"那一切都清楚了。"卓尔坦叹了口气,"俺可不知道剑术大师该怎么适应正常人的生活。就算俺努力去想,也想象不出你种卷心菜的样子,虽然俺尊重你的选择……老板!这是把玛哈坎符文希席尔剑,是鲁恩杜林铸造工坊出产的。它曾作为礼物被赠送出去。但如果接受者不想要了,送出之人就必须收回它。拿去,挂在你的壁炉上吧。把你的酒馆改名叫'猎魔人之剑'。然后等到冬天的夜晚,俺们就能讲述关于怪物和宝藏的故事。讲述血腥的战争和惨烈的战斗。讲述死亡。讲述深沉的爱与坚定的友谊。讲述勇气和荣耀。还有挂在听众头顶,为说书人带来灵感的这把剑。现在给俺倒杯酒吧,先生们,一杯伏特加,因为俺要继续说下去,讲述深刻的道理和哲学,包括教人生存的那些。"

他们静静地、不失体面地给自己的杯子倒满伏特加。他们看着彼此的眼睛,然后用不怎么体面的方式一饮而尽。亚尔潘·齐格林清了清嗓子,看向他的听众,确保他们全都集中精神,也保持着体面。

"进步,"他从容地说,"会照亮黑暗,因为这就是进步的作用,就像——请原谅俺的表达——屁股的作用就是拉屎。每次出现新的光芒,咱们对黑暗、对潜伏其中的邪恶的畏惧就会减少一些。也许有朝一日,咱们不会再相信黑暗里藏着些什么。咱们会嘲笑对黑暗的恐惧。那种恐惧会显得幼稚。会让人丢脸!但黑暗永远、永远不会消失。邪恶也会永远等待在黑暗里,仍旧长着尖牙和利爪,浑身浴血。猎魔人也永远必不可少。"

◀━━━◆━━━▶

他们沉默地坐在那里,陷入深思,甚至没注意到城市里愈加响亮的噪声——那是种不祥而险恶的噪声,就像被惹怒的黄蜂的嗡嗡声。

他们没注意到湖畔林荫道显得格外安静和空旷,直到某人飞奔而过,然后是第二个,第三个。

突然,城市里响起了喊叫声,维尔辛酒馆的门突然打开,有个年轻矮人冲了进来。他面红耳赤,几乎喘不过气来。

"怎么了?"亚尔潘·齐格林抬起头。

仍旧气喘吁吁的矮人指了指城区的方向,眼神慌乱。

"深吸一口气,"卓尔坦·奇瓦建议道,"然后告诉俺们,出了什么事。"

在事发后，人们声称利维亚惨案只是个不幸的意外，不存在任何预谋，只是由这座城市的矮人和精灵对人类的敌意所引发的一场预料之外、却又在情理之中的暴动。他们说先动手的不是人类，而是矮人，是他们率先使用了暴力。有个矮人刁民侮辱了战争孤儿，尊贵的娜迪亚·埃斯波西托女士，还用对她使用暴力。高尚的人们赶来保护自己的友人，而那个矮人也叫来了他的亲戚。随之而来的是一场斗殴，并很快演变成一场真正的战斗。一眨眼的工夫，战火就吞没了整个市场。战斗也随即演变成一场屠杀，人类与非人种族居住的区域，包括榆树区，都发生了大规模冲突。不到一个钟头的时间里，从市场那起事件到女术士出手干预，一百八十四人失去了生命，其中大半是女人和孩童。

牛堡教授埃默里克·戈特沙尔克的著作中采用的就是这个版本的说法。

但也有人持不同看法。如果说这是场没有预谋、出人意料的暴动，那为何仅仅几分钟后，市场的街道上就出现了货车，还向人类分发武器？在这场情理之中的突发暴动里，在屠杀中最显眼、最活跃的成员，为何都是些没人认识，事发前几天才来到利维亚，事后又消失得了无痕迹的家伙？而军方的干预为何来得如此之晚？又为何如此不情不愿？

有些学者力图将利维亚事件解释为尼弗迦德帝国的煽动，而另一些人主张整起事件都是矮人和精灵联手策划的。他们杀戮自己的同胞，只为抹黑人类。

有位年轻、大胆且古怪的学者提出了一个理论，但最后也被淹没在主流观点之下。在被迫沉默之前，他声称利维亚事件的起因并非什么阴谋，而是地方居民司空见惯的缺点——无知、排外、暴戾与惊人的残忍。

后来，所有人都厌倦了这个话题，也就不再有人谈论此事了。

———◆———

"到地窖里去，"猎魔人听着逐渐逼近的噪声和人群的吼声，"去地下室，矮人！抛开你们那愚蠢的英雄气概！"

"猎魔人，"卓尔坦抓住斧柄，抗议道，"我不能……他们在杀戮俺们的兄弟……"

"到地窖里去。想想尤多拉。你希望她没结婚就守寡吗？"

这句话见效了。矮人跑向地窖。杰洛特和丹德里恩用一块地毯盖住入口。维尔辛的脸色本就苍白，此时白得堪比脱脂牛奶。

"我在马里波见识过暴动。"他看着地窖的入口，结结巴巴地说，"如果有人发现他们藏在这儿……"

"到厨房去。"

丹德里恩同样脸色苍白。杰洛特并不意外。直到刚才，他们听到的还只是模糊而单调的吼叫，但现在，他们能辨认出个别的人声了。那声音让他毛骨悚然。

"杰洛特，"诗人呻吟道，"我长得有点像精灵……"

"别说蠢话。"

屋顶上出现一团团烟雾。一群矮人正沿着街巷飞奔。男女都有。

其中两个毫不犹豫地跳进湖里,开始游泳,在飞溅的水花中游向湖心。其他矮人四散奔逃。有些转向了酒馆。

暴徒们涌入街道。他们比矮人跑得更快。对杀戮的渴望让他们步履如飞。

受害者的叫喊声钻进他们的耳朵,令酒馆的彩色玻璃窗为之震颤。杰洛特发现自己的双手也在颤抖。

一个矮人名副其实地被撕成了碎片。另一个被人摔在地上,几秒后便血肉模糊。有个女人被干草叉和长枪刺穿,她保护的孩子被人践踏至死。

三个矮人——一男两女——跑向酒馆。怒吼的人群紧跟在后。

杰洛特深吸一口气,站起身来。他感受到丹德里恩和维尔辛惊恐的视线,从壁炉上的架子取下了希席尔剑——那把在鲁恩杜林纳铸造工坊打造的玛哈坎符文剑。

"杰洛特……"丹德里恩用悲痛的语气呻吟道。

"好吧,"猎魔人走向入口,"这是最后一次了!该死的,这真是最后一次了!"

他走到门廊上,跳了出去,砍倒了一个身穿石匠罩衫的大块头,然后是个挥舞铁铲的女人。紧接着,他砍断了那个女人抓着矮人头发的手。他斜向挥出两次斩击,解决了一个正在猛踢倒地矮人的男人。

他步入人群,飞快地绕着半圆。他的剑路大开大合,似乎毫无规律——但要知道,他的攻击并没有看起来那么凶狠。他并不想杀死他们。他只想让他们受伤。

"精灵!是个精灵!"暴徒中有人用着魔般的语气大喊,"杀了那个精灵!"

胡说八道,他心想,丹德里恩也许有点像精灵,但我怎么看都不像。

他发现了叫喊的家伙,那人多半是个士兵,因为他穿着制服和高筒靴。杰洛特在人群中穿行,灵巧地躲避着攻击,仿佛一条鳗鱼。那士兵用双手握住长枪,挡在身前。杰洛特一剑砍向枪杆,斩断了几根手指。他旋转身体,留下另一道长长的伤口,痛呼声响起,鲜血喷溅而出。

"饶命!"有个少年跪在他面前,透过凌乱的头发看着他,"饶命!"

杰洛特放过了他,他停住手臂和剑,打算利用攻击时的惯性转过身体。他用眼角余光看到年轻人的脸上挂着得意的笑,也看到了他用双手握着的东西。他改变了移动方向,试图躲开。但他被人群困住了。就在那几分之一秒的时间里,他动弹不得。

他只能眼睁睁看着那把三齿叉朝自己扎来。

◆━━◆━━◆

巨大壁炉里的火熄灭了。群山的方向吹来一股强风,呼啸着穿过城墙的裂缝,又伴着凄厉的风声钻进没能关紧的窗扇缝隙,吹入猎魔人的家园凯尔·莫罕。

"该死!"艾斯卡尔站起身来,走到橱柜前,"海鸥药剂还是伏特加?"

"伏特加。"杰洛特和柯恩异口同声说道。

"当然,"坐在阴影里的维瑟米尔插嘴,"当然,这还用说吗!就用伏特加淹死你们的愚蠢吧。该死的蠢货！"

"那是个意外……"兰伯特嘟囔道，"她已经掌握了梳子……"

"闭上你那张臭嘴，你这白痴！我不想再听这种话了！我警告过你们，要是那小丫头出了什么事……"

"她很好。"柯恩轻声打断道，"她正安静地睡觉呢。睡得又沉稳又健康。她醒来时会有点痛，但也仅此而已。关于这次恍惚，关于发生的事，她甚至不会有任何印象。"

"但你们都记得。"维瑟米尔愤怒地喘着气，"草包脑袋！也给我倒一杯，艾斯卡尔。"

他们沉默良久，专心聆听怒号的风声。

"我们得去找个人来。"最后，艾斯卡尔说，"得去找个女术士。这丫头身上发生的事并不寻常。"

"这是她第三次陷入恍惚了。"

"但这是她第一次说出完整的话。"

"把她的话再跟我说一遍。"维瑟米尔一口喝干了杯中酒，"一个字一个字地说。"

"我没法一字不差地复述，"杰洛特注视着壁炉里的余烬，"但那些话的大意——如果你真能理解意思的话——是这样的：柯恩和我会死。'齿'会毁灭我们。我们会被'齿'杀死。他是两根。而我是三根。"

"确实很有可能。"兰伯特哼了一声，"你们可能会被咬死。我们任何人都可能因此死掉。但你们两个——如果这句预言真的应验了——会被某种牙齿参差不齐的怪物咬死。"

"或是因牙龈溃烂和坏疽而死。"艾斯卡尔表示赞同，他的表情相当严肃,"但我们是不会生牙病的。"

"我,"维瑟米尔用责备的语气说,"可不会对这种事掉以轻心。"

几位猎魔人沉默不语。

狂风呼啸着穿过凯尔·莫罕的城墙。

◆━━━◆━━━◆

头发蓬乱的年轻人放开了三齿干草叉,仿佛被自己的所作所为吓了一跳。猎魔人忍不住痛呼一声,弯下腰去,刺进腹部的干草叉让他失去了平衡。他跪在地上,慢慢倒向铺路石。鲜血伴着喃喃声和堪比瀑布的水声泼溅而出。

杰洛特试图起身,却再次侧身倒下。

他周围的声音带上了回音,仿佛他正身在水下。他的双眼欺骗了他,让他的视野变得狭窄,看到的景物也开始扭曲变形。

他看到人群一哄而散。在赶来援救他的众人面前,暴民们四散逃跑。卓尔坦和亚尔潘拿着斧子,维尔辛拿着他的屠刀,就连丹德里恩也举着扫帚。

停下,他想朝他们尖叫。你们来干吗?为了我迎风撒尿太不值得了。

但他没法尖叫。涌上喉头的鲜血让他叫不出声。

◆━━━◆━━━◆

中午时分,女术士赶到了利维亚。她们看到了洛赫·艾斯卡洛特湖闪闪发亮的湖面，城堡的塔楼，还有城市里红色的屋顶。

"我们到了，"叶妮芙说，"利维亚。哈，命运真是奇妙又纠缠不清。"

希瑞一脸兴奋，让凯尔比不断在路边蹦蹦跳跳。特莉丝·梅利葛德用无法察觉的声音叹了口气。或者说，她以为没人察觉到。

"拜托，"叶妮芙看着她，"特莉丝，你纯洁的胸膛里居然传来如此古怪的声音。希瑞，去看看前面有些什么。"

特莉丝别过脸去，决定不给叶妮芙说下去的借口。她并不指望这么做会有什么用。在前往利维亚的旅途中，她总能察觉到叶妮芙不断增长的愤怒和敌意。

"至于你，特莉丝，"果然，叶妮芙没好气地说，"别脸红，别叹气，别流口水，也别在马鞍上扭来扭去。还是说，你以为我答应了你的请求，就代表我希望你跟我们同行？代表我有兴趣看你跟老相好碰面？希瑞，我说了，你到前面去，我们两个有话要谈！"

"这不叫谈话，这是训话。"希瑞壮着胆子反驳道。但在那双紫罗兰色眼眸凶恶的目光下，她立刻缩起身子，咂了咂嘴，骑着凯尔比跑到前面去了。

"你不是来跟老情人见面的，特莉丝。"叶妮芙续道，"我也没大度到——或者说愚蠢到——给你这种机会，或给他这种诱惑的程度。不过今天是个例外。我不想错过美妙的满足感。他知道你作为协会成员扮演的角色。他会用他那著名的冰冷眼神感谢你。而我会看着你颤抖的嘴唇和双手，听着你蹩脚的道歉和借口。特莉丝，你知道吗？我会开心到晕倒的。"

"我知道，"特莉丝嘀咕道，"我知道你不会忘记，知道你会报复我。我允许你这么做,因为我确实有错。但有件事我必须告诉你,叶妮芙。别太指望自己开心到晕倒。他知道何为宽恕。"

"当然,他会宽恕你们对他做过的事。"叶妮芙眯起眼睛,"但他绝不会原谅你们对希瑞——还有我——所做的事。"

"有这种可能。"特莉丝咽了口口水,"也许他不会宽恕我,尤其是在你不肯退让的情况下。但他不会大发雷霆。他不会做出这种有失身份的事。"

叶妮芙愤怒地朝马抽了一鞭子。牲畜嘶鸣一声,跳了起来,叶妮芙在马鞍上的身体摇晃了几下。

"少说废话。"她厉声道,"你又在羞辱我,你这条自鸣得意的毒蛇!他是我的男人,是仅属于我的男人!你明不明白?我不许你再谈论他,不许你再想着他,不许钦佩他高贵的人格……就像刚才……刚才那样!哦,我真想抓住你这头乱糟糟的红头发……"

"有种你试试啊!"特莉丝尖声道,"试试,你这记仇的婊子,看我不挖出你的眼睛!我……"

她俩同时沉默下来,因为希瑞正朝这边赶来,身后扬起一片尘云。没等希瑞跑到面前,她们就意识到出事了。

在那些茅草搭建与红瓦砌成的屋顶上方,突然蹿起红色的火舌,喷出阵阵烟雾。恼人的嗡嗡声——像是苍蝇,又像是愤怒的蜜蜂——传入女术士耳中。在那阵噪音里,尖叫声越来越响亮。

"见鬼,发生什么事了?"叶妮芙踩着马镫站起身,"是敌袭,还是失火?"

"杰洛特……"希瑞突然呻吟起来,脸色白得像纸,"杰洛特!"

"希瑞?怎么了?"

希瑞抬起手,女术士看到有鲜血顺着她的手掌流下。沿着生命线流下。

"他的循环闭合了。"女孩说着,闭上双眼,"莎依拉韦德的荆棘玫瑰曾经刺伤了我,巨蛇乌洛波洛斯咬住了自己的尾巴。我来了,杰洛特!我来找你了!我不会丢下你一个人的!"

没等女术士出言反对,她便让凯尔比转过身,全速狂奔。

女术士保持镇定,立刻猛踢马腹,催马追赶。但她们的坐骑没法追上凯尔比。

"怎么回事?"叶妮芙大喊道,让马儿穿过狂风,"出什么事了?"

"你知道的!"特莉丝与她并排疾驰,用带着哭腔的声音说道,"快点儿,叶妮芙!"

进入城市郊区时,她们与第一批逃离的难民擦身而过,叶妮芙的头脑立刻让她明白,利维亚发生的事件并非火灾,也并非敌袭,而是暴动。她也知道希瑞预感到了什么,知道她正赶往何处。她知道自己不可能追上希瑞。她无能为力。受惊的人群挤在一起,凯尔比轻轻一跃,就从人群的头顶跳了过去,四蹄蹭落了不少帽子和头巾。但叶妮芙和特莉丝只能让马放慢速度,拼命挤过去。

"希瑞!停下!"

没等她们反应过来,周围的街道便挤满了奔跑和尖叫的人。在前进途中,叶妮芙看到了躺在排水沟里的尸体,看到了倒吊在木桩和横梁上的死尸。她看到一个矮人躺在地上,被人用棍棒敲打,又看到有人正用破碎的瓶颈残杀另一个矮人。她听到加害者的叫喊与受害者的哀号。她看到某个女人被人抛出窗户,落向等在下方的人群,然后遭受棍棒毒打。

人群愈加密集，怒吼声也更加响亮。她们与希瑞之间的距离似乎缩短了。下一个障碍是一群长戟手，他们试图拦住希瑞的黑母马，凯尔比却一跃而过，将一个长戟手踢倒在地，其余的吓得纷纷后退。

她们冲进一个笼罩着刺鼻烟雾的广场，里面黑压压全是人，还有烟雾。叶妮芙意识到，希瑞无疑正在预言幻景的指引下前往暴动最激烈的地方。前往烈火与凶徒肆虐之处。

下一条街道上有人在搏斗，矮人和精灵们躲在匆忙竖起的路障后面，拼命抵抗，但面对怒吼的暴民的猛攻，他们却接连倒下，并且死去。希瑞尖叫一声，抓紧了马儿的鬃毛。凯尔比跃入空中，跳过路障，看起来不像是马，更像是一只巨大的黑鸟。

叶妮芙冲进人群，却又猛地拉住缰绳，撞倒了好几个人。她还没来得及尖叫，就被人拖下了马鞍。她的肩膀、背脊、脖子都在被人殴打。她跪在地上，看到一个胡子拉碴的男人，他穿着鞋匠的围裙，正作势欲踢。

叶妮芙受够被人踢打了。

她伸展的手指射出一道蓝色的火焰，发出鞭子似的破空声，烧灼着那个男人的面孔、躯干和双臂。血肉燃烧的味道传来，痛苦的尖叫盖过了周围的嘈杂和喧嚣。

"是女巫！精灵女术士！"

另一个人挥舞着斧子朝她冲来。叶妮芙将火焰投向他的脸，他的眼球起泡爆裂，在嘶嘶声中顺着他的脸颊流下。

人群稍稍退开，但有人抓住了她的胳膊，叶妮芙正准备放出火焰，却发现那人是特莉丝。

"我们快走……叶娜……快跑！……这边……"

我听过这种声音,叶妮芙心想。从那干涸开裂、没有半星唾沫湿润的嘴唇间吐出来的声音。从那因恐惧而麻痹,又因恐慌而颤抖的嘴唇间说出来的声音。

我听过那种声音。在索登山上。

当时我怕得要死。

现在她也怕得要死。而在生命结束之前,她会一直畏惧死亡。因为在生命的最后一刻,没人能克服自身的懦弱。

特莉丝埋进她胳膊的手指仿佛钢铁,叶妮芙奋力挣脱了她的手。

"想跑就跑吧!"她高喊道,"躲到协会的裙子下面去吧!我已经没有值得珍惜的东西了!我不会丢下希瑞!也不会丢下杰洛特!走开!还珍惜你这条小命的话,就别挡我的路!"

面对女术士释放的火焰与凶狠的目光,人群纷纷后退,也将她的马带得越来越远。叶妮芙摇摇头,黑色的发卷随之晃动。她仿佛愤怒的化身,仿佛手持火焰之剑的复仇天使。

"滚回家去,渣滓们!"她大吼着,挥舞火焰的长鞭,扑向人群,"跑吧!要不就像牲口一样被我点着!"

"各位,那只是个女巫而已!"一个洪亮的嗓音在人群中响起,"只是个该死的精灵女巫!"

"她落单了!另一个跑了!快,拿石头来!"

"杀死非人种族!杀死女巫!"

"送她上绞架!"

第一块石头呼啸着掠过她耳畔。第二块砸中了她的肩膀,让她向后退去。第三块打中了她的脸。她的眼珠后面爆发出剧痛,然后,黑色的天鹅绒包裹了一切。

她苏醒过来，发出痛苦的呻吟。她的双臂和双腕剧痛难当。她机械地四下摸索，注意到了好几层绷带。她又呻吟一声，有气无力而又绝望。她在为这一切不是梦而悔恨。为自己没能成功而悔恨。

"你没能成功。"蒂莎娅·德·维瑞斯坐在窗边。

叶妮芙想喝点东西，想滋润她发黏的嘴唇。但她没有开口。

"你没能成功，"蒂莎娅·德·维瑞斯重复道，"但不是因为你没去尝试。你割得又深又准。所以我才会在这儿陪着你。如果你不是认真的，如果这只是一场荒谬又虚假的表演，那么我只会蔑视你。但你割得很深。你是认真的。"

叶妮芙麻木地注视着天花板。

"我会照看你的，孩子，我想你有这个资格。我会在这儿照顾你。这可没那么轻松。我必须弄直你的脊骨，让你的驼背恢复平整。我还得治疗你那双手。你割开血管时还切断了肌腱。女术士的双手可是非常重要的工具，叶妮芙。"

她的嘴唇湿润了。是水。

"你会活下去的。"蒂莎娅用实事求是、严肃，甚至严峻的语气说道，"你的死期还没到呢。但等它到来时，你会想起这一天的。"

叶妮芙从裹着潮湿绷带的木棍上急切地吮吸着水分。

"我会照看你的，"蒂莎娅·德·维瑞斯重复一遍，轻轻抚摸她的头发，"而现在……这里只有我们两个，没有别人。没人看着我们，我也不打算跟任何人说任何事。哭吧，孩子。把眼泪全哭光。把这当成你最后一次哭泣。从此以后，你再也不要哭了。再没有比落泪的女术士更可悲的东西了。"

她苏醒过来，咳嗽着吐出鲜血。有人正拖着她往前走，是特莉丝，她闻到了她的香水味。在不远处，铺路石上传来马蹄铁的鸣响，伴着一阵阵响亮的哐当声。叶妮芙看到一位全副盔甲的骑手，手持一块有红色山形徽记的白色盾牌，他坐在马鞍上，用马鞭抽打人群。暴民掷出的石块在铠甲和头盔上无害地弹开。马匹嘶鸣一声，甩出蹄子。

叶妮芙觉得自己的上嘴唇就像一只硕大的土豆。至少有一颗门牙碎了，要不就是断了，光是说话都会疼。

"特莉丝……"她结结巴巴地说，"把我们传送走！"

"不，叶妮芙。"特莉丝的嗓音平静而冰冷。

"他们会杀了我们……"

"不，叶妮芙。我不会逃跑了。我不会躲在协会的裙子底下。就算我现在随时都可能吓得晕倒——就像在索登山上那样——但我会设法克服恐惧！"

在小巷的入口附近，在一面爬满苔藓的壁架下，堆着大量的粪便、碎片和垃圾。那是个巨型垃圾堆。仿佛一座山丘。

人群终于让那位骑士落了马。他被他们拖下马背，落在地上，发出一声骇人的巨响。暴民们爬到他身上，仿佛一群虱子。

特莉丝抓住叶妮芙，拖着她走向垃圾堆，然后抬起双手。她高声喊出一句咒语，语气中透出的狂怒让人群暂时沉默下来。

"他们会杀了我们的。"叶妮芙吐出一口血,"一定会的。"

"帮我一把,叶妮芙。"特莉丝暂时停止动作,"帮我一把。我们一起施展阿尔祖落雷术……"

我们能杀死五个人,叶妮芙心想。然后其他人就会把我们撕成碎片。不过没关系,特莉丝,如你所愿。既然你不跑,我也不会逃跑。你不会看到我逃跑的。

她加入施法。二人同声念出咒语。

人群茫然地瞪大双眼,看着她们,但很快回过神来。他们再次朝女术士掷出石头。特莉丝感觉其中一块掠过她的脑袋,却不为所动。

没用的,叶妮芙心想。咒语不会生效的。我们全然无法念诵"阿尔祖落雷术"这样深奥复杂的咒语。据说,阿尔祖声如狩猎号角,言若讲演名家。大声吼出咒语和旋律……

她正准备停止吟唱,用剩余的力气施展别的咒语,某种能将她们传送走的咒语,或者以令人不快的方式引开暴民们的注意力——哪怕只有一秒也好。但事实证明,这毫无必要。

天空突然暗淡下来,云层笼罩在城镇上空。愁云惨淡之中,寒风呼啸而过。

"哦天哪,"叶妮芙吸了口气,"看来你成功了……"

"梅利葛德霓暴术,"妮妙说,"从本质上说,这个名字并不正规,因为这种魔法没有记录在册,也没人能够重现。理由很简单——特莉丝的嘴唇受了伤,说起话来含糊失真。也有人说,是恐惧影响了她的

言语。"

"我可不相信。"康德薇拉慕斯抿住嘴唇,"在编年史里,关于尊贵的特莉丝的勇气与英雄气概的事例数不胜数,甚至有人称她为'无畏者'。但我想问你另一件事。在某个版本的传说故事里,特莉丝在利维亚山丘上并非孤身一人。叶妮芙也在那里陪着她。"

妮妙看着那幅水彩画,画上描绘的是座陡峭的黑色山峰,深蓝色的云彩映衬着锐利如刀的山尖。在山顶之上,她能看到一个红发女人伸出双臂的苗条身影。

透过覆盖湖面的迷雾,渔夫王的船桨有节奏地拍打着水面,阵阵响声传进她们耳中。

"就算特莉丝身边真有人在,"湖中女士说,"也没能进入画师的法眼。"

"看来你成功了。"叶妮芙说,"当心,特莉丝!"

一阵足有鸡蛋大小的冰雹自利维亚城上空的黑色云层坠落,重重敲打着屋顶。冰雹如此密集,甚至让街道和广场积起一层厚厚的冰。人群开始动摇,他们倒地抱头,躲在别人身下,在湿滑的地上逃窜、摔倒。他们在地上打滚,在屋檐和窗台下挤成一团。并非所有人都能逃过一劫:有些人像死鱼一样躺在地上,鲜血染红了身下的冰层。

冰雹重重敲打在叶妮芙在最后一刻架到她们头顶的魔法护盾上,仿佛随时都能将之砸穿。她没尝试别的咒语。她知道覆水难收,特莉丝意外地释放了这股元素之力,而它必定会到达顶点。而且很快。

至少她是这么希望的。

闪电划破天际，雷声轰鸣，直到周围的房屋从地基开始摇晃，就连大地都开始震颤。毁灭性的冰雹敲打着周遭的一切。

但天空已经开始亮起。云层的缝隙中出现了阳光。特莉丝的喉咙发出一声古怪的哭喊，又像是啜泣。

冰雹在阳光中闪闪发亮，仿佛钻石。冰雹仍在坠落，但最猛烈的势头已经过去，叶妮芙从敲打在魔法护盾上的声音就能听出来。随后，冰雹突然停止了，仿佛被人截断了一般。守卫们冲上街道，马蹄铁刮擦着冰面。在鞭子的猛抽与剑面的殴打下，暴民开始尖叫着逃跑。

"精彩，特莉丝。"叶妮芙用沙哑的嗓音说，"我不知道刚才那是什么咒语……但它很有效。"

"总有些东西值得你去守卫。"特莉丝·梅利葛德——山丘上的女英雄——哑着嗓子回答。

"确实有。我们快走吧，特莉丝。因为事情还没结束呢。"

◆━━◆━━◆

暴动结束了。女术士朝城市降下的冰雹冷却了发热的头脑，所以军方才有胆量出手干预，恢复秩序。在那之前，士兵们都很害怕。他们知道自己可能要面对那些渴望杀戮、无所畏惧的民众的攻击。然而，元素力量的爆发驯服了这只多头野兽，于是军队发起冲锋，完成了余下的工作。

对城市而言，这阵冰雹是场可怕的灾难。片刻前，一个暴民刚用木棒打死了一个矮人妇女，还把她儿子的脑袋撞碎在墙上。而此时此刻，他只能看着自己屋子的废墟，啜泣不止。

利维亚城恢复了和平。要不是那两百名遭到屠杀的死者，还有几栋仍在燃烧的房屋，你简直会以为这里什么都没发生。在榆树区，洛赫·艾斯卡洛特湖上方挂着一道彩虹，湖面映出垂柳的倒影，鸟儿再次鸣啭，青草散发着湿润的味道，一切都充满了田园牧歌般的气息——甚至包括躺卧在血泊中的猎魔人，还有跪在他旁边的希瑞。

━━━━◆━━━━

杰洛特意识全无地躺在地上，面白如纸。他一动不动地躺着，但当她们赶到他身边时，他咳嗽起来，吐出鲜血。他开始剧烈痉挛和颤抖，希瑞几乎抱不稳他。叶妮芙跪在他身边。特莉丝看着他双手发抖。突然，她感到虚弱无力，视野也变得模糊。有人抱住了她，让她不至于倒地。她发现那是丹德里恩。

"没效果。"希瑞的声音透出绝望，"你的魔法治不好他，叶妮芙。"

"我们来得……"叶妮芙连翕动嘴唇的力气都快没了，"我们来得太迟了。"

"你的魔法没有效果。"希瑞重复一遍，仿佛没听到她的回答，"你的魔法只有这点作用吗？"

你说得对，希瑞，特莉丝心想，感觉喉咙像被堵住了。我们能制造冰雹，却无法阻止死亡。虽然后者看起来要容易得多。

"我们派人去找医生了。"丹德里恩身边的矮人用沙哑的嗓音说道，"但他没有出现……"

"现在找医生也已经太迟了。"特莉丝被自己镇定的语气吓了一跳,"他就快死了。"

杰洛特仍在颤抖,咳出鲜血,随即身体僵硬,不再动弹。丹德里恩抱着特莉丝,绝望地叹了口气。矮人咒骂起来。叶妮芙呻吟一声,面孔突然皱起,显得格外丑陋。

"再没有比落泪的女术士更可悲的东西了,"希瑞严肃地说,"这是你教我的。但现在你很可悲,叶妮芙。你和你没用的魔法都是。"

叶妮芙没有回答。她只能勉强用双手抱住杰洛特的头,不断重复着咒语。在她手中,在猎魔人的双颊和额头上,有蓝色的火花在劈啪作响。特莉丝知道这个咒语需要多少魔力。她也知道这个咒语是没用的。她甚至可以断定,就算一个老练的治疗法师在场,现在也已经回天乏术了。太迟了。这个咒语只会耗尽叶妮芙的体力。特莉丝不禁为黑发女术士支撑了这么久而惊讶。

随后她便不再惊讶了,因为叶妮芙在施法途中停了下来,倒在了猎魔人身边的地面上。

一个矮人再次咒骂出声,另一个沉默地低下头。在丹德里恩的搀扶下,特莉丝·梅利葛德用力吸着鼻子。

周围突然冷得出奇。湖面像女巫的大锅一样泛起气泡,包裹在迷雾中。雾气迅速升起,在水上盘旋,笼罩了波浪,像浓稠雪白的牛奶一样笼罩了他们。雾气压抑了声音,更让周围的人影消失无踪。

"我,"希瑞依然跪在染血的地上,缓缓地说,"曾经放弃了力量。如果我没那么做,现在就能救他的命了。我可以治好他。我很清楚。但现在太迟了,我什么都做不了。感觉就像我亲手杀死了他。"

凯尔比的嘶鸣打破了沉默。然后是丹德里恩模糊的吸气声。

他们全都目瞪口呆。

------◆━┥┝━◆------

一头白色独角兽钻出迷雾，高昂着美丽的头颅，轻盈、灵巧而无声地奔跑着。但这些并没有那么不寻常，他们都读过传说故事，知道独角兽能轻盈、灵巧而无声地奔跑。奇怪的是，这头独角兽正跑在湖面上，却没激起半点涟漪。

丹德里恩倒吸一口凉气，这次是出于敬畏。特莉丝被心中的一股情绪彻底压倒了，那是极度的欢欣。

独角兽的蹄子敲打在湖边的石块上。它摇晃鬃毛和独角，发出一串音调优美的嘶鸣。

"伊瓦拉夸克斯，"希瑞对他说，"我正期待你的到来呢。"

独角兽靠近过来，再次嘶鸣，蹄子埋进坚硬的卵石路面。它垂下头，长在头上的独角突然闪耀光辉，驱散了周围的雾气。

希瑞摸了摸那根角。

特莉丝响亮地倒吸一口凉气，她看到女孩的双眼充斥着炽热的白光，光晕甚至裹住了她的头颅。希瑞没听到她的声音。她没听到任何人的声音。她用一只手抚摸独角兽的角，另一只手触摸着猎魔人。一条闪光的缎带从她指间飘出。

------◆━┥┝━◆------

没人知道那一刻持续了多久。这一幕太不真实了。

就像一个梦。

——◆——◆——

独角兽喷了喷鼻息，刨了几下地面，动了动脑袋，仿佛在指着什么。特莉丝朝那边看去。在低垂的柳枝之下，她能分辨出雾气中的一道黑色轮廓。那是一条飘在水上的小船。

独角兽再次晃动独角，逐渐消失在白色的雾气里。

"凯尔比，"希瑞说，"跟他走吧。"

凯尔比喷出鼻息，摇摇头，顺从地跟在独角兽身后。它的马蹄铁踩在鹅卵石上，鸣响声在四周回荡。然后那声音戛然而止，就像母马飞上了天空，消失不见，或是失去了肉身的形体。

小船停在湖岸，又过了片刻，等迷雾散去，特莉丝才看清它的样子。那是一条破破烂烂的旧驳船，外形丑陋，活像谷仓里的猪食槽。

"帮帮我。"希瑞的语气坚定而果断。

起先，没有人知道女孩要他们帮什么。但诗人最先明白过来，也许是因为他想起了他经常讲述并歌唱的传说。他用双臂抱起叶妮芙，为她的娇小与轻盈吃了一惊。他敢发誓，有人在帮他。他敢发誓，他感觉到了卡西尔双臂的搀扶。他还瞥见了米尔瓦的发辫。他敢发誓，把女术士抱到船上时，他看到了安古蓝的小手稳稳地扶着船身。

两个矮人抱起猎魔人，特莉丝帮忙抬着他的头。亚尔潘·齐格林眨了眨眼睛，因为他看到了达尔伯格兄弟。卓尔坦·奇瓦敢发誓，是卡莱布·斯特拉顿帮着他把猎魔人抬上船的。特莉丝·梅利葛德相信自己闻到了外号"珊瑚"的丽塔·尼德的香水味，又在黄绿色的阴霾中看到了凯尔·莫罕的柯恩。

笼罩洛赫·艾斯卡洛特湖的迷雾让他们的头脑产生了幻觉。

"准备好了,希瑞,"女术士呆滞地说,"你的船在等着呢。"

希瑞拂开额前的乱发,吸了吸鼻子。

"请代我向蒙特卡沃的女士们道歉,特莉丝。"她说,"但我只能这么做。如果杰洛特和叶妮芙不在了,我也不能留下。真的不能。她们肯定会明白的。"

"她们会的。"

"那就再会了,特莉丝·梅利葛德。保重,丹德里恩。保重,大家。"

"希瑞,"特莉丝低声道,"我的小妹妹……让我跟你们一起走……"

"你不明白这意味着什么,特莉丝。"

"我还能再见到你……?"

"当然可以。"她打断道。

她爬到船上,船身摇晃了几下,立刻驶离岸边。它消失在雾气中。岸上那些人没听到丝毫水声,湖面也没有任何涟漪。它像幽灵一样凭空消失了。

有那么一瞬间,他们看到了希瑞娇小的轮廓,看到她用一根长篙撑向湖底,看到她让飞快的小船持续加速。

随后,周围只剩下了雾气。

她撒了谎,特莉丝心想。我再也见不到她了。我见不到了,因为……Vaesse deireadh aep eigean。有些事结束了。

"有些事结束了。"丹德里恩说。

"但有些事会迎来开始。"亚尔潘·齐格林替他说完。

在城市的方向,有只公鸡发出响亮的啼鸣。

雾气迅速散去。

———◄▬►———

透过眼皮传来的光影跃动让杰洛特睁开了双眼。他看到了头顶的树叶,万花筒般的树叶在阳光下熠熠生辉。他还看到了结满枝头的苹果。

他能感觉到轻柔碰触自己鬓角和脸颊的指尖。他熟悉那些手指。他爱它们,甚至到了痛苦的地步。

他的胃袋、胸口和肋骨都隐隐作痛,紧紧包裹腹部的绷带让他明白,利维亚城里的干草叉并非噩梦。

"安静地躺着,亲爱的。"叶妮芙说,"躺好。别动。"

"我们在哪儿,叶?"

"这重要吗?我们在一起了。你和我。"

鸟儿鸣啭,不知是金翅雀还是画眉。药草、迷迭香和鲜花的味道一阵阵传来。还有苹果。

"希瑞在哪儿?"

"她走了。"

她动了动身子,轻轻抽出他枕着的那条手臂,然后躺在他身边的草地上,看着他的眼睛。她眼神热切,仿佛要将他的模样铭刻在脑海里,仿佛要留存到将来,留存到永远。他也注视着她,怀旧之情让他的喉咙绷紧了。

"我们跟希瑞共乘一条小船,"杰洛特回忆道,"行驶在湖面上。然后是条湍急的河。河水在迷雾中穿行。"

她的手指摸到他的手,用力攥住。

"躺着别动,亲爱的。别动。我会陪着你。发生了什么并不重要,我们在哪儿也不重要。现在有我陪着你。我再也不会离开你了。永远不会。"

"我爱你,叶。"

"我知道。"

"只不过,"他叹了口气,"我还是想知道我们在哪儿。"

"我也想。"过了一会儿,叶妮芙轻声道。

"而这,"加拉哈德问,"就是故事的结局?"

"当然不是。"希瑞用一只脚揉着另一只,想要弄掉黏在脚底的砂砾,"你希望它结束吗?我可不想!"

"那接下来发生了什么?"

"没什么特别的。"她哼了一声,"他们结婚了。"

"给我讲讲吧。"

"哈,有什么可讲的?他们举办了一场盛大的婚礼。他们邀请了所有人——丹德里恩、南尼克嬷嬷、爱若拉和尤妮德、亚尔潘·齐格林、维瑟米尔、艾斯卡尔……柯恩、米尔瓦、安古蓝……还有米希尔。我也参加了,我们痛饮了葡萄酒和蜂蜜酒。然后他们——我是说,叶妮芙和杰洛特——盖了一栋房子,从此幸福地生活在一起。就像童话故事。你懂了吗?"

"湖中女士,您为什么在哭?"

"我没哭,是风吹的!没错,是这样!"

接下来是阵漫长的沉默,他们看着火红的太阳落向山峦背后。

"以我的灵魂起誓,"片刻过后,加拉哈德说,"这真是个闻所未闻的故事。您出身的那个世界真是不可思议,希瑞女士。"

她响亮地吸了吸鼻子。

"没错。"加拉哈德说着,清了几下嗓子,沉默让他的语气有些消沉,"但在我们的土地上,也有令人惊奇的冒险。比方说高文大人和绿衣骑士……或者我叔叔鲍斯爵士和崔斯坦爵士……请听好,希瑞女士。鲍斯爵士和崔斯坦爵士骑马前往西边的廷塔杰尔。他们所走的路要穿过一片未开化的危险森林。他们一边前进,一边保持警惕。后来他们看到一头白色的鹿,旁边有位全身黑衣的女士,那种黑色仿佛来自噩梦一样。但那位女士很美,比世上任何女士都美,好吧,桂妮维亚女士除外……两位骑士看到那位女士站在白鹿旁边。她摆了摆手,告诉他们……"

"加拉哈德。"

"什么事?"

"安静点儿。"

他咳嗽一声,沉默下来。两人在沉默中凝视着夕阳,就这么看了很久。

"湖中女士?"

"我说过,别这么叫我了。"

"希瑞女士?"

"说。"

"跟我去卡米洛特吧,希瑞女士。您一定得见见亚瑟王,他会对您礼遇有加的……我会……我会永远爱慕和崇拜……"

"别跪着,马上起来!不然你就别起来了。既然你还想跪着,就帮我揉揉脚吧。我的脚好凉。谢谢。你真好心。我说的是脚!不是脚踝以上!"

"希瑞女士?"

"我听着呢。"

"太阳就快落山了……"

"的确如此。"希瑞弯下腰,系好鞋子的带扣,然后站直身体,"我们给马装上马鞍,加拉哈德。附近有能过夜的地方吗?哈!从你的表情看,你对这里并不比我熟。不过没关系,我们出发吧,要么露天过夜,要么睡在森林里。黄昏到来时,我们最好别留在湖边。这儿的晚上会非常冷……你在看什么?"

"哦,"她看到年轻骑士的脸上泛起了红晕,"你想在森林的灌木丛下,以苔藓为床过上一夜?睡在仙子的怀抱里?听好了,年轻人,我一点儿也不想……"

她顿了顿,看着他脸上的红晕和闪闪发亮的眼睛。她在他并不算丑的脸上看到了某样东西。某样让她肠胃抽紧的东西。但那并非出于饥饿。

我这是怎么了,她心想。我到底怎么回事?

"别想那些没用的了!"她几乎在大喊,"给马装上马鞍吧!"

等他们骑上马背,她看着他,大笑起来。他也看着她,眼里充满惊奇与疑惑。

"没什么，没什么。"她轻描淡写地说，"我只是在笑我想到的事。带路吧，加拉哈德。"

以苔藓为床，她心中暗想，忍住没笑出声。在灌木丛下。我扮演仙子。好吧，好吧。

"希瑞女士……"

"什么？"

"您愿意跟我去卡米洛特吗？"

她伸出手。他也伸出手。他们手牵手，并肩前行。

见鬼，她心想，有什么不行的？我敢用全副身家打赌，这个世界也有适合女猎魔人的工作。

因为没有哪个世界，是猎魔人应付不了的。

"希瑞女士？"

"现在别说这个。我们走吧。"

二人朝着夕阳前行。他们身后是逐渐昏暗的山谷。他们身后是一片湖泊，一片魔法湖泊，蔚蓝而光滑，仿佛一块打磨过的青玉。他们身后是散落在岸边的巨石，还有山坡上的松林。

这些都被他们留在了身后。

前方则是一切。

卷七完